紅樓夢真相大發現【一】

——石頭記的真相

◆南佳人 著

目次

陳序（百代紅學允獨步）

《紅樓夢》研究之所以與其他古典小說研究大不相同，不外是大家都在各自猜謎，猜《紅樓夢》背後究竟隱藏世間何種真相，因而掀起陣陣熱潮，遂成為一門顯學。但是猜了兩百多年，各家都因證據太薄弱，無法令人信服。所以最近三十年紅學界又轉變為主張《紅樓夢》是純虛構的小說，這樣就和《西遊記》、《水滸傳》等其他古典文學名著沒有什麼不同了，好像是場玩笑而已。

曾任北京紅樓夢研究所所長的大陸知名紅學家劉夢溪在《紅樓夢與百年中國》一書中，檢討二十世紀百年來的紅學研究成果說：「研究隊伍如此龐大、不時成為學術熱點的百年紅學，所達成的一致結論並不很多。相反，許多問題形成了死結。我曾說紅學研究中有三個『死結』：一是芹係誰子；二是脂硯何人；三是續書作者。這三個問題，根據已有材料，我們只能老老實實說不知道。…所謂真理越辯越明，似乎不適合《紅樓夢》。倒是俞平伯先生說的『越研究越糊塗』，不失孤明先發之見。」又說：「《紅樓夢》研究中，…另有四條不解之謎。」第一條不解之謎是元春判詞，要點是判詞中的「二十年來辨是非，…虎兔相逢大夢歸」兩句，「簡直索解莫從」。

第二條不解之謎是《紅樓夢曲》中寓寫秦可卿的《好事終》一曲，要點是其中的「箕裘頹墮皆從敬，家事消亡首罪寧」兩句，與書中的情節不能吻合（第三條、第四條從略不論）。上述三個死結，都是胡適考證派曹家新紅學的核心論點，既然經過近百年的全力研究，都考證不到江寧織造曹寅家族中有曹雪芹（或云本名為曹霑）這個人，也考證不到批書人脂硯齋及續書作者係何人？那麼以嚴格的學術觀點來看，胡適曹家新紅學的說辭應該不能成立，似乎可就此打住。至於以上兩條不解之謎，經過純虛構小說派三十年的全力研究，都無法合理詮釋表面故事的賈元春在那個二十年間，究竟明辨什麼是非？又不能合理詮釋表面故事的秦可卿身為一個宗法制度下沒什麼重要地位的媳婦，竟然會牽涉到百年富貴大族賈家「箕裘頹墮皆從敬，家事消亡首罪寧」這樣關乎消亡的大事。那就證明了：以《紅樓夢》為純虛構小說的說法，事實上是無法解決書中重大情節矛盾不通問題的一條無尾之路。

就在百年紅學走到各種背後真相說法證據都極度薄弱，而難以獲得認同，純小說派又未能解開重大不通情節的謎團，兩大派都陷入困境的當口，南佳人李瑞泰兄的《紅樓夢真相大發現》新說異軍突起，他所破解出的《紅樓夢》故事真相，證據非常充足確鑿，達到人、事、時、地都符合的程度，又可以解決長期存在的重大情節矛盾不通問題，足以補救以上兩大派的嚴重缺失，可說是百年紅學振衰起弊的大著作。茲舉兩個例子，以略窺其概況。譬如他不但破解出第三回林黛玉入榮國府會見外祖母賈母、寶玉的主題故事，是寓寫鄭成功於順治十六年率領舟師進攻長江、南京的歷史事跡，還詳細到將林黛玉進入及退出榮國府賈母後院的路線，與鄭成功舟師進攻及退出長江、南京的路線，製作了一張長江地圖的「對照示意圖」，一一標示林黛玉一路所走過的榮府正門、西角門、垂花門、穿堂、儀門等所對應的長江實際地點，而且形狀特色都能符合，如儀門喻指長江門戶的崇明島，垂花門喻指形狀如曲尺狀下垂的揚中島等，這種對於書中地點考證到可以一一對應到地圖上之實際地點的情況，是歷來考證《紅樓夢》真相的論著所做不到的創舉。他又考證出第二回「黛玉年方五歲」，是暗指林黛玉所影射的鄭成功延平王朝第五年，也就是永曆十三年、順治十六年，這樣便更有力證實林黛玉初會賈寶玉的小說故事是寓寫順治十六年鄭、清南京大會戰的事跡。且因而發現書中角色的年齡常是寓指某王朝年號的年份，因此第二回林黛玉五歲（寓指延平王朝五年），至第三回初見比他大一歲的表哥賈寶玉是「一個輕年公子」（寓指順治十六年很年輕），這樣表面小說故事上的年齡矛盾不通問題，也順勢迎刃而解了。又如他破解出第五回元春判詞的真相，是寓示留在北京當人質的吳三桂長子吳應熊的事跡命運。而對於判詞中的「二十年來辨是非，…虎兔相逢大夢歸」兩句，考證出「二十年來辨是非」的謎底，即指吳應熊自從順治十年（一六五三年）八月，與順治之妹建寧公主結婚而顯貴起，直至康熙十二年（一六七三年）十一月二十一日吳三桂在雲南起兵反清時，這二十年來，始終明辨君臣禮法的大是大非，而未曾隨同吳三桂一起反叛清朝。又考證出「虎兔相逢大夢歸」的謎底，即指吳應熊在虎年（寅年）與兔月（四月）相逢的時間，即康熙十三年甲寅年的四月十三日，被清康熙下令處死，猶如長睡作大夢般地魂歸西天死亡的事跡。像這樣對於書中故事的時間考證到可斬釘截鐵地對應到歷史真事之實際發生時間的情況，更是歷來考證《紅樓夢》真相的論著所做不到的創舉。連帶百年紅學第一條不解之謎，「簡直索解莫從」的元春判詞之謎，也都渙然冰釋了。

歷來考證《紅樓夢》真相的論著所以無法令人信服，還因為有兩個大缺點，其一是只能證明書中故事與實際真事大略輪廓相似而已，而不能一一證實書中某角色、某情節就是實際真事中的某真人、某真事。即使是最轟動、影響最久的胡適派曹雪芹家事說，也只能證明書中賈家由富貴變貧窮的故事，其大致輪廓約略相似於曹家由富貴變貧窮的事跡，而始終無法一一證實書中的賈寶玉、林黛玉、王熙鳳、脂硯齋等角色及其重要命運情節，究竟是對應到曹家的那個真人、那件真事。其二是所考證出來的真相不能與多數脂批融會貫通，脂批既是紅學界公認為深知《紅樓夢》故事內情的批書人所留下的評點文字，則考證出來的真相當然要能與深知內情的脂批互相融會貫通，纔可能是正確的，然而歷來考證《紅樓夢》真相的著作，不是根本不徵引脂批來印證，就是只徵引極少數的脂批，自然難以令人信服。而南佳人的系列著作，對於《紅樓夢》真相的破解，採取逐句逐段的注解、破譯，對於書中的角色、情節都考證得極為明確，全面性一一指明其所對應的歷史真實人物與事跡。例如在人物方面，在第一回他考證出甄士隱，通諧音「真事隱」或「真嗣隱」，影射天下皇帝真正嗣統即將衰敗隱去的明末崇禎帝或崇禎王朝；而賈雨村，通諧音「假語村」，影射專講「為明朝臣民代報君父之仇」假話騙人，而入關竊取天下的滿清。在第三回他考證出林黛玉影射鄭成功或鄭軍，賈寶玉影射清順治帝，或以他為代表的清軍，王熙鳳影射在鄭、清南京大戰中打敗鄭軍的清崇明總兵梁化鳳。在第五回他考證出賈寶玉影射吳三桂，警幻仙姑影射滿清領袖多爾袞，秦可卿暗通諧音「秦可傾」，影射「秦人（李自成）可以傾覆之對象」的明崇禎帝或崇禎王朝，以及所有金陵十二釵的真實身分（如賈惜春影射陳圓圓）等等。除了這些主要角色之外，他對於看似虛幻的神話性角色——一僧一道、空空道人、神瑛侍者、絳珠草、警幻仙姑、癩頭和尚、跛足道人等，也都一一考證出其世間真實身分。對於百年來紅學傾全力仍考證不出的所謂《石頭記》作者「石頭」、披閱增刪者曹雪芹、抄閱再評者脂硯齋，他竟然也都明確地考證出其真實身分。又如在故事情節方面，他考證出第一回甄士隱與賈雨村在中秋節月下對飲故事的真相，是寓寫崇禎十四年八月中秋節期間，明、清兩軍在山海關外松山大戰的事跡。考證出第三回林黛玉初會賈寶玉故事的真相，是寓寫鄭軍與清兵在南京大會戰的事跡。又考證出第五回賈寶玉夢中隨警幻仙姑進入太虛幻境，享受美酒佳餚及歌舞豪宴招待之故事的真相，是寓寫吳三桂在山海關事件中，受到滿清多爾袞許諾晉封為藩王的誘惑，而投降歸入大清國境，引清兵入關消滅漢族政權，建立大清王朝，而獲得滿清賜封雲南藩王，享受藩王歌舞豪宴富貴生涯的事跡。不但破解出歷史真事的主題，連其分支脈絡也考證得非常翔實明確。在破解第一回的第一冊，原文只有六千多字，脂批約二、三千字，而南佳人的破解、詮釋文字竟然超過十二萬字；在破解第二、三回的第二冊，原文只有七千多字，脂批約二、三千字，他的破解、詮釋文字竟然超過十五萬字；在破解第五回的第三冊，原文只有六千多字，脂批約一、二千字，他的破解、詮釋文字竟然超過二十萬字，可見其證據的豐富及詮釋的詳盡程度實在驚人，誠乃空前之作。他並且大量徵引脂批，第一冊徵引脂批約一百九十條，第二冊徵引脂批約一百八十條，第三冊徵引脂批約一百二十條，合計約五百條，而且所破解出的歷史真人真事，都能與這些大量脂批的評點觀點融貫無礙。綜合而言，南佳人對於《紅樓夢》故事真相的研究，一掃前人紅學研究的重大缺失，採取逐句逐段的全面性破解，證據極度豐富，考證極度精詳，連時間、地點都能明確對應到歷史真事的實際發生時間、地點，詮釋得主題支脈都極度具體明確，而且都能與大量的脂批融會貫通，因而所破解出書中角色、情節的真相與歷史真人真事的密合度，幾乎達到一彎一曲、一坑一凹都印合得如出一轍的地步，因此南佳人所破解出《紅樓夢》故事的真相，足以使人信服無疑，他的新說當然足以確立，從而沉埋近三百年的《紅樓夢》真相也終於能夠水落石出，真相大白。尤其是南佳人的新說同時也能順利解開歷來《紅樓夢》表面故事所長期存在的所謂「死結」、「不解之謎」，理順眾多前人無法解決的重大情節矛盾不通問題，既掃除《紅樓夢》的重大污點，又能增加其璀璨光輝。故南佳人這一系列的《紅樓夢真相大發現》三書，實是近三百年來的紅學驚世大發現，是對於《紅樓夢》價值貢獻最大的空前傑作。

歷來研究《紅樓夢》的論著固然也發掘出很多《紅樓夢》的高超筆法，但也只是高超而已，還達不到超乎想像之外、令人難於捉摸的神奇莫測境地。南佳人系列著作所發掘出的《紅樓夢》筆法，則真正是詭奇莫測的神奇筆法。例如第一回作者描寫女媧補天未用而拋棄在青埂峰下的一塊頑石，向遠來的一僧一道苦求攜入紅塵享受富貴溫柔，於是那僧人便大展幻術，將那塊頑石變成一塊鮮明瑩潔的美玉的故事，南佳人發掘這是寓寫愚頑如石頭的吳三桂在山海關事件中，由於貪圖紅塵藩王富貴溫柔生涯，被遠來的滿清多爾袞（僧人）施展如夢幻般的詐術（幻術），而剃髮降清，其前腦被剃光得潔白明亮，猶如一塊鮮明瑩潔的美玉的事跡，像這樣把吳三桂剃成滿清髮式的潔白明亮的光禿前腦，比喻為一塊鮮明瑩潔的美玉，真是令人無法想像得到的千古妙喻。又如第五回作者描寫賈寶玉隨警幻仙姑進入其居處太虛幻境之後，來到一座「孽海情天」宮內，遊觀了「朝啼司」、「夜哭司」、「薄命司」等的故事，南佳人發掘這是作者以警幻仙姑所居仙境—太虛幻境，竟然暗設有類似地獄陰司的出奇筆法，來暗寫吳三桂（賈寶玉）隨滿清多爾袞

（警幻仙姑）投降入大清國境（太虛幻境）之後，便引清兵攻佔北京皇宮建立清朝，進而展開血腥征服，殘殺無數漢族同胞，漢人「朝啼」、「夜哭」，哀鴻遍野，所有抗清志士都失敗而落入薄命悲慘的境地，由此歸結評論這個北京清朝皇宮，是個由於吳三桂因痴戀陳圓圓之情如天般高（情天），而導引滿清入北京所建立，從而製造罪孽如海樣深（孽海）的朝廷宮殿（孽海情天宮），既痛罵了清朝，又痛罵了吳三桂，更妙的是作者故意安排製造罪孽的吳三桂賈寶玉親自來觀看自己所製造的「朝啼」、「夜哭」、「薄命」等悲慘景象，真是古今第一神筆。像這樣不可思議的神奇筆法，在南佳人系列著作中俯拾皆是，真乃珠璣遍地，美不勝收，可以說將《紅樓夢》的小說神奇技法提高到古今中外無人可以企及的至高無上境地。

歷來《紅樓夢》研究最關心、最急切想瞭解的核心問題，是《紅樓夢》、《石頭記》的旨義為何？在第一冊，南佳人於破解第一回楔子石頭過往今來故事的真相中，揭露《石頭記》的旨義是描寫頑劣愚蠢如石頭的吳三桂，在山海關事件中剃髮降清，引清兵入關滅漢，創作出世人被剃髮成前腦光禿如石頭的滿清髮式之清朝的記事。在第三冊，南佳人從破解第五回賈寶玉夢遊太虛幻境，享受警幻仙姑所提供美酒佳餚及歌舞豪宴招待之故事的真相中，揭露《紅樓夢》的旨義，就是描寫吳三桂在山海關事件中，因為追求藩王紅樓歌舞富貴溫柔的美夢，而背明降清滅漢，獲得滿清賜封雲南藩王圓了夢之後，又遭撤藩，藩王紅樓富貴夢破碎，於是聯合台灣鄭經等復明勢力反清，夢想恢復朱明王朝紅色樓閣殿堂天下的歷史事跡。這樣紅迷大眾、紅學專家近三百年來夢寐以求而探索不到的《紅樓夢》、《石頭記》之旨義，如今終於被南佳人破解出來，而真相大白，所以南佳人《紅樓夢真相大發現》三書，可以說對於《紅樓夢》研究具有劃時代的貢獻。

我因興趣廣泛，舉凡考據、義理、經世、辭章之學，無不涉獵；歷年在各大學中文系所開之課程，幾乎經、史、子、集，均曾講授過，其間對於《紅樓夢》也頗為醉心，在早歲所撰《千載稗心》中有〈論紅樓夢絕句五首〉云：

賈家或謂係曹家，赫赫揚揚百載誇。樹倒猢猻終散去，石頭如夢記生涯。

其二

貴族世家多惡德，淫邪剝削恣胡為。形形色色描心貌，一部紅樓儘可窺。

其三

夢阮年輕經驗富，萬般知識悉精通。崇高美學成悲劇，寶黛愛情難善終。

其四

人物內心成世界，葛藤對立苦糾纏。合情入理神來筆，妙造精微典範傳。

其五

補本雖無多著墨，才情工力亦相當。零箋散稿應供目，全璧完成自有光。

己卯（民國八十八年）初冬，方子丹教授邀請我為其在國立臺灣師範大學綜合大樓所舉辦的《方子丹九十歲以後古近體詩三百首》新書發表會作講評後，第二場有幸聆聽到南佳人所宣布之《紅樓夢》的神奇真相，記得當時對其空前的獨到創見，宛如石破天驚，與會貴賓皆精神猛然為之一振，久久不已。從此深知南佳人瑞泰兄對於《紅樓夢》有突破性的大發現，故於去年四月間特別邀請他來淡江大學驚聲大樓國際會議廳演講，講演中他深入淺出地揭露第五回「紅樓夢」故事及第一回那首「滿紙荒唐言」標題詩的神奇真相，使得聽眾們驚歎《紅樓夢》果真神奇到不可思議的地步，其演說甚獲好評與認同。於是調寄〈玉樓春〉，倚聲致謝云：

君生「佳里」《紅樓》覓，第一「寶」書真相出。《石頭記》「賈雨（假語）村」言，「甄士（真事）隱」神奇揭密。　吳三桂叛降心迹，拆字諧音尋線索。夢中「蝴蝶（胡諜）」醒為周，論斷空前驚妙筆。

後來，因緣際會，臺北市大安長青學苑要我開設「《紅樓夢》詩文之研究」，於是在首堂宣講時，口占〈玉樓春〉詞一闋云：

《紅樓「夢」》裏原非夢，人物感情心事重。真能作假有還無，藝術語言今諷頌。　詩詞聯語追唐宋，黛玉葬花哀且慟。《西廂》警句暗傳揚，才子佳人宜受用。

如今瑞泰兄大作《紅樓夢真相大發現（一）、（二）、（三）》三書同時付之剞劂，蒙殷殷囑咐贅述數語為序，不得以課忙推辭，且一向稱賞其發現《紅樓夢》真相的驚世創獲；深信其創發應該較紅學博士，更具博士資格；較紅學專家，更富專業精神；來日還會比紅學教授更為權威，而且更享有國際高知名度。姑就愚見所及撰文舉薦如上，並作〈玉樓春〉詞一闋，以示我對百年來紅學真相考證派專家的觀感云：

《紅樓夢》若尋真假，神似達文西密碼。從來破解訟紛紜，高下誠難論定也。　眾家辭聘無傷雅，別出奇峰來黑馬。人間至味孰知嘗？滿紙辛酸憐作者。

《紅樓夢》的真相究竟如何？除非能起原作者於地下。今瑞泰兄敢提出如此「大發現」，蓋本於其證據空前豐富，而其論證空前精詳，誠可謂歷來考證《紅樓夢》真相的空前之作，將與「紅學」同享其不朽，謹殿以古風一首贊曰：

原來黛玉入榮府，謁見賈母和寶哥。影射鄭清大會戰，進出長江動干戈。
地圖對照似吻合，層層標示不拉雜。姓名年歲藏玄機，穿鑿竟然有解答。
應熊明辨大是非，廿載婚姻禮無違。三桂叛清乃問斬，正好逢虎魂夢歸。
人物事跡全考出，旁徵博引但求實。融貫無礙洵空前，馳論能破又能立。
真相大白超神奇，妙手巧將造化移。滿眼珠璣俯拾是，鴻撰容當天下知。
從此開派衍家數，百代紅學允獨步。

中華民國九十七（二〇〇八）年五月吉日　淡江大學中文系教授　**陳冠甫（慶煌）**　謹序於心月樓

邱序

邱序

《紅樓夢》之所以造成轟動，成為今日的一門顯學，一方面是本質上《紅樓夢》背後隱藏有某種神秘真事，而吸引眾多學者索解其謎底，形成一種猜謎競賽；另一方面是學術界有頂尖的學者，因所索解謎底不同，而引發爭論，吸引其他學者加入論戰，帶動學術界的參與，吸引廣大讀者的注目，因而推波助瀾形成陣陣熱潮。二十世紀民國初期，由於北京大學蔡元培與胡適的紅學論戰，而發軔大陸紅學的大論戰，國民政府遷台初期，在一九五〇年代，又由於臺灣師範學院（後改為大學）潘重規教授與胡適的紅學論戰，而掀起臺灣紅學的大轟動。胡適考證派新紅學由北大中文系傳薪至臺大中文系，臺師大國文系的潘重規則傳承了蔡元培的索隱派紅學，被稱為新索隱派，當時臺師大與臺大實為啟動臺灣紅學發展的兩個大本營。

我在一九五〇年代初期就讀臺灣師範學院，曾修習潘重規老師的《紅樓夢》課程，後來並曾奉潘師之命，抄錄整理過古本《石頭記》的脂硯齋評語（習稱脂批或脂評），對《紅樓夢》一度很著迷。民國四十（一九五一）年五月二十二日，潘師應臺大中文系學生會的邀請，赴台大演講「民族血淚鑄成的《紅樓夢》」，講詞並在當年五、六月份的《反攻雜誌》第三十七、三十八期，以潘夏的筆名發表。由於文中「認為《紅樓夢》原作者不是曹雪芹，全書不是曹雪芹的自敘傳，後四十回也不是高鶚偽作」，完全否定胡適曹家新紅學的核心論點，嚴重挑戰胡適的權威性，寄居美國紐約的胡適按捺不住，而於同年十月在《反攻雜誌》第四十六期，發表「對潘夏先生論紅樓夢的一封信」，展開反攻，除再度確定其原先的紅學主張之外，並批評潘師的考證方法，還是他三十年前稱為「猜笨謎」的方法。此後兩人又陸續在雜誌上發表文章，互相批駁，直到民國五十一（一九六二）年胡適逝世前，還餘波盪漾。潘胡兩位文學界巨擘大論戰的結果，一如三十年前蔡胡大論戰一樣，胡適曹家新紅學獲得勝利，潘師的新索隱派紅學被認為是不夠科學的猜謎式紅學，而逐漸式微。

至今四、五十年過去了，回顧紅學的實際發展，胡適曹家新紅學的核心論點，其中《紅樓夢》為曹雪芹自敘傳的論點，早就被紅學界所推翻。至於後四十回是高鶚偽作的論點，在一九五九年發現乾隆抄本百二十回《紅樓夢稿本》之後，已經不攻自破；批書人脂硯齋為曹雪芹親近之族人的論點，一直查不到確實證據；作者為曹雪芹（本名曹霑）的論點，則在江寧織造曹寅的氏族譜中，始終查不到有這個名字，也是查無實證。對於這三點，大陸著名紅學家劉夢溪在所著《紅樓夢與百年中國》一書中，稱為紅學研究中的「三個死結」。顯然可見，胡適曹家新紅學已處在被完全推翻的危機之中。反觀潘師當初在臺大演講時，對胡適曹家新紅學的以上三項批評，事實證明都是具有先見之明的正確看法，所以潘師紅學中有關破胡適舊說的部份，可以說反而獲得最後勝利。

至於潘師創立新說的部份，即《紅樓夢》為反清復明的民族血淚史的說法，從《紅樓夢》字裡行間所流露的民族沉痛，若隱若現，如泣如訴，也應該是正確的。只不過潘師的論證太過籠統，未能進一步精細考證，將《紅樓夢》的主要人物與故事情節，一一對應上反清復明歷史的相關真人真事，證據不夠充分確鑿，不免有點猜謎的方式，而難以令人信服。關於這一點，牽涉到潘師研究紅學的基本態度，潘師一直認為領悟《紅樓夢》根本要義在於喚醒反清復明的民族意識最為重要，至於書中某人影射某人，則不甚重要。他當初在臺大的演講詞中就說：「談到書中某人影射某人，我以為尚屬次要。」到了民國五十九年十二月，他在回覆一位後輩紅學研究者靈鈞的信中，更進一步說：「至於書中人物，未必一一影射時人，似可不必探求。」潘師這一態度，很可能與他在反對胡適曹家新紅學之餘，也一併反對胡適派所主張脂硯齋、脂評深知《紅樓夢》故事內情的觀點有關。潘師在研究脂評之後，認為「批者心目中只把《紅樓夢》看成一部言情小說」，「脂硯齋僅是《紅樓夢》的一個普通讀者，他對於《紅樓夢》的涵義，也和尋常人同樣地揣摩猜測，而且可以發現他許多迂腐附會的評語，對於書中人名、物名任意附會。」由於對脂評持這樣的看法，又把握不到脂評之外，索解《紅樓夢》故事真相的其他具體線索，可能因而使得潘師對考證書中某人影射某人抱持消極態度。

現在門生南佳人李瑞泰君完成他的紅學研究著作──《紅樓夢真相大發現（一）、（二）、（三）》三冊，共六十餘萬言，可謂洋洋大觀。他自認為對於《紅樓夢》的真相，有發前人所未發的重大發現，並宣稱是直接研究《紅樓夢》原文、凡例、脂批，偶然觸機而領悟到的獨有心得。不過我翻閱過後，感覺還是有一些潘師紅學的影子。首先，他發現《紅樓夢》的真相為藉吳三桂降清叛清事跡為主線的明清交替歷史，以寄託反清復明思想的小說式歷史，這與潘師主張《紅樓夢》為反清復明的民族血淚史的說法，頗為近似。還有他認為賈寶玉影射的對象之一為傳國璽所代表的天下帝位，林黛玉影射的對象之一為明朝，薛寶釵影射的對象之一為清朝，這也與潘師的說法有部份雷同。雖然如此，瑞泰的紅學畢竟還是和潘師絕大部份不同。他篤信胡適派脂硯齋、脂評深知《紅樓夢》故事內情的觀點，特別注重根據脂批提示，一一考證《紅樓夢》人物與故事情節所影射的真人真事，幾乎逐句逐段全面破解，力求人、事、時、地都能符合歷史事實，證據極為豐富而確鑿，與前述潘師論證略顯籠統，貶低脂批，及不事探求書中某人影射某人的研究作風，恰恰相反。茲簡述兩個實例如下，以見一斑：

在第一冊破解第一回甄士隱與賈雨村故事的真相時，他從脂批切入，先從脂批對於甄費這一人名，評注說：「真，廢」，而領悟甄費通諧音「真廢」之意，暗示天下真王朝的明朝崇禎王朝被廢棄的意思。從脂批對於甄費字士隱，評注說：「託言將真事隱去也。」而領悟甄士隱通諧音為「真事隱」之意，暗示天下真王朝的明朝崇禎王朝，逐漸衰敗隱去的事。再從脂批對於賈化這一人名，評注說：「假話」，而領悟賈化通諧音「假話」之意，暗示擅長說假話，以圖滅亡明朝真帝統的勢力，包括宣揚「迎闖王，不納糧」之假話的李自成政權，與宣揚為明朝臣民「代報君父之仇」之假話的滿清政權。從脂批對於賈化別號雨村，評注說：「雨村者，村言粗語也。言以村粗之言，演出一段假話也。」再確認賈化、賈雨村是暗示出身西大荒陝甘僻野農村地區而擅長說假話的李自成政權，或出身東大荒遼東僻野地區而擅長說假話的滿清政權。然後進一步破解出甄士隱與賈雨村在中秋夜月下對飲故事的真相，是暗寫崇禎十四年八月中秋期間的夜晚，甄士隱所代表的洪承疇明軍和賈雨村所代表的皇太極清軍，爆發明、清松山大戰，而明軍大敗的事件。再破解出後面某三月十五日，葫蘆廟中炸供，油鍋火逸，引發火災，接二連三，牽五掛四，將一條街燒得如火燄山一般，將隔壁甄士隱家燒成瓦礫場之故事的真相，是暗寫明崇禎十七年三月十五日，糊塗治國的明朝廟堂（脂批葫蘆為「糊塗也」）北京一帶，發生李自成大軍於三月十五日攻下居庸關，十六日攻陷昌平，焚燒明朝十二陵，再一路焚掠，十七日攻抵北京，城上下砲火交發，引燒屋宇，火光際天，至十九日攻陷北京，滅亡明朝的事件。

在第二冊中破解第二回至第三回林黛玉入都初會賈寶玉之故事，他也是從脂批切入，先從脂批對於林黛玉之父林海（字如海）這一人名，評注說：「蓋云學海文林也」，而領悟林海是出身科舉的文林學士，再配合原文敘述，破解出林如海是影射出身科舉，曾任翰林院編修，並曾由陸地前赴海上（如海）舟山群島，擁護南明魯王政權的張煌言。另外，原已由第一回相關脂批，領悟由天界絳珠草降生的林黛玉，是影射衰降的朱明王朝（絳珠草），所衍生出來的延平王朝鄭成功。據此考證第二回描寫林如海四十歲，林黛玉五歲的時間點，發現林如海所影射的張煌言四十歲，是順治十六年，而林黛玉五歲所影射的鄭成功延平王朝五年，恰好也是順治十六年，又正好是鄭成功率領十幾萬舟師，深入長江進攻南京的年份。從第三回描寫林黛玉說：「（賈寶玉）頑劣異常，極惡讀書，最喜在內幃廝混；外祖母又極溺愛，無人敢管。」考證正合清順治帝少年就當皇帝，異常好動頑劣，極厭惡閱讀群臣上呈的漢文奏摺文章，最喜在皇宮內幃廝混，而其母孝莊皇太后極度溺愛，無人敢管的情況。又從原文描寫王夫人說：「縱然他（寶玉）沒趣，不過出了二門，背地裡拿著他的兩三個小么兒出氣。」考證正合曾入宮為順治講佛法的木陳忞老和尚所著《北遊集》中，記載順治帝「龍性難攖，不時鞭朴左右（太監）」的情況。綜合而證實第三回的賈寶玉是影射清順治帝或以順治帝為代表的清軍。再從而考證出林黛玉入都初會賈寶玉的故事，實是寓寫順治十六年，鄭成功率領舟師，深入長江，與清軍相會，而發生鄭、清南京大戰的事件。

《紅樓夢》自乾隆五十六年（一七九一），以木活字版印行以來，已成為家喻戶曉的人情小說。由於該書的情節結構，作者將民族文化與現實世家的生活融合，從神話虛幻世界寫起，到賈府大家族由盛而衰的描述，最後又由一僧一道將賈寶玉帶入虛幻世界，顯示人生的變幻無常，名之為《石頭記》、《情僧錄》、《風月寶鑑》、《金陵十二釵》，最後定名為《紅樓夢》，兩百多年來，多少讀者學者將精力投注其間，有關評點、題詠、專題、雜記、專著，以及索隱、考證等篇章，可說是浩如煙海。儘管多少紅學學者投注心力其間，《紅樓夢》依然是一部難以破解的說部。瑞泰君從清代歷史的背景，去探索《紅樓夢》的真相，其所得的成果，亦如前人所說的「一得之愚，只在取捨之間」。我看其勤奮著述，用力之深，對近代紅學的研究，也有他一席的成就和貢獻，因此願為他推薦，並為之序。

國立臺灣師範大學國文系所教授　邱燮友

二〇〇八年五月於研究室

自序（總序）

《紅樓夢》是中國小說中最特出的一部書，它的特出不只在於它是中國小說金字塔頂的第一名著，更在於它是中國最神秘的一部小說。《紅樓夢》是在清朝乾隆初期現世，當時本名《石頭記》，是以手抄本形式暗暗流傳，而且上面附有很多硃筆評點文字（即脂批），這些硃評文字強烈暗示正文故事背後隱藏有某種真事，而使得這部小說蒙上一層神秘色彩。加上這些《石頭記》手抄本及後來的《紅樓夢》版本，在第一回正文故事開始的前面，都有一段說明本書特質的文字，開宗明義說：「此（書）開卷第一回也，作者自云：『因曾歷過一番夢幻之後，故將真事隱去，而借通靈之說，撰此石頭記一書也。』故曰：『甄士隱』云云。但書中所記何事何人？自又云：『今風塵碌碌，一事無成，…又何妨用假語村言敷演出一段故事來，…。』故曰：『賈雨村』云云。」這段文字顯然點示《石頭記》或《紅樓夢》是作者敷演出一篇外表假語故事而將真事隱去的一部書，這更使得這部小說蒙上一層以假寓真的神秘色彩。鑒於這兩層因素，從乾隆時《石頭記》或《紅樓夢》剛現世流傳起，讀者們就不認為它只是一部純虛構的小說，而是以外表假語故事隱藏世間真事的一部書。順著這樣的想法，歷來的《紅樓夢》研究者或紅學家大都致力於探索《紅樓夢》內裡所隱藏的世間真事，而發展出各種說法，最主要的有明珠家事說、順治痴戀董鄂妃而出家說、康熙朝政爭說、雍正奪位說、反清復明血淚史說、曹雪芹自傳（或曹家家事）說、反封建階級鬥爭說等七大派說法，這些紅學家可統稱為真事派。令人遺憾的是，所有真事派的各種說法，證據都非常薄弱，經過長期實際檢驗的結果，都不能合理詮釋《紅樓夢》原文的故事情節，更無法將《紅樓夢》書中的人物情節一一核實對應上歷史上的真人真事，因而說服力都很低，所以迄今仍然眾說紛紜，莫衷一是。

另一方面，《紅樓夢》外表是小說故事的形式，而且自從乾隆五十六（一七九一）年舉人程偉元將《紅樓夢》改為活字印刷時，將《石頭記》手抄本原有的硃筆評點文字（脂批）全部刪除，後來新版本一百二十回《紅樓夢》廣大流傳，而原先帶有脂批的八十回手抄本《石頭記》，就逐漸失傳了，沒有了那些點示真事的脂批文字，人們也只得把《紅樓夢》當作是純虛構的小說來閱讀評論。因此，另一部份《紅樓夢》研究者或紅學家認為《紅樓夢》是一部純虛構的小說，而專就其外表故事情節來研究，注釋語詞意義，典故來源，試圖理順前後故事情節，分析其寫作結構、筆法等等，這些紅學家可統稱為純（虛構）小說派。兩百多年來的《紅樓夢》研究，就以真事派為主，純小說派為副，並行地熱鬧發展著。直到上一世紀一九七〇年代中期，由於真事派的各種說法，始終無法達到證據確鑿，而令人信服的地步，一再讓讀者專家失望之餘，紅學界遂逐漸大逆轉為認定《紅樓夢》只是作者曹雪芹，以曹家家事或當時社會狀況為背景而寫作的純虛構小說，極力排斥《紅樓夢》背後隱藏有任何歷史真事。此後這種純小說的說法一躍而登上主流地位，幾乎所有正規的《紅樓夢》研究機構，及《紅樓夢》教學機構的各大學都採取這樣的立場，專門從事《紅樓夢》文本故事情節的文學考證工作，從前盛行的真事派反而被打入為邪魔歪道之流，只能在邊緣角落默默自行研究。

居於主流地位的純小說派，對於《紅樓夢》採取純文學考證工作，已經如火如荼進行了約三十年，雖然也取得了一定的成績，但是卻依然無法解決《紅樓夢》許多長期存在的故事情節嚴重矛盾不通的現象。譬如大陸重要紅學家劉夢溪在二〇〇五年所著《紅樓夢與百年中國》一書的第八章下篇，就指出過去百年紅學研究形成「四條不解之謎」。第一條不解之謎是元春判詞中的「二十年來辨是非，…虎兔相逢大夢歸」兩句，「簡直索解莫從」。第二條不解之謎是紅樓夢曲中評寫秦可卿的《好事終》一曲，其中的「箕裘頹墮皆從敬，家事消亡首罪寧」兩句，與書中的情節不能吻合。第三條不解之謎是《紅樓夢》第一回列舉四個書名，本名是《石頭記》，空空道人改為《情僧錄》，東魯孔梅溪題為《風月寶鑑》，曹雪芹增刪後題為《金陵十二釵》；「這些人名和書名之間是什麼關係？」「至今還沒有弄清楚」。第四條不解之謎是明義的二十首「題紅樓夢」絕句，「似涉及到了八十回以後的《紅樓夢》的情節」。又如台灣紅學家龔鵬程在二〇〇五年所著《紅樓夢夢》之「紅樓情史」一篇中，首先就標題「紅樓誤曆」，隨後指出「紅樓夢是本令人困惑的書」，在列舉書中賈寶玉、林黛玉、薛寶釵、鳳姐、小紅等年齡錯亂之後，歸納說：「可見書中主要人物之年齡無一不誤，他們的生日也很錯亂。」其他還有很多嚴重的矛盾不通問題。歷來紅學界討論得最熱烈的是秦可卿的死因問題，第五回秦可卿命運簿冊的圖畫是「畫着高樓大廈，有一美人懸梁自縊。」預示她是懸梁自縊而死，但是第十、十一、十三回却寫她是生病而死，前後嚴重矛盾不合，至今無法合理解釋。又如第五回紅樓夢曲的最後一支曲子〈收尾・飛鳥各投林〉，其起首兩句「為官的家業凋零，富貴的金銀散盡」，及末尾兩句「好一似食盡鳥投林，落了片白茫茫大地真乾淨」，意思很明顯是紅樓夢故事的結局是賈家最後徹底破敗，喪失所有官位財富，子孫流散各處自謀生路，賈府富貴家業也在世間消失得乾乾淨淨；但實際上書中末尾所描寫賈家的結局是「沐皇恩賈家延世澤」，「將來蘭桂齊芳，家道復初」，前後的情節完全矛盾不合。書中其他矛盾不通之處、不解之謎，還不勝枚舉。凡此種種矛盾不通現象，純小說派經過約三十年的全力研究仍然無法合理詮釋，矛盾的照樣矛盾，不通的依舊不通，事實證明即使要將《紅樓夢》視為只是純虛構的小說來閱讀也行不通，所以這條純文學考證的研究道路，實是一條走不通的死胡同。

時序走到二十一世紀關口的這幾年，正當紅學研究真事派被打壓為邪魔歪道，純小說派又無法解決《紅樓夢》書中眾多情節矛盾不通的陳年老問題，眼看舉世長久翹首企盼的《紅樓夢》真相永遠沉埋的時刻即將到來，此時大陸紅學家劉心武的曹學分枝秦學忽然異軍突起，他於二〇〇五年四月起，在中央電視台「百家講壇」上一連串的「揭秘《紅樓夢》」演講，非常受到一般平民讀者大眾的歡迎，造成極大轟動的所謂劉心武現象。劉心武最主要的論點是，金陵十二釵中的秦可卿是江寧織造曹家所偷偷抱養的康熙廢太子胤礽的女兒，而《紅樓夢》主題是寓寫廢太子胤礽、弘晳父子一派（曹家也牽涉在內），與雍正、乾隆父子當權派兩派之間爭奪帝位的秘史。對於劉心武這種明顯屬於真事派的新說法、新熱潮，居於主流的紅學家則批評說：「劉心武說秦可卿出身不寒微，是康熙的廢太子的女兒毫無根據，是杜撰，劉心武的『秦學』是新索隱（引錄自鄭鐵生著《劉心武『紅學』之疑》之張慶善序言）。」這樣的評論以講究確鑿證據的學術觀點來看，是很正確的。不過劉心武這種幾乎毫無證據的說法，竟然受到廣大平民聽眾、讀者的極大歡迎，而造成轟動，筆者以為那是因為兩百多年來《紅樓夢》一書背後隱藏有某種世間真事的想法，早已深植人心，只有一九七〇年代中期以後才被學術權威們倡導為是背後毫無隱藏世間真事的純小說，然而廣大紅迷大眾內心還是不時渴望著《紅樓夢》背後隱藏真事的出現，經過純小說派權威約三十年的強力壓制，其渴望之切有如大旱之望雲霓，如今好不容易盼到有著名小說家編造出一個頗能自圓其說的所謂秦可卿原型真事故事來，背後又有新紅學權威大師周汝昌的唱和支持，故即使劉心武所描繪的只是一個極模糊的影子，廣大紅迷大眾還是聽得津津有味，大大滿足了他們對《紅樓夢》背後真相的長期殷切期盼，因而能夠大大轟動起來。雖然劉心武的秦學因為證據極度薄弱，學術價值並不高，但是從他突破二、三十年來紅學主流派所構築的純小說研究路線的圍牆，將紅學研究回歸到傳統的真事派道路上來看，則是值得熱烈鼓掌喝采的。

近年來另一個突破純小說主流派圍牆，回歸到傳統真事派研究道路，而且更進一步企圖顛覆胡適曹家新紅學的紅學家，是大陸蒙古族吉林長春的一名教授土默熱先生。他的系列紅學文章見諸網路後引起軒然大波，大陸媒體愈吵愈熱，美國、日本、新加坡及台港澳的媒體也紛紛轉載，各方高人熱烈評論，後來整輯出版《土默熱紅學》一書。台灣佛光大學創校校長龔鵬程，鑒於其書具有突破胡適曹家新紅學窠臼的重大意義，特別刊刻引進台灣，改稱為《土默熱：紅學大突破（上卷）》（二〇〇七年五月初版）。土默熱紅學的核心論點是，《紅樓夢》的作者是著作《長生殿》傳奇的洪昇，而曹雪芹只是披閱增刪者；《紅樓夢》的主題是洪昇對自己親身經歷之家難的追蹤躡跡式記載；《紅樓夢》書中金陵十二正釵的原型是「蕉園詩社」的「前五子」和「後七子」，她們是洪昇的十二個才女姐妹；大觀園的原型是洪昇的故鄉杭州西溪。《土默熱紅學》一書雖然論證十分豐富而自成體系，但證據還是不夠充分確鑿，詮釋還是不夠合理圓滿。尤其是關於洪昇著作《紅樓夢》及傳至曹雪芹披閱增刪而面世的說法，並無直接證據，大多憑藉《紅樓夢》與《長生殿》有某些類似，及洪昇和曹寅的交往關係，而加以推論、臆測，證據似嫌虛浮（較詳細的評論請參閱本書第一章第三節）。所以土默熱紅學要獲得學術界信服認同，還有待嚴格考驗。其實土默熱本人也知道這個缺點，他在該書自序中就說：「本書中的很多問題缺乏直接證據支持，需要進一步補充考證。」不過就其突破胡適曹家新紅學窠臼的角度來看，則意義極端重大，值得熱烈喝采。蓋胡適曹家新紅學已統治紅學界近百年了，眾紅學精英傾全力考證的結果，卻仍然考證不出曹雪芹著作《紅樓夢》的任何直接證據，也考證不到江寧織造曹寅氏族譜中有一個叫曹雪芹（或其本名曹霑）的人，而且除了康熙南巡接駕四次之外，幾乎考證不出曹家有任何真人真事，能夠對應符合《紅樓夢》的任何角色情節的。事實上長期以來所考證到的曹家事跡材料並不多，但是以曹家事跡詮釋《紅樓夢》的論著卻多如汗牛充棟，而絕大數都是些沒幾顆米粒的超稀米湯，閱讀起來真是無味之至，很多讀者及研究者實際上早已忍無可忍，但又無可奈何。又由於大家一直相信《紅樓夢》作者是曹雪芹，《紅樓夢》是以曹家康雍乾百年家事或世間事為背景所寫作的小說，導致近百年來幾乎所有紅學家都將研究範圍聚焦在康雍乾百年間之事，沉浸在這百年間的資料中考證打轉，即使收獲極微也不願跳出這百年時間的迷人圈子之外，不知浪費多少國家社會人力財力等資源。如今土默熱敢於代表眾多對胡適曹家新紅學難忍又無奈的紅迷讀者或研究者，帶頭呼籲顛覆胡適曹家新紅學，跳出其窠臼，若能從而帶引眾多紅學家將紅學研究的時間範圍，轉移至清初順治、康熙、南明的百年間之事，則真是令人額手稱慶，而開闢紅學新境界才會有新希望，所以土默熱此舉還是十分令人讚賞並佩服的。

劉心武揭秘《紅樓夢》造成紅迷平民大眾極大轟動，及土默熱紅學廣受國內外關心紅學的高人熱烈討論，兩者所代表的共同意義是，眾多的紅迷平民大眾或專家，已不能滿足、甚至已厭倦居於主流約三十年的《紅樓夢》為純虛構小說的說法，寧願相信《紅樓夢》背後隱藏有某種世間真事。土默熱紅學更代表甚多海內外關心紅學的高層人士，懷疑、甚至厭棄統治紅學界已近百年的胡適派曹家新紅學，渴望尋找更能合理詮釋《紅樓夢》故事情節的其他真事說法。這種紅迷平民大眾及紅學高層人士所表現想要擺脫長期無法合理詮釋《紅樓夢》，卻又長期宰制紅學界的純小說派及胡適派曹家新紅學之束縛的現象，正是活生生展示了二十一世紀紅學研究的新動向、新生命。所以二十一世紀的紅學研究必然是如劉心武及土默熱紅學一般，既跳脫純小說派，又跳脫胡適派曹家新紅學的舊窠臼，而回歸到傳統真事派研究的道路上發展前進的，也唯有如此紅學才會再有新前途、新境界。

筆者自一九九七年涉入紅學，鑽研了一年多就略有心得，很湊巧就是朝著這個方向走的，很幸運未掉入胡適派曹家新紅學的大染缸之中。不過，筆者雖然不贊同胡適派《紅樓夢》作者為曹雪芹，《紅樓夢》主題是描寫曹家事跡的說法，甚至認為胡適派曹家新紅學是誤導近百年紅學走入歧途，害得眾多文史界精英白白浪費寶貴時間精力的孽根禍胎，但是筆者卻認為胡適所倡導發現的幾本古手抄本《石頭記》及上面的大量脂批，是破解《紅樓夢》真相的法寶，乃胡適對於紅學將功補罪的偉大貢獻，所以筆者一方面摒棄胡適派曹家家事說，一方面執著採用胡適倡導發現的古手抄本《石頭記》及脂批。尤其強烈認為脂批是打開《紅樓夢》密室的唯一鑰匙，破解《紅樓夢》真相的無上法寶，所以大量採用，在這三本書分別破解第一回、第三回、第五回故事的真相之中，筆者十條脂批採用了九條多（立松軒評本批語除外），總共採用多達約五百條。由於筆者一開始就很幸運地走上非胡適派的真事派路線，又遵循大量脂批的提示進行探索，因此才能在短短十年左右就有這麼豐富的發現真相之作可以發表，這次出版一系列三本書已超過六十萬字，而往後還將陸續寫作出版。

筆者根據古本《石頭記》原文、凡例、脂批，並擷取前輩紅學家的寶貴心得，經過幾年的研究終於有突破性的大發現，發現了沉埋近三百年的《紅樓夢》真相，及許多前輩紅學家從未發現的千奇百怪神奇筆法，同時順利解開了書中長期存在的許多重大情節矛盾不通的死結或不解之謎。首先筆者根據上述第一回第一段提示「甄士隱」意義為「真事隱去」，「賈雨村」意義為「假語村言」的文字，領悟《紅樓夢》是一部以外表假語故事將真事隱去的小說。再根據庚辰本《石頭記》第四十三回的一則脂批提示說：「所以一部書全是老婆舌頭，全是諷刺世事反面春秋也。所謂痴子弟正照風月鑑。若單看了家常老婆舌頭，豈非痴子弟乎？」而進一步領悟《紅樓夢》的所謂外表假語故事，就是充滿全書有如老太婆舌頭上絮叨的家常人情故事，所謂內裏隱去的真事，就是故事反面所寓寫的「全是諷刺世事」的「反面春秋」歷史，從而悟知《紅樓夢》正面所描寫百年富貴家族賈家由盛而衰的故事，就是寓寫明朝最後一百年由盛而衰的歷史。

據此基本認知，經過一番艱苦的考證，實際印對明清交替歷史，筆者已破解出很多《紅樓夢》故事所隱藏的明清歷史真相，目前先完成的這三本書，分別破解出「凡例」與第一回、第三回、第五回故事的歷史真相。第一冊是破解甲戌本《石頭記》獨有的「凡例」及第一回故事的真相。甲戌本這一篇凡例是《石頭記》或《紅樓夢》作者所作，以指引讀者正確認識《紅樓夢》主旨及特殊寫作筆法的一篇說明文字，可說是窺探《紅樓夢》神秘真相的無上瑰寶。可惜歷來沒有紅學家全盤解析過，筆者則全文予以最詳盡的解析，是紅學界的創舉。結果破解出《紅樓夢》各種題名的旨義與命名的情節依據，及解讀《紅樓夢》地名人名的首要秘訣諧音法、拆字法、通義法，同時為了舉例演練說明，附帶考證出紅學界尚眾說紛紜的大觀園的實際地點，及秦可卿的真實身分。至於第一回，則破解出前面楔子有關石頭過往今來故事（即石頭記）的真相，是暗寫崇禎十七年明朝北京亡於李自成，如頑石般的吳三桂在山海關事件中剃髮降清，而引清兵入關征服漢人天下，創造出天下漢人被剃髮成前腦光禿如石頭之滿清髮式的清朝，受封藩王而圓了紅樓富貴的夢想，及至後來遭撤藩而起兵反清，終歸失敗的歷史事跡。又破解出後面甄士隱遇見賈雨村，兩人喝酒吟詩，甄士隱協助賈雨村入都考中進士高升知府太爺，甄士隱反而家遭火災燒燬，淪落至農莊，最後隨瘋跛道人飄飄而去之故事的真相，是暗寫崇禎十四年明、清松山大戰，明軍大敗，隨後李自成攻陷北京高升皇帝寶位，而明朝滅亡，吳三桂引清兵入關驅逐李自成，滿清在北京建立清朝，並向南進擊南明，直到南明福州隆武王朝的柱石鄭芝龍投降清朝的歷史事跡。第二冊破解出第二回林黛玉出身及第三回「榮國府收養林黛玉」之故事的真相，是暗寫順治十六年鄭成功率領舟師深入長江，進攻南京，與清軍相會大戰，失敗後又順長江撤退回廈門的歷史事跡。第三冊破解出第五回上下回全部故事的真相，是暗寫明末崇禎十七年，李自成攻陷北京，崇禎帝自縊而明亡，吳三桂聯清討李，因受到滿清許諾封為藩王，貪圖享受藩王歌舞富貴溫柔生涯的誘惑，而背明降清滅漢，受封雲南平西藩王，後來又因遭滿清撤藩，終於醒悟而聯合台灣明鄭等復明勢力共同反清的歷史事跡。其他已破解出真相而尚待繼續寫作的還有其他三回故事，合計筆者已破解出真相的回數已達六回，連帶小部份破解的也有好幾回，而且分佈得相當廣泛。至於其中所包括的人物，不但破解出主要角色賈寶玉、賈母等及金陵十二釵林黛玉等的真實身分，連神話性角色一僧一道、補天頑石、空空道人、茫茫大士、渺渺真人、神瑛侍者、絳珠草、警幻仙姑、癩頭和尚、跛足道人等，也都考證出世間實有其人的真實身分；尤其對於紅學界最想知道其確實身分的《石頭記》作者「石頭」、披閱增刪者曹雪芹、抄閱再評者脂硯齋，也都考證得清楚明確。對於紅學界一直無法確定的大觀園、太虛幻境、青埂峰、榮國府、寧國府等地點，都一一考證出其確實地點。況且第一回楔子有關石頭過往今來的故事，及第五回的故事，都是概括全書故事的概要，尤其是根據第五回金陵十二釵命運簿冊的圖畫與判詞，以及紅樓夢十二支曲，所揭露賈寶玉及金陵十二釵所影射的與抗清有關的主要真人真事，及其一生命運和結局，貫串前後很大部份的故事情節。同時又破解出脂批所提示很多其他章回之故事情節的歷史真相或其破解線索。這樣基本上筆者所破解《紅樓夢》故事之真相的數量已經夠多，涵蓋面亦已夠廣泛。其次，筆者這三本書就已採用約五百條的脂批，所破解出《紅樓夢》原文故事的歷史真事，都能與深知作者寫作內情的大量脂批，互相融會貫通得通暢無矛盾。再次，筆者採取幾近逐句逐段的全面性破解，而且人、事、時、地幾乎都能全面符合貫通，可以說是歷來破解《紅樓夢》真相最詳實最全面性的著作（有關所破解真相的較詳細內容，請參閱「南佳人紅學提要」一文）。因此，筆者考證資料的豐富及詳實確鑿程度，遠超過歷來破解《紅樓夢》真相的一般著作，應足以證明筆者一向所主張《紅樓夢》的真相，為藉暗寫吳三桂降清叛清事跡為主線的明清交替歷史，以寄託反清復明思想的說法，確實可以成立，而且自成一個紅學界前所未有的十分整然完備的體系。

發現歷史真相之外，本書也發現極多《紅樓夢》千奇百怪的神奇筆法，茲略舉其犖犖大端者數例，以見一斑。如由第一回提示甄士隱意義為「真事隱去」，賈雨村意義為「假語村言」的文字，以及其他原文與脂批的提示，發現《紅樓夢》的人名、地名、物名、甚至詩句等，是以「諧音法」、「拆字法」、「通義法」三種基方法所創作出的密碼。又如根據第一回脂批提示說：「開卷一篇立意，真打破歷來小說窠臼。閱其筆則是莊子離騷之亞。」而發現《紅樓夢》仿傚並翻新《莊子》、《離騷》的著名筆法，不但大量使用《莊子》寓言法，並由〈齊物論〉的莊周夢蝶情節，創新出「夢化蝴蝶，醒復莊周」的神奇筆法；更仿傚屈原《離騷》中以「美人」二字影射楚國國君的美人筆法，而進一步翻新為以林黛玉、薛寶釵等金陵十二釵這些活生生的美人，來影射明清交替時期的帝王、國君、藩王或王朝、政權等。再如從破解出第一回石頭記來歷故事及甄士隱作夢故事的歷史真相，發現作者將山海關事件編造為天界神仙及作夢的故事，把吳三桂幻化為補天被棄的頑石、三生石、神瑛侍者等，把滿清領袖多爾袞幻化為一僧、警幻仙子等，把衰敗的明朝幻化為甄士隱、絳珠草等，使用了神話、夢幻的神秘筆法。這些都完全不同於歷來所發現的《紅樓夢》高超筆法，是《紅樓夢》真正詭秘莫測，真假、男女莫辨的神奇筆法。

非常值得一提的是，筆者這一系列書破解出《紅樓夢》故事的真相，順便也解決了許多長期困擾著紅學界的書中故事情節矛盾不通問題。尤其順利解開了前述紅學家劉夢溪所提百年紅學「四條不解之謎」之中三條的謎底。第一條不解之謎是元春判詞中的「二十年來辨是非，……虎兕相逢大夢歸」兩句，「箇直索解莫從」。對此本書已徹底解開其謎底，其中賈元春就是影射留在北京當人質的吳三桂兒子吳應熊。「二十年來辨是非」的謎底，就是指吳應熊自從順治十年（一六五三年）八月，與順治帝之妹建寧公主結婚而顯貴起，直到康熙十二年（一六七三年）十一月二十一日吳三桂在雲南起兵反清時的二十年以來，吳應熊都能明辨君臣禮法的大是非，而沒有隨同父親吳三桂一起背叛清朝。「虎兔相逢大夢歸」的謎底，就是指吳應熊在康熙十三年甲寅（虎）年的四（兔）月十三日，即虎年和兔月相逢的時間裡，被清康熙下令處死，猶如長睡作大夢般地死亡歸天了（詳情請參閱第三冊第二章第三節）。第二條不解之謎是《紅樓夢曲》中評寫秦可卿的《好事終》一曲，其中的「箕裘頹墮皆從敬，家事消亡首罪寧」兩句，與書中的情節不能吻合。對此本書也已徹底解開其謎底，其中秦可卿是影射明朝末年的崇禎皇帝或崇禎王朝，賈家寓指明朝，寧國府寓指在東邊北京的明朝崇禎王朝，榮國府寓指在西邊雲南的平西藩王吳三桂政權。「敬」字暗通諧音「淨」字，暗指「淨身之人」，也就是閹割淨身過的太監或宦官。「箕裘頹墮皆從敬」的謎底就是作者評論說：「朱明王朝祖傳帝業的頹廢墮落，都是從『淨身之人』的太監亂政開始的」，這幾乎是眾多歷史學家對於明朝亡國原因的定評。「家事消亡首罪寧」的謎底，就是作者評論說：「朱明王朝帝王事業的消敗滅亡，首先必須歸罪於東邊北京的崇禎王朝」，這也是很冷靜公正的歷史評論，因為先是崇禎王朝種種腐敗失政而導致明朝北京亡於李自成，接著才有後來成為西方雲南藩王的吳三桂勢力（榮國府），引清兵入關再滅亡殘餘的南方明朝的事（詳情請參閱第三冊第三章第三節）。第三條不解之謎有關《紅樓夢》另有《石頭記》、《情僧錄》、《風月寶鑑》、《金陵十二釵》等四個書名，和各題名人之間是什麼關係，還沒能弄清楚的問題。這個問題原作者早就預料會困惑後世讀者了，所以在書前的「凡例」第一段就特別簡要提示各種題名的旨義，及其畫龍點睛情節的章回位置，明白點示「紅樓夢」的點睛情節在第五回「寶玉作夢，夢中有曲，名曰紅樓夢十二支」之處；「石頭記」的點睛情節在第一回「道人親眼見石上大書一篇故事，則係石頭所記之往來」之處；「風月寶鑑」的點睛情節在第十二回「賈瑞病，跛道人持一鏡來，上面即鏨風月寶鑑四字」之處；「金陵十二釵」的點睛情節在第五回「翻出金陵十二釵之簿籍，又有十二支曲」之處。很顯然所謂不同的「題名」，是指根據書中四、五個不同的情節主題，而標題為四、五個不同名稱，而不是這一本書有四、五個書名，更不是這一本書有四、五種不同書名的書籍。只要遵循「凡例」的提示，破解出該「題名」所對應之點睛情節的真相，就能得知該「題名」的畫龍點睛旨義了。本書已遵循「凡例」的提示，破解出「石頭記」、「紅樓夢」、「金陵十二釵」等三個題名的畫龍點睛旨義了，詳情請參閱第一冊第四章，及第三冊第二、第三章。

除此之外，本書還解決了其他很多《紅樓夢》書中重大的故事情節矛盾不通問題。例如紅學界最熱門的秦可卿懸梁自縊或病死的矛盾問題，筆者已考證出秦可卿是影射明崇禎帝或崇禎王朝，書中第五回簿冊中畫著秦可卿懸梁自縊，是寓指崇禎帝自縊於煤山，第十至十三回描寫秦可卿生病致死，是寓寫崇禎王朝國家百病叢生，逐漸衰病而滅亡，一點也不矛盾。又如歷來眾多紅學家都無法考定第一回「曹雪芹于悼紅軒中披閱十載」的「十載」，或《紅樓夢》全書主題詩最後一句「十年辛苦不尋常」的「十年」，究竟是從那一年到那一年的十年間。眾多紅學家因為相信胡適所提倡《紅樓夢》作者為江寧織造曹家的曹雪芹的說法，於是就根據書中「曹雪芹披閱十載」的小說文字，來考證曹雪芹究竟在那個十年間撰作《紅樓夢》，而提出各種假設性的說法，聚訟紛紛，尚無定論，主要是各種說法都沒有直接的歷史證據。筆者考證結果，發現書中這個曹雪芹意義通諧音「昭雪情」，其實是影射起兵向滿清「昭雪仇恨之情」的吳三桂反清大聯盟。而所謂「披閱十載」，是隱述吳三桂等三藩與台灣明鄭延平王朝的反清大聯盟，披甲校閱（披閱）軍隊與滿清作戰，自康熙十二年吳三桂起兵至二十二年台灣明鄭敗降為止，總共十年，猶如披閱一本書費了十年時間一樣。這樣這個長期困擾紅學界的「披閱十載」或「十年辛苦不尋常」的大問題，也順便解決了。由此可見只要能夠破解出《紅樓夢》故事內層的歷史真相，則外表小說故事情節的長期不解之謎，及眾多矛盾不通的問題，就可望順利解開或釐清。從另一個角度說，則任何紅學說法，都必須能夠證據確鑿地合理解決《紅樓夢》書中長期存在的不解之謎，及重大的矛盾不通情節，尤其是最關鍵的年月日、年齡、生日、年數等數字要能夠吻合，才能算確立，否則都只是無根空話而已。

筆者已破解出《紅樓夢》的真相，為藉吳三桂降清叛清事跡為主線的明清交替歷史，以寄託反清復明思想的小說式歷史。而書中林黛玉為姑蘇（蘇州）南方佳人，影射明朝、南明、或反清復明領袖，尤其是鄭成功及其延平王朝。可以說作者整部書寫作的目的，是在於激起讀者同情憐愛象徵明朝祖國的南方佳人林黛玉，而歷代讀者大眾實際閱讀《紅樓夢》的感受，也確實無不對書中林黛玉悽慘的處境，一掬憐惜、同情之淚。而鄭成功驅荷開台，設一府（承天府）二縣（天興縣、萬年縣），其中的天興縣縣治在今台南縣佳里鎮，恰為筆者出生故鄉，筆者又實為（台）南佳（里）人，因此，本書自初稿寫作伊始，便特以「南佳人」為筆名發表。

本書索解《紅樓夢》真相與筆法主要是以脂批為憑藉，惟脂批數量有限，後四十回完全沒有任何脂批，前八十回中只有約二十五回有較豐富的脂批，而且全部集中在前二十八回。故較有可能破解出真相的，就是含有豐富脂批的二十五回。但是脂批文字不但極度簡略，而且語意極度撲朔迷離，極難悟通，故即使有脂批也未必能破解得出真相。同時《紅樓夢》原文本身也是極盡曲折隱微之能事，極度奧秘難解，故即使有脂批為憑藉，要想悟通《紅樓夢》主要情節背後大略暗寫些什麼歷史真相，已是千難萬難，更別說要透徹悟通其每字每句細微末節的真相了。面對這種艱困情況，筆者對於《紅樓夢》故事真相的破解，只有秉持「知之為知之，不知為不知」的原則，悟得通而自覺有把握者，就盡可能詳說，悟不通或無把握者，就闕疑跳過，以待後世賢者。不過在全面破譯的部份，偶而也會為了整體情節的連貫通達，對於其中某些詞句或片斷情節雖僅略知其梗概，而不得不勉力為之詮解圓順的，尚請讀者諒察。正因這種原文與脂批都極度奧秘難解的情況，筆者雖已盡力，但對於某些詞句、情節還是無法破解出真相，如本第一冊中的甄士隱解註「好了歌」部份等。即使是筆者已經破解出真相的部份，可能也沒能達到每一句話、每一細微情節都詮釋得精確無誤的程度，在細微末節的部份可能還是有些模糊的灰色地帶，不過自信已達到八、九不離十的正確程度了，尤其是對於所影射歷史真事的主要脈絡，應該都很明確清晰，而不至於有所偏誤。由於上述脂批數量的限制，及脂批與《紅樓夢》原文都極度奧秘難解，《紅樓夢》絕難做到全部章回都可破解、還原出真相的程度。不過，就本系列各書所發掘的真相範圍，已足夠瞭解《紅樓夢》全書大旨，主題內容，最精彩的「石頭記」、「紅樓夢」、「金陵十二釵」的畫龍點睛真相，最主要的神奇筆法，整體故事輪廓及主要脈絡等等精髓成份，已經是近三百年來空前豐富的大發現，每一冊書都是珠璣遍地，玲瓏滿目，足使讀者目不暇給了。

本書最初曾以「紅樓夢的真相與真趣」為名，自一九九八年十月起，在筆者故鄉的「中華之聲」月報連載一年，共十二篇。至一九九九年十一月十二日，在母校台灣師範大學教育大樓國際會議廳舉行「南佳人紅樓夢的真相與真趣」發表會。並曾以同一名稱，自一九九九年十一月八日起，在美國紐約世界日報網路版「網上文緣」中登出，至二〇〇三年七月止，歷時近四年，擴充至三十七篇，四十餘萬字。其後根據這份初稿重新整理，一方面修正以前趕稿的錯漏字及不當觀點，一方面將破解真相的情節範圍大量擴充到兩倍以上，又根據讀者反應，大幅增加歷史的介紹，且盡可能逐句逐段詳加詮釋。經此變革，形式內容都改變極大，故雖說以初稿為基礎，實際上幾乎是重新寫過。二〇〇五年改寫完成破解第一回故事的真相及新增破解「凡例」的文字，共二十二萬多字，而改名為「紅樓夢的神奇真相」出版第一冊。如今又陸續重寫完成破解第三回及第五回故事的真相，分別為十七萬多字及約二十三萬字，分別出版為第二冊及第三冊。同時又趁機將第一冊加以修訂出版，除修改一些錯漏字之外，主要是將詮釋文字修改得更為白話易懂，加詳典故的詮釋，修改自認為今是昨非的一些觀點，如從前認為脂批可能是作者或當時深知內情者所批註，如今進一步探研後，認為作者應該沒有參與批註等，另外又新增一些近幾年來紅學發展的新資料。鑒於本系列各書最主要特色為破解出近三百年來未能破解得出的《紅樓夢》真相，竊以為稱得上歷來最大量的《紅樓夢》真相大發現。又聯想到筆者自介入紅學研究伊始，就不迷信萬人咸信的胡適派曹家新紅學的最權威說法，且在紅學界主流正盛行純虛構小說之說法的大潮流下，獨自採取以《紅樓夢》原文及脂批文字，直接核對國家大事的明清交替歷史，進行探索《紅樓夢》故事背後真相的研究，航向了被視為邪魔歪道的探索真相的真事派之路，與紅學界主流方向背道而馳，一路踽踽獨行，非常艱苦兼寂寞，終能幸運發現《紅樓夢》真相。自覺這樣的過程非常類似十五世紀時，哥倫布不迷信當時其他航海家的權威說法，而相信地球是圓的，堅信逆向往西航行也能到達東方，於是在西班牙女王的資助下，獨領一船寂寞地航向反方向的大西洋，而終能幸運發現美洲新大陸的情況，故這次決定一併將一系列各書全都改名為《紅樓夢真相大發現》出版，以切合本書大量發現《紅樓夢》真相的最大特色。

或許破解出《紅樓夢》這樣以吳三桂降清叛清事跡寄託反清復明思想的真相算不得什麼，因為時過境遷，今日滿族已與漢族充分融合為中華民族。但是沒有破解出《紅樓夢》的真相，就發掘不出其神奇筆法的寶藏，就去除不掉其情節矛盾不通的污點，《紅樓夢》就發不出燦爛光芒，突顯不出其不朽的文學價值。這就好比希臘的荷馬史詩《伊里亞得（Iliad）》，它所暗寫木馬屠城的特洛伊（Troy）戰爭歷史，至今時過境遷又有多少意義，但是荷馬史詩卻是西方文學永遠的靈泉活水，永遠的至高經典。又像屈原的《離騷》，它所寄託的強楚抑秦意識，至今時過境遷又有什麼意義，但是《離騷》卻是中國詩歌永遠的靈泉活水，永遠的不朽經典。所以各位《紅樓夢》的讀者們，尤其是紅學專家們，期望你們各自高舉你們的智慧之炬靠攏過來，認真仔細地嚴格檢視筆者這三本書，看看是否真的發現《紅樓夢》的真相，是否真的發掘到珍貴的神奇筆法，是否真的解決了許多長期解決不了的重大情節矛盾不通問題？如果不是，你們就以你們的智慧之炬把筆者這三本書焚燬作罷。如果是的話，則筆者殷望你們一起走上筆者發現的這條紅學新大道來，一起來瞻仰《紅樓夢》光芒萬丈的輝煌真身寶相，一起來讚嘆《紅樓夢》超乎想像的神奇筆法。甚至於一起來繼續探尋出《紅樓夢》千嬌百媚的神奇真相，挖掘出《紅樓夢》千奇百怪神奇筆法的無窮寶藏，在過去百年紅學已走到被專家評論為「形成許多死結」，「越研究越糊塗」的山窮水複疑無路的困境中，扭轉一個新方向，開發出柳暗花明又一村的紅學新境界，共同來增加《紅樓夢》的璀璨光芒，提升其文學藝術價值，使它成為華人小說、甚至全世界小說永遠的靈泉活水，真正不朽的至高典範。

筆者這項新說與寫作，當初曾受到恩師詩界大詞宗方子丹老教授的認同賞識，並大力協助發表及出版，且慨允賜序。當他眼見我寫作進度緩慢，而他老人家已屆九十六、七歲高齡，自感精力漸衰，不久行將無力為文作序，還曾屢屢催促我加快速度，真是關愛有加。所幸我趕在二〇〇五年中秋前完成第一冊，將文稿呈請恩師審閱，當時他已九十七歲，眼力精力尚可支撐，終於來得及讓他老人家賜予一篇見識恢宏，詞章典麗，而能恰當標誌我這項創說的精要及特色的序文。到了隔年二〇〇六年春節過後，他老人家的精力就明顯衰退，頭腦逐漸有點糊塗，再到九月他老人家就衰老辭世了，享年九十八歲。如今又完成了第二、第三冊兩書，但已不能再呈請知我疼我的伯樂方師子丹審閱賜序了，思之不禁泫然欲泣。另外，日本清和大學的中國文學教授賴幸女士，是我的同鄉小學同學，她自一九九九年本書初稿舉行發表會時，就特贈「致辭」一篇鼓勵，二〇〇五年冬出版第一冊時，又慨允賜序，且熱心將本書推介給日本及大陸文學界，非常鼎力支持。這次原擬再懇請她惠賜大序一篇，但考量這次新作篇幅高達約四十萬字，且她正忙於其著作，故而不敢造次煩擾。如今第一冊修訂改版，並增印第二、第三冊，特將方師及賴教授的大序保留在附錄，以誌感恩。

台灣師範大學的名教授邱燮友，是我就讀台師大教育系時的國文老師，我對於中國文學的長期興趣就是當初受到邱師的濡染感發的，後來轉任必須經常寫文章的機要秘書職務，而需要加強中文程度時，又從購閱市面上邱師的文學、國學著作起步，再進一步擴充深入的。前年二〇〇六年中好不容易打聽到邱師還在台師大任教的消息，而奉寄上本書第一冊，恭請其審閱賜正，去年中才有幸於闊別數十年後再重逢。邱師曾上過著名紅學家潘重規老教授的紅樓夢課程，對於《紅樓夢》相當熟悉，對紅學動態也很關注，對我的新說十分認同，所以這次慨允賜序，令我非常感激又感動，我的文學、紅學根源自邱師、台師大，能夠回歸到邱師、台師大獲得認同，最為窩心溫暖了。

二〇〇〇年十月二十六日，承蒙淡江大學紅學社的邀請，筆者前赴該校演講「飛越舊世紀迷障，開闢紅樓夢研究新世紀」，受到紅學社指導教授陳瑞秀博士（著有《三國夢會紅樓》），及學生們的熱烈歡迎，這是本書新說首度為大學紅學殿堂所重視。而陳博士為淡江大學紅學專任教授，竟然容許我這種民間自創的異說在學術殿堂上大放厥詞，對於陳教授包容新說的雅量，筆者深感敬佩。

名詩人陳教授冠甫（慶煌）兄，乃一代駢文大師成惕軒在政治大學所收的博士高弟，自從一九九九年我在台師大舉辦發表會結識起，便是我《紅樓夢》新說的主要伯樂之一。到了去年二〇〇七年陳教授因所教授的「古典文學賞析」課程，榮獲教育部列為「卓越教學計畫」，而特許得以邀請學有專精的專家到其任教之淡江大學演講，而我只是一個民間業餘的《紅樓夢》研究者，竟辱蒙其盛情邀請，而得於去年四月十日至淡大驚聲大樓國際會議廳演講，講題為「淺談紅樓夢的神奇真相及詩詞的雙重意義性」。陳教授作引言介紹時，當場宣讀講解他所作的一闋詞，謬讚筆者三百年來首度尋覓出《紅樓夢》的真相。當時座上賓有紅學老前輩張壽平老教授（著有《紅樓夢外集》），及淡大《紅樓夢》專任教授陳瑞秀博士，一時使得筆者頗感惶恐。演講過後陳教授來電告稱聽眾反應十分良好，筆者才較感安心。陳教授當時所宣讀賜贈的一闋詞曰：

君生佳里紅樓覓，第一寶書真相出。
石頭記賈雨（假語）村言，甄士（真事）隱神奇揭密。
吳三桂叛降心迹，拆字諧音尋線索。
夢中蝴蝶（胡諜）醒為周，論斷空前驚妙筆。

（調寄玉樓春以記國際紅學專家南佳人驚世之嶄新發現）

尤其要感謝陳教授冠甫兄在百忙中，惠予賜序，使拙作增光不少。還有中華航空公司的老同事劉秘書欽銘兄，對於電腦的操作協助頗多，在此一併致謝。

筆者資質凡庸，學識淺薄，錯漏勢所難免，殷望紅學方家及廣大紅迷讀者，不吝惠賜批評指正。

南佳人　李瑞泰　謹識
中華民國九十七（二〇〇八）年五月
於台北市愚不可及齋

南佳人紅學提要

南佳人（李瑞泰）

筆者自民國八十五（一九九六）年春夏之間首次購閱《紅樓夢》一書，起初只是閒暇時隨意閱讀，次年得知胡適與潘重規的紅學論戰，而接觸紅學，進而對《紅樓夢》之謎產生興趣而涉入研究，鑽研了一年多偶然觸機而領悟到一些前人所未發現的獨有心得。適逢民國八十七（一九九八）年九月十二日至十月十一日一個月間，台灣與大陸紅學界在台北國父紀念館聯合舉辦規模空前的「紅樓夢博覽會」，同時舉辦十幾場專題演講與座談會。原擬將一己創見提供紅學界參考研究，於是在九月十八日，於母校台灣師範大學教育大樓國際會議廳舉行的「摩登紅樓夢」座談會中，將所悟第一回石頭為吳三桂的新觀點提出。發言後上座的紅學專家無所評論，而聽眾席上一小群聽眾卻反應熱烈，圍集至身邊謬讚此說甚為有理，並索取書面資料，然而當時並未有寫作。其中實踐大學的韓廷一教授（後來著有《紅樓煙雲》），與故宮博物院的胡仲魁兩位先生，會後力促寫作發表，因而始有寫作的動機。於是就一邊研究一邊開始寫作發表，並將發表作品呈請恩師方子丹老教授審閱賜正，方師極為賞識認同，而受到極大鼓舞，於是更加努力研究寫作，陸續在報章、網路上登出，四、五年間累積甚為豐富的成果。隨後便根據所發表的初稿，在廣度深度上逐漸加以大量擴充改寫，本次先就已改寫完成部份出版《紅樓夢真相大發現（一）、（二）、（三）》三本書，合計已超過六十萬字，今後仍將陸續改寫出版。筆者的《紅樓夢》真相發現，是直接研讀《紅樓夢》原文、凡例、及脂批，偶然觸機識破《紅樓夢》人名、地名命名的密碼，悟通解讀《紅樓夢》人名、地名的秘訣為「諧音法」、「拆字法」、「通義法」，先悟出書中第一回最前面所寫石頭記來歷的故事，為寓寫冥頑如石頭的吳三桂在山海關事件中剃髮降清的事跡，然後由一點突破而擴充到線面的大突破。所發現《紅樓夢》的真相與神奇筆法，絕大部份是筆者的獨特創見，但也有一小部份是廣泛參考歷來紅學各派的說法，經過實際檢驗確實符合書中情節，因而加以沿用或變化採用的。譬如蔡元培在其《石頭記索隱》中說：「寶玉者，傳國璽之義也。」筆者經過實際檢驗書中某些賈寶玉的情節，發現切實很符合，於是就採用傳國璽所代表的天下帝位作為寶玉的象徵意義之一，結果很靈驗，破解出好幾處寶玉情節的真相。又如王夢阮、沈瓶庵在合著的《紅樓夢索隱》中說：「作者惟以梨園演劇法出之，……或數人合演一人，或一人分扮數人。」筆者經過實際實驗，果然不錯，如第三回描寫賈寶玉的兩首〈西江月〉詞，果然是一個賈寶玉分別影射順治帝和吳三桂兩個人，於是就加以吸收，並調整變化稱為「一名多人」、「一人多名」的筆法，從而以前很多解不通的地方都解通了，真是受益無窮。再如筆者雖然摒棄胡適派曹家家事說，卻執著採用胡適倡導發現的古手抄本《石頭記》、凡例、脂批，並採信胡適派所提倡脂批為深知《紅樓夢》故事內情者之評點文字的觀點。筆者尤其認為脂批是打開《紅樓夢》密室的唯一鑰匙，破解《紅樓夢》真相的無上法寶，所以大量採用，在這三本書分別破解第一回、第三回、第五回故事的真相文字之中，筆者十條脂批採用了九條多（立松軒評本批語除外），總共採用多達約五百條，而且力求《紅樓夢》原文情節、脂批、歷史真事三者都能融會貫通，可謂歷來的空前紀錄。綜合來說，筆者的紅學研究主要是根據古本《石頭記》原文、凡例、脂批，並擷取前輩紅學家的寶貴心得，所以雖是獨創，實因尊古所致，套句中藥界的老話就是「遵照古法炮製」。筆者還有一個獨樹一幟的特色，就是採取幾近逐句逐段的全面性破解，務求人、事、時、地都能互相對印符合，可以說是歷來破解《紅樓夢》真相最詳實最全面性的著作。又筆者考證資料務求詳備，大量引證歷史記載，對於關鍵性的歷史事件，更照史書原文引錄，俾便讀者能與《紅樓夢》故事情節對照閱讀，體會作者如何將生硬死板的歷史材料，轉化為生動有趣之小說情節的神奇筆法，故考證資料的豐富，證據的詳實確鑿程度，遠超過歷來破解《紅樓夢》真相的一般著作。

筆者秉持這樣嚴謹的原則進行研究寫作，幾年來一路踽踽獨行，極為艱辛。非常幸運地，終於有突破性的大發現，發現了沉埋近三百年的《紅樓夢》真相，及許多前輩紅學家從未發現的千奇百怪神奇筆法。首先，筆者根據第一回第一段（或凡例）提示甄士隱意義為「真事隱去」，賈雨村意義為「假語村言」的文字，而領悟《紅樓夢》是一部以外表假語故事將真事隱去之雙重結構的小說。再根據庚辰本《石頭記》第四十三回的一則脂批提示說：「所以一部書全是老婆舌頭，全是諷刺世事反面春秋也。所謂痴子弟正照風月鑑。若單看了家常老婆舌頭，豈非痴子弟乎？」而進一步領悟《紅樓夢》的所謂外表假語故事，就是充滿全書有如老太婆舌頭上絮叨的家常人情故事，所謂內裏隱去的真事，就是故事反面所寓寫的「全是諷刺世事」的「反面春秋」歷史。而《紅樓夢》正面是描寫百年富貴家族賈家由盛而衰的故事，其反面既然是寓寫有如孔子所著魯國歷史《春秋》的某國歷史，則對應到作者著書的清初時期，很顯然就是寓寫明朝最後一百年由盛而衰的歷史。由此推想，明朝最後滅亡是在清康熙二十二（一六八三）年，清兵平定台灣明鄭鄭克塽延平王朝之時，逆推一百年就是明朝神宗萬曆十一（一五八三）年，也就是清太祖努兒哈赤為其祖父和父親被明朝遼東邊兵所誤殺，而起兵報復的那一年，所以《紅樓夢》全書賈家百年間由盛而衰故事的真相，就是寓寫明神宗萬曆十一年至清康熙二十二年，這一百年間明朝由盛而衰的歷史。

筆者又根據甲戌本《石頭記》獨有的「凡例」第一段提示說：「紅樓夢旨義　是書題名極（多口口紅樓）夢是總其全部之名也。又曰風月寶鑑，是戒妄動風月之情。又曰石頭記，是自譬石頭所記之事也。此三名皆書中曾已點睛矣。如寶玉作夢，夢中有曲，名曰紅樓夢十二支，此則紅樓夢之點睛。又如賈瑞病，跛道人持一鏡來，上面即鏨風月寶鑑四字，此則風月寶鑑之點睛。又如道人親眼見石上大書一篇故事，則係石頭所記之往來，此則石頭記之點睛處。」其中「如道人親眼見石上大書一篇故事，則係石頭所記之往來，此則石頭記之點睛處」，就是第一回楔子有關石頭記來歷的故事，筆者遵循這一線索，破解出第一回描寫石頭記來歷故事的真相，從而發現「石頭記」的畫龍點睛旨義，是描寫自己譬喻愚頑如石頭的吳三桂，在山海關事件中剃髮降清，引清兵入關滅漢，創作出漢人被剃髮成前腦光禿如石頭的滿清髮式之清朝的記事。又其中「如寶玉作夢，夢中有曲，名曰紅樓夢十二支，此則紅樓夢之點睛」，就是第五回賈寶玉作夢的故事，筆者遵循這一線索，破解出第五回描寫賈寶玉作夢，夢中聽賞紅樓夢曲，以至夢醒故事的真相，從而發現「紅樓夢」的畫龍點睛旨義，是描寫吳三桂在山海關事件中，因為受到滿清許諾晉封為藩王的誘惑，貪求藩王紅樓歌舞富貴溫柔的美夢，而背明降清滅漢，獲得滿清賜封雲南藩王圓了夢之後，又遭撤藩，藩王紅樓富貴夢破碎，於是聯合台灣鄭經等復明勢力反清，夢想恢復朱明王朝紅色樓閣殿堂天下的歷史事跡。綜合其他章回之故事真相的破解，發現《紅樓夢》全書故事的主題與旨義，是描寫頑劣愚蠢如石頭的吳三桂在山海關事件中背明降清，創作出天下漢人被剃髮成前腦光禿如石頭的滿清髮式之清朝的記事（石頭記），擊滅祖國明朝，換得封藩雲南，圓了藩王紅樓歌舞富貴溫柔的美夢（紅樓夢一）後，因遭滿清撤藩，藩王紅樓富貴夢破碎，才深自懺悔犯下罪行，愧對祖國及世人，而聯合台灣明鄭等復明勢力，起兵反清復漢，但碌碌無成，終歸敗亡，並藉此事跡以寄託漢人背明降清的寶貴鑑戒（風月寶鑑），及反清復明思想，夢想恢復紅色朱明王朝樓閣殿堂天下（紅樓夢二）。

本系列各書所破解出《紅樓夢》故事的真人真事甚為豐富，茲略述其大要。書中所謂「石頭記」故事的作者石頭，是影射創作出天下漢人被剃髮成前腦光禿如石頭的滿清髮式之清朝的始作俑者吳三桂。石頭、由石頭幻化出的通靈寶玉、及與通靈寶玉靈命一體的賈寶玉，主要都是寓指吳三桂，但也指傳國玉璽所代表的天下帝位，或帝王，如清順治等。林黛玉影射明朝末朝，或其餘緒南明王朝、延平王朝、復明勢力等，或其相關的崇禎帝、鄭成功等帝王、藩王人物。薛寶釵既影射滿清，又影射吳三桂的雲南藩王政權等。《紅樓夢》的主線故事，為賈寶玉與林黛玉、薛寶釵的三角戀愛故事，主要是寓指吳三桂與明朝、清朝之間，或吳三桂反清時期，吳三桂與復明勢力、雲南藩王勢力之間的離合糾葛的關係。賈寶玉與薛寶釵的金玉緣，是寓指吳三桂大周皇帝與雲南藩王政權吳三桂，或吳三桂與滿清結合的緣分。賈寶玉與林黛玉的木石盟，是寓指吳三桂與台灣明鄭延平王朝等復明勢力聯合抗清的聯盟關係。賈寶玉與薛寶釵結婚，同一時間林黛玉死亡的情節，主要是指大周皇帝（寶玉）選擇雲南藩王政權吳三桂（薛寶釵）為皇帝，而同一時間捨棄朱明後裔（林黛玉）為皇帝，眾人盼望的復明政體（林黛玉）夭亡。

秦可卿，通諧音「秦可傾」，隱寓「秦地勢力可傾覆的對象」之意，影射被陝西秦人李自成傾覆的明崇禎王朝或崇禎帝；書中第五回簿冊中畫秦可卿懸梁自縊，是寓指崇禎帝自縊於煤山，第十至十三回描寫秦可卿生病致死，是寓寫明崇禎王朝國家百病叢生，逐漸衰病而滅亡。史湘雲主要是影射最後在湘楚一帶解體散亡，書中所謂「湘江水逝楚雲飛」的李自成大順王朝，其次又影射吳三桂反清時期，駐紮或出使湘楚雲南一帶的滿清政軍勢力或大臣。王熙鳳在第三回是影射在南京大戰中打敗鄭成功的清崇明總兵梁化鳳；第五回金陵十二釵判詞「一從二令三人木」的王熙鳳，則轉為影射吳三桂；至第二十二回為薛寶釵作生日的王熙鳳，則又轉為影射康熙皇帝。妙玉，諧音「廟玉」，寓指「宗廟」、「寺廟」人物，影射崇禎帝死亡後具有繼承正統明朝宗廟香火資格的崇禎太子朱慈烺、崇禎三（位）太子，或在昆明獨居帶髮修行的吳三桂愛妾陳圓圓等。元春、迎春、探春、惜春等四春，根據脂批批註通諧音「原、應、嘆、息」四春。故元春即「原春」，寓指「中原」地帶北京的王朝、帝王、親王，影射吳三桂質押在北京的長子吳應熊親王、或入主中原的清順治等。迎春即「應春」，寓指南京「應天府」的王朝、王者，影射南明南京福王弘光王朝、弘光帝等。探春即「嘆春」，寓指江日昇《台灣外記》楔子所記「出五代諸侯，為國（明）朝『嘆氣』」的閩南石井鄭氏所擁立的南明唐王隆武王朝，及其餘緒明鄭延平王朝。惜春即「息春」，寓指「退息」的王朝勢力、王侯、妃嬪等，影射「退息」修佛的吳三桂愛妾陳圓圓等。李紈，影射農民軍餘部後歸南明永曆王朝，與鄭成功東西遙相配合的抗清名王李定國等。巧姐影射台灣明鄭延平王朝末代主鄭克塽或其王朝。金陵十二副釵之首的香菱，是影射以農民軍餘部李定國等為骨幹的南明永曆王朝或永曆帝。金陵十二又副釵之首的寶玉頭號大丫頭花襲人，花字通「華」字，暗點「華夏」，襲人二字隱寓「襲擊漢人」之意，合起來花襲人是影射原為華夏漢臣，投降滿清，轉而襲擊漢人的降清漢軍，如孔有德、洪承疇、吳三桂等；襲人又暗通「昔人」或「惜人」，寓指「昔日舊人」或「疼惜之人」的意思，影射吳三桂任雲南藩王時所最疼惜信任之「昔日舊人」的「藩下甲兵」，即吳三桂昔日駐守山海關、寧遠時的關寧鐵騎子弟兵，或其領頭眾部將，如胡國柱、吳應期、夏國相等。

書中最高權威的賈母，在抽象意義方面，寓指決定歷史、王朝命運的天命、老天爺、歷史；在具體人物方面，寓指輩份、權勢極高的人物，如順治之母、康熙之祖母的孝莊皇太后，康熙時相當於康熙祖父輩的吳三桂等。劉姥姥，在甲戌本中偶而也寫作劉嫽嫽，嫽字的音、形極似「遼」字，又劉姥姥為莊農，故劉姥姥是影射發源自遼東地區，以八旗農莊制度崛起的滿清王朝或老輩人物。警幻仙子（姑），通諧音「警換仙子（姑）」，仙子（姑）比喻超高能力者，意謂警告世人變換形貌的超高能力者，影射警告、威脅世人剃髮拖辮變換形貌、朝代的滿清領袖多爾袞、清廷等。賈璉，璉字拆字為連王，寓指相連為王的人物，如與父吳三桂皆為親王的吳應熊。甄士隱，諧音「真事隱」、「真嗣隱」、「禎嗣隱」，隱寓明朝末年天下真正帝統的明崇禎皇帝的嗣統逐漸衰微隱去這個歷史事實，及與此有關的明崇禎、太子朱慈烺、吳三桂等人物。賈雨村，通諧音「假語村」、「假語充」、「假語存」，隱寓專講假話騙人而充代明崇禎天下真嗣統的政權、人物，如講「迎闖王，不納糧」假話的李自成政權，講為明朝臣民「代報君父之仇」假話的滿清政權，又指出身翰林，投降滿清，後來出任南京應天府總管滿清對南明剿撫事宜的洪疇。全書故事第一回由甄士隱、賈雨村開啟，表示全書故事由明朝戰敗而勢力隱退、清朝戰勝而勢力擴充的關鍵事件—山海關事件及明清松山決戰開始寫起，最後一回又以甄士隱、賈雨村結束全書故事，尤其回目標題為「賈雨村歸結紅樓夢」，表示明朝真嗣統的反清復明勢力完全覆沒隱去，而專說假話招撫勸降的大清王朝補充其帝位存留下來。賈寶玉、林黛玉、薛寶釵等的年齡，常是隱寓各帝王、藩王、政權的紀年，隨改朝換代而變化，故其年齡在書中前後忽大忽小，或彼此年齡常有錯亂的現象。

大觀園，書中大觀園的正樓名為大觀樓，而現今雲南昆明滇池北岸正有一個大觀公園，園中有一座大觀樓，是明末清初遺留至今的古跡，吳三桂任雲南藩王（後來叛清建立大周國）時，所蓋造的宮殿群就在大觀公園附近，故書中大觀園主要是隱指以昆明大觀樓、大觀公園為地標的吳三桂昆明宮殿園林，再抽象化擴大為寓指吳三桂大周王朝國度、領域。再更擴大為寓指洋洋大觀的中國故有關內領域園地，亦即華夏王朝、領域。又寓指明清對抗時期，南方南明王朝所擁有的已縮小的中國領域。另外又通諧音「大關園」，在書中明、清在北京東北角爭戰情節中，寓指錦州以內的大山海關地區。青埂峰，「青」通諧音「清」，埂為田埂、邊界之意，故青埂峰意即清界峰，是隱指以大青山為代表的黑山、松嶺、醫閭山等燕山及遼西走廊西邊的明朝與滿清邊界山峰地區，故「青埂峰下」就是隱指在這些山峰下的山海關及遼西走廊寧遠、錦州一帶。太虛幻境，通形音義相近的「大清換境」，寓指天下漢人必須剃髮易服的大清換形換朝國境，亦即大清王朝國境。寧國府、榮國府，指相對的東西兩地或王朝、政權，其中最重要的一對是寧國府寓指東邊的北京，或該地的明崇禎政府，榮國府寓指在西邊的雲南、湖南等，或該地的吳三桂平西藩王府、大周王朝政府。

至於本系列各書所破解出《紅樓夢》各回整體故事情節的畫龍點睛真相，大略如下。第一冊破解出第一回前面楔子有關石頭過往今來故事（即石頭記）的真相，是暗寫崇禎十七年明朝北京亡於李自成，如頑石般的吳三桂在山海關事件中剃髮降清，而引清兵入關征服漢人天下，創造出天下漢人被剃髮成前腦光禿如石頭之滿清髮式的清朝，受封藩王而圓了紅樓富貴的夢想，及至後來遭撤藩而起兵反清，終歸失敗的歷史事跡。又破解出後面甄士隱遇見賈雨村，兩人在中秋節月下對飲，甄士隱協助賈雨村入都考中進士高升知府太爺，甄士隱反而家遭火災燒燬，淪落到農莊，最後隨瘋跛道人飄飄而去之故事的真相，是暗寫崇禎十四年八月中秋節期間明、清松山大戰，明軍大敗，隨後李自成攻進北京高升皇帝寶位，而明朝滅亡，吳三桂引清兵入關驅逐李自成，滿清在北京建立清朝，並向南進擊南明，直到南明福州隆武王朝的柱石鄭芝龍投降清朝的歷史事跡。第二冊破解出第三回林黛玉入都寄居榮國府，而與外祖母賈母、王熙鳳、賈寶玉相會之故事的真相，是暗寫順治十六年鄭成功率領舟師深入長江，進攻南京，與清軍相會大戰，失敗後又順長江撤退回廈門的歷史事跡。第三冊破解出第五回賈寶玉睡中覺作夢，夢中接受警幻仙姑邀請進入太虛幻境，享受香茶美酒佳餚，觀賞舞女演唱紅樓夢曲的豪宴，後來警幻許配與其妹秦可卿成姻，兩人閒遊至黑水迷津，遭遇夜叉撲擊而夢醒之故事（即紅樓夢）的真相，是暗寫明末崇禎十七年，李自成攻陷北京，崇禎帝自縊而明亡，吳三桂聯清討李，因受到滿清許諾封為藩王，貪圖享受藩王歌舞富貴溫柔生涯的誘惑，而背明降清滅漢，受封雲南平西藩王，後來又因遭滿清撤藩，終於醒悟而聯合台灣明鄭等復明勢力共同反清的歷史事跡。其中金陵十二釵命運簿冊的圖畫與判詞，以及紅樓夢十二支曲，則是插述與抗清事件相關的主要真人真事，及其一生命運和結局，內容貫串前後很大部份的故事情節。另外，又破解出第二十一回賈寶玉閱讀《南華經》（即《莊子》），感意趣洋洋而續莊子之故事，及第二十二回薛寶釵二十一日生日，賈母蠲資二十兩，交與鳳姐置酒戲，為寶釵作生日之故事的真相，是暗寫康熙十二年吳三桂因遭撤藩，而醒悟從前背明降清之非，而於同年十一月二十一日，以二十萬大軍起兵反清，建立反清周政權的歷史事跡（尚待繼續改寫出版）。又破解出第四十八回下半回「慕雅女雅集苦吟詩」，香菱至大觀園瀟湘館，與林黛玉論詩、學詩，以至學作了三首詩之故事的真相，是暗寫順治十六年吳三桂等清軍攻入雲南，南明永曆王朝奮力抵抗，但仍被擊敗而遁逃入緬甸的歷史事跡（尚待繼續改寫出版）。

《紅樓夢》公認為是中國第一神奇小說。而所謂「神奇」，「奇」當然是奇妙、奇怪、奇詭之意。至於神的意義，《易經》說：「陰陽不測謂之神」，而所謂「陰陽不測」就是有如處在天地造化初始的境地，只見一片渾沌，萬物將生而未生，變化萬端，連最簡單的陰陽雌雄，都不可測度、辨別，這樣的狀態就叫作「神」。故神奇就是奇妙到變化莫測、陰陽男女難辨的境界，第一神奇就是這種神奇狀況的至高無上者。以這種第一神奇的標準，來衡量紅學迄今的研究成果，則迄今所發掘到的《紅樓夢》內容與筆法，其奇妙的程度固然高出其他小說甚多，但還夠不上陰陽男女莫辨的神秘詭奇境界，與「第一神奇」的盛名還相去甚遠。試想，明知《紅樓夢》是第一神奇小說，卻始終品嚐不到其內容與筆法中的神秘詭奇滋味，豈不令人浩歎千古，遺憾之至。本書所發現的《紅樓夢》神奇筆法，千奇百怪，不勝枚舉，茲略舉其犖犖大端者數例，以見一斑。

首先，如前所述筆者由第一回第一段提示甄士隱、賈雨村意義的文字，及第四十三回相關脂批的提示，發掘《紅樓夢》全書是一種神秘的雙層寫作結構，就是以外層類似老太婆口舌所說的家常人情假故事，隱述內層的明清歷史真事，而又真假混一模糊難辨。其次，如前所述筆者從第一回第一段提示甄士隱、賈雨村意義的文字，及其他相關原文和脂批的提示中，領悟出《紅樓夢》中的人名、地名或詞句等，常是以「諧音法」、「拆字法」、「通義法」構成的密碼，所以就採用「諧音法」、「拆字法」、「通義法」三種方法為解讀《紅樓夢》的首要秘訣。又從以上王夢阮、沈瓶庵《紅樓夢索隱》所創悟「或數人合演一人，或一人分扮數人」的說法，領悟出《紅樓夢》對於人物角色採用一種「一名多人」或「一人多名」的神秘筆法，譬如第一回人名甄士隱，就是把「將真事隱去」這個概念或事實，擬人化為一個人物的名號甄士隱，然後以這個名號，來代表這個概念或事實，及具有這個概念或事實特徵的世間相關人物、集團、政權等。因此甄士隱這一個名號，不只一名代表一人、一事，也可能一名代表同類的多人或集團。例如將明朝真帝統隱去（甄士隱）這一件事牽涉到崇禎皇帝本身，又牽涉到勤王遲到的吳三桂，後來又牽涉到不戰而投降滿清的鄭芝龍，那麼作者就以同一個名號甄士隱來代表崇禎皇帝、吳三桂，鄭芝龍等很多個人物。反之，由於某個人物的多重特性或立場改變等因素，也常有一人多名的情況。例如明崇禎本為皇帝，故取名為具有天下帝位意義的寶玉，後來被秦人李自成傾覆，則改取名為具有「秦地勢力可傾覆的對象」意義的秦可卿，然後崇禎的真嗣統隱去，就又取名為具有「真事

（嗣）隱去」意義的甄士隱，同一個人物崇禎帝就有三個不同的名號。這種「一名多人」或「一人多名」的筆法是《紅樓夢》極為特殊的神奇筆法，是使得歷來紅學家迷失在《紅樓夢》大迷陣中，無法解悟《紅樓夢》人物事跡真相的最大困擾因素。

再次，根據第一回脂批提示說：「開卷一篇立意，真打破歷來小說窠臼。閱其筆則是莊子離騷之亞。」筆者發掘《紅樓夢》全書仿傚並翻新《莊子》、《離騷》的著名筆法。不但大量使用《莊子》的寓言法，而且根據〈齊物論〉中著名的莊周夢蝶情節，創新出「夢化蝴蝶（胡諜），醒復莊周」的神奇筆法。在第五回作者以賈寶玉夢中隨警幻仙姑進入太虛幻境的故事，隱述賈寶玉所影射的吳三桂，隨著警幻仙姑所影射的滿清多爾袞歸降入大清國境（太虛幻境），即寶玉吳三桂夢化胡諜（蝴蝶），在夢中化為胡人滿清間諜作漢奸的事跡，這就是創新自《莊子》的「夢化蝴蝶（胡諜）」筆法。作者又以第二十一回賈寶玉閱讀《南華經》（即《莊子》）之〈外篇・胠篋〉，感意趣洋洋而續《莊子》的故事，及第二十二回賈母為薛寶釵作生日的故事，隱述吳三桂因遭撤藩而醒悟從前背明降清之非，因而恢復漢族立場，起兵反清，在「華南」建立「周」國的事跡，這就是創新自《莊子》的「醒復莊周（醒悟而恢復為漢族立場的大周王朝）」筆法。眾所週知屈原《離騷》中的美人筆法，是以「美人」二字影射楚國國君，《紅樓夢》則進一步加以翻新，以林黛玉、薛寶釵等金陵十二釵這些活生生的美人，來影射明清交替時期的帝王、國君、藩王或王朝、政權等。例如林黛玉為絳珠草所化生，絳為暗紅色，而絳珠草由諧音、拆字暗通「絳朱王朝」，隱寓因國力衰落而由大紅的朱色褪降為暗紅絳色的朱明王朝。林黛玉由絳珠草所化生，就是表示林黛玉是隱寓壯盛的明朝轉變為衰落王朝（絳朱王朝），所化生出來的明朝末朝，或殘朝的南明王朝、延平王朝、復明勢力等，及其相關的崇禎帝、鄭成功等帝王、藩王人物。其他如第一回把吳三桂被剃成滿清髮式的鮮明光禿前腦，喻寫成「一塊鮮明瑩潔的美玉」；第三回把順治皇帝聽到鄭成功大軍深入長江，一路大敗清軍，進圍南京的奏報，驚慌得想要放棄天下皇帝寶位，逃出北京回到關外滿清故地的情景，轉化描寫成賈寶玉突發痴狂病，摘下佩帶於胸前的那塊寶玉，就狠命摔去的小說情節；第五回作者以鋪陳吳三桂當雲南藩王時實際享受香茶美酒佳餚，及觀賞舞女歌姬載歌載舞的藩王富貴活生生場面，來代替吳三桂受封藩王的生硬歷史敘述等等。這些都是神秘詭譎，近乎真假、男女莫辨，超乎想像之外的千古神奇妙筆，而歷來紅學研究從未發現的。只有發掘出像這樣的神奇筆法，才庶幾可使《紅樓夢》上臻《易經》「陰陽不測」的真正神奇境界，提升《紅樓夢》成為名副其實的古今中外第一神奇小說。

關於《石頭記》或《紅樓夢》版本、批語的遞變，批書人脂硯齋的身分，及後四十回的問題，本書也有突破性的新發現。根據第一回有關石頭記來歷的故事，最後描寫說：「至脂硯齋甲戌抄閱再評，仍用石頭記。」筆者考證發現甲戌為康熙十七年三月三日甲戌日（見鄭鶴聲編輯《近世中西史日對照表》），即吳三桂正式稱帝之日。而脂硯齋，脂即胭脂，硯為盛墨水的器具，隱含墨之意，脂硯即脂墨，即胭脂粉墨。故推知脂硯齋，實是寓指在雲南藩王府喜愛胭脂美人，並喜好胭脂粉墨登場票戲而稱奇當時的吳三桂或其政權。從而悟出書中「至脂硯齋甲戌抄閱再評，仍用石頭記」這兩句話，實是寓指吳三桂在三月三日甲戌日稱帝，建立大周王朝，重整陣容，操練校閱軍隊（抄閱），再度與滿清作戰評比高下（再評），結果仍然失敗，軍民所蓄漢人全髮，又被迫剃成前腦光禿如石頭的滿清髮式，故以隱筆寫成「仍用石頭記」。由此可知，甲戌本《石頭記》，或《脂硯齋重評石頭記》，應是表示記述到康熙十七年三月三日甲戌日吳三桂稱帝建朝，重新與滿清作戰評比而敗亡的明清歷史小說版本。依此逆推，脂硯齋初評應是指康熙十二年十一月吳三桂初次起兵時期與滿清評比高下的歷史。從而推知所謂初評、再評、重評或披閱增刪五次等，都是指政軍行動，而不是初評、再評、重評或披閱增刪《石頭記》這部小說。己卯本《石頭記》，己卯疑指康熙二十年冬十一月三十日己卯日（見鄭鶴聲著），時清軍方平定昆明一月，吳三桂之孫吳世藩先已自刎，大周王朝覆亡，清軍正在處理吳三桂棺柩等善後事宜（參見李治亭著《吳三桂大傳》）。故《石頭記》「己卯冬月定本」，疑是表示記述到康熙二十年冬十一月己卯日（己卯冬月），清兵平定吳三桂之孫吳世藩周王朝的明清歷史小說版本（定本）。庚辰本《石頭記》，庚辰疑指康熙二十二年秋九月十二日庚辰日（見鄭鶴聲著），時施琅已平定台灣近月，鄭克塽延平王朝覆亡，施琅尚留台灣處理善後事宜（參見臺灣文獻委員會編《臺灣史》）。故《石頭記》「庚辰秋月定本」，疑是表示記述到康熙二十二年秋九月庚辰日（庚辰秋月），清兵平定台灣延平王朝的明清歷史小說版本（定本）。料想當初似有一個類似修史的集團，原擬以小說文體隱述自明萬曆十一（一五八三）年努兒哈赤崛起報復明朝誤殺其父祖起，到康熙二十二年（一六八三）年台灣明鄭敗亡為止，百年間明、清對抗的重點歷史，而以吳三桂降清叛清自悔事跡為主線，重點為最後十年三藩與台灣明鄭聯合抗清的事跡（即凡例所謂十年辛苦不尋常，書中所謂木石盟、曹雪芹于悼紅軒中披閱十載）。可能集團中某人先寫到康熙十七年滿清平定吳三桂甲戌日稱帝所建大周王朝的歷史為止，名為《脂硯齋重評石頭記》；後來另一人增寫到康熙二十年冬月己卯日平定吳世藩大周王朝為止，稱為「己卯冬月定本」；後來又另一人增寫到康熙二十二年秋月庚辰日平定台灣明鄭為止，稱為「庚辰秋月定本」。推測由甲戌本增寫為己卯本、庚辰本過程中，因為主筆者易人，歷史延長，及全書重心從吳三桂事跡調整到意義較為重大的反清復明上，因而對原書情節內容作相當幅度的變更，而修改變更又極為不易，故產生全書前後情節不少矛盾不合的現象。最明顯的例子，是第五回最後一支紅樓夢曲預示全書的結局賈家等家業凋零，金銀散盡，「好一似食盡鳥投林，落了片白茫茫大地真干淨。」但後面賈家結局卻是「沐皇恩賈家延世澤」，「將來蘭桂齊芳，家道復初」，前後的情節完全矛盾不合。紅學界對於後四十回與前八十回情節不盡相符，懷疑是高鶚或其他人的偽作，迄今議論紛紜，以上所述或可提供另一思考方向。又既然脂硯齋為代表「胭脂粉墨」特殊意義的人物，影射吳三桂或其政權，就不可能是《石頭記》一書的批書人。由此可知，其他批語的署名畸笏叟、梅溪、棠村、杏齋等，也是各別代表某種特殊意義的歷史人物或政權，而不應是真正的批書人。真正的批書人應是另有其人，但尚不知究竟是何人。

由於《石頭記》或《紅樓夢》以家常人情假故事掩藏明清興亡歷史，而當時私修明清歷史是干犯厲禁的，故作者對於書底內情，既恐人不知，又恐人易知而罹大難。極可能出於這種複雜心理，而故意把故事情節描寫得如雪泥鴻爪般地蹤跡難覓，真假莫辨。但又恐人無法悟知，於是集團中知情者，便予以評點加注，以提示內情，但又恐被清廷官員識破，因而將這些評點文字刻意寫得極度簡略，或文意撲朔迷離。這大概就是甲戌本、己卯本、庚辰本三種《石頭記》版本上批語的情況。後來滿清統治愈加穩固，而復明希望愈為渺茫，至雍、乾時文字獄也愈加嚴酷，危險性大增，相關知情者不得不將批語大幅刪減，將較為露骨或過長的批語簡化，或更模糊化，將較無關緊要的批語全部刪除等，這種情形在甲辰本《紅樓夢》尤其顯著。就目前所發現的版本來觀察，乾隆四十九年甲辰年，為此本作序的夢覺主人應算是《紅樓夢》最後一個深知內情的人。其後，不知內情的程偉元、高鶚，將所有批語取消而印行新版《紅樓夢》，此後《紅樓夢》內層隱藏的真事，大致就無人能懂了。綜觀脂本《石頭記》或《紅樓夢》版本，以甲戌本、己卯本、庚辰本、靖藏本、甲辰本等五種版本的脂批最為真實可貴。其中甲辰本則有刪改得過度簡略的缺點。至於立松軒評本的批語，觀看其批語文意，似與清廷宮闈秘事有關，與前五版本的批語大異其趣，隱約可知立松軒對於《紅樓夢》隱藏的明清歷史並不知情。因此，王府本、戚序本、有正本中異於前五版本的大量立松軒評本批語，對於索解《紅樓夢》隱秘真相，除了涉及清宮宮闈者外，基本上沒什麼功用，應不能算是脂批。這大致上就是《石頭記》或《紅樓夢》各種版本、批語遞變的簡單情況。

至於作者問題，並非本書探求的重點。本書認為只有先將書中主題情節的真相探究清楚，再探索該書作者才有可靠的方向可循。本書基本上並不反對目前所流行《石頭記》或《紅樓夢》作者為曹雪芹的說法。但是這個曹雪芹應是指書中角色的曹雪芹，也就是第一回所描寫披閱增刪「石頭記」五次，及最後一回所寫接續傳述「石頭記」的曹雪芹，而不應該是江寧織造曹家的曹霑、號雪芹其人。蓋《紅樓夢》書中角色的名號，正如甄士隱代表「真事隱去」、賈雨村代表「假語村言」這樣的特殊意義一樣，都是代表某個特殊意義的代號、密碼，書中的曹雪芹名號也不例外。根據書中內容情節與相關脂批的提示，筆者認為書中的曹雪芹基本上通諧音「昭雪情」、「昭雪群」、「朝血親」等涵義，亦即隱寓「昭雪仇恨之情」、「昭雪仇恨的群體」、

「朝中的血親」等多重意義及相關人物。在通諧音「昭雪情」或「昭雪群」的涵義下，應是影射懷抱「昭雪仇恨之情」，於康熙十二年十一月起兵反清，向滿清昭雪仇恨之情的吳三桂反清大周政權、群體。在「朝血親」的涵義下，應是影射吳三桂質押在滿清北京為人質的「朝中血親」的長子吳應熊。此外，隨著情節的變化，可能還有其他不同的影射對象。當然曹雪芹所影射的吳三桂、吳應熊父子絕對不可能著作《紅樓夢》或《石頭記》這本小說書，但是曹雪芹所影射的是「昭雪仇恨之情」的任何人或群體，而《紅樓夢》或《石頭記》故事內容的真相既是反清復明的春秋歷史，則必然是心懷向滿清「昭雪仇恨之情」的某個人或群體所著作的。

歷來考證《紅樓夢》真相的著作早已多如汗牛充棟，卻沒有任何一種真相說法經得起讀者大眾或紅學專家長期檢驗，而普獲認同信服的，其關鍵原因就是各種說法的證據都達不到充足而確鑿的程度，都不能使所破解出書中故事情節的真實人物事跡，達到人、事、時、地都全面符合而不互相矛盾的程度。人、事、時、地四項之中又以「時」的因素，如歲數、日期、年數、節日、事件發生的時間等，最為關鍵。書中不乏這些記載，如第一回「曹雪芹於悼紅軒中披閱『十載』」，第二回「今如海年已『四十』…黛玉年方『五歲』」，第五回元春圖畫的判詞「『二十年』來辨是非」，第二十二回「『二十一』是薛（寶釵）妹妹的生日」等等，而從來沒有一個紅學家能夠考證確定「十載」是指那年到那年的十年間？林如海四十歲、黛玉五歲是那一對父女那一年的年歲？元春是影射何人在那段「二十年」辨什麼是非？薛寶釵作生日是影射何人在何年何月的「二十一日」作生日？這些最關鍵的數字歷來都無法考證得明確，而能與書中角色情節所影射的真實人物事跡相符合，自然無法令人普遍信服。同樣道理，往後任何新說法，如果還是不能考證出書中這些關鍵數字的明確時間，達不到人、事、時、地都全面符合，則考證資料再怎麼豐富也是徒勞而已，還是不會有人相信的。居於這個極度重要的前車之鑑，本書的真相考證特別力求達到人、事、時、地都全面符合，尤其注重數字的符合，蓋學術界流行一句話說「數字會說話」，數字吻合得越多，真理價值就越高。

筆者實際考證的結果，幾乎都順利破解出這些關鍵數字的世間真相，使得人、事、時、地都達到全面符合的境地。對於歷來紅學家都無法考定之第一回「曹雪芹于悼紅軒中披閱十載」的「十載」，或《紅樓夢》全書主題詩最後一句「十年辛苦不尋常」的「十年」，本書已考證出書中這個曹雪芹，其實是影射起兵向滿清「昭雪仇恨之情（曹雪芹）」的吳三桂反清大聯盟，而所謂「披閱十載」，是隱述吳三桂等三藩與台灣明鄭延平王朝的反清大聯盟，披甲校閱（披閱）軍隊與滿清作戰，自康熙十二年吳三桂起兵至二十二年台灣明鄭敗降為止，總共十年，猶如披閱一本書費了十年時間一樣；所謂「十年辛苦不尋常」，也是寓指這個反清大聯盟從事抗清「十年辛苦不尋常」而言。對於第二回「今如海年已『四十』⋯黛玉年方『五歲』」，本書已考證出「今如海年已『四十』」，是寓指浙系抗清領袖張煌言四十歲，即順治十六年；「黛玉年方『五歲』」是寓指鄭成功在廈門建立延平王朝的第五年，也是順治十六年；兩者恰好完全符合，同時又符合第二、三回寓寫順治十六年鄭成功、張煌言率領舟師進攻長江、南京的時間點。對於第五回元春圖畫的判詞「『二十年』來辨是非」，本書已考證出賈元春是影射留在北京當人質的吳三桂兒子吳應熊，這句判詞的謎底就是指吳應熊自從順治十年（一六五三年）八月，與順治帝之妹建寧公主結婚而顯貴起，直到康熙十二年（一六七三年）十一月二十一日吳三桂在雲南起兵反清時的二十年以來，吳應熊都能明辨君臣禮法的大是非，而沒有隨同父親吳三桂一起背叛清朝。至於第二十二回「『二十一』是薛（寶釵）妹妹的生日…（賈母）便自己蠲資二十兩，喚了鳳姐來，交與置酒戲」，給寶釵作生日之故事的真相，本書已考證出是寓寫康熙十二年吳三桂（賈母）因遭撤藩，而於同年十一月二十一日，以二十萬大軍起兵反清，其周王反清政權（寶釵）就在二十一日那天誕生出來（生日），因而召喚來清康熙所代表的清軍（鳳姐）前來，好像辦酒戲般地熱烈交戰起來的歷史事跡，這樣「二十兩」符合歷史記載當時吳三桂起兵的人數二十萬人，二十一日符合其起兵的日期，完全符合吳三桂起兵反清的歷史事跡，這樣證據就完全確鑿無誤了。本書考證出的《紅樓夢》故事的歷史真相，幾乎都是像這樣人、事、時、地都全面符合的情況，證據確鑿的程度可以說是歷來紅學考證的空前紀錄。綜合以上的各種情況，可見筆者考證資料的豐富及詳實確鑿程度，遠超過歷來破解《紅樓夢》真相的一般著作，應足以證明筆者一向所主張《紅樓夢》的真相，為藉暗寫吳三桂降清叛清事跡為主線的明清交替歷史，以寄託反清復明思想的說法，確實可以成立。而且涵蓋面廣及很多章回的真相破解，各種千奇百怪神奇筆法的發掘，作者、批閱增刪者、批書者的揭露，乃至於版本遞變、原文與批語修改的探析等等，已自成一個紅學界前所未有的十分整然完備的體系。

由於本書考證所獲證據甚為充分確鑿，所破解出《紅樓夢》故事的真相，幾乎人、事、時、地都全面符合，而達到八、九不離十的正確程度，使得本書附帶具有一項極為突出的特色，就是在破解出真相的同時，順便解開了長期困擾著紅學界的所謂死結或不解之謎的許多重大情節矛盾不通的問題。例如大陸紅學家劉夢溪在所著《紅樓夢與百年中國》中，所提出的所謂百年紅學的

「三個『死結』：一是芹係誰子；二是脂硯何人；三是續書作者」；以及「四條不解之謎」之中的三條，即第一條元春判詞中的「二十年來辨是非，…虎兕相逢大夢歸」兩句，「簡直索解莫從」；第二條《紅樓夢曲》中評寫秦可卿的《好事終》一曲，其中的「箕裘頹墮皆從敬，家事消亡首罪寧」兩句，與書中的情節不能吻合；第三條《紅樓夢》第一回列舉四個書名，本名是《石頭記》，空空道人改為《情僧錄》，東魯孔梅溪題為《風月寶鑑》，曹雪芹增刪後題為《金陵十二釵》，「這些人名和書名之間是什麼關係？」「至今還沒有弄清楚」；這些本書都已順利解開死結及謎底。其他如紅學界討論得最熱烈的秦可卿懸梁自縊或病死的矛盾問題；眾多紅學家所共同詬病的書中重要角色賈寶玉、林黛玉、薛寶釵等年齡錯亂的問題；第二回描寫林黛玉五歲，至第三回林黛玉入都初見比她大一歲的賈寶玉，竟是個至少十幾歲的「輕年公子」的寶、黛年齡差異過大問題；第一回「曹雪芹于悼紅軒中披閱十載」的「十載」，究竟是從那一年至那一年的十年間的問題；第五回鳳姐圖畫判詞「一從二令三人木」之謎；探春遠嫁海疆為王妃，究竟嫁到何處之謎；書中屢次提到的「三春」所指是那一年的暮春三月之謎；第五回紅樓夢曲的最後一支曲子〈收尾・飛鳥各投林〉，其起首兩句「為官的家業凋零，富貴的金銀散盡」，及末尾兩句「好一似食盡鳥投林，落了片白茫茫大地真乾淨」，預示賈家最後徹底破敗，金銀散盡，子孫流散，富貴家業消失得乾乾淨淨，但實際上書中末尾所描寫賈家的結局是「沐皇恩賈家延世澤」，「將來蘭桂齊芳，家道復初」，前後的情節完全矛盾不合的問題等等；本書也都已順利揭開謎底，合理解決了矛盾不通的問題，請讀者自行閱讀相關章節便知。

凡例

一、本書所採用的《紅樓夢》前八十回原文，主要是根據甲戌本《石頭記》的《乾隆甲戌脂硯齋重評石頭記》，台北，胡適紀念館出版，民國六十四年十二月十七日三版。並參酌採用庚辰本《石頭記》的《脂硯齋重評石頭記》，台北，宏業書局印行，民國六十七年十二月十日出版。間亦採用以庚辰本《石頭記》為主的《紅樓夢校注》，馮其庸等校注，台北，里仁書局印行，民國八十四年十月十五日初版四刷。所採用的後四十回原文，則主要是根據程甲本《紅樓夢》，並參酌程乙本《紅樓夢》。原文中的一些古用法的字詞，則斟酌修改為現今通用的字詞，如「一箇」、「不愿」、「偺」、「方纔」、「喫飯」等，分別改為「一個」、「不願」、「咱」、「方才」、「吃飯」等。至於一些今日看來顯然是錯誤的字詞，也斟酌修改為現今通用的字詞，如「到是」、「那里」、「隔壁」、「轉灣」、「不奈煩」等，分別改為「倒是」、「那裡」、「隔壁」、「轉彎」、「不耐煩」等。

二、本書所採用的脂批評點文字，主要是採用自甲戌本《石頭記》，其次是庚辰本、己卯本、靖藏本三種版本《石頭記》，以及甲辰本《紅樓夢》。其中甲戌本、庚辰本《石頭記》的脂批文字，係直接採自以上《乾隆甲戌脂硯齋重評石頭記》、宏業書局的庚辰本《脂硯齋重評石頭記》；而己卯本、靖藏本《石頭記》、甲辰本《紅樓夢》或其他評本的脂批文字，則係間接採自《新編石頭記脂硯齋評語輯校》，陳慶浩編著，台北，聯經出版事業公司出版，民國七十五年十月增訂再版本所輯錄的脂批文字。本書所採用的脂批都在前頭註明其出處，但為求簡明扼要起見，若某條脂批只出於一個評本，則只註明該評本，如「〔甲戌本夾批〕評注」、「〔甲辰本〕評注」等。若某條脂批出於兩個評本以上，而內容雷同，則只註明內容較詳實可靠的最主要評本，而不註明較簡略的次要評本，僅加一個「等」字加以表明，如某一條脂批出自《甲戌本》、《庚辰本》及《甲辰本》三個評本，而《甲戌本》較為詳實，《庚辰本》及《甲辰本》較為簡略，則註明為「〔甲戌本夾批〕等評注」，而不標出《庚辰本》及《甲辰本》，依此類推。讀者若想進一步瞭解脂批出處的詳情，請自行查閱以上陳慶浩所著《新編石頭記脂硯齋評語輯校》。

三、本書有關《紅樓夢》研究歷史的資料，主要是參引自《紅樓夢卷》，一粟編，台北，新文豐出版公司印行，民國七十八年十月台一版所輯錄的資料。

四、本書對於書中特殊事物、品名、詞句的釋義或典故，甚多參引自前人研究的成果，尤其是周汝昌主編的《紅樓夢辭典》，廣東人民出版社出版，一九八九年四月第二次印刷；

以上馮其庸等校注的《紅樓夢校注》，馮其庸編注的《紅樓夢》，台北，地球出版社，民國八十九年元月再版；及廣州日報社一九七六年出版的《紅樓夢注釋》等，而都詳細註明其出處。對於以上第一項至本項諸書，及其他本書所引錄之著作的發現者、編著者、或著作者，如胡適、周汝昌、馮其庸、陳慶浩、一粟等前輩紅學大師或歷史專家，特此敬致崇高的敬意，若沒有他們辛勤努力的豐碩成果，就不可能有本書的完成。

五、本書所敘述明、清歷史的年月日，是採用當時通行的陰曆（農曆），必要時加註西元紀年。

六、《紅樓夢》是猶如達文西密碼的一部小說式歷史的謎書，這是書中原文及脂批已經明白點示了的。開卷第一回第一段（或凡例）原文就說：「此（書）開卷第一回也，作者自云：『因曾歷過一番夢幻之後，故將真事隱去，而借通靈之說，撰此石頭記一書也。』故曰：『甄士隱』云云。但書中所記何事何人？自又云：『今風塵碌碌，一事無成，……又何妨用假語村言敷演出一段故事來，……。』故曰：『賈雨村』云云。」已很明白提示這是一部以外表假語故事隱藏內裡真事的小說。庚辰本《石頭記》第四十三回的一則脂批提示說：「所以一部書全是老婆舌頭，全是諷刺世事反面春秋也。」再進一步明白提示所謂外表假語故事，就是充滿全書有如老太婆舌頭上絮叨的家常人情故事，而所謂內裡隱藏的真事，就是故事反面所寓寫的「全是諷刺世事」的「反面春秋」歷史。既然是以小說假故事隱藏真歷史的書，則《紅樓夢》當然是必須透過小說假故事索解出所隱藏之真歷史的謎書。至於書中所使用的隱語密碼，從以上原文「甄士隱」通「真事隱」，

「賈雨村」通「假語村」；及從脂批於第一回針對原文葫蘆廟，批註說：「糊塗也」等處，很明顯是使用「諧音法」。從第五回針對香菱圖畫判詞「自從兩地生孤木」之句，脂批提示說：「折（拆）字法」等處，可見也使用「拆字法」。又從第一回原文「有絳珠草一株」，脂批提示說：「點紅字（按指絳字及珠字右邊的朱字，點出紅字來）」等處，可見也使用「通義法」。本書就是採取《紅樓夢》原文、脂批所明白點示的「諧音法」、「拆字法」、「通義法」，作為解開《紅樓夢》隱語密碼的首要方法，以破解出《紅樓夢》內裡所隱藏的歷史真相。

七、上述《紅樓夢》的本質特性及研究方法，是《紅樓夢》原文及脂批已經明白點示的，原應是對《紅樓夢》最正確的認識與研究方法。但很不幸的是，自從一九二〇年代，胡適批評蔡元培等索隱派紅學是「附會的紅學」、「猜笨謎」、「大笨伯」，強調他的曹家新紅學，才是科學的考證方法所獲得的正確結論，而蔡元培等索隱派恰好常使用諧音法、拆字法、通義法等來索隱《紅樓夢》所隱藏的歷史真相，因而此後眾多紅學家由於唯恐被打入不科學的行列，多不敢使用諧音法、拆字法、通義法來索解《紅樓夢》的歷史真相。到了一九七〇年代以後，紅學界更進一步轉而認定《紅樓夢》是一部純虛構的小說，而不是隱藏有任何真事的歷史文件。這兩種主張先後成為近百年來《紅樓夢》研究所遵循的主流路線，影響極為深遠。但是筆者要指出這兩種主張實際上都違背了上述《紅樓夢》原文及脂批，所明白點示《紅樓夢》是以小說假語故事隱藏歷史真事之謎書的事實，就《紅樓夢》研究的範疇而言，《紅樓夢》原文及深知內情之脂批的說法是最具權威的，所以筆者寧取《紅樓夢》原文及脂批的原始說法，而不採取以上後世的權威說法，這是本書獨樹一幟的特色。

八、有一點很值得順便一提，就是西方文學界索解文學名著所隱藏神秘真事、原意的兩件著名實例。第一件是，希臘的荷馬史詩產生在西元前九世紀左右，其中的《伊里亞得（Iliad）》一書中，描寫有木馬屠城的特洛伊（Troy）戰爭故事，研究者懷疑可能隱寓有神秘的遠古真正特洛伊戰爭歷史，因而展開長期的索解真相研究，直至十九世紀末，才由德國考古學家施里曼（Schliemann）在小亞細亞發掘到特洛伊古城遺址，而證實特洛伊戰爭真有其事。西方人歷經兩千多年的孜孜不倦努力，才終於發現這項歷史真相，其毅力之堅強真是令人佩服得五體投地。而其間人們對於研究者追索《伊里亞得》可能隱寓的歷史真事，並不認為是「猜笨謎」、「大笨伯」，事實證明《伊里亞得》可能隱寓有歷史真事這件事，更增加該書一股神秘的魅力，更能增加其文學價值。第二件是，猶太裔愛爾蘭人喬伊斯（James Joyce）在一九二二年著作的長篇小說《尤利西斯（Ulysses）》一書，由於作者宣稱在書裡設置有很多「迷津」，另外隱藏有「原意」，而誘引許多文學專家都來破解這些「迷津」，以索解該書所隱藏的「原意」，結果這本小說成為二十世紀迄今歐美首屈一指的小說。而近百年來人們對於研究者追索《尤利西斯》所隱寓的原意，並不認為是「猜笨謎」、「大笨伯」，事實證明《尤利西斯》包含許多「迷津」、隱寓有「原意」這件事，更增加該書一股神秘的魅力，更能增加其登峰造極的文學價值。反觀中國小說第一奇書《紅樓夢》，書中原文及原批已明白點示是以小說假語故事隱藏歷史真事的謎書，研究者以中國傳統詩文常使用的諧音法、拆字法、通義法來索解其隱藏的歷史真相，一時間有所偏差，就被譏笑為「猜笨謎」、「大笨伯」，探索不到三百年，一時間無法探解到正確的謎底，就洩氣得轉而認定《紅樓夢》是一部純虛構的小說，而沒有隱藏任何歷史真事，這相較於以上兩件西方人追索文學名著所隱寓之真事的深邃見識與堅忍精神，未免落差太大，非常值得我們深思。

第一章

第一　奇書紅樓夢急待破解真相以解決長期猜謎性爭議

第一節　紅樓夢的廣大盛行及其時代意義

《紅樓夢》這本中國小說第一奇書，在乾隆初期首次出現人間時，原本書名為《脂硯齋重評石頭記》，習慣上簡稱《石頭記》，一般流傳的只有前八十回，大約四回左右訂成一小冊。先是口耳相傳，彼此借閱幾小冊，手寫傳抄而秘密流傳，稍後則有人抄齊全書八十回，拿到廟市中售賣，故早期流傳的版本都是手抄本，並常有殘缺不全的現象。至乾隆辛亥五十六（一七九一）年才由舉人程偉元苦心搜購齊後四十回，邀請另一舉人朋友高鶚共同校閱增刪，補遺訂誤，抄成全部一百二十回，才改以《紅樓夢》的名稱，公開大量印行，而廣為流行。

程偉元為該書作序說：

> 《紅樓夢》小說本名《石頭記》，作者相傳不一，究未知出自何人，惟書內記雪芹曹先生刪改數過。好事者每傳抄一部，置廟市中，昂其值得數十金，可謂不脛而走者矣。然原目

一百廿卷，今所傳祇八十卷，殊非全本。即間稱有全部者，及檢閱仍祇八十卷，讀者頗以為憾。不佞以是書既有百廿卷之目，豈無全壁？爰為竭力搜羅，自藏書家甚至故紙堆中無不留心，數年以來，僅積有廿餘卷。一日偶於鼓擔上得十餘卷，遂重價購之，欣然繙閱，見其前後起伏，尚屬接筍，然漶漫不可收拾。乃同友人細加釐剔，截長補短，抄成全部，復為鐫板，以公同好，《紅樓夢》全書始至是告成矣。書成，因并誌其緣起，以告海內君子。凡我同人，或亦先覩為快歟？小泉程偉元識。

高鶚則作序說：

予聞《紅樓夢》膾炙人口者，幾廿餘年，然無全壁，無定本。向曾從友人借觀，竊以染指嘗鼎為憾。今年春，友人程子小泉過予，以其所購全書見示，且曰：「此僕數年銖積寸累之苦心，將付剞劂，公同好。子閒且憊矣，盍分任之？」予以是書雖稗官野史之流，然尚不謬於名教，欣然拜諾，正以波斯奴見寶為幸，遂襄其役。工既竣，並識端末，以告閱者。時乾隆辛亥冬至後五日鐵嶺高鶚叙并書。」①

從程、高二人的序文，可見《紅樓夢》尚在互相傳抄秘密流傳階段，就因膾炙人口，不脛而走地流傳開來，洛陽紙貴，八十回的手抄本每部賣到數十兩黃金。以致吸引舉人程偉元苦心高價搜購齊全部一百二十回，整理後公開大量印行，以解決讀者缺書之苦。程、高全本公開大量發行之後，更是大為盛行。不過，此後原八十回本《石頭記》則逐漸失傳。過了四、五年至乾、嘉間，便有首部模仿作品《後紅樓夢》出現，此後至嘉慶、道光間，陸續有好幾部仿作的續書出現，如《續紅樓夢》、《綺樓重夢》、《紅樓復夢》、《紅樓圓夢》、《紅樓夢補》、《補紅樓夢》等，還有譜作傳奇、散套，演為彈詞、戲劇者②。乾、嘉間逍遙子《後紅樓夢・序》說：

曹雪芹《紅樓夢》一書久已膾炙人口，每購抄本一部，須數十金。自鐵嶺高君梓成，一時風行，幾於家置一集。

嘉慶四年，尤夙真《瑤華傳・序》說：

余一身落落，四海飄零，亦自莫知定所。由楚而至豫章，再由豫章而游三浙，今且又至八閩矣。每到一處，閱傳有《紅樓夢》一書，云有一百餘回。

嘉慶二十二年，得輿《京都竹枝詞・時尚門》說：

做闊全憑鴉片煙（京師名學大器派者曰做闊），何妨作鬼且神仙。開談不說《紅樓夢》（此書膾炙人口），讀盡詩書是枉然。

道光四年，繆良《文章遊戲》說：

《紅樓夢》一書，近世稗官家翹楚也。家弦戶誦，婦豎皆知。③

由以上記載，可見在乾隆末期至嘉、道間，《紅樓夢》快速地廣大流傳。

不過在盛極一時的同時，《紅樓夢》也逐漸引起嚴重的排斥。這主要來自兩方面，一方面是遭受衛道之士指斥為誨淫之書而予以鄙視。例如：

道光元年，諸聯《紅樓評夢》說：

或指此書為導淫之書，吾以為戒淫之書。

道光三十年，太平閑人張新之在所著《妙復軒評石頭記》卷首的〈紅樓夢讀法〉中說：

《紅樓》一書，不惟膾炙人口，亦且鐫刻人心，移易性情，較《金瓶梅》尤造孽。……《紅樓夢》是暗《金瓶梅》，故曰意淫。……《金瓶》演財色，此書（《紅樓夢》）亦演財色。

同年，五桂山人在〈妙復軒評石頭記序〉中說：

予賦性迂拙，小說家無所好，於《紅樓夢》之淫靡煩蕪，尤鄙之。

咸豐十年，李慈銘《越縵堂日記補》說：

閱小說《紅樓夢》。此書出自乾隆初，……善言兒女之情。……群屐少年以不知此者為不韻。凡智慧癡騃，被其陷溺，因之繭葬豔鄉者，不知凡幾，故為子弟最忌之書。

同治十三年，陳其元《庸閒齋筆記》說：

淫書以《紅樓夢》為最，蓋描摹癡男女情性，其字面絕不露一淫字，令人目想神游，而意為之移，所謂大盜不操干矛也。④

由以上記載，可見自道光後《紅樓夢》被正道之士視為與《金瓶梅》同等或更甚之淫書的情形，相當普遍，故而為正人君子所不屑一顧，並極力排斥。

另一方面是由於滿清高層有識之士懷疑《紅樓夢》中，隱含誣蔑滿清的違礙語。李夢生在其《中國禁毀小說百話》中說：

《紅樓夢》問世後，也許是因其書名怵目（按指紅樓夢有影射朱樓夢，懷念朱明王朝之疑慮），當時就有人不敢看。永忠《延芬室稿》中《因墨香得觀紅樓夢小說弔雪芹三絕句》中，瑤華道人手批說：「第《紅樓夢》非傳世小說（按指其僅秘密流傳），余聞之久矣。而終不欲一見，恐其中有礙語也。」永忠詩作於乾隆三十三年（一七六八），瑤華道人即乾隆帝的堂兄弟弘昕（按《紅樓夢卷》作「弘昨」）。可見書傳世後，就被人認為其中有違禁的內容，在文字獄盛行的年代，連弘昕這樣的大人物都不敢問津。後來小說遭禁，倒不是因為違礙，而是「誨淫」。⑤

又王以安在其《紅樓夢引》中說：

梁恭辰《北東園筆錄》（按同治五年刊刻）云：「滿洲玉研農麟，家大人座主也。嘗語家大人曰：《紅樓夢》一書，我滿洲無識者流每以為奇寶，往往向人誇耀，以為助我鋪張。

> 甚至串成戲齣，演成彈詞，觀者為之感嘆欷噓，聲淚俱下，謂此曾經我所嘗目擊者。其實毫無影響，聊以自欺欺人，不值我在旁齒冷也。其稍有識者，無不以此為誣蔑我滿人，可恥可恨。若果尤而效之，豈但《書》所云『驕奢淫泆，將由惡終』者哉！（按王文漏記以下數句：我做安徽學政時，曾經出示嚴禁，而力量不能及遠，徒喚奈何！）」又說：「《紅樓夢》一書為邪說詖行之尤，無非蹧蹋旗人，實堪痛恨。我擬奏請通行禁絕，又恐立言不能得體，是以隱忍未行（按以上實為玉麟引述另一滿人那繹堂之語）。然以老貢生（按指曹雪芹）槁死牖下，徒抱伯道之嗟，身後蕭條，更無人稍為矜恤，則未必非編造淫書之顯報矣。」可見彼時滿清菁英已然洞曉《石頭記》作者用心，又因本書流傳已廣難以禁絕，尤難立言不能得體，唯有假借淫書排斥之，其難言之隱鬱結筆端。⑥

以上兩項記載，顯示滿清高層有識之士認為《紅樓夢》中隱含有誣蔑滿清的違礙語、內容，第一例怕其演成文字獄而被牽連遭禍，竟至於不敢閱讀《紅樓夢》；第二例則對該書深惡痛絕，其中玉麟利用職權在其轄區安徽境內予以嚴禁，而其友人那繹堂則想上奏清廷請求全面禁絕，不過可能因為礙於書中有關誣蔑滿清的內容情節，寫得撲朔迷離，難於具體核實，恐怕立言不能得體而獲罪，因而隱忍未付諸行動，只好把邪說詖行之尤的蹧蹋旗人之書，硬說成是「淫書」。

由於以上「誨淫」與隱含「礙語」的兩層原因，後來《紅樓夢》就被當成「誨淫」之書而遭禁，「書不但多次被列於禁書目，在地方上也一直遭嚴厲禁止⑦」。其中最著名的是同治七年，丁日昌任江蘇巡撫時的嚴行查禁，其扎飭說：

設銷燬淫詞小說局，略籌經費，俾可永遠經理，並嚴飭府縣，明定限期，諭令各書鋪將已刷印陳本及未印板片一律赴局呈繳，由局彙齊，分別給價，即由該局親督銷燬，仍嚴禁書差毋得向各書肆藉端滋擾。……計開應禁書目：……《紅樓夢》、《續紅樓夢》、《後紅樓夢》、《補紅樓夢》、《紅樓圓夢》、《紅樓復夢》、《紅樓重夢》、《增補紅樓》、《紅樓補夢》……⑧

多次嚴厲查禁的結果如何呢？試看以下幾則代表性的記載：

同治六年，趙烈文《能靜居日記》說：

至滌師（按即曾國藩）內室譚，見示初印本《五禮通考》，……又以余昨言王大經禁淫書之可笑，指示書堆中夾有坊本《紅樓夢》。余大笑云：「督署亦有私鹽耶？」

同治十三年，陳其元《庸閒齋筆記》說：

淫書以《紅樓夢》為最，……所謂大盜不操干矛也。豐潤丁雨生（按即丁日昌）中丞巡撫江蘇時，嚴行禁止，而卒不能絕，則以文人學士多好之之故。

光緒三十四年，孫雄《道咸同光四朝詩史一斑錄》中，收有徐兆瑋〈游戲報館雜詠〉詩，詩中有「不談新學談紅學」的詩句，並自註說：

都人士喜談《石頭記》，謂之紅學。新政風行，談紅學者改談經濟，康梁事敗（按時為光緒二十四年戊戌），談經濟者又改談紅學。戊戌報章述之，以為笑噱。⑨

光緒二十一年乙未割臺後，台灣巡撫唐景崧抗日失敗，逃回廣西桂林後，醉心於編演紅樓夢戲曲，據今人嘉義大學吳盈靜在《清代臺灣紅學初探》一書中記述說：

在桂林閒居的歲月裏，他（按指唐景崧）開始醉心於戲曲天地，自組桂林春班，自編劇本，自任教坊，…其中改編自《紅樓》故事的有〈芙蓉誄〉、〈晴雯補裘〉、〈黛玉葬花〉、〈絳珠歸天〉、〈寶玉哭靈〉、〈中鄉魁〉等齣，維新人物康有為赴桂講學，就曾在唐家觀賞了〈芙蓉誄〉。⑩

由以上所引各例，可見《紅樓夢》雖遭多次查禁，但因「文人學士多好之」，就連曾國藩、唐景崧這樣總督、巡撫的重量級高官，都或私藏偷閱、或公然演成戲曲待客，顯然是越禁越多人看，最後竟然在清末戊戌政變前後的光緒年間，演變成士大夫間熱烈討論的一門新學問—紅學了。

到了清末民初之際，《紅樓夢》又因兩個因素而更為蓬勃發展。其一是國民革命志士蔡元培等為宣傳反清革命，而大力提倡《紅樓夢》。蔡元培著成《石頭記索隱》一書，大力提倡說：「《石頭記》者，為清康熙朝政治小說也。作者持民族主義甚摯。書中本事在弔明之亡，揭清之失。⑪」其二是五四新文化運動，為順應民主政治、全民識字的新時代潮流，提倡白話文運動，大力提高小說的地位，鼓動民眾閱讀小說，而《紅樓夢》又較《三國演義》、《水滸傳》、《西遊記》、《儒林外史》等其他小說，內容更為精彩，文章更多淺俗白話，故特別受到大眾讀者鍾愛，《紅樓夢》又從為士大夫階層所熱愛，進一步普及為廣大群眾所熱愛的第一小說。

緊接著，約在一九二〇年代，胡適為實際演練，以資證明其留學美國哥倫比亞大學時，學自其師杜威博士的實證主義（或稱實驗主義），俾提倡「大膽假設，小心求證」的科學方法，選擇以考證小說為切入手段。進行考證《水滸傳》、《紅樓夢》、《儒林外史》、《三國演義》、《西遊記》等通俗小說，致力於發現古版本，作為實物證據來證明（按此即實證主義的精義所在）、建立其科學方法新說，其中尤以進行《紅樓夢》考證時，偶然機會高價搜購到甲戌本乾隆古手抄本《石頭記》，其內包含許多前人的硃筆評點文字（按後來紅學界通稱為脂批），以此古版本、古脂批作為「實物證據」，來證明其《紅樓夢》為曹雪芹自叙傳的新說，不但順利駁倒蔡元培等索隱派的舊說，創立曹家新紅學，也豎立起其「大膽假設，小心求證」科學方法的威信。其間，因他駁斥了索隱派紅學的舊說，蔡元培亦起而反駁，引發轟動一時的蔡、胡新舊紅學大論戰，又使得《紅樓夢》大紅大紫，不但確立了《紅樓夢》形成一門專門學問—紅學的地位，同時更促使《紅樓夢》後來成為二十世紀中國文學中的顯學，與甲骨學、敦煌學鼎足而三。

一九四九年國共易幟，新紅學在胡適弟子輩俞平伯、周汝昌的深耕下，繼續往前發展。至一九五四年，毛澤東在如火如荼推行馬列主義思想過程中，想要將馬列（唯物）主義思想推展到學術文化界，以取代所謂「毒害青年三十餘年的胡適派資產階級唯心論」思想，透過介入「兩個小人物」李希凡、藍翎合寫的批駁俞平伯紅學觀點的兩篇文章，被「大人物」阻攔而未能在《文藝報》、《人民日報》刊登的問題，策動以批判俞平伯紅學觀點為引爆點的批判胡適思想運動⑫。

毛澤東本人酷嗜《紅樓夢》，不但自己讀五遍以上，而且在各種場合多次談論《紅樓夢》，鼓勵工作同志要閱讀《紅樓夢》五遍以上⑬，上行下效，很多官員早就積極閱讀《紅樓夢》了。經過這場批胡大運動，鬥垮胡、俞曹雪芹自叙傳說，而將《紅樓夢》論定為「一部講階級鬥爭的書」之後，黨政軍各部門就大量編寫《紅樓夢》小冊子，作為宣傳馬列階級鬥爭思想的教材⑭，使得閱讀《紅樓夢》幾乎成為全民運動，熱到不能再熱了。到了一九六六年起的十年文化大革命期間，百書皆遭鬥、遭毀，唯獨《紅樓夢》無禁忌，讀書人無書可讀，只有讀《紅樓夢》，此時《紅樓夢》可謂是文化廢墟中的一躲幸運紅花。

另一方面，由於國民黨政府退據台灣，相關紅學人物遷移至台灣、香港、或海外，《紅樓夢》也隨著擴大風行至台灣、香港、及美國等海外地區，進一步發展成為世界性的中國小說名著。在台灣，於遷台未久的民國四十（一九五〇）年代，就先後掀起新索隱派大師潘重規與胡適派之間，及幽默大師林語堂與胡適派之間的兩場紅學大論戰，延續到民國六十（一九七一）年前後還餘波盪漾，胡適又於民國五十（一九六一）年將其私藏三十餘年的寶貝甲戌本《石頭記》影印公開發行，因而帶動了台港及美國紅學研究與《紅樓夢》閱讀的蓬勃發展⑮。

到了一九八〇年代鄧小平改革開放以後，大陸更設立紅樓夢研究所、中國紅樓夢學會，定期發行《紅樓夢學刊》季刊，建造北京、上海兩座佔地廣大的大觀園，推出紅樓飲食「紅樓宴」，使得《紅樓夢》進一步發展成為擁有官方獨立研究機構的專門研究學科，及觀光事業。而且兩岸大學、研究所中普遍設有《紅樓夢》專任教授，從事《紅樓夢》的教授與專門研究，《紅樓夢》正式進入學術殿堂，晉升為與傳統五經、諸子書並駕齊驅的新經典。紅學之興盛，投入人力物力之龐大，堪稱近百年來單一國學典籍之冠。此外，根據一九九八年台灣與大陸紅樓夢研究所聯合舉辦，在台北國父紀念館展出的「紅樓夢博覽會」所公布的資料，《紅樓夢》已被翻譯成二十二種外國文字，可見至今《紅樓夢》已紅遍全世界，讀者人數以億萬計，為首屈一指的華人小說經典。

綜觀《紅樓夢》成書面世之後，兩百五、六十年來，雖然歷盡幸與不幸的種種環境遭遇，但是整體來看，可以說是越傳越盛，一路長紅，誠所謂真金不怕火，好貨不怕百家比，而終能攀上現代中國文學新經典的至高無上頂峰。然而《紅樓夢》在二十世紀以來的現、當代超乎尋常的一路大盛行，背後到底代表著什麼時代意義呢？這實在值得我們深思。首先，一代有一代的文學，中國從先秦的經傳詩騷，漢晉的辭賦、駢儷，而至唐宋古文、唐詩、宋詞、元曲，下至明、清章回小說等，代有遞變，都是時勢所必然。及至滿清滅亡，民國建立，封建君主時代結束，民主時代展開，由貴族政治轉為群眾政治，故須普設學校，進行全民識字教育，以訓練民眾參與公共事務，而一般群眾只能認識基本字詞，於是白話文便應運而生。另一方面廢除科舉的結果，舊時科舉所必考的詩一篇及明經策論古文一篇，同時也廢除不考，古詩古文便失去實際用途。因此，古詩、文言文便逐漸退潮，而白話文則躍居文章的主流。大部份群眾識字不多，難於讀懂古經、文言文，而較易讀懂白話文，在此情況下，以淺顯白話文為主的小說，自然躍升為平民大眾的主要讀物。再方面，隨著科技的蓬勃發展，電影、電視、電腦相繼發明問世，一部小說若是寫得精彩，除了印書流傳之外，還可以改編為電影、電視連續劇、或電腦遊戲，市場非常廣大。因此，小說已然成為二十世紀以來民主科技時代的主流文學。這就是佈局、情節精妙，而又以白話文為主的《紅樓夢》，百年來大大盛行的基本原因，而《紅樓夢》小說的盛行正是標誌著時代潮流已走上了以小說為主流的文學時代。在這個以小說為主流的當代文學之中，《紅樓夢》又是所有小說中的最高典範，所以《紅樓夢》順勢登上大學殿堂成為當代文學新經典，是理所當然的事，因為處於當代必然要學最有當代代表性的主流文學—小說，而要學小說就要學最高典範的《紅樓夢》。因此，處在二十、二十一世紀的現、當代，要欣賞、要學習文學，就要讀主流的小說，要讀小說，就要讀最好的小說《紅樓夢》，這是群眾心理的自然歸趨，也是《紅樓夢》一路長紅盛行的時代意義。

其次，時代雖然已由古詩文時代轉入白話文時代，但是一國的文學是漸進演變的，並不能割斷根源。就像修習現代英、美文學的人，照樣必須研讀古希臘荷馬史詩奧德賽（Odyssey）、伊里亞得（Iliad），希臘羅馬神話等，才可能打好根基一樣。修習中國現代主流文學白話文、小說的人，也必得研讀古代最好的文學代表作，如左、史、莊、騷，唐宋詩詞，韓、蘇古文等，見識前人宏偉、詭奇的筆法，否則下筆怎可能有好筆墨。況且創作一部好小說，除了以通俗白話文為主體外，自當含有優美詩文，文章才能鬆中有緊，俗中有雅，才有靈氣魂魄，具備高格調。即使是工作上必須提筆寫公文、報告的一般上班族，只知粗淺白話文並不足以應付工作上的需要，而要想增進自己的中文程度，還是須要多讀些文言文，文章才會進步。再說人生隨著年齡的增長、閱歷的加深，必得怡情養性，若一輩子就只讀一些淺顯無奇的俚俗白話，真是人生乏味，應該賞讀一些雋永絕妙的古詩詞、傳奇故事，品嚐前人的人生遭遇與超凡體會，藉以觀照自己的人生經驗，陶冶性靈，提升人生品味，否則光是每天吃飯、工作、睡覺，甚至沉迷酒色財貨，迷糊度日，日復一日，有何意思。總之，做為一個現代人，能讀寫白話文只是生活的基本，還得如孔子所說「行有餘力則以學文」，工作餘閒時，應該不斷增進自己的語文能力，提高吸收知識的能力，這樣不但可以增進工作能力，增加晉升機會，還可以培養人生樂趣，並使人格修養與日俱進。話雖如此，但是要從白話文程度，一下就去閱讀古詩古文，談何容易，也只有循序漸進，由淺及深地慢慢進階而上。此時，書中大部份是白話文，而又兼備精緻文言文，及詩騷詞曲各種文體的《紅樓夢》小說，就是由白話文進階至古詩文的最佳進階讀物。

談到中國古代文章，前人一再推尊左、史、莊、騷最為佳妙，而深知《紅樓夢》內情的乾隆時代批書人，在第一回評點說：「開卷一篇立意，真打破歷來小說窠臼。閱其筆則是《莊子》、《離騷》之亞。⑯」根據筆者深入研究，不只第一回，《紅樓夢》全書很多地方，都襲取《莊子》的寓言法、莊周夢蝶法，更襲取且翻新《離騷》的香草美人筆法，而且青出於藍而勝於藍，讀《紅樓夢》等於讀《莊子》、《離騷》的改良版。批書人在第四十三回又評點說：「一部書全是老婆舌頭，全是諷刺世事反面春秋也。⑰」也就是評論一部《紅樓夢》全是藉表面上有如老太婆舌頭上所說的家常人情故事，以諷刺世間大事的反面春秋歷史小說，本質上是一部應該看故事反面的小說體《春秋》歷史書。乾隆時戚蓼生的《石頭記序》說：「噫！異矣！其（按指石頭記）殆稗官野史中之盲左、腐遷乎？⑱」驚嘆《石頭記》、《紅樓夢》一書的內容、筆法，幾乎就是稗官野史中，有如目盲的左丘明所著的《春秋左傳》，或有如遭受腐刑的司馬遷所著的《史記》這樣的作品。因此，讀《紅樓夢》事實上等於讀《春秋左傳》、《史記》、《莊子》、《離騷》（左史莊騷）一樣。

談到中國中古時代的文章，則無不推崇唐宋八大家古文，與唐詩、宋詞、元曲。在《紅樓夢》十七、十八回，寫到賈政攜寶玉遊大觀園，為園內各處勝景題匾聯，一路蜿蜒曲折，從入口「曲徑通幽處」，走過「沁芳」、「有鳳來儀」（瀟湘館）、「杏帘在望」（稻香村），至「蓼汀花溆」、「蘅芷清芬」（蘅蕪苑）、「紅香綠玉」（怡紅院）各處，作者對於各處美景的描繪、品評文章，一景勝似一景，而絕無重複，如一串奇珠異寶，閃耀七種不同彩色光澤，令人整串都愛，不忍捨棄任何一個，真是大塊文章，絕不比柳宗元、蘇東坡的寫景名文遜色，而氣勢的綿延磅礴則又過之。至於書中第二十七回林黛玉的葬花吟，第三十八回的菊花組詩、螃蟹咏等，就是最好的唐詩。第七十回的柳絮詞五首，就是最好的宋詞。第五回的紅樓夢曲十二支，就是最好的元曲。

可見，一部《紅樓夢》小說中，不但包括大量的通俗白話文，而且中國古時最高典範的文體左、史、莊、騷，唐宋柳、蘇古文，以及唐詩、宋詞、元曲，幾乎無所不備。惟其如此，《紅樓夢》一書可說雅俗共賞，淺者得其淺，深者得其深，尤其可以幫助讀者由淺至深，從白話文逐漸濡染而進階至文言古文、詩詞的賞讀，提高中文能力。因此，在目前視訊娛樂媒體極度發達，又是知識經濟的時代，或為精進小說、文章寫作技巧，或為提高中文能力，以增進知識層次，或為怡情養性，提升人生品味，則白話、文言兼備，歷代各式最精妙文體俱全的最佳小說《紅樓夢》，可以說是當代人由淺易白話文，進階至精妙古文古詩的最佳進階讀物，這也是在今日文言文退潮，白話文剛躍居主流的新時代，《紅樓夢》盛行值得省思的另一層重要時代意義。

西洋世界自從十五、六世紀文藝復興後，文化思想獲得革新，加上輪船槍礮科技的突破，再經十八世紀末工業革命，工商業勃興之後，無論文化思想、科技工商都遠遠超越東方世界，從而勢力迅速向東方殖民擴充，造成所謂西風壓倒東風的世界局勢。中國在明、清時代閉關抗拒了西方文明幾百年，弄得幾乎亡國之後，至清末民初才終於覺醒，急起學習西洋科技，與進步文化，採取發揚固有優良文化，積極師法西洋文化長處的策略，經過百年的跌跌撞撞，才好不容易開創出最近二、三十年的中興氣象。眾所週知，中國文學歷代長久以來一向以經史詩文為主流，小說則一直是被追求仕途的正統文人所鄙視，根本不入流的邊緣文學，故而詩文精而小說粗。然而在西方世界，近代幾世紀都以小說（含戲劇）為文學主流，故其小說特別成熟精妙。因此，中國小說不論結構、修辭或情節內容一般都遠不如歐美小說名著。所以在這個採取開放政策師法西洋文化長處的新時代，就文學方面來說，我們想要吸納西洋文學長處，就要加強學習西洋文學中最為特長的小說方面。西洋小說佈局、修辭技法精熟，包含暗喻、擬人化、倒敘、插敘、預示、伏筆、反諷、雙關、對比、寓言、象徵、意象、意識流等種種技法，凡屬名著大都能採擇得當，運用微妙，情節變化多端，汪洋恣肆，氣勢磅礴。相較之下，中國小說即使是名著如《水滸傳》、《金瓶梅》、《老殘遊記》等，就顯得較為平鋪直敘，單調得多，很難與西洋名著相提並論。不過，《紅樓夢》在中國小說中算是奇峰突出之作，其情節夢幻詭奇，筆法千奇百怪，氣勢煙波浩瀚，書中對於以上西洋小說著名筆法大多已有運用，還有一些絕妙筆法，如翻新的《離騷》香草美人筆法，莊周夢蝶的夢幻筆法，一名多人或一人多名筆法，以家常兒女情事寓寫天下大事的反面春秋筆法等，則是西洋小說名著未曾運用的突出筆法，故《紅樓夢》絕不遜於任何西洋小說名著，甚至於當其神奇真相與筆法被進一步發掘之後，還有超越西洋小說名著的可能。在東西方小說西風壓倒東風的局勢下，《紅樓夢》可以說是在結構、筆法上，於不知不覺中採用西洋小說先進技法，並獨創更為神奇、超前技法，而能夠比美或超越西洋小說名著的唯一中國小說，堪稱是中西小說精妙筆法的綜合櫥窗。因此，《紅樓夢》可說是橋接西洋精妙小說的最佳媒介讀物，學習《紅樓夢》小說結構、筆法，事實上就可學習到西洋小說的許多先進技法，況且還有西洋小說所無的更超前精妙技法，這就是處於現今發揚固有文學優點，師法西洋文學長處的時際，《紅樓夢》盛行值得省思的又一層重要時代意義。

第二節　紅樓夢的神秘魅力造成其盛行與猜謎性爭議

《紅樓夢》問世以後，越傳越盛，從國內紅到國外，讀者以億萬計，終於成為首屈一指的華文小說，及至高無上的現代中國文學新經典。我們不禁要問，《紅樓夢》究竟具有什麼獨特魅力，而能吸引這麼廣大的讀者閱讀，造成這樣的大盛行呢？關於這一點高鶚在《紅樓夢・序》中曾簡單點出是因「膾炙人口」，後來很多人也都順著高鶚而這樣說，但這實在太簡略、籠統，看不出詳細的具體內容。到了道光元年，諸聯在其《紅樓評夢》一書中，對於《紅樓夢》「膾炙人口」的內容，及讀者愛讀《紅樓夢》的原因，概括得相當完整而具體，他說：

> 《石頭記》一書，膾炙人口，而閱者各有所得：或愛其繁華富麗，或愛其纏綿悲惻，或愛其描寫口吻一一逼肖，或愛隨時隨地各有景象，或謂其一肚牢騷，或謂其盛衰循環提矇覺聵，或謂因色悟空回頭見道，或謂章法句法本諸盲左腐遷。亦見淺見深，隨人所近耳。
>
> 書中無一正筆，無一呆筆，無一複筆，無一閒筆，皆在旁面、反面、前面、後面渲染出來。中有點綴，有翦裁，有安放，或後回之事先為提挈，或前回之事閒中補點，筆臻靈妙，使人莫測。總須領其筆外之神情，言時之景狀。
>
> 作者無所不知，上至詩詞文賦，琴理畫趣，下至醫卜星相，彈棊唱曲，葉戲陸博諸雜技，言來悉中肯棨（綮）。想八斗之才，又被曹家獨得。
>
> 全部一百二十回書，吾以三字概之，曰真，曰新，曰文。⑲

後人雖有各種說法，但大都不離諸聯所綜合概括的範圍，即使有超出也不多。諸聯評論得相當精彩，那些因素當然都是《紅樓夢》受到廣大讀者喜愛，而造成盛行的原因。不過，諸聯的說法有點繁雜，顯然並未能點出造成《紅樓夢》盛行的核心魅力所在。

《紅樓夢》在全書開卷第一回第一段（甲戌本則在凡例），就開宗明義說：「此（書）開卷第一回也，作者自云：『因曾歷過一番夢幻之後，故將真事隱去，而借通靈之說，撰此石頭記一書也。』故曰：『甄士隱』云云。但書中所記何事何人？自又云：『今風塵碌碌，一事無成，……又何妨用假語村言，敷演出一段故事來，……不亦宜乎？』故曰：『賈雨村』云云。」相當露骨地點示《石頭記》或《紅樓夢》一書，是以外表假語故事敷陳內裡真事的書。由於作者自己宣示

《紅樓夢》是以假語隱去真事的書，所以閱讀《紅樓夢》最重要的當然是要透過外表假語故事，以推測、領悟內裡所隱藏的真事。很明顯地，作者親自將《紅樓夢》設定了這種由假悟真的本質，既須由假語去推悟隱藏的真事，自然使得《紅樓夢》蒙上一層神秘性，而且也充滿猜謎性，而這都是作者寫書時就預設的全書基本結構。又深怕讀者不瞭解，無法讀懂，故在全書一開頭就鄭重提示。這種由假語去推悟隱藏之真事的神秘性或猜謎性，才是《紅樓夢》的核心魅力所在。廈門大學中文系講師黎蘭，在二〇〇五年二月登出的〈春燈謎上話古今〉一文中，論及《紅樓夢》的謎語時，對這種魅力解析得既專業又生動，她說：

在這真作假、假作真的紅樓世界中，曹雪芹與讀者玩起了捉迷藏的，他一會告知謎底，一會隱去答案，正如同一位高明的獵手，進退出擊遊刃有餘；而讀者面對這樣充滿挑戰性的對手，強烈的自尊心會讓他對這對象魂牽夢繞，彷彿自己非把這個秘幕揭開不甘休。懸揣愈久，想揭穿它的底蘊的意願就愈強烈。這也就是現代闡釋學所說的「召喚性結構」，這正是吸引讀者的法寶之一，也是使作品充滿永恆魅力的法寶。……「紅學」歷來就有「謎學」之稱，一部《紅樓》，不正由於將「真事隱去，假語存焉」，才增添了它迷倒眾生的魅力？⑳

黎蘭由《紅樓夢》謎語的魅力，而擴大歸結到全書的魅力，說：「一部《紅樓》，不正由於將『真事隱去，假語存焉』，才增添了它迷倒眾生的魅力？」這真是一語道破《紅樓夢》的核心魅力所在。而正由於作者將「真事隱去，假語存焉」，便製造出由假語探求隱去真事的神秘性或猜謎性，從而產生誘引讀者去揣測神秘內幕的魅惑力，這才是《紅樓夢》長期盛行的核心原因。

不過，瞭解到這個《紅樓夢》的核心魅力所在，也只是瞭解一個《紅樓夢》以假寓真結構的空洞性概念而已，對於《紅樓夢》所隱藏的神秘真事，或說是謎底，究竟是什麼，以及究竟有什麼具體線索得以讓讀者憑以探索到這個真事或謎底，也都還無法瞭解。但是依照邏輯推論，《紅樓夢》作者既然將全書預設成一個由假語探求隱去真事的表裡雙層結構，必然也應會預設某些讓讀者憑以探索到這個內層真事或謎底的具體線索或暗記，好讓讀者在經過一番揣測之後，終能揭露出這個真事或謎底，否則作者苦心撰寫七、八十萬大言的外表假語故事，不是全都白費心力了嗎？事實上，《紅樓夢》這本書既已由作者親自預設成一個以假語故事將真事閉鎖在密室中的結構，確實也留下打開密室的鑰匙的，不過這把鑰匙不是藏在書的正文內，而是附加在書上的評點文字，這些評點文字也就是後來紅學界通稱的「脂批」或「脂評」。從脂批的內容判斷，紅學界一向認為脂批應是作者圈內深知內情的人士所作的批語。何以見得當初《紅樓夢》版本有脂批這把打開隱藏真事的鑰匙呢？程偉元、高鶚在乾隆五十六年出版一百二十回《紅樓夢》初版（即程甲本）之後，次年又修訂再版（即程乙本），程、高兩人在這個再版本卷首有一篇共同署名的〈紅樓夢引言〉，其中有一條說明說：

是書詞意新雅，久為名公鉅卿賞鑒，但創始刷印，卷帙較多，工力浩繁，故未加評點。其中用筆吞吐，虛實掩映之妙，識者當自得之。㉑

程、高二人何以知道這部書「久為名公鉅卿賞鑒」過了呢？當然是看見書上有前人賞鑒過的痕跡，他們才會這麼說。而一般賞鑒書籍所留下的痕跡不外是加批評點文字或作序，但是他們考慮到這些評點文字會使「卷帙較多，工力浩繁」，故而將這些評點文字取消，於是他們的新版本就變成「未加評點」的版本了。由此可見程偉元所搜購到的《石頭記》原本，原是帶有評點文字的版本。可惜這些帶有評點文字的《石頭記》古版本，在程、高新版本《紅樓夢》廣大流傳後，就逐漸失傳了。直到清末民初間，上海有正書局根據戚序本《石頭記》整理影印，改名出版的《國初抄本原本紅樓夢》（即有正本），才又出現早期的評點文字。不過，這時這些評點文字還未受到重視，因而也未被廣泛運用來據以探索《紅樓夢》隱藏的真事。到了民國十六年胡適高價搜購到甲戌本《石頭記》十六回殘本，書中帶有很多評點文字，經過胡適的大力提倡，紅學界才開始重視這些評點文字，並根據其中署名脂硯齋的較多，且早期《石頭記》多題名為《脂硯齋重評石頭記》，而把這些評點文字通稱為脂批或脂評，並開始把脂批視為揭開《紅樓夢》背後真相的法寶。只可惜當時舉世風從胡適曹雪芹自傳說新紅學，紅學家都將脂批用於核對曹雪芹家世事跡，結果並不能一一核對上曹家的真實人物、事跡。

既然脂批就是揭開《紅樓夢》隱藏真事的具體線索或鑰匙，那麼脂批可曾透露《紅樓夢》所隱藏的真事究竟是什麼，線索又藏在哪裡呢？在庚辰本《石頭記》第四十三回內就有一則脂批說：

> 所以一部書全是老婆舌頭，全是諷刺世事反面春秋也。所謂痴子弟正照風月鑑。若單看了家常老婆舌頭，豈非痴子弟乎？㉒

這則脂批很明顯是提示所謂《紅樓夢》外表、正面的假語，就是充滿全書有如老太婆舌頭上所絮叨的家常人情瑣事的故事，而內裡、反面所隱藏的真事，就是「全是諷刺世事（的）反面春秋」歷史，也就是著書當代的明末清初國家歷史真事。若要再進一步瞭解各回所記的詳細歷史真事，那就得再根據各回的脂批進一步探索。

話雖如此，但這是今日已能見到古版本《石頭記》上的脂批，才能這麼斬釘截鐵地斷論。在脂批尚未發現或未受重視以前的時期，閱讀或研究者並沒有脂批可作依據，以探索《紅樓夢》內裡所隱藏的真事。他們看了第一回第一段開宗明義的話，雖然大部份人都領悟到《紅樓夢》是一部以假語故事隱去真事的書，但是因為沒有脂批，不知道隱去的真事究竟是什麼，只好根據《紅樓夢》正文來探索、猜測內裡所隱藏的真事。即使是已經發現脂批的二十世紀之後，許多紅學家也都看過以上庚辰本第四十三回的脂批，但是幾乎沒有人相信《紅樓夢》所隱藏的真事就是「全是諷刺世事（的）反面春秋」歷史。他們不相信脂批這種說法，而寧可相信二十世紀學術權威胡適的說法，認為《紅樓夢》內裡所隱藏的真事就是曹雪芹的家事，因此都把脂批用於核對曹雪芹的家世事跡，造成二十世紀曹家新紅學蓬勃發展的熱鬧景象，不過經過整世紀的全力考證，結果並不能真正一一核實曹家的人物、事跡，而能達到證據確鑿的程度。或許這則脂批所說《紅樓夢》所隱藏的真事就是「全是諷刺世事（的）反面春秋」歷史，到目前為止還只有筆者一人篤信吧？

清代至民國初期的研究者，大都瞭解《紅樓夢》為一部以假語故事隱去真事的書，但是因為沒有脂批作根據，或已有脂批而將之用於探索曹雪芹家事，他們只好根據書中故事情節正文所隱含的一鱗半爪歷史影跡，來猜測、論斷《紅樓夢》全書所隱藏的種種世間真事，於是發展出各派說法，最著名的有明珠家事說、順治痴戀董鄂妃而出家說、康熙朝政爭說、反清復明說、雍正奪位說、曹雪芹自傳說等六大派說法。譬如民國初年王夢阮、沈瓶庵合著《紅樓夢索隱》一書，提倡清順治痴戀董鄂妃而出家為僧說，他們在論證中，特別強調書中有「情僧」、「情僧錄」的說法，而申論「情僧」就是因情而僧之意，正合順治因愛情而出家五臺山為僧的事跡。根據後來歷史家的考證，順治因痴愛董鄂妃，於董鄂妃病死後，順治痴情難捨，萬念俱灰，確實曾經由和尚剃光頭髮，大鬧要出家為僧，只是後來為其母孝莊皇太后所阻，而並未真正出家㉓。故書中「情僧」、「情僧錄」是一種確有其事的歷史影跡。蔡元培在民國初年著有《石頭記索隱》一書，提倡說：「《石頭記》者，康熙朝政治小說也。作者持民族主義甚摯。書中本事在弔明之亡，揭清之失。」又說：「賈寶玉言偽朝之帝系也，寶玉者傳國璽之義也，即指胤礽。」他的眾多論證大部份都證據十分薄弱，很難讓人信服。但有一個論證則證據很堅強，就是他根據書中第二十五回寶玉與鳳姐中了馬道婆的「魘魔法」，而斷定賈寶玉是影射康熙太子胤礽。根據歷史記載，由於康熙諸子爭奪帝位，太子胤礽確實曾經被大阿哥胤禔勾結喇嘛施加「魘魅」或「鎮魘」法術，而得狂易之疾㉔。故書中「魘魔法」的情節也是一種確有其事的歷史影跡。民國十年胡適發表〈紅樓夢考證〉一文，提倡紅樓夢為曹雪芹自叙傳之說。其中最有力的證據，是他透過顧頡剛的考證，證實康熙六次南巡中，江寧織造曹寅（曹雪芹的祖父）確實曾經接駕過四次㉕，正合乎第十六回趙嬤嬤所說江南甄家接駕四次的情節。故書中江南甄家接駕四次的情節，也是一種確有其事的歷史影跡。由此可證，《紅樓夢》作者確實將一些清初轟動一時的歷史真實事跡，預佈在書中作為一種歷史影跡，或說是線索、暗記，藉以引誘讀者去聯想、探索其內層所隱藏的清初歷史真事的謎底。所以，後世會發展出有關《紅樓夢》隱藏真事的各派說法，追本溯源，其實是由於作者在全書開卷就先宣示此書為一種以假寓真的雙層結構，製造出來一層獨特的神秘性或猜謎性，然後又在書中故事情節中預埋了清初真實歷史的影跡或暗記，又構成另一層神秘性或猜謎性，誘引讀者或研究者根據這樣的具體神秘性結構、情節元素，去加以考證、探索而發展出來的。簡言之，《紅樓夢》本身的神秘性結構、情節內容，誘導、發展出後世有關《紅樓夢》真事的各派說法。然而當初作者集團所預設打開《紅樓夢》由假求真之密室的配套鑰匙是外加的評點文字—脂批，而脂批長期失傳，及至脂批重現後，又不幸未被順利破解，因而未能打開密室以揭曉《紅樓夢》所隱藏的真正真事。至於那些書中正文的清初歷史影跡或暗記，只不過是作者用來引誘讀者往清初歷史方向聯想、探索的工具而已，並不是直指其事的揭開真相的鑰匙。書中所預埋的那些清初歷史影跡或暗記，在作者狡獪之筆下事實上常是另有所指的，故憑據那些歷史影跡或暗記，所論斷出來的各派說法，就常被誤導至錯誤的結論，而充滿猜謎性與爭議性了。再就作品與讀者的互動層面來說，上述《紅樓夢》以假寓真結構、及內容包含清初真實歷史的影跡或暗記的神秘性或猜謎性，形成了一種誘引廣大讀者前來一探究竟的「召喚性結構」，而一經閱讀便常不知不覺被誘導上探秘解謎之路，繼而猜謎窺秘不著，一般人望洋興嘆也就作罷了，但那些文史程度高的翰林、博士如蔡元培、胡適、林語堂之流，則經不起自尊心的強烈挑戰，產生一種「非把這個秘幕揭開不甘休」的執著，於是一讀再讀，這就是《紅樓夢》「充滿永恆魅力的法寶」，也是造成《紅樓夢》二、三百年來，一路長紅大盛行的核心因素。總括而言，《紅樓夢》本身的神秘性魅力，既造成其大盛行，又造成長期以來的猜謎性爭議。

《紅樓夢》書中正文所隱含清初歷史的影跡或暗記，既引誘讀者往清初歷史聯想，卻又常誤導到錯誤的對象、結論上，這對於紅學研究史的影響實在至關重大，因此，我們有必要對書中這些清初歷史影跡或暗記，作進一步的觀察解析。根據筆者的觀察，《紅樓夢》書中正文確實隱含不少清初歷史人物、地點的影跡或暗記。最明確的是第二回說榮國府榮公的長子名為「賈代善」，也就是賈母的丈夫，而清初歷史人物中，皇太極、多爾袞的二兄禮親王的名字就叫「代善」。又如第十七、十八回，寫大觀園的正樓名為「大觀樓」，而清康熙二十九年（一六九〇）雲南巡撫王繼文將昆明滇池旁近華圃內兩層的花建樓改命名為「大觀」樓㉖，可見書中大觀樓、大觀園都是實有其地的名稱。又第二回寫到的「石頭城」，就是南京的古名，因此書中的「石頭記」書名，就可能與「石頭城」有某種關係存在。其他如「情僧」、「情僧錄」、「青埂峰」、「朱樓夢」、「紅樓夢」等名稱也都有清初歷史的影跡。至於整段情節方面，以上寶玉中了「魔魘法」，江南甄家接駕四次，及第一回的風流公案等情節，也都有很明顯的清初歷史事件的影跡。由此可見《紅樓夢》書中正文隱含不少清初歷史的影跡或暗記，是很明顯而具體，不容置疑的事實。因此，閱讀《紅樓夢》小說而懷疑、聯想到其背後可能隱藏清初某些歷史事實，乃是必然的事，若不會有這樣的懷疑，則可能是對於清初歷史較為生疏，或閱讀時滑過而未曾注意到。

對於《紅樓夢》書中眾多清初歷史的影跡或暗記，筆者以為可大體區分為兩大類別，一種為直指暗記，另一種為曲指暗記。所謂直指暗記，是指這個歷史暗記是直接寓寫該暗記所代表的歷史事件本身，直接地實指其事。譬如第一回甄士隱作夢故事之處的「風流公案」就是一個直指暗記，因為作者塑造出這個「風流公案」的情節，是直接隱指吳三桂愛風流，痴戀蘇州豔妓陳圓圓，因陳圓圓被李自成部將所奪佔，而與李反目成仇，憤而轉向滿清借兵，欲與李對抗，因而演變成影響天下公眾、國家安危大案的歷史事件。所謂間接暗記，是作者顧忌該暗記若直指其事容易被官方識破，罹犯文字獄，而予以扭曲另指其他類似的歷史事件，故將這種暗記稱為曲指暗記。譬如第二回寫賈雨村說林黛玉讀書凡讀到其母姓名賈敏的「敏」字時，都避諱而唸作「密」字，這個「密」字是作者有意透露黛玉身分的暗記，不過，這是一個曲指暗記。按康熙之廢太子胤礽，至雍正時封為「理密親王」，《清史稿》有理密親王胤礽傳。因康熙兩次廢太子之事是當時極為聳動的事件，於是《紅樓夢》作者就屢屢將之取來作書中的歷史暗記，如上述的魘魔法情節便是一例，又將「理密親王」簡化成一個「密」字，埋入書中，但顧忌這是世人所熟知的事，故而並不以「密」字直指「理密親王」胤礽，而是扭曲方向，另外隱指較不為人知的鄭成功為隆武帝乾駙馬的隱密身分而言。像「密」字這樣的歷史暗記，歪曲地另指其他歷史事跡，就是曲指暗記。這兩種歷史暗記當然是曲指暗記更難破解，但是直指暗記也不見得就能容易悟透，因為其外表形式可能偽裝得更模糊，更難辨識，或刻意扭曲變形，晦澀難解。譬如「青埂峰」一詞，也是一個直指暗記，但是要透過「青」通諧音「清」，「埂」的字義為「田界」，由諧音法、通義法，將「青埂峰」還原為「清界峰」，才能悟通原來「青埂峰」是直指明末臨近滿清邊界處的山峰地帶，也就是山海關、遼西走廊一帶。這些書中正文的歷史直指暗記或曲指暗記，就是構成《紅樓夢》充滿神秘感的具體神秘性或猜謎性因素。我們若能發現這些歷史神秘因素，詳加辨別是直指暗記或曲指暗記，再配合真正開啟《紅樓夢》由假語求真事的鑰匙—脂批，互相參照，融會貫通起來，便比較容易逐步破解這些神秘暗記所指涉的歷史真事。但若無脂批配合，單從這些書中正文的神秘歷史暗記，直接去剖解其所隱指的歷史真事，有時幸運的話當然也可能悟到真正答案，不過困難度極高，一不小心就會被誤導上歧路，而獲得錯誤結論。

第三節　破解真相以解決紅樓夢長期猜謎與兩極評價爭議的迫切性

上節論及由於脂批長期失傳，或雖已現世而未被正確破解，讀者專家隨順《紅樓夢》以假寓真結構，及受到書中正文所含清初歷史神秘影跡或暗記的誘導，而發展出六大派說法。但因《紅樓夢》所隱藏的真事未能由脂批的破解而揭曉，大家都不確定所謂《紅樓夢》的真事究竟是什麼，因此那六大派說法事實上都帶有很濃厚的猜謎性，彼此誰也不服誰，一般讀者更無從判斷哪一種說法才是正確的答案，因此一直爭議不斷。到了一九五四年，又由毛澤東以政治領袖的身分，倡導《紅樓夢》為階級鬥爭之書的說法，一時間大陸地區都盛行此說。這種說法以政治力鬥垮了胡適派的曹雪芹自傳說，轉而改以籠統的曹家家世、社會背景來詮釋書中有關封建階級鬥爭的內容，由於避開自傳說一一核對曹家真人實事的困境，書中又確實含有部份反封建階級鬥爭的情節，尤其是暗合當時大力推行對資產階級鬥爭的政治環境，故在大陸地區幾乎成為一言堂。但本質上，此說是從胡適曹雪芹自傳說，轉化為以較廣泛、籠統的曹家背景來詮釋《紅樓夢》內容的說法，可簡稱為曹家背景說，而仍然未完全脫離曹家新紅學的範圍。到了一九八〇年代改革開放以後，人們冷靜考查書中雖也有反抗傳統婚姻、科舉等的反封建鬥爭內容，但要說全書主題、大旨就是專講反封建階級鬥爭的書，也未免以偏概全，此說就又引起懷疑爭議，逐漸動搖了。

歷經兩百多年長期間發展出來的以上七大派說法，都無法正確揭曉《紅樓夢》所隱藏的真事，於是長期間爭議紛擾，而任何一種說法對於讀者理解《紅樓夢》文本情節內容幾乎都沒有什麼幫助。相反地這種莫衷一是的紛擾對於讀者實在是一種極大的負荷，增添閱讀上的無謂困擾。因此，近二、三十年來逐漸引起讀者對於這些索隱或考證真事的各派說法大感不耐煩，而不斷發出《紅樓夢》背後並未隱藏任何世間真事，應把《紅樓夢》回歸為純虛構文學小說的呼聲。其中影響力最大的，是海外的文史大師余英時，他在民國六十七（一九七八）年所著《紅樓夢的兩個世界》中，揭櫫文學考證的紅學革命，他倡導說：

> 新的紅學革命不但在繼往的一方面使研究的方向由外馳轉為內斂，而且在開來的一方面更可以使考證工作和文學評論合流。前面已說過，新「典範」與其他幾派紅學最大的分歧之一便在於它把紅樓夢看作一部小說，而不是一種歷史文件。所以在新「典範」引導之下的紅樓夢研究是屬於廣義的文學批評的範圍，而不復為史學的界限所囿。其中縱有近似考證式的工作，但這類工作仍是文學的考證，而非歷史的考證。這個分別是很重要的。㉗

影響所及，在台灣及海外地區的紅學研究，便逐漸轉變為致力於貫通《紅樓夢》文本前後情節內容的文學性考證，及《紅樓夢》與西洋小說名著間互相比較的比較文學研究。不過，余英時所號召的文學紅學革命，雖然是在革胡適曹雪芹自傳說的命，但並未完全否定曹家新紅學，尤其是脂批，他特別強調說：

凡是從小說的觀點，根據紅樓夢本文及脂批來發掘作者的創作企圖的論述都可以歸之於紅學革命的旗幟之下。

新「典範」直接承「自傳說」之弊而起，是對「自傳說」的一種紅學革命，但卻不需要完全否定「自傳說」。

新「典範」是從「自傳說」紅學內部孕育出來的一個最合理的革命性的出路。一方面，新「典範」認為我們對紅樓夢作者（曹雪芹）及其家世背景、撰述情況所知愈多，則愈能把握作品的「全部意義」；因此它十分尊重「自傳說」的考證成績。㉘

他既說「是對『自傳說』的一種紅學革命」，又說「不需要完全否定『自傳說』」，「十分尊重『自傳說』的考證成績。」很明顯有依委兩端的濃厚意味，而且他仍認定作者為曹雪芹，故他這種文學紅學革命，本質上是一種巧妙避開「自傳說」一一核對曹家真人實事的困境，改以籠統的曹雪芹家世背景詮釋紅樓夢正文故事的紅學主張，也是一種曹家背景說，並未脫離曹家新紅學的範圍。

這種回歸文學的呼聲日盛一日，到一九八〇年代稍後，在大陸地區終於爆發出一種「程前脂後」的新說法，主張程偉元、高鶚的一百二十回本《紅樓夢》產生在前，才是真實可靠的版本，而含有脂批的八十回本《石頭記》為後人的偽作。然而這種新說背後的目的，事實上仍然是一種反對《紅樓夢》隱藏有世間真事，主張《紅樓夢》為純虛構文學小說，呼籲回歸文學的運動。這一新說具有代表性的歐陽健所著《還原脂硯齋》一書，在冗長論證程前脂後說之後，其最後一章最後一節最後一項的歸結部份，就明白標題為「掙脫夢魘，回歸文學」，文中宣稱、呼籲說：

《紅樓夢》是夢魘，那夢魘之中的夢魘，就是脂硯齋的陰魂在作祟。李希凡先生最近還在呼籲：「無論是偉大的曹雪芹，或偉大的《紅樓夢》，都該是幾千年中華古老文明的輝煌結晶，因而，小說的文本研究，仍應是『紅學』領域的核心命題和重中之重。」將來的讀者也許很難想像，要把《紅樓夢》當作小說來讀來研究，在今天是多麼不容易的事！

通過對脂硯齋的還原，大家明白了所謂「脂齋之謎」、「續書之謎」、「探佚之謎」等等，都是人為造作出來的，它只會擾亂我們的閱讀和研究，也就足夠了。從此以后，人們就可以不去理睬那些「閑事」（按指曹學、脂學），都可以自由地理直氣壯地進入紅學的苑地，做一名或大或小的紅學家，不必顧慮人家笑話你沒有跨進紅學的大門了。二十一世紀的紅學，將是告別了脂硯齋的紅學，是從脂硯齋桎梏中掙脫出來的紅學，因而是真正文學意義上的「樓內紅學」。㉙

這幾句話明白顯示所謂程前脂後說本質上其實是一種回歸文學的強烈主張，而在手段上則比余英時更決絕，完全否定脂硯齋與曹家有關，甩脫極模糊深奧的脂批、繁瑣的曹家史料的糾纏，而單純地針對《紅樓夢》文本的白文作樓內故事情節的純文學研究工作。這一主張除了還未否定《紅樓夢》作者為曹雪芹這一點之外，已完全脫離曹家新紅學的範圍了。

海外美國余英時號召的文學紅學革命，及大陸歐陽健等掀起的程前脂後說新浪潮，不約而同地主張《紅樓夢》為虛構的純文學小說，在紅學發展史上的意義，代表著無論在大陸、台灣或海外地區的廣大讀者，對於《紅樓夢》背後隱藏有真事所提出的七大派說法，無法合理詮釋《紅樓夢》的內容情節，長期來已累積了強烈的不滿，終於發出震天怒吼。不過，程前脂後說經過居於主流的曹家背景說一陣猛攻反擊，其中的程本在前、脂本在後的論點已經站不住腳。但是主流派對於此新說骨子裡的回歸文學主張，則幾乎未曾提出反擊，事實上主流派骨子裡也早已致力於《紅樓夢》表面故事的文學考證工作，只是還帶有一部份以曹詮紅、以脂詮紅的色彩而已。所以實質上程前脂後派骨子裡所主張的回歸文學，因為原本就是余英時文學紅學革命的核心主張，可以說就是目前全體紅學界的普遍主張，早就是最近二、三十年來的紅學主流了。這種認定《紅樓夢》為純虛構文學小說的純小說派，事實上早已躍居於主流而統治著學術殿堂約三十年了，而兩百多年來公認《紅樓夢》為以假語隱藏真事的觀點，反而被看成很不科學的落伍說法。

時序走到二十一世紀關口的這幾年，正當紅學研究真事派被打壓為極不科學的邪魔歪道想法，眼看《紅樓夢》隱藏的真事即將永遠無人探究，而整個紅學即將淪入純虛構小說一元論，走向空洞化、平淡無奇化，以致於顯露出逐漸退潮沒落疑慮之際，大陸紅學家劉心武的曹學分枝秦學忽然異軍突起，他於二〇〇五年四月起在中央電視台「百家講壇」上一連串的「揭秘《紅樓夢》」演講，非常受到一般平民讀者大眾的歡迎，隨後推出的《劉心武揭秘紅樓夢》書籍及光碟片也大賣特賣，造成極大轟動。劉心武最主要的論點是，金陵十二釵中的秦可卿是江寧織造曹家所偷偷抱養的康熙廢太子胤礽的女兒，而《紅樓夢》主題是寓寫廢太子胤礽、弘皙父子一派（曹家也牽涉在內），與雍正、乾隆父子當權派兩派之間爭奪帝位的秘史。對於劉心武這種明顯屬於真事派的新說法、新熱潮，居於主流的紅學家則批評說：「劉心武說秦可卿出身不寒微，是康熙的廢太子的女兒毫無根據，是杜撰，劉心武的『秦學』是新索隱。」又說：「劉心武先生的『秦學』沒有遵守起碼的學術規範，存在生編硬造、歪曲文本、牽強附會等嚴重的學風問題。」並批評劉心武「實為從《紅樓夢》文本索隱、考証、探佚出一些碎片，把它重新編織成一個『秦可卿』的故事」，在「央視《百家講壇》用『揭秘』二字冠名，迎合人們的獵奇、探秘的心理」㉚，因而造成轟動。這樣的評論前半有關劉心武之秦可卿身世的說法毫無證據，是很正確的，後半有關劉心武的說法因迎合人們的獵奇、探秘的心理而造成轟動，只點到表相，而未能點到內層真正的關鍵原因。值得深入一層思考的是，人們為什麼對於《紅樓夢》故事會有獵奇、探秘的心理期待呢？那是因為兩百多年來《紅樓夢》一書背後隱藏有某種世間真事的想法，早已深植人心，只有一九七〇年代中期以後才被學術權威們倡導為是背後毫無隱藏世間真事的純小說，但是廣大紅迷大眾內心實際上還是不時渴望著《紅樓夢》背後隱藏真事的出現，經過純小說派權威長期的強力壓制，其渴望之切有如大旱之望雲霓，如今好不容易盼到有著名小說家編造出一個頗能自圓其說的所謂秦可卿原型真事故事來，背後又有新紅學權威大師周汝昌的唱和支持，故即使劉心武所描繪的只是一個極模糊不真切的影子，但無魚蝦也好，於是廣大紅迷大眾內心對《紅樓夢》背後隱藏真事之獵奇、探秘的心理，就沛然莫之能禦地爆發開來，聽得津津有味，深受感動，大大滿足了他們長期的殷切期盼，這才是劉心武的秦學雖然核心論點毫無歷史證據，卻能大大轟動起來的內層關鍵因素。劉心武的秦學說法雖然轟動，但畢竟證據極度薄弱，紅學界以追求具體證據的學術尺度來衡量，其學術價值並不高。但是從他突破二、三十年來紅學主流派所構築的純虛構小說研究路線的圍牆，將紅學研究回歸到傳統的真事派道路上這個角度來看，則是值得熱烈鼓掌喝采的。蓋紅學界遵循純虛構小說路線的研究工作已進行了三十年，始終無法解決《紅樓夢》書中眾多故事情節矛盾不通的長年老問題，再繼續堅持下去實在是浪費時間和人力，況且若長期將《紅樓夢》界定為未隱藏任何世間真事的一部純虛構小說，則《紅樓夢》將成為一部無秘可探、無謎可猜、無寶可挖的平淡無奇小說，而失去其傳統的神秘魅力，大大降低其價值，盛極一時的紅學熱潮也將逐漸降溫消退，所以二十一新世紀的紅學確實是到了該回頭重新走向探索《紅樓夢》背後真事的研究路線，以期理順書中眾多矛盾不通情節，再創紅學新境界、新巔峰的時刻了。

近年來另一個突破純虛構小說主流派圍牆，回歸到傳統真事派研究道路，而且更進一步企圖顛覆胡適曹家新紅學的紅學家，是大陸蒙古族吉林長春的一名教授土默熱先生。他的系列紅學文章見諸網路後引起軒然大波，大陸媒體愈吵愈熱，美國、日本、新加坡及台港澳的媒體也紛紛轉載，各方高人熱烈評論，後來整輯出版《土默熱紅學》一書。台灣佛光大學創校校長龔鵬程鑒於其書具有突破胡適曹家新紅學窠臼的重大意義，特別刊刻引進台灣，改稱為《土默熱：紅學大突破（上卷）》。土默熱紅學的核心論點是，《紅樓夢》的作者是著作《長生殿》傳奇的洪昇，而曹雪芹只是披閱增刪者；《紅樓夢》的主題是洪昇對自己親身經歷之家難的追蹤躡跡式記載；

《紅樓夢》書中金陵十二正釵的原型是「蕉園詩社」的「前五子」和「後七子」，她們是洪昇的十二個才女姐妹；大觀園的原型是洪昇的故鄉杭州西溪。《土默熱紅學》一書論證十分豐富而繁複，但證據還是不夠充分確鑿，詮釋還是不夠合理圓滿。首先關於洪昇著作《紅樓夢》及傳至曹雪芹披閱增刪而面世的說法，並無直接證據，大多憑藉《紅樓夢》與《長生殿》有某些類似，及洪昇和曹寅的交往關係，而加以推論、臆測，證據似嫌虛浮。其次，有關金陵十二正釵原型是「蕉園詩社」的「前五子」和「後七子」一點，感覺相似度還嫌不足，譬如並未能證明林黛玉原型的林以寧與薛寶釵原型的錢鳳綸之間有爭奪同一男人（寶玉）的情敵關係存在，也未能證明探春原型的洪昇妹妹有遠嫁海疆為王妃的事實等。至於大觀園的原型為洪昇的故鄉杭州西溪這一點，本書引薦人龔鵬程曾特意親自去遊覽考察過，觀感是：「把大觀園原型設在杭州西溪，比說是南京隨園、北京恭王府都合理。…西溪又是一片沼壖，沒有山；大觀園中則『主山處處連絡不斷』（庚辰本十七回脂批），兩者不盡相同。㉛」所以土默熱紅學雖然用力甚勤，論證宏富，自成體系，但是如果沒有更進一步的直接證據支持，要獲得學術界認同還有待嚴格考驗。其實土默熱本人也知道這個缺點，他在該書自序中就說：「本書中的很多問題缺乏直接證據支持，需要進一步補充考證。」不過就其突破胡適曹家新紅學窠臼的角度來看，則意義極為重大，值得熱烈喝采。蓋胡適曹家新紅學已統治紅學界約九十年了，眾紅學精英傾全力考證的結果，卻仍然考證不出曹雪芹著作《紅樓夢》的任何直接證據，也不能考證曹家人物事跡能夠一一符合《紅樓夢》的角色情節。大家卻仍一直相信《紅樓夢》作者是曹雪芹，《紅樓夢》是以曹家康雍乾百年家事或社會狀況為背景所寫作的小說，而導致近百年來幾乎所有紅學家都將研究範圍聚焦在康雍乾百年間之事，沉浸在這百年間的資料中考證打轉，即使收獲極微也不願跳出這百年時間的迷人圈子之外，不知浪費多少國家社會人力財力等資源。如今土默熱敢於代表眾多對胡適曹家新紅學難忍又無奈的紅迷讀者或研究者，帶頭呼籲顛覆胡適曹家新紅學，跳出其窠臼，若能從而帶引眾多紅學家將紅學研究的時間範圍轉移至清初順治、康熙、南明的百年間之事，則開闢紅學新境界才會有新希望，所以土默熱此舉還是十分令人讚賞並佩服的。

劉心武揭秘紅樓夢造成紅迷平民大眾極大轟動，及土默熱紅學廣受國內外關心紅學的高人熱烈討論，兩者所代表的共同意義是眾多的紅迷平民大眾或專家，已不能滿足、甚至已厭倦居於主流約三十年的《紅樓夢》為純虛構小說的說法，寧願相信《紅樓夢》背後隱藏有某種世間真事。土默熱紅學更代表甚多國內外關心紅學的高層人士，懷疑、甚至厭棄近百年來統治紅學界的胡適派曹家新紅學，渴望尋找更能合理詮釋《紅樓夢》故事情節的其他真事說法。這種紅迷平民大眾及紅學高層人士所表現想要擺脫長期無法合理詮釋《紅樓夢》，卻又長期宰制紅學界的純虛構小說派及胡適曹家新紅學之束縛的現象，正是活生生展示了二十一世紀紅學研究的新動向、新生命。所以二十一世紀的紅學研究必然是如劉心武及土默熱紅學一般，既跳脫純虛構小說派，又跳脫胡適派曹家新紅學的舊窠臼，而回歸到傳統真事派研究的道路上發展前進的，也唯有如此紅學才會再有新前途、新境界。

除了以上紛紛擾擾的種種爭議之外，長期以來《紅樓夢》還有一項評價兩極的爭議，大部份人都評價《紅樓夢》為至高無上的小說極品，但也有一部份人評價《紅樓夢》為毒害人心的淫書，或品質低劣的一部小說。由於《紅樓夢》盛名遠播，一般紅學專家都只歌頌它的優點，對於它的缺點都不願提及，所以一般讀者大眾大都不太知道它的缺點。不過這些評價《紅樓夢》低劣的人雖然只是少數人，卻包括胡適等超級文史大師在內，應該還是有其獨到眼光，我們不應全然視若無睹，反而應該加以正視，推究其中道理。

有關評價《紅樓夢》極優的論著到處可見，前面也已略舉數例，茲不再列舉。有關評價《紅樓夢》低劣的則不太多，其中有關清代衛道之士批評《紅樓夢》為「誨淫」之書的說法，主要是因為《紅樓夢》書中描寫少男少女私自發展愛情，違背當時「父母之命、媒妁之言」的封建名教所致，並不是指書中真的露骨地描寫男女性愛情事，這一點如今已時過境遷，這裡不再引證討論。至於其他不良評價的說法，則值得重視，茲略舉其重要者如下：

嘉慶十年，周永保〈瑤華傳跋〉說：

最可厭者，莫如近世之《紅樓夢》，蠅鳴蚓唱，動輒萬言，汗漫不收，味同嚼蠟。㉜

嘉慶二十二年，苕溪漁隱在《癡人說夢》一書中，列舉《紅樓夢》書中多處情節中，寶玉、黛玉、寶釵、元春、賈蘭、劉姥姥等許多人物的年齡錯亂，應予修改㉝。光緒間話石主人在《紅樓夢精義》中，則指出《紅樓夢》書中具有年誤、月誤、日誤、時誤、地誤、物誤、語誤、脫略等許多矛盾不合的缺點㉞。

一九二三年俞平伯在所著《紅樓夢辨》一書中，雖然讚揚「在現今我們中國文藝界中，《紅樓夢》依然為第一等作品。」但卻認為與世界文學比較，應屬二等作品。他說：

平心看來，《紅樓夢》在世界文學中底位置是不很高的。這一類小說，和一切中國底文學—詩，詞，曲，在一個平面上。這類文學底特色，至多不過是個人身世性格底反映。《紅樓夢》底態度雖有上說的三層，但總不過是身世之感，牢愁之語。即後來底懺悔了悟，以我從楔子裡推想，亦並不能脫去東方思想底窠臼；不過因為舊歡難拾，身世飄零，悔恨無從，付諸一哭，于是發而為文章，以自怨自解。其用亦不過破悶醒目，避世消愁而已。故《紅樓夢》性質亦與中國式的閑書相似，不得入于近代文學之林。即以全書体裁而論，亦微嫌其繁複冗長，有矛盾疏漏之處，較之精粹無疵的短篇小說自有區別。我極喜歡讀《紅樓夢》，更極佩服曹雪芹，但《紅樓夢》並非盡善盡美無可非議的書。⋯⋯《紅樓夢》在世界文學中，我雖以為應列第二等，但曹雪芹卻不失為第一等的天才。㉟

這一段話到了一九五二年俞平伯將《紅樓夢辨》修訂改名為《紅樓夢研究》再版時，被刪去了。刪去的原因推想應是因為當時大陸正掀起弘揚中華民族文化的熱潮，鼓吹「東風壓倒西風」的氣氛很濃厚，毛澤東又極推崇《紅樓夢》，而俞平伯也正積極參與政治活動，感到說這樣的話已不合時宜，故而予以刪除，不見得是俞平伯本人的看法有根本上的改變。

一九五三年學貫中西的史學大師陳寅恪在所撰《論再生緣》中說：

至於吾國小說，則其結構遠不如西洋小說之精密⋯如《水滸傳》、《石頭記》與《儒林外史》等書，其結構皆甚可議。㊱

一九六〇年，蘇雪林在〈試看紅樓夢的真面目〉、及〈由紅樓夢談到偶像崇拜〉兩篇文章中說：

紅樓夢結構鬆懈、散漫，只是曹雪芹幼年時代富貴奢華生活的回憶錄。作者又是個文學修養極劣，想像力完全缺乏的人，雖說曾將真事隱去，用假語村言來敷衍，其實他就沒有力量隱去真事，勉強來隱，也不免藏頭露尾，窘態百出。

紅樓夢對人物年齡也無法作妥當合理的安排。賈元春與寶玉是接腳生（按指前後年出生）的姊弟，後來（按指第十八回）又說元春曾教幼弟讀書，雖曰姊弟，情如母子。惜春永遠「年幼」，巧姐永遠是裹在襁褓裡的女嬰。頂可笑的是寶玉的年齡在原本八十回裡永遠徘徊於十二三歲之間。（以上〈試看紅〉一文）

曹雪芹只是一個僅有歪才並無實學的紈袴子，紅樓夢也只是一部未成熟的作品。（此為〈由紅〉一文）㊲

至於曹家新紅學創立者胡適，他在一九二一年發表〈紅樓夢考證〉一文時，雖曾讚譽說：「《紅樓夢》是一部自然主義的傑作。那班猜謎的紅學大家不曉得《紅樓夢》的真價值正在這平淡無奇的自然主義的上面。㊳」但晚年則對《紅樓夢》評價極低，根據一九九七年北京國際《紅樓夢》學術研討會的相關報導，參加該研討會的美國威斯康辛大學教授、紅學家周策縱，在會中透露說：

一九四八年胡適在美國時，對一家美國電台採訪時卻說紅樓夢是一部毫無價值的書，這與他二、三十年代論證紅樓夢自相矛盾。㊴

周策縱還透露在一九八六年哈爾濱國際《紅樓夢》研討會上，郭豫適教授發表〈論「紅樓夢毫無價值論」及其他—關於紅學研究中的非科學性〉，文中引述李辰冬教授於一九七九年為別人著書所寫序文中說：

十幾二十年前，中國廣播公司為廣播全部紅樓夢，整整準備了一年，在正式廣播的前夕（按係一九五九年十二月底），約胡適、李玄伯兩位先生以及兄弟我—那時他們認為的三位紅學專家—座談，意思是想請三位專家來捧捧場。第一位當然是先請胡先生發言，而胡先生的第一句話，就是「紅樓夢毫無價值。」那時主持廣播的是邱楠先生，…邱先生接着又問：「紅樓夢既然毫無價值，您考證它幹什麼？」（胡先生說）「我對考證有興趣，只是為考證而考證。」「紅樓夢毫無價值」，這是我第一次從胡先生口裏聽到。我們這種六七十歲年紀的人，從小就喜歡紅樓夢而重視它的原因，（是）由於胡先生的提倡，現在從胡先生的口裏說它毫無價值，真正難以置信。但後來打聽，纔知道胡先生講這種話的不止這一次。

周策縱又說：

胡適在美國的時候對唐德剛也說過《紅樓夢》不是一部好小說，因為沒有一個完整的故事（plot）。㊵

一九六〇年十一月二十日，胡適在〈答蘇雪林書〉中說：

我寫了幾萬字考證《紅樓夢》，差不多沒有說一句贊頌《紅樓夢》的文學價值的話。大陸上共產黨清算我，也曾指出我只說了一句「《紅樓夢》只是老老實實的描寫這一個『坐吃山空』、『樹倒猢猻散』的自然趨勢，因為如此，所以《紅樓夢》是一部自然主義的傑作。」其實這一句話已是過分贊美《紅樓夢》了。

《紅樓夢》的主角就是含玉而生的赤霞宮神瑛侍者的投胎；這樣的見解如何能產生一部「平淡無奇的自然主義」的小說！

我平心靜氣的看法是：在那些滿洲新舊王孫與漢軍紈袴子弟的文人之中，曹雪芹要算是天才最高的了，可惜他雖有天才，而他的家庭環境及社會環境，以及當時整個的中國文學背景，都沒有可以讓他發展思想與修養文學的機會。在那一個淺陋而人人自命風流才士的背景裏，《紅樓夢》的見解與文學技術當然都不會高明到那兒去。……我當然同意你說：「原本《紅樓夢》也只是一件未成熟的文藝作品。」

我向來感覺，《紅樓夢》比不上《儒林外史》；在文學技術上，《紅樓夢》比不上《海上花列傳》，也比不上《老殘遊記》。㊶

幾乎相同的話，隔了四天在他寫給高陽的〈與高陽書〉中，又重複說了一遍。

在《紅樓夢》幾乎獲得滿堂鼓掌喝采，眾口讚頌為中國小說無上聖品聲中，以上評價《紅樓夢》低劣的言論不啻是尖銳刺耳的高音貝雜音，很多讀者專家可能都無法接受，甚至覺得很厭煩。不過，發出這些言論的胡適、陳寅恪、俞平伯、蘇雪林都是近世超級文史大師，尤其胡適又是新紅學的創立者，終身研究《紅樓夢》，他們這樣貶抑《紅樓夢》，應該是有其獨到之見。其實歸納他們的意見，加以冷靜思考，大多是一針見血的《紅樓夢》大缺點。例如周永保所批評「《紅樓夢》，蠅鳴蚓唱，動輒萬言，汗漫不收，味同嚼蠟」，俞平伯所批「以全書体裁而論，亦微嫌其繁複冗長」，蘇雪林所評「紅樓夢結構鬆懈、散漫」，陳寅恪所評「其結構遠不如西洋小說之精密，……其結構皆甚可議」。這些批評雖然各人所用文字繁簡用詞有異，而所指意旨則相同，都是對於《紅樓夢》所寫家庭生活、兒女愛情故事，既繁瑣又冗長，嘮叨個沒完，讓人生厭的批評，這確實是《紅樓夢》外表假語故事的實際狀況，可以說批評得很中肯。至於苕溪漁隱、話石主人、蘇雪林都提到書中人物年齡錯亂一點，則幾乎是所有紅學家都詬病的《紅樓夢》大缺點。再如俞平伯所批「有矛盾疏漏之處」，胡適說「沒有一個完整的故事」，話石主人所批書中具有時、地、物、前後語、脫略等種種矛盾，使得書中故事情節存在眾多矛盾不合，破碎不完整，無法貫通的現象，也是其他許多紅學家都感到頭痛的大缺點。在瞭解到這些重大缺點之後，俞平伯下結論說《紅樓夢》在世界文學中應列第二等，也並不離譜。而新紅學祖師爺胡適晚年屢次貶抑「紅樓夢毫無價值」，以他對於《紅樓夢》滾瓜爛熟的程度，及對文史的淵博修養，想必也是看到《紅樓夢》確實存在這些瑜掩不了瑕的重大弊病，才會說出這樣殘酷的貶詞吧！這少數幾個人比起一味讚頌《紅樓夢》者，顯得更為冷靜，所見更真實，實在是正確認識《紅樓夢》多面向真相的難能可貴評言。

為什麼《紅樓夢》這樣眾口交譽的最優作品，會讓真正識貨的超級大師看到這樣不堪的醜陋一面呢？原因何在？前面所引庚辰本第四十三回的一則脂批說：「所以一部書全是老婆舌頭，全是諷刺世事反面春秋也。所謂痴子弟正照風月鑑。若單看了家常老婆舌頭，豈非痴子弟乎？」評斷《紅樓夢》分為正反兩面，正面「全是老婆舌頭」閒話家常的家庭生活、兒女愛情等人情瑣事；反面則「全是諷刺世事反面春秋」，春秋就是孔子所著的《春秋》一書，是一部寓褒貶，使亂臣賊子懼的魯國歷史，中國所尊奉最公正的一部歷史書，因而貴為五經之一，所以《紅樓夢》反面就是一部類似《春秋》，「全是諷刺世事」以寓褒貶，使著書當時的亂臣賊子懼的歷史書。這則脂批同時對於《紅樓夢》正面故事，評價說「若單看了家常老婆舌頭，豈非痴子弟乎？」說是如果單單看了正面那些「家常老婆舌頭」上嘮叨的家常人情瑣事的故事，豈不是痴呆子弟嗎？怎樣的痴呆子弟呢？他又特別舉了書中的一個具體例子，說明就是書中「所謂痴子弟正照風月鑑」那樣的痴呆子弟。按第十二回故事描寫賈瑞病重，跛足道人攜來一面風月寶鑑交其照看治病，這是個雙面的鏡子，正面是美人王熙鳳，反面是一個骷髏，道人囑咐他「千萬不可照正面，只照他的背面，要緊，要緊！」賈瑞偏偏照看正面的鳳姐，三、四次後終於失精而死。這裡脂批就是說如果單看《紅樓夢》正面的家常人情故事，就像書中賈瑞正照風月鑑致死那樣的痴呆子弟一樣，會看死人的呀！可見脂批對於《紅樓夢》正面家常瑣事故事的評價比胡適還更劣，胡適只說「毫無價值」，脂批則進一步說看了會害死人，是痴呆子弟。由此可見，前面胡適等人對於《紅樓夢》所見的種種重大弊病，都是單看了它正面「家常老婆舌頭」人情瑣事的假語故事，而產生的惡劣印象。然而若能再進一步研探出它反面所隱藏「全是諷刺世事」的春秋歷史真事，那它便是完美無瑕的無上文學妙品了。

從以上的論述，可見《紅樓夢》兩百多年長期間的總體發展，大致有兩條清晰的發展軌跡，一條是遵循《紅樓夢》為以假語隱藏真事雙層結構，而進行探索《紅樓夢》背後真事的發展路線，結果竭盡全力先後發掘出以上主要的七大派真事說法。但是畢竟都證據不夠確鑿，都充滿猜謎性爭議，未能真正揭曉《紅樓夢》所隱藏的真事，而長期爭議不斷。到了最近二、三十年終於被廣大讀者唾棄，讀者寧可光讀書中表面的白文故事，而不願再理會故事背後隱藏的任何真事。另一條發展軌跡則是順著《紅樓夢》本質上是一部小說的文學作品，而進行探究《紅樓夢》文學價值的文學評論發展路線，兩百多年來大多數人評價極高，包括部份超級大師的少數人則評價極低，雙方也同樣各執一詞，爭議不休。而引起這樣兩極評價的爭議，主要原因也是因為《紅樓夢》所隱藏反面春秋真事未能水落石出，因而大家只能就《紅樓夢》表面假語家常人情瑣事的故事，或並非正確的背面真事，進行評價所致。

最近二、三十年來，紅學逆轉為專門從事《紅樓夢》文本外表家常人情故事的純文學考證、批評的研究工作，究竟能不能夠開發出《紅樓夢》內容與文學技術更優秀的成份，使得《紅樓夢》的價值更為提高呢？前面已提到這樣的純文學考證、批評已進行甚久，並已發現以上《紅樓夢》的三項重大缺點，即其一《紅樓夢》所寫家常生活、兒女愛情故事繁複冗長，結構散漫，讀來瑣碎難耐；其二書中寶玉、黛玉等許多人物年齡錯亂不合；其三書中故事情節矛盾不合，破碎不完整，前後無法貫通。此外，包括最近這幾十年來專注研究的成果，還發現許多無法合理詮釋的重大情節矛盾不合情形。譬如：前八十回寶玉年齡大約在十一至十五歲，寶釵、黛玉、湘雲、探春、寶琴等比寶玉大一歲或小一、二歲，卻都能作寓意頗深的詩詞，實在不合情理，尤其像寶玉作的〈芙蓉女兒誄〉，前半是魏晉駢文，後半是《離騷》體的詩，用詞引典極深奧，託旨極高遠，絕不是一個約十五歲的少年人可能寫得出的。又如王熙鳳不識字的問題，第四十二回寫寶釵說：「幸而鳳丫頭不認得字」，但細查第十一回描寫她點戲的情況，卻說：「鳳姐兒立起身來答應了一聲，方接過戲單，從頭一看，點了一齣《還魂》，一齣《彈詞》，遞過戲單去。」可見她是認得戲單上的文字的，前後嚴重矛盾不合。再如有關秦可卿死因的問題，第五回秦可卿畫冊畫的是「畫着高樓大廈，有一美人懸梁自縊。」但第十、十一、十三回卻寫她是生病而死，前後矛盾不合。再如史湘雲與賈寶玉愛情關係的問題，第三十一回描寫賈寶玉、史湘雲都各有一個金麒麟，而回目標題為「因麒麟伏白首雙星」，顯然預示因為金麒麟而伏下他們兩人白首偕老的因緣，但結局兩人並未結為夫妻等等。可見這條專門從事純文學小說考證評論的道路，雖然已如火如荼進行了約三十年，但對於以上故事情節矛盾不通的眾多重大缺點依然無法合理詮釋，都積成懸案，事實證明即使要把《紅樓夢》當作純文學小說來閱讀，亦不可得。所以才會有最近幾年劉心武秦學，及土默熱紅學興起，又試圖將《紅樓夢》帶回至傳統真事研究路線的現象出現。

事實上只要我們能夠堅信《紅樓夢》本身所揭示它是一部以假語隱藏真事的書，及以上脂批提示所謂假語就是其正面「全是老婆舌頭」的家常人情故事，而所謂隱藏的真事就是隱藏在反面的「全是諷刺世事反面春秋」的歷史真事，而專藉正面假語故事以及相關的脂批為工具，以探研所隱藏的「反面春秋」歷史真事，則紅學研究就可能走向正確方向。因為只要想法如此一轉，那麼以上那些外表故事情節矛盾的缺點，便會跟著轉變為作者有意引起讀者懷疑以進一步探索內層真事所預佈的線索、暗記，只要循線追蹤很可能就能破解出真相，而順利消除以上種種矛盾，使得情節豁然貫通。舉例來說，關於前八十回賈寶玉年齡約在十一至十五歲，且時有前大後小的不合理現象，其實寶玉意義之一是象徵帝位、王朝，寶玉的年齡就是清初各朝皇帝順治、康熙，或吳三桂雲南平西藩王政權的紀年，而書中所記都是康熙二十二年滿清一統天下以前的歷史，順治朝只有十八年，吳三桂藩王政權只有十五年，另外書中明白寫出事件紀年的地方又極少，故寶玉年齡常在十一至十五歲左右；又若前面事件發生在順治十四年，便是寶玉十四歲，而後面事件發生在康熙十二年，便是寶玉十二歲，自然就造成寶玉年齡前大後小，再正常不過了。再如關於秦可卿自縊又病死的矛盾問題，事實上秦可卿是代表明末的崇禎王朝，前面預示秦可卿自縊就是隱示崇禎皇帝於李自成攻陷北京時是自縊而死，後面秦可卿病死則是隱述崇禎王朝百病叢生，終至國家病重而滅亡，所以書中描寫秦可卿自縊而又病死，實在是最符合史實的妙筆。

總結地說，《紅樓夢》從前主要致力於其背後隱藏真事的研究，而有七大派說法，但因猜謎性太重，而引發長期大爭議，以致於逐漸被逼轉向其背後全無隱藏真事的純文學小說評論的研究道路，而這種路線的前人研究成果，又引發優劣兩極評價的另一層爭議。除此之外，目前另一些人則更臆斷出一些荒誕不經的真事說法，如說曹雪芹毒殺雍正皇帝之類，反正誰都不能說得準，誰也不能干涉誰怎麼說，索性大家各說各話，一千人就有一千種說法，什麼樣的奇談怪論都能自成一說，這種現象說好聽是百花齊放，說不好聽是漫無標準，天下大亂。而追根究底就是《紅樓夢》的真事究竟是什麼，未能獲得正確解答的緣故。如果短期間再無法破解出《紅樓夢》的真相是什麼，這種亂象還是會繼續蔓延，終究是無法再提高《紅樓夢》的文學價值，紅學能否再蓬勃發展也不無疑慮，是否能夠維持讀者閱讀《紅樓夢》的熱潮，恐怕都將是挑戰。因此，目前《紅樓夢》真事的長期猜謎性爭議，及優劣兩極評價的爭議，都迫切期待《紅樓夢》真相能儘快水落石出，才能解決這些嚴重爭議，消止這些大亂象，以重啟紅學研究的新局面、新高潮。而破解真相主要是要藉助接近作者圈深知內情的批書人所預留開啟《紅樓夢》密室的鑰匙—脂批，能破解脂批則《紅樓夢》真相必能破解得出，而看清《紅樓夢》真事究竟是什麼，唯有如此，才可能進一步評論作者如何寫作的文學技術。否則在未知真事是什麼之前，就全力進行作者如何寫作的文學評論，評論對象既不明，論證便很難避免失真，若僅就矛盾百出的外表假語家常人情故事加以評論，則仍將是瑕瑜互見，爭議不斷的皮毛之談。

附註：

①有關程偉元序與高鶚序，均抄錄自《紅樓夢卷》，一粟編，台北，新文豐出版公司印行，民國七十八年十月台一版，第三一至三二頁。

②同上《紅樓夢卷》，第四二至五四、五六至五八、三六六頁。

③有關記述《紅樓夢》盛行四例，引錄自以上《紅樓夢卷》，四二至四三、五九至六一、三四九、三五四頁。

④有關記述《紅樓夢》為淫書五例，引錄自以上《紅樓夢卷》，第一一八、三四至三六、三七三至三七四、三八二頁。

⑤引錄自《中國禁毀小說百話》，李夢生著・台北・建宏出版社，一九九六年二月初版一刷，第四七八至四七九頁；其中有關永忠、弘旿事亦可參閱以上《紅樓夢卷》，第一〇頁。

⑥引錄自《紅樓夢引・前言》，王以安著，台北，新陸書局總經銷，民國八十二年二月初版・第二至三頁；其中有關梁恭辰所記玉研農語，及筆者所加注按語，請參閱以上《紅樓夢卷》，第三六六至三六七頁。

⑦同上《中國禁毀小說百話》，第四七九頁。

⑧同上《紅樓夢卷》，第三七九頁。

⑨有關記述《紅樓夢》遭禁後依舊盛行三例，引錄自以上《紅樓夢卷》，第三七八、三八二、四〇四頁。

⑩引錄自《清代臺灣紅學初探》，吳盈靜著，大安出版社，二〇〇四年十一月第一版第一刷，第二六五至二六九頁。

⑪同上《紅樓夢卷》，第三一九頁。

⑫請參閱《紅學：1954》，孫玉明著，北京圖書館出版社，二〇〇三年十一月第一版第一次印刷，第六六至八八頁。

⑬請參閱《毛澤東評點紅樓夢》，青海人民出版社，第一至一四頁（註：因係購自舊書店，作者與出版年月不詳）。

⑭筆者在台北光華市場某舊書店之《紅樓夢》專架上，就看到很多中共官方編印的《紅樓夢》資料小冊，筆者所選購數冊中，《紅樓夢評論文選》一書，便是中共貴州省委宣傳部資料室編印，另一本《批判對「紅樓夢」研究中的資產階級唯心觀點》一書，便標明是中國教育工會華南師範學院委員會編的工會學習資料。

⑮請參閱《紅樓夢探考》，岑佳卓編著兼發行，台中，勝昱印刷公司印刷，民國七十四年九月初版，第八四至八七頁。

⑯《乾隆甲戌脂硯齋重評石頭記》，台北，胡適紀念館出版，民國六十四年十二月三版，第一回第九頁。

⑰《脂硯齋重評石頭記（三）》庚辰本，台北，宏業書局印行，民國六十七年十二月出版，第四十三回，第九八六頁。

⑱引自以上《紅樓夢卷》，第二七頁，戚蓼生〈石頭記序〉。

⑲引錄自以上《紅樓夢卷》，第一一六至一一七頁。

⑳引錄自〈春燈謎上話古今〉，黎蘭著，載《國文天地》第二三七期，二〇〇五年二月一日出刊，第三六頁。

㉑引錄自以上《紅樓夢卷》，第三二頁。

㉒引錄自《脂硯齋重評石頭記（三）》庚辰本，第四十三回，第九八六頁。

㉓請參閱《多情悟・順治出家之謎》，凌力著，台北，國際村文庫書店，一九九六年九月初版，第一八九至二〇四頁。

㉔請參閱《千古愁・康熙廢嗣之謎》，李景屏著，台北，國際村文庫書店，一九九六年九月初版，第七〇至九五頁。

㉕請參閱《紅樓夢考證》，胡適、蔡孑民等著，台北，遠東圖書公司，民國七十四年九月初版，第二四至二五頁。

㉖請參閱《行走雲南》，楊嶸、陳小倩著，台北，雙大出版公司發行，二〇〇三年九月第一版，第四一頁。

㉗引錄自《紅樓夢的兩個世界》，余英時著，台北，聯經出版事業公司，民國八十五年二月初版第五刷，第二八至二九頁。

㉘同上《紅樓夢的兩個世界》，第二一、二四、二八頁。
㉙請參閱《還原脂硯齋》，歐陽健著，大陸，黑龍江教育出版社，二〇〇三年十月第一版第一次印刷，第四二三至四三七頁。
㉚引錄自《劉心武『紅學』之疑》，鄭鐵生著，北京，新華出版社，二〇〇六年一月第一版北京第一次印刷，張慶善之「序言一」，及正文第一章第三五頁。
㉛引錄自《土默熱：紅學大突破（卷上）》，土默熱著，台北市，風雲時代出版公司，二〇〇七年五月初版，龔鵬程之「打開紅學新視野——土默熱紅學小引」，第三三頁。
㉜引自以上《紅樓夢卷》，第六一頁，周永保〈瑤華傳跋〉。
㉝請參閱以上《紅樓夢卷》，第一〇三至一一一頁。
㉞請參閱以上《紅樓夢卷》，第一七五至一七九頁。
㉟引錄自《俞平伯說紅樓夢》，俞平伯撰，大陸，上海古籍出版社出版，二〇〇〇年九月第一版第三次印刷，第九三至九四頁。
㊱引錄自《陳寅恪的最後二十年》，陸鍵東著，台北市，聯經出版事業公司，一九九九年元月初版第三刷，第一三二頁。
㊲引錄自《紅樓夢評論》，岑佳卓編著兼發行，台中，勝昱印刷公司印刷，民國七十七年十二月修訂再版，第七七一至七七五頁。
㊳引錄自以上《紅樓夢考證》，第三一頁。
㊴引錄自《紅樓夢學刊・一九九七年增刊・總第七十五輯》，紅樓夢學刊編輯委員會編輯，北京，紅樓夢學刊雜誌社出版，一九九七年十二月，第五八七頁。
㊵有關周策縱所述兩項胡適評價《紅樓夢》的文字，係引錄自《紅樓夢案——棄園紅學論文集》，周策縱著，香港，中文大學出版社，二〇〇〇年出版，第六一至六二，及四六頁。
㊶引錄自《胡適紅樓夢研究論述全篇》，胡適著，大陸，上海古籍出版社出版，一九八六年八月第一版第一次印刷，第二七八至二八〇頁。

第二章 解讀紅樓夢的首要秘訣——石頭記凡例發微

第一節　寶貴的石頭記凡例

在目前已發現的《紅樓夢》十幾種早期版本中，古手抄本的甲戌本《石頭記》為最接近作者原始底本的最早版本，而唯獨這一版本，在小說正文前有一篇凡例。大家都知道凡例是位於一本書籍正文前面，用來向讀者說明其著書的主旨、內容概要，以及寫作、編輯上的特殊體例的一篇文字。因此甲戌本《石頭記》上的這一篇凡例，就是指引讀者正確認識《紅樓夢》主旨及特殊寫作筆法的一篇說明文字，也是正確解讀《紅樓夢》的首要秘訣。所有版本碩果僅存這一篇凡例，真是後世窺探《紅樓夢》神奇真相的無上瑰寶。茲先將全文抄錄如後：

◈脂硯齋重評石頭記

凡例

紅樓夢旨義　是書題名極（多口口紅樓）夢是總其全部之名也。又曰風月寶鑑，是戒妄動風月之情。又曰石頭記，是自譬石頭所記之事也。此三名皆書中曾已點睛矣。如寶玉作夢，夢中有曲，名曰紅樓夢十二支，此則紅樓夢之點睛。又如賈瑞病，跛道人持一鏡來，上面即鏨風月寶鑑四字，此則風月寶鑑之點睛。又如道人親眼見石上大書一篇故事，則係石頭所記之往來，此則石頭記之點睛處。然此書又名曰金陵十二釵，審其名則必係金陵十二女子也，然通部細搜檢去，上中下女子豈止十二人哉？若云其中自有十二個，則又未嘗指明白係某某，及至紅樓夢一回中，亦曾翻出金陵十二釵之簿籍，又有十二支曲可考。

書中凡寫長安，在文人筆墨之間，則從古之稱。凡愚夫婦兒女子家常口角，則曰中京。是不欲着跡于方向也。蓋天子之邦亦當以中為尊，特避其東南西北四字樣也。

此書只是着意于閨中，故叙閨中之事切，略涉於外事者則簡，不得謂其不均也。

此書不敢干涉朝廷，凡有不得不用朝政者，只略用一筆帶出，蓋實不敢以寫兒女之筆墨，唐突朝廷之上也，又不得謂其不備。

此書開卷第一回也，作者自云：「因曾歷過一番夢幻之後，故將真事隱去，而撰此石頭記一書也。」故曰「甄士隱夢幻識通靈」。但書中所記何事？又因何而撰是書哉？自云：「今風塵碌碌，一事無成，忽念及當日所有之女子，一一細推了去，覺其行止見識皆出于我之上。何堂堂之鬚眉，誠不若彼一干裙釵？實愧則有餘，悔則無益之大無可奈何之日也！當此時，則自欲將已往所賴，上賴天恩，下承祖德，錦衣紈袴之時，飫甘饜美之日，背父母教育之恩，負師兄規訓之德，以致今日一事無成，半生潦倒之罪，編述一記，以告普天下人：『雖我之罪固不能免，然閨閣中本自歷歷有人，萬不可因我不肖，則一併使其泯滅也。』雖今日之茆（茅）椽蓬牖，瓦竈繩床，其風晨月夕，堦柳庭花，亦未有傷于我之襟懷筆墨者，何為不用假語村言，敷演出一段故事來，以悅人之耳目哉？」故曰「風塵懷閨秀」。乃是第一回題綱正義也。

開卷即云「風塵懷閨秀」，則知作者本意原為記述當日閨友閨情，並非怨世罵時之書矣，雖一時有涉于世態，然亦不得不叙者，但非其本旨耳，閱者切記之。

以下再就這篇凡例中所包含的《紅樓夢》各種題名、旨義、命名依據，解讀《紅樓夢》的首要秘訣，及《紅樓夢》的作者、主題內容、著作原因與目的，分節略加闡發其隱微奧義。

第二節　紅樓夢的各種題名及其旨義與命名依據

◈原文：

脂硯齋重評石頭記

凡例

◈闡微：

【脂硯齋重評石頭記】：這八字是這部書的全名。在目前所發現的《紅樓夢》最早期三種手抄版本甲戌本、己卯本、庚辰本，都題名為「脂硯齋重評石頭記」，故《紅樓夢》最早的正式名稱應是《脂硯齋重評石頭記》，不過習慣上都簡稱為《石頭記》。

【凡例】：「凡例」是一本書正文前面的一篇文章，用於說明寫作、編輯上的特殊體例，或該書的主旨、內容概要等。通常一本書籍的凡例之作者，一般都是作者或編輯者本人。而《紅樓夢》還具有一個別書所沒有的特點，就是還有可能是知悉作者著作內情的批書人。所以這篇凡例的作者，應該是作者本人，或編輯者，或批書人，而不太可能是其他的人。

◈原文：

紅樓夢旨義　是書題名極（多口口紅樓）夢是總其全部之名也。又曰風月寶鑑，是戒妄動風月之情。又曰石頭記，是自譬石頭所記之事也。此三名皆書中曾已點睛矣。如寶玉作夢，夢中有曲，名曰紅樓夢十二支，此則紅樓夢之點睛。又如賈瑞病，跛道人持一鏡來，上面即鏨風月寶鑑四字，此則風月寶鑑之點睛。又如道人親眼見石上大書一篇故事，則係石頭所記之往來，此則石頭記之點睛處。然此書又名曰金陵十二釵，審其名則必係金陵十二女子也，然通部細搜檢去，上中下女子豈止十二人哉？若云其中自有十二個，則又未嘗指明白係某某，及至紅樓夢一回中，亦曾翻出金陵十二釵之簿籍，又有十二支曲可考（按應尚漏一句：此則金陵十二釵之點睛處）。

◈闡微：

以上這段原文是《石頭記》或《紅樓夢》凡例的第一段文字，其中第一行「極」與「夢」之間原本是五格空白，後來的藏書人胡適填補上「多」與「紅樓」三字。這段文字主要是提示《紅樓夢》一書有極多不同題名，並就主要的四種題名，明確點示其旨義，及命名所依據的書中相關核心情節，並寄望讀者針對這些相關的核心情節再進一步深入探究其真相，以了悟這四種不同題名及全書旨義的具體意義、內容為何。茲再分段闡釋如下：

【紅樓夢旨義】：這部書既已在最前頭題名為「脂硯齋重評石頭記」，照理說這篇凡例的作者對於以下論說其旨義的長段文字，應該冠名為「脂硯齋重評石頭記旨義」或「石頭記旨義」，但他卻把它冠名為「紅樓夢旨義」，這是非常怪異的現象，因此引來紅學界很多討論的文章。而緊接著又有「紅樓夢是總其全部之名也」這樣一句話，所以很可能這部書剛寫成時，作者原本很想把整部書命名為「紅樓夢」，但是因為某種重要因素，只好放棄「紅樓夢」這個書名，而改題名為「石頭記」這個十分隱秘的神話性名稱，而為求彌補起見，只好在凡例作這樣怪異而混雜著其他題名的說明。至於這個逼迫作者放棄「紅樓夢」書名的重要因素，推想應是在於規避清初嚴厲的文字獄。因為「紅樓」二字，極易引起「朱樓」的聯想，從而再聯想到「朱明樓閣殿堂」，若以「紅樓夢」為名，很容易引起清廷懷疑這部書是懷念「朱明樓閣朝廷舊夢」的書，而招致文字獄大禍。

【是書題名極（多口口紅樓）夢是總其全部之名也。又曰風月寶鑑，是戒妄動風月之情。又曰石頭記，是自譬石頭所記之事也。此三名皆書中曾已點睛矣。】：這一小段說的很明確，這本書總共只有一部，可是卻標題有極多不同的名稱。整部書的名稱叫做「紅樓夢」。此外，又叫做「風月寶鑑」，是就其中所含「戒妄動風月之情」的主題而言。又叫做為「石頭記」，是就其中所含「自己譬喻為石頭的人所記其本人之事跡」的主題而言。而這三種題名書中都有畫龍點睛的情節描寫。這裡最值得注意的有兩點，其一是凡例一方面明確指出《紅樓夢》這本書總共只有一部，而卻有極多個不同的名稱，總名為「紅樓夢」；一方面又以極簡略的文字提示，所以會有這許多不同的名稱，是因為就書中不同主題而標題為不同的名稱所致。可是歷來絕大多數的紅學家卻把這些不同的名稱當作不同的幾部書，並考證那一個是原始底本，再從這個底本如何改寫、續作，逐漸演變而形成《紅樓夢》，說得非常熱鬧，不過，基本上並不符合這裡凡例所提示《紅樓夢》總共只有一部書的說法。其二就是凡例在詮釋題名「石頭記」時，說是「自譬石頭所記之事也」，其中的「自譬石頭」顯然是省略了一個「者」字，全句應為「自譬石頭者」，而這句話透露書中的「石頭」其實是一個人，只是這個人「自己譬喻自己為石頭」而已。然而現在很多人都把書中的「石頭」當作是物質世界的「石頭」，這和凡例的說法是大相逕庭的。

【如寶玉作夢，夢中有曲，名曰紅樓夢十二支，此則紅樓夢之點睛。】：這是提示讀者，若想了解紅樓夢的旨義，最為關鍵的就是要了解第五回「寶玉作夢，夢中有曲，名曰紅樓夢十二支」之處的情節內容，因為該段情節內容就是紅樓夢旨義的畫龍點睛之處。而第五回「寶玉作夢」就是指賈寶玉由秦可卿引領至其房中睡中覺，作夢遇見警幻仙姑開始，直到第五回結束夢醒為止的那一長段情節。至於「夢中有曲，名曰紅樓夢十二支，此則紅樓夢之點睛」這三句，就是點示說，寶玉在夢中接受警幻仙姑香茶酒饌招待，並觀賞十二個舞女演唱紅樓夢仙曲十二支的那一段情節，就是「紅樓夢」這個題名在書中有如畫龍點睛般被正式點寫出它的名稱，及精要旨義的所在。因此，若想了解何謂紅樓夢，就必須從第五回賈寶玉夢遊太虛幻境的情節，尤其是夢中接受警幻仙姑飲宴招待並觀賞舞女演唱十二支紅樓夢曲之處，下手去研究，索解出其中所隱藏的真相，就能夠了解紅樓夢的畫龍點睛意義，及這部書題名為「紅樓夢」的旨義所在了。

【又如賈瑞病，跛道人持一鏡來，上面即鏨風月寶鑑四字，此則風月寶鑑之點睛。】：這是提示讀者，若想了解風月寶鑑的旨義，最為關鍵的就是要了解「賈瑞病，跛道人持一鏡來，上面即鏨風月寶鑑四字」之處的情節內容，因為該段情節內容就是風月寶鑑旨義的畫龍點睛之處。而該段情節就是指第十二回賈瑞因中了王熙鳳所設應允幽會的圈套，寒夜裡摸黑進入榮國府，被鳳姐派人潑灑尿屎，渾身淋污受凍，加上對鳳姐單相思不已，因而積成重病，後來有一跛足道人拿了一個刻有風月寶鑑四字的雙面鏡子來，照正面是鳳姐，照背面是骷髏，道人囑咐千萬不可照正面，只照背面則病必好轉，結果賈瑞卻偏照正面，見是鳳姐招手，就蕩悠悠進入鏡子與鳳姐雲雨一番，這樣三、四次後終於喪命的那一長段故事。至於「此則風月寶鑑之點睛」這句話，就是點示說，以上賈瑞致病，及正照風月寶鑑喪命的情節，就是書中畫龍點睛正式點寫出「風月寶鑑」這個名稱，及其精要旨義的所在。因此，若想了解何謂風月寶鑑，就必須從第十二回賈瑞致病，及正照風月寶鑑喪命的那一段情節，下手去研究，索解出其中所隱藏的真相，就能夠了解風月寶鑑四字的畫龍點睛意義，及這本書又題名為「風月寶鑑」的旨義所在了。

【又如道人親眼見石上大書一篇故事，則係石頭所記之往來，此則石頭記之點睛處。】：這是提示讀者，若想了解石頭記的旨義，最為關鍵的就是要了解「道人親眼見石上大書一篇故事，則係石頭所記之往來」的情節內容，因為該段情節內容就是石頭記旨義的畫龍點睛之處。而「石頭所記之往來」，及「道人親眼見石上大書一篇故事」，就是指第一回從開頭描寫女媧煉石補天遺棄一顆未用的頑石在青埂峰下起，到後來空空道人經過青埂峰下，看見一大塊石上刻有石頭所記其過往今來歷盡炎涼世態的一篇故事，並將這石頭記抄錄回去問世傳奇的那一長段情節。至於「此則石頭記之點睛處」這句，就是點示說，以上第一回有關描寫石頭所記其過往今來經歷事跡的情節，就是書中畫龍點睛正式點寫出「石頭記」這個名稱，及其精要旨義的所在。讀者若想了解何謂石頭記，就從第一回描寫石頭過往今來經歷的那一段情節，下手去研究，索解出其中所隱藏的真相，就能夠了解石頭記的畫龍點睛意義，從而也能了解這本書又題名為「石頭記」的旨義所在了。

【然此書又名曰金陵十二釵，審其名則必係金陵十二女子也，然通部細搜檢去，上中下女子豈止十二人哉？若云其中自有十二個，則又未嘗指明白係某某，及至紅樓夢一回中，亦曾翻出金陵十二釵之簿籍，又有十二支曲可考（按應尚漏一句：此則金陵十二釵之點睛處）。**】**：

這一段第一句「然此書又名曰金陵十二釵」，很明顯是提示讀者這本書還有另一個題名叫做「金陵十二釵」。接下來五句是提示說，雖然按照書名金陵十二釵，必然是指金陵的十二位女子，可是細查全書上、中、下三級女子，即上級的太太或小姐、中級的通房侍妾、下級的丫鬟等，豈只十二人。若說其中自然有某十二人是書名所指的十二釵，可是書中又未曾明白地指出某某幾個就是這十二釵，所以使得讀者很困惑，不知如何去認定哪十二人才是金陵十二釵。最後三句「及至紅樓夢一回中，亦曾翻出金陵十二釵之簿籍，又有十二支曲可考。」就是針對以上讀者的困惑，提示解決之道，明白指出在描寫演唱紅樓夢曲的第五回中，曾經翻出金陵十二釵的簿籍，其中就有十二幅圖畫與判詞，又有紅樓夢曲十二支，都可供探考金陵十二釵的身分。依照前面凡例說明紅樓夢等三個題名之點睛處的體例，這三句後面應該還遺漏了一句「此則金陵十二釵之點睛處」。因此，讀者若想了解何謂金陵十二釵，就必須從第五回金陵十二釵簿籍中的圖畫與判詞，以及舞女所演唱的紅樓夢曲十二支，下手去研究，索解出其中所隱藏的真相，就能夠知悉金陵十二釵的真實身分與事跡，從而也能了解這本書又題名為「金陵十二釵」的旨義所在了。

總之，這段文字是提示讀者，《紅樓夢》這部書總共只有一部書，但是就書中不同主題、涵義而標題為很多不同的名稱，其中最主要的四個題名是「紅樓夢」、「風月寶鑑」、「石頭記」、「金陵十二釵」；並針對如何了解這四個不同題名的旨義，分別明確點出書中畫龍點睛之處，即「紅樓夢」在第五回寶玉作夢並觀賞演唱紅樓夢曲之處，「風月寶鑑」在第十二回賈瑞致病而正照風月寶鑑喪命之處，「石頭記」在第一回空空道人親眼見石上刻記一大篇石頭所記其過往今來事跡之處，「金陵十二釵」在第五回金陵十二釵簿籍之圖畫、判詞及十二支紅樓夢曲之處。因此，如果讀者想了解「紅樓夢」、「風月寶鑑」、「石頭記」、「金陵十二釵」這四個題名（書名）的旨義，非常簡單，就是直接去研究以上那四處關鍵情節，悟通了其中情節的真相，答案也就找到了。

目前有關研究《紅樓夢》各個不同書名的旨義、成書過程、作者等的論著甚多，可惜，還沒有見到依照這裡凡例的提示，直接針對以上四處關鍵情節進行解析，破解出其情節內容之真相的簡單俐落研究論著。而多是把它們當成四部書，並在書外尋找曹雪芹家族或其他歷史材料，研究這四部書的演變關係，如何由原始底本《石頭記》，過渡到《風月寶鑑》，再改寫、續補而演進成《紅樓夢》等，並考證誰是原作者、改寫者、續作者，從而進一步探索《紅樓夢》的主題、大旨等等。這樣的研究，繁瑣而費力，著作雖多，但一直各是其是，聚訟紛紜，迄難達到共識，經過近百年的努力，而《紅樓夢》這部書的旨義及主題內容如今依然如謎。這樣的困境恐怕是根源於將「題名」一詞簡單理解為「書名」，因而對於第一回敘述「石頭記」題名演變的一段文字，也連帶地將同一部書的多種不同題名，理解為多部不同書籍的書名所致。

第一回描述《石頭記》的問世與名稱演變的緣由與過程說：

> 因有個空空道人訪道求仙，忽從⋯青埂峰下經過，忽見一大石上字跡分明，編述歷歷。空空道人乃從頭一看，原來就是（這石頭）無材補天，幻形入世，蒙茫茫大士、渺渺真人攜入紅塵，歷盡離合悲歡炎涼世態的一段故事。⋯空空道人⋯將這「石頭記」再檢閱一遍，⋯從頭至尾抄錄回來問世傳奇。（石頭）因空見色，由色生情，傳情入色，自色悟空，遂易名為情僧，改「石頭記」為「情僧錄」；至吳玉峰題曰「紅樓夢」；東魯孔梅溪則題曰「風月寶鑑」；後因曹雪芹于悼紅軒中，披閱十載，增刪五次，纂成目錄，分出章回，則題曰「金陵十二釵」⋯⋯；至脂硯齋甲戌抄閱再評，仍用「石頭記」。

單從這段文字的字表上看，誰都會對於《紅樓夢》的著作誕生與演變過程，得到一個簡單的結論，就是「石頭記」的原作者是「石頭」，抄錄者是空空道人，改題名為「紅樓夢」者為吳玉峰，改題名為「風月寶鑑」者是孔梅溪，增刪分回並改題名為「金陵十二釵」者是曹雪芹，抄閱再評並恢復「石頭記」原名者是脂硯齋。截至目前為止，幾乎所有有關《紅樓夢》成書過程、作者、批書者的研究論著，都是在這樣的表面結論之基礎上來立論的。實際上，單從「石頭」和「空空道人」都是匿名的虛構名號，而且既是《石頭記》這部書的作者或抄錄者，又是書中故事的角色，兼具雙重身分，就可知道這段文字其實是極為複雜模糊，而另有玄機的。所以在正文敘述到曹雪芹披閱增刪，改題為金陵十二釵那段文字之處，甲戌本就有眉批提示說：「…作者之筆狡猾之甚，…這正是作者用畫家煙雲模糊處，觀者萬不可被作者瞞蔽了去，方是巨眼。」可見，如果單純地按照這段文字表面的敘述，直接認定《石頭記》作者是「石頭」，增刪分回者是曹雪芹，及有空空道人等四個人將《石頭記》改名或改寫成四部書名不同的書等等，那就真是被作者的煙雲模糊筆法所瞞騙了。

也就是因為上述第一回描述《石頭記》問世及演變成不同名稱的那一段文字，實在太模糊而難懂，所以作者或批書人才會在凡例中特別作說明，提示讀者正確理解第一回所述《石頭記》不同名稱之真義的竅門。仔細觀察以上凡例對於《紅樓夢》有各種不同名稱一事，說是「題名極多」，使用的是「題名」，而不是「書名」。再仔細看第一回描述《石頭記》改變為紅樓夢等其他名稱都用「題曰」，而避開「書名」一詞。這應該是凡例作者與原書作者都考慮到「題名」或「題曰」的用詞，除了具有「標題書名」或「標題書名為」的意義之外，還具有「按主題命名」或「按主題標名為」的更深刻涵義。而且從凡例所提示各種不同名稱的命名由來的實際內容來看，確實是按照書中不同主題內容而標題為不同名稱的。例如因為這部書中包含有像第五回寶玉作夢並觀賞演唱紅樓夢曲這樣的主題內容，所以才標題出「紅樓夢」的名稱；又因為這同一部書中包含有像第十二回賈瑞致病而正照風月寶鑑喪命這樣的主題內容，所以才標題出「風月寶鑑」的名稱。因此，「石頭記」、「紅樓夢」、「風月寶鑑」等名稱，其實都是同一部書按其中不同的主題重點所定出來的不同名稱。簡單的說，書總共只有一部，名稱卻有好多個，而不同的名稱各自強調同一部書中不同的主題重點。因此，「紅樓夢」、「石頭記」等四個或更多不同的名稱，並沒有由某部書改寫或續作為另一部書的問題，這些不同的名稱只是代表同一部書中的不同情節重點而已。明白這一點，就知道原來第一回所述《石頭記》的五個不同名稱，其實就是同一部《石頭記》書中的五個不同情節重點。至於第一回描述「石頭記」書名的六段演變，即先有「石頭記」，後改為「情僧錄」，又陸續改題為「紅樓夢」、「風月寶鑑」、「金陵十二釵」，最後又恢復原名「石頭記」，實際上是在描寫這部書中整個故事所寓寫的世間真實事跡，總共包含有六段重大情節的發展變化，首先發生了石頭記的事跡，緊接著發生情僧錄的事跡，陸續又發生紅樓夢的事跡、風月寶鑑的事跡、金陵十二釵的事跡，最後又發生一件事，因其情節或結局和開頭的石頭記事跡如出一轍，所以仍然將它稱為石頭記。而為了使讀者進一步了解書中這六大情節重點究竟是指世間什麼事，凡例除了情僧錄之外，又特別提示以上四處畫龍點睛的情節。只要遵照凡例的寶貴提示，直截了當針對以上畫龍點睛的四處情節，深入探索，那麼「紅樓夢」、「石頭記」、「風月寶鑑」、「金陵十二釵」這四個名稱所代表的主題內容與旨義，就可望水落石出。那麼就能了解《紅樓夢》這部書所寫的六大世間實際重點事跡中情僧錄之外的五項，並可進一步以這五項世間實際重點事跡，來衡量目前對於作者、增刪者、續作者等的眾多說法，究竟是否正確了。

第三節　解讀紅樓夢的首要秘訣

◈原文：

書中凡寫長安，在文人筆墨之間，則從古之稱。凡愚夫婦兒女子家常口角，則曰中京。是不欲着跡于方向也。蓋天子之邦亦當以中為尊，特避其東南西北四字樣也。

◈闡微：

以上是凡例的第二段文字，主要是提示解讀《紅樓夢》書中地名的特殊方法。茲詳細闡釋如下：

【書中凡寫長安，在文人筆墨之間，則從古之稱。凡愚夫婦兒女子家常口角，則曰中京。】：這是說《紅樓夢》書中凡是寫長安二字，在文人筆墨行文之間的用法，其意義就是依從長安古代的名稱「京師」的意思。但是大凡一般愚夫婦兒女子家常說話的口氣，則稱呼京師為中京。換言之，《紅樓夢》書中就是以長安來代指當時的京師、京都，如明朝、清朝的京師北京，南明的京師南京等。這裡所說文人以長安來代指當時京師北京的寫法，在清朝是很普遍的。例如吳梅村在《圓圓曲》中，描述陳圓圓與吳三桂在北京相見後，吳三桂留約迎娶便匆匆返回山海關外，不久李自成軍隊就攻陷北京的情形，便寫道：「相約恩深相見難，一朝蟻賊滿長安。」其中的長安就是指當時明朝的京師北京，蟻賊則是指李自成所率流賊多如螞蟻。

【是不欲着跡于方向也。蓋天子之邦亦當以中為尊，特避其東南西北四字樣也。】：這幾句話是進一步說明，《紅樓夢》一書對於當時明、清京師的稱呼，不採用愚夫愚婦口氣的中京，也不採用最普遍的稱呼北京，而選擇採用文人行文的稱呼長安來代指，這樣的作法是不想著跡於具體的方向，因為天子之邦的京都所在原就應當以「中」為尊崇，天子所在之地不稱中，而稱東南西北則是不敬，故特別避免寫出含有東南西北四個字樣的京師名稱東京、南京、西京、北京等，而以長安來代稱京師。

其實，當時文人直接寫出北京字樣是很普遍的現象，並不會因「北」字含有東南西北的字樣，而干犯不尊「中」的忌諱。因此，這裡凡例鄭重申明為顧及天子之邦的京都亦當以中為尊，特別避開東南西北四字樣，不直寫北京二字，而改以長安來代指當時的京師，這樣的說法並不符合清初的實情。當然，書中對於當時明、清的京師，不稱北京而稱長安，是應該在凡例中向讀者說明的，但是硬把原因歸之於不符當時實情的尊「中」忌諱，則顯得十分不尋常，令人不得不懷疑其中應是另有玄機。首先，這個不合實情的尊「中」忌諱之提出，當然是有意表明《紅樓夢》一書極其忠順、尊崇滿清朝廷的立場，以避免被懷疑書中含有悖逆成份，而遭受到文字獄的迫害。但是這段凡例的說明文字，應是另有兩層深意，較淺的一層是暗示書中長安所代表的京師除了指當時明、清的京師北京之外，還可能指明、清之際南明的京師南京、昆明等，至於其實際地點則隨各處情節不同而異。換言之，作者就是為了避免直洩京師的實際地點，故將明清交替時期各王朝的京師都稱為長安，故意使得情節撲朔迷離，讓人無法輕易窺破其真相，這樣的做法自然是忌憚罹犯殺身滅族的文字災禍所致。更深廣的一層則是藉長安這樣的特殊用法為範例，指引讀者加以類推來解讀書中其他地名的意義。按這裡說明書中長安一詞不指長安本身，而是採用長安具有古代稱為京師之特點，將之轉化成為代表京師之意的一個隱語或密碼，來代指可能在東西南北中等任何方位的京師所在地。而凡例作者就是藉長安為範例，暗示讀者書中的其他地名，也像長安一樣，已不指那些地名當地本身，而可能已經轉化成為代表該地某種特殊意義的一個隱語或密碼，若有實際地點，其實際位置也不著跡于方向，在東西南北中等任何方位都有可能，是配合各章回情節內容才能確定的。

譬如書中所寫的金陵十二釵，其中的金陵原是南京的古稱，但是書中金陵二字並不是指南京地方，而是因明太祖朱元璋創建明朝時期及後來的南明都以南京為首都，就以首都南京的古名金陵二字來代指明朝或南明政權，因此所謂金陵十二釵，其實並不是指南京城的十二女子，而是指明清之際擁護金陵朱明王朝的十二位與抗清有關的重要人物。又如第一回寫甄士隱的原籍地為姑蘇閶門外十里街仁清巷，其中的姑蘇本是蘇州的古名，然而實際上並不是指蘇州當地，所以脂批針對姑蘇二字特別批註說：「是金陵。」點示此處的姑蘇是指金陵，而其實也不是單純指金陵南京當地，而是像上述一樣寓指明朝的京師之意，其實際地點可能是金陵南京，也可能是北京，必須考查其是否能貫通前後文情節內容，才能確定究竟是何處。其中的閶門也不是蘇州古西北門的閶門，而是另有其他隱意。

由上可知《紅樓夢》書中的地名，其真正意義十分深奧難懂，所以作者或批書人才特別在凡例中以最容易理解的長安一名為例，提示讀者書中有關地名的特性與正確解讀方法。因此對於書中的一些重要地名的解讀，必須遵照這則凡例的寶貴提示，將這些地名當作一種隱語或密碼來看待，再根據各回脂批的批註及相關前後文情節內容，詳細解析思索，求其能貫通前後文的文意，才可望悟透其真正意義或實際地點。

舉個實例來說，紅學界探究最力的大觀園，至今仍然眾說紛紜，無法確認它究竟代表什麼意義？其實際地點究竟在哪裡？如果改為遵照這則凡例所提示長安的解讀方法來探究，那就容易多了。茲演示其實際解讀步驟如下：

第一步、要如長安一樣，把大觀園當作只是代表某一特殊意義的隱語或密碼來看待，而且可能不著跡於某一特定方向。

第二步、要如這裡凡例提示長安的隱義為京師一樣，查找書中正文或脂批，是否有對於大觀園之隱義的特殊提示。搜尋結果發現庚辰本在第十七回至十八回元妃歸省父母遊大觀園的情節中，正文曾暗示大觀即是「大雅可觀」之意，可見大觀園的隱義就是「大雅可觀的園地」。

第三步、根據這個線索進一步探索「大雅」的典故、意義。眾所週知，「大雅」為詩經中的一大類詩篇，大雅詩篇的特性為，其內容多為歌詠周朝創業及周宣王中興，其用途則為周朝大政朝會之禮的樂歌，可見「大雅」應是指具有詩禮治國特色的周朝朝政。而「可觀」是數量大、規模大、品質高，而大可觀賞之意。由此，「大雅可觀的園地」之「大觀園」的意義，狹義上應是代表規模龐大且足可觀賞高雅詩禮治國的周王朝國度。而在明、清改朝換代之際，則可能擴而充之，廣義地代表自周朝一脈相承，以疆域廣大、詩禮治國自豪的中國正統王朝、國境之意。

第四步、就狹義的規模可觀的周王朝或國度之意，進一步探索大觀園所可能對應的《紅樓夢》時代明末清初之王朝及地點。經查考順治十六年吳三桂封藩雲南，設平西藩王府於昆明，至康熙十二年，因遭撤藩而起兵反清，自號周王，至康熙十七年，並登皇帝位，國號大周①。故大觀園代表周王朝國度之意，對應到《紅樓夢》的清初時期，應是指吳三桂的大周王朝國度。又在第十八回正文中寫元妃親筆賜名大觀園的正樓曰「大觀樓」。而現今雲南昆明滇池北岸有大觀公園，園內有一座三層樓的大觀樓，為著名的觀光景點。根據觀光指南《行走雲南》一書介紹說：

> **大觀公園原是明代世襲鎮守雲南的沐氏所建的園圃，因與西山太華山隔水相對，取名為「近華圃」。清康熙二十九年（一六九〇）巡撫王繼文對其擴建，將原兩層的花建樓命名「大觀」。道光八年（一八二八），大觀樓增為三層，從此便成為文人墨客賦詩論文的雅集之地。…大觀公園令人傾倒之處，莫過於大觀樓前柱子上的那幅一八〇字的長聯。這是乾隆年間的寒士孫髯翁所撰，光緒十四年（一八八八）雲貴總督岑毓英使趙藩所書。…該聯被譽為「古今第一長聯」。…大觀樓因此而聲名遠播。②**

由此可見大觀公園原名近華圃，自康熙二十九年巡撫王繼文將其中兩層的花建樓命名「大觀」之後，因有大觀樓之名才逐漸被人們改稱為大觀公園，而後來大觀樓的一大特色是文人墨客賦詩論文的雅集之地，從大觀樓長聯由乾隆年間的寒士孫髯翁所撰，可見這種文人賦詩雅集的活動在乾隆或更早的康熙、雍正時期就已經開始了。也就是說，在《紅樓夢》著作的雍正、乾隆時期，人們已熟知昆明有大觀樓、大觀公園，而該地又以文人賦詩雅集聞名。而《紅樓夢》書中的大觀樓、大觀園名稱和昆明的大觀樓、大觀公園完全相同，且書中的大觀園最大的特色就是紅樓兒女常在園內雅集賦詩，也和昆明的大觀樓特色完全相同。由此可以初步印證書中的大觀樓、大觀園名稱應是作者移植自當時人們熟知的昆明大觀樓、大觀公園。其目的在誘引讀者由大觀樓、大觀園的名稱，聯想到昆明的大觀樓、大觀公園；然後再針對「大觀」二字之意義，加上「大雅可觀」的提示，以導引讀者聯想到以昆明為都城的周王朝。由此可知，書中大觀園是指以大觀樓、大觀公園為地標的吳三桂昆明宮殿園林，並進一步抽象化寓指設府昆明的吳三桂大周王朝國度或藩王政權。

第五步、再將前面大觀園寓指吳三桂大周王朝國度的初步結論（或假設），進一步去實際印對書中有關描寫大觀園的情節，看看其內容文意是否能夠符合、暢通。筆者經考證第五回元妃賈元春的畫冊與命運判詞「二十年來辨是非，榴花開處照宮闈。三春爭及初春景，虎兕相逢大夢歸。」發現元妃賈元春的實際身分為吳三桂留在北京當人質的長子吳應熊。又考證第十八回賈元妃歸省父母遊幸大觀園的情節，發現其中賈妃與賈母、王夫人攜手而嗚咽對泣，攔寶玉入懷而淚如雨下的情節，符合吳應熊攜妻建寧公主於康熙十一年回昆明，祝賀吳三桂滿六十歲大壽時③，應有的情景。其中的賈妃就是吳應熊或其妻，賈母、王夫人分別是其父母吳三桂、張夫人，賈寶玉則是留住在昆明的次子吳世璠④。故正文特別寫出賈妃與寶玉的關係說：「其名分雖係姊弟，其情狀有如母子。」以點示讀者此處的賈妃與寶玉在書中雖然安排為姊弟的名分，而其實際人物的真實身分其實是母子或父子關係。由此可證這裡元妃所遊幸的大觀園，就是吳三桂周王朝境地的昆明宮殿園林。

第六步、再將前面大觀園寓指吳三桂大周王朝國度的結論，更進一步去核對書中其他有關描寫大觀園的情節，看看是否也都能符合、暢通。核對結果發現很多地方並不能適用，那麼顯然大觀園還有其他不同涵義，必須更深入探究。經過一番考證，筆者發現第二十四至二十六回賈芸拾獲小紅所遺失手帕的情節中，小紅的實際身分，就是明、清松山大戰時，駐守山海關、松山一帶的洪承疇（明軍），而賈芸就是包圍在松山、錦州城外山坡一帶耘草（按芸字通耘）耕種屯墾的清軍。而書中第二十三回說賈芸是在大觀園的東北角上種樹，可見關外松山、錦州一帶正是大觀園的東北角，而山海關、松錦一帶也正是中國傳統領土的東北角，故知此處的大觀園實是寓指中國傳統的疆域。由此便可得知書中「大觀園」的意義，狹義上是寓指吳三桂大周王朝、雲南藩王領域之意。廣義上則是寓指自周朝一脈相承，以疆域廣大、詩禮治國自豪的中國正統華夏王朝或國境之意，以有別於規模小、文明較低的邊疆民族國度。而這在明、清之際則是指明朝、南明或反清復漢勢力或其國境而言。

總之，以上凡例有關長安的一小段說明文字，就是提示讀者解開《紅樓夢》書中地名的秘訣。如果讀者能夠遵照這個提示，在觀念上先認定書中的地名，乃是具有從該地名（如長安）所衍生出的某種特殊意義（如京師）之地點，而且並不一定指原來的地點（如長安），而是指具有該特殊意義（如京師）之任何方位的地點（如長安、北京、南京、昆明等）；再從該地名的字面、或文本正文、或脂批、或歷史典故，索解出該地名所隱含的特殊意義；然後，再如上述大觀園之例，進一步將該特殊意義套入書中正文情節中，實際試驗是否能夠貫通該處前後文情節，並索解出其實際地點；若不能貫通則再索解其他意義來試驗。如此鍥而不捨地反復索解試驗，因為方法有根據，方向正確，有關《紅樓夢》書中的重要地名大觀園、太虛幻境、青埂峰、寧國府、榮國府、怡紅院、瀟湘館等等，遲早總會索解出其正確意義與實際地點的。

◈原文：

此書只是着意于閨中，故叙閨中之事切，略涉於外事者則簡，不得謂其不均也。

此書不敢干涉朝廷，凡有不得不用朝政者，只略用一筆帶出，蓋實不敢以寫兒女之筆墨，唐突朝廷之上也，又不得謂其不備。

◈闡微：

以上這兩段原文是凡例的第三及第四段文字，主要是提示《紅樓夢》所叙述內容的範圍，詳簡輕重所在，及其內容並非不均或不備。茲分段闡釋如下：

【**此書只是着意于閨中，故叙閨中之事切，略涉於外事者則簡，不得謂其不均也。**】：這一段是說明《紅樓夢》書中所記內容的範圍，閨閣中之事及閨閣外之事均有，故不得謂其所記內容不平均，不過因為此書旨意只是著意于女兒閨閣中，所以敘述女兒閨中之事較詳切，略涉於女兒閨閣之外的世間事，則只有簡單的敘述。但實際上這是一種兩面筆法，一方面鄭重強調《紅樓夢》書中只在意記述閨閣內女兒情事，故描寫得特別詳實切要，閨閣女兒情事外的世間事只略有連帶涉及而已，故描寫很簡略，以讓清廷的官員認定《紅樓夢》主旨在描寫女兒閨中情事，而不會懷疑查究。另一方面又故意點示《紅樓夢》內容不限於閨閣內的女兒情事，還含有描寫閨閣外之外事的情節，而所謂閨閣外的外事，就是閨中女兒愛情親情之外的世間大事，只是以簡略的輕描淡寫筆觸寫出，讀者千萬要注意到《紅樓夢》內容其實並沒有不均，還是很平均地注重閨閣之外的世間大事。

事實在第一回中有脂批評注說：「開卷一篇立意真打破歷來小說窠臼。閱其筆，則是《莊子》、《離騷》之亞（流亞、次類）。」可見《紅樓夢》師法屈原《離騷》的筆法。而《離騷》中有「閨中既以邃遠兮，哲王又不寤」兩句，東漢王逸對這兩句注解說：

言君處宮殿之中，其閨深遠，忠言雖通，指語不達；自明智之王尚不能覺悟善惡之情，…何況不智之君，而多闇蔽固其宜也。⑤

可見，《離騷》這一句中的「閨中」是隱喻「宮中」、「朝中」的意思，這是自東漢王逸以來，一般文士都熟知的。故這裡所說的「閨中」，實際上是仿傚《離騷》的筆法，也是隱喻「朝中」、「朝廷中」的意思。這裡「此書只是着意于閨中，故叙閨中之事切」，事實上是特別強調「此書只是著意于朝中，故叙朝中之事切」，讀者千萬不要被文字外表所蒙蔽。

【此書不敢干涉朝廷，凡有不得不用朝政者，只略用一筆帶出，蓋實不敢以寫兒女之筆墨，唐突朝廷之上也，又不得謂其不備。】：這一段同樣是一種微妙的兩面筆法，一方面鄭重強調《紅樓夢》所寫內容不敢干涉朝廷，不敢以寫兒女故事的筆墨，來影射唐突朝廷政事，以引導清廷的官員認定《紅樓夢》並非以寫兒女故事來影射諷刺朝政的作品，而不至於懷疑查究。另一方面又自己說出《紅樓夢》書中情節內容確實含有朝廷政事，只是夾雜在敘述兒女情事中以「一筆帶出」的隱微筆法來描寫，讀者千萬要注意到《紅樓夢》內容其實並非不完備，實際上是很完備地包含朝廷政事的。

這兩小段文字其實是《紅樓夢》正文寫作筆法風格的最佳示範，像這樣模稜兩可，似是而非，真假難辨的筆法，正是《紅樓夢》作者獨創的煙雲模糊筆法，這種筆法使得《紅樓夢》全書如夢似幻，神秘如謎，逗得讀者神魂顛倒，既愛其夢幻如謎之美，又恨其真假難於捉摸，這就是《紅樓夢》。

◈原文：

此書開卷第一回也，作者自云：「因曾歷過一番夢幻之後，故將真事隱去，而撰此石頭記一書也。」故曰「甄士隱夢幻識通靈」。但書中所記何事？又因何而撰是書哉？自云：「今風塵碌碌，一事無成，忽念及當日所有之女子，一一細推了去，覺其行止見識皆出于我之上。何堂堂之鬚眉，誠不若彼一干裙釵？實愧則有餘，悔則無益之大無可奈何之日也！當此時，則自

欲將已往所賴，上賴天恩，下承祖德，錦衣紈袴之時，飫甘饜美之日，背父母教育之恩，負師兄規訓之德，以致今日一事無成，半生潦倒之罪，編述一記，以告普天下人：『雖我之罪固不能免，然閨閣中本自歷歷有人，萬不可因我不肖，則一併使其泯滅也。』雖今日之茆（茅）椽蓬牖，瓦竈繩床，其風晨月夕，堦柳庭花，亦未有傷于我之襟懷筆墨者，何為不用假語村言，敷演出一段故事來，以悅人之耳目哉？」故曰「風塵懷閨秀」。乃是第一回題綱正義也。

◈闡微：

以上這一段原文是凡例的第五段文字，文字表面上看似平常，其實結構與涵義都極為隱晦難明。若說《紅樓夢》是千古第一神秘奇書，那麼這段凡例文字就是解開這部第一奇書的最重要且最神秘的鑰匙，若不是再三詳讀細思，像剝竹筍般地層層剝解，是很難真正悟盡其中所蘊藏的多重奧秘的。這段文字所提示的項目相當廣泛，至少包括《紅樓夢》全書寫作結構，書中人物命名原則，以及《紅樓夢》的作者、主題內容、著作原因、著作目的等等。其中對於《紅樓夢》的主題內容、著作原因、著作目的三項的提示，凡例作者說得最懇切認真，文字也最具體淺白，卻不甚為紅學家所正視並採信，以作為檢驗作者身分的嚴肅條件之一；對於全書寫作結構、人物命名原則兩項的提示，說得不太直接，有點半明半暗，紅學家之間或疑或信，也頗有爭論，而對所提示的實際內涵還留有更深入理解的很大空間；對於有關作者這一項的提示，則最為隱微深奧，極難明白，卻反而最能吸引紅學家關愛的眼神，近百年來大家討論得最熱烈。其中胡適所提倡的曹雪芹說，引發鑽研曹雪芹家族事跡的熱潮，使紅學槓上開花，產生了所謂的曹學，更形成了以曹學詮釋《紅樓夢》的時代紅學大潮流，這樣的著作汗牛充棟，佔近八十多年來紅學著作的絕大多數，而且還在增加中，真正是令人目不暇給，眼花撩亂。為詳細剖解闡釋之便，上述有關本書作者、主題內容、著作原因、著作目的等項目將留待下節再論，此處先就最關緊要的全書寫作結構、人物命名原則這兩項提示部份，詳加剖析，以剖解出其中所隱藏解讀全書內容及人名的秘訣。

首先，先從這一段全文的外表結構來觀察。開頭第一小段，即從「此書開卷第一回也」，至「甄士隱夢幻識通靈」為止，很明顯地是以第一回的情節內容，來說明第一回上半回回目「甄士隱夢幻識通靈」之意義的文字，但其中「故將真事隱去，而撰此石頭記一書也」兩句，卻又牽涉全書的特殊撰寫方法。所以這一小段文字實際上是同時關涉第一回與全書，具有雙關意義的，即既詮釋第一回回目的意義，又表述了全書的特殊撰寫方法。接下來的一長段中，從「但書中所記何事」起，至「以悅人之耳目哉」為止，則是以較大的篇幅，先詳細表述《石頭記》這本書所記內容為何事、因何而撰著、目的為何、著作時作者的境況、及寫作的特殊筆法「假語村言」。然後再以這個全書的特殊寫作法「假語村言」，回過頭來詮釋第一回下半回回目「賈雨村風塵懷閨秀」的正確意義。所以這一長段文字實際上也是具有雙關意義，交雜地詮釋全書及第一回下半回回目之意義的。結尾處那句「乃是第一回題綱正義也」，是一種欲吐還吞的筆法，企圖瞞人眼目，使人誤認全文都只是詮釋第一回兩句回目之意義而已。實際上從前面的解析，明顯可知這一長段全文的結構，是很具體地交雜著詮釋第一回兩句回目及全書故事的。另外，從體例上來看，若這段長文全是專門論述第一回的文字，就應該擺放在第一回的前面，作為第一回的回前總批，然而作者卻將它擺放在凡例裡面，而凡例的用途是專門用來說明全書的，由此，不容置疑地，這段文字確實是既詮釋第一回又詮釋全書的。因此，這段凡例文字所提示的特殊寫作方法與人物的命名原則，是既適用於第一回，也適用於全書的。這是我們理解這段提示文字，首先要有的基本體認。因為除了甲戌本外，後來的版本幾乎都把這段凡例文字混入正文，成為第一回的第一段，到了一九二七年胡適搜購到甲戌本，次年發表研究報告，又把這段文字判歸為第一回的回前總批，且為後世紅學家所沿用，至今大家都習慣認定它是第一回的回前總批，這樣一來大家就很容易誤會這段文字所提示的事項只適用於第一回，而不能適用於全書，故筆者不得不多費點筆墨，還其本來面目如上。

繼上面以長安為範例，提示讀者解讀書中地名的特殊方法，凡例作者又在這裡以「甄士隱」與「賈雨村」兩個人名為範例，點示《紅樓夢》書中人物的特殊命名原則，以提示讀者解讀書中人名的特殊方法。作者選擇「甄士隱」與「賈雨村」這兩個人為範例，是很有深意的。因為「甄士隱」與「賈雨村」這兩人既是第一回開啟《紅樓夢》、也是最後一回歸結《紅樓夢》故事的人物，這點從第一回回目「甄士隱夢幻識通靈　賈雨村風塵懷閨秀」，而最後的第一百二十回回目「甄士隱詳說太虛情　賈雨村歸結紅樓夢」，就可一目了然。作者以這兩個既開啟又結束《紅樓夢》故事的人物，來做為詮釋書中人物命名原則的範例，最具有代表性了，這很明顯是暗示讀者這裡所點示的「甄士隱」與「賈雨村」的命名原則，不但適用於第一回的人名，也可適用於全書的其他人名，如賈寶玉、林黛玉、薛寶釵、劉姥姥、曹雪芹等等。

【此書開卷第一回也，作者自云：「因曾歷過一番夢幻之後，故將真事隱去，而撰此石頭記一書也。」故曰「甄士隱夢幻識通靈」。】：由於這一段文字明確詮釋說，因為第一回中含有描寫「將真事隱去」的情節，故第一回題目的第一句才標題為「甄士隱夢幻識通靈」。因此，「甄士隱」這個姓名顯然是「真事隱」的諧音，代表「真事隱去」的涵義。而「真事隱去」基本上是一個概念，或是一個事實。因此書中「甄士隱」這號人物，就是代表「真事隱去」這個特定概念或事實，或具有「真事隱去」之特徵的人物。而具有「真事隱去」之特徵的人物可能只有一個人，也可能有幾個人，甚或是一個集團。所以書中「甄士隱」這個姓名，所代表的是「真事隱去」這個特定概念或事實，或具有「真事隱去」之特徵的一個人、數個人、或集團。至於「真事隱去」這樣的事與人，究竟是指世間上的什麼事與什麼人物或集團，將留待後面再討論。

【但書中所記何事？又因何而撰是書哉？自云：「今風塵碌碌，一事無成，…雖今日之茆（茅）椽蓬牖，…亦未有傷于我之襟懷筆墨者，何為不用假語村言，敷演出一段故事來，以悅人之耳目哉？」故曰「風塵懷閨秀」（按此五字其他版本作「賈雨村云云」）。**乃是第一回題綱正義也。】**：這一段原文的最後這幾句話：「何為不用假語村言，敷演出一段故事來，…故曰『風塵懷閨秀』（其他版本作『賈雨村云云』）。」很明確地詮釋說，因為這本書具有使用「假語村言，敷演出一段故事」的事實，故第二回題目的第二句才標題為「賈雨村風塵懷閨秀」。因此，「賈雨村」這個姓名顯然是「假語村」的諧音，代表「假語村言」的涵義。與前面「真事隱去」一樣，「假語村言」基本上也是一個概念，或是一個事實。因此書中「賈雨村」這個姓名，就是代表「假語村言」這個特定概念或事實，或具有「假語村言」之特徵的一個人、數個人、或集團。至於「假語村言」這樣的事與人，究竟是指世間上的什麼事與什麼人物或集團，則留待以後解析第一回賈雨村故事的真相時再詳論。

從以上可知「甄士隱」即諧音「真事隱」，所代表的真正涵義是「真事隱去」這個特定的概念，及由這個特定概念所延伸出來的事件，或相關的一人、或數人、或集團。同樣地，「賈雨村」即諧音「假語村」，所代表的真正涵義是「假語村言」這個特定的概念，及由此特定概念所延伸出來的事件，或相關的一人、或數人、或集團。其實這樣的命名原則，與前面所提示的長安地名之解讀原則是相類似的，前面長安是代表「京師」這個特定概念，及由這個特定概念所延伸出來的當時多個京師之實際地點北京、南京、福州、昆明等等。作者所以採用這樣的命名原則，主要是因為以一個特定概念（如真事隱去）轉化（即擬人化）為一個名號（如甄士隱），則只要使用同一個名號，就可以統括概念或事件或人物等多層次的不同意義，尤其是可以代表具有這個特定概念（如真事隱去）之特徵的數個不同人物或集團，不但行文非常簡單靈便，更重要的是可藉此輕而易舉地造成撲朔迷離的文字謎效果，使人不能輕易識破這個名號（如甄士隱）究竟指的是世間何人或何事，以避免罹犯清初嚴酷的文字獄。

由以上「甄士隱」與「賈雨村」意義的解析，可以歸納出這段凡例文字所點示的《紅樓夢》人物之命名原則如下：

一、《紅樓夢》的人名（如甄士隱）是採用諧音（如真事隱）的方法命名。

二、該人名（如甄士隱）所代表的基本意義，就是這個諧音（如真事隱）的特定概念或事實（如真事隱去）。

三、該人名（如甄士隱）還代表具有這個特定概念或事實（如真事隱去）之特徵的人（如將真事隱去的人），而且不限於一人（或集團），也可能是代表多個人（或集團）。

四、換言之，《紅樓夢》中的人名（如甄士隱）本質上是一個隱語密碼，所代表的真正意義是另一層隱藏的意義（簡稱隱義。如真事隱去），而這個隱語密碼的人名是以諧音法來命名（如甄士隱與真事隱諧音）。

有了以上《紅樓夢》人物的命名原則，就可循著這個原則，逆向思考，獲得以下解讀書中人名的方法：

一、首先，必須先建立正確的觀念，認知《紅樓夢》中的人名是代表某特定隱義的隱語密碼。

二、查找脂批或書中正文，對於某個人名是否有特殊提示其暗通某個隱藏的諧音。若是有（如對於第一回甄士隱的本名「甄費」，脂批就提示通諧音「真廢」），則進一步推想出這個諧音（如「真廢」）所透露的特定隱義（如「真廢」可能表示「真皇帝被廢」）。

三、若脂批或正文無特殊提示，則可根據書中情節所透露的種種跡象，自行就該人名推想出其可能暗通某個假設的諧音（如第五回的「秦可卿」，脂批與正文都沒有提示，筆者就根據第五回情節中的蛛絲馬跡，自行推想先假設其暗通諧音「秦可傾」）。並進一步推想出這個假設的諧音（如「秦可傾」）所透露的特定隱義（如「秦可傾」可能表示「秦人可傾覆的對象」）。

四、再根據前項的諧音（如「真廢」或「秦可傾」）所代表的可能特定隱義（如「真皇帝被廢」或「秦人可傾覆的對象」），進一步探索所可能對應的《紅樓夢》時代明末清初之歷史事件、人物或王朝。

五、最後再將前項所探索到的歷史事件或人物等假設的初步結論，進一步去實際核對書中的有關情節，驗證是否能夠符合貫通。如果能夠大部份符合貫通，便可當作正式結論。（如先推斷「真廢」即「真皇帝被廢」，再經探索明末清初歷史，假設「真皇帝被廢」就是指當時正統的真皇帝明崇禎帝被推翻廢去的歷史事件，然後將這個假設的初步結論，去實際核對書中第一回有關甄士隱的情節，驗證是否能夠符合貫通。）

六、若所假設的初步結論不能符合貫通書中有關情節，則重頭來過，按上述步驟，另行逐步探索、核對別的對象，直到獲得妥適答案為止。

接下來，舉個實例來演示以上解讀步驟。向來紅學界對於主要紅樓人物之實際身分的探究，一直十分賣力，除了書中主人翁賈寶玉外，更聚焦於金陵十二釵，十二釵中尤以「秦可卿」為熱門，近年來已形成曹學的另一分支專門學問「秦學」。不過，仍未能發掘到一位世間真實人物，是具有確鑿證據，能符合書中的秦可卿，而足以令人信服的。現在就以最熱門的秦可卿為範例，按照以上解讀步驟，來索解書中人名秦可卿所隱藏的真正涵義，及所代表的真實人物：

第一步、比照凡例對於「甄士隱」的提示，把「秦可卿」這個人名當作是代表某特定隱義的隱語密碼。

第二步、經查找脂批或書中正文，並沒有提示「秦可卿」暗通某個諧音。

第三步、既然脂批與正文沒有特別提示，只好根據書中有關「秦可卿」的情節，自己進行摸索是否有任何蛛絲馬跡，可供推想出這個人名「秦可卿」暗通某個較有意義的諧音。「秦可卿」首次出現在第五回，其有關的情節大略是：「一日寧榮二府女眷在會芳園賞梅花家宴之際，一時賈寶玉倦怠欲睡中覺，其姪兒賈蓉之妻秦可卿就主動向賈母提議，將寶玉交她帶去房內安睡。先帶到上房內間寶玉不願停留，再帶到秦氏自己屋裡，寶玉因聞到一股甜香，且房間佈置浪漫，就很高興留下，臥下不久便惚惚睡去而作夢。夢中寶玉隨秦氏來至一處仙境，忽見山後那邊走出一位仙姑，寶玉忙向前作揖問訊，望乞攜帶攜帶。那仙姑自稱是太虛幻境的警幻仙姑，因為近來風流冤孽綿纏於此處，是以前來訪察機會，佈散相思，邀請寶玉至其境一遊，接受仙茗美酒，及素練魔舞歌姬演唱紅樓夢仙曲十二支的招待。寶玉聽了非常喜躍，便忘了秦氏在何處，竟隨了仙姑至一所在，有石牌橫建，上書太虛幻境，兩邊一副對聯乃是：假作真時真亦假，無為有處有還無。」如果將這一長段情節從寶玉作夢之處分為前後兩半段，那麼後半段中描寫寶玉夢中，夢見「太虛幻境警幻仙姑因近來風流冤孽綿纏於此處，是以前來訪察機會，佈散相思，而巧遇寶玉，並邀請、攜帶寶玉至太虛幻境」的情節，和第一回描寫甄士隱在夢中，夢見「一僧一道因逢近日風流冤孽將下凡造劫歷世，準備將一個蠢物趁機混入其中去經歷一番，而攜帶這個蠢物至太虛幻境警幻仙子宮中交割處理」的情景，不但故事輪廓很類似，而且對於太虛幻境門口的描寫幾乎完全相同，兩處都說有一大石牌坊，上書太虛幻境四個字，兩邊一副對聯寫的完全相同是：「假作真時真亦假，無為有處有還無。」而且在這段情節剛起頭寫出「太虛幻境警幻仙姑」名號的旁邊，就有脂批批註說：「與首回甄士隱夢景一照。」又在後面對聯「假作真時真亦假，無為有處有還無」之處，更有脂批明白地批註說：「正恐觀者忘卻首回，故特將甄士隱夢景重一滃染。」因此，可以確定這一段寶玉夢中的故事，與第一回甄士隱夢景是同一件事，只是像同一幅畫再重複滃染增色而已，只要解出第一回甄士隱夢中故事的真相，就可破解出這個寶玉夢中故事的真相。而有關第一回甄士隱夢中故事的真相，筆者原已因脂批點示甄士隱的本名「甄費」為諧音「真廢」之意，而領悟到「真廢」的隱義就是「真皇帝被廢」，也就是暗指明末清初之際，正統的真皇帝明崇禎被推翻廢去的歷史事件。又從本凡例及第一回脂批點示「甄士隱」的隱義即諧音「真事隱去」，而領悟到「真事隱去」即「真嗣隱去」，就是「真正皇帝的嗣統被隱去」，也就是暗指不但真正皇帝明崇禎死亡隱去，繼承明崇禎帝真正嗣統的三位太子也被隱去，不能登上皇帝位的歷史事實。從這些及其他多種啟示，筆者悟通第一回甄士隱夢中故事的真相，原來是描寫明崇禎帝死亡後，吳三桂欲聯合清兵入關將李自成農民軍驅逐出北京，在山海關遭遇滿清多爾袞軍，被多爾袞（僧人）如蠢物般操控，被迫隱去擁護明太子朱慈烺正位復明的初衷，而改為剃髮投入大清國境（太虛幻境），於是朱明王朝真正嗣統就被隱去的事實經過。這段故事為了要特別突出吳三桂被多爾袞操控挾帶，及其背明投清的愚蠢，故以嘲謔筆法將吳三桂寫成僧人所攜帶的「蠢物」。另外也要特別強調整個故事是描寫明朝真正嗣統被隱去滅亡的過程，所以將整個故事籠罩在「甄士隱」的夢境中來描寫，筆法神奇之至。既然第一回甄士隱夢景所描寫的是吳三桂降清的山海關事件，那麼就可確定第五回寶玉夢境的真相，當然也是描寫山海關事件。不過第五回因強調當時明朝的皇帝大寶位寄託在吳三桂關寧鐵騎上，所以把吳三桂改稱為「寶玉」，同時強調多爾袞為當時警告世人剃髮換形換朝的滿清主宰者，故將他由僧人改稱為警幻仙姑。更重要的是，寶玉夢境的故事所描寫的重點不再是吳三桂被多爾袞操控剃髮而降清一事，而是轉移為吳三桂因受多爾袞提出分土封藩的誘惑，貪圖藩王美女歌舞富貴生涯而投清一事上。而這樣的降清過程，文章中則以警幻仙姑（多爾袞）邀請寶玉（三桂）至其境，享用仙茗美酒，及觀賞素練魔舞歌姬演唱紅樓夢仙曲十二支，實際呈現藩王歌舞富貴生活的實景，誘惑得寶玉（三桂）非常喜躍欲試，竟然隨了仙姑（多爾袞）進入太虛幻境（大清國境），這樣極其鮮活之形象的方式來描寫。

既已考證確定以上秦可卿故事後半段的寶玉夢景，是描寫吳三桂降清的山海關事件，而在山海關事件之前，是李自成攻陷北京，明崇禎皇帝自縊而亡，明朝傾覆的事件，所以上面第五回秦可卿的前半段故事很可能是描寫李自成傾覆明朝的事件，而李自成是陝西人，即秦地之人，由此線索便可先推想假設書中的秦可卿為「秦可傾」的諧音，其特定隱義可能是「秦人可傾覆的對象」。

第四步、再根據前項假設的諧音「秦可傾」所代表的可能特定隱義「秦人可傾覆的對象」，進一步探索可能對應的《紅樓夢》時代明末清初之歷史事實。「秦人可傾覆的對象」對應到該時段的歷史大事，很顯然就是秦地陝西人李自成可以傾覆之對象的明崇禎帝或王朝。而「可傾」二字的意義是被傾覆的對象還存在，而未來可以把它傾覆，所以「秦可傾」這個諧音所代表的隱義「秦人可傾覆的對象」，其涵蓋的範圍應該只指被李自成剛剛傾覆及傾覆之前的明崇禎帝及其王朝，而不能包括明崇禎帝已經自縊身亡之後，又殘存了一段時間的明朝殘朝。可是第五回秦可卿的故事情節，又一直延續到明崇禎帝死亡之後的山海關事件及更後面，這就產生「秦可傾」這個諧音所代表「秦人可傾覆的對象」的涵義，無法涵蓋書中秦可卿有關明崇禎已死亡後的明朝殘朝的故事情節，即「秦可傾」不足於涵蓋書中秦可卿全部情節的現象。而歷史上明朝在被李自成攻入北京，明崇禎自縊而傾覆後，其餘勢吳三桂關寧鐵騎及南方南明勢力還很強大，這個明朝殘朝後來才被滿清入關再度將之徹底傾覆。而滿清傾覆殘明的關鍵在於結合吳三桂，吳三桂與滿清結合的關鍵則在於李自成部將奪佔其愛妾陳圓圓及父親家人的愛情親情之上，所以後來的明朝殘朝之傾覆，追究根源是被吳三桂的愛情親情之私人人情因素所傾覆，尤其是陳圓圓的愛情因素。據此，又可推想假設秦可卿通諧音「情可傾」，代表「情的因素可以傾覆的對象」，即明崇禎已亡後的殘明勢力。綜合起來，秦可卿暗通諧音「秦可傾」與「情可傾」，代表「秦人可傾覆的對象」及「情的因素可以傾覆的對象」的隱義，亦即秦人李自成可以傾覆的明崇禎或其王朝，及吳三桂愛情因素可以傾覆的殘明王朝。更簡單地說，秦可卿就是代表明崇禎帝末期至被滿清傾覆前的明朝末朝與殘朝，而其中心人物最主要是明崇禎帝。

第五步、最後再將前項秦可卿代表被滿清傾覆前的明朝崇禎末朝與殘朝，其中心人物為明崇禎帝，這樣的初步結論，進一步去實際核對書中的有關情節，驗證是否能夠符合貫通。書中秦可卿的故事主要在第五、十、十一、十三等四回，情節份量甚多，其中紅學界討論及爭論最熱烈的是，秦可卿究竟是自縊而死或是病死的問題。現在就以這個最熱門的話題，來檢驗以上有關秦可卿身分的初步結論，能否符合貫通書中描寫秦可卿既自縊而死，又是病死的矛盾情節。

首先，這個話題爭論的產生，是根源於第五回預示金陵十二釵命運的簿冊中，秦可卿的圖畫是「畫着高樓大廈，有一美人懸梁自縊。」很明確預示秦可卿的最終結局是懸樑自縊而死。但是在第十、十一、十三回則描寫秦可卿重病，醫藥罔效，終於死亡，顯然是病死的。因為書中這兩種自縊與病死的描寫，明顯自相矛盾，所以才引發紅學界爭相研究秦可卿究竟是自縊或病死的熱潮，有人認為是自縊，也有人認為是病死，爭論不休，至今仍無一致結論。不過，筆者以為說秦可卿自縊或病死都不正確，因為書中文字已寫明秦可卿自縊而又病死，那麼實際身分的秦可卿結局就應是既自縊又病死的。而以上筆者假設秦可卿是代表明崇禎末期至被滿清傾覆前的明朝末朝與殘朝，其中心人物最主要是明崇禎帝，則正好符合書中秦可卿既自縊又病死的情節。因為，明崇禎帝在李自成攻陷北京時，是在煤山自縊而死的，而明崇禎的明朝末朝與殘朝，則是天災人禍，政經軍百病叢生，無法醫治，整個國家病入膏肓，而先後亡於李自成農民軍與滿清的，明朝確實是病死的。

以下再以第五回預示秦可卿自縊，及第十、十三回描寫其病死的關鍵情節，詳加解析，來進一步檢驗以上說法是否可以確立。第五回金陵十二釵簿冊中的秦可卿的圖畫與判詞原文是：

畫着高樓大廈，有一美人懸梁自縊。其判云：「情天情海幻情身，情既相逢必主淫。漫言不肖皆榮出，造釁開端實在寧。」

茲再進一步解析如下：

【畫着高樓大廈，有一美人懸梁自縊。】：畫中的高樓大廈，是影射高樓大廈巍峨的北京皇宮。這裡的「美人」並不是指一般的美麗女人，而是仿傚屈原《離騷》以「美人」一詞影射楚國國君的「美人」筆法，以「美人」二字影射當時的君王明崇禎皇帝。事實上，因為《紅樓夢》仿傚《離騷》的美人筆法，並進一步創新擴大，故凡是書中的美女，尤其是金陵十二釵，大多是指明末清初的君王、藩王、王侯或其王朝、政權，很少指一般的美女，即使是老婦女也可能是男性。懸梁自縊，是指以布帛或繩索懸掛在橫樑上，結成一個圈套，再將自己脖子套入圈套中，自縊吊死之意。畫中有一美人懸梁自縊，是影射當李自成攻陷北京時，明朝崇禎皇帝在皇宮內苑的煤山自縊吊死之事。全幅圖畫「畫着高樓大廈，有一美人懸梁自縊」，可以說非常符合李自成攻陷北京時，明崇禎帝在高樓大廈巍峨的皇宮區內自縊而亡的實際景象。

【情天情海幻情身】：這句話照字面是說秦可卿這個人物充滿濃厚的「情」，「情」的因素多到如天般高海樣深的程度，而其本身就具有情性變幻不定的性質。其實字表之外還隱藏有更深的涵義。其中的「幻情身」是影射秦可卿這個名號所代表的明朝崇禎末朝與殘朝的政體本身，具有可能傾覆之變幻不定的情狀特質。因為明朝崇禎末期國勢衰弱隨時可能傾倒，被李自成傾覆後，李自成又不敢立即稱帝，天下無主，明朝餘勢還很強大，滿清也在山海關外虎視眈眈，三強鼎立，但天下仍以殘餘明朝為主體，而這個殘明政體本身，具有情勢變幻莫測，隨時可能傾覆的本質特性。「情天情海」則是描繪在明朝末朝與殘朝時期，天下局勢充滿如天高海深的情的因素的強大影響力。因為滿清常常興兵攻打明朝，是起因於努爾哈赤為其父與祖被明朝駐遼東邊兵誤殺，而楬櫫七大恨的理由向明朝報仇，其間充滿不共戴天的親情因素⑥。另一方面，李自成攻下北京後，吳三桂原本已同意歸降李自成，後來因為得知李自成拘捕其父吳襄逼迫納款助餉，尤其李之部將劉宗敏強佔其愛妾陳圓圓，因而與李自成反目成仇，遂轉而聯合滿清，欲入關驅滅李自成，報妾、父之仇，其間充滿仇深似海的愛情親情因素。滿清與吳三桂這兩種親情愛情的「情」的因素膨脹到如天高海深，變成影響天下局勢的最重要因素。「情天情海幻情身」整句，就是描寫在明朝末朝與殘朝時期，滿清欲報祖先之仇的親情因素，與吳三桂欲報妾、父之仇的愛情親情因素，這樣的情的因素漫天塞海，嚴重影響天下穩定，使得明朝末朝與殘朝政體本身非常脆弱，隨時可能傾覆，天下局勢變幻莫測。

【情既相逢必主淫】：這句話照字面是表示兩情相逢，情意感應相通，就會互相親蜜而發生淫情。實際上是描寫在明崇禎末朝與殘朝的局勢中，滿清欲報祖先之仇的親情因素，與吳三桂欲報妾、父之仇的愛情親情因素，這兩股情的勢力，既然在山海關相逢在一起，因為利害一致，情意相通，本來就很容易匯流成一股聯合勢力，更何況吳三桂軍力與李自成相差懸殊，這樣的情勢必然會主導出吳三桂背叛故主明朝漢族，而與異族滿清發生不正常結合，這種踰越忠君愛國禮法的淫亂情事來。簡言之，就是寓寫吳三桂因愛情親情因素而背明降清的情事。

【漫言不肖皆榮出，造釁開端實在寧。】：釁，挑起事端爭議之意。這兩句話是評論說，一般人常隨口泛論造成明朝亡於滿清，都是因為在明崇禎殘朝時，出了賣國求榮的不肖份子引清兵入關所致，這些不肖份子都出自後來封藩西方雲南享榮華富貴的吳三桂藩王府集團（榮─榮國府）；其實明朝滿清之間互相挑釁爭戰的恩怨，首先造釁開啟事端的，實際上是在於東邊北京的明朝政府（寧─寧國府）這一邊，其駐遼東邊兵先誤殺了努兒哈赤的父與祖，滿清才不斷興兵前來攻打而傾覆了明朝，不單純是吳三桂招引清兵而滅亡的。這件明朝造釁開端的事，就是神宗萬歷十一年，明朝遼東邊兵在阿台事件中，誤殺努兒哈赤的祖父覺昌安和父親塔克世，而引發努兒哈赤起兵報復明朝的事件⑦。這是一個極為冷靜公正的史評，因為一般人談論到明朝亡於滿清，都是隨口痛罵出了一個賣國求榮的不肖子孫吳三桂，引清兵入關所致。其實明、清本無怨仇，就是因為以上誤殺事件，才挑起努兒哈赤起而報父祖被殺之仇，輾轉演變成滿清入關滅亡明朝的。

由以上詳細剖析這四句秦可卿事跡命運的判詞，都非常吻合明朝崇禎末朝、殘朝天下局勢的實際情況，可見前面研判秦可卿通諧音「秦可傾」或「情可傾」的意義，即可能被秦人李自成政權傾覆的明崇禎末朝，或可能被吳三桂、滿清愛情、親情等情的因素傾覆的明朝殘朝，是相當正確的。

再進一步析證秦可卿病症與臨死贈言的兩個簡要的關鍵情節。第十回描寫最後為秦可卿醫治的是深通醫理的張友士，他詳細診脈，說明了脈象所顯示的秦氏各種症候，並參證了秦氏一個貼身伏侍的婆子所說其日常的實際病狀後，歸結出秦氏最明顯的症狀說：「這如今明顯出一個水虧木旺的症候來。」按照中國傳統陰陽五行的學說，五行為木、火、土、金、水，其對應的方位依序為東、南、中、西、北，而其對應的人體五臟依序為肝、心、脾、肺、腎。五行之間有相生相剋的關係，相生的關係是順位關係，即木生火、火生土、土生金、金生水、水生木，相剋的關係是間隔關係，即木剋土、土剋水、水剋火、火剋金、金剋木。中醫把這種五行相生相剋理論運用到人體的生理病理，說人的五臟稟賦五行氣而生，如果五臟所稟賦五行氣的相生相剋關係達到平衡，人體就正常無病，如果產生不平衡，那麼人體就會生病，就必須看病吃藥，將五臟五行氣的相生相剋關係調整回復平衡狀態，那麼病就會痊癒，這是中醫的最基本理論。書中醫生張友士說，秦可卿最明顯的症狀是「水虧木旺」，依以上五臟與五行對應的關係，水就是腎，木就是肝，所以「水虧木旺」就是「腎虧肝旺」，這就是秦可卿許多病症中最嚴重的病症，其實也就是其死亡的主因。而上面說秦可卿代表明朝崇禎帝末朝與殘朝，那麼，這個秦可卿最嚴重的病症，也是病死的主因「水虧木旺」，能不能適切詮釋明朝末朝與殘朝滅亡前最嚴重的致命主因呢？按照前面五行與五方的對應關係，水為北方，而木為東方，故「水虧木旺」轉換為方位，就是「北虧東旺」，這對應到明朝末期中國的實際地理位置上，就是京城北京的北方虧虛，而東方旺盛。在明末時期，滿清位於中國極東的遼東地帶，國勢極為強盛，其興兵作亂之事，明朝官方都稱為「東事」。明清間長年爭戰，互有勝負。至明崇禎八年滿清征服原歸屬明朝的林丹汗察哈爾部，並意外獲得當初元朝滅亡時攜出北京的中國歷代傳國璽，正式成為蒙古諸部的統治者，次年皇太極更祭告天地正式登上皇帝位，建國號為大清。從此明朝與滿清強弱易勢，明朝北方國防空虛，而遼東的滿清統有蒙古，國勢大盛，隨時可以毫無阻礙地繞過山海關，直接從北京的北方破長城攻入明朝京畿重地。其間就曾三次自北方破長城而入，以鐵蹄蹂躪河北、山東，燒殺劫掠無算，殘毀明朝近畿腹地，而明朝軍隊抵抗軟弱，甚至只能作壁上觀⑧。因為滿清威脅實在太大，故明朝一直將最精銳的軍力部署在山海關、寧遠一帶，號稱關寧鐵騎，且捨不得調動它前去抵抗自山西北上勢如破竹的李自成軍隊，直到李自成攻至居庸關外的宣府，明崇禎才下詔調吳三桂入關勤王，三桂又所有延誤，後來才會亡於李自成農民軍。因此，明朝末年京城北方虧虛，東方的滿清勢力太旺，確實是明朝國家最明顯的弱點，及最終亡國的致命病症。可見，秦可卿最明顯的病症「水虧木旺」，即「北虧東旺」，確實可以貼切詮釋明朝末朝與殘朝滅亡前最嚴重的致命主因。

第十三回描寫一日夜間已交三鼓，鳳姐方覺星眼微朦，恍惚見秦可卿從外走進來，交代了有關賈家可保永全的兩件後事之後，對鳳姐說：「臨別贈你兩句話，須要記着。」因念道：「三春過後諸芳盡，各自須尋各自門。」鳳姐還欲問時，聽到二門上傳事雲板連扣四下，正是喪音，將鳳姐驚醒。有人來回說：「東府蓉大奶奶沒了。」按文中「傳事雲板連扣四下，正是喪音」這兩句話，應是暗含雙關語意，一方面平淡記述古時以雲板連扣四下傳報喪音，另一方面又以雲板連扣四下暗示敲四更鼓之意，用以暗寫秦可卿是於夜晚敲過四更鼓之後，也就是現在時間的晚上一點至三點丑時之後，先沒了蹤跡，然後死了。而根據史書《明季北略》記載，明崇禎帝是於崇禎十七年三月十九日清晨五更時，離開皇宮沒了蹤跡，當時沒人知道他去哪裡，直到三月「己酉（即二十一日）午刻，得先帝音問縊于煤山。」⑨由此，可見這裡描寫秦可卿消失蹤跡赴死的時刻，以雲板連扣四下暗示在四更之後，是相當符合崇禎帝離開皇宮赴死的時刻的。

接下來再探究秦可卿臨死的贈言「三春過後諸芳盡，各自須尋各自門」，是否合乎明崇禎死時的實際狀況。「三春」，有兩種說法，一是春季三個月的合稱，即總括古時農曆一月孟春，二月仲春，三月季春；另一種是單稱春季的第三個月，即單指季春或暮春三月。在中國北方的中原地帶，自然界的現象是，春天時百花齊放，至農曆暮春三月達到盛放的顛峰，但也即將開始逐漸凋萎，終至諸芳謝盡。因為花開花謝具有象徵女人容顏美醜或人生興衰的多層意義，所以古時候詩人墨客，有極多藉暮春三月花開豔極將謝的情景，感嘆女人青春美極將逝，或人生盛極將衰的感花傷己的所謂暮春傷春詩文作品。譬如《紅樓夢》第二十三回所引用的《牡丹亭》戲詞「原來姹紫嫣紅開遍，似這般都付與斷井頹垣。良辰美景奈何天，賞心樂事誰家院。」就是《牡丹亭・驚夢》一齣戲中，女主角杜麗娘於暮春三月私遊自家後花園，見萬紫千紅花朵開遍園中，卻無人遊賞而盡付與斷井殘垣相伴的景況，而傷感自己青春豔極將逝，卻無良偶相伴的傷春唱詞。這裡的「三春」兩字，因後面緊跟著「過後諸芳盡」五字，故顯然是單指暮春三月而言。

【三春過後諸芳盡，各自須尋各自門。】：按字表的意思是「暮春三月過後各種芬芳的花朵就要凋謝完盡了，所以你們各人都必須各自尋找自己的門路求生。」但是花朵凋謝這樣自然現象的因，並不會牽動各人須各自尋找門路求生的人類行為的果，所以「三春過後諸芳盡」顯然還另有象徵意義。在人類的眼光中「花」很豔麗耀眼，所以認為是植物的精華所在，尤其是芬芳的花，所以文學上「花」具有多種美好的象徵意義，如象徵女人、青春美貌、才華、精華、繁華等等，這裡的「諸芳」除了指花朵之外，顯然也暗含此類象徵意義。因此，第十三回描寫秦可卿臨死前先交代鳳姐兩件可保賈家永全的後事之後，才又鄭重交代鳳姐「須要記着」兩句贈言：「三春過後諸芳盡，各自須尋各自門」，應該是暗寫明崇禎在三月十九日清晨自己準備登煤山自縊前，對其親信閣臣或親人先交代過兩件可保明朝永全的後事之後，又鄭重交代須要記住的實際行動策略說：「在這暮春三月過後，國家各種精華力量、策略都將用盡，北京即將淪陷，你們必須各自儘量尋找各自的門路逃出北京。」根據《明季北略》記載三月十八夜至十九日清晨，明崇禎在皇宮中的最後事跡說：

是夕，上不能寢。更餘，一閹奔告內城陷。…上即同王承恩（按係親信太監），幸南宮，登萬歲山，望烽火燭天，徘徊踰時。回乾清宮，硃書諭內閣，命成國公朱純臣提督內外諸軍事，夾輔東宮，內臣持至閣。…以太子、永王、定王分送外戚周、田二氏。語皇后曰：「大事去矣。」各泣下。宮人環泣，上揮去，令各為計。…乃召王承恩入，語移時，對飲，命急出整內員為出亡計。少頃，微服，易承恩靴，出中南門，時已三更矣。手持三眼鎗，雜內監數十人，皆騎而持斧。出東華門，至齊化門，內監守門者疑有內變，將砲矢相向，不得南奔。…走安定門，門堅不可啟，天將曙矣，乃回。…丁未五鼓，上御前殿，手自鳴鐘集百官，無一至者。遂散遣內員，手攜王承恩入內苑，人皆莫知。上登萬歲山之壽星亭，即煤山之紅閣也。亭新成，先帝為閱內操特建者。時上逡巡久之，…遂自經于亭之海棠樹下。太監王承恩對面縊死。⑩

這一段文字清楚記載，明崇禎在五更離開皇宮登煤山自縊前，確實曾安排並命囑內閣、三位太子、宮人各自尋找門路逃生的最後行動策略。即使他本人也急召內監數十人，持鎗執斧，左衝右突，執行逃亡的最後行動。可見第十三回秦可卿臨死前交代鳳姐「須要記着」的兩句贈言：「三春過後諸芳盡，各自須尋各自門」，不但完全符合明朝在三月暮春十九日北京淪陷而滅亡，精華、繁華將落盡的時間點與景況，也很切合明崇禎帝臨死前命囑內閣、三位太子及宮人，必須各自尋找各自門路逃生的真實事跡。

綜合以上的詳細解析，第五回金陵十二釵簿冊中的秦可卿的圖畫「畫着高樓大廈，有一美人懸梁自縊」，符合明朝北京陷落時，明崇禎帝在高樓大廈巍峨的皇宮內苑煤山自縊而亡的實際景象。圖畫的判詞：「情天情海幻情身，情既相逢必主淫。漫言不肖皆榮出，造釁開端實在寧。」符合明朝崇禎末朝、殘朝滅亡前，吳三桂、滿清因愛情親情的因素而結合的天下局勢實況。第十回描寫秦可卿最明顯的病症「水虧木旺」，即「北虧東旺」，符合明朝末年京城北方虧虛，東方的滿清勢力過旺的最明顯亡國致命病症。第十三回描寫秦可卿病死在夜晚四更過後，符合明崇禎離宮赴死，同時也是明朝滅亡的時刻—崇禎十七年三月十九日清晨四、五更天將明的時刻。秦可卿臨死交代鳳姐的兩句贈言：「三春過後諸芳盡，各自須尋各自門」，符合明朝在三月十九日北京淪陷而滅亡，精華、繁華將落盡的時間與景況，及明崇禎當晚離宮赴死前，命囑內閣、三位太子及宮人，必須各自尋找各自門路逃出北京的最後遺命。因此，足以證明秦可卿死亡的真正答案為既是自縊也是病死，自縊是指秦可卿所代表的中心人物明崇禎帝自縊而死，病死則是指秦可卿所代表的明崇禎末朝國家重病而滅亡。同時也證實前面假設秦可卿即「秦可傾」或「情可傾」，代表可能被秦人李自成政權傾覆的明崇禎末朝，與可能被吳三桂、滿清之愛情、親情的因素所傾覆的明朝殘朝，其中心人物為明崇禎帝這樣的初步結論，確實能夠大體符合、貫通書中有關秦可卿的情節，就這幾處關鍵情節來說，是證據確鑿的。至於更廣泛的確鑿證據，當然須再針對書中有關秦可卿的情節，作更廣泛的解析，因這裡只是作研究步驟的演示，不宜過度龐雜，故不再贅述。

總之，以上凡例暗示甄士隱即「真事隱去」、賈雨村即「假語村言」的一段文字，實即提示讀者書中人名以諧音法命名的原則，也就是提示讀者以諧音法解讀《紅樓夢》人名的秘訣，而從其中可以演繹出上述以諧音法解讀書中人名的五或六大步驟。經過以上以秦可卿為實例，按照五或六大解讀步驟，逐步索解出秦可卿的意義暗通「秦可傾」與「情可傾」，其真實身分為可被秦人李自成政權傾覆的明崇禎末朝，與可被吳三桂、滿清愛情、親情的因素傾覆的明朝殘朝，其中心人物為明崇禎帝。證明遵照以上五或六大步驟，確實可以索解出《紅樓夢》書中以諧音法命名之人名的真實意義與身分。而《紅樓夢》書中的人名，甚至地名，以諧音法命名者是很多的，這在各回中的脂批就有不少提示。譬如第一回的霍啟，脂批提示說：「禍起也」；第二回的嬌杏，脂批提示說：「僥倖也」；第七回的香菱，脂批提示說：「相憐之意」；第八回的單聘仁，脂批提示說：「善于騙人」；第二十六回的墜兒，脂批提示說：「墜兒者贅兒也」，等等甚多。地名如第一回的青埂峰，脂批提示說：「妙！自謂落墮情根，故無補天之用」；同回的仁清巷，脂批提示說：「又言人情，總為士隱火後伏筆」；同回的葫蘆廟，脂批提示說：「糊塗也，故假語從此興焉」等等。正因為《紅樓夢》書中以諧音法命名者最多，所以凡例才特別選擇甄士隱、賈雨村兩個人物，提示《紅樓夢》人物以諧音法命名的原則。故讀者如果遵照上述的五或六大步驟，像以上秦可卿的實例一樣地層層剝解，來解讀《紅樓夢》中以諧音法命名的人物，那麼因為方法有根據，方向正確，只要鍥而不捨地探索試驗，就較能夠破解出很多《紅樓夢》人名的真正意義及真實身分，甚至很多地名的真正意義或實際地點。

不過，《紅樓夢》書中的人名並非全部以諧音法來命名，還有其他的命名方法。例如，第五回原文香菱畫冊判詞中有：「自從兩地生孤木」之句，脂批提示說：「折（拆）字法。」也就是說香菱這個人物的命運，與「自從兩地生孤木」有關，而「兩地生孤木」是拆字法構成的句子。就是將一個「桂」字，拆成「兩個土字」（兩地）與「一個木字」（孤木），組合成的句子。換句話說，「兩地生孤木」的謎底就是「桂」字，而香菱就是一位命運與「桂」字有關的真實人物。在這種情況就要以拆字法來索解。又如第一回原文「有絳珠草一株」，脂批提示說：「點紅字。細思『絳珠』二字豈非血淚乎。」這顯然是說絳珠草中「珠」字，其右邊的「朱」字之字義為「正紅」，故「點出紅字來。」這除了從「珠」字摘出「朱」字，是使用拆字法之外，由「朱」字轉為「紅」字，則是使用了轉換為另一個通義字的方法，這部份可以簡稱為「通義法」。而林黛玉是由絳珠草化生者，或說林黛玉的前身為絳珠草。故這則脂批是提示讀者若要了解林黛玉的意義或真實身分，就要從絳珠草下手，而絳珠草具有「朱」、「紅」的意義，那麼林黛玉既由絳珠草轉化生出者，故林黛玉就是由「朱」、「紅」轉化生出者。這樣再聯繫到絳珠草名稱中的「絳」字之義為「暗紅」，就知道林黛玉是具有由「朱」、「紅」轉化為「暗紅」之意義的有關人物。再聯繫到後面一句提示「細思絳珠二字豈非血淚乎」，就知道由「朱」、「紅」轉化為「暗紅」這件事，包含有處境悽慘到血淚俱下的意義。綜合這樣的情況，對照到明末清初的歷史中，則林黛玉有可能具有「朱（紅）」明王朝從國力旺盛大紅轉變為衰弱「暗紅」，處境悽慘到令讀者血淚俱下的意義，及有可能是與此有關的人物。如此就有比較具體的方向可供追索，不會再大海撈針，毫無希望了。以上所說的諧音法是根據字音的，拆字法是根據字形的，通義法則是根據字義的。而根據一個字的形、音、義，來解說一個字的涵義，是中國象形文字最傳統最基本的解字說文方法。而由傳統最基本的形、音、義解字說文方法，衍生出的諧音法、拆字法、通義法三種方法，就是《紅樓夢》書中人名、甚至地名、物名，最基本的命名方法，尤以諧音法為最多。同時也是逆向索解書中人名、地名、物名的真相，最基本、最重要的方法，而且這是《紅樓夢》凡例特別說明，各回脂批多處一再提示，最有根據的解讀方法。因此，只要能夠深信篤行這三種解讀方法，尤其是諧音法，參照以上秦可卿的實例，鍥而不捨地鑽探，大半的《紅樓夢》人名、地名、物名，都可望探索出其所代表的真正意義、真實人物、或實際地點、物品的。不僅如此，還可以推而廣之，用來解讀書中的詩詞、文章，破解出其言外的隱義。

◈原文：

此書開卷第一回也，作者自云：「因曾歷過一番夢幻之後，故將真事隱去，而撰此石頭記一書也。」故曰「甄士隱夢幻識通靈」。但書中所記何事？又因何而撰是書哉？自云：「今風塵碌碌，一事無成，忽念及當日所有之女子，…當此時，則自欲將已往…，錦衣紈袴之時，飫甘饜美之日，背父母教育之恩，負師兄規訓之德，以致今日一事無成，半生潦倒之罪，編述一記，以告普天下人：『…』雖今日之茆（茅）椽蓬牖，瓦竈繩床，其風晨月夕，堦柳庭花，亦未有傷于我之襟懷筆墨者，何為不用假語村言，敷演出一段故事來，以悦人之耳目哉？」故曰「風塵懷閨秀」（按其他版本作「賈雨村云云」）。乃是第一回題綱正義也。

◈闡微：

為了方便此處的討論，茲將前面凡例的第五段長文簡縮如上。前面已根據這一長段凡例文字，挖掘出以諧音法解讀《紅樓夢》書中人名的秘訣，但是這一長段文字，是蘊藏有多重奧秘的，其中還藏有極關重要的《紅樓夢》全書之特殊寫作結構、方法，亦即解讀《紅樓夢》全書內容的秘訣。這一段凡例對於《紅樓夢》書中人名以諧音法命名的原則，只是以間接方式暗示而已，而對於《紅樓夢》全書的特殊寫作結構，即使用「假語村言」敷演表面故事，而將內裡「真事隱去」的特殊結構，則比較直接而明白多了，不過因混雜在詮釋第一回回目的文字中一起敘述，所以還是有點朦朧，有點半明半暗的，因此紅學家間各有不同的理解，亦有爭論。現在就分兩段來詳細觀察剖析，看看《紅樓夢》究竟是不是使用這種以敷述假語村言故事而將真事隱去的特殊方法寫作的。

【此書開卷第一回也，作者自云：「因曾歷過一番夢幻之後，故將真事隱去，而撰此石頭記一書也。」故曰「甄士隱夢幻識通靈」。】：這一小段文字是詮釋說，在這部書一打開書卷的第一回中，描寫書中故事的作者自己說：「因為曾經歷過一番夢幻的變故，故而將原先補天的真事隱去，而撰作出後面青埂峰一塊大石上所刻記的一大篇『石頭記』故事」，所以第一回上半回回目標題為「甄士隱夢幻識通靈」。顯然，不論從結構或內容來看，這一小段文字都是用來詮釋第一回上半回回目標題為「甄士隱夢幻識通靈」的原因或意義的。但是，一方面因為這一小段文字擺放在凡例中，而體例上凡例是專門用來說明全書的，再方面因為第一回一塊大石上所刻記的一大篇故事的名稱為「石頭記」，和全書的書名《石頭記》恰好相同，所以可以體會到凡例作者的用意是，藉詮釋第一回回目「甄士隱夢幻識通靈」的意義，語意雙關地連帶暗示作者是以將真事隱去的筆法，撰作《石頭記》全書的。可見得這裡凡例作者頂多只是借第一回「石頭記」的故事，以含沙射影的方式間接暗示《石頭記》全書也是以「將真事隱去」的方法撰作的，並未直接說明白，語意隱晦，只能說是半暗半明。所以單從這一小段文字，還不能斷定凡例作者確實提示《石頭記》全書是以「將真事隱去」的方法撰作而成。

【但書中所記何事？又因何而撰是書哉？自云：「今風塵碌碌，一事無成，…當此時，則自欲將已往…，錦衣紈袴之時，飫甘饜美之日，背父母教育之恩，負師兄規訓之德，以致今日一事無成，半生潦倒之罪，編述一記，以告普天下人：『…。』雖今日之茆（茅）椽蓬牖，瓦竈繩床，其風晨月夕，堦柳庭花，亦未有傷于我之襟懷筆墨者，何為不用假語村言，敷演出一段故事來，以悅人之耳目哉？」故曰「風塵懷閨秀」（按此五字其他版本作「賈雨村云云」）。**乃是第一回題綱正義也。】**：這一長段文字，開頭的兩句話「但書中所記何事？又因何而撰是書哉？」其中的兩個「書」字，當然是指前面的「石頭記一書」。可是，前面的這個「石頭記一書」，事實上主要是指第一回青埂峰一塊大石上所刻記的那一大篇故事的名稱「石頭記」，其次才也有可能兼指這部《石頭記》小說全書。到底是不是也兼指這部《石頭記》小說全書，則凡例作者是一直賣弄神秘，未曾講明白說清楚的。不過，第一回起頭所寫石頭經歷夢幻事件的變故，故而將原先補天的真事隱去，被一僧一道攜入紅塵去經歷一番溫柔富貴悲歡炎涼，然後又回至青埂峰，將其親身經歷離合悲歡炎涼世態的一段故事，在一塊大石上刻記、撰作成一大篇故事的「石頭記」，這樣的一段情節在現在流行的版本總共雖只有三頁左右，但是故事的架構和全書所寫賈府由富貴繁華敗落，其繼承家業的嫡子賈寶玉在歷盡家族富貴敗落、愛情溫柔成空之後，隨一僧一道出家，歸至青埂峰的故事，基本上是相同的。所以第一回「石頭記」的簡短故事，可以說是整部《石頭記》小說全部故事的縮影，因此，凡例作者說及第一回的「石頭記」，可以有兼指整部《石頭記》小說全書的作用。另外，更重要的是，在第一回三頁左右的「石頭記」來歷的故事中，並沒有描寫主人翁石頭如何經歷富貴繁華，又如何敗落的詳細情節，直到十幾回以後才有描寫蓋造大觀園等種種繁華景象，而到五十回以後才描寫賈家逐漸敗落的情況。然而這一段凡例文字，說明「因何而撰是書哉？」則詳細說明是因為「已往…，錦衣紈袴之時，飫甘饜美之日」，而「今風塵碌碌，一事無成」，「今日一事無成，半生潦倒」，「雖今日之茆（茅）椽蓬牖，瓦竈（灶）繩床，其風晨月夕，堦柳庭花，亦未有傷于我之襟懷筆墨者」，因此才想到「何為不用假語村言，敷演出一段故事來，以悅人之耳目哉？」顯然可見，作者已經經歷過富貴繁華，以及敗落貧困的日子，才將這些親身經歷，用「假語村言，敷演出一段故事」的方式，撰作了這部《石頭記》的書。因此這裡所提及的《石頭記》，顯然既包括了第十幾回以後描寫富貴繁華的情節，又包括第五十回以後描寫賈府、大觀園敗落的情節，也就是包括《石頭記》全書內容情節而言，而這全部是用「假語村言」撰作而成的。總之，從這一段詮釋第一回下一句回目「賈雨村風塵懷閨秀」之意義的文字中，已能斷定凡例作者所提及的「石頭記」，是指全書內容而言，並確實十分明白地提示《石頭記》全書是以「假語村言，敷演出一段故事」的特殊寫作方法，撰寫而成的。由此，可見前面那句「因何而撰是書哉」之中所說的「書」字，是既指前面所說第一回有關石頭事跡的「石頭記」故事，又指整部《石頭記》小說全書的。故而前面所說「故將真事隱去，而撰此石頭記一書也」，其中的「石頭記一書」也是兼指兩者的。前後總結起來，這一段凡例全文確實提示，整部《石頭記》小說，是使用「將真事隱去」，而以「假語村言，敷演出一段故事」的特殊方法，撰寫而成的書。由此，更可進一步理解到這一段凡例事實上也提示了一個解讀《石頭記》或《紅樓夢》全書內容的秘訣，那就是必須先認知書中各回的家庭兒女故事，都是藉以隱藏真事的外表假語，必須進一步細讀、悟透外表的假語故事，才有可能見識到內裏隱去的世間真事。簡言之，《紅樓夢》是一部以外表假語故事隱藏內裡真事的雙層結構的書，故解讀時必須從外表的假語故事來透悟其內裡隱藏的世間真事。

事實上，由於甲戌本這一段凡例文字（其他版本則是第一回第一段文字）這個強烈的提示，以前的研究者或讀者絕大多數都相信《紅樓夢》外表的故事只是假語，背後尚隱藏有一個真實的故事，而紛紛展開索隱《紅樓夢》的真相，於是產生明珠說、順治痴戀董鄂妃說、清康熙朝政爭說、雍正奪位說、反清復明說等種種說法。即使是創立考證派新紅學的祖師爺胡適，雖然反對這些索隱派的說法，批評他們都是「牽強附會的《紅樓夢》謎學」，但是胡適卻也曾在〈紅樓夢考證〉一文中，引用程高本開端的一段話：「作者自云曾經歷一番夢幻之後，故將真事隱去，而借『通靈』說此《石頭記》一書也。…以致今日一技無成半生潦倒之罪，編述一集，以告天下。」然後斷言說：「這話說的何等明白！《紅樓夢》明明是一部『將真事隱去』的自叙的書。」⑪可見，胡適也因為凡例這一段話，而相信《紅樓夢》是一部「將真事隱去」的書，自然也相信外表的故事只是隱蔽真事的「假語村言」而已。因此，胡適也和他所批評的索隱派一樣，急於索隱到《紅樓夢》內裏的真事，而他索隱到的《紅樓夢》真事，是曹雪芹的自叙傳，所以胡適事實上也是一個不折不扣的索隱派紅學家，只是他索隱到的謎底不同於以往索隱派的結論，而且標榜自己的方法是科學的考證方法，故而大家把他稱為考證派的新紅學家而已。

很不幸的是，紅學研究在索隱《紅樓夢》故事背後的世間真事的傳統道路上，行進了兩百多年，無數紅學家已經窮盡一切力量索隱、考證，所探索到的《紅樓夢》真事的謎底，包括胡適的曹雪芹自叙傳，都達不到證據充分而確鑿的程度，因而不能獲得紅學界或紅迷讀者的普遍信服，時日既久，於是紅學家對於《紅樓夢》表面故事之下是否真的隱藏有另一層世間真事，信心便開始動搖，進而逐漸懷疑起來。終於逐漸爆發出目前主張《紅樓夢》故事背後並無隱藏世間真事，只是純虛構文學小說的新潮說法來。但是這種新潮說法基本上是不符合以上《紅樓夢》本身所點示係以外表假語故事隱藏內裡真事之雙層結構的說法的。

當然近二、三十年來，紅學界轉向專作《紅樓夢》表面故事的文學性的梳理考證，也是矯正以往缺失的必然走勢。畢竟《紅樓夢》是一部龐然巨著，內容包羅萬象，以往紅學家比較不重視表面故事的梳理考證，競相進行高階的裏層世間真事的索隱，未免腳步虛浮不實，自然難於一蹴而就，如願發現到《紅樓夢》裏層的真事，在屢試屢敗之餘，勢必回頭再重新專注於梳理表面故事情節，究明典故詩詞、典章器物等，以補足表面文章的文學性理解，正是臨淵羨魚，不如退而結網之意。但是這些表面的文學性考證、理解，應只是探索《紅樓夢》裏層真事必走的初步奠基工作，而非最終目標。經過近三十年如火如荼的文學考證，《紅樓夢》表面故事的內容情節，能夠理順的已理順，不能理順的依然不能理順，已探究到的文章奧妙筆法，高則高矣，但要說是神秘詭奇則顯然不足，並無法匹配得上《紅樓夢》為古今第一神奇小說的美譽。因此這種外層假故事的純文學考證工作，因為一方面已將近完成其所可能貢獻的極限，一方面也已面臨其所不可能突破的困境，應可以隨著二十世紀的結束而逐漸功成身退。進入二十一新世紀，應該再向前推進一步，以這一外層故事文學性考證的成果為基礎，再度轉回傳統的研究方向，更深入探索《紅樓夢》故事內層所隱藏的世間真事，理順從前不能理順的矛盾衝突情節，發掘其真正神奇無方的絕妙筆法，這樣才能盡掘《紅樓夢》的璀璨寶藏，開創《紅樓夢》研究的新境界，並使《紅樓夢》的真相終能水落石出，輝耀寰宇。

第四節　紅樓夢的作者、主題內容、著作原因與目的

◈原文：

此書開卷第一回也，作者自云：「因曾歷過一番夢幻之後，故將真事隱去，而（按其他版本增『借通靈之說』五字）撰此石頭記一書也。」故曰「甄士隱夢幻識通靈」。但書中所記何事？又因何而撰是書哉？自云：「今風塵碌碌，一事無成，……何為不用假語村言，敷演出一段故事來，以悅人之耳目哉？」故曰「風塵懷閨秀」（按此五字其他版本作「賈雨村云云」）。乃是第一回題綱正義也。

◈闡微：

以上凡例的第五段文字宛如魔術師的百寶箱，可以源源掏出種種令人驚異的寶貝，前面已從其中掏掘出解讀《紅樓夢》人名的秘訣「諧音法」，及解讀《紅樓夢》全書內容的秘訣—即以外表的家常假故事透視內裏隱藏的世間真事，還可以繼續掏掘出《紅樓夢》的作者、主題內容、著作原因與目的等秘密。其中以作者一項最為糾葛不清，隱誨難明，茲先詳細解析其中所隱藏有關作者的奧秘如下：

【**此書開卷第一回也，作者自云：「因曾歷過一番夢幻之後，故將真事隱去，而借通靈之說，撰此石頭記一書也。」故曰「甄士隱夢幻識通靈」。**】：這一段原文看似平常，其實文字極度簡略，而涵義極為豐富，如果不先熟讀第一回的情節，並不容易理解其全部底蘊。

【此書開卷第一回也，作者自云：：：】：這兩句話的意思是說：「這部書在一打開書卷的第一回中，作者自己說：：：」這裡所以會有這種「作者自云」的說法，是因為在第一回最開頭的第一段（甲戌本）寫說：「列位看官，你道此書從何而來？說起根由雖近荒唐，細諳則深有趣味。待在下將此來歷註明，方使閱者了然不惑。」因此這裡的凡例就根據原文「待在下將此來歷註明」這句話，而認為其中的「在下」就是作者自稱的謙詞，而以後的文章都是這個自謙為「在下」的作者，自己所述說的石頭記一書的來歷，所以就向讀者說明後面的故事情節是「作者自云」，也就是「作者自己說」的。至於後面「因曾歷過一番夢幻之後」各句，也都是凡例作者根據第一回的某個具體情節而作的說明。不過，「此書開卷第一回也」這句話，只有在大家不易接觸到的甲戌本古殘本中才這樣寫，在其他後來的版本都少掉其中的「書」字，而寫成「此開卷第一回也」，而且在目前有標點符號的版本，都斷句為：「此開卷第一回也。作者自云：：：」。這樣，「此開卷第一回也」這句的意義，當然就變成直接指認說：「這就是打開書卷的第一回」。這是十分不適當的，因為題目上已標明是「第一回」，不必再特別指認這是第一回，否則，難道第二、第三回等，都需要特別指認而加寫一句說：「此開卷第二回也」、「此開卷第三回也」等。就因為這第一句話被不當省略成「此開卷第一回也」，又被用句點點斷，變成指認第一回的多餘贅詞，而與以下「作者自云」各句失去連繫關係，因而阻礙了研究者將這一小段文字，逐句去實際核對所根據的第一回相關故事情節，以作更具體、更深入的理解，真可謂失之毫釐，差之千里。

【作者自云：「因曾歷過一番夢幻之後，故將真事隱去，而借通靈之說，撰此石頭記一書也。」】：這段文字從文章外表結構來看，「作者自云」所說的四句話，就是「曾歷過一番夢幻」、「將真事隱去」、「借通靈之說」、「撰此石頭記一書」等四件事，但是這四句話都沒有主詞，也就是凡例作者並沒有寫明，讀者也不能一下子就明白到底誰做了這四件事。然而，從最後一句話「撰此石頭記一書」，可以知道做了撰寫「石頭記」這件事的人一定是「作者」，所以這句話的主詞是「作者」二字，也就是前面「作者自云」中的「作者」。而這四句話是連續的四句話，既然最後一句話的主詞是「作者」，那麼前面三句話的主詞當然也是「作者」本人。也就是說，這四件事都是「作者」本人所做的。因此，從文章的外表結構來看，凡例這一小段的意思是提示說：「第一回開頭石頭記的作者自己說：『（作者）因曾經歷過一番夢幻之後，所以（作者）便將真事隱去，因而（作者）才借通靈的說法，（作者）撰寫了石頭記這一部書。』」前面引錄胡適在看過這段凡例文字之後，曾在〈紅樓夢考證〉一文中斷言：「這話說的何等明白！《紅樓夢》明明是一部『將真事隱去』的自叙的書。」胡適認定《紅樓夢》是一部（作者）自叙的書，從文章外表結構的角度來看，確實是很正確的判斷。不過，胡適也只是從這段文章的外表結構，而作下這個判斷，他並未曾再更深入探究這段文章所述說到的第一回之具體故事情節，如「曾歷過一番夢幻」、「將真事隱去」究竟是指第一回的什麼故事情節，及在這些故事情節中，實際上究竟是什麼角色「曾歷過一番夢幻」，又是什麼角色實際上「將真事隱去」，真的是撰寫《石頭記》這部小說的作者，「曾歷過一番夢幻」並「將真事隱去」嗎？這些具體的實際內容胡適都沒有深入探討，也未曾見到後來的紅學家有人作過這樣的深入探討的。為了彌補這個紅學研究上的空白，下面就來深入探究這一小段凡例文字所指涉的第一回的實際情節，一探其中所謂的「作者」，究竟如何「歷過一番夢幻」，故而「將真事隱去」，再如何「借通靈之說」，而撰作出這部「石頭記一書」來？以便詳細觀察在這段文章表面結構之裏層的「作者」，實際上究竟是一副怎麼樣的形象？和從文章表面結構角度所看到的「作者」，究竟有何不同？

【因曾歷過一番夢幻之後】：為了瞭解「因曾歷過一番夢幻」等數句所指的具體情節，並進一步釐清有關作者的複雜描述，茲先概略引述第一回描述的石頭記來歷，及甄士隱作夢的情節。

前面開場白中的「在下」，接著註明「石頭記」一書的來歷，其大略情節是：「石頭記」是起源於女媧氏煉石補天時，將一塊未用的頑石，棄置在大荒山青埂峰下，這塊頑石自經煅煉後，靈性已通，因見眾石俱得補天，唯獨自己無材不堪入選，遂自怨自嘆，日夜悲號慚愧。有一天忽然看見一僧一道遠遠而來，生得骨格不凡，豐神迥別，來至峰下坐于石邊高談快論，說到紅塵中的榮華富貴。這塊頑石一方面貪慕榮華富貴，一方面見二師仙形道體，必有補天濟世之材（可以補助自己無材而未能補天之缺憾），於是便向二位僧道請求攜帶它進入紅塵中享受富貴溫柔。可是，那僧嫌這頑石性靈粗蠢，認為它只好作（補天的）踮腳而已，如果這樣可以的話，他就可以大施佛法幫助它。這頑石感謝不盡地接受當僧人（補天）的踮腳之後，那僧人便念咒書符，大展幻術，將這一塊大石登時變成一塊鮮明瑩潔的美玉，且縮成只有扇墜一般大小，那僧人便將它托于掌上，又夾帶在衣袖中，同那道人飄然而去。不知過了幾世幾劫，有個空空道人，從青埂峰下經過，見一塊大石上字跡分明，編述歷歷，原來就是那塊無材補天的頑石，幻形入世，蒙僧道攜入紅塵歷盡離合悲歡炎涼世態的一段故事。空空道人遂向這石頭說：「石兄你這一段故事，據你自己說有些趣味，故編寫在此，意欲問世傳奇。據我看來：……」，接著提出一些無朝代年紀、無大善政，其中不過幾個異樣的女子，縱然抄去，恐世人不愛看的質疑。這石頭於是說了一大篇辯解的道理。空空道人聽後，將這「石頭記」再檢閱一遍後，認為雖其中大旨談情，亦不過實錄其事，因毫不干涉時世，方從頭到尾抄錄回來問世傳奇。後來這部「石頭記」的名稱發生一些演變，先因改名情僧而改為「情僧錄」，至吳玉峰題曰「紅樓夢」，孔梅溪則題曰「風月寶鑑」，後因曹雪芹披閱增刪，則題曰「金陵十二釵」，至脂硯齋甲戌抄閱再評，仍用「石頭記」原名。

註明完「石頭記」的來歷之後，這個開場白中的「在下」，並特別寫明：「出則既明，且看石上是何故事？按那石上書云：」這三句承上啟下的文字，以表明已說明完「石頭記」的出處來歷，並開啟以下敘述「石頭記」故事的長篇文字。接著這個開場白中的「在下」，就像一個說書人一樣，開始講述「石頭記」本文所記的全部故事，而最開頭就是甄士隱作夢的故事，其大略情節是：當日地陷東南時，在東南的姑蘇閶門外葫蘆廟旁，住著一家鄉宦，姓甄名費，字士隱。一日炎夏永晝，士隱於書房閒坐，不覺朦朧睡去而作夢，夢見來了一僧一道，那僧人攜了一個蠢物。而當時發生一段風流公案正該了結，有一干牽涉該案的風流冤家。恰逢赤瑕宮神瑛侍者欲下凡造歷幻緣，而西方靈河岸三生石畔有一株絳珠草，因受神瑛侍者以甘露灌溉而久延歲月之恩未還，也要隨他下世為人，以還淚報恩。因此一事，就勾出這批風流冤家想陪他們投胎入世去了結這個風流公案。那僧人向那道人說，要趁此機會將這個蠢物攜去交給警幻仙子，將它夾帶在這批風流冤家之中，一齊下世去經歷一番。甄士隱聽了，便上前請求看一看蠢物究竟為何物，僧人就取出遞給他，他接了一看，原來是一塊鮮明美玉，上面鐫刻著「通靈寶玉」四字，正要細看後面的幾行小字時，那僧便說已到幻境，便強從士隱手中將蠢物—「通靈寶玉」奪回去，與道人進入太虛幻境。士隱也想跟過去，方舉步時，忽聽一聲霹靂有若山崩地陷，士隱大叫一聲，而醒了過來。⑫

以上有關「石頭記」來歷的情節中，青埂峰下那塊無材補天的石頭，被僧人大展幻術，從一塊大石變成只有扇墜大小的一塊鮮明瑩潔的美玉，這個石頭幻變形體的事件，就是這句凡例文字「因曾歷過一番夢幻」之中的「幻」字所指的具體情節。而實際上曾經歷過被幻變形體的「幻」的事跡者，很清楚地，就是青埂峰下的那塊石頭。至於以上「石頭記」所記的甄士隱作夢的故事，則是「因曾歷過一番夢幻」這句話之中的「夢」字所指的具體情節。而仔細檢查實際上曾經歷過這個夢境的事件者，主要是甄士隱，其次是那個被僧人攜帶入太虛幻境的「蠢物」，也就是刻有「通靈寶玉」四字的一塊鮮明美玉，而這塊鮮明美玉，事實上就是前面「石頭記」來歷的情節中，那塊石頭被僧人施幻術而幻化成的那塊鮮明瑩潔的美玉，簡言之，「通靈寶玉」就是青埂峰下的那塊石頭幻化變形而成的。而甄士隱雖曾經歷過「夢」的事跡，但並未曾經歷過「幻」的事跡，不能算是「曾歷過一番夢幻」者，而青埂峰下那塊石頭本身曾經歷過「幻」的事跡，它幻化成的鮮明美玉又曾經歷過「夢」的事跡，所以真正「曾歷過一番夢幻」者，實際上是青埂峰下的那塊石頭。因此凡例「因曾歷過一番夢幻之後」這句話，其簡單意義為：「青埂峰下的那塊石頭因曾經歷過一番夢幻的事故之後」。其較詳細的意義則是：「青埂峰下的那塊石頭，因曾經歷過一番幻的事故，而幻化成一塊鮮明美玉，又因曾經歷過一番夢的事故，而再由一塊鮮明美玉變成一塊通靈寶玉，其形體經過一番變化之後。」

前面已說過這裡凡例前一句「作者自云」中的「作者」，是指前面開場白中的「在下」，然而由以上的論證，後一句「（作者）因曾歷過一番夢幻之後」中，實際上曾經經歷過一番「夢」「幻」事跡的隱性作者，並不是開場白中的「作者」「在下」，而是青埂峰下的那塊石頭。既然「作者自云」中的「作者」，是指前面開場白中自謙為「在下」的「作者」，而實際曾歷過一番夢幻的隱性作者卻是另外的一塊「石頭」，就不能遽下判斷說《紅樓夢》是一部作者自敘的書。那麼，究竟是前面開場白中的「在下」，或是後面「石頭記」來歷中的青埂峰下那塊石頭，才是《石頭記》這部小說的真正作者呢？或者兩者都不是？就必須再進一步深入探究才能判定。

【**故將真事隱去**】：要了解這句話的意義，首先要知道什麼是「真事」。可是，在《石頭記》小說原文或凡例文字中，都未曾寫明何謂「真事」。不過，如果反覆地仔細閱讀以上第一回描述「石頭記」來歷的文章，就不難發現其實那段文章中曾如雪泥鴻爪般地，透露何謂「真事」，只是讀者必須多費點腦筋思索才能得知。那段文章描寫那塊青埂峰下的石頭，「因見眾石俱得補天，獨自己無材不堪入選，遂自怨自嘆，日夜悲號慚愧。」試想這石頭怨嘆什麼，慚愧什麼呢？當然是怨嘆未能補天，慚愧自己無材以致未能補天之事。又描寫後來這石頭遇到一僧一道，「生得骨格不凡，豐神迥別」，「見二師仙形道體，必有補天濟世之材。」這些文字進一步透露這石頭非常羨慕兩位僧道生俱健骨豐神，有仙佛般高超能力，必有補天濟世之材，也就是說這石頭羨慕這兩位僧道具有它所缺乏的補天之材。可以想見，言外之意是，這石頭可能還想借助這兩位僧道高超的補天之材，以補助自己達成原先未能完成的補天之事。後面又描寫那位僧人嫌這石頭性靈粗蠢，而要石頭「只好踮腳而已」，石頭答應後，僧人才大施佛法幫助它。因為前面已很肯定的寫明僧道「必有補天濟世之材」，故這裡僧人說石頭「只好踮腳而已」，無疑是意指僧人要求石頭「只好作僧人補天的踮腳而已」，由此可以還原出石頭原先並不是想當僧人補天的踮腳的事實，既不想當別人補天的踮腳，豈不是就反映出石頭原先真正想做的事是要自主補天，只是要借助僧道的高超能力以補足自己材質的不足而已。因此，所謂「真事」，應該是指那塊青埂峰下的石頭真正想做的自主補天之事。所以「將真事隱去」所指的具體情節，是指第一回「那塊青埂峰下的石頭將自主補天的真事隱去不做」。「（作者）因曾歷過一番夢幻之後，故將真事隱去」，這兩句的具體涵義是：「青埂峰下那塊補天未成的石頭（作者），因曾經歷過一番幻的事故，而幻化成一塊鮮明美玉，又因曾經歷過一番夢的事故，而再由一塊鮮明美玉變成一塊通靈寶玉，其形體經過一番變化之後，淪為僧人挾帶的補天踮腳石，如同蠢物一般，已失去原來補天石的形質，及補天的自主性，無法再自主補天，故而將原先想要自主補天的真事隱去。」

順便一提，上面所引述的甲戌本第一回有關石頭遇見一僧一道，並被僧人幻化為一塊鮮明瑩潔美玉的原文，後來的庚辰本等所有各版本，從「坐于石邊高談快論」至「將一塊大石登時變成」，總共四百二十一字的一長段文字，統統被刪除，庚辰本、戚序本等改寫成「席地而坐長談，見」七字，程高本改寫成「席地坐談，見著」六字。所以在一九二七年胡適搜購到甲戌本以前，讀者並無從知悉何謂「真事」、及石頭歷幻等事的實際內涵。

【而借通靈之說，撰此石頭記一書也。】：在甲戌本中並沒有「借通靈之說」五字，而後來的庚辰本等許多版本則都有這五字。因為這一小段的凡例是詮釋第一回回目「甄士隱夢幻識通靈」之意義的文字，而這句回目中有「通靈」二字，所以理應有「借通靈之說」五字，才能詮釋完整。其中的「通靈」二字，就是指甄士隱夢中所見僧人攜帶的蠢物「通靈寶玉」。而「石頭記一書」，則是指第一回青埂峰下那塊大石頭上，所記的那塊補天未成的石頭所經歷幻形入世前後的事跡。「而借通靈之說，撰此石頭記一書也。」這兩句話是承接前面兩句話，繼續描寫那塊石頭在淪為僧人補天的踮腳石，幻化成一塊通靈寶玉，失去自主補天之形質能力的情況下，只得根據已被僧人幻形挾帶的「通靈寶玉」的現實情況，採取另一番作為，而說道：「（作者石頭）因而就假借幻形成『通靈寶玉』的角色、方法，來撰寫、創作出有異於原先想要自主補天真事的『石頭記』事跡，事後並將這些事跡編寫成這《石頭記》一書。」從這兩句話的涵義，可以發現句中的「石頭記一書」，事實上是具有雙重意義的，即既指那塊補天未成的石頭所創作、經歷的事跡，又指記載那塊石頭所經歷事跡的書。從而「石頭記一書」的「書」字，也是具有雙重意義的，既是「書籍」的意思，又是「事跡」的意思。因此，所謂「作者」也同樣是具有雙重意義的，既指創作石頭經歷事跡的「創作者」，又指編寫石頭所經歷事跡為《石頭記》的「撰作者」。這件「書」與「作者」各具有兩層不同涵義的特殊現象，是探究《石頭記》或《紅樓夢》作者的真相，極為關鍵的一個因素。

【故曰「甄士隱夢幻識通靈」。】：這句是綜合前面幾句對於第一回上半回的故事情節，描述青埂峰下那塊石頭因為在經歷一番如夢幻般意想不到的變故之後，被僧人幻化成一塊補天之踮腳的通靈寶玉，故而假借通靈寶玉的角色，另外創作出「石頭記」的事跡，同時也就將原先想自主補天的真事隱去。而這樣的故事，其中的關鍵情節，書中以文學藝術筆法，將整個真事隱去的事件擬人化為人名甄士隱，以甄士隱作夢，夢中見識到石頭化為被僧人挾帶如蠢物般的通靈寶玉，被帶入太虛幻境，而將補天真事隱去，這樣的方式來描寫，因而便歸結說：「因此之故，第一回上半回的回目標題為『甄士隱夢幻識通靈』。」（以上所解析這一小段凡例所對應的第一回具體情節及涵義，只是就文章表面的情節涵義而言，至於所對應的世間真實人物事跡，則留待後面破解第一回故事情節的真相時，再詳細解析。）

以上解析出這一小段凡例文字所對應的第一回具體情節及涵義後，就很明白可以看清這段凡例前一句「作者自云」中的「作者」，是指前面開場白中的「在下」，而後面「（作者）因曾歷過一番夢幻」、「（作者）將真事隱去」等四句也都有一個省略的主詞「作者」，但這個「作者」卻是實際經歷過這四件事跡的青埂峰下那塊石頭，可見並不是開場白中那個自謙為「在下」的「作者」「自云」了「因曾歷過一番夢幻」等四件事跡。因此，不能根據這一段凡例文字就斷言《石頭記》或《紅樓夢》是一部作者自敘的書。

瞭解這一小段凡例所對應的第一回具體情節後，便可進一步探究其中隱藏得更深，而且文字糾葛不清的《石頭記》「作者」問題。即《石頭記》的真正作者究竟是開場白中的「在下」，或是後面「石頭記」故事來歷中的青埂峰下那塊石頭，或者兩者都不是？及《石頭記》

究竟是不是一部作者自叙的書？要釐清這個「作者」的複雜情況，就必須再回頭詳細審視《石頭記》或《紅樓夢》全書寫作的文章結構與敘述方式，冷靜地解析，才能夠看得比較透徹。其實從第一回就可以瞭解《石頭記》或《紅樓夢》全書的文章結構，很明顯分為四部份，再透過對這四部份的敘述方式的解析，就可瞭解全書的敘述方式。第一部份就是第一回最開頭處，「列位看官，你道此書從何而來？……待在下將此來歷註明，方使閱者了然不惑。」這一部份六句的文字很明顯是一小段開場白。第二部份就是第一回從「原來女媧氏煉石補天時」，到「至脂硯齋甲戌抄閱再評，仍用『石頭記』」，長達數頁的文字。這第二部份的文字，因前面開場白早已寫明接下來要將此書的來歷註明，而後面緊接著又寫明「出則既明」，所以很明顯是註明「石頭記」故事來歷出處的文字。主要是註明女媧煉石補天時，將一塊未用的石頭遺棄在青埂峰下，這塊石頭因無材補天，而被僧人幻形入世，最後又回到青埂峰下，而將其幻形入世前後親自經歷的一段事跡，編寫在該塊石頭上，這篇有關石頭記事的故事就是「石頭記」，而編寫者是石頭。第三部份是緊接著的三句話：「出則既明，且看石上是何故事？按那石上書云：」前一句「出則既明」，是承接以上註明「石頭記」故事來歷的文字，說「『石頭記』故事的出處既然已經說明白了」，後二句「且看石上是何故事？按那石上書云：」則是提示讀者以下要正式開始描寫「石頭記」故事。所以第三部份顯然就是極短的一段承上啟下的文字。第四部份從「當日地陷東南時，……」甄士隱作夢的故事起，一直延續到最後一回為止。因前面有「按那石上書云」六字，所以這部份很明顯是正式敘述「石頭記」故事本身的文字。這四大部份就是《石頭記》或《紅樓夢》第一回、也是整部書最基本的文章結構。

接著再來探究這四大部份文章的敘述方式。首先，第一部份的開場白：「列位看官，你道此書從何而來？說起根由雖近荒唐，細諳則深有趣味。待在下將此來歷註明，方使閱者了然不惑。」這六句話初看之下，是《石頭記》這部書的作者一開頭就自己告訴列位看官讀者，本書具有一個雖近荒唐卻深有趣味的來歷，他要先把這個來歷註明，使閱讀者了然不惑。所以會讓人直覺地認為這六句話是自謙為「在下」的作者夫子自道的話，是採取由作者直接敘述的方式來寫作的。但是，若細心檢視這六句的用詞與內容，就會有另一層理解。新加坡大學的周建渝先生，在他所著的《才子佳人小說研究》中說：

> 中國白話小說使用的常常是專業說書人的敘述口吻，這一點已經為學者們注意到了。才子佳人小說也明顯帶有這樣的特徵。在很多這樣的小說裏我們可以看到，敘述人站在第三人稱的立場，以無所不知的視點，向聽眾講述著故事。小說裏的聽眾也只是一般的聽眾，而不是特定的個別聽眾。在故事的開頭，通常是敘述人在聽眾面前吟唱一首詩或詞曲，然後把這首詞曲與故事的關係或者故事人物的背景作一淺顯明白的介紹，其間時或穿插一段他假設的向聽眾提問，以激發聽眾的興趣，然後又用解答的口吻與聽眾交談。⑬

這一段話可以說把中國許多白話小說模仿專業說書人口吻，好像面對現場聽眾一般，向聽眾提問又自我解答的敘述方式，描寫得很貼切。那麼，《石頭記》或《紅樓夢》是否也是使用這種第三人稱的說書人的敘述方式來寫作的呢？我們看這一段開場白的第一句話「列位看官」，就是講故事的說書人尊稱現場圍觀聽眾的慣用語。而接下來「你道此書從何而來？…待在下將此來歷註明，方使閱者了然不惑」這些話，正是「假設的向聽眾提問，⋯又用解答的口吻與聽眾交談」，很典型的模仿說書人口吻的文字。由此可知，這一段開場白正是使用第三人稱立場的說書人的敘述方式來寫作的。另外，正如以上引文所說，很多白話小說在故事的開頭，通常會模仿說書人面對現場聽眾的敘述方式，先吟唱一首與書中故事有關的詩或詞曲，然後把這首詞曲與書中故事的關係或者故事人物的背景作一淺顯明白的介紹。不過，也有很多白話小說在故事的開頭，雖然沒有一首詩或詞曲，但也會將書中故事的緣起或故事人物的背景作一淺顯的介紹，如《水滸傳》的第一回楔子便是如此。但是，這個故事的開頭的淺顯介紹文字（一般稱為楔子），在明清時期的擬話本或寫本小說來說，一般都是針對書中的故事或故事中的人物，而不會述及作者創作該書的來歷與作者為何人。因為在體例上，作者若要說明自己如何創作該部小說的緣起（即來歷），只會在小說故事正文以前的「序」、「凡例」、「引言」之中作說明，不會在已開始敘述故事正文（含楔子）的第一回中作說明。然而我們看這段開場白中寫的是「你道此書從何而來？⋯待在下將此來歷註明⋯。」不是要說明書中故事或人物的來歷，而是要說明《石頭記》這部書的來歷。這點是特異於其他小說的，同時更證實這段開場白是使用第三人稱的說書人口氣的敘述方式。因為說書人講說別人所著作的書時，事先都要將該部書從何而來的來歷，及作者何人說明清楚，這種情況就像現在大學教授講授別人的著作一樣，譬如說是教授《史記》一書，則必先介紹作者為司馬遷，及司馬遷如何著作《史記》的來歷等，然後再講解正文。因此，這一小段開場白，應是《石頭記》的真正作者，假借一位自謙為「在下」的說書人口氣來講述的一種敘述方式。

第二部份註明「石頭記」故事來歷的長篇文字，因為前面開場白已清楚寫明「待在下將此來歷註明」，所以這一部份「石頭記」故事來歷的敘述者，無疑地同樣是開場白的敘述者「在下」。在這一部份文章中，主要是註明「石頭記」故事的來歷，是出自青埂峰下一塊石頭上所記的一篇故事，經空空道人抄錄回來而流傳世間的，編寫者就是青埂峰下那塊石頭，而故事內容就是那塊石頭親自經歷的一段事跡。此外，更寫了許多石頭辯說「石頭記」所記的幾位女子的事跡原委，為「追蹤攝跡，不敢稍加穿鑿」，「不比那些胡牽亂扯」的才子佳人小說，等等作者評論自己作品的文字。因為寫本小說作者並不會在故事正文（含楔子）中敘述自己創作該書的緣起、來歷，更不會畫蛇添足地自我說明自己就是某某名號的作者，尤其不會自己評論自已的著作。而經常講說別人著作的職業說書人，才會在講說正文時，開頭先說明該書的來歷，作者是誰，甚至於略作評價以激發聽眾的興趣。因此，這第二部份的文字，既註明《石頭記》這部書的寫作來歷、作者，又自我評論這部書，更顯示這第二部份的文章是作者假借說書人身分來講述的一種敘述方式。

第三部份僅有的三句話「出則既明，且看石上是何故事？按那石上書云：」很明顯是敘述以上「石頭記」來歷的人，在敘述完後，再特別向讀者說明「前文對於『石頭記』的出處既然已經說明白了，以下且來看看青埂峰下那塊石頭上記述的是什麼故事呢？按我所知，那青埂峰下那塊石頭上書寫說：」，所以說這三句話的人，無疑就是敘述前面「石頭記」來歷的人，也就是前面開場白的敘述者「在下」。而且這三句話很明顯也是說書人的口吻，尤其是第二、第三句「且看石上是何故事？按那石上書云：」正是一種模仿說書人「假設的向聽眾提問，…然後又用解答的口吻與聽眾交談」的語句，而「石上…故事」正是「石頭記」，所以這兩句話是典型的模仿說書人自問自答對現場聽眾講故事的口吻。因此，這第三部份僅有的三句話，也是一種作者假借說書人身分來講述的敘述方式。

第四部份是自「當日地陷東南時，…」甄士隱作夢的故事起，直到最後一回的龐大文章。這一部份全部的故事都是第三部份最後一句「按那石上書云」所包含的內容，也正是青埂峰下那塊石頭上所編記的「石頭記」故事本身。既然第三部份的敘述者是前面開場白的「在下」，則第四部份的敘述人，也同樣是第一部份開場白的那個「在下」。又這裏敘述人指稱所敘述的書為「那石上（的『石頭記』）書云」，顯然是把這本書當作別人著作的書在講述，更可見得對於這第四部份的敘述，作者也是使用一種假借說書人身分來講述的敘述方式。因此，歸納起來，《石頭記》或《紅樓夢》從第一至第四部份全書的敘述人，都是第一部份開場白的那個「在下」，而這個「在下」是作者所假借的說書人角色，全書的基本敘述方式是，採用一種作者假借第三人稱的說書人身分、口氣來講述的敘述方式。這種特殊的敘述方式就是《石頭記》或《紅樓夢》文章敘述結構的特色與奧秘。

綜合前面所述，可見《石頭記》或《紅樓夢》全書寫作的基本文章結構與敘述方式，是作者刻意架構出一個說書人（即「在下」）面對現場群眾說故事的場景，首先招呼客人（看官）並說一小段開場白，接著簡單說明「石頭記」的出處與演變的來歷，之後簡單說兩三句承上啟下的話：「出則既明，且看石上是何故事？按那石上書云：」然後就開始正式講述「石頭記」本身的故事，直到最後一回為止，而自始至終都是使用一種作者假借第三人稱的說書人身分來講述的敘述方式。揭開這一層《石頭記》或《紅樓夢》全書寫作的基本文章結構與敘述方式的神秘面紗後，有關作者的問題也就逐漸明朗了。

首先，既然作者是假借第三人稱的說書人身分來講述《石頭記》這部書，那麼第一部份開場白中的「在下」就是這個第三人稱的說書人，可見這個「在下」只是作者創造出來的說書人角色，所以這個開場白中的「在下」並不是這部書《石頭記》的真正作者。真正的作者是還隱藏在這個說書人身影背後的。開場白中的「在下」既不是《石頭記》的真正作者，那麼，前面凡例那句「作者自云」中的「作者」，就不可能是指開場白中的「在下」。既然如此，「作者自云」中的「作者」就另有所指。而前面解析獲得結論，實際曾經歷過這一小段凡例後面「（作者）曾歷過一番夢幻」等四件事的隱性主詞中的作者，是青埂峰下的那塊石頭。如果前一句「作者自云」中的「作者」是青埂峰下的那塊石頭，則前後兩位作者都同樣是青埂峰下的那塊石頭，這段凡例前一句「作者自云」，與後四句「（作者）曾歷過一番夢幻之後，故將真事隱去，而借通靈之說，撰此石頭記一書也」，前後的全部文意就完全貫通了，因此，純就以第一回的具體情節來詮釋第一回回目「甄士隱夢幻識通靈」的層面而言，凡例「作者自云」中的「作者」就是指青埂峰下那塊石頭。但是凡例在體例上是用來說明全書意旨、寫作法、解讀法等的一種文體，故凡例就是因為第一回中有青埂峰下那塊石頭將補天真事隱去，幻形為通靈寶玉創作出石頭記故事的情節，而借用這個情節來說明此書作者是以「將真事隱去」的方法，來「撰此石頭記一書」的。就這一層意義而言，則「作者自云」中的「作者」確實就是指《石頭記》或《紅樓夢》這部書的真正作者。因此，前面所引「此書開卷第一回也，作者自云：撰此石頭記一書也。故曰甄士隱夢幻識通靈」這一小段凡例文字，實是一種雙重結構、雙重涵義的文章，也就是既以第一回具體情節來詮釋回目「甄士隱夢幻識通靈」的意義，又以其中「將真事隱去」的部份情節來詮釋全書寫作方法的一段雙重結構、涵義的文章。由此，「作者自云」中的「作者」自然也具有雙重意義，其一是指《石頭記》這部書的真正撰作者，其二是指書中「石頭記」故事的創作者—青埂峰下的那塊石頭。那麼，創作出書中「石頭記」故事的那塊石頭，會不會也就是《石頭記》這部書的真正作者呢？這還得再進一步深入解析才知究竟。

其次，再從以上《石頭記》全書文章與敘述的基本結構，來探討青埂峰下的那塊石頭是否就是《石頭記》這部書的真正作者。從上一段的推論，凡例作者在「作者自云：…撰此石頭記一書也」那段文字中，在詮釋第一回回目「甄士隱夢幻識通靈」之涵義的層面，所說的「作者」是指青埂峰下的那塊石頭。而這樣的說法是根據第二部份敘說「石頭記」故事來歷的情節而來的，因為其中曾描寫空空道人對青埂峰下的石頭，明白說出「石頭記」是「石兄…自己說…，故編寫在此」的話，而且石頭也回答說「…我這（石頭記）不借此套者，…只取其事體情理罷了。」可見，已很明白地寫明「石頭記」的作者，就是青埂峰下的那塊石頭。顯然《石頭記》本文及凡例，都說「石頭記」的作者就是青埂峰下的那塊石頭，似乎《石頭記》一書的真正作者就是那塊石頭，再無可置疑了。可是從前面《石頭記》全書分為四大部份的基本結構來觀察。根據在第二部份「石頭記」故事來歷的文字中，所謂「石頭記」是指編記在青埂峰下那塊大石上的一篇故事而言，編寫者就是那塊石頭，而所記的內容就是那塊石頭幻形入世前後親身經歷的事跡。可見，這個石頭不但是「石頭記」的編寫者或作者，而且還是「石頭記」故事的創作者、經歷者，換句話說，就是「石頭記」故事中的主人翁。而第四部份的全部故事都屬於「按那石上書云」，也就是「青埂峰下那塊大石上的故事寫道」的範圍，而「青埂峰下那塊大石上的故事」也就是「石頭記」，故第四部份「按那石上書云」所含的全部故事就是「石頭記」故事本身。因此，第二部份「石頭記」來歷中所說的青埂峰下那塊石頭編寫了「石頭記」，事實上就是指編寫了第四部份的「石頭記」故事而言，換言之，青埂峰下那塊石頭就是第四部份的「石頭記」故事的作者。然而，前面已說過《石頭記》整部書是包括四大部份的，而青埂峰下那塊石頭只編寫第四部份，那麼，第一到第三部份究竟是誰所撰寫，則書中並未曾寫明白。既然必須具備撰寫《石頭記》全書第一到第四部份的條件，才有可能是《石頭記》的真正作者，那麼，青埂峰下那塊石頭只編寫第四部份的「石頭記」故事本身，就整體文章結構來說，自然不是《石頭記》全書的真正撰作者。青埂峰下那塊石頭不是《石頭記》全書的真正作者，但是第二部份「石頭記」來歷中明明說它編寫「石頭記」，究竟是什麼意思呢？其實在敘說「石頭記」來歷的文章中不只說那塊石頭編寫「石頭記」，而且也相當清楚地敘述那塊石頭是「石頭記」故事的創作者、經歷者，因為其內容就是那塊石頭幻形入世前後親身經歷的事跡。所以第二部份說青埂峰下那塊石頭編寫撰作「石頭記」，實際上是說，青埂峰下那塊石頭是書中故事主體「石頭記」故事的創作者、經歷者。因為《石頭記》這部書的撰作者固然稱為作者，而書中「石頭記」故事的創作者或與作者也可稱為作者，凡例便使用「作者」一詞，來兼指《石頭記》這部書的真正作者，與書中「石頭記」故事的創作者雙重含義。由此可見無論是《石頭記》一書的真正作者，或是此書凡例的作者，對於《石頭記》這部書的真正作者，及所寫的真正內容，都是採取極為狡猾的筆法來瞞蔽的，其原因當然是在逃避滿清嚴酷的文字獄。在甲戌本第一回說明「石頭記」來歷文字的結尾與承上啟下之文的書眉上，就有一則脂批評注說：

若云雪芹批閱增刪，然開卷至此這一篇楔子又係誰撰？足見作者之筆狡猾之甚。後文如此處者不少。這正是作者用畫家煙雲模糊處，觀者萬不可被作者瞞蔽了去，方是巨眼。

這就是提示讀者要特別注意到從「開卷至此這一篇楔子，又係誰撰」的問題，才不會被作者用畫家煙雲模糊的狡猾之筆所瞞蔽了。

另外，還可以從楔子在體例上慣有的內容、功能，來證明以上「石頭記」來歷中，所說編寫「石頭記」的石頭，不是《石頭記》這部書的真正作者，而是書中「石頭記」故事的主角人物。從以上甲戌本的眉批，可見從書一開頭的開場白，至說明完「石頭記」來歷的這兩部份的文字，在文章結構上是《石頭記》一書的一篇楔子。前面引錄周建渝先生在其《才子佳人小說研究》一書中的話說：「中國白話小說使用的常常是專業說書人的敘述口吻，……。在故事的開頭，通常是敘述人在聽眾面前吟唱一首詩或詞曲，然後把這首詞曲與故事的關係或者故事人物的背景作一淺顯明白的介紹。」其中所說的小說在故事開頭的一首詩或詞曲，及後面相關的一段淺顯明白的介紹，就是小說的楔子。而將書中「故事的關係或者故事人物的背景作一淺顯明白的介紹」，正是無意間透露出楔子的內容與功能。莊因先生在其《話本楔子彙說》一書中說：

話本是建立在廣多的聽眾身上的，擬話本則是為讀者而模撰的，由「聽」到「讀」，已經是思考力的加強。…到寫本時代，小說在體制上仍未能有絕對的改變，只是相對的運用舊的（按指宋元話本）體制到另一個新方向新境界去而已。這可以從兩方面得到印證：第一，是「有心人」的作者，對於以前話本中楔子的「說着玩兒」的觀念，澈底的扭正過來，而賦予嚴肅的態度；第二，「有心人」的作者不遺餘力的將楔子雕琢精美，嵌入整個小說裏面，彷彿一頂鳳冠上再放上一粒明珠似的。…它的性能，也在多方面充份表現出來。我現在根據這一點，把它分為下面幾類：（一）寓言體　這種楔子的寫法，是先安排一個巧妙的故事間架，然後敷施神話色彩。至於正文裏的「人物」和「背景」，則把它收縮變化，化成一粒種子，楔子乃是種子的溫床。這粒種子經過相當的培植，結果在正文中萌芽生葉茁長。…

總而言之，從話本到擬話本再到寫本的小說，楔子的地位已經大大提高，它常常是跟正文同一命脈。作者創作時，對它賦予極大的作用，因此，自然地它變成了整部小說作品中的一環，甚至不可分開了。⑭

這兩段話有兩個重點值得特別注意。第一是，小說從針對聽眾的話本小說發展到針對讀者的寫本小說時，楔子已不是從前話本中楔子與正文無甚關係之「說着玩兒」的性質，而演變為嵌入整個小說裏面，彷彿一頂鳳冠上的一粒明珠似的，常是跟正文同一命脈，成為整部小說作品中的一環，而不同於與小說正文故事並非一體的「序」、「凡例」、「引言」等。第二是，有關提到寫本小說寓言體楔子的性能的部份。他說此類小說楔子中帶有神話色彩的寓言故事，就是把「正文裏（故事）的『人物』和『背景』」加以「收縮變化，化成一粒種子」，植入楔子這個寓言故事的溫床中，「這粒種子經過相當的培植，結果在正文中萌芽生葉茁長。」可見得寓言體楔子的主要性能，是以寓言神話故事做為正文裏的故事與主要人物背景的溫床或縮影，換句話說，就是以神話故事隱寓或隱述正文裏的故事與主要人物的背景。由此，可見寫本小說（寓言體）楔子在體例上慣有的內容或性能，是先簡單說明正文的故事與主要人物的背景（或說是來歷），而不是敘述該本小說的成書來歷與作者。因為在體例上，若要敘述該本小說的成書來歷與作者，應在書前與正文故事無關的「序」、「凡例」等文體中作說明，而不應在與正文故事關係緊密的楔子中作說明。

眾所週知，《水滸傳》、《紅樓夢》的楔子都是典型的寓言體楔子。《水滸傳》的楔子是一個寓言性的神話故事。說宋仁宗時，因天下瘟疫猖獗，下旨派洪太尉往江西龍虎山請天師赴京禳災。洪太尉果然請到天師下山，卻將山上鎮魔殿「遇洪則開」的大石頭強行打開，而誤放了天師鎮壓在內的一百零八個妖魔。這個楔子中天下瘟疫猖獗，洪太尉開石誤走妖魔，就是全書水滸英雄專為人間打抱不平的故事的背景或來歷；龍虎山逃出的一百零八個妖魔，就是《水滸傳》正文故事中主要人物梁山泊一百零八條好漢的背景或來歷。顯然，《水滸傳》楔子的內容，正是敘述《水滸傳》正文的故事與主要人物的背景或來歷，而完全沒有敘及該書作者施耐庵，及施耐庵如何著成《水滸傳》這部書的來歷。然而，《石頭記》或《紅樓夢》卻有所不同。《石頭記》的楔子同樣是一個寓言性的神話故事，其中描寫青埂峰下那塊石頭，被僧人幻形為一塊鮮明美玉，而攜入紅塵世間，經歷一番富貴溫柔、離合悲歡的事跡，最後回到原地青埂峰下，又回復石頭本質，這個石頭創造、經歷的事跡就是正文主體的賈寶玉故事的背景或來歷，而那塊石頭就是書中主人翁的背景或來歷。雖然也同樣隱述《石頭記》正文的故事與主要人物的背景或來歷，具備了楔子慣有的正規內容與功能。但是卻也包括了一些楔子不應包含的極為突兀的內容。先是一開始就大張旗鼓地聲明要將「此書從何而來」的來歷註明清楚，「方使閱者了然不惑」，後面又在敘述完那塊石頭經歷過一段離合悲歡的事跡，回到青埂峰下之後，寫明石頭將其親自經歷的事跡，編寫在那塊大石頭，成為「石頭記」，落實了開始時要將這部書的來歷註明的說法。也就是說，刻意地明白寫出《石頭記》這部書的成書來歷與編寫的作者，而這兩項內容照正規體例是應該寫在正文前的「序」或「凡例」等文體中，而不應該寫在與正文故事形成「整部小說作品中的一環，甚至不可分開」的楔子之中的。因此，從楔子在體例上慣有的內容、功能的角度來看，既然楔子應該包含的正規內容是正文中故事及主要人物的背景或來歷，那麼，《石頭記》也應該與《水滸傳》等其它寫本小說一樣，它的楔子所隱述的內容應該是正文中故事及主要人物的背景或來歷。由此可見，《石頭記》這篇楔子中所敘述的《石頭記》這部書的來歷，應該是書中「石頭記」這個故事的來歷，而不是《石頭記》這部書的來歷，而編寫者石頭應該是書中「石頭記」這個故事的創作者、經歷者，也就是書中最主要的人物賈寶玉的背景或來歷，而不是《石頭記》這部書的撰作者。至於《石頭記》楔子為何要特別聲明是註明「此書從何而來」的來歷，及明寫「石頭」編寫《石頭記》，則應是如前面脂批所說，是作者用畫家煙雲模糊的狡猾筆法，故意掩人眼目，以避免文字獄災禍者。

綜合以上所論，前面開場白中的「在下」是作者創造出來的說書人角色，不是《石頭記》或《紅樓夢》的真正作者，青埂峰下那塊石頭是書中「石頭記」這個故事的創作者、經歷者，寓指書中的主人翁賈寶玉，也不是《石頭記》或《紅樓夢》這部書的真正作者。至於凡例中「作者自云」中的「作者」則具有雙重意義，既指《石頭記》這部書的真正撰作者，又指書中「石頭記」故事的創作者—青埂峰下的那塊石頭，也就是書中的主人翁賈寶玉。但是真正曾經歷過「作者自云」所自述的四件事—「曾歷過一番夢幻」、「將真事隱去」、「借通靈之說」、「撰此石頭記一書」的那個作者，是書中「石頭記」故事的創作者，即青埂峰下的那塊石頭或書中的主人翁賈寶玉，而不是《石頭記》這部書的撰作者，故《石頭記》或《紅樓夢》並不是一部作者自敘的書，而是作者假借說書人「在下」，偽裝作者自敘方式所寫的一部書。至於《石頭記》或《紅樓夢》真正作者則是隱藏在背後，尚不得而知的。

或許有人會認為雖然根據楔子的正規體例來判斷，青埂峰下那塊石頭不是《石頭記》或《紅樓夢》這部書的真正作者，但是作者會不會逸出楔子的正規體例，除了在楔子中說明書中正文故事、主要人物的縮影、來歷之外，還真的在楔子中老實寫出《石頭記》的成書來歷，及《石頭記》或《紅樓夢》的真正作者就是青埂峰下那塊石頭，這樣的話真正作者就可能既是青埂峰下那塊石頭，又是書中的主人翁賈寶玉，而《石頭記》或《紅樓夢》自然是一部作者自敘的書了。這樣的看法也是有來源的，只不過這是傳奇或戲劇楔子的慣例，而不是小說楔子的慣例。通常傳奇或戲劇的第一齣術語叫做「家門引子」，其實就是楔子，而慣例上第一齣都是由副末上場唸誦兩首詞調或兼獨白，一首說明該書的創作緣起或來歷，其中有時也兼介紹作者，另一首則說明該書正文故事的劇情概要，其中有時也兼介紹故事主要角色的背景。例如明末的《牡丹亭》，康熙年間的《桃花扇》、《長生殿》都是如此。但是演進到小說，則楔子慣例上只說明該書正文故事的劇情概要、主要角色的背景，而將該書創作緣起、作者身分轉移到書前的「序」、「凡例」、「引言」等來作說明。不過，《石頭記》或《紅樓夢》非常狡猾，在楔子中特別記述空空道人將《石頭記》抄錄回來問世「傳奇」，似乎暗示這是一部傳奇，而從外表文字來看這篇楔子的內容結構，確實是採取傳奇或戲劇的楔子的外表內容結構，既包括該書的創作緣起或來歷，也包括該書正文故事的劇情概要、故事主角的背景。但以全書結構來說，《石頭記》或《紅樓夢》實際上是一部小說而不是傳奇或戲劇，所以它的楔子就應該以小說的楔子來嚴格看待，不可以包括該書創作緣起、作者的說明文字。但這樣繁細而嚴格的觀點，一般讀者是不會去仔細分辨，甚至不願意浪費一點時間去思索的，所以要突破《石頭記》或《紅樓夢》的狡獪障眼法是千難萬難的。其實要徹底解決這個問題，最簡單的方法，就是破解出楔子中石頭神話故事的真相，瞭解石頭的真實身分，自然就能知道這個「石頭」只是書中故事的主角，或還是《石頭記》或《紅樓夢》這部書的真正作者，一切真相就大白了。不過，第一回中楔子所述「石頭記」來歷故事的真相，並不是三言兩語就能破解的，留待以下第四章再詳細解析。

◈原文：

但書中所記何事？又因何而撰是書哉？自云：「今風塵碌碌，一事無成，忽念及當日所有之女子，一一細推了去，覺其行止見識皆出于我之上。何堂堂之鬚眉，誠不若彼一干裙釵？實愧則有餘，悔則無益之大無可奈何之日也！當此時，則自欲將已往所賴，上賴天恩，下承祖德，錦衣紈袴之時，飫甘饜美之日，背父母教育之恩，負師兄規訓之德，以致今日一事無成，半生潦倒之罪，編述一記，以告普天下人：『雖我之罪固不能免，然閨閣中本自歷歷有人，萬不可因我不肖，則一併使其泯滅也。』雖今日之茆（茅）椽蓬牖，瓦竈繩床，其風晨月夕，堦柳庭花，亦未有傷于我之襟懷筆墨者，何為不用假語村言，敷演出一段故事來，以悅人之耳目哉？」故曰「風塵懷閨秀」（按此五字其他版本作「賈雨村云云」）。乃是第一回題綱正義也。

◈闡微：

以下再從凡例第五段後面這一長段文字，來解析《紅樓夢》的主題內容、著作原因與目的等，這些凡例文字本身事實上已說得十分明白，只要再綜合前面有關「甄士隱」的那一小段凡例，及對應第一回的具體情節，多繞個圈就能理出頭緒。

前面經詳細解析已得知，前面一小段凡例文字，其中「作者自云」的最後面兩句「將真事隱去，而撰此石頭記一書也」，是具有雙層意義的文章，其中的一層意義是指真正作者以「將真事隱去」的隱秘筆法，撰寫《石頭記》這部書。除此一層意義之外，全部「作者自云」所自述的四句話—「曾歷過一番夢幻」、「將真事隱去」、「借通靈之說」、「撰此石頭記一書」，都是另指書中「石頭記」故事的興作者或主角石頭、賈寶玉自述其親身經歷的四件事跡。同樣的道理，後面這一長段凡例文字之中，前面「（作者）自云」及最後面的四句「亦未有傷于我之襟懷筆墨者，何為不用假語村言，敷演出一段故事來，以悅人之耳目哉？」也是具有雙層意義的文章，其中的一層意義是提示《石頭記》這部書是以假語村言的隱秘筆法撰寫的。除此之外，「（作者）自云」所自述「今風塵碌碌，一事無成，…敷演出一段故事來，以悅人之耳目哉」全部的話，都是指另一層意義，即另指書中「石頭記」故事的主角石頭、賈寶玉自述其身世、經歷事跡，而不是《石頭記》這部書的真正作者自述其身世事跡。不過，後面這一長段與前面那一小段不太一樣，就是書中故事的主角石頭、賈寶玉所自述的這些身世、經歷事跡，又確實答覆了前面所提問的兩個問題：「但書中所記何事？又因何而撰是書哉？」換句話說，後面這一長段凡例文字是藉描寫故事主角石頭的身世、經歷事跡，來說明《石頭記》這部書所記的主題內容，答覆前面「但書中所記何事」的問題，及說明作者撰作《石頭記》這部書的原因、目的，答覆前面「又因何而撰是書哉」的問題。

前一小段凡例提示讀者，書中故事主角石頭、賈寶玉的重大經歷為：「因曾歷過一番夢幻之後，故將真事隱去，而借通靈之說」，因而創作出「石頭記」的事跡。後一大段凡例文字則繼續作更深入的說明，細讀之後，可以發現其中又提示了書中故事主角石頭、賈寶玉以下幾項重大身世、經歷事跡：

一、此人以往曾經上賴皇帝天恩，下承祖上德蔭，享受著「錦衣紈袴，飫甘饜美」的時日，可見其家世顯赫，其身分個性為大富貴家族的紈袴公子。

二、此人在享受富貴之中，中途「背父母教育之恩，負師兄規訓之德」，變成不肖子弟，以致鑄下「一事無成，半生潦倒之罪」，可見其走上歧途，是在半生中年左右。

三、此人家族中擁有一群傑出的裙釵女子（按指金陵十二釵），其閨閣懿範足以為普天下人典範，但因他自己的不肖行徑，拖累得家族破敗，以致這些傑出裙釵高貴懿範的閨閣，都將一併泯滅。

四、此人下半生淪落到「風塵碌碌，一事無成」的境地時，忽念及當初族中這些閨閣女子之行止見識，都高過他這個走歧路的鬚眉男子，而他的不肖潦倒，已危及這些閨閣女子一併泯滅，故而才自悔自愧，醒悟前非。

五、此人經歷半生潦倒，於晚年悔悟，於是奮起將自己以往種種不肖事跡，編述一記（按即「石頭記」），尤其著重突顯族中這群傑出閨閣女子的行止見識，目的除了向普天下人懺悔自己罪過之外，更重要的是呼籲普天下人共同來維護族中這群女子閨閣，使其得以保全、長存，而不致於泯滅。

六、此人晚年後奮起將自己不肖事跡，編述一記（按即「石頭記」），是「用假語村言敷演出一段故事來」的方式進行，為保族中女子閨閣克盡心力，「以悅（世）人之耳目」，但事實上只是敷衍性地演出一番而已，結果並未能成功挽救族中女子閨閣於不滅。

再進一步將這前後兩段凡例綜合起來，並對照第一回的情節來理解，則可獲知以下三項重要訊息：

一、顯然此人中年「背父母教育之恩，負師兄規訓之德」，走上歧途之事，就是前面所說「因曾歷過一番夢幻之後，故將真事隱去，而借通靈之說」，而創作出「石頭記」的事跡。也就是第一回青埂峰下那塊石頭，為了貪圖富貴溫柔，被僧人施幻術而幻形成一塊通靈寶玉，於是將自主補天的真事隱去，淪為僧人補天的踮腳工具，被僧人攜入紅塵創作出「石頭記」的事跡，並享受一番富貴溫柔，這一段故事情節。至於此人走上創作出「石頭記」的歧路上，其原因除了書中明寫的因貪慕僧人攜入紅塵享受富貴溫柔之外，還有一個重大原因隱藏在青埂峰的「青埂」二字中。根據第一回脂批對「青埂峰」三字注解說：「妙！自謂落墮情根，故無補天之用。」顯然「青埂」即諧音「情根」之意，亦即墜落愛情深根無法自拔。可見，此人是墜落愛情深淵，及貪慕富貴雙重因素，才背負父母師兄教訓，變成不肖子弟，走上淪為僧人補天的踮腳工具、創作出「石頭記」事跡的歧路上的。

二、此人家族中那一群傑出的裙釵女子之高超行止見識，是他走上創作「石頭記」歧路，闖下「一事無成，半生潦倒之罪」，淪落到「大無可奈何之日」的窘迫境地時，促使他醒悟前非，並奮起將自己不肖事跡編述一記（「石頭記」）的關鍵因素，而其主要目的又是要維護這些閨閣女子不致於泯滅，顯然這些閨閣女子就是指書中的金陵十二釵。而他所採取的編述方式是「用假語村言，敷演出一段故事來」，可見得是滿紙荒唐假語的情況，這又與第一回曹雪芹所題一首絕句的首句「滿紙荒唐言」，極為類似。因此，這一段所記石頭編述「石頭記」的事跡，對照到第一回的故事情節，應該是指曹雪芹披閱增刪而題曰《金陵十二釵》，並題一首絕句的那一段情節。

三、從前一小段凡例，可知石頭此人下半生剛開始，便因墮落愛情深淵與貪慕更高富貴，背負父母師兄之教訓，走上淪為僧人補天的踮腳工具的歧路上，而創作出第一次「石頭記」的事跡來。而從後面這一長段凡例，又可知此人下半生闖下「半生潦倒之罪」，淪落到「一事無成」的「大無可奈何之日」才醒悟，可見醒悟時已到了老年時期，然後才又再度將自己不肖事跡再編述一記「石頭記」，企圖挽救族中女子閨閣不致於泯滅，不過只是用滿紙荒唐假語的方式，敷衍地演出一番而已，可見得結果並無濟於事，未能如願保全族中女子閨閣。這對應到第一回的具體故事情節，中年時第一次創作的「石頭記」事跡，應是指第一回開頭到空空道人看到青埂峰下那塊大石頭上編述一篇「石頭記」的那一段情節，晚年時第二次敷演出來的「石頭記」事跡，應是指第一回曹雪芹披閱增刪而題曰「金陵十二釵」，到「至脂硯齋甲戌抄閱再評，仍用『石頭記』」的那一段情節。

從以上凡例及第一回《石頭記》來歷所透露《石頭記》或《紅樓夢》書中故事主角石頭、賈寶玉的重大身世、經歷事跡，已可大致明白《紅樓夢》一書的主題內容。即《石頭記》或《紅樓夢》一書的主題內容，是記述一個自己譬喻自己冥頑不靈如一塊石頭的人，上半生上賴天恩，下承祖德，已享受錦衣玉食的富貴生涯，中年因為墜落愛情的深淵，及貪慕更高度的富貴，而背負父母師兄教訓，變成不肖子弟，去冒險而遭遇到夢幻般的不測變故，淪為僧人補天的踮腳工具，遂將補天的真事隱去，走上創作出「石頭記」事跡的歧路上，雖享受過一段富貴溫柔生涯，但轉眼紅樓富貴夢碎，一事無成，家族破敗，拖累得族中行止見識皆不凡的一干閨閣女子，都將因其不肖而一併泯滅，才懺悔鑄下半生潦倒之罪，自覺愧對這群高超的閨閣女子，於是奮起，以滿紙荒唐假語敷演出一段「石頭記」的故事來，以向普天下人告罪，並呼籲共同維護族中女子閨閣不致於泯滅，但結果只是敷衍地演出一番，功敗垂成，這樣的一長篇故事。

而《紅樓夢》一書的著作原因，是因為一個冥頑不靈如石頭的人走上歧路，變成不肖子弟，鑄下半生潦倒不肖之罪，拖累得家族破敗，連族中一群不凡閨閣女子，都將一併泯滅，被逼到走投無路的「大無可奈何之日」，於是創編出自己的不肖事跡，以向普天下人告罪，並勸戒世人應走正路以保其全族中閨閣女子不致於泯滅。

《紅樓夢》一書的著作目的，則是藉記述這個自喻為石頭的人，冥頑不靈走歧路而敗破家族的事跡，以勸戒世人不可因貪慕富貴溫柔，而敗破家族，而應奮發圖強，振興族業，以保護族中賢淑女子閨閣不致於泯滅。

當然這些結論都只是就表面文章故事而言，至於其背後所隱藏的真人實事，則尚須進一步探究，才能得知。既然已經根據凡例與第一回情節，歸納出以上書中故事主角石頭、賈寶玉幾項重大的身世、經歷事跡，則只要進一步在明清交替時期的人物事跡中，搜尋出能一一符合以上條件者，就可以獲得真相了，而以上故事主角的幾項重大身世、經歷事跡，可說相當具體明確，其謎底已有跡可尋了。我們看石頭此人因背負父母師兄之教訓，而破敗潦倒，連累族中閨閣女子也將一併泯滅，本屬個人與家族私事，竟然要將自己「一事無成，半生潦倒之罪，編述一記，以告普天下人：『雖我之罪固不能免，然閨閣中本自歷歷有人，萬不可因我不肖，則一併使其泯滅也。』」那有這種個人罪過須要編述一記，以告普天下人「我之罪固不能免」的道理，而且自家閨閣女子本當自家保護，自家保護不了，頂多託請親友保護，那有竟要告訴普天下人「萬不可因我不肖，則一併使其泯滅也」，要求普天下人萬萬要共同來保全其自家閨閣女子這樣的道理。這兩點都是異乎常情的，而凡例作者正是利用私人家務困境竟然要告求普天下人同情、援救，這樣違反常情的怪異敘述，來提示讀者石頭此人所犯的半生潦倒之罪，是牽涉普天下人的天下大事，而求告普天下人萬萬不可使其泯滅的女子閨閣，應是普天下人眷戀不忍失去的關乎天下的女子閨閣，體會到這層意思，《紅樓夢》故事與主角石頭的真相就更明朗了。這裡閨閣中一干裙釵，指的當然是書中的金陵十二釵等美人，而前面已提到《紅樓夢》翻新《離騷》以「美人」一詞影射楚國國君的美人筆法，直接以活生生的林黛玉、薛寶釵等金陵十二釵美人，影射明末清初的王朝或帝王、藩王等。這裡行止見識高超的女子金陵十二釵等美人，既是普天下人萬萬不可使其泯滅的閨閣與女子，則這些金陵十二釵女子應極可能是指普天下人眷戀不忍失去的華夏、明朝帝王、復明領袖，而金陵十二釵的閨閣應是指諸侯執圭朝禮的圭閣、朝閣，極可能是影射華夏、明朝朝閣。

依據以上種種線索，經過一番辛苦的比對明末清初的歷史真人實事，筆者以為《石頭記》或《紅樓夢》故事的主角石頭、賈寶玉，是指冥頑如一塊頑石的吳三桂。吳三桂確實是因為墜落痴戀愛妾陳圓圓的愛情深淵，及貪慕封藩歌舞富貴溫柔的雙重因素，才成為背負祖國明朝的不肖子弟，淪為滿清進入中原補充當時虛懸之天子帝位的踮腳工具，在山海關事件中走上創作出軍民被剃髮成前腦光禿如石頭的滿清髮式的「石頭記」，當時正是中年三十三歲時，為滿清賣命血戰十六年，殺戮無數同胞，滅亡祖國明朝，雖換得封藩雲南的富貴溫柔生涯，但卻闖下祖國同胞潦倒半生的大禍，藩王富貴只十來年，於康熙十二年就被撤去雲南藩王，落到忍無可忍的「大無可奈何之日」，才覺悟被滿清利用，懺悔賣國亡族的罪孽，起而反清復漢，此時已是老年六十二歲⑮，而其討清檄文史家評論正是滿紙荒唐假語，其軍民則重蓄漢式全髮，奮戰八年失敗，其大周王朝覆亡，全體軍民又被迫剃成前腦光禿如石頭的滿清髮式，敷演出一段類似第一次山海關事件的「石頭記」，但已無力回天，來不及救贖其泯滅明朝、華夏朝閣，及虧欠普天人的大罪，可說十分切合以上故事主角石頭的幾項重大身世、經歷事跡。從而，《石頭記》或《紅樓夢》故事主題的真相，其成書旨義、目的，應是記述冥頑如石頭的吳三桂，因貪圖富貴溫柔，而背明降清，淪為滿清入主中原的踮腳石，創作出軍民被剃髮成前腦光禿如石頭的滿清髮式之清朝的記事（石頭記），擊滅祖國明朝，換得封藩雲南，圓了藩王紅樓歌舞富貴溫柔的美夢（紅樓夢一）後，因遭滿清撤藩，才深自懺悔犯下滅國亡族的半生罪行，愧對祖國及普天下人，而聯合台灣明鄭等復明勢力，起兵反清，企圖挽回漢人天下，但碌碌無成，終歸敗亡的事跡，並藉此寄託背明降清的寶貴鑑戒（風月寶鑑），及悼明復明的意識，夢想恢復紅色朱明樓閣殿堂天下（紅樓夢二）。

◈原文：

開卷即云「風塵懷閨秀」，則知作者本意原為記述當日閨友閨情，並非怨世罵時之書矣，雖一時有涉于世態，然亦不得不敘者，但非其本旨耳，閱者切記之。

◈闡微：

這是凡例的第六段文字，和前面凡例的第三及第四段文字極為類似，是一種微妙的兩面筆法。一方面鄭重強調《紅樓夢》本意在記述閨友閨情，並非怨世罵時之書，對朝廷極為忠順，不敢批評世事時局，以免清廷懷疑查究。另一方面又故意點示在閨友閨情之外，《紅樓夢》還含有牽涉世局態勢的大事。而其文句語意含糊，似乎要「閱者切記」這些有涉于世局態勢的大事並非此書的本旨，也似乎要「閱者切記」此書中還含有牽涉世局態勢的大事，似乎是暗示讀者一種此地無銀三百兩的訊息。這種模糊的兩面筆法，正是《紅樓夢》常用的令人真假難辨的煙雲模糊筆法。

附註：

①請參閱《吳三桂大傳》，李治亭著，香港，天地圖書公司出版，一九九四年，上冊卷中第七章「留鎮雲南」，下冊卷下第五章「哭陵倡亂」、第七章「自號周王」等章。

②引錄自以上《行走雲南》，第四一頁。

③事見以上《吳三桂大傳》引清孫旭《平吳錄》，下冊第四七四頁。

④請參閱《細說吳三桂》，劉鳳雲著，台北，雲龍出版社出版，一九九三年五月第一版二刷，第一四一至一四二頁。

⑤引錄自《楚辭章句》，東漢王逸著，台北，藝文印書館印行，民國六十三年四月再版，第五五頁。

⑥參見《清朝全史》，日本稻葉君山原著，但燾譯，臺灣中華書局印行，民國七十四年四月臺五版，上一之第六二至六三、七九至八三、一〇五至一〇八頁。

⑦同上《清朝全史》，同頁次。

⑧同上《清朝全史》，上二之第四六至四九、八八至九六頁。

⑨《明季北略（下冊）》，計六奇著於康熙十年，臺灣商務印書館發行，民國六十八年五月臺一版，第三四四至三四八頁。

⑩同上《明季北略（下冊）》，第三四三至三四四頁。

⑪詳見以上《紅樓夢考證》，第一一至二三頁。

⑫有關《石頭記》來歷及甄士隱作夢情節的全文，詳見以上《乾隆甲戌本脂硯齋重評石頭記》，第一回第一至一一頁；或《紅樓夢校注（一）》，馮其庸等校注，台北，里仁書局印行，民國八十四年十月初版四刷，第一回第一至七頁。

⑬引錄自《才子佳人小說研究》，周建渝著，台北，文史哲出版社，民國八十七年十月初版，第一四二頁。

⑭引錄自《話本楔子彙說》，莊因著，台北，聯經出版事業公司出版，民國六十七年六月初版，七十五年五月第二次印行，第一〇八、一〇九、一二〇頁。

⑮同上《吳三桂大傳》，附吳三桂年表，下冊第八〇四至八一三頁。

第三章 紅樓夢全書主題詩的真相

◈原文：

詩曰

浮生着甚苦奔忙，盛席華筵終散場。
悲喜千般同幻渺，古今一夢盡荒唐。
謾言紅袖啼痕重，更有情痴抱恨長。
字字看來皆是血，十年辛苦不尋常。

◈體例說明：

上一章引錄新加坡大學周建渝的話說：「中國白話小說使用的常常是專業說書人的敘述口吻，……在故事的開頭，通常是敘述人在聽眾面前吟唱一首詩或詞曲，然後把這首詞曲與故事的關係或者故事人物的背景作一淺顯明白的介紹，……。」可見在體例上，中國白話小說在全書故事的開頭常有仿傚說書人吟唱的一首詩或詞曲，及一段與全書故事或主要人物關係的淺顯明白介紹文字，這兩部份文字也就是這本小說的楔子，其內容主要是概述這本小說全書故事主題或主要人物。但有時只有兩者之一，那麼這首詩、詞、曲，或這段簡單的介紹文字，就單獨構成這本小說的楔子。上面這首詩位於《石頭記》凡例之後空一行之處，又在第一回正文故事之前，故這首詩應該不是屬於凡例的一部份，而是如周建渝先生所說是正式開講《紅樓夢》故事的開頭，敘述人所吟唱的一首詩，故這首詩應是《紅樓夢》的楔子詩，與第一回述說《石頭記》來歷的文字，共同構成《石頭記》或《紅樓夢》的楔子。這首詩既然是《紅樓夢》楔子前頭部份的一首楔子詩，則這首詩的內容理應是總評或詠嘆《紅樓夢》全書故事的主題或主要人物。上面已解析出《石頭記》或《紅樓夢》故事主題的真相，是藉記述吳三桂賣國求榮，自食惡果，悔不當初，而聯合台灣明鄭等復明勢力起兵反清，終歸失敗的事跡，以寄託背明降清的寶貴鑑戒，及悼明復明的意識，夢想恢復紅色朱明樓閣殿堂天下。而這首開頭的楔子詩，是總評或詠嘆《紅樓夢》全書故事的主題或主要人物，正可藉此來檢驗以上《紅樓夢》故事主題的真相，是否能夠符合這首詩所詠嘆《紅樓夢》故事主題的內容。

◈表面意義：

【浮生着甚苦奔忙，盛席華筵終散場。悲喜千般同幻渺，古今一夢盡荒唐。】：這前半首四句詩表面上是詠嘆書中的賈府富貴家族，為富貴夢想而千般奔忙、悲喜，最終不免被抄家敗落，豐盛豪華筵席的富貴場面終於散場結束。並進一步昇華至廣泛性詠嘆人生如浮萍寄生水上，貧富窮通本就浮沈不定，為著甚麼要苦苦奔忙營求富貴，其實富貴就像豐盛豪華的筵席場面一樣，終有散場結束的時候；人的一生中總是隨境遇得失榮辱的變化而千般百樣地忽悲忽喜，臨終回顧這些得失榮辱的千般悲喜都如夢般虛幻雲煙般飄渺逝去，古往今來的富貴夢想盡是荒唐無稽，因為人到頭來，誰都是赤條條而來，赤條條而去，臨死什麼也帶不走。這前半首詩很明顯是藉詠嘆《紅樓夢》富貴家族賈府最終敗落的故事，以勸戒世人無須苦苦奔忙營求富貴，因而做盡荒唐行徑，帶有濃厚的勸世禪味。

【謾言紅袖啼痕重，更有情痴抱恨長。】：謾言通漫言，為不經細思而散漫地隨便談論的意思。紅袖，喻美女，這裡指書中的林黛玉。第一回描寫林黛玉為絳珠草降生，她下世為人，是為了「把一生所有的眼淚」，償還神瑛侍者降生的賈寶玉，報答他從前灌溉甘露，而得久延歲月的恩惠。所以書中林黛玉從頭哭到尾，最後淚盡吐血而死，故紅袖啼痕重，很明顯是指書中林黛玉的情節。情痴指書中的賈寶玉，他對林黛玉自幼一片痴情，但被鳳姐、王夫人、賈母等擺佈，移花接木，迎娶時把新娘調包為薛寶釵，同一時間林黛玉病故，賈寶玉大慟，對林黛玉痴情不忘，抱恨難釋，終於棄家隨一僧一道而去，所以情痴抱恨長，很明顯是指書中賈寶玉的情節。這兩句詩是詠嘆說，一般人閱讀《紅樓夢》，都會被林黛玉為情啼哭不止，殉情而死的悲慘情節所感動，而隨口漫說美人林黛玉真是啼哭淚痕深重啊！而對於賈寶玉則較未能同情，那裡知道更有那一直痴愛黛玉的情痴賈寶玉，被迫別娶薛寶釵，為黛玉夭亡而出家，其實也懷抱著綿長不盡的遺恨呢！

【字字看來皆是血，十年辛苦不尋常。】：這首詩所說的「十年辛苦不尋常」，所對應的情節就是書中第一回楔子中所說：「後因曹雪芹于悼紅軒中，披閱十載，增刪五次，纂成目錄，分出章回，則題曰金陵十二釵。」而金陵十二釵在第五回描寫她們都是屬於薄命司簿冊中注定結局薄命的人物，在凡例中則強調書中這些特異女子的行止見識是《紅樓夢》特意記載傳世，萬不可使其泯滅的主要內容。因此，這兩句詩表面上的意義，就是針對《紅樓夢》傳述金陵十二釵等女子事跡的大旨，詠嘆說《紅樓夢》這部巨著所記述金陵十二釵等人物故事的每個字，都是令人看來血淚縱橫的薄命悲慘文字，而曹雪芹總共花費十年時間披閱，增刪五次，才完成這部巨著，其辛苦很不平常。

◈真相破解：

【浮生着甚苦奔忙，盛席華筵終散場。】：這兩句詩裏層實際上是諷刺吳三桂為了貪求藩王歌舞富貴生涯，背明降清，東征西戰地奔忙，為滿清征服自己國家明朝，贏得百戰元勳首功，苦苦營求，獲得滿清冊封為雲南平西藩王，富貴甲天下，但短短十來年就遭滿清撤藩，憤而起兵反清，結果敗亡，盛席華筵的藩王富貴場面終於散場落幕。

【悲喜千般同幻渺，古今一夢盡荒唐。】：這兩句詩裏層涵義是諷刺吳三桂的荒唐行徑。按吳三桂為武將出身，一生熱切追求富貴與美人溫柔，自少立志「仕官當作執金吾（按相當於首都督巡治安長官），娶妻當得陰麗華（按為東漢美女，光武帝皇后）」①。他一擲千金，從國丈田弘遇府贖買到原奉獻給崇禎帝而未被接納的蘇州名伎陳圓圓，喜不自勝。至李自成攻陷北京，他原已受款降李，後來得知李之部將劉宗敏奪佔其愛妾陳圓圓，悲極而衝冠一怒為紅顏，反目成仇，轉而向滿清借兵討李，藉口欲報君父之仇，以恢復明朝。卻又因滿清多爾袞誘以分土封藩，子孫長享富貴，衷心竊喜富貴夢將圓，而竟如夢幻般由借兵變為剃髮降清，淪為滿清入主中原的鷹犬、墊腳石。於是倒轉矛頭，一一擊滅李自成、張獻忠農民軍，祖國南明王朝，南明永曆帝逃入緬甸，滿清原已作罷，他卻主動向清廷請兵追剿，遠征緬甸將永曆帝擒回昆明絞殺，以殺故國皇帝向滿清奉獻愚忠，真是荒唐至極。三桂為滿清賣命血戰十六年，以滅李滅明的大功，終於在順治十六年換得滿清冊封為雲南平西藩王，狂喜之餘，大蓋華麗宮殿，招買江南美女，盛宴禮賓，一面享用珍饌美食，一面觀賞美女輕歌曼舞，興致高昂時還親自粉墨登場票戲，沉醉於歌舞富貴溫柔之鄉，富貴甲天下，歡樂無限。但只有八、九年光景，康熙五、六年起清廷就開始一步步削弱他的權力，他就開始喜中帶憂，再過數年至康熙十二年，他終於被清廷撤除藩王，悲憤填膺，怒不可遏，因而聯合台灣鄭經等復明勢力，起兵反清。此時他率三軍至被他擒回絞殺的永曆帝陵前跪拜懺悔，悲極慟哭不止，三軍同哭，聲震如雷，因悲慟過度，竟然爬不起來，荒唐滑稽之至。而反清檄文鄭重宣告推奉先皇明崇禎三太子恭登大寶，但實際上他身邊並無朱三太子其人，而既說要復興明朝，卻又建國號為「周」，自稱周王，不倫不類，滿紙荒唐言。五年後軍事潰敗之際，又突發奇想，作起皇帝夢來，正式登基稱大周皇帝，結果不到半年就一病嗚呼，含恨而終②。綜觀吳三桂自中年遇到陳圓圓起，先是為美人陳圓圓，而從降李轉為復明，緊接著為藩王富貴夢，從復明轉為背明降清，至老年因為藩王富貴夢碎，又變為叛清興明，不旋踵又因皇帝夢而由興明變為自立為帝，整個過程其立場顛倒反覆不定，其行徑事跡真正是悲喜千般夢幻荒唐。

這兩句詩的前一句諷刺吳三桂一生為了追求富貴溫柔，得則喜失則悲，而行跡反覆浮沉不定，故忽悲忽喜，千般百樣極為戲劇性，但是最後身死朝滅萬事休，其平生千般悲喜的苦苦營求，都如同夢幻般飄渺虛妄，什麼也沒得。後一句詩中的「古今」是泛指「前後」的用詞，「夢」則表示一種不適當的理想、奢望、妄想。「古夢」即「前夢」，指以前吳三桂在山海關事件中所奢想的藩王歌舞富貴夢，而在書中則是第五回寶玉作夢，夢中接受警幻仙姑香茶酒饌招待，及觀賞舞女演唱紅樓夢曲的那一段情節。「今夢」即「後夢」，指後來吳三桂叛清時的大周皇帝夢，而在書中則是第九十八回賈寶玉與薛寶釵完成婚禮，寶玉「自己反以為在夢中」的那一段情節；按在此情節中，賈寶玉係影射皇帝大寶位，薛寶釵則影射平西藩王勢力的吳三桂，薛寶釵與賈寶玉結婚，即是平西藩王吳三桂（寶釵）自立稱大周皇帝，而與皇帝寶位（寶玉）相結合了。這一句詩是諷刺吳三桂以前在山海關事件時，因藩王富貴夢，而由復明轉為降清，倒戈擊滅祖國明朝，及後來反清時，因大周皇帝夢，而由興明轉為自立為皇帝，因而失去對復明勢力的號召力而覆亡，前後兩個大夢都是顛倒妄想的荒唐不堪行徑。

【謾言紅袖啼痕重，更有情痴抱恨長。】：這兩句詩裏層是詠嘆朱明王朝與吳三桂覆亡的啼哭、抱恨事跡。第一回描寫林黛玉為絳珠草降生，絳為暗紅色，而絳珠草諧音「絳朱朝」，隱寓因國力衰落而由大紅的朱色衰降為暗紅絳色的朱明王朝。林黛玉由絳珠草所化生，就是隱寓林黛玉是由壯盛的明朝轉變為衰弱，所化生出來的明朝崇禎末朝，與殘朝的南明王朝、延平王朝、復明勢力等，及其相關的崇禎帝、鄭成功等帝王、藩王人物。明朝崇禎末年內有李自成、張獻忠農民軍在中、西部殺掠，外有滿清在東、北部殺掠，軍民死傷慘重。至北京淪陷明崇禎自縊，北部淪亡無主，吳三桂引清兵入關，擊滅李、張農民軍，更進一步進擊南明王朝，死傷更慘重。尤其滿清厲行薙髮令，羞辱了漢族的民族尊嚴，激發大江南北軍民奮起抗清，滿清則以滿漢八旗鐵蹄，掃蕩屠殺，造成揚州十日、嘉定三屠等大屠殺慘狀，到處家破人亡，哀鴻遍野，啼聲震天③。自山海關事件至康熙二十二年，歷經四十年的殺戮，漢人屢戰屢敗，哭了又哭，淚痕累累，書中便是以林黛玉從頭不斷啼哭，一直哭到淚盡吐血而亡的劇情，來隱喻明朝君民這種國亡族奴的血淚交流悲慘情狀。至於書中故事的主角石頭、賈寶玉，主要是影射吳三桂或其大周王朝。吳三桂本為明朝抗清的猛將，後來所以會墮落為滿清的鷹犬，關鍵在於痴戀美人陳圓圓，正如當時名詩人吳梅村在《圓圓曲》中，譏諷他引清兵入關是「衝冠一怒為紅顏」。為了一個蘇州名歌伎的愛妾陳圓圓，竟然痴傻到投降敵方滿清，夢想與滿清盟約助其入主中原，便得分土封藩，子孫長享富貴④，因而轉變為滅亡祖國明朝的頭號殺手。經十六年殺戮無數同胞，才換得雲南藩王富貴，卻只十來年就被撤藩，明顯是被滿清欺騙利用，歷史家多評論吳三桂此舉真是痴傻。而書中則將他原駐地與滿清交界處的山海關、寧遠一帶稱為「青埂峰」，以隱諷他「落墮情根」而無法自拔。第五回描寫十二個舞女演唱紅樓夢仙曲給賈寶玉聽時，開頭便唱「開闢鴻濛，誰為情種。」即是以情種來譏諷賈寶玉，骨子裡也是隱諷吳三桂為痴戀美人陳圓圓，而投降敵人以滅亡祖國的行徑，堪稱「情種」，一切只為情而生，才會有這樣的狂亂異行。此詩則稱情痴，與書中的「情種」及「青埂」的脂批「落墮情根」，同樣是隱諷吳三桂痴戀美人陳圓圓而賣國的行徑，極為痴傻，因為愛情而成為失去理智痴呆的人。吳三桂至被撤藩時，始恍然大悟原來被滿清欺騙利用，利用完就要兔死狗烹，自然悔恨刻骨，故不顧一切舉兵反清報仇，不過天不從人願，奮戰五年就病死，其大周王朝不久也滅亡，他當然是抱恨綿長不盡的，但是一般世人對於吳三桂，總因為他是個賣國賊、大漢奸，就認為他被撤藩及反清敗亡都是活該，而不會再對他作更深入的瞭解，其實他也有被滿清欺騙利用的極可憐、極深重的綿長不盡遺恨。

「謾言紅袖啼痕重，更有情痴抱恨長」這兩句詩是評論說，世人不必細想就都能隨口滔滔談論紅色朱明王朝的帝裔與臣民，在清、吳聯軍一波波殺戮下而亡國，啼哭又啼哭，淚乾了又流，真是啼哭淚痕深重啊！那裡知道更有那被愛情衝昏頭而聯清的情痴吳三桂，因為被滿清以封為藩王，子孫長享富貴為釣餌，欺騙其痴傻賣國，事成封藩不久，就遭毀約撤藩，忍無可忍起兵報仇卻敗亡，懷抱著綿長不盡的遺恨啊！

【字字看來皆是血，十年辛苦不尋常。】：前一句「字字看來皆是血」，應是具有雙重含義，一方面是指《紅樓夢》七、八十萬大文所隱述之重點內容的反清復明事跡，字字看來都是令人淚盡欲血的亡國悲慘文字。另一方面是指吳三桂討清檄文所述吳三桂哀痛明朝亡於李自成，及被滿清愚弄欺騙，導致滿清竊據中國天下的事跡極其悲慘，而且通篇充斥著「痛哉」、「慘矣」、「傷哉」、「淚乾有血，心痛無聲」、「刺心嘔血，追悔無及」、「飲泣隱忍」、「婦號子泣」等詞句，故字字看來都是流淚嘔血的悲痛文字。後一句「十年辛苦不尋常」是描述吳三桂於康熙十二年十一月二十一日起兵，聯合福建耿精忠、廣東尚之信二藩，及台灣明鄭等復明勢力共同反清，至康熙二十二年秋季，台灣明鄭延平王朝降歸滿清為止，總共十年的反清運動，非常辛苦極不尋常。這項吳三桂聯合台灣明鄭延平王朝等復明勢力共同抗清的十年戰爭，是《紅樓夢》故事的核心重點，在書中隱稱為木石盟。大家都知道其中的「木」字是指本為草木的絳珠草所降生的林黛玉，卻忽略絳珠草即諧音「絳朱朝」，隱喻衰降為暗紅色的朱明王朝崇禎末朝，與其殘朝的南明王朝、延平王朝、復明勢力等，尤其「木」字更暗指其字為「大木」的鄭成功，及其延平王朝。其中的「石」大家也都知道是指書中的石頭、通靈寶玉、或與此玉靈命一體的賈寶玉，卻未進一步細思，聯想到凡例中所述自愧「不肖」、「自譬石頭」的無材補天的那塊冥頑的石頭，其實就是隱喻出賣自己國家民族的「不肖」份子吳三桂。由此，木石盟其實就是隱喻吳三桂勢力與台灣鄭氏延平王朝等復明勢力的結盟。另外，這個吳、鄭木石盟的十年抗清運動，在第一回楔子中又以曹雪芹披閱十載，題名為「金陵十二釵」，並題一首「滿紙荒唐言」的絕句詩，來隱密概述，其中的「十二」就是暗示此事發生在清康熙「十二」年之時。至於康熙十二年十一月「二十一」日吳三桂起兵的詳細事跡，書中則在第二十二回，以薛寶釵生日的故事情節來隱寫，文中寫到「鳳姐道：『二十一是薛妹妹的生日』」，其中的「二十一」就是暗指吳三桂起兵的康熙十二年十一月二十一日，因恐被清廷窺破，故不敢寫出年與月。至於抗清的各重要戰役，書中則常以大觀園兒女結詩社進行各種雅集作詩（按諧音「作師」）的活動，來掩飾暗寫。而吳、鄭聯盟最後抗清失敗歸入清朝，書中則是在最後一回以賈寶玉「光著頭」被一僧一道夾住帶走來加以隱寫歸結，蓋「光著頭」即是暗示戰敗被滿清強迫剃髮成前腦光禿如和尚的滿清髮式，其中的一僧一道則是影射滿清的滿、漢八旗軍。

吳三桂於康熙十二年十一月起兵時，所散發的討清檄文，在清朝官方史書只說吳三桂四處散佈偽檄，對於檄文內容則隻字未提，清代私人著作也未曾抄錄。顯然是吳三桂這一檄文，處處痛罵滿清，尤其是提及清廷違背吳三桂與多爾袞歃血訂盟的事實，使滿清有失顏面，甚至理虧，故官方史書不加收錄，更可能予以全面禁毀。所幸，吳三桂這道檄文，當時曾由福州船傳到日本⑤，後來歷史學家才由日本抄錄回來。這道檄文等於吳三桂反清的宣言，對於瞭解吳三桂叛清的根由，是一份極寶貴的歷史文獻。而《紅樓夢》對於這道檄文也著墨頗多，除了這首詩以「字字看來皆是血」加以詠嘆之外，前面凡例則以「假語村言」加以隱喻諷刺，在第一回逑說「石頭記」來歷的楔子，曹雪芹所題一首五言絕句詩中，更以「滿紙荒唐言」加以譏評，另外還有其他巧妙的隱逑。這道檄文對於《紅樓夢》故事真相的瞭解，甚為重要，茲特引錄於本節之後，以供參閱。

◈賞析：

這首七言律詩從外表聲韻格律來看，是使用下平聲七陽韻，平起首句用韻，是一韻通押到底的韻式，至於平仄上則二四六分明，也無犯孤平現象，可說平仄十分工整，且各聯之間的黏貼都合乎規矩，可以說聲韻格律都十分嚴整。然而七律最講究頷聯（第二聯）與頸聯（第三聯），要求如對聯一樣對仗工整，如量詞對量詞，顏色對顏色，實詞對實詞（名詞、動詞、形容詞、部份副詞等），虛詞對虛詞（代名詞、語助詞、介系詞、連接詞、部份副詞等），詞組、語法結構相對稱等等，而這首七律偏偏在要求對仗工整的頷聯與頸聯上，對仗十分不工整，頷聯的「悲喜」對「古今」、「千般」對「一夢」，及頸聯的「謾言」對「更有」、「紅袖」對「情痴」，都有詞性不能相對仗的毛病，兩聯中就有八處不合格式，所以就中間兩聯對仗的規律來說，這首七律可以說犯規十分嚴重，對仗不工，擇詞草率。除了詞性不諧、對仗不工之外，若就這首詩的表面涵義而言，像「人生着甚苦奔忙」、「古今一夢盡荒唐」這樣的句子，雖然帶有勸世的禪味，但只是人生如夢的老生常談，未免過於庸俗，了無新意。「謾言」對「更有」這樣的語詞，未免過於俗爛平庸。尤其是使用「字字看來皆是血」來描繪《紅樓夢》七、八十萬的文字，而實際上《紅樓夢》書中歡樂、嘻鬧、諧謔的情節文字也不少，絕非全書都是血淚縱橫的情節文字，所以「字字看來皆是血」並不符合《紅樓夢》情節文字的實際情況。因此，這首詩可以說不但格律語調庸劣，而且內涵膚淺而又不合實情，當然不能算是一首好詩，一般紅學家也都沒什麼好評。然而這首詩貴為中國第一小說《紅樓夢》詠嘆全書主題故事的楔子詩，難道就這麼不堪嗎？熟悉《紅樓夢》的人都知道《紅樓夢》對於一首詩的優劣，本身就有相當豐富而明確的詩觀。我們要真正了解這首楔子詩的優劣，一方面得先瞭解《紅樓夢》本身的詩觀，再方面得瞭解以上這首詩裏層所描述的真相，才方便作評論。

有關《紅樓夢》本身對於一首詩的價值觀，最具代表性的是在第四十八回「慕雅女雅集苦吟詩」，香菱拜林黛玉為師學作詩的情節中，作者借黛玉與香菱的對話，所發表的詩論。茲引錄原文如後：

黛玉道：「什麼難事，也值得去學（作詩）！（詩）不過是起承轉合，當中承轉是兩副對子，平聲對仄聲，虛的對實的，實的對虛的，若是果有了奇句，連平仄虛實不對都使得的。」香菱笑道：「怪道我常弄一本舊詩偷空兒看一兩首，又有對得極工的，又有不對的，又聽說『一三五不論，二四六分明』。看古人的詩上亦有順的，亦有二四六上錯了的，所以天天疑惑。如今聽你一說，原來這些格調規矩竟是末事，只要詞句新奇為上。」黛玉道：「正是這個道理。詞句究竟還是末事，第一立意要緊。若意趣真了，連詞句不用修飾，自是好的，這叫做『不以詞害意』。」

以上引文中，黛玉所說的「虛的對實的，實的對虛的」這句話，一般紅學家普遍認為可能是作者或抄錄者的筆誤，應作「虛的對虛的，實的對實的」，才合乎律詩頷聯、頸聯對仗的規律。從這裏可以看出《紅樓夢》對於律詩的觀點，其價值順序很明確的是以立意旨趣真切為第一要緊，詞句新奇為第二考量，平仄虛實的格律為第三考量；若立意旨趣逼真貼切，「連詞句不用修飾，自是好的」，俾免「以詞害意」，「若是果有了奇句，連平仄虛實（的格律）不對都使得的」。這樣的價值順序觀點大體上合乎歷代詩家的觀點，不過從他把詞句修飾，及平仄虛實等格調規矩，說成「究竟還是末事」這樣的語氣，可以看出《紅樓夢》作者對於律詩不應受外表平仄虛實格律與詞句修飾之過度拘束的主張，顯然較歷代詩論家更為強烈。因此，評論《紅樓夢》中的詩作，尤其是律詩的優劣，實宜依循《紅樓夢》作者對詩的價值觀，即首重立意真切、次為詞句新奇、末為平仄虛實格律，按這樣的順序加以整體觀察。對於平仄虛實格律寬泛犯規之處，宜細查其是否因某詞句新奇，或為全句意趣逼真起見，才不得不突破平仄虛實格律的限制；而對於用詞庸俗膚淺之處，宜細查其是否因全句或全詩意趣逼真，為配合故事內、外層真實內容情節或人物真實性格起見，才會在用詞上不避庸俗，並在平仄虛實上踰越規矩，如此全面觀照，才能盡窺其全貌、真貌，從而才能品鑑出該詩的真品味、真價值。

【**浮生着甚苦奔忙，盛席華筵終散場。悲喜千般同幻渺，古今一夢盡荒唐。**】：這前半首四句詩若就《紅樓夢》表面故事來詮釋，只能詮釋為是藉詠嘆書中的賈府為富貴夢想而千般奔忙、悲喜，最終不免被抄家敗落的故事，以勸戒世人無須苦苦奔忙營求富貴，因而做盡荒唐行徑，帶有濃厚的佛家色空的勸世禪味。這樣的內容，只不過是人生如夢的老生常談，相當庸俗。而不惜破壞律詩對仗的嚴格要求，在頷聯粗率選用「悲喜」對「古今」、「千般」對「一夢」這樣詞性不能相對稱的語詞，僅只換得這種泛泛的人生感慨的老生常談，實在是詩筆庸劣。況且後一句「古今一夢盡荒唐」，在書中並找不到「古今」的兩個夢，也無荒唐的具體內容可相印對，豈不是空口說白話？不過，這四句詩若落實到書中所隱述以上吳三桂的事跡，諷詠歷史上吳三桂為了前後的藩王夢與皇帝夢兩個大夢，其立場在滿漢明清間變換不定，奔忙殺戮，苦苦營求，悲喜千般，結果都如夢幻煙邈，只留下行徑荒唐的千古罵名，則這四句詩實在是把吳三桂一生苦求藩王富貴與皇帝權位，不惜賣國求榮，結果空忙一場的荒唐大夢，描繪得歷歷在目，形象活跳。而吳三桂這樣自食惡果的荒唐事跡，又確實是勸戒世人勿為貪求富貴而行事荒唐的最佳現實材料，合乎佛家人生無常，權位財富名色本空的「色即是空」的禪理。再從逆向角度來看，這四句詩則是以佛教富貴如夢幻煙邈的色空禪理，來掩藏書中所記述的吳三桂因藩王與皇帝大夢，不惜賣國求榮，結果美夢成空，害國害己的荒唐事跡。而這正緊密配合上《紅樓夢》全書假借佛教看破世情出家（如結局寶玉出家），及道教證悟神返太虛境界（如結局大觀園眾兒女皆歸入太虛幻境），這樣的參禪悟道歷程，以掩藏內裏隱述反清復明失敗而剃髮成前腦光禿如僧人的滿清髮式（即剃髮出家為僧），歸入大清國境（即太虛幻境）的悲劇，這樣的全書整體神秘筆法。從這樣的全方位角度來理解，則頷聯「悲喜千般」對「古今一夢」，雖然詞性虛實脫格，但都能貼切對應吳三桂的具體事跡，以這樣外表形式脫格的小犧牲，卻換得以上概括書中故事內外雙層涵義及全書整體筆法等三層意義的圓滿達成，這就是前面所述《紅樓夢》本身以立意旨趣真切為第一要緊，「若意趣真了，連詞句不用修飾，自是好的，這叫做『不以詞害意』」，且「連平仄虛實（的格律）不對都使得」，這種詩的價值順序觀的具體表現。由此可見，這前半首四句詩可以說是以老生常談的庸俗膚淺人生感慨，寄託吳三桂荒唐賣國事跡的民族寶貴鑑戒，實是一種化腐朽為神奇的不凡詩筆。

【謾言紅袖啼痕重，更有情痴抱恨長。】：這第三聯頸聯兩句詩，若照表面意義來詮釋，則以「紅袖」對「情痴」，明顯是詞性不對稱，以「謾言」對「更有」，除了不對稱之外，更是用詞庸俗。不過，就一般廣泛的《紅樓夢》讀者大眾來說，《紅樓夢》小說的男女主角是賈寶玉、林黛玉，寶黛的愛情悲劇是書中故事的主線，書中最令人感動落淚者，莫過於黛玉因未能與寶玉結合而淚盡吐血致死，及寶玉因哀痛黛玉死亡而出家的情節。因此，這頸聯「紅袖啼痕重」、「情痴抱恨長」兩句，確實從前半首泛泛的人生感慨，轉而緊扣住《紅樓夢》全書的精神所在，使得這首詩勉強可符合楔子詩的概括全書主題的功能。

若知這兩句詩的真相是隱指上述明朝、吳三桂滅亡的事跡，實是詠嘆朱明王朝的帝裔與臣民，慘遭殺戮國破家亡，號哭不止，啼痕深重，及情痴吳三桂因痴戀歌伎陳圓圓，痴傻賣國求榮，遭滿清毀約撤藩，起兵反清卻敗亡，而抱恨綿長這兩件歷史真實事跡，則這首詩起承兩聯先諷刺吳三桂個人貪求富貴權位的荒唐行徑，至律詩法度要求異軍突起的這第三聯頸聯，由吳三桂個人荒唐行徑，更進一層轉至詠嘆國家滅亡百姓啼哭的悲哀，及吳三桂被玩弄欺騙抱恨綿長的悔恨，從而襯托出奪得江山的滿清的陰狠可怕，那麼，這一聯「謾言紅袖啼痕重，更有情痴抱恨長」兩句詩，不但轉而標舉出《紅樓夢》著書的旨意所在，而且轉得極為警拔有力，詩筆鏗鏘。至於其中「紅袖」對「情痴」、「謾言」對「更有」，顏色、詞性對不起來，那真是無關閎旨的末事了。況且，即使是末事，這「紅袖」對「情痴」、「謾言」對「更有」，也不至於是內容膚淺、隨便拉來充數的泛泛之詞，其用典、擇詞還是極為考究的。在第一回描寫林黛玉為絳珠草下凡降生的情節處，脂批針對絳珠草三字評注說：「點『紅』字。細思『絳珠』二字，豈非血淚乎！」可見林黛玉的身分與「紅」字與「血淚」是有緊密關係的，也就是前面所說林黛玉即絳珠草，諧音「絳朱朝」，代表國力衰降為暗紅絳色的朱明王朝，書中以林黛玉啼哭不已而致死，隱喻朱明王朝君民不斷被殺戮流血流淚而亡國。故而作者在歷代比喻美女的典故中，從杜牧《南陵道中》詩「正是客心孤迥處，誰家紅袖倚江樓」的詩句⑥，選出「紅袖」二字，不但其中「紅」字可以通林黛玉絳珠草「點『紅』字」的意義，標示出代表「紅」色朱明王朝的身分，而且「袖」字之字義為「衣」的延伸部份，則「紅袖」的「袖」字，望文生義就是紅的延伸部份，從而「紅袖」可更完整點示林黛玉絳珠草除了代表「紅」色朱明王朝的身分之外，還代表「紅」色朱明王朝的延伸餘緒，即朱明殘朝的南明王朝、及延平王朝的身分，由此，「紅袖」這二字可以說用典擇詞極為慎重而精當。以「情痴」二字形容吳三桂為痴戀陳圓圓，而降敵賣國的痴傻行徑，既合乎其歷史形象，又譏誚入骨，真是令人絕倒。故「紅袖」、「情痴」二詞實是分別標示林黛玉、賈寶玉真實身分、事跡的不二之選的奇語妙詞，既是意趣逼真，語詞新奇，自然「連平仄虛實（的格律）不對都使得」了，這是合乎《紅樓夢》與歷代的詩論價值觀的。至於「謾言」對「更有」，或許有人認為「更有」也可採用「豈念」等詞，則與「謾言」詞性便較為相對。不過，「更有」雖然詞性對得不工，但「更」字具有比較作用，使用「更有」一詞，則有隱含後句「情痴抱恨長」更勝過「紅袖啼痕重」之意，其意義就顯得是，天下滔滔都瀰漫著朱明王朝君民被殺被滅啼痕深重極為可悲的情緒與言論，卻無人知道更有那情痴吳三桂，被滿清欺騙利用殺滅祖國君民，反悔後起而復仇失敗，其懷抱的悔恨更是綿長不盡，隱然有被殺者固然可悲，被利用殺人者的吳三桂抱恨更加刻骨銘心的意味，不但反映了吳三桂殺手輓歌的歷史真相，揭穿官方歌頌康熙決定撤藩為年少聖明（實則背信，又造成八年爭戰的生靈塗炭，並不如朝中多數老臣待吳三桂死後再撤藩的意見來得穩健），及貶抑吳三桂反清敗亡為叛逆罪有應得等成王敗寇歷史的欺世媚主，不合實情，更由此襯托出其實以漢制漢而巧取天下的滿清，才真正陰狠殘酷，這是何等高妙的反襯筆法啊！這首詩前半首四句有關吳三桂個人荒唐行為的勸世語調，借由第三聯極庸俗的「謾言」、「更有」二詞，而使得全詩意趣靈轉至沉痛的天下興亡浩嘆，可見這裏作者使用「謾言」對「更有」，實際上是化平庸俗語為神奇意趣的點睛妙筆。

【字字看來皆是血，十年辛苦不尋常。】：這兩句詩一般都詮釋為是詠嘆《紅樓夢》這部七、八十萬字的巨著，每個字都是令人看來血淚縱橫的賈府家族敗落悲慘事跡，而作者總共花費十年時間完成這部巨著，其辛苦很不平常。又因第一回楔子中說：「後因曹雪芹于悼紅軒中，披閱十載，增刪五次，纂成目錄，分出章回，則題曰金陵十二釵。」其中也有「十載」的話，就認為《紅樓夢》是江寧織造曹家的曹霑號雪芹者，花費十年辛苦創作並增刪五次的作品，因而紛紛考證曹霑創作成書的十年時間究竟落在何時。不過，考證了八十幾年，說法很多，但都是一些「似乎」、「也許」之類的推測性說法，各家都無確鑿證據。經過這麼長久的時間考證不到確證，可見「十年辛苦不尋常」為描述曹霑創作《紅樓夢》十年的辛苦情況的說法，是不能確信的。再說，《紅樓夢》七、八十萬大文中，所描寫的表面故事情節，雖然整體來看是一個悲劇故事，其中固然包含有不少悲傷痛哭的情節文字，但是歡樂戲謔的情節文字也不算少，並非全書都是血淚縱橫的情節文字，所以用「字字看來皆是血」來形容《紅樓夢》七、八十萬字的表面故事情節文字，並不合乎實際情況。因此，以上一般流行的詮釋，一來前一句「字字看來皆是血」不合《紅樓夢》文本表面故事的實際情況，二來後一句「十年辛苦不尋常」則考證不出合乎曹霑著作《紅樓夢》十年的確鑿證據，故並不是很合理的詮釋。其實前面已提過中國白話小說在體例上，在書中故事開頭所吟唱的一首詩或詞曲就是楔子，其內容主要是詠嘆或總評書中的故事情節，而不是評論這部小說的著作情況。上面這首詩既是在《紅樓夢》故事的開頭所吟唱的詩，其內容也應是詠嘆或總評《紅樓夢》書中故事情節，而不是評論《紅樓夢》這部書的著作情況。因此，將「十年辛苦不尋常」用於詮釋曹霑創作《紅樓夢》十年的情況，是不合中國白話小說書前楔子詩在體例上應有的內容、功能的。若按前面所破解的真相，用於詮釋《紅樓夢》故事的核心重點，即慨嘆以上明朝屢戰屢敗而滅亡，最後吳、鄭聯合抗清亦敗亡，華夏民族經無數次戰役的慘殺，血流成河，哀鴻遍野，血淚交織的慘狀，及吳、鄭十年聯合抗清辛苦備嚐的情景，則這兩句詩的詩意就極為駭警貼切了。

由此可見這首詩若以書中故事隱藏的歷史真相來詮釋如上，不但切合《紅樓夢》本身對於詩的價值觀：「格調規矩竟是末事，只要詞句新奇為上。…詞句究竟還是末事，第一立意要緊。若意趣真了，連詞句不用修飾，自是好的，這叫做『不以詞害意』。」而且可以將《紅樓夢》全書故事的主題與主旨，提綱挈領標出，且詠嘆得淋漓盡致，哀思綿綿，嘆惋永永，達到全書寄託悼明復明意識的目的，真是極為成功的標題、詠嘆《紅樓夢》全書旨趣的一首詩，尤其還成功地假借佛教色空禪理掩飾內裡的歷史真事，其詩技實是不可企及。

由以上的解析可知，這首詩所詠嘆《紅樓夢》全書故事主題的內容，正好可以印證以上所說《石頭記》或《紅樓夢》故事的真相，為藉吳三桂事跡以寄託反清復明思想的說法。同時也顯示，若不知《紅樓夢》故事的真相，就無法盡知《紅樓夢》書中詩詞的底蘊，也無法品味出其不可企及的雙重或多重涵義的神奇筆法，甚至誤會其格調平庸、內容膚淺呢！

最後，附帶引錄吳三桂討伐清朝檄文如下：

原鎮守山海關總兵官、今奉旨總統天下水陸大師興明討虜大將軍吳，檄告天下文武官吏軍民人等知悉：

本鎮深叨明朝世爵，統鎮山海關。一時李逆倡亂，聚賊百萬，橫行天下，旋寇京師，痛哉！毅皇列后之崩摧，慘矣！東宮定藩之顛踣，文武瓦解，六官恣亂，宗廟瞬息丘墟，生靈流離塗炭，臣民側目，莫可誰何。普天之下，竟無仗義興師勤王討賊，傷哉！國運夫何可言？

本鎮獨居關外，矢盡兵窮，淚乾有血，心痛無聲，不得已歃血定盟，許虜封藩，暫借夷兵十萬，身為前驅，斬將入關，李賊逃遁，痛心君父，重仇冤不共戴，逝必親擒賊帥，斬首太廟，以謝先帝之靈。幸而賊遁冰消，渠魁授首，政（正）欲擇立嗣君，更承宗社封藩，割地以謝夷人。不意狡虜遂再逆天背盟，趁我內虛，雄踞燕都，竊我先朝神器，變我中國衣裳，方知拒虎進狼之非，莫挽抱薪救火之悞（誤）。本鎮刺心嘔血，追悔無及，將欲轉戈北逐，掃蕩腥氣，適值周、田二皇親，密會太監王奉抱先皇三太子，年甫三歲，刺股為記，寄命托孤，宗社是賴。姑飲泣隱忍，未敢輕舉，以故避居窮壤，養晦待時，選將練兵，密圖恢復，枕戈聽漏，束馬瞻星，磨礪競惕者，蓋三十年矣！

茲彼夷君無道，奸邪高張；道義之儒，悉處下遼（僚）；斗筲之輩，咸居顯職。君昏臣暗，事酷官貪，水慘山悲，婦號子泣，以至彗星流隕，天怨於上；山崩土震，地怨於下；鬻官賣爵，士怨於朝，苟政橫徵，民怨於鄉；關稅重徵，商怨於塗；傜役頻興，工怨於肆。

本鎮仰觀俯察，正當伐暴救民，順天應人之日也。爰率文武臣工，共襄義舉，卜取甲寅年正月元旦寅刻，推奉三太子，郊天祭地，恭登大寶，建元周啟（咨），檄示佈聞，告廟興師，刻期進發。移會總統兵馬上將耿（精忠）、招討大將軍總統使世子鄭（經），調集水陸官兵三百六十萬員，直搗燕山，長驅潞水，出銅駝於荊棘，奠玉杓於金湯，義旗一舉，萬方響應，大快臣民之心，共雪天人之憤。振我神武，剪彼膫氛，宏啟中興之略；踴躍風雷，建劃萬全之策，嘯歌雨露。（以下為一長段順生逆死的招討文字，茲從略。）

其有未盡事宜，另頒條約，各宜凜遵告誡，毋致血染刀頭，本鎮幸甚，天下幸甚。⑦

附註：

①引錄自以上《吳三桂大傳》所引清鈕琇《觚賸》，上冊第三一頁。

②有關所述吳三桂的事跡，請參閱以上《吳三桂大傳》上下冊相關章節；及以上《清朝全史》，上三第一至六八頁。

③請參閱以上《清朝全史》，上三第一至六八頁。

④根據以上《吳三桂大傳》上冊第一四三至一四四頁，及其他多種史書所轉錄自《清世祖實錄》之「多爾袞致吳三桂書」，均記載多爾袞許諾吳三桂：「今伯若率眾來歸，必封以故土，晉為藩王。一則國仇得報，一則身家可保，世世子孫長享富貴，如山河之永也。」

⑤同上《吳三桂大傳》下冊第五二四頁；及《清朝全史》，上三第五九頁。

⑥引錄自《辭源》（大陸版），台灣商務印書館，一九八九年十月臺灣初版一刷，二〇〇八年六月四刷，「紅袖」條。

⑦綜合引錄自以上《吳三桂大傳》下冊第五二一至五二三頁（該書則係引錄自《華夷變態》卷二第五三至五四頁）；及《吳三桂傳》，霍必烈著，台北，天地圖書公司出版，一九九四年，第一四三至一四四頁。

第四章 紅樓夢楔子石頭記來歷故事的真相

紅樓夢楔子說明

本來人們並不知道《石頭記》或《紅樓夢》有楔子，直到民國十六年胡適搜購到甲戌本《石頭記》，在這個版本第一回「至脂硯齋甲戌抄閱再評，仍用『石頭記』」之處，有一段硃筆眉批說：「若云雪芹批閱增刪，然開卷至此這一篇楔子，又係誰撰？……」據此，人們才知道原來甲戌本從第一回開始的第一句話「列位看官：你道此書從何而來？」直到「至脂硯齋……仍用『石頭記』」（按其他各版本都無此句），這幾頁敘述「石頭記」來歷的文字是《石頭記》或《紅樓夢》的楔子。而在這個楔子之前那首「人生着甚苦奔忙」的律詩，既是總評或詠嘆全書的詩，故也是本書楔子的一部份。前面已說過古典白話小說楔子的內容，主要是概述全書故事內容或主要人物，而這幾頁敘述「石頭記」來歷的文字既然是《石頭記》或《紅樓夢》的楔子，那麼它的內容就是概述《石頭記》或《紅樓夢》全書故事內容或主要人物，而不應是敘述《石頭記》或《紅樓夢》這本書的著作歷程，或作者的身分、經歷等。因為有關一本小說書的著作原由、歷程，或作者的身分等，慣例上理應在正文故事之前的「序」、「凡例」等文體之中敘述，況且本書在前面已有凡例，特別說明過作者「因何而撰是書」的原由，在楔子中更無須再重複說明本書的著作原由、來歷。這是探討這篇楔子的內容，首先應該具有的基本概念，有了這樣的清晰概念，才不會被原文或相關脂批的狡猾之筆，弄得昏頭轉向。

第一節　女媧煉石補天故事的真相

◈原文：

列位看官，你道此書從何而來？說起根由雖近荒唐，細諳則深有趣味(1)。待在下將此來歷註明，方使閱者了然不惑(2)。

原來女媧氏煉石補天之時(3)，於大荒山無稽崖(4)，煉成高經十二丈(5)，方經二十四丈頑石(6)三萬六千五百零一塊，媧皇氏只用了三萬六千五百塊(7)，只單單的剩了一塊未用(8)，便棄在此山青埂峰下(9)。誰知此石自經煅煉之後，靈性已通(10)，因見眾石俱得補天，獨自己無材不堪入選，遂自怨自嘆，日夜悲號慚愧(11)。

◈脂批、注釋、解密：

(1)說起根由雖近荒唐，細諳則深有趣味：這兩句話旁有〔甲戌本夾批〕評注說：「自占地步。自首荒唐，妙！」其中兩個「自」字，就是自己，是指後面所述石頭記故事中的主角「石頭」自己。至於「石頭」的意義，前面凡例已提示是「自譬石頭（者）」，故實際上是一個自己譬喻自己頑劣如石頭的人，而不是一塊物質世界的石頭。占，意思是觀察事物跡象以判斷吉凶。自首，意思是自己主動承認犯罪。荒唐，是言行妄誕超出常理、想像之外。這一則脂批是評注說：「原文『說起根由雖近荒唐』這句話，正好反映出本書故事中的主角石頭自己估量其行為的動機、根由達到近乎荒唐的地步。又反映出石頭自己承認犯有行為荒唐妄誕的罪行，真是妙啊！」由此可見，書中故事的主角「石頭」是一個犯有行為違背常理到近乎荒唐妄誕之罪行的人物。

另外，原文「說起根由雖近荒唐，細諳則深有趣味」這兩句話，更明白告訴讀者書中石頭記故事發生的根由雖近於荒唐，但故事本身並不見得荒唐不實；而探索其真跡、深味的要領就在於「細諳」二字，必須精細閱讀，熟諳其細微情節理路，才有可能解悟其真相，品味其深濃的趣味。

(2)「列位看官，你道此書從何而來？說起根由雖近荒唐，細諳則深有趣味。待在下將此來歷註明，方使閱者了然不惑」：前面已說過這是一篇楔子，其內容不應敘述這本書的著作原由、來歷，所以這一段原文所說的「此書從何而來」及「將此來歷註明」，實際上都是指「此書中的故事從何而來」及「將此書中故事的來歷註明」。作者故意將「書中的故事」縮改成一個「書」字，是有意欺人眼目的狡獪之筆。

這六句話是全書的第一段文字，也是一段簡短的開場白，而且很明顯是模仿說書人口吻，先向現場圍觀聽眾打招呼，再「假設的向聽眾提問」，「又用解答的口吻與聽眾交談」的一段文字。由此可見，作者是故意創造出一個說書人現場說故事的架構，使用第三人稱立場的說書人的敘述方式來寫作這本書的。所以，這段開場白中的「在下」只是作者假借的一個說書人角色而已，並非本書的真正作者，真正的作者是尚隱身在幕後，另有其人的。

(3) 原來女媧氏煉石補天之時：《淮南子‧覽冥篇》記載：「往古之時，四極廢，九州裂，天不兼覆，地不周載，火爁炎而不滅，水浩洋而不息，猛獸食顓民（按意為善民），鷙鳥攫老弱。於是女媧氏煉五色石以補蒼天，斷鰲足以立四極，殺黑龍以濟冀州，積蘆灰以止淫水。蒼天補，四極正，淫水涸，冀州平，狡蟲死，顓民生。」

這句原文旁有〔甲戌本夾批〕評注說：「補天濟世。勿認真用常言。」另〔靖藏本夾批〕則注為「補天濟時。勿認真作常言。」這是提示讀者這裡「女媧氏煉石補天」的真正意義是：「取這則神話『補天濟世（時）』的意義，切勿認為作者是真的在作平常所說的遠古女媧氏煉石補天的神話故事。」而以上女媧補天神話說是「濟冀州」、「冀州平」，其救濟的地域主要在禹貢九州的冀州，相當於今日黃河以東、以北的河北、山西全部，河南北邊的河內地區，及遼寧省遼河以西的遼西一帶的區域，因此，此處所說的「補天濟世（時）」的事跡，主要是寓指發生在古冀州河北、山西、河南之河內、及遼西一帶地區的事跡。

中國的皇帝是承天命以治下民，而稱為天子，故向來「天」字除了指自然界的天之外，又常代指天子、皇帝之義，因此，原文「補天」是隱含「補天子之位」的意思。而脂批「補天濟世」則隱含「補天子之位以救濟世難」之意，這是寓指明末天下大亂，天厭明祚，李自成、滿清等各方勢力崛起，在古冀州河北、山西、北京、山海關內外為主的區域大戰，競逐天子寶位，而上天也在選擇人選來「補天子之位以救濟世難」的歷史事件。這裡女媧氏是寓指上天、天命、或老天爺。

(4)大荒山無稽崖：大荒山，根據《山海經・大荒西經》記載：「大荒之中，有山名曰大荒之山，日月所入。」可見大荒山是在中國大西方的一座大為荒涼的山，這是比喻明末水旱蝗等天災及人禍肆虐，民不聊生，啃樹皮、吞石粉，甚至易子而食，大西方陝甘山陵地帶大饑荒、大荒涼。至於無稽崖則是作者所虛擬的名稱，以隱喻在此大荒涼中，如頑石般的頑強份子高迎祥、李自成、張獻忠等流寇，崛起於無從稽查的陝甘山崖地帶。

針對這句話〔甲戌本夾批〕等評注說：「荒唐也。無稽也。」是提示大荒山無稽崖還隱含有「荒唐無稽」的意義，亦即這場天下大變亂中，還包括有難以稽查、想像到的荒唐事跡，這應是隱指吳三桂凸槌演出引清兵入關的荒唐無稽事件。

(5)煉成高經十二丈：〔甲戌本夾批〕等評注說：「總應十二釵。」頑石的尺寸大小高經十二丈為作者虛擬，而這句脂批是提示「十二」之數，還有對應第五回金陵十二正釵之數的意義。

(6)〔煉成〕方經二十四丈頑石：〔甲戌本夾批〕等評注說：「照應副十二釵。」頑石方經二十四丈為作者虛擬，而這句脂批是提示「二十四」之數，還有對應第五回金陵十二副釵和十二又副釵，總共二十四人的意義。前面凡例已提示書中石頭是「自譬石頭」的人，故這裡「頑石」並非一般的粗質石頭，而是隱喻本質猶如頑石一般頑強粗劣的人。「女媧氏…煉成頑石」是喻寫在這場大荒涼中，上天以飢餓、爭端、戰火煅煉出一批如頑石般頑劣的人物出來。至於頑石尺寸大到高十二丈、方二十四丈，則是比喻這批人是像這樣龐然巨石般的極頑劣人物，即是隱喻李自成、張獻忠、吳三桂等是極為頑強愚劣的人物。

(7) 媧皇氏只用了三萬六千五百塊：〔甲戌本夾批〕等評注說：「合週天之數。」按古時認為地球為宇宙的中心，天體繞地球而動，環繞一週約三六五日為一年，稱為一週天，故這則脂批注說原文三萬六千五百塊中的「三六五」數字恰合天繞地一週之數。這裡週天的「天」尚隱含「天子」、「天子之都」的意義。根據週天為環繞一週的觀念，週天又引申為周遍、環繞、包圍之意，暗喻這批如頑石般的頑強人物（李自成軍）幾乎周遍中國，或環繞天子京城。至於這裡原文媧皇氏只採用了三萬六千五百塊補天，則是隱喻上天只選用了包圍北京的這批頑石般的頑強人物（李自成軍）來填補天子之位，亦即隱喻李自成軍包圍攻陷北京，受到老天爺的寵顧，而取得天下的意思。

(8) 只單單的剩了一塊未用：這句是隱喻上天未選用僅剩的一塊如頑石般的頑劣人物進入新得天下者的陣營，這顯然是指有如頑石般桀驁不馴的吳三桂不願投歸李自成大順朝的事。這句有〔甲戌本夾批〕評注說：「剩了這一塊便生出這許多故事。使當日雖不以此補天，就該去補地之坑陷，使地平坦，而不得有此一部鬼話。」這則脂批中「生出這許多故事」是指後面所敘述的「石頭記」故事。其中的「地之坑陷」是隱喻明朝土地失陷於李自成，猶如領土有坑陷。這則脂批是評注說：「剩了這一塊如頑石般的頑劣人物（吳三桂），便生出這本書中所寫『石頭記』的許多故事來。設使當日這塊頑石（吳三桂）雖然不依天命補入李自成新朝天下的陣營，就該去補入領土有缺陷的南京明朝皇帝陣營，收復失地，使明朝領土完整平坦，而不該有這一部『石頭記』的荒唐鬼話。」

(9)便棄在此山青埂峰下：「青」通諧音「清」，埂為田埂、邊界之意，故青埂峰意即清界峰，是隱指明朝與滿清邊界處的山峰，即燕山與遼西走廊大青山、黑山、松嶺、醫閭山等山峰地區。故「青埂峰下」就是隱指在大青山為代表的這些山峰下的山海關及遼西走廊寧遠、錦州一帶，而這正是明末清初時吳三桂的駐守地。

針對這句（甲戌本眉批）評注說：「妙！自謂落墮情根，故無補天之用。」由此可見「青埂」二字隱含諧音「情根」的涵義。這是評注說：「真是妙啊！『青埂』二字透露這個自己譬喻為石頭的人自己說，由於落墮愛情深根中無法自拔，故而沒有補救天下帝位的用處。」這顯然是喻指如頑石般頑強妄為的吳三桂，因為落入痴戀陳圓圓的愛情深根中，無法自拔，而與李自成反目成仇，導致勾結清兵入關，被滿清挾制滅李又滅南明，故而無補救明朝、華夏天下或天子帝位的用處。

根據歷史記載，當李自成攻近北京時，吳三桂奉明崇禎帝的急詔，自駐守地寧遠率軍入關勤王，走到半路，北京已陷落，遂急忙回師山海關。李自成入京後，因顧忌山海關尚有吳三桂所率領號稱關寧鐵騎的明朝最精銳主力部隊，故未立即登基稱帝，先進行勸降吳三桂。

吳原已決定歸降李闖，而率軍向北京進發，行至半路，突遇家人，得知北京家中狀況，遂生異變。《甲申傳信錄》記載說：

闖（按即闖王李自成）旋以銀四萬兩犒三桂軍，三桂大喜，忻然受命，入山海關而納款焉。行已入關矣，吳勷（按他書多作吳襄，係三桂之父）妾某氏素通家人某，闖籍（沒）其家，家人即挈妾逃。倉促出郭，行數日，竟不暇計南北也。二人猝遇三桂，計無出，詐曰告變。三桂問曰：「吾家無恙乎？」，曰：「闖籍之矣。」「吾父無恙乎？」曰：「闖籍之家，並拘執矣。」三桂沉吟久之，厲聲問曰：「我那人亦無恙？」指圓圓也。曰：「賊奪之。」於是三桂大怒，瞋目而呼曰：「大丈夫不能保一女子，有何顏面？」勒馬出關，決意致死于賊。遂召軍吏，策士卒，誓眾，以報君父仇為辭。三桂意氣悲壯，居然有與賊不共戴天之讎。①

可見吳三桂由原歸降李闖，轉為與李闖反目成仇，主要關鍵是其愛妾陳圓圓被李闖軍所奪佔，其次才是其父吳襄被李闖所拘執，故清初名詩人吳梅村譏其聯清入關復仇為「衝冠一怒為紅顏」。本書則以被棄在青埂峰下的一塊頑石，來隱諷因落墮痴戀陳圓圓的情根中，而被天下局勢拋棄在大青山下山海關的吳三桂。

(10) 此石自經煅煉之後，靈性已通：「靈性已通」表面上是與頑石的冥頑不靈相對而言，實際上則另有更深隱義。「靈」字暗通諧音「臨」，暗點「福臨」清順治帝或順治朝廷。這兩句原文是隱寫說：「這個冥頑不靈如石頭的吳三桂，自從經過這場亡國的戰火及妾父被拘執之大變局的煎熬煅煉後，他想要與滿清福臨朝廷相結合的心性已經通顯出來了。」

這兩句有〔甲戌本夾批〕等評注說：「煅煉後性方通。甚哉！人生不能學也。」這是評注並譏諷說：「這頑石吳三桂是經過家國變故的煎熬煅煉之後，心性方才與滿清勢力相通結的。此舉背漢降清，實在過甚其當啊！我們人生處世可不能學這種壞榜樣。」這則脂批充分凸顯出脂批文字具有極度濃縮、簡略的特質，因此，要想破解脂批的真意，是必須別具眼光，方能為功的。

(11)因見眾石俱得補天，獨自己無材不堪入選，遂自怨自嘆，日夜悲號慚愧：無材不堪入選，是喻指吳三桂軍力資材不足，故不堪入選為補救明朝天下之用。按當時李自成在北京地區的軍隊有幾十萬人，甚至號稱百萬，吳三桂只有四、五萬，故相形見絀。「遂自怨自嘆，日夜悲號慚愧」兩句，是藉著濃墨重筆描寫這個頑石人物無材不堪入選補救天下的強烈怨嘆、慚愧情狀，襯托出其想要達成其補天石原具的補天天職的強烈心意。這是以暗筆隱寫頑石般的吳三桂在國亡家破悲嘆之餘，雖想通結滿清，但其本意是想要聯清滅李，完成他原先奉崇禎帝之詔勤王，尚未完成的補救明朝天下的使命。

◈真相破譯：

各位看書的讀者客官，你們說這本書的故事從何而來呢？說起這個故事的根由雖然近乎荒唐，但是若能精細地熟諳其情節理路，就會發覺其中富有深濃的趣味。等在下我將這個故事的來歷註明清楚，才會使得各位讀者充分了解而無所疑惑。

原來當天厭明祚而將要改朝換代，女媧氏所代表的上天正在煅煉如石頭般頑強粗劣的人物以遞補明朝的天子寶位的時候，水旱蝗等天災及荒唐人禍肆虐，在中國大西方陝甘等山區發生大飢荒、大荒涼（大荒山），從大西方無可稽考的山崖處（無稽崖），煅煉成猶如高十二丈、寬二十四丈頑石那樣龐大堅固的極度頑強人物，總共是三萬六千五百零一個。媧皇氏所代表的老天爺只選用了三萬六千五百個，這「三六五」正合週天之數，象徵周遍中國各處流竄劫掠的李自成軍，老天爺選用並讓他們圍攻、佔領了天子之都北京，以補充原先的明朝天下。只單單的剩下了一個頑石般的頑劣人物吳三桂，未被上天採用來補入新朝天下的陣營中，於是他便被天命、時勢拋棄在這個滿清邊界處的大青山下的山海關一帶，特將之取名為青埂峰，以象徵吳三桂因墜落入痴戀愛妾陳圓圓的「情根」中無法自拔，以致無補救明朝天下之用。誰知這個如頑石般的頑劣人物吳三桂自經國亡家破戰火及愛情大變故的煎熬煅煉之後，他的性靈已傾向於通結滿清福臨朝廷（靈性已通）。這吳三桂因見眾多如頑石般的李自成軍都能補充成為新朝天下，唯獨自己無足夠軍力資材（無材），而不堪獲上天垂顧入選以補救明朝天下，於是自怨自嘆，而李自成即將來攻，情勢極為危急，故日夜悲號慚愧，而亟思通結滿清借兵，設法完成當初奉明崇禎帝的詔命入京勤王，以補救明朝天下的原始使命。

第二節　石頭向僧道苦求富貴溫柔故事的真相

◈原文：

一日，正當嗟悼之際，俄見一僧一道遠遠而來(1)，生得骨格不凡，丰神迥別(2)，說說笑笑來至峰下(3)，坐于石邊高談快論。先是說些雲山霧海神僊玄幻之事，後便說到紅塵中榮華富貴。此石聽了，不覺打動凡心，也想要到人間去享一享這榮華富貴。但自恨粗蠢，不得已便口吐人言(4)，向那僧道說道：「大師，弟子蠢物(5)，不能見禮了。適聞二位談那人世間榮耀繁華，心切慕之(6)。弟子質雖粗蠢，性却稍通(7)；況見二師仙形道體，定非凡品，必有補天濟世之材，利物濟人之德(8)。如蒙發一點慈心，携帶弟子得入紅塵，在那富貴場中、溫柔鄉裏受享幾年(9)，自當永佩洪恩，萬劫不忘也。」二仙師聽畢，齊憨笑道：「善哉！善哉！那紅塵中有却有些樂事，但不能永遠依恃；況又有『美中不足，好事多磨』八個字緊相連屬；瞬息間則又樂極悲生、人非物換；究竟是到頭一夢、萬境歸空(10)。倒不如不去的好。」這石凡心已熾，那裡聽得進這話去，乃復苦求再四(11)。二仙知不可強制，乃嘆道：「此亦靜極思動，無中生有之數也(12)。既如此，我們便攜你去受享受享(13)，只是到不得意時，切莫後悔。」石道：「自然，自然。」那僧又道：「若說你性靈，却又如此質蠢，並更無奇貴之處。如此也只好踮腳而已(14)。也罷，我如今大施佛法助你助，待劫終之日，復還本質，以了此案(15)。你道好否？」石頭聽了，感謝不盡(16)。

◈脂批、注釋、解密：

(1)一僧一道遠遠而來：僧即僧人，屬佛教，就是剃光頭的和尚。道即道人，屬道教，即留全髮的道士。滿清與漢人外形最大的差別，在於髮式的不同。滿人將頭頂中線以前的頭髮剃光，後腦邊緣頭髮亦剃去，將其餘頭髮留長而結成一條長辮垂在背後，也就是前禿後辮，從正面看去，因為看不到後腦杓的頭髮，只見前腦光禿如和尚，故這裡作者以光頭的僧人來影射前腦光禿如和尚的滿人、滿軍或其首領。漢人因為受儒家「身體髮膚受之父母不敢毀傷」的教誨，故惜髮如命，都留全髮，故這裡作者以全髮的道人來影射原本是留全髮的漢人，而後來投靠滿清的漢軍或其首領。這一句原文是暗寫以多爾袞和洪承疇為首的滿、漢八旗軍，從遠遠的遼東向山海關而來。

按清初史書《甲申傳信錄》記載山海關戰役中，李自成闖軍與吳三桂軍交戰，突見滿清兵衝出，大驚而潰敗的情況說：

三桂急復請王（按指九王多爾袞）兵，王乃命二固山以騎兵兩翼出。闖見流矢，大驚曰：「海和尚至！」遂潰。

現今的歷史小說《玉玲瓏（清．孝莊太后悲豔傳奇）》一書，根據這一史料，引申描寫說：

擅騎射的清兵，一陣亂箭齊發，掩護大軍，衝上前去。……李自成先見流矢，又見薙髮大軍一擁而上，大駭：「哎呀，不好，海和尚來了！」清人薙髮（按意同剃髮），自前面看，有如剃度的僧人，所以關內百姓稱之為「海和尚」。②

其中的「海」字應是指渤海，因滿清所在的遼東在渤海東濱，故而這樣說。由此可見明末時，中原漢人對前腦剃髮光禿的滿人已有「和尚」的稱呼。

(2) 生得骨格不凡，丰神迥別：這兩句話合寫一僧一道神貌，實是暗寫滿漢八旗騎步兵體質堅強超常，兵力武器豐沛，神氣壯盛，與習見的中原軍隊迥然有別。根據以上吳三桂討清檄文「暫借夷兵十萬」的說法，可見當時多爾袞帶領征明的軍力約十萬人。

〔甲辰本〕等注說：「這是真像，非幻像。」按後文寫這個青埂峰下的石頭被僧人大展幻術變成一塊鮮明瑩潔的美玉，這個石頭幻化後的鮮明美玉新形貌，本書與脂批稱之為「幻像」或「幻形」。相反地未變形之前的本來面貌，就是石頭的原貌、真貌或「真像」。這則脂批是提示說：「這『生得骨格不凡，丰神迥別』兩句話（除了以上意義外）正是這石頭的真正形像，而不是經過幻術變形後的幻像。」另外，〔靖藏本眉批〕注說：「作者自己形容。」這是提示說：「這兩句描寫一僧一道形貌的話『生得骨格不凡，丰神迥別』，實際上是作者自己的容貌。」對照上一則脂批，可知這裡「作者自己形容」，是指青埂峰下那個「石頭」自己的形容，也就是吳三桂的形容。因此，這則脂批所說的「作者」是指本書書中「石頭記」故事的創「作者」—青埂峰下那個「石頭」吳三桂，而不是指這本書籍的著作者。

相關史書描寫吳三桂的形貌說：「延陵將軍（三桂）美豐姿，善騎射，軀幹不甚偉碩，而勇力絕人，沉鷙多謀，頗風流自賞。」「三桂巨耳隆準，無鬚，瞻視顧盼，尊嚴若神。」③其中「巨耳隆準，善騎射，勇力絕人」，稱得上「生得骨格不凡」，而「美豐姿，巨耳隆準，瞻視顧盼，尊嚴若神」，很符合「丰神迥別」，可見這裡「生得骨格不凡，丰神迥別」的描寫，十分符合史書所描寫吳三桂的真正像貌神態。由此，更多一層證據證明青埂峰下那塊「石頭」是影射吳三桂。另一方面，史書描寫多爾袞的形貌為「身材細瘦、一臉虬鬚」④，故可確定這裡「生得骨格不凡，丰神迥別」，不是影射滿清領袖多爾袞，而是既描寫清軍體質超強，兵豐勢壯，又暗寫吳三桂本人的真正神貌。

(3) 說說笑笑來至峰下，坐於石邊高談快論：自「坐于石邊高談快論」這句，直到後面「將一塊大石登時變成」句，總共四百二十一字，是甲戌本所獨有，其他所有版本都予以刪除，庚辰本、戚序本等改寫成「席地而坐長談，見」七字，程高本則改寫成「席地坐談，見著」六字。這四百二十一字，露骨地描寫青埂峰下那塊石頭為貪慕僧道攜帶它進入紅塵享受富貴溫柔，以致淪落為僧人補天的踮腳，並被僧人施幻術而變形為一塊鮮明瑩潔的美玉，最容易使讀者聯想到是寓寫吳三桂為貪圖滿清多爾袞許諾封藩長享富貴溫柔，而被迫剃髮降清，淪落為滿清補天子之位的踮腳石。可能就是因為太過露骨而很容易觸犯文字獄，故後來的版本都予以全部刪除，刪除後石頭補天故事的因果關係不明，讀者就無明確線索可以聯想到所寓寫的真事，對於石頭補天故事真相的發現可以說影響極大。

(4)不得已便口吐人言：人言，通諧音「仁言」，意即人模人樣的仁義之言，這是隱喻石頭吳三桂骨子裡雖是因為痴戀陳圓圓的私情而欲向李自成報仇，但表面上卻宣稱是為明朝臣民報君父之仇，以這樣人模人樣的仁義之言為藉口。

〔甲戌本夾批〕評注說：「竟有人問口生於何處，其無心肝，可笑可恨之至。」這條評注看似無厘頭，其實是就「石頭」本無口卻口吐人言的事，來設想立言，以提示讀者這個「石頭」的人格特質。因為石頭本無口，也不知口生於何處，既要學人說話，就要先向有口的人類借問它的口生於何處，才能說話。又石頭既無口，當然也無心肝。又此批中「竟有人」三字，無形中透露此「石頭」實際上是「人」。這則脂批是藉此「石頭口吐人言」的形象，辱罵吳三桂如頑石般頑劣，竟用報君父之仇討李復明這樣人模人樣的仁義之言為藉口，開口向滿清借兵，引清兵入關賣國，真是毫無心肝，可笑又可恨至極。

(5)弟子蠢物：這裡「蠢物」是作者對吳三桂降清賣國愚蠢行徑的春秋譏貶之詞。〔甲戌本夾批〕評注說：「豈敢！豈敢！」這是說：「稱這石頭為蠢物，哪裡敢啊！」藉以提示讀者這石頭可不是真正頭腦低下愚蠢之物，一般人豈敢稱之為蠢物啊！試想吳三桂在明末清初貴為侯伯、藩王，誰敢視之為蠢物！

(6)「此石聽了，不覺打動凡心，也想要到人間去享一享這榮華富貴：適聞二位談那人世間榮耀繁華，心切慕之」：這一段寫明石頭上前與一僧一道攀談的第一項原因為貪慕僧道能提供其享受人間榮華富貴，是喻寫吳三桂後來投清是因為貪慕滿清多爾袞許諾封為藩王，長享富貴。

(7)弟子質雖粗蠢，性却稍通：這裡「質雖粗蠢」是隱喻吳三桂軍力粗劣不足，及行為動機粗陋愚蠢，竟為痴戀美妾陳圓圓而聯清賣國。「性卻稍通」是上承前面的「靈性已通」，是隱喻吳三桂想要擊滅李自成的心性意向却稍可與滿清相通結合。〔甲戌本夾批〕評注說：「豈敢！豈敢！」這是說：「稱這石頭材質粗蠢，哪裡敢啊！」藉以提示讀者這石頭可不是真正的材質粗蠢，豈敢說它質雖粗蠢啊！這是隱指當時吳三桂擁有明朝所遺最精銳的關寧鐵騎約五萬，那裡有人敢說它素質粗蠢啊！只是當時李自成攻山海關的軍力就有二十萬，北京周圍尚有重兵，而清兵則有十餘萬⑤，吳兵相形見絀，眾寡不敵，故而寫成「質雖粗蠢」。

(8)況見二師仙形道體，定非凡品，必有補天濟世之材，利物濟人之德：這一段寫明石頭上前與一僧一道攀談的第二項原因，為看上僧道「必有補天濟世之材，利物濟人之德」，而言外之意則暗露這補天石有借重僧道超能力協助其完成補天之先天使命的心意。這是喻寫吳三桂勾結滿清，是看上清軍有超凡實力，且一廂情願地認為滿清為仁義之師，既有實力又有仁德之心，而想乞借清兵助其驅滅李自成，補救明朝天下。

(9)攜帶弟子得入紅塵，在那富貴場中、溫柔鄉裏受享幾年：這一段寫明石頭上前與一僧一道攀談的第三項原因是因為貪圖僧道除了富貴之外，還能提供其享受人間美女溫柔。這是喻寫吳三桂勾結滿清是因為貪慕滿清能助其打敗李自成，奪回他心愛的大美人陳圓圓，並享受藩王美女溫柔、歌舞之娛。

綜合以上石頭上前與一僧一道攀談的三項原因，都完全符合吳三桂投降滿清的原因，故更能斷定此處的石頭確實是影射吳三桂。

(10) 「那紅塵中有卻有些樂事，但不能永遠依恃；況又有『美中不足、好事多磨』八個字緊相連屬；瞬息間又樂極悲生、人非物換；究竟是到頭一夢、萬境歸空」：〔甲戌本夾批〕評注說：「四句乃一部之總綱。」意思是說：「這四句話就是一部《石頭記》全書故事的總綱要。」這是提示原文「那紅塵中有卻有些樂事，但不能永遠依恃」起的四句話，是預示整部《石頭記》所記頑石吳三桂事跡的總綱要。也就是說全書隱述吳三桂雖有封藩享歌舞富貴的樂事，但不能永遠依恃；而封藩雲南，卻得將獨子吳應熊質押在北京，導致後來叛清時被捕殺，實是「美中不足」，且血戰賣命「好事多磨」；封藩不久旋即被撤藩，樂極生悲；憤而起兵反清卻覆亡，到頭來富貴溫柔夢碎，萬事歸空而亡。

(11) 乃復苦求再四：這是明寫頑石為一己富貴向僧道求助，係處於劣勢地位，再三再四乞求，而這正符合歷史上吳三桂在山海關時，數度派使者急奔向已趕到山海關附近，卻屯兵不進的清軍，苦苦乞求多爾袞速速發兵援救的實情。

(12) 無中生有之數也：這是作者借僧道之口，慨嘆頑石吳三桂本已歸降李自成，若非吳三桂意外地因愛妾陳圓圓問題與李反目成仇，無事生波，引清兵入關，則漢人天下本無事，故後來滿清入主中原，真是無中生有的運數了。

(13)既如此，我們便攜你去受享受享：這裡寫明僧道答應石頭所提出攜其進入紅塵享受富貴溫柔的乞求，而實際上是喻寫滿清以答應晉封藩王的富貴溫柔享受，誘引吳三桂率眾歸降。

(14)「若說你性靈，卻又如此質蠢，並更無奇貴之處。如此也只好踮腳而已」：這是寫明僧人嫌這頑石性靈材質粗蠢，無奇貴能力足以補天，故要求這補天石放棄自主補天，降級改作僧人補天的踮腳石角色。這是寓寫滿清多爾袞嫌吳三桂兵力不足，又非朱明宗室，且本質上是因美妾陳圓圓而與李自成反目成仇，品格粗鄙，實力、身分、人品都無居奇賣貴之處，不同意作為配角協助吳三桂恢復明朝天下，反而要求吳三桂降清作為滿清入主中原的踮腳石角色。

〔甲戌本夾批〕評注說：「煅煉過尚與人踮腳，不學者又當如何？」這是諷刺說：「像吳三桂這樣飽經戰火煅煉的猛將，擁有明朝最精銳的部隊，不作中流柢柱抗清，還降清給敵人作踮腳，這叫那些不曾當兵學過作戰的平民百姓，又該怎麼辦呢？」

(15)我如今大施佛法助你助，待劫終之日，復還本質，以了此案：這裡以僧人喻指滿清人，而僧人為佛教徒，以佛法救助、剃度世人，故以佛法比喻滿清的剃髮招降、軍力救助等手段。劫，佛教認為世界生滅輪迴不息，世界生成而出現稱為世，世界破壞而毀滅稱為劫，故劫終之日即世界破壞過程終了，新世界誕生之時，這裡是隱喻明、清改朝換代的動亂破壞結束，清朝統治穩定之時。復還本質，是說使吳三桂又回復留全髮的漢人本質、形貌，這是暗喻滿清到了一統天下時，吳三桂已無利用價值，就要兔死狗烹，將所封的藩王撤銷收回，讓吳三桂憤而叛清，又回復蓄留全髮的漢人本來面貌，嗟嘆著要擁朱三太子復明，就像回復到當初在青埂峰下山海關怨嘆著要復明的原本狀態。

這幾句有〔甲戌本夾批〕等評注說：「妙！佛法亦須償還，況世人之償（債）乎？近之賴債者來看此句。所謂游戲筆墨也。」其中的「近」是指接近批書的時間，而脂批的批書時間多是暗指康熙時吳三桂任雲南藩王或起兵反清之時，而不是指真正著書批書的雍正、乾隆之時。這則脂批是說：「真是妙啊！這頑石吳三桂對滿清有大功，卻連欠滿清封藩恩惠的債還須償還，更何況他欠了世人國滅家亡的重債，那能不還呢？近日還在享受藩王富貴，耍賴不還世人國滅家亡之債的人吳三桂，來看這句話呀！這幾句原文是作者假借僧人之口，暗寫吳三桂降清最終自食兔死狗烹惡果的所謂游戲筆墨，並不是真正寫多爾袞對吳三桂所說的話。」

(16) 石頭聽了，感謝不盡：這是明寫石頭對於僧人答應以佛法相助，至劫終時復還本質的說法，表示接受並感謝不盡。這是隱喻吳三桂對於多爾袞要求他剃髮成滿清髮式，以與李自成軍相區別，則清軍便願意出兵相助的交換條件，因迫於軍情緊急，能獲清兵相助，吳三桂已是感謝不盡，而答應剃髮了。

◈真相破譯：

有一天，這頑石吳三桂正在山海關嗟嘆悼念李自成攻陷北京的國亡家破大難之際，忽然看見一個前腦光禿如和尚的滿清多爾袞（一僧），和一個原本留全髮如道士的降清漢人洪承疇（一道），率領滿、漢八旗軍，從遠遠的遼東向山海關而來，這滿漢八旗軍騎射精良，體質超強不凡，兵力豐沛（按約十萬），神氣壯盛，與習見的中原軍隊迥然有別。他們自恃軍威顯赫，而神情輕鬆、說說笑笑地來到滿清邊界的大青山峰下，就屯駐在頑石吳三桂駐地山海關的旁邊，勒兵不前，好整以暇地坐待吳三桂遣使往返奔波前來談判，高抬姿態，快速談論（高談快論），迫使吳三桂無充裕時間思考。先是說些山海關吳三桂、李自成兩軍正如雲密霧濃般激烈交戰，若清、吳聯合將使得李自成剛得天下的局勢，產生有如神仙玄幻般的玄妙變化之事，然後便說到若吳三桂率眾來歸，便可享受晉封藩王的紅塵中榮華富貴。這個頑石吳三桂聽了滿清這樣說，不覺打動凡心，也想要到人間去享一享這封為藩王的榮華富貴。但是自恨其軍力不足，質量資材粗劣不敵李自成軍（按吳軍只約五萬，李軍則有二十萬），而且因痴戀愛妾陳圓圓的私情而要向李自成報仇的這個真正因素，太過粗陋愚蠢（自恨粗蠢），實在說不出口，不得已便口中吐出為明朝臣民報君父之仇討李復明這樣人模人樣的仁義之言（口吐人言），作為表面上冠冕堂皇的藉口，而向那僧道滿、漢軍借兵，開口說道：「您們這軍勢壯盛，有如道行高深佛道大師的清軍首領，弟子吳三桂就是軍力不足而背漢聯清的蠢物，因軍情緊急無法盛禮隆重迎見，只得匆匆騎馬奔馳來見了。剛才聽您們滿漢二軍首領談論到，若率眾歸降便可享受晉封藩王的人世間榮耀繁華，我內心切實很羨慕。弟子吳三桂雖然軍力資質粗糙不足，但是想要為明朝臣民報君父之仇而討伐李自成的性質，卻和你們清軍想要入關驅滅李自成的性質稍微可以相通、結合（性却稍通）；況且見您們滿、漢八旗軍實力超強而脫俗，有如仙形道體，定非凡俗品格，必有補救明朝覆亡的天下以救濟世難的資材能力，及救濟明朝臣民生命財物的仁德之心。如承蒙發揮一點慈悲心懷，允許借兵伐李，携帶弟子吳三桂得入漢人紅塵世間，在那藩王富貴場中、溫柔鄉裏享受幾年，自當永遠感佩您滿清的洪恩大德，雖歷盡出生入死血戰，或藩王富貴僅只幾年便如曇花一現而消失等萬般劫難，也不會忘懷。」二位姿態高高在上如仙師般的滿漢軍首領聽完後，一齊故作憨傻地笑說道：「善哉！善哉！那漢人紅塵世界中的藩王富貴溫柔生涯，說有嘛却是有些樂事，但不能永遠依恃不變；況且又有『美中不足，好事多磨』八個字緊相連屬，也就是這封藩之路緊隨著必須將獨子吳應熊質押在北京而『美中不足』，而且血戰賣命，勝敗難測而『好事多磨』；好不容易獲得封藩之後，瞬息間由順治朝改換為康熙朝，人非物換，很快就會被撤藩，就又樂極生悲了；究竟是到頭來一場空夢，你不甘心而起兵反叛，最終卻是失敗而全族被誅滅，你吳三桂在世上的萬種生存境界就都歸於空無了。這樣倒不如不去享受這藩王富貴溫柔來得好些。」這頑石吳三桂想要享受凡俗富貴溫柔的心已經熾烈難禁，那裡聽得進這些因果的話，乃又不斷再四騎馬往返奔馳向滿清苦求借兵聯合討李。二位如仙師般的滿漢軍首領由吳三桂這種情急之狀，已知悉吳、李不共戴天的情勢已迫得吳三桂不可強制地急欲聯清伐李，乃感嘆說：「天下本已安靜無事，由李自成取得天下，你也已答應歸降李自成，而如今你卻靜極思動，又無中生有地為美妾陳圓圓被李軍奪佔的兒女私情，而要與李自成火拼，導致天下大勢重新洗牌換手，真是無中生有的天數了。你既如此苦求，我們便攜帶、操控你去滅李封藩，享受享受那藩王的富貴溫柔，只是到了不得意（按暗指將來被撤藩）的時候，切莫後悔。」這頑石吳三桂答應說：「這個自然，這個自然。」那禿頭如僧人的多爾袞又說道：「若說你吳三桂的性靈，却又軍隊質量不足，為了美妾私情竟要興師伐李並不光彩，且非朱明宗室，本質如此粗蠢，無論實力、人格、身分都無任何可以居奇賣貴之處，還談什麼補救、恢復明朝天下。憑你這個樣子也只好歸降，作我滿清填補天下帝位的踮腳石而已了。算了，不談歸降作踮腳石也罷（按因吳三桂對此一直有所堅持），我如今大施佛法，以佛教剃度佛徒的方法，將你吳三桂及部眾剃成前腦光禿如佛教徒的滿清髮式，以便和李自成軍相區別，以免誤傷，這樣我便出兵助你一助，等到爭天下的戰爭劫難終了之日，你再回復全髮的漢人本質（按這兩句隱寓至滿清一統天下的太平日子時，吳三桂將遭撤藩，被逼反清，而再蓄留全髮，回復漢人的本質、原貌），以終了這個清、吳聯盟合作的案件。這樣你說好不好啊？」這石頭般的吳三桂聽了，迫於軍情緊急，便感謝不盡地同意了。

第三節　石頭幻形入世故事的真相

◈原文：

那僧便念咒書符，大展幻術(1)，將一塊大石登時變成一塊鮮明瑩潔的美玉(2)，且又縮成扇墜大小的可佩可拿(3)。那僧托于掌上，笑道：「形體倒也是個寶物了(4)！還只沒有實在的好處(5)，須得再鐫上數字，使人一見便知是奇物方妙(6)。然後好携你到那昌明隆盛之邦(7)，詩禮簪纓之族(8)，花柳繁華地(9)，溫柔富貴鄉(10)，去安身樂業(11)。」石頭聽了，喜不能禁，乃問：「不知賜了弟子那幾件奇處(12)，又不知携了弟子到何地方？望乞明示，使弟子不惑。」

那僧笑道：「你且莫問，日後自然明白的。」說着，便袖了這石(13)，同那道人飄然而去，竟不知投奔何方何舍(14)？

◈脂批、注釋、解密：

(1)那僧便念咒書符，大展幻術：這裡念咒書符表面上是描寫僧人施作佛法，其實是喻寫滿清多爾袞就與吳三桂口唸著誓詞，手塗牲血在嘴邊，歃血發誓訂盟。幻術，表示猶如夢幻般變化莫測的奇幻技術。又「幻」通諧音「換」。大展幻術，是暗喻多爾袞大大施展如夢幻般無法意料的詭奇詐術，利用吳三桂正與李自成交戰的危急情勢，提出吳軍與李軍裝束相似，難於辨認，易致誤傷，令三桂及其部眾剃髮，才願出兵相助，三桂迫於軍情緊急，只得答應剃髮，變換為滿清的髮式形貌。而剃髮是降清的標識，漢人同胞見此髮式便會認定三桂已降清，要想回頭就難了，三桂最後走上真正降清的不歸路，這是重大關鍵，因此多爾袞利用情勢迫令吳三桂剃髮，扭轉天下大局，堪稱絕頂妙計，本書將之比喻為「幻術」，真是妙絕。

有關多爾袞利用吳三桂戰況危急，施行詭術逼其剃髮誓盟的經過，《甲申傳信錄》記載說：

四月十三日，闖晨起，脅勦（按他書多作「襄」）軍中以行，步騎精兵十餘萬東出，十九日攻山海城，圍之數匝。三桂度勢不支，益遣人夜馳告（借）滿兵一萬，而已堅壁不出。…二十三日，（滿兵）至外城，則火砲從東向擊。滿兵疑，不敢進。駐兵歡

喜嶺，高張旗幟以待。三桂從城上望見之，急呼數騎，從砲擊隙道中，突圍出外城，馳入滿洲壁中，見滿洲九王（多爾袞）。王曰：「汝約我來，我來何用砲擊？」三桂曰：「非也。闖兵圍關內三面甚固，又以萬騎逾邊牆東遏歸路，故用炮擊之使開，可得間道東出也。」九王曰：「是也。然無誓盟，不可信。且闖兵眾，關內兵幾與闖同，必若（你）兵亦薙（剃）髮殊異之，則我兵與若（你）俱無憚矣。」三桂曰：「然，然我固非怯也，徒以兵少止數千（按他書多說是數萬）。使我有萬騎，則內不患寇，外猶可以東制遼瀋，我何用借兵于若（你）為？今兵少固（故）然，薙髮亦決勝之道也。」於是與九王共歃血。三桂即髡（剃光）其首，以從。九王居後隊，以三桂為前鋒。⋯九王者攝政王也。⋯三桂復入關，急呼城中人盡薙髮，使駭敵；或不及薙髮，即以白布斜束項背，別之。」⑥

〔甲戌本夾批〕評注說：「明點幻字，好！」這是點示說：「『大展幻術』明白點出上半回回目『甄士隱夢幻識通靈』之中的『幻』字，點破題目中『幻』字及『甄士隱幻』的情節意義所在，即石頭被僧人施術幻化變換形貌，如此點明真是太好了！」這是提示僧人滿清多爾袞施詐術將石頭吳三桂剃髮，變換成滿清髮式，也變換為僧人滿清補天的踮腳，故而石頭原本想要自主補天的真事便被隱去，亦即吳三桂原本想借清兵復明的意圖，便無法實行而隱去了。

(2)將一塊大石登時變成一塊鮮明瑩潔的美玉：這是以出人意表的高度想像力，將滿清髮式明亮潔白的光禿前腦，比喻為一塊鮮明瑩潔的白色美玉。這句是隱寫多爾袞將青埂峰下那塊大頑石吳三桂剃成滿清髮式，其光禿的前腦明亮潔白，猶如一塊鮮明瑩潔的白色美玉。這個吳三桂剃髮降清標誌的光禿前腦之鮮明美玉新形貌，就是書中或脂批中所指稱的石頭的「幻形」、「幻相」或「幻像」。

(3)且又縮成扇墜大小的可佩可拿：扇墜，是用索線穿繫於扇柄穿孔，並繫綴小玉石、珠寶的墜飾。這裡扇墜是用於比喻吳三桂剃成滿清髮式，後腦所留頭髮結成一條長髮辮，從身後看去，後腦部份的頭髮看起來像一把打開的扇子，下垂的那條一節節長髮辮則像繫綴小玉石的扇墜，請參看以下「鮮明美玉、扇墜示意圖」：

鮮明美玉扇墜示意圖

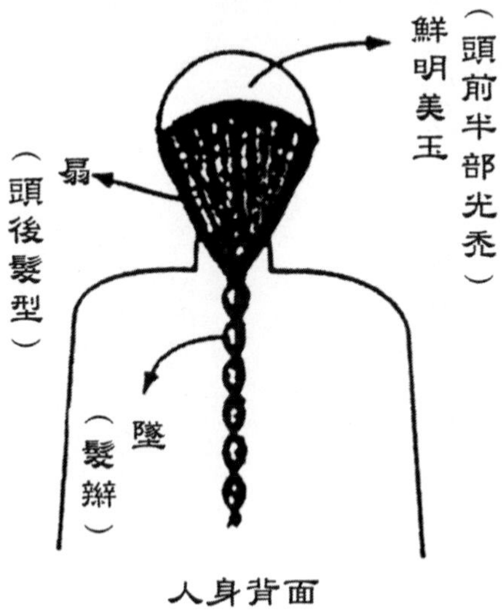

這裡原文描寫青埂峰下大石變為鮮明美玉後，又縮小成扇墜大小的可佩可拿，是隱喻吳三桂剃髮後，尊嚴氣勢由原來猶如大石般高大強勢、顧盼自雄，極速降低縮小為像扇墜那樣供人玩賞的小巧玩物，既可被滿清當作小佩飾般，做為招降其他明朝大將時觀看的活榜樣，而且可以隨意拿捏耍弄，操控來打擊反清勢力。

〔甲戌本夾批〕等評注說：「奇詭險怪之文，有如髯蘇〈石鍾（鐘）〉、〈赤壁〉用幻處。」髯蘇指留長髯的蘇東坡。髯蘇〈石鐘〉、〈赤壁〉，指留長髯的蘇東坡的〈石鐘山記〉、〈前、後赤壁賦〉。所謂〈石鐘山記〉用幻處的奇詭險怪之文，可能是指文中蘇東坡與長子蘇邁夜乘小舟至彭蠡之口，親探《水經注》所記石鐘山「水石相搏，聲如洪鐘」的真相，至絕壁下，奇石如獸如鬼，棲鶻驚飛欬叫，水山發大聲，如鐘聲不絕，境況突變，奇詭險怪，令人心震大恐的情況。至於〈赤壁賦〉可能是指〈後赤壁賦〉蘇東坡於冬季十月，與二客重遊赤壁，至赤壁下，見「斷岸千尺，山高月小，水落石出」，與三月前於秋季七月遊覽時，乘船所見「凌萬頃之茫茫，浩浩乎如馮虛御風」，有若天壤之別，而感慨「曾日月之幾何，而江山不可復識矣」，至獨自履低登高於奇險處，突然「劃然長嘯，草木震動，山鳴谷應，風起水湧」，景況突變，頓感「悄然而悲，肅然而恐，凜乎其不可留也」，傷感起其因案被囚禁御史臺獄後，謫貶至黃州的恐怖事件來。

這則脂批應是藉引〈石鐘山記〉以上的情景，來說明「縮成扇墜大小的可佩可拿」是喻寫頑石遭遇到奇詭險怪，令人心震大恐的環境突變狀況。另外又藉引〈後赤壁賦〉以上的情景，更明顯的說明由一塊大石「縮成扇墜大小的可佩可拿」，是喻寫一位高官碰到奇詭險怪的境況突變，遭遇類似蘇東坡權位尊嚴被貶降的政治恐怖事件，切勿將這句看成真的在描寫一塊大石頭縮小成扇墜小飾玉。

(4)「那僧托于掌上，笑道：『形體倒也是個寶物了』」：這是喻寫石頭吳三桂剃髮後，變成好像供人佩拿把玩的小扇墜，僧人多爾袞將他掌握玩弄於掌上，倒像是以漢制漢的傀儡活寶了。〔甲戌本夾批〕評注說：「自愧之語。」這是提示「寶物」是石頭「自愧之語」，亦即隱喻吳三桂對於淪為滿清操弄的傀儡活寶，內心深感自愧。

(5)還只沒有實在的好處：〔甲戌本夾批〕等評注說：「妙極！(今)之金玉其外敗絮其中者，見此大不喜歡。」〔甲辰本〕、〔有正本〕：「之」作「今之」。其中的「今」是暗指康熙年間吳三桂任雲南藩王之時。金玉其外敗絮其中者，是諷刺吳三桂雖然外表高居藩王之位，富貴至極，金玉滿堂，但却是個對滿清卑躬屈膝，賣國求榮的敗絮其中者。這則脂批是評注說：「這裡用『還只沒有實在的好處』來描寫石頭縮成小扇墜，真是妙極了！現今高居藩王之位的金玉其外敗絮其中者吳三桂，看見這句描寫他『沒有實在的好處』的語句，會大大不喜歡的。」

(6)須得再鐫上數字，使人一見便知是奇物方妙：這兩句是隱寫多爾袞雖然耍詐術，逼得吳三桂剃髮，但三桂心中仍懷抱復明之志，並未真正降清，單是這樣剃髮的形體變化還沒有實在的好處，必須再給他刻上幾個字，加封一個名號(平西王)，掛出旗幟，使世人一看旗幟就知道他是一個剃髮降清的奇異行徑人物，弄假成真，迫使吳三桂無法回頭，死心降清才妙。

〔甲戌本夾批〕評注說：「世上原宜假，不宜真也。諺云：『一日賣了三千（個）假，三日賣不出一個真。』信哉！」這是無限感慨地評注說：「現今世上原適宜作假違心地忠順假朝滿清，而不適宜顯露真心效忠真朝明朝，因為滿清統治得勢。像這裡就是描寫多爾袞作假耍詐，先迫吳三桂剃髮，再製造假宣傳說吳三桂已降清，終於成功地弄假成真，逼使吳三桂真的降清了，滿清竟能如此作假得勢。俗諺說：『一日賣了三千（個）假，三日賣不出一個真。』現今號召人忠順假朝滿清，一日就有三千個人響應，號召人效忠真朝明朝反清，則三日還找不到一個人響應，可見這句俗諺真是信實不假啊！」

(7) 昌明隆盛之邦：〔甲戌本夾批〕等評注說：「伏長安、大都。」長安，即西安。大都，元朝時改燕京為大都，故大都即北京。這句原文之中的「昌明」二字，「昌」字暗點李自成帝號「永昌」，「明」字暗點明朝。昌明隆盛之邦，暗指山海關事件時，先建都西安，後又攻下北京的李自成永昌帝，以及雖失北京但還擁有南方龐大勢力的明朝殘朝，這兩個關內昌明隆盛的華夏邦國。

(8) 詩禮簪纓之族：詩禮，《詩經》是周初到春秋時的詩作品，而禮是周公所制作，詩禮治國是周代的特徵，故這裡詩禮是暗寓有「周朝」的涵義，暗指清初吳三桂大周王朝。簪纓，簪是用於橫插髮髻或連結冠帽與髮髻的長針，纓為帽帶，簪纓為古時華夏作官者的冠飾，故簪纓乃喻指華夏漢官。詩禮簪纓之族，意謂自周代創始詩禮以來，官員以簪冠帽帶為特色（有別於滿清之冠式）的華夏民族，寓指清初吳三桂雲南大周王朝。〔甲戌本夾批〕等評注說：

「伏榮國府。」這是提示這裡「詩禮簪纓之族」是後文「榮國府」的伏線；可見「榮國府」隱指的地點之一是指吳三桂大周王朝或藩王府勢力的雲南地區。

(9) 花柳繁華地：〔甲戌本夾批〕等評注說：「伏大觀園。」這是提示這裡「花柳繁華地」是後文「大觀園」的伏線。而百花和柳樹繁華遍生的地區是在關內中國固有領域內，而不是關外一片大草原的地區，可見「大觀園」隱指花柳繁華遍生地區的中國固有領域。

(10) 溫柔富貴鄉：〔甲戌本夾批〕等評注說：「伏紫芸軒。」紫芸軒，應是絳芸軒的誤抄。這是提示這裡「溫柔富貴鄉」是後文「紫（絳）芸軒」故事的伏線。後文紫（絳）芸軒的故事是指第八回下半回「賈寶玉大醉絳芸軒」，第三十六回上半回「繡鴛鴦夢兆絳芸軒」，或第五十九回下半回「絳雲（芸）軒裡召將飛符」的故事，可見這些絳芸軒的故事，可能和吳三桂任雲南藩王時陶醉於「溫柔富貴鄉」的事有關聯。

(11) 去安身樂業：這句表面上是描寫僧人將攜帶石頭幻化的小扇墜美玉進入紅塵某地去的去安身樂業，以達成石頭所乞求「在那富貴場中、溫柔鄉裏受享幾年」的願望；內層上則是暗寫僧人多爾袞承諾將來會晉封降清的石頭吳三桂為某地區的藩王，讓他去安身樂業，安享藩王富貴溫柔生涯。

〔甲戌本夾批〕等評注說：「何不再添一句云：『擇個絕世情痴作主人』。」主人，按後文描寫這塊頑石幻化的小扇墜鮮明美玉，亦即通靈寶玉，後來化為賈寶玉降生時口中啣下的五彩寶玉，並經常佩帶在身上，與賈寶玉靈命一體，故這塊美玉的主人就是指賈寶玉。這塊美玉「擇情痴作主人」，則情痴就是這塊美玉的主人，亦即賈寶玉。這是批書人企圖以迂曲筆法，點示賈寶玉其實就是因墮落痴戀陳圓圓愛情根由而痴傻賣國的「情痴」吳三桂。

〔甲戌本眉批〕等又評注說：「昔子房後謁黃石公，惟見一石。子房當時恨不隨此石而去。余亦恨不能隨此石而去也。聊供閱者一笑。」《史記・留侯世家》記載張良字子房，年青時得隱逸高人圯上老父贈予「太公兵法」，並對他說：「十三年孺子見我濟北，穀城山下黃石即我矣。」說完後，老父隨即隱去；「後十三年，良從高帝（劉邦）過濟北，果見穀城山下黃石，取而葆祠之。」劉邦得天下後，原要封張良三萬戶侯，但張良鑒於劉邦性忌臣下功高權重，而奏請封留城，遂封只有萬戶的留侯，後來劉邦果然大殺功臣。張良以佐劉邦策定天下的大功，卻只換得偏僻的留城侯，還得戰戰兢兢小心謹慎以保性命，不如當初穀城山下見黃石時，就醒悟、追隨黃石公遁世的思想、作法，早早隱遁而去，省得為人作嫁而又有兔死狗烹的隱憂。故這則脂批引申議論說「子房當時恨不隨此（黃）石而去。」批中的「余」一字，當然是批書人自稱，但脂批筆法極度隱秘而詭異，也常以批書人語調為書中主人翁石頭或賈寶玉代言，故此「余」字是代表石頭或賈寶玉。故這則脂批實是引用以上張良、黃石公事跡，暗示原文描寫這塊頑石幻化為小扇墜鮮明美玉，並被僧人帶到溫柔富貴鄉去安身樂業的情節，是隱喻吳三桂剃髮降清後的歸宿，是被封到偏遠的雲南去當藩王享受溫柔富貴，至於最後的結果是被滿清撤藩，兔死狗烹，也與張良一樣遺恨未能追隨黃石公遁世的遺風，及早隱遁而去。

(12)不知賜了弟子那幾件奇處：〔甲戌本夾批〕等評注說：「可知若果有奇貴之處，自己亦不知者。若自以奇貴而居，究竟是無真奇貴之人。」這是針對原文剃髮後的石頭吳三桂，向僧人追問確認究竟賜給他那幾件值得稱奇的好處，以及歷史上吳三桂後來雖高居藩王、親王的人臣奇貴地位，但畢竟是滿清以漢攻漢的工具而已，不久就遭撤藩，終非有真奇貴之人，故而用這樣的評注文字來調侃剃髮後的吳三桂。

(13)那僧：便袖了這石：僧人托於掌上或袖了這石，都是比喻滿清多爾袞隨意掌控操弄剃髮的吳三桂之意。

(14)同那道人飄然而去，竟不知投奔何方何舍：這是故作神仙語，說僧道便攜石頭進入紅塵人間，去向飄然不定。其實是影射滿清的滿、漢八旗軍，就操控著剃髮的吳三桂軍進入山海關，到中原各處去征戰了。

◈真相破譯：

那前腦光禿猶如僧人模樣的滿清多爾袞便如佛僧道士念咒書符般地與吳三桂口中唸著誓詞，手塗牲血在嘴邊，歃血發誓訂盟，大大施展如夢幻般無法捉摸的換形之術（幻術），利用吳三桂正被李自成圍攻的危急情勢，假託吳軍與李軍同樣是全髮，難於辨認，易致誤傷，迫令三桂及其部眾剃髮變換成滿清髮式。當下吳三桂的前腦被剃得光鮮明亮晶瑩潔白，頓時變換成猶如一塊鮮明瑩潔的美玉，而且其後腦杓的頭髮結成一條長辮垂在背後，從身後看去，後腦部份的頭髮看起來像一把打開的扇子，下垂的那條編結成一節一節的長髮辮則像繫綴小玉石的扇墜；這樣剃髮後，吳三桂的尊嚴氣勢一下就從原來猶如大石塊般高大強勢，極速降低縮小成像扇墜小飾玉那樣大小，可供人玩賞的小巧玩物，既可被滿清當作招降其他明朝大將時觀看的活榜樣、小佩飾（可佩），而且可以隨意拿捏操弄（可拿）來打擊反清勢力。那僧人多爾袞把剃髮的吳三桂像扇墜小飾玉般托於掌上耍弄，好不得意地笑道：「這個剃髮後前禿後辮如鮮明美玉、扇墜小飾玉的外表形體，倒像是個降清的傀儡活寶（寶物）了！但這樣還沒有實在的好處（按因其禿頭內還裝著復明思想），必須再加封一個名號，刻上幾個字（按隱指加封吳為平西王），掛出旗幟，使世人一看就知道是個剃髮降清的奇異行徑人物，弄假成真，迫使其死心降清才妙。然後好携帶、操控你這活寶到那昌明隆盛之邦的長安、北京，詩禮簪纓之族的雲南榮國府，花柳繁華地之大觀園的關內華夏固有領域，溫柔富貴鄉之絳芸軒的雲南藩王境地，選擇一個絕世情痴賈寶玉—吳三桂作你這禿頭活寶的主人，好去安身樂業。」這石頭吳三桂聽了，喜形於色地不能自禁，於是追問說：「不知賜了弟子那幾件奇貴的好處，又不知携帶弟子到什麼地方去？這些您都說得含糊不清，乞望您明確指示，使弟子吳三桂不會有被欺騙愚弄的疑惑。」那僧人多爾袞狡猾地笑說道：「你現在暫且不要追問，日後你自然就明白的。」說著，那僧人多爾袞便好像將小扇墜放入衣袖一般地，挾帶著這頑劣如石頭的吳三桂，作為他以漢攻漢的袖裏乾坤（袖了這石），夥同那降清的道人洪承疇等漢軍飄然入關而去，竟不知投奔何方何舍的中原紅塵人間去了？

◈原文：

後來，不知又過了幾世幾劫(15)，因有個空空道人訪道求仙，忽從這大荒山無稽崖青埂峰下經過(16)，忽見一大石上字跡分明，編述歷歷。空空道人乃從頭一看(17)，原來就是無材補天，幻形入世(18)，蒙茫茫大士、渺渺真人攜入紅塵(19)，歷盡離合悲歡、炎涼世態的一段故事。後面又有一首偈云(20)：

無材可去補蒼天(21)，枉入紅塵若許年(22)。
此係身前身後事(23)，倩誰記去作奇傳(24)？

詩後便是此石墮落之鄉，投胎之處(25)，親自經歷的一段陳跡故事。其中家庭閨閣瑣事，以及閑情詩詞倒還全備，或可適趣解悶(26)；然朝代年紀、地輿邦國，却反失落無考(27)。

◈脂批、注釋、解密：

(15)不知又過了幾世幾劫：世、劫都是佛教用語，意義已如上述。在表示時間上，中國古時以三十年為一世，佛教以天地形成到毀滅為一劫，大約數萬年，故幾世幾劫本意是比喻極為長久的時間，不過這裡只是故作仙佛語，以掩人耳目。這裡世只是表示王朝世代，劫只是表示戰爭劫難。過了幾世，係隱指經過明朝崇禎朝、李自成大順朝、南明弘光朝、魯王朝、隆武朝、清朝等幾個朝代。過了幾劫，係隱指經過幾次戰爭的劫難。上面滿清操控吳三桂軍入山海關，事在順治元年，次年滿清擊滅李自成大順王朝及南明南京弘光王朝後，就將吳三桂調駐關外錦州，冰凍起來，就是這裡的石頭又回到青埂峰。

(16)有個空空道人訪道求仙，忽從這大荒山無稽崖青埂峰下經過：這也是故作神仙語，以掩人耳目的筆法。空空道人，道人應是全髮，「空空」道人則是喻指頭上「空空無髮」的道人，這裡是隱喻清廷中剃髮降清的漢臣。又此處道人，又通諧音「盜人」，空空道人則是隱喻妙手空空的盜人，影射擅長使用以漢攻漢、招撫漢臣的政策，妙手空空地輕鬆盜取天下的滿清，及主持、執行這種政策的多爾袞、洪承疇等，尤其是降清漢臣洪承疇。仙，道教稱凡人修道達到最高境界，得道飛升天界，稱為仙，即所謂「羽化登仙」；這裡是喻指具有極高超出眾能力的人。訪道求仙，原意是探訪有道者求取修仙之道，這裡是隱喻滿清為謀以漢制漢之道，而尋求超強人物。這是暗寫順治三年起，因原降清明將相繼復叛，與南明結合抗清，且李、張農民軍餘部勢力尚強，清兵無力克服，多爾袞又想到以漢攻漢之策，於順治三年派員至遼陽召調孔有德、耿仲明、尚可喜等三順王，於順治五年派員至錦州召調吳三桂，赴前線對抗漢人反清勢力⑦。大荒山無稽崖青埂峰下，是隱喻發生荒唐無稽的引清兵入關事件的明清交界處的山峰地帶之下，亦即大青山下的山海關、遼西走廊一帶地方。

(17)忽見一大石上字跡分明，編述歷歷：大石，是指還鎮錦州的吳三桂。「字跡分明，編述歷歷」，這兩句具有雙重涵義，一方面是隱寫吳三桂被遠調關外錦州冷凍起來，內心疑懼滿清懷疑他仍然心念故國明朝，將導致性命之憂，所以多次主動上書清廷，白紙黑字地歷歷表白其效忠清朝，不再眷念故國明朝的心跡，並懇「求剿賊自效」之事⑧。另一方面是指《石頭記》一書對石頭吳三桂降清前後事跡編述得很詳明。

(18) 無材補天，幻形入世：幻形，就是指前面石頭被僧人施幻術變形為一塊「鮮明美玉」的新形貌，隱喻吳三桂剃髮降清所變換的新形貌。入世，是隱寓「進入清世祖順治朝廷」之意。

〔甲戌本夾批〕等評注說：「八字便是作者一生慚恨。」批文中的「作者」是指興創出書中「石頭記」故事的興「作者」、創「作者」—青埂峰下的那個石頭，亦即影射吳三桂，而不是指撰寫《石頭記》這部書籍的作者。故這則脂批是提示說：「『無材補天，幻形入世』八個字，隱寓『吳三桂無足夠軍力資材戰勝李自成，以補救明朝天下，以致剃髮變服，變換成滿清形貌，投降進入清世祖滿清朝廷』，便是興風作浪創作出『石頭記』故事者吳三桂一生的慚愧與悔恨之事。」

(19) 蒙茫茫大士、渺渺真人携入紅塵：大士，觀音菩薩俗稱觀音大士，簡稱大士；但大士也用於泛稱一般佛教高僧。真人，道教稱修得真道成仙者為真人，但也用於泛稱一般著名道士。茫茫與渺渺，都是渺茫之意。茫茫大士、渺渺真人，意謂在渺茫天際來去飄渺自如的菩薩、真仙。這是故作仙佛語，編造來自渺茫天界的僧道將天界頑石携入人世間紅塵的神話故事，以掩人耳目的筆法。其實茫茫大士、渺渺真人，就是前面的一僧一道，而隱喻如果受其指引就會令人茫茫頭昏、渺渺眼花。這句原文是指前面青埂峰下那塊石頭承蒙一僧一道携入紅塵的事，骨子裡則是影射滿、漢八旗軍挾制剃髮的吳三桂軍進入漢人的世間，迫使他茫茫頭昏、渺渺眼花地胡亂攻打漢人，幫助滿清奪取天下。

(20)後面又有一首偈云：偈，是梵文 gatha 之音譯「偈陀」的略稱，其意為「頌」，是佛經中蘊含、闡發佛理的讚頌詩。通常由四句、六句、八句構成，每句三、四、五、六、七言不等，可押韻，也可不押韻。前面寫石頭接受僧人佛法相助，幻化成鮮明美玉新形貌，被僧人攜去幾世幾劫，可想像也隨僧人濡染學習到一些佛法，今復還青埂峰下，故此處寫石頭隨僧人經歷後復還的心跡，特用偈體寫出，是暗示這首偈詩蘊含石頭學佛的感觸、心跡；亦即隱含吳三桂剃髮降清入中原爭戰、又還鎮錦州，學作滿臣的感觸、心跡。

(21)無材可去補蒼天：蒼天即青天、老天。補蒼天與補天同義，隱喻補救天下、補天子帝位。無材可去補蒼天，係暗寫頑劣如石頭的吳三桂沒有足夠資材兵力可以去補救明朝天下。

針對「補蒼天」三字，〔甲戌本夾批〕評注說：「書之本旨。」「書」字，兼具有雙重涵義，其一是指「書中石頭記故事」而言，也可以說即「故事」或「事跡」的意思；其二是指《石頭記》這本書籍。這則脂批是提示：「吳三桂興作出剃髮的『石頭記』事跡的原本意旨，是想借清兵驅逐李自成，補救、恢復明朝天下；而《石頭記》這本小說書籍創作的本旨，也是提倡反清以補救、恢復明朝天下。」

(22)枉入紅塵若許年：紅塵，班固〈西都賦〉說：「紅塵四合，烟雲相連。」原是描寫地處黃土高原的都城長安，人馬絡繹奔馳，揚起漫天紅色塵土，比喻其繁華熱鬧非常，故後世便以紅塵比喻繁華熱鬧與奔波勞碌的人世間，這裡則主要是隱喻紅塵飛揚的戰爭場面。

〔甲戌本夾批〕評注說：「慚愧之言，嗚咽如聞。」這是評示說：「『枉入紅塵若許年』，是隱述吳三桂枉費心思白白剃髮聯清入關進入漢人世間爭戰若干年，不但未達到借清兵助成扶立太子復明的初衷，反而助成滿清入主中原。故這句話實是吳三桂慚愧之言，其愧疚嗚咽哭泣的聲音如可聞見。」

(23) 此係身前身後事：身前事，指石頭原本在青埂峰下維持石頭原貌時的事跡，隱指駐守山海關地區仍為明臣時期的吳三桂事跡。身後事，指石頭經僧人幻化成鮮明美玉，且轉變為僧人補天踮腳石的新形貌之後的事跡，這是隱指吳三桂被多爾袞設計剃髮，淪落為滿清入主中原之踮腳石之後的事跡。除此之外，還隱藏有更神秘的深層意義，即身前身後事，實是隱喻身體前面剃光頭髮，身體背後結成長髮辮，前禿後辮的剃髮降清之事。

(24) 倩誰記去作奇傳：倩，央求、請求。奇傳即傳奇，這裡為了句尾押韻，而顛倒為奇傳。傳奇本是唐朝時流行的一種短篇古典小說的名稱，不過這裡只取其字表值得流傳的驚奇事跡之意。這句是揶揄吳三桂疑懼滿清懷疑他仍心念故國明朝，恐因而有生命的危險，故多次主動上書清廷央求派赴前線「剿賊自效」，俾便作出助滿滅漢而讓世人驚奇傳告的事跡。

(25) 詩後便是此石墜落之鄉，投胎之處：墜落之鄉，是隱喻吳三桂最初衝冠一怒為紅顏，墮落情根聯清的原始地點。投胎之處，是隱喻吳三桂由明臣投胎誕生為剃髮降清的清臣，成為如石頭般冥頑不靈的賣國人物的處所。兩者都是暗指山海關地區。

(26) 或可適趣解悶：適趣解悶，隱指適合世人反清復漢的志趣，以解除被滿清統治的苦悶。〔甲戌本夾批〕評注說：「或字謙得好。」這是因為石上所記吳三桂自述的降清前後事跡，忠明忠清交陳，最後遭撤藩起兵反清復漢又未成功，而這句原文隱寫吳三桂說其事跡「或可適合世人復漢的志趣，解除滿清統治的苦悶」，故評注說：「這『或』字寫出吳三桂自謙未必能使世人如此適趣解悶的實況，真是自謙得很好。」

(27)然朝代年紀、地輿邦國，卻反失落無考：這是說本書所記吳三桂降清前後事跡，對於事件發生的朝代、紀年、地點、國度，都未清楚寫明，無從查考。

〔甲戌本夾批〕評注說：「若用此套者，胸中必無好文字，手中斷無新筆墨。據余說，卻大有考證。」這是評注說：「假若用這種清楚寫明朝代、紀年、地點、國度的撰寫歷史的套式來寫作，因為都須按照勝利者清朝成王敗寇的立場來寫作，則寫作者胸中都懷抱奉承新朝之心，故必無公正符實的好文字，手中多頌主罵寇之詞，斷然沒有新筆墨。根據我的說法，書中所記石頭的事跡卻大有朝代、年紀、國度、地點可供考證。」

◈真相破譯：

後來，不知道經過了明朝、李自成大順朝、南明諸王朝等幾個朝代、幾次戰爭劫難之後，因為有個前腦空空無髮的清廷漢臣（空空道人），奉清廷之命訪求能執行以漢攻漢之道的如神仙般的超強人物（訪道求仙），忽然從這個發生極為荒唐無稽（大荒山無稽崖）的引清兵入關事件之明清交界處，大青山山峰地帶（青埂峰）下的遼西走廊經過（按時為清順治三至五年間）。忽然看見（按隱喻清廷忽然想起）一塊大石頭吳三桂被調駐這關外遼西走廊錦州，他曾多次上書朝廷，字跡分明地，歷歷編述其感恩效忠清朝的心跡，懇求調赴前線「剿賊自效」等等。這個妙手空空使用以漢攻漢政策盜取天下的清廷（空空道人），於是從頭仔細看一看這些奏書，原來就是那個無足夠軍力資材對抗李自成，以補救明朝天下，以致剃髮變換形貌，投降進入清世祖朝廷（幻形入世），承蒙令人茫茫頭昏的貌如菩薩大士的滿軍（茫茫大士），及令人渺渺眼花的貌似道教真人的漢軍（渺渺真人），挾帶入漢人世間紅塵飛揚的戰場中，驅使其頭昏眼花地胡亂攻漢扶滿的石頭吳三桂，經歷盡國破家亡、背明降清的離合悲歡，及擊敗李自成而封王，卻又遠調關外錦州冷凍的炎涼世態的一段故事。後面又有一首吳三桂降清學作佛徒滿臣之感觸、心迹的偈詩，說道：

因無足夠軍力資材可（打敗李自成）補救明朝天下，
枉然地歸清投入紅塵飛揚的戰場拼戰若干年，卻奉調遠戍關外。
（若按脂批則應解為「卻是復明未成先立清」）
這是身前剃光頭顱、身後拖條長辮，決志忠清不二的事，
請求有誰記得我的忠心，調派去創作出滅漢扶滿的傳奇事跡啊？

這首詩後面所刻記的，便是這石頭吳三桂最初衝冠一怒為紅顏，墮落情根而聯清的原始地點，同時也是他由明臣投胎誕生為剃髮降清的清臣的處所山海關，以及親自經歷的一段背漢降清、事清叛清的陳跡故事。其中家庭朝閣瑣事，以及閑情詩詞倒還全備，或可適合世人反清復漢的志趣，解除被滿清統治的苦悶；然而對於所經歷事件的朝代年紀、地點國度，却反而都失落未曾寫明，無從查考。

第四節　空空道人抄錄石頭記問世傳奇故事的真相

◈原文：

空空道人遂向石頭說道：「石兄，你這一段故事，據你自己說有些趣味，故編寫在此，意欲問世傳奇。據我看來，第一件，無朝代年紀可考(1)；第二件，並無大賢大忠理朝廷治風俗的善政(2)，其中只不過幾個異樣的女子，或情或痴，或小才微善，亦無班姑、蔡女之德能(3)。我總（縱）抄去，恐世人不愛看呢！」

石頭笑答道：「我師何太痴也！若云無朝代可考，今我師竟假借漢唐等年紀添綴，又有何難(4)？但我想，歷來野史皆蹈一轍，莫如我這不借此套者，反倒新奇別致，不過只取其事體情理罷了，又何必拘拘於朝代年紀哉(5)？再者，市井俗人喜看理治之書者甚少，愛看適趣閒文者特多(6)。歷代野史，或訕謗君相，或貶人妻女(7)，姦淫凶惡，不可勝數。更有一種風月筆墨，其淫穢污臭，荼毒筆墨，壞人子弟，又不可勝數。至若佳人才子等書，則又千部共出一套，且其中終不能不涉于淫濫，以致滿紙潘安、子建、西子、文君，不過作者要寫出自己的那兩首情詩艷賦來，故假擬出男女二人名姓，又旁出一小人其間撥亂，亦如劇中之小丑然。且鬟婢開口即者也之乎，非文即理。故逐一看去，悉皆自相矛盾、大不近情理之話(8)。竟不如我半世親睹親聞的這幾個女子，雖不敢說強似前代書中所有之人，但事跡原委，亦可以消愁破悶；也有幾首歪詩熟話，可以噴飯供酒。至若離合悲歡，興衰際遇，則又追蹤攝跡，不敢稍加穿鑿，徒為供人之目，而反失其真傳者(9)。今之人，貧者日為衣食所累，富者又懷不足之心，總（縱）一時稍閒，又有貪淫戀色、好貨尋愁之事，那裡去有工夫看那理治之書？所以我這一段故事，也不願世人稱奇道妙，也不定要世人喜悅檢讀(10)，只願他們當那醉餘飽臥之時，或避世去愁之際，把此一玩，豈不省了些壽命筋力，就比那謀虛逐妄，却也省了口舌是非之害，腿腳奔忙之苦(11)。再者，亦令世人換新眼目，不比那些胡牽亂扯，忽離忽遇，滿紙才人淑女，子建、文君、紅娘、小玉等通共熟套之舊稿。我師意為何如(12)？」

空空道人聽如此說，思忖半晌，將這「石頭記」(13)再檢閱一遍(14)。因見上面雖有些指奸責佞、貶惡誅邪之語(15)，亦非傷時罵世之旨(16)；及至君仁臣良、父慈子孝，凡倫常所關之處，皆是稱功頌德，眷眷無窮，實非別書之可比。雖其中大旨談情(17)，亦不過實錄其事，又非假擬妄稱(18)，一味淫邀艷約，私訂偷盟之可比。因毫不干涉時世(19)，方從頭至尾抄錄回來問世傳奇(20)。

◈脂批、注釋、解密：

(1)第一件，無朝代年紀可考：自「空空道人遂向石頭說道」以下這一長段，是作者使用包含隱語的怪異文字，假借空空道人與石頭的對話，以空空道人站在滿清立場，批評南明、三藩反清事跡，並無正史上朝代年紀的地位，也沒有大賢大忠的善政，只有幾個痴情於明朝的小才微善異樣人物，在歷史上並不足觀；另以石頭站在漢人反清立場，反駁那些明寫朝代年紀的滿清官修歷史，都是採取成者為王、敗者為寇的舊套來編寫，充滿自相矛盾、大不近情理的話，而這本《石頭記》所記以吳三桂降清前後事跡為主線，寄寫反清復明的歷史，採取隱去朝代年紀的小說方式來撰寫，不會受到清廷的干擾迫害，是獨按事體情理秉筆直書，追蹤攝跡不失真傳的小說式歷史。

〔甲戌本夾批〕評注說：「先駁得妙。」這是評注說：「空空道人所代表的滿清對於本書所隱述的反清復漢歷史，駁斥『無朝代年紀可考』這句話，真是搶先駁斥得妙啊！」因為一般讀者真的會批評駁斥《石頭記》故事，無朝代年紀可考，而且滿清堅稱明朝先被李自成滅亡，他們是從李自成手上取得天下而建立清朝，都駁斥過渡期間的南明與後來的吳三桂大周王朝反清復漢政權，都不算是朝代，官方正史上只認定它們是反抗或叛亂團體，真的無朝代年紀可考。

(2)第二件，並無大賢大忠理朝廷治風俗的善政：〔甲戌本夾批〕評注說：「將世人欲駁之腐言，預先代人駁盡。妙！」這是評注說：「將當時滿清統治下的世人，對於書中所記明末及南明、大周等反清復漢政權，所想要駁斥這些政權並無大賢大忠理朝廷治風俗的善政，怪不得被清朝滅亡的陳腐言論，由空空道人預先代他們駁盡。寫得真妙！」由這則批語，也透露空空道人就是代表滿清或普具滿清立場的世人。

(3)其中只不過幾個異樣女子，或情或痴，或小才微善，亦無班姑、蔡女之德能：班姑，即東漢史學家班固之妹班昭，博學且具文才，曾參與續作《漢書》，和帝時曾任宮廷教師，號稱「大家（姑）」，故稱班姑。蔡女，指東漢文學家蔡邕之女蔡琰，字文姬，博學多才，精擅音律。班昭、蔡文姬，都是極突出的才女。本書師法並翻新《離騷》以「美人」二字影射楚國國君、忠臣的筆法，故書中金陵十二釵美女，大多是影射反清復漢的領袖或其政權。故原文這幾句是隱述空空道人所代表的滿清，蔑視書中金陵十二釵這幾個異樣反清復漢的領袖，都是些或具漢族情感或痴念故國明朝，只具點小才微善的人物，都不是像班昭、蔡文姬那樣的具有大德能、垂名青史的大人物。

(4) 若云無朝代可考，今我師竟假借漢唐等年紀添綴，又有何難：所謂假借漢唐等年紀添綴，就是假借漢唐這樣的朝代順序再添綴下去。而漢唐後就是五代、宋、元、明、清，故這幾句是提醒讀者這本書雖未明寫朝代，但讀者如果假借漢唐等朝代年紀的順序添綴下去，很快就可數到明、清的朝代，何難考知書中故事的朝代就是明、清朝代的事跡；另一層意義是譏刺滿清若按照真實事跡修史的話，大可按歷史上漢唐、宋、元這樣的名稱，把明末反清復明的政權綴上南明弘光、隆武、永曆等這樣的正式歷史朝代、年紀之地位。

〔甲戌本夾批〕評注說：「所以答得好。」這是評注說：「石頭這樣答，讀者就可得知書中故事寫的是明、清朝代的事跡，所以真是答得好。」

(5) 但我想，歷來野史皆蹈一轍，莫如我這不借此套者，反倒新奇別致，不過取其事體情理罷了，又何必拘拘於朝代年紀哉：野史，原意是相對於官修的歷史稱為正史，而稱民間私修的歷史為野史，這裡則反過來稱滿清官修的明、清交替期間歷史為野史，因為其中對於失敗的明朝、南明、大周等王朝，都野蠻地加以描黑鬥臭，故稱之為野史。這幾句是作者借石頭之口，批評歷來滿清官修的明、清交替歷史，都是粉飾滿清順天應人、平寇亂定天下，同蹈一轍的一言堂，莫如本書不按這種頌聖媚主的正史套式，只按歷史事實發生的事體情理秉公執筆，反倒新奇別致，又何必一定要寫出朝代年紀，而拘束自己無法寫出事實真相呢？

(6) 市井俗人喜看理治之書者甚少，愛看適趣閒文者特多：市井俗人，指不任滿清官吏的漢人平民大眾。理治之書，指幫助滿清理朝政治漢人百姓的書。適趣閒文，隱指非關科舉當官的八股制藝，卻適合漢人心中志趣，能砥礪春秋大義反清志節的古經史、詩詞、小說等閒文。

(7) 歷代野史，或訕謗君相，或貶人妻女：這是暗批滿清順、康、雍各代官修史書，不是訕謗明末崇禎君相如何腐敗該亡，就是貶抑與崇禎猶如妻女關係的宗室諸王與太子，如貶抑朱明宗室福王等非崇禎嫡系又無遺詔，貶抑真太子為假太子，均不能繼位為皇帝等。

〔甲戌本夾批〕評注說：「先批其大端。」這是評注說：「這幾句是先就滿清竊取天下的奸惡，先批判其訕謗貶抑明朝皇帝、宗室的犖犖大端部份。」

(8) 「至若佳人才子等書，則又千部共出一套，……不過作者要寫出自己的那兩首情詩艷賦來，故假擬出男女二人名姓，……故逐一看去，悉皆自相矛盾、大不近情理之話」：這一段有關佳人才子小說的批評是很中肯的，唐朝人撰寫佳人才子小說，其相當重要的動機確實是為了寫出自己的那兩首情詩艷賦，炫耀其詩才，以期受到在位顯貴文士的矚目與薦舉，而明末清初也都出於科舉失意文士，為炫耀其詩才，而寫作這類小說。但這樣強烈的貶抑，則另有更深重的原因。那是因為才子佳人小說至清初大盛，而最為流行、著名者為天花藏主人系列的作品，其作品或對於南明諸王間的傾軋有所嘲諷，如《玉嬌梨》；或歌頌滿清皇帝，如《平山冷燕》、《兩交婚》；或顯揚施琅攻取台灣明鄭水寇，如《幻中真》。⑨

(9)「竟不如我半世親睹親聞的這幾個女子，…至若離合悲歡，興衰際遇，則又追蹤攝跡，不敢稍加穿鑿，徒為供人之目，而反失其真傳者」：這幾個女子，是指書中的金陵十二釵美女，而她們都是《離騷》筆法的「美人」，大多是影射反清復漢的領袖或其政權，只有小部份情節是隱指真正的美女。親睹親聞，是指如頑石般的吳三桂所親睹親聞，而不是《石頭記》或《紅樓夢》這本書籍的作者所親睹親聞。這段原文是本書作者向讀者明白宣示，本書所記的內容都是追蹤攝跡，不敢稍加穿鑿，真實傳照的世間真人真事，絕非如清初才子佳人小說那樣虛構不實的小說。

〔甲戌本眉批〕評注說：「事則寔（實）事，然亦叙得有間架、有曲折、有順逆、有映帶、有隱有見（現）、有正有閏，以至草蛇灰線、空谷傳聲、一擊兩鳴、明修棧道、暗度陳倉、雲龍霧雨、兩山對峙、烘雲托月、背面傅粉、千皴萬染諸奇。書中之秘法，亦復不少。余亦于逐回中搜剔刳剖，明白註釋，以待高明再批示誤謬。」這裡批書人共明白列舉出本書使用上述十六種神奇筆法，加上下一條所提示莊子、離騷兩種，則共有十八種神奇筆法，另外書中還有不少其他祕法，可見得這部書是世間筆法最神奇，內容真相最神秘難解的小說，但也是最值得深入探究、學習其豐富而又高超之神奇筆法的一部小說。

〔甲戌本眉批〕又評注說：「開卷一篇立意，真打破歷來小說窠臼。閱其筆，則是《莊子》、《離騷》之亞。」亞，流亞、次類之意。《莊子》筆法主要的是寓言法，可見書中女媧補天、甄士隱作夢等神話故事，都是以寓言故事寄託實事的筆法。《莊子》中還有神奇的「莊周夢蝶」法，亦即莊周作夢則化為蝴蝶，醒則回復莊周本來面目的筆法，本書後面亦有神妙的發揮。《離騷》筆法，主要的是以神話寓寫憂思楚國國事的筆法，第一回既是《離騷》筆法，可見前面女媧補天、僧人施幻術等神話故事，都是以神話寓寫國事的筆法，而不是純虛構無稽的神話故事。《離騷》筆法更重要的是眾所周知的「香草美人」筆法，本書不但師法這樣的筆法，更且加以變化翻新，以活生生的林黛玉等美人影射皇帝、藩王、或王朝、政權，以各種花的形色香氣特色來分別代表不同特性的美人，如林黛玉為芙蓉、薛寶釵為牡丹等。另外，也是極為重要的是，本書也襲取《離騷》以「閨中」隱喻楚國「朝中」的筆法，而以「閨中」隱喻「朝中」，以「閨閣」隱喻「朝閣」等。

(10)我這一段故事，也不願世人稱奇道妙，也不定要世人喜悅檢讀：〔甲戌本夾批〕評注說：「轉得更好。」這是針對書中所記吳三桂降清、叛清及所寄託反清復漢的事跡，畢竟是反清失敗，故「不願世人稱奇道妙」地叫好稱羨，而評注說：「文意轉得更好。」〔甲戌本眉批〕評注說：「斯亦太過。」這是針對原文「也不定要世人喜悅檢讀」，而評注說：「這樣一部反清復漢的事跡，人人都該檢讀借鑑，卻說『也不定要世人喜悅檢讀』，這樣也說的太過份了。」

(11)「只願他們當那醉餘飽臥之時，或避世去愁之際，把此一玩，豈不省了些壽命筋力，就比那謀虛逐妄，却也省了口舌是非之害，腿腳奔忙之苦」：醉餘飽臥，係隱指仕清而飯飽酒足，藉醉臥麻痺民族意識者之所為。避世去愁，係隱指秉持民族氣節不仕清，而野處或出家者之所為。這一段原文意謂這仕清、野處的兩種人，只要把此書細細玩索，了悟亡國的沉痛，就會醒悟而奮起反清復漢，不會再渾渾噩噩、碌碌奔波度日了。

(12) 我師意為何如：〔甲戌本夾批〕評注說：「余代空空道人答曰：『不獨破愁醒盹，且有大益。』」這是以深知此書內容的批書人，代空空道人回答的方式評注說：「這部寓寫反清復漢事跡的書『不獨可使漢人破愁醒盹，而且有大益於排滿復漢。』」

(13) 將這「石頭記」：〔甲戌本夾批〕等評注說：「本名。」這是註明這部書最初的原本名稱為《石頭記》，後來則演變出《紅樓夢》、《風月寶鑑》等其他名稱。

(14) 再檢閱一遍：〔甲戌本夾批〕評注說：「這空空道人也太小心了，想亦世之一腐儒耳。」由此可見這個空空道人是個出身科舉的迂腐儒者文官，應是影射洪承疇等執行以漢攻漢政策的降清漢臣，而洪正是出身翰林，後來才轉為武將的。這裡空空道人再檢閱的「石頭記」，是一語雙關，既隱指這本書所記石頭吳三桂經歷明清、滿漢相爭改朝的事跡，又隱指吳三桂降清前後的言行事跡，再檢閱看他是否尚有眷念故國明朝之心。

(15) 上面雖有些指奸責佞貶惡誅邪之語：〔甲戌本夾批〕評注說：「亦斷不可少。」這是評注說：「書中亦斷不可少指奸責佞貶惡誅邪之語，否則何以對明朝之亡有所鑑戒。」由此可知前面凡例說「此書不敢干涉朝廷」，顯然是掩人耳目的表面話。又這句原文另一層隱義是指吳三桂上呈清廷的奏書包含有對明朝朝政指奸責佞，對李自成叛亂貶惡誅邪等的言論。

(16) 亦非傷時罵世之旨：〔甲戌本夾批〕評注說：「要緊句。」否則就會遭斬首滅族，如何不要緊。因為在清初文學作品之中，絕不能露出傷時罵世之旨、之筆墨，因而《紅樓夢》不得不隱之又隱，這也就是若無脂批根本無法破解出本書故事真相的根本原因。又這句原文另一層隱義是指吳三桂對於時勢走向明亡清興的大勢，並沒有任何傷感怨罵的心意。

(17) 雖其中大旨談情：本書外表故事看來確實是以愛情為大旨，但這只是一種偽裝。就在本第一回稍後針對甄英蓮的命運，就有〔甲戌本眉批〕評注說：「看他所寫開卷之第一個女子便用此二語以訂終身，則知託言寓意之旨，誰謂獨寄興于一情字耶。」便明白點示本書並非「獨寄興于一情字」。這裡這句原文另一層隱義是指吳三桂原先降清主要是迫於愛情的原故。

(18) 又非假擬妄稱：〔甲戌夾批〕評注說：「要緊句。」這是就原文再加強說「『非假擬妄稱』是很要緊的語句」，點示讀者本書內容是真人實事，絕非假擬姓名、妄稱其事的虛構小說故事。又這句原文另一層隱義是指吳三桂當初所稱聯清共同討李以報君父之仇，並非虛假妄稱者。

(19) 因毫不干涉時世：〔甲戌本夾批〕評注說：「要緊句。」這也是提示讀者在清初當時，文學作品「不干涉時世」很要緊，否則就會罹犯文字獄大禍，故本書文字表面上仍維持「毫不干涉時世」的狀態。另外，這句原文又隱指滿清對吳三桂言行總檢討後，獲得總結論認為吳三桂對滿清的忠心毫無問題，再度起用一點也不會干涉、阻礙滿清邁向統一天下的時世發展趨勢。

(20) 方從頭至尾抄錄回來問世傳奇：這句話表面上看似將天界一塊大石上所寫的「石頭記」抄錄回來人間問世傳奇，其實是暗寫清廷經過澈底檢討後，才決定徹頭徹尾地完全按照原封「平西王」的爵位俸祿重行錄用調回吳三桂⑩，再讓他過問世間戰事，去建立以漢滅漢的令世人傳告稱奇的功業、事跡。

◈真相破譯：

【按以下這一長段，是以隱語密碼似的文字，在清廷重新檢討、召調吳三桂入關作戰的框架內，插述本書所記吳三桂親身經歷的明清交替、南明、三藩反清的歷史事跡，跳脫官修歷史的舊套，兩者如何截然不同。而以空空道人站在滿清立場，以石頭站在漢人反清立場，互相批駁的方式寫出。】

這個想再施展妙手空空之以漢攻漢政策的盜人滿清（空空道人）遂向石頭吳三桂說道：「石兄（按這裡石兄兼具吳三桂與本書作者雙重身分），你所經歷的這一段明清、滿漢相爭改朝的歷史事跡，據你自己說有些趣味，所以編寫在這裡，想要問世傳奇，流傳後世。據我看來，第一件，在現行官修歷史中，你所記的李自成大順朝、南明王朝、大周王朝都無正史地位，並無朝代年紀可考查得到；而且你書中也並未寫明各事件發生的朝代年份，故考查不到朝代年紀；第二件，你所記的明末、南明、大周政權並無大賢大忠理朝廷治風俗的善政，其中只不過幾個類似《離騷》中「美人」女子所影射的異樣國君、忠臣，都是些或具漢族情感（或情）或痴念故國明朝（或痴），或只有一點小才微善的人物，都不是像班昭、蔡文姬那樣具有大德能、垂名青史的大人物。我縱然抄去，恐怕世人不愛看呢！」

石頭笑著答道：「我的滿清大師何必太過痴痴執著，而不知變通啊！若說無朝代可查考，如今我的滿清大師竟可假借漢、唐、宋、元這樣的朝代年紀順序再往下添綴，又有何難考證得知書中故事的朝代就是明、清朝代的事跡呢？但我想歷來官方編修的歷史都是野蠻地將失敗的對方加以描黑鬥臭的野史，這些野蠻的正史都是蹈襲成王敗寇、歌頌新朝之故轍的一言堂，莫如我這本書不借用這種正史的舊套式，反倒新奇別致，不過只取歷史事實發生的事體情理而秉筆直書罷了，又何必要拘執於寫出朝代年紀，而受到官方的檢視干涉，以致無法寫出事實真相呢？再者，不擔任滿清官吏的市井漢人平民大眾，喜歡看滿清理朝政治漢人百姓之書的人很少，愛看適合漢人心中志趣，非關科舉而能砥礪春秋大義反清志節之閒文的人特別多。滿清順、康、雍歷代官修之野蠻論斷的明清交替史，或是訕笑譏謗明末崇禎君相如何腐敗該亡，或是貶抑與崇禎猶如妻女關係的宗室諸王與太子，將真太子貶為假太子，貶抑朱明宗室福王等非崇禎嫡系，且無崇禎遺詔，不能繼位為皇帝等等（貶人妻女），這樣如霸王硬上弓姦淫成婚地硬說自己才是天下帝位的佳偶，諸如此類凶惡之事（姦淫凶惡），多得不可勝數。其中更有宣揚一種漢臣降清如清風明月相伴結合的筆墨（風月筆墨），其消滅漢族民族意識，誘人作出背叛漢族而苟合滿清的污臭行為，荼毒青史筆墨，教壞漢人子弟，又多到不可勝數。至於像那些時下盛行的佳人才子小說（按係隱指天花藏主人系列的才子佳人小說，如《玉嬌梨》、《平山冷燕》、《幻中真》）等書，則又千部書都同出一個套式，且其中男女多不遵禮法而私自訂情，終究不能不涉於淫濫，以致滿紙盡是描寫男子都如潘安仁、曹子建的俊男才子，女子則都如西施、卓文君的美女佳人，其實只不過作者要寫出自己那兩首情詩豔賦來，以炫耀自己的文才，希冀邀寵當道而獲用，故假擬出男女二人姓名，又旁出一小人在男女雙方之間挑撥搗亂，就像戲劇中的小丑一樣。而且連服侍小姐的丫嬛婢女開口就是「之乎者也」，不是文雅就是明理。故逐一看去，連篇都是自相矛盾、大不近情理的話語。竟不如我半世親見親聞的這幾個類似《離騷》中「美人」的反清復漢之國君、忠臣（女子，按指書中的金陵十二釵），雖不敢說強似前代漢唐等歷史書中所有攘夷護漢之人，但其事跡原委，也還可以消解世人被滿清征服統治的愁悶（消愁解悶）；也有幾首含有歪曲隱義的詩（歪詩），及一些耳熟能詳的通俗話，可以讓人看了發笑噴飯，供作酒後閒談助興。至於人物的離合悲歡，家國的興衰際遇，則又追蹤攝跡，不敢稍加穿鑿，徒然為供人眼目之娛，而反失其真傳的。現今的人，貧窮者每日為謀求衣食所拖累，富有者又懷抱者貪求不足的心，縱然一時之間稍有閒暇，又有貪淫而眷戀美色、好財貨而自尋煩愁的事，那裡有工夫去看那理朝政治風俗的嚴肅之書？所以我所記吳三桂這一段降清、叛清所寄託的反清復漢事跡，也不願世人稱奇道妙，也不一定要世人喜悅檢讀，只願他們當那仕清祿厚而藉醉酒飽臥以麻痺民族意識（醉餘飽臥）之時，或不願仕清而避世野處以去亡國愁悶（避世去愁）之際，把這本書所記事跡玩索一番，醒悟亡國之痛而奮起，默默進行反清復漢，豈不省了一些壽命筋力的浪費，就比那盲目地謀虛逐妄，却也省了激憤批評清廷欺壓漢人的口舌是非之害，及營求仕清官途的腿腳奔忙之苦。再者，也讓世人換新眼目，讀一讀以家常兒女情事寓寫反清復漢事跡的小說，不比那些胡牽亂扯，忽離忽遇，滿紙才人淑女，曹子建、卓文君、紅娘、霍小玉等共通熟套，歌頌滿清的才子佳人小說的舊稿。我的滿清大師意下以為如何呢？」

這個妙手空空以漢攻漢政策的盜人滿清（空空道人）聽了石頭吳三桂這樣說，稍微思考忖度片刻，將這吳三桂降清前後的言行事跡（石頭記），再度詳細檢閱一遍。因見吳三桂降清後的言行、奏書上面，雖有些指奸責佞、貶惡誅邪的言語，亦非傷感明亡清興時勢，怨罵世局朝代變遷的本意；及至君仁臣良、父慈子孝，凡倫常所關的所在，都是對清朝歌功頌德，眷眷無窮，實在不是別人的事跡可以相比的。雖然吳三桂降清是以愛情、親情為主因（大旨談情，按又兼指本書外表故事是以描寫愛情、親情為大旨），但也不過是按實錄述其事，其愛妾父母切實被李自成拘捕，又非虛假妄造事實，一味淫亂故明君臣大義，豔羨滿清之壯盛而約降，偷偷私逃前來訂盟者所可比擬的。因毫不干涉滿清統一大業的時世（按這段又兼指本書內容「實錄其事…毫不干涉時世」），才決定從頭到尾完全照抄原封「平西王」的爵位俸祿重行錄用調回吳三桂（從頭至尾抄錄回來），再讓他過問世間戰事，去建立以漢滅漢的令世人傳告稱奇的事跡（問世傳奇）。

第五節　石頭記題名演變的真相

◈原文：

（石頭）因空見色，由色生情，傳情入色，自色悟空(1)，遂易名為情僧，改「石頭記」為「情僧錄」(2)。至吳玉峰題曰「紅樓夢」(3)。東魯孔梅溪則題曰「風月寶鑑」(4)。後因曹雪芹于悼紅軒中披閱十載，增刪五次，纂成目錄，分出章回，則題曰「金陵十二釵」(5)，並題一絕云：

滿紙荒唐言(6)，一把辛酸淚(7)！
都云作者痴(8)，誰解其中味(9)？
至脂硯齋甲戌抄閱再評，仍用「石頭記」(10)。
出則既明，且看石上是何故事？按那石上書云(11)：

◈脂批、注釋、解密：

(1)（石頭）因空見色，由色生情，傳情入色，自色悟空：按在帶有脂批的各種古版本中，「因空見色」前面都無「從此空空道人」六字，後出的程高本則增入「從此空空道人」六字，而現在的流行版本都採用程高本增入「從此空空道人」六字。但這四句話中的色、空思想很明顯是佛教思想，和空空道人道士的身分格格不入，因此插入「從此空空道人」六字，是很不適當的。依前後文意，「因空見色」前面實應改為增入「石頭」二字才對。

空，佛教思想認為事物、生命未生之始為不見形質的空寂狀態，稱為「空」。色，其後由於各自因、緣的結合，由空寂狀態中產生各色各樣具有形體的事物，稱為「色」，如人由「地水風火」四大假合而形成肉身，稱為「色身」。這四句的演變過程是空→色→情→色→空，正是佛教禪修悟道的過程，即佛教認為人由空無（空）而誕生色身，且接觸形形色色的人事物（色），然後對各色人事物萌生各種喜怒好惡的欲念、情愫（情），由此而造成種種追逐情愛欲求的煩惱，修佛者為斷除煩惱而禪修念佛，逐漸從貪求滿足情欲的塵勞中超脫，進而進入禪坐靜觀世相、色身本質的境界（色），禪修既久領悟諸法無常，照見色、受、想、行、識五蘊皆空，則悟「空」（空）而見道，這就是這四句原文的大致涵義。

書中對於石頭、賈寶玉一生的經歷，就是按照佛教這四句話色空修悟的演變過程而鋪陳寫作的。石頭原本是空無天界大荒山青埂峰下的一塊補天石，後來因為被僧人幻化成一塊寶玉的新形貌，即誕生色身，便被僧人携入人世紅塵經歷，等於跟隨僧人學佛，其後寄魂賈寶玉，誕生於富貴家族賈家，見識紅塵繁華富貴美女溫柔諸色相（因空見色），而產生對於紅樓富貴溫柔的強烈情欲貪求（由色生情），於是便沉迷於賈家富貴權位名色、及拈花惹草的美女情色之中（傳情入色），及至賈府富貴敗落，林黛玉愛情亡失，乃從情欲的迷戀中驚醒，頓感世事無常，紅塵繁華色相不足戀，遂而破色悟空（自色悟空），隨一僧一道飄然而去，回歸渺渺茫茫的大荒山青埂峰。因此，不少人說《紅樓夢》是佛書，若從以上的情節層面來看，是很正確的說法，不過，這種佛教色空悟道情節的結構，也只是本書表面的一種煙幕而已。

這四句話骨子裡其實是隱述石頭吳三桂降清後的一生歷程。因空見色，是暗寫吳三桂因為剃空前腦頭髮降清，而見到滿清封賜平西王的爵位名色，及重獲其愛妾陳圓圓的美色。由色生情，是暗寫吳三桂由於受封平西王的爵位名色，而有情、效力於滿清，且其長子吳應熊娶順治妹建寧公主，與滿清建立親密的兒女姻親感情關係。傳情入色，是暗寫吳三桂由於建立這些與滿清的親密情緣，轉而傳導其獲得封藩雲南、晉升親王的更顯耀爵位名色，而且沉醉入封藩後縱情美女歌舞聲色之中。自色悟空，是暗寫吳三桂後來被撤藩，自陶醉於藩王富貴美色中，醒悟紅樓繁華成空，及後來起兵抗清敗亡，一切歸空。

⑵遂易名為情僧，改「石頭記」為「情僧錄」：僧是寓指前腦光禿如僧人的滿清。情僧，隱含多重意義。首先，僧本是斬斷世間情緣者，情僧則是喻指性好施情而攀結世間情緣的僧人，這是隱喻專喜向漢人世間示惠套交情，使用同情、高爵厚祿之恩情、兒女通婚的姻親之情等情的因素，以籠絡招撫漢人投降的滿清政權。其次，情僧隱喻因為情的因素而出家為僧者，這是隱喻吳三桂因愛妾陳圓圓及父親被李自成拘捕的愛情、親情因素而剃髮降清。再次，情僧隱喻用情、專情於僧人，這是隱喻吳三桂二度入關後，便專情、效忠於模樣像僧人的滿清。又次，情僧又通諧音「清僧」，隱指滿清前腦光禿如僧人，及隱喻吳三桂二度入關後，死心作清臣，與滿清人無異。

改「石頭記」為「情僧錄」，「石頭記」是寓指前面吳三桂在山海關時愚頑如石頭般地剃髮降清，又回鎮錦州的那一段記事，故改「石頭記」為「情僧錄」，就是隱述以上吳三桂二度入關後，就把自己愚頑如石頭般剃髮降清的心態，改變為死心塌地效忠、專情於滿清，無異於滿清人，此後他的所作所為就無異是滿清人建朝的記事錄、事跡。另外配合前面「因空見色」四句修佛悟空的語句，更貼切的另一層更深的隱義，是指以上吳三桂剃髮降清，自二度入關後就死心效忠、深情於滿清，博命血戰為滿清立下平定天下的首功，滿清卻對他無情，封藩享受富貴美色不久，就又遭撤藩，使他醒悟用情於滿清、藩王富貴美色一切成空，他這樣的經歷就好像一個由情色悟空的僧人，故稱之為「情僧」，而他這樣的事跡記錄，便稱之為「情僧錄」。

(3) 至吳玉峰題曰「紅樓夢」：玉峰，指玉峰歌妓陳圓圓，清陸次雲《圓圓傳》說：「圓圓，陳姓，玉峰歌妓也。」⑪故吳玉峰，應即是擁有愛妾玉峰歌妓陳圓圓的吳三桂。另玉峰諧音「御封」，吳玉峰即「吳御封」，隱寓吳三桂獲御封為藩王。紅樓，唐段成式所著《酉陽雜俎》說：

長樂坊安國寺紅樓，睿宗在藩時舞榭。⑫

睿宗，即唐睿宗，為唐明皇的父親。在藩時，指在擔任藩王的時候。段成式這兩句話的意思是，位於長樂坊安國寺內的紅色樓房，原本為唐睿宗還在當藩王（按稱為相王）時的舞榭，可見「紅樓」本意為藩王府表演舞蹈歌唱的樓房，引申為藩王歌舞富貴。因此，至吳玉峰題曰「紅樓夢」，是隱寓說至於書中有關後來吳三桂受滿清皇帝御封為雲南藩王，享受藩王歌舞溫柔富貴這個主題的事跡，則標題稱為「紅樓夢」。

(4) 東魯孔梅溪則題曰「風月寶鑑」：梅，根據第五回描寫「東邊寧府中花園內梅花盛開」的情節，筆者考證其中的「梅」係隱指「煤」山，梅花是影射李自成攻陷北京，導致明崇禎帝在皇宮內「煤山」自縊之戰役的朵朵炮火，故以「梅」字影射自縊「煤山」的明崇禎帝。溪，為水流。梅溪影射明崇禎帝的廷臣之流。東魯，指地處東方的魯地山東。孔梅溪，隱喻姓孔的明崇禎的廷臣之流，寓指孔有德之流。孔有德，山東人，即魯人，原為崇禎明臣，後率眾降清。故東魯孔梅溪，應是影射原為崇禎明臣山東魯地孔有德、耿仲明、尚可喜等降清三順王之流。

風月，清初明朝遺民詩文多以「清風」隱喻清朝，以「明月」隱喻明朝。如淡江大學陳冠甫（慶煌）教授在〈楹聯的製作及其相關問題〉一文中，說道：「王夫之於明亡後不仕（清），在退回（清）衡州知府崔鳴鷟所贈帛粟時，自題：『清風有意難留我，明月無心自照人』一聯，以示決心。其中『清風』與清朝，『明月』與明朝相關。⑬」陳教授又在〈海外依人半受嫌—沈斯菴詩中的臺灣風物和故國心聲〉一文中，引錄沈光文（斯菴）〈望月〉一詩，詩中有「望月家千里，懷人水一灣」之句，及〈夜眠聽雨〉一詩，詩中有「遇晴常聽月，無月聽偏難」之句；陳教授詮釋說：「明末遺臣，都以望月、聽月為思明的象徵。明字去日，僅留月字半邊，象徵（明朝）半壁江山；若想耳聽月邊日字消息，則須遇晴纔有可能。⑭」再如丁原基在所著《清代康雍乾三朝禁書原因之研究》一書中，說道：「（呂留良）又有詩句云：『清風雖細難吹我，明月何嘗不照人？』此清風之『清』，乃暗指清朝而言；明月之『明』，即指大明王朝。以示清廷雖以威迫利誘，皆難令其變節，而明月照臨之處，必得光明，即言大明必有光復之日。⑮」《紅樓夢》繼承這一明朝遺民的作法，亦以「風」隱喻清朝，以「月」隱喻明朝，而以「風月」隱喻明臣降清，與清朝結合一體之意。寶鑑，意謂寶貴的借鑑、鑑戒。風月寶鑑，隱含雙重涵義，其一是指滿清招降明朝將領時，宣傳孔、耿、尚、吳三桂等明將降清封王的事，就是降則封賞、不降則殺的典例、寶貴借鑑。例如，「多爾袞致史可法書」便說：「至南州群彥，翩然來歸者，則爾公爾侯，列爵分土，有平西典例在。⑯」就是以吳三桂降清受封平西王作為典例，來招降南明南京弘光政權的大臣。其二是指對於孔、耿、尚、吳等明將降清事件，後來孔有德被漢人反攻而自盡，其他三藩被滿清封藩又撤藩而殺滅這樣的因果，世人應當引為背明降清的寶貴鑑戒。因此，東魯孔梅溪則題曰「風月寶鑑」，是隱喻書中有關山東孔有德等原崇禎明朝將領屈膝降清之流的孔、耿、尚、吳等，遭受滿清封藩、撤藩玩弄而自取滅亡這個主題的事跡，足供世人作為背明降清行為的寶貴鑑戒，則標題稱為「風月寶鑑」。

〔甲戌本眉批〕等評注說：「雪芹舊有風月寶鑑之書，乃其弟棠村序也。今棠村已逝，余覩（睹）新懷舊，故仍因之。」雪芹，即曹雪芹，通諧音「昭雪情」，影射因遭滿清撤藩，為「昭雪仇恨之情」而起兵反清的吳三桂。書，通諧音「事」，事件、事跡之意，而不是指書籍。棠，即棠棣，木名，果實如櫻桃。《詩經・小雅》有〈常棣〉篇，常為棠的假借字，為周公燕兄弟之歌，故後世以棠棣比喻兄弟。村，人多聚居處為村，這裡「村」比喻一群人。棠村，意謂兄弟群，這裡是影射與吳三桂如兄弟般的漢姓藩王孔、耿、尚三藩。四藩中吳三桂擁兵最眾，更封親王，位勢均為漢姓諸王老大，故以「弟棠村」寓指勢位較次的其他三藩。序，為次序、序列之意，而不是指為某書籍作序文。今，隱指吳、耿、尚三藩反清之時。今棠村已逝，是隱述至今三藩反清之時，最初如兄弟般封王的同輩孔有德、耿仲明、尚可喜都已逝世。睹新懷舊，是隱指目睹今日三藩被撤而起兵反清的新情況，懷想起舊時四人降清被封王，還被滿清高捧為漢將降清之寶貴借鑑、模範的情狀。這則脂批是評注說：「現在因遭撤藩而起兵反清以『昭雪仇恨之情』的吳三桂，舊日曾有過降清封王而被滿清標榜為明將降清之寶貴借鑑、模範的事跡，乃是繼勢位較次的孔、耿、尚三王次序被封王、標榜為模範的。時至今日三藩被撤而起兵反清之時，最初如兄弟般的同輩漢王孔有德、耿仲明、尚可喜都已經逝世了，但是我目睹今日吳、耿、尚三藩反清這種被滿清兔死狗烹掙扎的悲慘新情況，不禁懷想起舊日他們降清而被滿清封王，並標榜為明將降清的寶貴借鑑（風月寶鑑）那樣榮寵的舊日情況，心中不勝感慨，故而將他們降清最終被滿清兔死狗烹的悲慘下場新事跡，仍然因襲他們當初降清受寵時的舊稱，依舊標題為『風月寶鑑』，以作為世人背明降清的寶貴鑑戒。」

(5) 後因曹雪芹于悼紅軒中披閱十載，增刪五次，纂成目錄，分出章回，則題曰「金陵十二釵」：雪芹，周汝昌在其《紅樓夢新證》第二章「人物考」中，討論曹霑字芹圃、號雪芹時，提到說：「為人習知的『雪芹』取字中一『芹』字，別冠以『雪』字，怕是從蘇轍〈新春〉詩『園父初挑雪底芹』，或范成大〈田園〉絕句『玉雪芹芽拔薤長』（參看蘇軾〈東坡八首〉之三：『泥芹有宿根，一寸嗟獨在。雪芽何時動，春鳩行可燴』）而取來的。」⑰但是周氏並未進一步詮釋這三首詩中的「雪底芹」、「玉雪芹芽」、「泥芹、雪芽」，與曹霑的號雪芹有什麼實質關係，而且他所討論的對象是江寧織造曹家的曹霑、號雪芹者，而此人並不見得是此處書中角色的曹雪芹。

至於這裡書中角色的曹雪芹，其中「雪芹」二字的意義，應該就是取義自以上周氏所提蘇軾詩〈東坡八首〉之三的「泥芹、雪芽」，及較後的蘇轍〈新春〉詩的「雪底芹」。蘇軾這首詩作於經歷小人陷害的「烏臺詩案」，被囚御史臺獄後，貶謫黃州躬耕東坡之時，這首詩是有寓意的。詩中他自比為「泥芹、雪芽」，前兩句「泥芹有宿根，一寸嗟獨在」，係隱寓他是被如污泥般的小人所掩埋、陷獄的一寸芹根，所幸他是有宿學根基的，嗟嘆著獨力不屈地撐持忍耐著。後兩句「雪芽何時動，春鳩行可燴」，是隱寓他堅苦地期待這個芹根在霜雪嚴寒的惡勢力壓迫下何時能長出雪芽，則等到春臨雪融便可作成其故鄉蜀人雜鳩肉所作成的貴重名菜「芹芽燴」，再度像自由享用美食似地平反復官了。蘇轍〈新春〉詩全詩為：「佳人旋貼釵頭勝，園父初挑雪底芹。欲得春來怕春晚，春來會似出山雲。」詩意是受隆冬寒雪壓制在地底的芹根，忍耐著等待春來再茁壯。本書中「雪芹」二字，就是取二詩受寒雪壓迫的芹根忍苦等待春臨雪融再發芽茁壯之意。而曹雪芹，就是諧音「遭雪芹」之意，隱喻一位遭受北方寒雪勢力壓迫忍苦等待春臨茁壯的人物，影射遭受北方寒雪勢力滿清的壓迫，忍苦等待雪仇茁壯的人物吳三桂，亦即被撤藩而起兵反清雪仇時期的吳三桂。

此外，曹雪芹又通諧音「昭雪情」或「昭雪群」，隱含「昭雪仇恨之情」或「昭雪仇恨之群眾」的涵義。中國自隋唐至明清各朝都設吏、戶、禮、兵、刑、工等「六部」政府，吳三桂於康熙十二年十一月叛清，取國號周，則獨仿古制設立「六曹」政府⑱，故「六曹」政府，實為吳三桂周王朝的特色。這裡曹雪芹的「曹」字，就是暗點具有「六曹」政府特色的吳三桂反清周王朝政權。又「曹」字的字義為曹偶、夥輩，又通諧音「朝」，故曹雪芹又有「昭雪仇恨之情的群眾、王朝」的涵義，主要是影射因遭撤藩而起兵「昭雪仇恨之情」的吳三桂反清周王朝政權、集團。另外，雪芹又通諧音「血親」，故曹雪芹又通諧音「朝血親」、「曹血親」。其中「朝血親」，即「朝中的血親」，暗指吳三桂質押在北京朝廷的長子吳應熊。其中「曹、朝血親」結合「昭雪仇恨之情」的涵義，又隱含「血統相親的雪仇群眾、王朝」的涵義，則是寓指「血統相親的漢族雪仇反清的群眾、政權或王朝」。這些多重的隱義，在書中或脂批中隨著情節的變化而有不同的運用與影射。

悼紅軒，隱指吳三桂初起兵反清時曾率部眾到朱明王朝永曆帝陵，悼祭痛哭，懷抱著擊滅朱明王朝的悲悼懺悔之情，又廣義地隱指吳三桂、明鄭反清集團懷抱著悼念朱明紅色軒昂殿宇、王朝的情懷。披閱十載，是隱述吳三桂聯合三藩及台灣明鄭延平王朝抗清的集團，披甲校閱軍隊與滿清作戰，自康熙十二年至二十二年台灣敗降為止，總共十年⑲，猶如披閱一本書費了十年時間一樣。增刪五次，是隱述吳、鄭集團十年抗清作戰中，經過五次的勢力增刪、陣容調整（如起兵初期、五年後稱帝、三桂死後太孫吳世璠繼位、耿藩叛清復降清、大陸皆敗後獨剩台灣等變化）。「纂成目錄，分出章回」，這兩句是隱喻戰爭打過一回又一回，每回重點都不同，好比一本書可以分出章回，編成目錄一樣。

金陵，為南京古名，而朱元璋建立明朝於南京，故金陵係寓指明朝漢人政權。十二，隱指吳三桂起兵反清於康熙十二年。釵，指書中林黛玉等頭上插戴釵飾的美人，本書師法《離騷》美人筆法，故書中十二釵美人大多是代表帝王將相。題曰「金陵十二釵」，是暗寓這次吳、鄭等聯合抗清戰爭，以恢復金陵朱明王朝的名義為號召，且發動於康熙十二年，故將書中有關這個主題的事跡，標題稱為「金陵十二釵」。

歸納以上所題各名稱，可見題曰的「題」字，其涵義是就書中故事的某一主題而標題一個名稱的意思，故標題出各種名稱，是表示同一部書具有幾個不同主題重點，而不是真有不同名稱的多本書籍。

(6) 滿紙荒唐言：這句是隱指康熙十二年十一月二十一日吳三桂起兵反清時，所發佈的討伐清朝檄文，內容除了虛誇巧飾之外，還有完全憑空杜撰者，簡直滿紙都是荒唐不實的言詞。該檄文起頭說：「一時李逆倡亂，聚賊百萬，橫行天下，旋寇京師，痛哉！毅皇列后之崩摧，慘矣！…普天之下，竟無仗義興師勤王討賊，傷哉！國運夫何可言？本鎮獨居關外，矢盡兵窮，淚乾有血，心痛無聲，不得已歃血定盟，許虜封藩，暫借夷兵十萬，身為前驅，斬將入關，李賊逃遁。」責罵普天之下竟無仗義興師勤王討賊的人，獨有他挺身而出借得清兵十萬，斬將入關驅走李賊。其實李自成攻陷北京時，他擁有明朝最精銳的關寧鐵騎，卻徘徊不前，稍後並已受款降李，只因行至半路遇到從北京逃出的家人，得知其愛妾陳圓圓及父吳襄被李自成拘捕，才衝冠一怒轉而向滿清借兵報仇，而且不久就由借兵轉為降清賣國的敗行，這些他都掩飾不提，故這段文字都是文過飾非而且誇飾自己仗義神勇的虛偽之詞。再來又說：「不意狡虜遂再逆天背盟，趁我內虛，雄踞燕都，竊我先朝神器，變我中國衣裳，方知拒虎進狼之非，莫挽抱薪救火之悞（誤）。本鎮刺心嘔血，追悔無及，將欲轉戈北逐，掃蕩腥氣，適值周、田二皇親，密會太監王奉抱先皇三太子，年甫三歲，刺股為記，寄命托孤，宗社是賴。姑飲泣隱忍，未敢輕舉，以故避居窮壤，養晦待時，選將練兵，密圖恢復，枕戈聽漏，束馬瞻星，磨礪競惕者，蓋三十年矣！」這一段文章寫得最為感人，其中指責滿清

（多爾袞）「逆天背盟，趁我內虛，雄踞燕都，竊我先朝神器，變我中國衣裳」，應是事實，也是他一生追悔莫及的最大慚恨。不過被迫降清後，他只一心效忠清廷殺滅明朝，以期享受封藩富貴，從來也未曾有過「養晦待時，選將練兵，密圖恢復」的企圖心。至於「密會太監王奉抱先皇三太子，年甫三歲，刺股為記，寄命托孤」，則完全是子虛烏有的憑空杜撰。後頭又說：「本鎮仰觀俯察，正當伐暴救民，順天應人之日也。爰率文武臣工，共襄義舉，卜取甲寅年正月元旦寅刻，推奉三太子，郊天祭地，恭登大寶，建元周啟（咨），檄示佈聞，告廟興師，刻期進發。」但實際上他身邊並無朱三太子其人，根本是荒唐的杜撰。而既說要復興明朝，卻另建國號為「周」，實在荒唐。所以整篇討清檄文，實在不倫不類，簡直是「滿紙荒唐言」。這裡以「滿紙荒唐言」來概括這篇檄文，實在既簡要，又貼切。⑳

(7) 一把辛酸淚：這句是隱指吳三桂反清出師前，率三軍祭拜永曆帝陵時，既懺悔親手滅明並擒殺故君永曆帝，又憤恨滿清無情撤藩，滿懷懊悔委屈之情，於三呼跪拜時崩潰，化為一把辛酸淚，失聲慟哭不止，伏地不起，牽動三軍感傷滿人欺壓漢人的民族情感，也淚如雨下，放聲同哭，聲震如雷，這場吳三桂心酸大哭大流淚的悲壯場面。㉑

(8) 都云作者痴：作者，前面已說過是隱指創作出引滿清入主中原事跡之「石頭記」的創作者石頭吳三桂，這裡則是隱指創作出「金陵十二釵」事件的創作者吳三桂。這句是隱指吳三桂周遭的人都說他舉兵反清很痴傻。蓋滿清撤藩，是將他撤離藩地雲南，移駐關外錦州、寧遠一帶，雖然地盤軍隊將大減，但王爵還在；若叛清則難免一場大廝殺，成敗難料，而質押在北京的長子吳應熊一家則立即會被滿清捕殺。所以當三桂決意反清時，他的妻子張氏就大鬧藩王府，指責三桂要害死她的兒子吳應熊。從前對他降清頗不以為然的愛妾陳圓圓，這時不但極力反對他反清，而且還要求三桂說：「到了今日，安榮已極，…長此奢華，恐遭天忌，願王爺賜一靜室，俾妾茹素修齋，得終天年。」等於採取不聞不問的具體退避行動，奚落三桂反清的痴傻不智。而三桂一向仰慕而致書延聘的通人處士謝四新，對他反清之舉，則寄詩譏諷他說：

復楚未能先覆楚，帝秦何必又亡秦。…永夜角聲應不寐，那堪思子又思親。㉒

謝四新的說法反映了當時世人大都認為三桂此舉甚為痴傻的觀點。

(9) 誰解其中味：這句是隱指世人對於吳三桂被滿清藉結盟封藩為手段，誘他降清為滿清賣命，殘殺無數漢族同胞，滅亡祖國明朝，助滿清取得天下，才獲得滿清實現盟約，封藩雲南，但只十來年就被滿清背盟撤藩的這種遭遇，又有誰能夠瞭解吳三桂被滿清玩弄、兔死狗烹的內心痛苦滋味呢？《細說吳三桂》一書記述，康熙十二年十一月十五日，雲南巡撫朱國治陪同康熙派來監督撤藩事宜的哲爾肯、傅達禮等三位大人，至昆明平西藩王府試圖探問三桂撤遷時程，三桂閉口不提搬遷事，「朱國治忍不住試探地問：『三大人（等）候（已）久，王若無意（指搬遷），三大人自去回旨。』不料，先時還是笑容可掬的吳三桂，這時竟一下子『頳頰大罵』起來，他指著朱國治道：『吾挈天下以與人，只此雲南是吾自己血掙。今汝貪污小奴，不容我住耶？』」㉓這句「吾挈（按意為提拿）天下以與人（按指滿清），只此雲南是吾自己血掙」，正是吳三桂的真正心聲，同時也是歷史的事實，而滿清「不容我住」，正是吳三桂內心最深沉的苦澀、委屈、刺痛。試想他血戰十六、七年，滅亡自己祖國明朝，擒殺祖國永曆帝，殘殺無數同族漢人，為異族滿清定天下，才好不容易獲得滿清實現當初盟誓的許諾，封藩偏遠的雲南一隅，而盟誓時多爾袞不只許諾對其本人「封以故土，晉為藩王」，還許諾「世世子孫長享富貴」，如今在他有生之年，滿清就急著要過河拆橋撤藩，吳三桂真是情何以堪，其內心的悽苦滋味，確實是難於忍受。然而周遭的世人，由於痛恨他降敵賣國的漢奸行徑，總認為他被滿清撤藩正是天理昭昭的應得報應，不會再去深入體會這種殺手被整治的悲哀，慣以「成者為王，敗者為寇」著眼的官修歷史，更不會去同情吳三桂這種敗者為寇的角色，因此，這句「誰解其中味」，實在是寫盡了吳三桂這種殺手角色，被人利用玩弄後遭毀棄，而得不到世人與歷史任何同情之殺手輓歌的無限淒涼滋味。

〔靖藏本附紙特批〕等評注說：「此是第一首標題詩。能解者方有辛酸之淚，哭成此書。壬午除夕。書未成，芹為淚盡而逝。余常哭芹，淚亦待盡。每思覓青埂峰再問石兄，奈不遇癩頭和尚何？悵悵！今而後，願造化主再出一芹一脂，是書有口（成），余二人亦大快遂心于九原矣。甲申八月淚筆。」第一句「此是第一首標題詩」，是提示「滿紙荒唐言」這首詩，是標明吳三桂於康熙十二年聯合三藩、明鄭等共同抗清，首次打出「金陵十二釵」這個反清旗幟之情由的標題詩。這則脂批中的三個「書」字，義通諧音「事」字，隱指「起兵反清（復漢）的事」。「能解者方有辛酸之淚，哭成此書」這兩句，是隱述只有能夠解悟被滿清利用來殺同胞滅祖國，換得封藩，隨即遭毀約撤藩耍弄的深沉悲哀者吳三桂，才有辛酸的眼淚，在永曆陵前悔恨痛哭而發動成這個反清復漢的事。壬午除夕，是注解以上吳三桂發起反清復漢的事，其籌備、組織完成的時程，是在康熙十二年壬午至除夕之間。而壬午應是指康熙十二年十一月十七壬午日，因為自上述十一月十五日吳三桂大罵朱國治時，已洩露他抗拒朝廷撤藩的意圖，所以緊接著三桂便派人攔截趕回北京奏報的傳達禮，反清的企圖完全暴露就在十一月十七日壬午前後。數日後的十一月二十一日便正式祭旗反清，發佈反清檄文，並訂定隔年康熙十三年一月一日正式建國號周，自稱為周王，故當年十一月十七日壬午至十二月三十日除夕，正是吳三桂籌組完成建立反清之周國政權的期間。㉔

「書未成，芹為淚盡而逝。余常哭芹，淚亦待盡」，句中的「芹」即曹雪芹，「余」字是批書人脂硯齋的自稱。這裡曹雪芹，通諧音「朝血親」，是影射吳三桂質押在北京「朝中的血親」長子吳應熊等。脂硯齋，則是影射喜好胭脂粉墨登場票戲的吳三桂。史書記載吳三桂起兵反清後一個月的十二月二十一日，清廷獲知消息，數日後康熙便將吳應熊及其子等拘禁，並削除吳三桂的王爵。次年康熙十三年四月，由於吳三桂上書妄行乞請畫長江為界言和，康熙為「寒老賊之膽」、「絕群奸之望」，遂於四月十三日，下令將吳應熊及其長子吳世霖處死。六月這個噩耗傳來，正在桌前飲酒的吳三桂大驚，「推食而起」，極度痛心、憤恨，「在人面前不肯顯出，暗地裏哭。」㉕到了康熙十七年八月十八日（或說十七日），吳三桂自己也病死了㉖。這四句批語是隱述說：「吳三桂這個起兵反清復漢的事業（書）尚未完成，而他質押在北京『朝中的血親』長子吳應熊及孫子（芹），就已經被康熙拘囚，悲哭淚盡而被殺逝世了；我這個『性喜胭脂美人及粉墨登場票戲』的脂硯齋吳三桂（余）常為長子吳應熊及孫子的死難而哭泣（哭芹），現在我本人眼淚也等待著流盡而死。」

「每思覓青埂峰再問石兄，奈不遇癩頭和尚何？悵悵！今而後，願造化主再出一芹一脂，是書有口（成），余二人亦大快遂心于九原矣。甲申八月淚筆。」這裡石兄，指青埂峰下那塊刻記石頭（吳三桂）被僧人携入紅塵中經歷之故事的大石頭（吳三桂）。和尚影射光禿前腦的滿清，癩頭和尚則是影射滿清入關時與吳三桂歃血誓盟的攝政王多爾袞。九原，義同九泉地下。甲申八月，是康熙十七年八月十六甲申日，即吳三桂死亡的前一或二天。淚筆是淚盡臨死絕筆之意。這一小段批語是以脂硯齋吳三桂本人的口氣，隱述說：「我這性喜胭脂粉墨的脂硯齋吳三桂被撤藩後，就每每懷抱著再尋覓重回當初訂盟的山海關（青埂峰）現場的念頭，捫心一再自問當初愚頑如石頭的自己（石兄）與滿清發誓訂盟的內容難道有差錯，否則當初的滿清已許諾封藩長享富貴，如今的滿清卻為何要撤藩，奈何再也遇不到當初盟誓的癩頭和尚滿清多爾袞（按因早已逝世）當面對質了，徒喚奈何？這真是令人悵惘啊！如今我脂硯齋吳三桂死後，但願造化主的老天爺能保佑吳家此後再出現類似從前擁有一個朝中親王曹雪芹吳應熊（一芹），及一個在野藩鎮脂硯齋吳三桂（一脂）這樣的繁華富貴場面，讓我這個大周王朝的反清復漢事業（書）能夠有所成就，則我與兒子應熊二人也就大為快意遂心於九泉地下了。康熙十七年八月十六甲申日淚盡臨死絕筆。」由此可見這一則脂批是以隱筆記錄吳三桂臨終前對於滿清背盟撤藩的感嘆與囑咐所屬應繼續完成其遺志的遺言。

這則脂批最特異的是以批書人脂硯齋自稱的「余」字，來替代書中主人翁石頭吳三桂，作第一人稱的自述。其次是批者所署批註的時間甲申八月，其中的干支「甲申」不是指年份，而是表示日期，而且將月、日的位置予以顛倒。這是脂批中欺人眼目的兩種重要筆法。

(10)至脂硯齋甲戌抄閱再評，仍用「石頭記」：脂，即胭脂、美人之意。硯，為研墨、盛墨汁的器具，故這裡以「硯」代稱「墨」。齋，即書房，本書常以書房隱指皇宮、京城、駐防城市、王朝等意義。脂硯齋，是影射性喜胭脂美人及粉墨登場票戲的吳三桂、其大周王朝或雲南藩王政權。此外，脂硯齋通諧音「脂硯災」，隱寓因貪圖藩王府胭脂美人歌舞、粉墨登場票戲的富貴生涯，而造成引清兵入關亡國之大災難的吳三桂。有關吳三桂性好胭脂美人、歌舞、票戲的情況，除了迷戀陳圓圓傾亡明朝漢族而著名青史之外，在封藩雲南時期的情況，史書也有種種描述，如說：「三桂…特遣專人前往出美女的『三吳』地區選購十五六歲的秀女。先後購買吳伶美女四十餘人，朝夕歌舞。…其後宮之選，也不下千人！每當宴會之際，三桂吹笛，宮人美女們伴以合唱。」又如說：「（吳）王爺素喜歌舞，時常在（安阜）園中大宴府中幕僚與名士，徜徉其間，興起之時，又會自奏琴笛，命諸歌女依次演唱。」又如說：「（三桂）在雲南王府內豢養了一個劇團，吳三桂自己更常票戲演唱，最擅手好戲是『崔鶯鶯和張君瑞』（西廂記），他演的是寺中主持派出求救官兵之人—惠明和尚，此和尚以武功自豪。」㉗

抄閱再評，這是把前面曹雪芹于悼紅軒中披閱，當作是初批初閱，因而說這次是抄襲上次初閱的情況，而再度批評。這是再度以抄閱批評書籍的極怪異隱密筆法，來隱寫吳三桂在康熙十七年三月，抄襲康熙十二年籌組周王政權起兵反清的模式，正式登基稱帝、建立大周王朝，重行組閣整頓，校閱軍隊，再度與滿清較量評比一番。甲戌，是康熙十七年三月三日甲戌日，是標注吳三桂登基建朝的日期。有關吳三桂登基稱大周皇帝的日期，有些史書說是三月三日㉘，有些則說是三月一日㉙，則甲戌日正是吳三桂登基稱帝的當天或後兩天。「石頭記」，指前面青埂峰下那塊大石所刻記該石頭被僧人携入紅塵中經歷的一篇故事，也就是吳三桂在山海關被滿清多爾袞操弄剃髮降清，操控入關擊滅李自成後，又調回關外錦州的那段事跡。仍用「石頭記」，是指此處脂硯齋甲戌抄閱再評的結果，因為類同前面青埂峰下的石頭記，所以仍用「石頭記」的名稱。這是隱述吳三桂在康熙十七年三月甲戌日左右登基稱帝，重新組閣操閱軍隊，再度與滿清評比較量高下的結果，最後其大周王朝被滿清擊敗，已蓄留全髮的全部漢人軍民，又被迫剃髮降清，與當初吳三桂引清兵入關之時，吳三桂與中原漢人都被迫剃髮降清的結果相同，所以仍舊用當初「石頭記」的名稱來標題這次新事件。

這裡作者將吳三桂稱帝後的反清失敗事跡與當初引清兵入主北京的事跡等同起來，都稱為「石頭記」，我們詳細考究其等同的原因，最主要是前後兩次事件都具有「剃髮降清」的特色。然而前次山海關事件所以稱為「石頭記」，原文已以「頑石」、「自恨粗蠢」、「弟子蠢物」、「你性靈卻又如此質蠢」等語詞，清楚透露是以「石頭」來諷喻吳三桂投降異族滿清而出賣自己漢族的行為「頑劣愚蠢」如「石頭」。但是後次稱帝後的反清事件，是聯合漢族勢力以抗擊異族的滿清，這已是高尚的復興漢族行為，故並不能再像前次以代表「頑劣愚蠢」的「石頭」來諷喻這次的吳三桂。可見將後次事件仍舊稱為「石頭記」，必是根據「石頭」的其他特點，而且必與「剃髮降清」有關。這明顯是基於「石頭」寸草不生的特點，由於吳三桂這前後兩次事跡的共同特點為「剃髮降清」，而降清剃髮是將前腦頭髮剃光，這光禿無髮的前腦看上去就像一塊寸草不生的石頭，故而將前後兩次「剃髮降清」的事跡，都同稱為「石頭記」。這是「石頭記」隱得更深的另一層隱義，而且可能是更重要的意義。而因為這層將前腦剃得光禿如寸草不生的石頭的隱義，更能凸顯出漢人降清的外形最大特徵，故早期本書都稱《石頭記》，以便鮮明標幟漢人亡於滿清的恥辱形象記事。

〔甲戌本眉批〕評注說：「若云雪芹披閱增刪，然開卷至此這一篇楔子，又係誰撰？足見作者之筆狡猾之甚。後文如此處者不少。這正是作者用畫家煙雲模糊處，觀者萬不可被作者瞞蔽了去，方是巨眼。」這一則脂批含蘊甚廣，第一是明確提示自開卷的「列位看官」句，至此「仍用『石頭記』」句，這一篇註明「石頭記」來歷的文章是《石頭記》或《紅樓夢》這本書的楔子。第二是提示讀者應特別注意這一篇楔子的作者是誰的問題。第三是提示後面批閱增刪「石頭記」的曹雪芹，就是前面楔子中創作出「石頭記」故事的自譬「石頭」的人；其內層涵義則是提示說：「若說吳三桂籌創出曹雪芹—『昭雪仇恨之情』的『六曹』周政權，標舉出康熙十二年聯合復明勢力抗清的『金陵十二釵』旗幟，披甲校閱軍隊與滿清較量評比，過程中陣容有增有刪，則前面楔子中的山海關剃髮降清事跡—『石頭記』，又是誰創作的呢？（還不是吳三桂！）」第四是藉曹雪芹就是石頭為範例，提示讀者：「從曹雪芹其實就是石頭，足見作者的筆法甚為狡猾，後文如此處曹雪芹與石頭這樣一而二、二而一的混沌情況還有不少。這正是作者故意採用畫家煙雲模糊畫法的地方，觀書閱讀者萬萬不可被作者瞞騙掩蔽去了，這樣才算是具備一雙巨眼，而足以透視作者煙雲模糊筆法背後的真相啊！」這是點示本書人物、情節寫作筆法的最大特色，就是模糊朦朧，是煙是雲攪混不清，必須獨具一雙透視巨眼，才有可能勘破機關，了悟真相。其實空說獨具巨眼還是不管用，最重要的是要憑藉脂批的評注文字，才稍稍有可能窺破《紅樓夢》故事的真相。

(11)「出則既明，且看石上是何故事？按那石上書云」：這三句在結構上是全書的第三部份文字，是一小段承上啟下的極簡短文字。它點明以上第二部份文字已將「石頭記」故事的來歷出處解說明白了，然後就轉而開啟「按那石上書云」以下至書末「石頭記」故事本身的第四部份文字。其中的第二、第三句「且看石上是何故事？按那石上書云」，很顯然是一種模仿說書人面對現場聽眾自問自答的說書口吻。因此，《石頭記》或《紅樓夢》從第一至第四部份，全書都是作者假借第三人稱的說書人角色來撰述的，這是本書敘述結構的最大特色。

〔甲戌本夾批〕評注說：「以（下）石上所記之文。」這是加強點示讀者自「按那石上書云」這句話以下至全書結尾，全部是清埂峰下的石頭編寫在大石上的「石頭記」故事，以刺激讀者再進一步聯想到這句話以前的楔子並不是清埂峰下的石頭所撰寫者，故本書全書的作者並非「石頭」或「石兄」，而是另有其人。

◈真相破譯：

這個石頭吳三桂獲空空道人滿清重新調用入關後，因為其剃空前腦頭髮所表明的降清意志，而見識到滿清賜封平西王的爵位名色，並重獲其愛妾陳圓圓的美色（因空見色）；由於受封平西王的爵位名色，使他更專情、效力於滿清，並與滿清建立兒女姻親關係，對滿清產生親密的情緣關係（由色生情）；因為與滿清建立親密情緣，又轉而傳導他獲得晉封平西藩王、親王的更顯耀爵位名色，並沉浸入藩王富貴美女歌舞的聲色之中（傳情入色）；後來他被撤藩，而自陶醉於藩王富貴美色中，醒悟紅樓繁華成空，其後憤而起兵反清敗亡，便一切歸空（自色悟空）。吳三桂這樣的經歷事跡就好像專情於貌似僧人的滿清而為之建朝定天下的記事錄（情僧錄），又好像一個僧人由情色悟空過程的記事錄（情僧錄）一樣，故而遂將他由原先的石頭改易名稱為專情於貌似僧人滿清的情僧，並將有關他二次入關後所經歷這樣的主題事跡，由原先剃髮降清初次入關事跡的「石頭記」改稱為「情僧錄」。到了後來吳三桂獲滿清皇帝御封為雲南平西藩王（吳玉峰），實現了享受藩王歌舞富貴溫柔生涯的夢想（紅樓夢），書中有關這個主題的事跡，則標題稱為「紅樓夢」。至於書中有關像山東魯地孔有德等原為自縊煤山的明崇禎帝朝臣而降清之流的人物（孔梅溪，影射孔有德、耿仲明、尚可喜、吳三桂等漢人藩王），仿傚清風明月相映成趣的情況，以明臣身分投降滿清，而與滿清相結一體（風月），被滿清封王並標榜為明臣降清的寶貴借鑑（風月寶鑑），他們後來不是被漢人反撲殺害，便是被滿清封藩、撤藩玩弄而自取滅亡，這種以孔有德為代表的主題事跡足供世人作為背明降清行為的寶貴鑑戒（風月寶鑑），則標題稱為「風月寶鑑」。後來因為撤藩而引發的「昭雪仇恨之情」的吳三桂、明鄭等反清集團（曹雪芹），在悼念朱明紅色軒昂殿宇、王朝的情懷中（悼紅軒），披甲校閱軍隊（披閱）與滿清作戰，歷經十年（按自康熙十二年至二十二年），其間陣勢調整增刪五次，拼戰一回又一回，每回目標、細節不同，就好比一本書可以編成目錄、分出章回一樣，由於這次聯合抗清戰爭以恢復金陵朱明王朝的名義為號召，而且發動於康熙十二年，故將書中有關這個主題的事跡，標題稱為「金陵十二釵」，並題一首絕句詩來詠嘆首次起義時的情由，這首詩說道：

吳三桂首次起義所發佈的討清檄文虛誇巧飾，簡直滿紙都是荒唐不實的言詞；他率領三軍祭拜永曆帝陵，懊悔背明降清之誤，而灑下一把悲號震天的辛酸淚！世人都說這次「金陵十二釵」反清運動的創作發起者吳三桂，事明背明，降清叛清，真是太痴傻了；然而又有誰能夠瞭解他被滿清以封藩誘騙賣國，事成便背盟撤藩，這樣被欺弄毀棄的內心痛苦滋味呢？

到了「性喜胭脂美人、粉墨登場票戲」的脂硯齋吳三桂，於康熙十七年三月三日甲戌日，抄襲康熙十二年其初次籌組周王政權起兵反清的模式（抄），正式登基稱帝、建立大周王朝，重行組閣、校閱軍隊（閱），再度與滿清評比較量高下一番（再評），最後的結果大周王朝被滿清滅亡，已蓄留全髮的漢人軍民部眾，又被迫剃得前腦光禿如寸草不生的石頭，與當初他引清兵入關之時，其部眾及中原漢人都被迫剃髮降清，前腦剃成光禿如石頭的「石頭記」事跡相同，所以將這次稱帝後的反清失敗新事跡，仍舊用當初山海關事件的「石頭記」名稱來標題。

「石頭記」故事的來歷出處既然已經解說明白了，我們且來觀看那塊大石上寫的是什麼故事？按那塊大石上書寫說：

附註：

①《甲申傳信錄》，清初錢䎘著，中國歷史研究社編輯，王靈皋輯錄，上海神州國光社出版，民國三十五年十一月出版，卷八，第一四三至一四四頁。

②同上《甲申傳信錄》，卷八，第一四四頁；及《玉玲瓏》，樸月（本名劉明儀）著，台北遠流出版公司，一九九四年六月初版七刷，第三六四頁。

③引錄自以上《細說吳三桂》所引清劉健《庭聞錄》卷一，及清鈕琇《觚剩》，第四頁。

④《痴道人・順治皇帝傳奇》，張曉虎著，台北國際村文庫書店出版，一九九五年元月出版，第四三頁。

⑤有關山海關事件時李自成、吳三桂、滿清的軍力，《明季流寇始末》，李光濤著，中央研究院歷史語言研究所刊行，民國五十四年三月出版，第九二頁引《明史・流寇傳》說李自成軍二十萬；其餘請參見以上《吳三桂大傳》，上冊，第一二六至一二七、一三九頁，及一三三至一三四頁相關附注。

⑥同上《甲申傳信錄》，卷八，第一四〇至一四一頁。

⑦同上《吳三桂大傳》，上冊，第二二六至二四三頁；及以上《吳三桂傳》，第一一九至一二九頁。

⑧同上《細說吳三桂》，第八九頁。

⑨請參閱《天花藏主人及其小說》，林辰、段句章著，遼寧教育出版社，二〇〇〇年出版。

⑩同上《細說吳三桂》，第八九頁。

⑪《吳梅村詩選・圓圓曲》引清陸次雲《圓圓傳》，王濤選注，劉逸生主編，台北遠流出版公司出版，民國七十九年十月初版二刷，第一七五頁。

⑫引錄自以上《辭源》，「紅樓」條及「酉陽雜俎」條。

⑬引錄自〈楹聯的製作及其相關問題〉一文，陳慶煌（冠甫）著・載《中華詩學》第十四卷第二期，總號五四，中華學術院詩學研究所，中華詩學雜誌社（台北）發行・民國八十五年冬季出版，第二九頁。

⑭引錄自〈海外依人半受嫌──沈斯菴詩中的臺灣風物和故國心聲〉一文，陳慶煌（冠甫）著，載《文學與美學》第七集，文史哲出版社，民國九十一年十月初版，九十三年七月發行，第一〇〇至一〇一頁。

⑮引錄自《清代康雍乾三朝禁書原因之研究》，丁原基著，台北市，華正書局，民國七十二年二月初版，第八三頁。

⑯同上《清朝全史》「多爾袞致史可法書」，上三，第一四至一五頁。

⑰引錄自《紅樓夢新證》上冊第二章「人物考」，周汝昌著，北京，華藝出版社，一九九八年八月第一版第一次印刷，第一三至一四頁。

⑱同上《吳三桂大傳》下冊，第五二六至五二七頁。

⑲有關吳三桂等三藩聯合台灣鄭經延平王朝抗清十年的事跡，詳情請參閱以上《吳三桂大傳》下冊，第五一八至七九三頁；及《臺灣史》，林衡道、臺灣文獻委員會主編，眾文圖書公司發行，民國八十三年五月一版四刷，第二一三至二四〇頁。另各史書亦多有記載。

⑳詳見以上《吳三桂大傳》下冊，第五二一至五二四頁。

㉑詳見以上《吳三桂大傳》下冊，「哭陵倡亂」章，第五一八至五二〇頁；及以上《細說吳三桂》，第一五一至一五三頁。

㉒同上《吳三桂傳》，第一七一至一七三、一七六頁；及以上《細說吳三桂》，第一五四、一六〇頁。

㉓同上《吳三桂大傳》下冊，第七三五至七三六頁；及以上《細說吳三桂》，第一七四至一七五頁。

㉔有關吳三桂發動、組織、籌劃完成反清行動的經過，請參閱以上《吳三桂大傳》下冊，第五〇八至五二七頁。

㉕《龍鳳劫‧康熙皇帝傳奇》，張研著，台北國際村文庫書店，一九九五年元月初版，第五八頁；以上《細說吳三桂》，第一六一頁；及以上《吳三桂大傳》下冊，第五二九至五三四、六三三頁。

㉖同上《細說吳三桂》，第一四八頁；及以上《吳三桂大傳》下冊，第五一三頁。

㉗請按序參見以上《吳三桂大傳》下冊，「麗宮藏嬌」章，第四三九頁；以上《細說吳三桂》，第一一五頁；及以上《吳三桂傳》，第一五三頁。

㉘同上《細說吳三桂》，第一七二頁；及以上《吳三桂傳》，第一九八頁。

㉙同上《吳三桂大傳》下冊，第七〇三頁。

第五章　甄士隱夢幻識通靈故事的真相

第一節　甄士隱與妻女出場故事的真相

◈原文：

當日地陷東南(1)，這東南一隅有處曰姑蘇(2)，有城曰閶門者，最是紅塵中一、二等富貴風流之地(3)。這閶門外有個十里街(4)，街內有個仁清巷(5)，巷內有個古廟，因地方窄狹(6)，人皆呼作葫蘆廟(7)。廟旁住著一家鄉宦(8)，姓甄(9)名費(10)，字士隱(11)。嫡妻封氏(12)，情性賢淑，深明禮義(13)。家中雖無甚富貴，然本地便也推他為望族了(14)。只因這甄士隱稟性恬淡，不以功名為念(15)，每日只以觀花修竹，酌酒吟詩為樂，倒是神仙一流人品(16)。只是一件不足，如今年已半百，膝下無兒(17)，只有一女，乳名英蓮，年方三歲(18)。

◈脂批、注釋、解密：

(1)當日地陷東南：《淮南子・天文訓》說：「昔者共工與顓頊爭為帝，怒而觸不周之山，天柱折，地維絕，天傾西北，故日月星辰移焉；地不滿東南，故水潦塵埃歸焉。」《列子・湯問》也有類同的記載。此外，《離騷・天問》也有「地何故以東南傾」、「東南何虧」的零星文字。這種「天傾西北」，而「地不滿東南」或「地傾、地陷東南」的說法，是中國古老神話傳說對於全國地貌西北高聳接天、東南低窪匯百川入海之總特徵的一種詮釋。這句接續前面楔子的女媧補天，再度引用「天傾西北、地陷東南」的古老神話傳說來敘述，以便造成前後一貫的一層古神話煙幕。其實這裡「地陷東南」的「地」字，通諧音「帝」字，「地陷東南」即「帝陷東南」，是暗指明朝北京陷落，南明弘光帝又在東南的南京建朝，明朝皇帝、帝國陷落在中國東南地區。

(2)姑蘇：姑蘇是蘇州的古名。〔甲戌本夾批〕等評注：「是金陵。」這句是特別提示這裡的姑蘇雖原是蘇州，但也等於指金陵，是暗指起初建都於金陵—南京的朱明王朝之都城。正如前面凡例中提示長安代表「京師」一樣，這裡姑蘇因為是古時春秋戰國、三國時代吳國、吳王的都城，故以姑蘇代表「吳王都城」的特殊意義，用於暗指在金陵—南京先自立為吳王的朱元璋明朝政權的都城。按朱元璋在金陵—南京先自立為吳王，數年後才正式建立明朝，登基為洪武帝①。這裡作者為了保密，特以姑蘇代指「吳王都城」，再以「吳王都城」影射先自立為吳王的朱元璋金陵明朝政權的都城，但是這樣實在太複雜，讀者極難聯想得到，故脂批者才逕直批示姑蘇「是金陵」，好讓讀者比較容易聯想到這裡姑蘇就是代表明朝政權的都城金陵—南京。但姑蘇之名也並非呆板地只指蘇州或金陵，實際上是暗指明朝或明朝首都的代號，至於其實際地點可能是南京或北京等，隨著明朝都城的遷移而定。

(3)有城曰閶門者，最是紅塵中一、二等富貴風流之地：閶門是蘇州舊城的西北門，附近是舊時蘇州最繁華的地區。又《吳越春秋・闔閭內傳》說：「閶門者，以象天門。」閶門亦即閶闔，為天宮的南門，又是皇宮的門。這裡閶門的「閶」字拆字為「昌門」，又隱指李自成「永昌」帝北京的宮門。按李自成於崇禎十七年正月一日，在長安建朝，國號大順，年號永昌，同年三月十九日攻佔北京②。這裡是以蘇州閶門，及閶門所具皇宮之門的涵義，迂迴地暗指李自成永昌帝攻佔都城北京，豎立起永昌朝的城池門戶。

〔甲戌本夾批〕等評注：「妙極！是石頭口氣。惜米顛不遇此石！」前面寫石頭吳三桂苦求僧人多爾袞攜其進入紅塵享受富貴溫柔，這裡又寫姑蘇閶門為富貴風流之地，而其中的閶門諧音「娼門」，吳三桂愛妾陳圓圓又正是出身蘇州娼門的名歌妓，故批者評註說：「妙極了！這些文字正合石頭吳三桂性喜蘇州娼門歌妓陳圓圓等美女，又熱中富貴風流的口氣、脾性。」米顛，《宋史》米芾傳記載：「無為州治有巨石，狀奇醜，芾見大喜曰：『此足以當吾拜！』具衣冠拜之，呼之為兄。芾因舉止顛狂，故人稱『米顛』。③」可見米顛原是宋代大畫家米芾的綽號，但這裡則是借用來影射出身陝西「米脂」縣，有如「顛狂」般到處流竄殺掠的李自成。「惜米顛不遇此石」是隱示說：「只可惜米脂的顛漢李自成，不能遇合這個頑劣如石頭的吳三桂，順利將他招降，否則也不至於發生吳三桂引清兵入主中原的事了！」這則脂批主要是提示這裡出場的甄士隱影射的對象之一為山海關事件時的石頭吳三桂。

(4)這閶門外有個十里街：〔甲戌本夾批〕等評注說：「開口先云勢利，是伏甄封二姓之事。」可見「十里」通諧音「勢利」，是媚強輕弱之意。此外，又通諧音「事李」，隱喻「事奉李自成」之意。甄封二姓之事，指後面甄士隱家遭火災燒燬後，投靠其岳父封肅，封肅不悅，且半哄半賺甄士隱銀子的事。這則脂批是提示說：「十里街的『十里』通諧音『勢利』之意，是隱喻當李自成佔領北京時，原明朝官員開口就先談勢利，非常勢利眼，都爭著去投靠、事奉勢力較強大的李自成政權。原文閶門外有個『十里街』，是隱伏後面甄士隱與其岳父封肅二姓，所發生封肅埋怨士隱，並哄賺士隱銀子的事。」

(5)仁清巷：〔甲戌本夾批〕等評注說：「又言人情，總為士隱火後伏筆。」可見「仁清」通諧音「人情」，隱喻李自成拘捕吳三桂愛妾陳圓圓與父親吳襄的愛情、親情之人情糾葛事件。此外「仁清」應還隱含「仁愛滿清」之意。按「士隱火後」，是隱指明朝北京遭李自成火燒、攻陷之後，發生吳三桂、與李自成因人情糾葛而反目，於是發展出明朝餘勢的吳三桂、南明政權轉而仁愛、聯合滿清討李的情事。這則脂批是評注說：「仁清巷的『仁清』通諧音『人情』之意，緊接著前面『十里（勢利）街』，又言人情（仁清），總為甄士隱明朝家遭火災之後，發生（以上）『人情糾葛』、『仁愛滿清』的情事作伏筆。」

(6)巷內有個古廟，因地方窄狹：〔甲戌本夾批〕等評注說：「世路寬平者甚少。亦鑿。」這是以特殊文句進一步提示說：「這兩句原文隱含世路寬平者甚少的涵義。其實把古廟地方窄狹詮釋為屬於感嘆世情的『世路寬平者甚少』，也是穿鑿附會的不實說法（言外之意，應為實指一處道路不寬又不平的窄狹地方才對）。」按這樣曲折的文字，實際上應是提示這個地方窄狹的仁清巷古廟葫蘆廟，為北京、經山海關、遼西走廊，通往遼東滿清，這個甚少寬平道路的大山海關狹長地區。

(7) 人皆呼作葫蘆廟：〔甲辰本〕等評注說：「糊塗也，故假語從此興焉。」可見葫蘆通諧音「糊塗」，葫蘆廟除指以上山海關內外的狹長地區外，還隱含「糊塗廟堂」之意，即隱喻明朝崇禎帝治國糊塗，及山海關的明朝餘勢吳三桂糊塗引清兵入關，這樣的明朝朝廷是糊塗的廟堂。這則脂批是評注說：「葫蘆即諧音『糊塗』之意，由於明朝崇禎帝治國糊塗、封疆大吏吳三桂等糊塗，故專講假話的李闖、滿清等勢力便從此而興起。」

(8) 廟旁住著一家鄉宦：鄉宦即鄉間的官宦。〔甲戌本夾批〕等評注說：「不出榮國大族，先寫鄉宦小家。從小至大，是此書章法。」這是評注說：「作者先不寫出榮國府大族，而先寫鄉宦小家。這種從小家發展至大族的寫法，是這本書寫作的章法。」

(9) 姓甄：〔甲戌本眉批〕等評注說：「真。後之甄寶玉亦借此音。後不註。」這是提示說：「甄，就是諧音『真』之意。後面甄寶玉的『甄』也是這個『真』字的同音假借字。以後不再註明。」而所謂「真」，實際上是隱喻天下的真王朝、真皇帝，亦即當時的朱明王朝、明朝崇禎皇帝。

(10)名費：〔甲戌本夾批〕等評注說：「廢。」這是提示說：「費，就是諧音『廢』之意。」因此，甄費，就是諧音「真廢」之意，亦即「真的被廢棄」之意，係影射天下的真王朝—明朝，及真皇帝—明崇禎皇帝被廢棄的意思。

(11)姓甄…字士隱：〔甲戌本夾批〕等評注說：「託言將真事隱去也。」由此可知，甄士隱即諧音「真事隱」之意。這則脂批是提示說：「甄士隱這個名號是寄託說『將真事隱去』的意思。」至於所謂「真事」，則是隱指「真王朝、真皇帝—明朝、明帝的事」；「真事」又通諧音「真嗣」、「禎嗣」之意，影射天下真王朝、真皇帝崇禎的真嗣統—明朝、明崇禎帝、或理應繼位的三位太子。「將真事隱去」則是隱指使得天下皇帝真嗣統的明朝逐漸衰敗隱去這件事，及導致此事的明崇禎、崇禎三太子、吳三桂軍、南明等王朝、勢力或相關人物。由此，甄士隱是由一個特定概念擬人化的名號，這個名號就代表這個特定概念「將真事（嗣）隱去」本身，及與這個特定概念相關的具體事件，或相關的具體人物、政權，如明崇禎、崇禎三太子、吳三桂、南明政權、復明勢力等。本書很多名號如賈語村、賈寶玉、林黛玉等等，也都具有這種代表抽象特定概念與相關具體事件或人物的相同結構及多義性特徵。

(12)嫡妻封氏：〔甲戌本夾批〕等評注說：「風。因風俗來。」可見封通諧音「風」，封氏通諧音「風俗」之意。此外，封氏又通諧音「封賜」之意。而所謂「風俗」、「封賜」則意謂「封建制度封賜宗室的風俗」。這則脂批是提示說：「封字通諧音『風』。封氏通諧音『風俗』。封氏就是因襲封建制度的風俗，封賜而來者。」由此，封氏應是隱指明朝按封建習俗所封賜共同屏藩王室的朱氏宗藩、王侯。

(13)情性賢淑，深明禮義：這裡情性賢淑意謂像婦人很賢淑而忠勤於侍奉丈夫、夫家一般地忠勤於明朝；深明禮義意謂像婦人嚴守封建禮法義理從一而終，生是夫家的人、死為夫家的鬼一般地，嚴守忠明、復明的立場。

〔甲戌本夾批〕等評注說：「八字正是寫日後之香菱，見其根源不凡。」這是提示說：「『情性賢淑，深明禮義』八個字，正是描寫日後的香菱的特質，以見其家世根源不凡，是出身於與明朝真嗣統相匹配的人物。」可見香菱是出身於明朝封賜的藩王之類的人物。

(14)然本地便也推他為望族了：〔甲戌本夾批〕等評注說：「本地推為望族，寧榮則天下推為望族，敘述有層落。」這則脂批是評注說：「這裡先寫甄士隱這個被推定為本地狹長的葫蘆廟地帶（也就是山海關內外一帶）的望族，而後來再描寫寧國榮國兩府，寧國榮國兩府則被天下人推定為天下的望族，這樣的敘述方法很有層次段落。」這其中還暗示這個鄉下小望族甄家後來發展出寧國榮國兩府，又暗示寧國榮國兩府是天下大望族，也就是位於東西的兩大政權，這樣的甄士隱除了影射在東北角落逐漸衰微隱去的明朝本身之外，尚有明朝餘勢的吳三桂之身影，蓋吳三桂家族為遼西走廊的望族。

(15)只因這甄士隱稟性恬淡，不以功名為念：〔甲辰本〕等評注說：「自是羲皇上人，便可作是書之朝代年紀矣。復寫香菱根基，原與正十二釵無異。」羲皇，係指上古三皇中的伏羲氏。羲皇上人，舊時的人想像伏羲以前的人，生活悠閒，無憂無慮，故羲皇上人意謂生活悠閒，享樂無憂的人。這則脂批是評注說：「由原文這兩句話，可見甄士隱自然是個悠閒無憂的羲皇上人，只要從這樣的風格便可推斷、作出本書所寫的朝代年紀了。這是再度描寫副十二釵之首香菱的家世根基，原與淵源自甄士隱家的正十二釵無異。」按這裡原文與脂批描寫甄士隱具有義皇上人稟性恬淡、不以功名為念的性格特徵，是以極幽微的文筆，隱述明崇禎帝治國悠忽不敏，不夠劍及履及，而且毫不以閣臣獲得功名的艱辛為念，動輒誅殺大臣，其中最離譜的是誤殺抗清名將袁崇煥，等於自毀長城。

(16)每日只以觀花修竹，酌酒吟詩為樂，倒是神仙一流人品：花，通諧音「華」，隱寓華夏之意。竹，通諧音「朱」，隱寓朱明王朝之意。觀花修竹，即觀「華」修「朱」，隱含觀護華夏疆土、修補朱明王朝內亂外患傷痕之意。酒，通諧音「九」，隱指以「九王」多爾袞為代表的滿清軍隊。吟詩，通諧音「引師」，隱含引領師旅軍隊之意。酌酒吟詩，隱含斟酌九王清軍的動態，引領明朝師旅軍隊加以對抗的意思。神仙，這裡基本上是把甄士隱比擬為天界的神仙，以隱喻其人身分地位是常人不可企及的高高在上人物，而且像神仙般追求自身的逸樂，不食人間煙火，漠視人民疾苦，這一方面是諷刺崇禎治國無方，雖高高在上，卻不能處理好人民所受饑荒盜亂之苦，另一方面，更是諷刺吳三桂的人格特質，奢求快樂似神仙的富貴美女享樂，以致為了美女陳圓圓及貪慕封藩富貴而降清，全不顧同胞淪亡於滿清的痛苦。

(17)只是一件不足，如今年已半百，膝下無兒：（甄士隱）如今年已半百，按《紅樓夢》全書是記寫自明神宗萬歷十一年（一五八三）滿清努兒哈赤起兵報其父祖被明軍誤殺之仇起，至清康熙二十二年（一六八三）清軍征服台灣鄭克塽延平王朝而一統天下為止，總共百年間的明清交替歷史。這裡所描寫的是明朝北京陷落而逐漸衰亡隱去的事，時間為崇禎十七年（一六四四），距離故事起點萬歷十一年已是六十一年，故寫說甄士隱如今年已半百。膝下無兒，這是隱述這個逐漸衰亡隱去的明朝—甄士隱，在崇禎帝自縊崩逝後，明朝帝業無人繼承，好像無兒子可繼承父業一樣。

〔甲戌本夾批〕等評注說：「所謂美中不足也。」這是因為這裡甄士隱具有吳三桂的身影，故批者特別呼應前面楔子中，僧道警示石頭「（紅塵中）美中不足，好事多磨」的話，指出石頭吳三桂入紅塵後遭遇到的「美中不足」的一個具體事件，就是「年已半百，膝下無兒」，這是隱示石頭吳三桂享受雲南藩王的紅塵富貴之餘，後來遭撤藩，而以六十二歲起兵反清，其獨子吳應熊被康熙捕殺，造成年過半百而無子的人生大憾。

(18) 只有一女，乳名英蓮，年方三歲：只有一女，本書仿傚《離騷》中以「美人」影射國君的筆法，以女子影射國君、王侯。甄英蓮，通諧音「真胤連」或「禎胤連」，即天下真皇帝明崇禎的胤嗣之連續者，影射理應繼承明崇禎帝位的崇禎三位太子。按當時世人普遍知道崇禎帝亡後遺有三子，根據《明史》等記為皇太子朱慈烺，皇二子定王朱慈炯，皇三子永王朱慈炤（其他史書亦有記為皇二子永王朱慈炤，皇三子定王朱慈燦者）。事實上還有皇四子朱慈煥，因為世人只知崇禎遺有三位太子，故朱慈煥被復明勢力擁護抗清時也被稱為朱三太子，在康熙四十七年被清廷擒殺④。在清初舉兵抗清者多以朱三太子為號召，即使是吳三桂也不例外，因為當時世人只知崇禎有遺孤三人，而這三個朱三太子是崇禎的嫡嗣、真胤，是真正有資格繼承崇禎帝位的人。年方三歲，這樣說一方面是以「三」字暗點「三太子」，另一方面是作者根據前面所引「吳三桂討清檄文」上，吳三桂宣稱他在山海關事件時，「奉抱先皇三太子，年甫三歲，刺股為記，寄命托孤」，而將檄文中的「年甫三歲」轉寫成「年方三歲」（事實上當時三位太子都已十歲以上），用以影射崇禎亡後遺留有繼承帝位的真胤「三太子」、及擁護「三太子」的反清復明餘緒。

〔甲辰本〕等評注說：「猶云應憐也。」由此可知甄英蓮，通諧音「真應憐」，這是以歷史的角度評論說：「甄英蓮的名號猶如訴說我們世人真應憐惜他，擁護這個明朝崇禎真帝胤連續者的朱三太子繼承明朝的帝業。」當然也隱含歷史的感嘆，慨嘆朱三太子原是明朝崇禎真帝胤的連續者，然而在明朝已覆亡的情況下，不但不能繼承明崇禎帝位，反而成為新朝滿清或南明王朝追捕的對象，其命運真應憐惜啊！

◈真相破譯：

話說當日明朝北京陷落，明朝皇帝、帝國陷落在這中國東南地區（地陷東南）的時候，這東南一隅有一個地方叫做姑蘇，這個古代吳王的都城姑蘇，代表著先自立為吳王的朱元璋所建金陵朱明王朝的都城，這時朱明王朝的都城北京豎立有一個昌門—李自成永昌帝的城池門戶（閶門），這個（大北京）地區是紅塵滾滾的沙場中，最為群雄所鍾愛會集，爭相競逐天下第一、二等富貴風流的天子、王侯的地方。在這永昌帝所佔領的北京城門外有一個官民都非常勢利眼，爭著去事奉新得天下的李自成政權的「事李街」（十里街），街內有一個因為愛情、親情等人情糾葛因素，轉而去巴結、仁愛滿清（按隱指吳三桂）的仁清巷，巷內有一個古廟堂明朝，因為治國糊塗而國力衰弱，其勢力侷促在地方窄狹，形狀如葫蘆的北京至山海關、遼西走廊一帶，人們都把它稱呼作葫蘆廟。在這個明朝古廟堂旁邊，住著一個鄉間的官宦人家，姓甄名費，這個姓名暗通諧音「真廢」，隱寓天下真王朝明朝、真皇帝明崇禎被廢棄之意；字士隱，這「甄士隱」三字隱寓天下真嗣統明朝逐漸衰敗隱去，或與這件事有關的人物明崇禎帝、吳三桂等。這時與這個明朝真帝系有如嫡妻相扶持關係，按照封建風俗所封賜共同屏藩王室的朱氏宗藩王侯（封氏），都像性情賢淑的婦人侍奉丈夫一般地忠勤於明朝，而且都深明從一而終的封建禮法義理，嚴守忠明、復明的立場。這個殘敗的明朝家中現在雖然談不上很富貴了，然而在本地狹窄的山海關內外地帶，便也推他為勢力旺盛的望族了（按其中以吳三桂的關寧鐵騎為骨幹）。只因這個逐漸衰敗隱去的天下真朝明朝朝廷（甄士隱），具有羲皇上人般的天賦恬淡本性，治國悠忽不敏，未能治理好人民的饑荒疾苦，而且不以閣臣功名為念，動輒誅殺大臣，每日只以觀護華夏疆土（觀花）、修補朱明王朝內亂外患的傷痕（修竹），斟酌滿清九王多爾袞清軍的動態（酌酒），而引領明朝師旅（吟詩）加以對抗為樂，這樣的朝廷政風倒像是追求自身逸樂，不食人間煙火，不顧人民疾苦，高高在天界的神仙一流的人品風格（按亦隱諷吳三桂奢求快樂似神仙的富貴美女享樂，而降清賣國）。只是一件事不足，那就是自從明神宗萬曆十一（一五八三）年滿清努兒哈赤崛起，到如今（崇禎十七年、一六四四）已超過半百五十年以上，明朝北京城陷君亡，並無繼承帝業的真正王朝誕生，就好像膝下無兒而香火中斷一樣，只有一個如《離騷》中影射國君的「美人」之女兒，乳名叫做英蓮，這「甄英蓮」三字隱寓崇禎「真胤連」續者，及世人「真應憐」惜的意義，也就是後來吳三桂討清檄文中所稱年方三歲的崇禎三太子。

第二節　甄士隱夢見神瑛絳珠相偕下凡故事的真相

◈原文：

一日，炎夏永晝(1)，士隱於書房閒坐，至手倦拋書，伏几少憩(2)。不覺朦朧睡去，夢至一處(3)，不辨是何地方。忽見那廂來了一僧一道(4)，且行且談。只聽道人問道：「你攜了這蠢物(5)，意欲何往？」那僧笑道：「你放心，如今現有一段風流公案(6)，正該了結。這一干風流冤家尚未投胎入世(7)，趁此機會就將此蠢物夾帶于中，使他去經歷經歷。」那道人道：「原來近日風流冤孽又將造劫歷世去不成，但不知落于何方何處？」那僧笑道：「此事說來好笑，竟是千古未聞的罕事。只因西方靈河岸上三生石畔(8)，有絳珠草一株(9)。時有赤瑕宮(10)神瑛侍者(11)，日以甘露灌溉，這絳珠草始得久延歲月(12)。後來既受天地精華，復得雨露滋養，遂得脫卻草胎木質(13)，得換人形，僅修成個女體。終日遊于離恨天外，飢則食密青果為膳，渴則飲灌愁海水為湯(14)。只因尚未酬報灌溉之德，故其五衷便鬱結着一段纏綿不盡之意(15)。恰近日神瑛侍者凡心偶熾(16)，乘此昌明太平朝世，意欲下凡造歷幻緣(17)，已在警幻仙子案前掛了號(18)。警幻亦曾問及，灌溉之情未償，趁此倒可了結的。那絳珠仙子道：『他是甘露之惠(19)，我並無此水可還。他既下世為人，我也去下世為人，但把我一生所有的眼淚還他(20)，也償還得過他了。』因此一事就勾出多少風流冤家來陪他們去了結此案(21)。」

那道人道：「果是罕聞，實未聞有還淚之說。想來這一段故事比歷來風月事故(22)，更加瑣碎細膩了。」那僧道：「歷來幾個風流人物，不過傳其大概，以及詩詞篇章而已。至家庭閨閣中一飲一食，總未述記。再者，大半風月故事，不過偷香竊玉、暗約私奔而已，並不曾將兒女真情發洩一二。想這一干人入世，其情痴色鬼、賢愚不肖者，悉與前人傳述不同矣。」那道人道：「趁此你我何不也去下世度脫幾個，豈不是一場功德(23)。」那僧道：「正合吾意，你且同我到警幻仙子宮中，將這蠢物交割清楚，待這一干風流孽鬼下世已完，你我再去。如今雖已有一半落塵，然猶未全集(24)。」道人道：「既如此，便隨你去來。」

◈脂批、注釋、解密：

(1)炎夏永晝：炎，顧炎武所輯《明季實錄》收錄有一篇《西陽雜筆》，其中有一條記載說：「闖賊的名自成，一名炎，米脂人。⑤」這裡炎夏的「炎」字，就是暗指李炎—李自成。永晝，通諧音「永祚」，隱寓李自成「永昌帝祚」。炎夏永晝，意謂李炎—李自成永昌帝祚的氣焰熾盛如炎熱長夏。

〔甲戌本夾批〕等評注說：「熱日無多。」這裡熱字是詮釋原文的「炎」字，也是暗指李炎—李自成。「熱日無多」即「炎日無多」，是提示說：「李炎—李自成入主北京的時日不多。」按李自成於崇禎十七年三月十九日攻佔北京，四月三十日撤離北京，在北京主宰天下前後總共才四十二日⑥，故說：「熱（炎）日無多。」

(2)士隱於書房閒坐，至手倦拋書，伏几少憩：甄士隱，即「真嗣隱」，影射逐漸衰敗隱去的天下真嗣統的明朝，或相關的明崇禎帝、太子朱慈烺、吳三桂等。書房，隱指皇宮。書，為「曆書」之省，中國每次改朝換代便造新曆書換新年號，稱王朝更替為改朝換曆，或造曆換元，故某王朝曆書實為該王朝的代表，本書為掩人眼目將「曆書」簡稱為「書」字，常以「書」字代稱某王朝，這裡是代指朱明王朝。士隱⋯拋書，是隱喻明崇禎帝拋棄朱明王朝，自縊殉國。伏几少憩，是隱喻明朝國命好像一個人把頭伏在桌上稍作休息一樣，稍微停息了。按明崇禎帝於三月十九日自縊殉國，明朝中斷，過月餘至五月南明弘光帝在南京即位，明朝又恢復，故將中斷期間描述為「伏几少憩」。

(3)不覺朦朧睡去，夢至一處：（士隱）不覺朦朧睡去，是隱喻明崇禎於李自成攻陷北京時，在眾人不知不覺中暗自自縊而亡，明朝國命昏睡過去，朦朧無生機。夢，又通諧音「滿」，暗點滿清。本書中凡寫夢處，大多是標示遭遇滿清，受滿清糾纏、侵襲、操控、統治等情事。（士隱）夢至一處，是隱喻明朝北京淪陷後，明朝國魂、餘勢（如吳三桂、南明等）為了討李復明，尋覓到一處地方遇到滿清。

(4)忽見那廂來了一僧一道：〔甲戌本夾批〕等評注：「是方從青埂峰袖石而來也，接得無痕。」這是提示說：「這句話就是接寫前面楔子中的一僧一道，剛剛從滿清埂界大青山峰下山海關袖帶石頭而來，作者手筆翻新，文章情節銜接得毫無痕跡。」由此可知這句原文是隱寫多爾袞與洪承疇率領滿、漢八旗軍，從山海關那邊挾控石頭吳三桂軍向關內而來。

(5)你携了這蠢物：前面楔子中石頭自稱「弟子蠢物」，可見蠢物就是青埂峰的石頭，也就是吳三桂，這裡的蠢物同樣是影射吳三桂。「蠢物」二字是作者對於吳三桂降清賣國行徑的春秋史筆，撻伐的貶詞。另外作者又藉「蠢物」、「一僧一道」這樣前後完全相同的特殊詞彙作為標誌，讓讀者能得知這裡甄士隱作夢的故事，就是前面楔子石頭記故事─吳三桂山海關剃髮事件的延續。

(6)現有一段風流公案：風流，係諷刺吳三桂喜娼妓愛風流，既痴戀蘇州名妓陳圓圓，且封藩雲南後又採買數十個江南優伶供歌舞娛樂。風流公案，係隱指吳三桂愛風流痴戀名妓陳圓圓，圓圓被李自成部將劉宗敏奪佔，遂與李自成反目成仇，雙方要決戰，吳、陳這個風流事跡，引發波及天下興亡的公眾大案。

(7)這一干風流冤家尚未投胎入世：這句文字表面是將因為吳、陳風流事件而結成冤家的吳三桂、李自成兩造人馬，虛構成從天界下凡投胎入人間塵世，以製造神話的煙幕。事實上「世」字是暗點清「世」祖順治朝，這句原文則是暗寫風流案的吳、李兩造部眾，正準備相鬥成冤家，尚未轉變身分投歸入清世祖的滿清朝廷。

(8)西方靈河岸上三生石畔：西方靈河，表面上是作者虛構的一個位於西天的神仙境界，實際上是另有隱義。一般世俗觀念認為人死後靈魂回歸西方或西天，故西方靈河就是人死後的靈魂歸宿，象徵人已死亡。這裡說這段話者為僧人滿清，故僧人所說的西方就是位於滿清西方的中國。西方靈河，就是隱喻位於滿清西方的中國明朝的崇禎皇帝的靈魂已歸西天亡故了。三生石，三生原是佛教輪迴的說法前生、今生、來生，三生石照字面直解原為經歷前生、今生、來生這樣三生的石頭。另外，生，在戲劇中是指稱劇中的男子角色，尤其是書生，如《西廂記》中的張君瑞，稱為張生，這裡三生，是襲用戲劇中的稱呼，用以代稱姓名中有「三」字的吳「三」桂，不稱吳生而稱三生，除了為求隱密之外，還因為要套合佛教三生輪迴的說法，及下面脂批唐代袁郊「甘澤謠」中「三生石」的神話故事。石，即石頭，隱指青埂峰下石頭。三生石，是隱指青埂峰下石頭吳三桂。西方靈河岸上三生石，則係隱寓在明崇禎皇帝靈魂已歸西方的明朝，其領土岸邊上的大青山下之山海關，有一個吳三桂在哀悼眷念著。

〔甲戌本夾批〕等評注：「妙！所謂『三生石畔舊精魂』也。」根據唐代袁郊《甘澤謠・圓觀》記載，傳說唐代李源與和尚圓觀交情很好，某日圓觀將離別，約李源十二年後相見，說完便死去。十二年後李源至約定地點，果見一牧童口唱山歌：「三生石畔舊精魂，賞月吟風不要論。慚愧情人遠相訪，此身雖異性常存。」這個牧童就是圓觀的後身。後世常用「三生石」比喻因緣前定⑦。這則脂批是借用《甘澤謠・圓觀》中圓觀和尚與李源間「合、分、合」的情緣關係，來暗喻這裡三生石—吳三桂與絳珠草—明朝間，原合、中分、終合的情緣關係。按吳三桂原是漢族明朝舊臣，與明朝原是交好合一的，中間因山海關事件降清而與明朝分離，最後又因遭清康熙撤藩起兵反清，而聯合遠在台灣的明鄭延平王朝等復明勢力共同抗清，又回歸原先與漢族明朝結合的舊關係。故這則脂批針對這裡原文描寫三生石（吳三桂）畔有絳珠草（明朝）相伴為偶的前身情緣關係，以微露冰山一角的極簡略筆法批註說：「三生石畔舊精魂也」，以預示吳三桂中間降清而與明朝分離，後身則將再與明朝結合為偶。

〔甲戌本眉批〕評注：「全用幻，情之至莫如此。今採來壓巷（卷），其後可知。」這是評注說：「原文描寫假想的神仙境界西方靈河岸上的三生石與與絳珠草相伴而生的情景，全是使用出人意表的另類幻筆，明末吳三桂與明朝原本感情關係親蜜之至，莫過於將之如此描寫成三生石與絳珠草相偶為生，真是逼真貼切極了。如今本書也採用三生石與絳珠草相偶的模式（按即木石盟）作為故事最後的壓卷好戲，則三生石與絳珠草後來的結局就可想而知（按即注定最後三生石吳三桂與絳珠草明朝又再度結合為偶抗清了）。」

(9)有絳珠草一株：〔甲戌本夾批〕等評注：「點『紅』字。細思『絳珠』二字，豈非血淚乎？」這是提示說：「絳珠草的『絳』字，其字義為暗紅色，及『朱』字，都點出『紅』字來。細思『絳珠』二字，『絳』為暗紅色，又通諧音『降』字，而『珠』字可拆成『朱王』二字，綜合起來『絳珠』二字隱寓『降為暗紅色的朱王』，豈不是令人血淚交流嗎？」這無疑是提示「絳珠」二字點出「紅」色的「朱明王朝」來，而且是運勢猶如由大紅朱色褪降為暗紅色的衰降朱明王朝、帝王。又「草」字諧音「朝」，綜合以上脂批的提示，絳珠草明顯可詮釋為通諧音「絳朱朝」或「絳朱王朝」之義，影射國運由大紅朱色衰降為暗紅色的朱明王朝，及相關人物，亦即隱指已衰落的明朝末朝，或北京淪陷後的明朝殘朝、南明、明鄭延平王朝、反清復明勢力等，及相關的領袖人物崇禎皇帝、鄭成功等。而林黛玉為絳珠草所轉生，故林黛玉這個名號也隱含有與絳珠草相同的這一系列多重涵義。

〔甲戌本眉批〕評注：「以頑石草木為偶，實歷盡風月波瀾，嚐遍情緣滋味，至無可如何，始結此木石因果，以洩胸中悒鬱。古人之『一花一石如有意，不語不咲（笑）能留人』，此之謂耶？」這是較為明白地提示說：「這裡雖寫仙界中三生石畔有絳珠草相伴，但是書中真正以頑石草木為偶寫成寶玉黛玉木石盟的情節，那是這個三生石吳三桂已實際經歷盡事明背明、降清叛清的清風明月波瀾，嚐遍歷事明、清兩朝的濃淡情緣滋味，到了遭滿清無情撤藩，無可如何之時，方始結合成這個三生石吳三桂（寶玉）與絳珠草台灣鄭大木（鄭成功）所建延平王朝（黛玉）共同聯盟抗清的木石盟因果，以發洩胸中被滿清愚弄背盟撤藩的悒鬱之情。像這樣在雲南的吳三桂與遠在台灣的延平王朝鄭經，兩人從未見過面，彼此不語不笑，卻能意氣相投而留住彼此，互相結成聯盟，古人所寫之詩句『一花一石如有意，不語不笑能留人』，就是這個意思吧？」（按「一花一石如有意，不語不咲（笑）能留人」兩句，是套化自《全唐詩》劉長卿〈戲贈干越尼子歌〉中的詩句「一花一竹如有意，不語不笑能留人。⑧」）

(10) 赤瑕宮：〔甲辰本〕等評注：「按『瑕』字本注：『玉小赤也，又玉有病者。』以此命名確極。」按這條脂批中、或本書人名中的「玉」字，除了一般意義之外，還影射象徵帝權的「玉璽」，隱寓帝王、王朝之意。這則脂批是評注說：「按字書注解『瑕』字的本義為『玉小赤也，又玉有病者。』而用赤瑕宮來稱呼當時的朱明王朝非常正確。」這樣評註是因為赤瑕宮的「赤」字義通「朱」字，可代表「朱明王朝」，而「瑕」的字義為玉中小赤的瑕疵，又可正確地映射當時朱明王朝弊病叢生、北京淪陷又亡君的瑕疵情況。

〔甲戌本夾批〕等評注：「點紅字、玉字二。」這是提示說：「赤瑕宮的名稱，點出紅字、玉字二者。亦即「赤」字點出「紅」字，影射紅色的朱明王朝，而「瑕」字點出帶病的

「玉」字，影射朱明王朝有瑕疵弊病。」綜合這兩則脂批，可見赤瑕宮是隱喻當時朱明王朝，北京及中原領土失陷於李自成，崇禎帝崩逝，領土虧缺，帝權失落，國家生重病的實際狀況。

(11) 神瑛侍者：瑛，拆字為「英、王」，故神瑛即「神英王」，意即神聖英明的王者、帝王。侍者，即侍奉者，又通諧音「嗣者」。故神瑛侍者就是侍奉神聖英明帝王的臣子或繼嗣子孫。〔甲戌本夾批〕等評注：「單點玉字二（也）。」此批是批在「瑛」字旁，顯然是提示單一個神瑛的「瑛」字，就點示出二個「玉」字。這是因為「瑛」字本身字義為透明似玉的美石，已有「玉」字的涵義，而「瑛」字的左偏旁又含「玉」字部首，故共含二個「玉」字。可見，神瑛一詞兼含兩個『玉』字的涵義，亦即兼含兩個「玉璽」所象徵的兩個帝權或王朝在內，因此，神瑛侍者就是兩個帝王或王朝的臣子或承嗣子孫。至於神瑛所隱含的兩個王朝，在這裡是指明朝與清朝，而神瑛侍者則是一個複合詞，兼含有明朝與清朝的侍者、臣子，即一個人或集團兼具明臣與清臣雙重身分。由此可知，這個神話的仙界角色神瑛侍者，應是隱指山海關事件時，吳三桂與滿清結盟的清、吳聯軍，因為其中的清軍為清朝子嗣、朝臣，吳三桂軍為明臣，且當時的吳三桂正在聯清以討李復明，但已剃髮即將降清，兼具混沌的明臣、清臣雙重身分。而這個被塑造成仙界神瑛侍者的清、吳聯軍，後來消滅李自成，征服南明，又化生出滿清王朝，及吳三桂的雲南藩王府政權、再轉成大周王朝，也是化生出二玉—兩個王朝出來，這樣的歷史事跡在本書文章結構上，則是寫成仙界的神瑛侍者下凡，降生為賈寶玉，而賈寶玉具有雙重身分，一是影射吳三桂、其政權、王朝，二是影射滿清王朝、順治帝等。所以這種單一個神瑛侍者卻兼具兩個「玉璽」帝權或王朝雙重身分，是本書的一個重要結構。

(12)日以甘露灌溉，這絳珠草始得久延歲月：這是隱述清、吳聯軍日日攻打、擊潰李自成軍，有如以天降的甘露日日灌溉、救治明朝，這個絳珠草所影射的首都淪陷又亡君、國力衰降的朱明王朝，才得以在南京建朝復活，久延王朝歲月。這裡作者僅以「絳珠草始得久延歲月」一語帶過南明王朝再久延近二十年的歲月。

(13)後來既受天地精華，復得雨露滋養，遂得脫卻草胎木質：從「後來既受天地精華」這句，至後面「渴則飲灌愁海水為湯」為止，是暗寫絳珠草脫胎化生為林黛玉，也就是跳寫鄭成功經過賜姓改名，轉化出繼承明朝的延平王朝、接續在海上抗清的事。既受天地精華，中國封建時代觀念君為天、臣民為地，故這句是隱喻鄭成功既上受天子隆武帝的寵愛，又下受部屬、百姓的愛戴，如集天地精華於一身。復得雨露滋養，這句是隱寫鄭成功所據的廈門、金門、閩粵沿海地區，臨海雨多露重，海運通商利豐，舟艦來去迅捷自如，獲得大海雨露區域地利的滋養。

草胎，係暗指出生為鄭姓。按在野史上鄭成功享有「草雞英雄」的盛名，台灣詩人常用草雞來影射鄭成功，例如丘逢甲的老師台南府人施士洁，在〈榕城除夕夢延平王祠古梅〉一詩中，就有「草雞夜鳴七鯤穴，怒潮幾度變成血」的詩句⑨。這個「草雞」的典故，出自清康熙時江日昇所著《臺灣外記》，該書記載鄭芝龍、鄭成功家族五代霸業的興衰，是應合以下這樣的讖語：

草雞夜鳴，長耳大尾，銜鼠干頭，拍水而起。……。

並解釋說：

「草雞夜鳴，長耳大尾」，湊來是「鄭」字，應在鄭芝龍也。「銜鼠干頭」，天干之頭是甲、銜鼠是子，成功是甲子年生也。「拍水而起」，是應成功之踞金、廈。⑩

按「草雞夜鳴，長耳大尾」湊成「鄭」字，詳情是：這八字起首的草字，是指鄭字左半部上邊的「艹」部首；雞，是指鄭字左半部中間的「酉」字，因酉字在十二地支中為第十字，對應十二生肖是排第十的雞；夜鳴，是由於「酉」字在時辰上是下午五到七點，恰是入夜時刻；長耳，是指鄭字右半部長長的「阝」部首；大尾，是指鄭字左半部底下是以「大」字收「尾」。因此，後世便根據這樣的記載，以開頭的「草雞」二字來代表「鄭」字，並進一步代指鄭成功，而不指鄭芝龍。而本書則據此「草雞」典故，而改以「草胎」隱指鄭姓胎兒，亦即指出生為鄭姓。木質，鄭成功本名鄭森，其師錢謙益將他取字為大木，其名「森」字由三個「木」字組成，其字又是「大木」，他的名與字本質上都是木，故這裡以「木質」影射鄭成功的名「森」或字「大木」。故草胎木質，其實就是喻指鄭森或鄭大木。

遂得脫卻草胎木質，這句是隱述鄭森受到南明天子隆武帝的寵愛，而賜姓改名為朱成功。據《鄭成功傳》記載隆武帝對鄭森賜姓改名的情形說：

（隆武帝）撫其（鄭森）背曰：「惜無一女配卿，卿當盡忠吾家，無相忘也。」賜姓朱，改名成功；封御營中軍都督，賜尚方劍，儀同駙馬。自是中外稱「國姓」云。⑪

由於鄭森賜姓改名為朱成功的結果，遂得以脫去草部起頭的鄭姓，又脫去全是木字組成的本名森字，而轉化為朱成功的全新姓名。反過來從國力衰降的明朝—絳珠草的角度來說，由於得以將鄭森脫卻其本姓本名，賜姓改名為朱成功，在南明隆武帝亡後，遂得將隆武朱明王朝轉換成由駙馬身分的朱成功延平王朝繼承延續下去，故本書將這種情形鋪寫成為「絳珠草：遂得脫卻草胎木質，得換人形，僅修成個女體（林黛玉）」，即絳珠草所代表的衰降之朱明王朝轉化為脫卻草胎木質的朱成功延平王朝，修建成一個被當成是娶隆武帝女兒之駙馬的政體。

(14)終日遊于離恨天外，飢則食密青果為膳，渴則飲灌愁海水為湯：遊于離恨天外，中國舊俗以為天有三十三天，離恨天為最外一層，離恨天外則應更在三十三天的外緣，舊時天又常指天子，故離恨天外是隱指在天子疆域的外緣；這句是隱寫鄭成功延平王朝懷抱著國亡家破、離別故國之恨，在中國天子大陸領土外緣的金、廈、台灣海島地區，駕駛舟鑑巡遊海上。密青果，青色在五行中屬木，代表東方，且鄭成功所踞海島、台灣為中國極東領表，該極東地區所出穀果，及海運舶來物資等，對中原都甚為陌生隱密，故稱之為密青果。飲灌愁海水為湯，愁為憂愁，又通諧音「仇」字；按鄭成功對滿清，除了國仇之外，尚有清兵姦淫其母田川氏，致使其自縊而死的深重私仇；這句是以奇筆極寫鄭成功率領舟師疾馳海上，叱吒縱橫抗清，激起驚濤駭浪，噴灑身軀口臉，腹飢口渴而不休，甚至於飲嚐海水為湯，以澆灌其如海樣深的仇與愁。

〔甲戌本夾批〕等評注：「飲食之名奇甚，出身履歷更奇甚，寫黛玉來歷自與別個不同。」這是評注說：「鄭成功踞金廈通洋、闢台灣出新水穀，故飲食之名甚為奇特，而他出生國外的日本，其後蒙明帝賜姓改名，視同駙馬，其父鄭芝龍降清，他卻大義滅親，堅決抗清復明，這樣的出身履歷更是奇特之至，這是描寫林黛玉既為書中女主角，其出身來歷自然是特異不凡，與書中別個十二釵美女不同。」這則脂批最重要的是點示書中林黛玉的正身就是出身來歷極為奇特的鄭成功。

(15)

只因尚未酬報灌溉之德，故其五衷便鬱結着一段纏綿不盡之意：這裡是又回頭描述清、吳聯軍驅逐李自成出北京，明朝誤認清軍是救亡義師，而對滿清銘感不盡的情景。歷史記載清軍打著為明朝臣民代報君父之仇的仁義之師的名義，驅走李闖後便自己入主北京，一時間明朝上下官民都為其所愚，當九王多爾袞於五月初率清軍入北京時，《清朝全史》記載說：「明之文武故官出城而犒王師者不少，焚香插花者比比皆是。王乃入武英殿受朝賀，越一日王下令為崇禎帝服喪三日，以順輿情。」清軍倍受故明官民歡迎感戴，其情狀正如洋人所描述的「從順如羊」。其間吳三桂還夢想擁立明太子即位復明。至於南京的南明弘光朝廷，在戰略上還錯誤地訂出「聯虜平寇」的政策，配合清兵南北夾擊李自成軍，反幫了滿清蕩平華宇的大忙；更特派遣使節團，於當年十月到達北京，攜送銀十萬兩，金一千兩，緞絹一萬匹，欲酬謝滿清，而滿清盡收謝禮卻不退兵，還殺來使⑫。鬧了一場迎敵侵門入室還銘感不盡的千古大笑話。

〔甲戌本夾批〕等評注：「妙極！恩怨不清，西方尚如此，況世之人乎？趣甚！警甚！」西方，就是指前面的「西方靈河岸上三生石」所影射的已亡君又失京的明朝殘朝、及吳三桂軍。這則脂批是評論說：「真是奇妙極了！這是暗寫殘明對滿清假借仁義之師入侵中原一事，恩怨不清的妙文，君王已魂歸西方的殘明餘勢之吳三桂及南明主政者尚且如此恩怨不清，以敵為友而欲加酬謝，何況無權無兵的世俗凡人，又如何能不迷糊受騙呢？真是有趣可笑的很！但同時也是極為駭警的警世之筆啊！」

(16) 恰近日神瑛侍者凡心偶熾：凡心，追求凡塵富貴溫柔之心。這句是隱寫清、吳聯軍偶然間想要謀求凡間帝王、藩王第一等富貴溫柔的心思很熾烈，其中尤其包含吳三桂恰巧偶然間衝冠一怒為紅顏，既想借復明名義奪回美人陳圓圓，又想獲得滿清封藩富貴的事。

〔甲戌本夾批〕等評注：「總悔輕舉妄動之意。」這是提示說：「這句原文總是反映本書故事的主人公石頭吳三桂，後悔當初在山海關時，偶然間動了享受富貴溫柔的凡心，輕舉妄動剃髮降清之意。」

(17) 意欲下凡造歷幻緣：表面上，幻字是指後面的「太虛幻境」，造歷幻緣是預示神瑛侍者下凡後即是賈寶玉，而寶玉後面要經歷進入「太虛幻境」之緣。深層上，造歷幻緣，通諧音「造曆換元」，隱喻清、吳聯軍—神瑛侍者入山海關下去漢人凡世間，是有意要改朝換代，造新曆換新元，建立滿清王朝，而不是驅逐李闖以恢復舊明朝。

〔甲戌本夾批〕等評注：「點幻字。」幻，通諧音「換」字。這則脂批是提示說：「『造歷幻緣』這句話，點出『幻』字來，是點明『換』朝代，造新曆『換』新元。」

(18) 已在警幻仙子案前掛了號：幻，通諧音「換」，變換之意。仙子，比喻超越凡人，能力、魅力超強似仙女者。警幻仙子，隱喻以超強能力，警告世人必須剃髮變換形貌、變換朝代為清朝的滿清朝廷、其領袖，如順治皇帝、攝政王多爾袞等。掛了號，是隱喻吳三桂已與滿清結盟，剃髮為記，獲得允諾封爵號—平西王。

〔甲戌本夾批〕等評注：「又出一警幻，皆大關鍵處。」這是針對山海關事件時的天下局勢，提示說：「（前面既出現一個貪慕富貴溫柔的石頭吳三桂）接著又出現一個警告世人換髮型服式、換朝代的滿清，都是影響天下大勢的大關鍵之處。」

(19) 甘露之惠：甘露，係一語雙關，既指天降甘露福國利民，又隱指唐文宗時的甘露之變。按唐文宗時宰相等閣臣，以石榴樹凝結有甘露為餌，謀誘誅擅權的宦官仇士良等，卻反為宦官所殺，結果導致仇等奸宦益加專擅，禍國更甚，史稱甘露之變⑬。甘露之惠，是指猶如唐代甘露之變，原欲救國結果反而禍國更甚，這種弄巧成拙的假恩惠；這裡是比喻清、吳聯軍，原以討伐李闖恢復明朝為標榜，結果雖消滅李闖，但反而變成引關外異族滿清滅亡明朝，較亡於同是漢族的李自成更糟，救國不成更亡種，實是猶如甘露之變的假恩惠。

(20) 我也去下世為人，但把我一生所有的眼淚還他：這裡絳珠草說要下世為人，就是降生為林黛玉。她把一生所有的眼淚償還神瑛侍者降生的賈寶玉，是隱寫已衰頹的朱明王朝—絳珠草、林黛玉，揚言對於清、吳聯軍（神瑛侍者、賈寶玉），假借討李而竊佔明朝中原領土的假恩惠，將酬報以一生含淚奮戰抵抗，不惜屢戰屢敗傷心流淚，直至淚乾命絕為止。這也就是書中刻意描寫林黛玉一路哭哭啼啼，直到淚乾纔以吐血而死的真意。

〔甲戌本夾批〕等評注：「觀者至此請掩卷思想，歷來小說可曾有此句千古未聞之奇文。」這是評注說：「觀書的讀者閱讀到這裡請暫時掩蓋書卷仔細思想一番，想想看歷來小說可曾有像這一句所寫的這樣，將含淚誓死抵抗敵國入侵直至淚乾命絕為止，寫成多情女子以一生眼淚償還其情人的千古未聞之奇文的。」

〔甲戌本眉批〕評注：「知眼淚還債，大都作者一人耳。余亦知此意，但不能說得出。」這是另從接受眼淚酬報的神瑛侍者的角度來評註，而前面已指出神瑛侍者的雙重身分之一為吳三桂。這則脂批是評注說：「知道以眼淚還債者，大都只有引清兵入關滅明立清的始作俑者吳三桂一人而已，因為後來他被撤藩，後悔而叛清，曾率三軍到故明永曆帝陵前痛哭，大隊人馬聲淚俱下。我批書人也知道這個還淚的真意，但不能說得出口，因為一說出、批出就會被清廷滿門抄斬。」

(21)
因此一事就勾出多少風流冤家來陪他們去了結此案：〔甲戌本夾批〕等評注：「餘不及一人者，蓋全部之主，惟二玉二人也。」這句原文的「他們」是指神瑛侍者與絳珠草，而此批中的「二玉二人」是指寶玉、黛玉二人。可見，這一則脂批首先是提示了神瑛侍者下世為人是化生為賈寶玉，及絳珠草下世是化生為林黛玉，進一步又提示說：「原文所以只提及神瑛、絳珠這兩個人的名號，其餘則不曾提及任何一人的名號，而一概統稱為風流冤家，蓋因全部書中故事所有人物的主子、領袖，只有寶玉、黛玉二人而已。」也就是說，由於所謂「玉」

是代表「玉璽」所象徵的皇帝寶位，書中的寶玉如神瑛一樣具有雙重身分，是影射清朝、清朝皇帝，或吳三桂平西藩王、大周皇帝、其王朝，黛玉則是影射明朝、殘明王朝或其皇帝，所以只提寶玉、黛玉二人而已，因為其餘的人不是臣屬於清、吳，便是臣屬於明朝。

(22) 歷來風月事故：如同前面一樣，風月，表示清朝、明朝結合一體，在本書是特指明朝臣子投降滿清，而與清朝結成一體的事件，而不指滿臣投降明朝的情況。這裡歷來風月事故，是隱指在吳三桂降清之前，明朝將領孔有德、耿仲明、尚可喜等投降滿清的事件。

(23) 趁此你我何不也去下世度脫幾個，豈不是一場功德：這兩句是隱寫清廷漢臣向滿清建議說，趁這個機會我們何不也下到漢人世界中，去招撫幾個明朝文臣武將，使他們剃成和尚頭降清，而免於遭受與清兵爭戰而死的厄運，這就如佛教師父幫人剃髮為僧、度脫塵世煩惱災厄一樣，豈不是一場功德。

(24) 如今雖已有一半落塵，然猶未全集：這兩句是隱述吳三桂風流公案所引發明朝、吳軍與李闖大順朝兩派漢人內鬥的冤枉人馬，在中國北半部黃河流域者，已因清、吳聯軍的攻擊，落得灰頭土臉而臣屬清朝了，然而另一半的江南部份還未全部收集歸入清朝。

〔甲戌本夾批〕評注：「若從頭逐個寫去，成何文字？石頭記得力處在此。丁亥春。」這是提示本書以小說體記述明清爭戰歷史，並不是從頭按時間先後次序逐一寫去，若這樣則表面的愛情小說故事又成什麼樣的文字呢？石頭記能夠把明清爭戰歷史轉寫成愛情小說，其得力處就在於這個不按歷史事件先後次序逐一照寫的筆法。換句話說，為了表面的愛情小說故事情節的合理發展，本書記述明清爭戰歷史，常採取跳述、倒述、插述等方式。如這裡就是從山海關事件，一下就跳寫到清軍已攻克北半部中原地區，形成明、清各佔南、北一半地盤的局勢，批書人並特別註明這個時間是在丁亥春，即清順治二年春季的三月四日丁亥日，次日三月五日滿清豫親王多鐸即率大軍出發南下進攻南明據守揚州的史可法⑭。

◈真相破譯：

有一天，李炎—李自成永昌帝祚（永晝）的氣焰熾盛，猶如炎熱的夏天（炎夏）而白晝時間很長（永晝），圍攻北京，那天下真皇帝嗣統行將隱去的明朝崇禎帝（士隱），在皇宮（書房）閒坐，無所作為，明軍拚戰到手都疲倦而戰力盡失時，他終於在眾人不知不覺中暗行自縊殉國而拋棄朱明王朝（拋書，按時為崇禎十七年三月十九日），這時明朝失去皇帝及主宰天下機能，就好像一個人把頭低伏在桌上稍作休息，不覺朦朦朧朧昏睡過去一樣，但是明朝國魂、餘勢不絕如縷，就好像作夢似地懵懵懂懂來到一處地方，還分辨不出是什麼地方，是否該去，就前去尋求寄託以求復活了。這時忽然看見那邊來了一個模樣光頭像僧人的滿軍（一僧）和一個像道人的降清漢軍（一道），一邊行軍一邊談論著。只聽道人漢軍首領（按指洪承疇等）問道：「你攜帶了這個如石頭般的蠢物吳三桂，想要前往何處啊？」那僧人滿清首領（按指多爾袞）笑道：「此去中原前途你放心好了，如今現成的就發生有一段吳三桂愛風流痴戀名歌妓陳圓圓，而與李自成反目成仇，波及天下興亡的風流公眾大案（風流公案），雙方正應該要決戰了結的時刻了。這一群因為這個風流公案而結成冤家（風流冤家）的吳、李兩造部眾，都尚未投胎歸降入我們清世祖順治朝廷（投胎入世），趁這個機會就將這個蠢物吳三桂夾帶入其中，使他去經歷經歷這場大決戰，替我們征服中原。」那道人漢軍首領說道：「原來近日這一群涉入吳三桂風流公案的冤家孽種（風流冤孽），又將製造戰爭劫難（造劫），然後兩敗俱傷而去經歷投降清世祖朝廷（歷世）的事不成，但不知他們流落在什麼方向、什麼地方？」那僧人滿清首領笑道：「這件事說來真是好笑，竟然是千古以來從未聽過的稀罕事情。只因在我們滿清西方的那個皇帝靈魂已歸西天的明朝（西方靈河）領土岸邊上山海關，那叫做「三」生而心性如頑石般的吳三桂（三生石）身旁，有一個國力由大紅朱色衰降為暗紅絳色的朱明王朝（絳珠草），就好像一株軟弱的草一般地與吳三桂這頑石相依而生。當時有一個喪君失京有如玉中有小赤色之瑕疵弊病的紅色朱明王朝宮廷領域中（赤瑕宮），出現一個同時侍奉明、清兩個神聖英明帝王的侍臣—清、吳聯軍（神瑛侍者），每日攻打、擊潰李自成軍，有如以天降的甘露日日灌溉、救治，這個衰降的朱明王朝（絳珠草），才得以在南京建朝復活，久延王朝歲月。後來出現一個鄭森的人物，他既上受南明天子隆武帝的寵愛，下受部屬、百姓的愛戴，猶如集天地精華於一身，又得到雨多露重的閩粵沿海地區，海運通商豐利，舟艦來去迅捷自如等地利的滋養，這個衰降的朱明王朝遂得以將鄭森脫卻其投胎時就具有「草」字開頭的「鄭」姓（草胎），賜予「朱」姓，又將其由三個「木」字組成，全是木質的本名「森」字（木質）脫去，改名為「成功」，獲得賜姓改名的朱成功之後，這個衰降的朱明王朝就從軟弱如一株草而得以轉換化生為一個人的形體，呈現出堅定抗清意志的人格形象出來（得換人形），但他不是真正的朱明宗室，只是隆武帝的乾駙馬，故僅僅修建成一個權勢建基於隆武帝女兒的政體（修成個女體，按指林黛玉—鄭成功延平王朝）。這個賜姓改名的朱成功懷抱著國亡家破、離別故國之恨（離恨），終日率領部眾駕駛舟鑑巡遊在中國天子大陸領土之外緣的金、廈、台灣海域（遊于離恨天外），飢餓了就吃陌生隱密的東方青果（密青果）為膳食，他們經常在海上駕舟如騎鯨疾馳，叱吒縱橫抗清，激起驚濤怒浪，口渴了就飲噴灑口臉的海水為湯，以澆灌其如海樣深的仇與愁（飲灌愁海水為湯）。回頭說這個喪君失京衰降苟延歲月的朱明王朝（絳珠草，按含南明王朝在內），只因尚未酬報清、吳聯軍（神瑛侍者）如灌溉甘露般驅逐李自成出北京的恩德，故而其君臣內心便鬱結著一段對清、吳聯軍衷心銘感、纏綿不盡的心意（按以致有南明「聯虜平寇」的錯誤戰略出現）。恰好近日神瑛侍者清、吳聯軍偶然間想要謀求凡間帝王、藩王第一等富貴溫柔的心思很熾烈，乘著這個永昌王朝、朱明王朝、大清太平朝競逐天下建朝的混沌世代（昌明太平朝世），想要開軍下到漢人凡塵世間去造新曆換新元（造歷幻緣），建立滿清新朝代，早已在警告世人剃髮變換形貌、朝代，而軍力超強如神仙的女真族領袖警幻仙子（按指多爾袞）案前，掛上勾結清朝的名號了。這逼人剃髮換形換朝的滿清領袖（警幻）也曾逼問到這個衰降的朱明王朝，既然欠了清、吳聯軍灌溉甘露救活之情尚未償還，趁此換朝的機會倒可就此歸降清朝而了結朱明王朝的。那衰降的朱明王朝（絳珠仙子）答覆道：『他神瑛侍者清、吳聯軍所做的是一種猶如唐代甘露之變，欲救國反而禍國更甚的假仁義、假恩惠，我並沒有這種驅李闖反引入滿清、禍國更甚的甘露之水可還，他清、吳聯軍既執意下到漢人世間為人君（下世為人），我也下到漢人世間去爭取作為人君，只有把我一生含淚逝死奮戰抵抗，屢戰屢敗，傷心痛哭，而流下的所有眼淚來還報他，這樣也償還得過他清、吳聯軍了。』因為這一件滿清欲滅殘明，而殘明則誓死血淚相抗的事，就勾引出多少逐風流爭天下的冤家來陪他們去了結這件案子。」

那道人漢軍首領說道：「果然是稀奇罕聞的事，實在未曾聽聞有過酬報恩情，卻以血淚抗戰來還報（還淚）的說法。想來這一段故事是比歷來明朝（月）將臣投降清朝（風），而使明臣與清朝結成一體的風月事件，更加牽涉到世人瑣碎細膩生活層面的全面大戰了。」那僧人滿清首領說道：「歷來幾個激起明清戰爭波濤、創造風流豪邁事跡的人物，不過傳其大概較量輸贏，以及就像詩詞篇章簡短作品般僅屬於局部爭戰而已。至於擴及到影響全天下家庭閨閣中一飲一食的全面性大戰，總還未曾發生而編述記載過。再者，大半背明降清的風月事件，不過是為了竊取香美爵祿財寶，以致暗約私奔降清而已（按隱指稍早孔有德等降清事跡），並不曾將兒女親情、愛情的真情發洩一二（按隱指此次吳三桂投清事跡）。想來現今這一群人投入漢人世間爭天下，其對愛情的痴迷、對權位名色的貪婪如鬼、及賢愚不肖的人物事跡，完全與前人傳述下來的事跡不同了。」那道人漢軍首領說道：「趁此你我何不也下到漢人世界中，去招撫幾個漢人文臣武將，使他們剃成和尚頭降清，而免於遭受與清兵爭戰而死的厄運，這就如佛教師父幫人剃髮為僧、度脫塵世煩惱災厄一樣，豈不是一場功德。」那僧人滿清首領說道：「這正合我的心意，你且同我到警幻仙子所影射的清朝領袖的北京皇宮中，將這蠢物吳三桂清楚交割到大清朝廷之下，使他死心效忠清朝，等到這一干涉入吳三桂風流公案的冤家孽種都已完全投下到這場漢人世界的大戰，你我再去。如今雖然已經有中國一半的中原地區人馬，落入清、吳聯軍與李自成軍大戰的紅塵滾滾戰場，落得灰頭土臉而歸入清朝了，然而另一半還沒有完全會集（按脂批提示此時係指順治二年春季三月四日丁亥日，滿清豫親王多鐸即將率大軍出發南下進攻南明揚州史可法軍的情況）。」道人漢軍首領說道：「既然如此，我便跟隨你去了。」

第三節　甄士隱夢見僧道携通靈寶玉入太虛幻境故事的真相

◈原文：

却說甄士隱俱聽得明白，但不知所云蠢物係何東西，遂不禁上前施禮笑問道：「二仙師請了！」那僧道也忙答禮相問。士隱因說道：「適聞仙師所談因果，實人世罕聞者，但弟子愚濁，不能洞悉明白，若蒙大開痴頑，備細一聞，弟子則洗耳諦聽，稍能警省，亦可免沉淪之苦。」二仙笑道：「此乃玄機，不可預洩者(1)。到那時只不要忘了我二人，便可跳出火坑矣。」士隱聽了，不便再問，因笑道：「玄機不可預洩，但適云蠢物，不知為何，或可一見否？」那僧道：「若問此物，倒有一面之緣。」說着，取出遞與士隱(2)。士隱接了看時，原來是塊鮮明美玉，上面字跡分明，鐫著「通靈寶玉」四字，後面還有幾行小字(3)。正欲細看時，那僧便說已到幻境(4)，便強從手中奪了去。與道人竟過一大石牌坊，那牌坊上大書四字，乃是「太虛幻境」(5)，兩邊又有一副對聯，道是：

假作真時真亦假，(6)
無為有處有還無。(7)

士隱意欲也跟了過去，方舉步時，忽聽一聲霹靂，有若山崩地陷(8)。士隱大叫一聲，定睛一看，只見烈日炎炎，芭蕉冉冉(9)。夢中之事便忘了對半(10)。

◈脂批、注釋、解密：

(1)此乃玄機，不可預泄者：這是隱述滿清入關打著為明朝臣民代報君父之仇的仁義之師的名義，要討李救明，只是欺人的幌子，其實是要趁亂入主中原建朝，但這是統戰的玄機，絕不可預先洩漏者。

(2)那僧…說着，取出遞與士隱：甄士隱影射正衰敗隱沒中的明朝、其臣民。這一句是暗寫那僧人滿清，令吳三桂率軍作先鋒入關與李闖作戰，等於將已剃髮而如蠢物般的吳三桂遞送到漢人、明朝臣民面前亮相。

(3)原來是塊鮮明美玉，上面字跡分明，鐫著「通靈寶玉」四字，後面還有幾行小字：這塊鮮明美玉就是前面楔子中，石頭被僧人大展幻術所變成的那塊「鮮明瑩潔的美玉」，也同樣是影射吳三桂剃成滿清髮式，其前腦光禿明亮如一塊鮮明美玉。通靈，通諧音「通臨」，隱寓吳三桂「通結福臨」順治朝廷。寶玉，隱喻吳三桂剃髮後那如鮮明美玉的前腦就像一塊「寶玉」。而這塊如「寶玉」般的光亮潔白前腦，就是吳三桂與滿清約定條件發誓結盟的「通結福臨」朝廷的標記，故說刻記著「通靈寶玉」四字。後面還有幾行小字，是隱指清、吳間結盟還有像幾行小字般令人看不太清楚的幾項結盟條件。

〔甲戌本夾批〕評注：「凡三、四次始出明玉形，隱屈之至。」明玉形，即鮮明美玉的形貌，意指吳三桂剃光其前腦如鮮明美玉的滿人形貌。這則脂批是提示說：「吳三桂請求滿清進兵聯合討李，總共奔馳懇求三、四次，才獲滿清同意，方始出現這個代表與滿清結盟的剃光前腦如鮮明美玉的滿人形貌，真是隱忍委屈之至。」對於吳三桂向屯駐山海關附近的滿清九王多爾袞懇求援救的焦急情況，《明季北略》一書記載說：「三桂遣使者相望於道，往返凡八次，而全軍（按指清兵）始至。⑮」懇求一次為往一次返一次，往返八次就是奔馳懇求四次，恰合這裡所批的「凡三、四次」。

(4) 正欲細看時，那僧便說已到幻境：這是暗寫已殘破的明朝臣民正想要細看吳三桂與滿清結盟關係的詳情，是降清還是借清兵討李復明等細節時，那僧人滿清就說已到變換為清朝的境地了，還細看什麼？

〔甲戌本夾批〕等評注：「又點幻字，言書已入幻境矣。」這裡兩個幻字，都是如前註通諧音「換」字。書，也是如前註，是點示「曆書」，代表王朝、朝代之意。這則脂批是提示說：「原文幻境又點示『幻』字，即點示剃髮變換髮式形貌、變換朝代，這句原文是說『曆書』、朝代已進入變換為清朝的境地了。」這則脂批中「又點幻字」，同時也是點示本回上半回回目「甄士隱夢幻識通靈」中「幻」字的意義，除了指前面石頭被僧人施幻術變換成一塊鮮明美玉之外，又指這裡甄士隱在夢中見識到蠢物所化的通靈寶玉被僧人帶入（太虛）幻境而言，換言之，前面石頭幻形與後面通靈寶玉進入幻境，都是隱喻滿清將吳三桂剃髮變換髮式降清、變換朝代為清朝的意思。

(5) 竟過一大石牌坊，那牌坊上大書四字，乃是「太虛幻境」：〔甲戌本夾批〕等評注：「四字可思。」這是提示說：「『太虛幻境』這四字，可是值得讀者思考推究。」這個太虛幻境到第五回時，正式寫明是警幻仙子的居處，而從表面神話故事來看，警幻仙子是神仙，故太虛幻境是一個道教的神仙境界。按道家修道煉丹，是修煉精氣神，即煉精化氣，煉氣化神，煉神還虛。煉神還虛有成，則神還太虛，與天地偕遊成神仙。這個神仙的太虛境界道教又分為太清、上清、玉清等三清境。而女真族原分三部，即海西女真、建州女真、野人女真，後來建州女真征服其他二部而改稱滿清，故滿清內部是由三部女真組成，即包含三個小滿清地境，也等於包含三清境。由此，太虛境即是三清境，影射同樣是由三清境組成的大清國境。因而太虛幻境，就是影射大清換髮換朝的國境。大石牌坊，暗指北京城門。石牌坊上大書「太虛幻境」四字，則是隱寓滿清進佔北京城，並宣稱北京已經是變換朝代的大清國境。

(6) 假作真時真亦假：這句原是修道的哲理，修道者認為塵世的財色名位都是虛幻假相，只有清淨無為，返璞歸真，才能性命超脫自如，求得真道，若將財色名位等假相當作真道去苦苦營求時，則心性全被這些虛假事物所充塞，人天賦的清淨真性亦就變成假性了。其次這句的「真」字暗點「甄」士隱，「假」字暗點「賈」雨村，暗示本書的表面故事，是描寫當賈雨村取代甄士隱時，原該是甄士隱者亦變為賈雨村了。內層涵義則是隱寫滿清入據北京就採取一種做定中國皇帝的策略，就是滿清既以假身分作起真皇帝來時，即使再出現真正該繼任皇帝的崇禎三位太子，滿清也將真太子當成假太子，而加以處死。

蓋滿清「入據北京後，以禮葬崇禎及后妃、兩公主，安置宮眷。但對所謂『太子』，概不承認，假固是假，真亦是假。⑯」例如，順治元年十一月冬，北京出現一位貌似明太子朱慈烺的男子，至故明國丈嘉定侯周奎府上，後來周奎懼怕連累遭禍，將他逐出，而致被捕交刑部，清廷招集明朝舊臣指認真偽，有指認為真太子者，也有懼怕遭禍而說是假冒者，至十二月攝政王多爾袞親詢群臣後裁決，將力言太子為真者幾全處死，次年元月因山東民亂，向清廷索還明太子，清廷平亂後，就將以上男子當作假冒的偽太子，而予以處斬⑰。

(7)無為有處有還無：這句原本也是修道的哲理，修道者認為人應該法乎自然，身外原無之物，勿過分強求，否則即使僥倖擁有了，但戕害本命真性，雖然有還是等於無。其實這句內裏是暗寫滿清入據北京後，即宣稱是得天下於李闖大順朝，明朝早已被李滅亡而歸於無了，現在漢人又無中生有，在南京扶立非崇禎嫡系的朱氏宗室福王朱由崧為明朝皇帝，雖然再有明朝皇帝出現，我滿清還是當作並無明朝皇帝存在。

〔甲戌本特批〕等評注：「疊用真假有無字，妙！」這是提示說：「原文這副對聯兩句話，重疊地使用真假、有無的字眼，真妙啊！」這是提示這兩句話真正的奧妙就在於重疊地使用真假、有無的字眼，讀者應從「真假有無」上面下工夫，去探索其真正的妙處。總之，原文這副對聯寫在太虛幻境—大清換朝的國境大門的兩邊，是表示滿清一入北京城，就明白擺示出以上真太子亦是假太子、有南明皇帝亦等於無明朝皇帝，這兩項做定中國皇帝的基本策略。

(8)士隱意欲也跟了過去，方舉步時，忽聽一聲霹靂，有若山崩地陷：這是隱寫殘破的明朝餘勢吳三桂軍等，也想擁護崇禎太子跟著滿清過城門入北京正位復明，方才舉步有所動作時，忽然發現滿清仁義之師的玄機已洩漏，露出要在北京建朝的真面貌，傳達出不准吳三桂明軍入北京的訊息，這下子明朝不亡於漢人李自成，卻反而亡於關外異族滿清，這就像聽到天上一聲霹靂，將聯清復明之局打得有如山崩地陷般大崩潰了。

(9)士隱大叫一聲，定睛一看，只見烈日炎炎，芭蕉冉冉：烈日炎炎，是隱喻李炎──李自成大順王朝勢力熾盛如烈日炎炎。芭蕉，通諧音「巴郊」，隱指巴蜀郊野地區；芭蕉冉冉，是隱喻巴蜀郊野地區另一股流寇張獻忠大西王朝的勢力冉冉上升。這四句是暗寫殘破的明朝餘勢吳三桂軍等（甄士隱），獲悉滿清竊據北京建朝的訊息，大叫一聲：大勢不妙！而從滿清所宣稱代明朝報君父之仇的迷夢中醒悟過來，再定睛一看眼前天下形勢，發現李自成勢力尚熾盛如炎炎烈日，巴蜀郊野地區張獻忠勢力正冉冉上升。

〔甲戌本夾批〕等評注：「醒得無痕，不落舊套。」這是評注說：「殘破的明朝甄士隱從滿清討李救明的迷夢中醒悟過來，醒悟得並無顯著的痕跡，還在迷悟之間，未馬上採取強勢抗清行動，並不落入一般獲悉被欺騙就馬上醒悟，而加以抵制的舊套。」

(10)夢中之事便忘了對半：夢中之事，主要是指殘破的明朝甄士隱見識到在滿清操弄下，如同蠢物般的吳三桂變成剃髮降清，及滿清由討李救明露出強佔北京建朝的真面貌。夢中之事便忘了對半，是隱喻殘破的明朝甄士隱因為眼見李、張勢力甚盛，對於滿清定都北京建朝的真面貌，便又忘了一半，還在痴想聯合滿清來消滅李、張勢力。對於殘破的明朝到這時候還想聯合滿清消滅流寇的情況，《南明史》一書描述說：

（南明）弘光朝廷的督師大學士史可法是「聯虜平寇」方針的主要倡導者和執行者。……一六四五年（弘光元年、順治二年）初，史可法親自安排了高杰率軍北上，……只是進軍的目的不是針對清廷，而是想在撲滅「流寇」中充當清軍的盟友。⑱

這充分證明殘破的明朝甄士隱對於滿清假借討李以滅明的真面貌，確實尚在半夢半醒之間迷糊行事。

〔甲戌本夾批〕評注：「妙極！若記得，便是俗筆了。」這是評注說：「原文寫甄士隱對於夢中之事忘了對半，真是妙極了！若寫完全記得，而澈底醒悟，立即積極抗清，便是世俗之見的俗筆了。」言外之意是說，明朝就是繼續半夢半醒地，配合滿清夾擊李闖軍，而不立即設法聯合同是漢族的李、張勢力共同抗清，這才是出乎世人的意料呢！

◈真相破譯：

却說那已喪君而真嗣隱去的明朝國魂（甄士隱）對滿清滿、漢軍首領的談話全都聽得明白，但是不知道他們所說的「蠢物」是什麼東西，於是不禁好奇地上前行禮笑問道：「二位如仙師般超能的滿、漢軍首領請了！」那如僧道的滿、漢軍首領也忙答禮相問候。明朝國魂（士隱）因而說道：「剛才聽到二位仙師所談論的因果，實在是人世間很稀罕聽聞到的事，但是弟子頭腦愚笨渾濁，不能完全洞悉明白其中究竟，如承蒙二位大開在下痴頑心智，說得更完備詳細來聽一聽，那麼弟子就洗耳恭聽，俾便稍微能夠警覺省悟，也可避免沉淪於國破家亡的痛苦。」二位如仙的滿、漢軍首領笑道：「我們這個仁義之師所施行度脫的功德乃是一項玄機，不可預先洩漏的。到了那時碰到戰爭的災厄，只不要忘了我們滿、漢軍二者，趕快投降過來，便可跳出被李自成軍或我們清軍擊敗殺害的火坑了。」明朝國魂聽了，不便再問，於是笑說道：「度脫的功德既是玄機，固然不可預洩，但是剛才你們所說的蠢物，不知道是什麼東西，或許可以看一看吧？」那模樣如僧人的滿清首領說道：「若是問到這個蠢物，你倒有看一看的一面之緣。」說著，那僧人滿清就把那蠢物吳三桂拿出來作前鋒，遞交給真嗣已隱去的明朝臣民（士隱），去討李復明。明朝臣民迎接了這個蠢物吳三桂一看時，原來他已剃髮成滿清頭形，其前腦光鮮明亮像是一塊鮮明美玉，這上面就好像字跡分明地刻著「通靈寶玉」四字，標誌他已通結滿清福臨順治朝廷了，而後面還有幾項他與滿清結盟的條件，就像是看不太清楚的幾行小字。正想要細看吳三桂剃髮與滿清結盟的詳細情形，究竟是已降清或是借清兵討李復明的時候，那僧人滿清就說已到變換清朝的境地（幻境）了，還看什麼？便依恃其強勢軍力，將吳三桂從為明朝臣民討李復明的陣營中搶奪了過去。然後與道人漢軍竟然過了一個大門宏偉如大石牌坊的北京城內，一進城就在那牌坊上書寫四個大字，乃是「太虛幻境」，宣稱北京城已是「大清換髮、換朝的國境（太虛幻境）」，兩邊又有一副對聯，宣示其建朝中國境內的基本政策說是：

假作真時真亦假：當此滿清已以假身分作了真皇帝之時，即使再出現明朝真皇帝嗣統的真太子，亦當作是假冒的；

無為有處有還無：在這已無明朝皇帝變為有清朝皇帝之處，即使再擁立有朱明宗室的皇帝，還是當作無明朝皇帝。

這時殘破的明朝餘勢吳三桂軍等臣民（士隱）也想要擁明太子朱慈烺跟過去進入北京城繼位復明，剛剛才舉步要有所行動時，忽然聽到滿清傳令不准吳三桂明軍入北京，滿清仁義之師的玄機終於洩漏，現出要強佔北京建朝的真面貌，這下子就好像聽到天上一聲霹靂，將他們聯清復明的如意算盤打得有如山崩地陷般全被震碎了。殘破的明朝（士隱）大叫一聲：大勢不妙！而從滿清所宣稱為明朝臣民代報君父之仇的迷夢中醒悟過來，然而回神定睛一看眼前天下形勢，李炎—李自成勢力尚熾盛如烈日炎炎，且巴蜀郊野地區的張獻忠勢力正冉冉上升（芭蕉冉冉），於是夢中所見到滿清強佔北京定都建朝的真面貌，便又淡忘了對半，陷入半醒半迷狀態，還在痴想聯合滿清討平流寇（按故而南明還繼續採取「聯虜平寇」的錯誤戰略）。

第四節　癩僧要求甄士隱施捨女兒故事的真相

◈原文：

又見奶母正抱了英蓮走來。士隱見女兒越發生得粉粧玉琢，乖覺可喜，便伸手接來抱在懷中(1)，逗他玩耍一回，又帶至街前看那過會的熱鬧(2)。方欲進來時，只見從那邊來了一僧一道(3)。那僧則癩頭跣足，那道則跛足蓬頭(4)，瘋瘋癲癲，揮霍談笑而至。及到了他門前，看見士隱抱着英蓮，那僧便哭起來(5)，又向士隱道：「施主你把這有命無運、累及爹娘之物，抱在懷內作甚(6)？」士隱聽了，知是瘋話，也不去睬他。那僧還說：「捨我罷！捨我罷！」士隱不耐煩，便抱着女兒撤身進去。那僧乃指着他大笑，口內念了四句言詞，道是：

慣養嬌生笑你痴(7)，菱花空對雪澌澌(8)。
好防佳節元宵後，便是烟消火滅時(9)。

士隱聽得明白，心下猶豫，意欲問他們來歷，只聽道人說道：「你我不必同行，就此分手，各幹營生去罷！三劫後，我在北邙山等你(10)，會齊了，同往太虛幻境銷號。」那僧道：「妙！妙！妙！」說畢，二人一去再不見個踪影了。士隱心中此時自忖：「這兩個人必有來歷，該試一問(11)。如今悔却晚也！」

◈脂批、注釋、解密：

(1)「又見奶母正抱了英蓮走來…士隱…便伸手接來抱在懷中」：英蓮，影射崇禎太子朱慈烺。根據相關史書記載，崇禎十七年三月李自成攻佔北京，獲崇禎太子朱慈烺，四月挾之至山海關，與吳三桂大戰失敗後，挾太子敗逃，後來太子輾轉為吳三桂所得，三桂將奉之還京，移檄遠近，請多爾袞擁立太子復明，多爾袞不許⑲。原文這幾句就是隱寫李自成（奶母）挾帶太子朱慈烺（英蓮）前來，吳三桂（士隱）便伸手接來擁護著。

(2)看那過會的熱鬧：過會，輾轉經過各地、在廟會表演的雜耍百戲稱為過會，但這裡是比喻改朝換代的會戰、皇帝下台上台的群眾流動聚會等熱鬧場面。

(3)方欲進來時，只見從那邊來了一僧一道：這是隱寫殘破的明朝餘勢吳三桂軍─甄士隱，剛想要進入北京復明，只見從那邊來了滿、漢軍阻擋其進入北京。按當李自成率軍撤出北京時，「吳三桂及其所部作為先頭部隊，先到北京，多爾袞卻不准他入城，令他去追農民軍。」「他（三桂）受多爾袞指令，率部『繞（北京）城而西』，隨同阿濟格、多鐸追擊農民軍去了。⑳」原文這兩句就是隱寫這個史實。

〔甲戌本夾批〕等評注：「所謂『萬境都如夢境看』也。」這是針對原文前面甄士隱在夢境中看見一僧一道，到這裡已夢醒卻又看見夢境中的一僧一道，而評註說：「這樣非夢境亦如同夢境都看見一僧一道的情況，正合乎所謂『萬境都如夢境看』這句佛教人生如夢的說法。」其實批中的「夢」字，意通諧音的「滿」字，影射滿清，一僧一道則是影射滿清的滿軍與漢軍，而這條批語是提示說：「這裡寫甄士隱在夢裡夢外都看見一僧一道─滿軍與漢軍，正是反映當時殘破的明朝餘勢吳三桂、南明─甄士隱，所有中國境地都正籠罩在滿清的滿漢二軍的侵凌、影響之中，讀者應本著所謂『中國萬境都如滿清境地來看』的心態，才能讀懂此處、甚至全書的故事情節。」

(4)那僧則癩頭跣足，那道則跛足蓬頭：癩頭，意為頭上生瘡而無髮。跣足，即光著腳。那僧則癩頭跣足，這是根據滿清領袖努兒哈赤前腦光禿，頭背生瘡，泡溫泉光著腳而死的形象，加以佛僧化，藉以影射滿清。那道則跛足蓬頭，這是根據漢人降清的領袖人物洪承疇戰敗被俘囚禁時，絕食虛弱，步履蹣跚如跛足，且披頭散髮的形象，加以仙道化，藉以影射降清的漢軍。有關努兒哈赤死亡的原因，相關史書《努爾哈赤》一書記述說：

努爾哈赤患何病症（而亡）？清官方對此諱莫如深，諸史一律不載。當時，明朝方面留下可靠的記載。據尚在寧遠守衛的袁崇煥報告，他得到的情報，證實「奴酋恥於寧遠之敗，遂蓄慍患疽…」（《明熹宗實錄》卷七）此病稱「癰疽」，生於人的背部，…其流佈全身時，就危及人的生命，難有治癒的機會。㉑

另根據朝鮮使者在寧遠城中觀戰的記錄說：

須臾，地礮大發，土石飛揚，火光之中，見胡人與胡馬無數，騰空亂墮，賊大挫而退。…奴兒哈赤先已負重傷，…因懣恚而斃。㉒

因此，史家都認為努兒哈赤在寧遠之戰先中了礟傷，其後又因戰敗懣恨積成癰疽致死。而癰疽末期會流佈全身，故有可能從背部擴散到連頭部也生瘡，故本書稱之為「癩頭」和尚。努兒哈赤病重後，各史書都記載他離開都城瀋陽至清河泡溫泉沐養，十幾天後無效，病危時乘船順太子河欲回瀋陽，至四十里外的靉雞堡便逝世。其臨死前頭上生瘡，光著腳泡溫泉的形象，正合此處所寫的「癩頭跣足」。

有關洪承疇被俘囚禁及降清的情狀，相關史書記載說：

汲修主人（按即禮親王昭槤）談太宗之襟度，有曰：「松山既破，擒洪文襄（按即承疇），洪感明帝之遇，誓死不屈，日夜蓬頭跣足，罵言不休。太宗乃命諸臣勸勉之，洪一語不答。太宗乃親至洪之館，解貂裘而與之服。……（洪）因叩頭請降。太宗大悅，即日賞賚無算，陳百戲作賀。」㉓

洪被囚禁時「誓死不屈，日夜蓬頭跣足」，可以想見其虛弱不堪，既蓬頭跣足，且步履蹣跚如跛足了，故此處將其形象描寫為「跛足蓬頭」。

〔甲辰本〕等評注：「此則是幻像。」幻，通諧音「換」字。這是評注：「『那僧則癩頭跣足，那道則跛足蓬頭』這樣的形象，則是前面一僧一道的另一個變換的形象。」也就是提示說，這裡的癩僧跛道就是前面的一僧一道，還是影射滿清的兩大軍力滿軍與漢軍。

(5)看見士隱抱着英蓮，那僧便哭起來：這兩句是隱喻那癩僧滿清看見了殘破的明朝餘勢吳三桂等（甄士隱），懷抱、擁護著崇禎太子朱慈烺（甄英蓮）欲恢復明朝，便哭起來，以冷諷明太子、及復明運動最終都將命運悲慘而傷心哭泣，連滿清也忍不住同情地為他們哭泣起來。〔甲戌本夾批〕等評注：「奇怪！所謂『情僧』也。」這是曲折地評注說：「作者竟然寫僧人滿清為明朝擁護明太子復明而哭泣起來，真是奇怪啊！這正是所謂的『情僧』，專以同情、恩情為手段籠絡招降明朝將臣的滿清。」就這裡的情節，是說那癩僧滿清先以同情、鄙視復明為徒然導致悲傷哭泣的無望之舉，來沮喪明朝臣民的復明心志，從而再施加高爵厚祿利誘，籠絡招降明朝將臣，可見得癩僧是擅長使用同情、恩情為招降手段的滿清。

(6)施主你把這有命無運、累及爹娘之物，抱在懷內作甚：甄英蓮是影射崇禎的真胤太子朱慈烺、三太子、及擁護「三太子」的反清復明餘緒。這裡將甄英蓮寫成「有命無運、累及爹娘之物」，是隱喻明太子朱慈烺等三位太子生來就具有繼承崇禎帝位之命，卻遭逢改朝換代之時，而無時運能登上皇帝位；而且連累到那些像爹娘呵護子女般擁護他復明當皇帝的人，都被滿清殺滅。

〔甲戌本眉批〕、〔甲辰本〕評注：「八個字屈死多少英雄？屈死多少忠臣孝子？屈死多少詞客騷人？今又被作者將此一把眼淚洒與閨閣之中，見得裙釵尚遭逢此數，況天下之男子乎？」這是評注說：「原文描寫甄英蓮『有命無運、累及爹娘』這八個字，預示了甄英蓮所影射的三太子及擁護三太子的反清復明運動的悲慘命運，不知已有多少英雄豪傑、忠臣孝子、詞客騷人的翰林文士，投入擁護三太子的反清復明運動，全都屈辱敗死。至今康熙年代又被這個引清兵入主華夏的興作者吳三桂，因遭撤藩，將此擁立三太子反清復明敗亡的舊事重演，最終仍是敗亡而將一把的辛酸眼淚洒與他所創立的反清朝閣大周王朝之中，可見得擁有君主、王侯權勢如吳三桂者尚遭逢此敗亡的運數，何況天下一般的平民男子呢？」

〔甲戌本眉批〕、〔甲辰本〕評注：「看他所寫開卷之第一個女子，便用此二語以訂終身，則知託言寓意之旨，誰謂獨寄興于一情字耶？」這是評注說：「看本書作者他所寫打開書卷的第一個女子甄英蓮，只是毫不懂世事的三歲女子，就用『有命無運、累及爹娘』這二句詞語，來訂定他終身悲慘的命運，就可得知作者託言寓意的旨趣所在了，誰說這本書故事只單獨寄興趣於一個情字呢？」由此可知作者撰寫本書的旨趣不獨寄興趣於男女愛情，更在於寓寫國家世人遭逢「有命無運、累及爹娘」的大劫數。

〔甲戌本眉批〕評注：「武侯之三分，武穆之二帝，二賢之恨，及今不盡，況今之草芥乎？」這是進一步評注說：「三國時代的武侯諸葛亮之聯東吳抗曹操而造成天下三國分立，以輔劉備復漢，而終歸失敗；南宋的武穆岳飛之為了救回被金人俘虜的宋徽宗、欽宗二帝，而奮力抗金，亦終歸失敗；這二位前代大賢復漢、抗金失敗的遺恨，直至今日清朝人們仍然在感今憶昔而不曾終盡，更何況今日這些起義抗清復漢的草莽志士呢？」這很顯然是借用最家喻戶曉的古時復漢、抗金英雄諸葛亮、岳飛的失敗，來嘆惋書中甄英蓮所代表的清初草莽志士擁三太子反清復明失敗的無可奈何。是全書所有評注文字中，最明顯提示書中故事涉及當時復漢、抗金（滿）失敗遺恨的文字。這樣露骨的復漢、抗金（滿）遺恨的批注，在清初是極為敏感危險的，批書人批下這樣露骨的文字，以提示本書是暗寫復漢、抗清（金）失敗遺恨事跡的書，可以說冒著抄家滅族的危險，為披露本書神秘真相豁出身家性命，盡責到底了。後世的人若不能根據這一諸葛武侯復漢、岳武穆抗金失敗遺恨的明白批注，進一步努力發掘出本書隱藏復漢、抗清（金）事跡的真相，而還要堅持《紅樓夢》只是純粹描寫某富貴家族敗落及其兒女愛情悲劇的虛構小說，那就太愧對這樣冒死批注的批書人、及冒死撰著的作者了。

〔甲戌本眉批〕評注：「家國君父事有大小之殊，其理其運其數則略無差異。知運知數者，則必諒而後嘆也。」這是評注說：「家與國、君與父兩相比較顯然事體有大小的殊異，但是就其興衰的道理、時運、命數來看，則大的國、君與小的家、父兩者的興衰並無略微的差異。凡是深知世間家、國興衰常牽涉時運、命數因素，懂得『謀事在人，成事在天』道理的人，則對於甄英蓮所影射的反清復明運動，終歸於『有命無運、累及爹娘』的悲慘敗亡命運，必得要先予寬諒而後浩然一嘆。」這則脂批更重要的一點是，以家國君父雖有大小之殊，興衰之理卻毫無差異的話，點示讀者本書是以外表家族興衰的故事寓寫國家民族興衰的書。

(7) 慣養嬌生笑你痴：痴，通諧音「慈」字，影射「慈烺」，點出甄英蓮就是崇禎太子朱慈烺。這句詩是嘲諷明太子朱慈烺從小在皇宮中嬌生慣養長大，不諳世事，崇禎亡後不善處理繼承帝位的事，而當不上皇帝，我滿清笑你真是痴呆啊！

〔甲戌本夾批〕評注：「為天下父母痴心一哭！」痴心，暗通諧音「茲心」，「茲心」合成一個「慈」字，影射「慈烺」太子。這是評注說：「讓我們世人來為身為天下百姓父母的皇帝繼承人慈烺太子的不幸遭遇，放聲一哭吧！」

(8)菱花空對雪澌澌：花，比喻女子。菱花，通諧音「凌花」或「零花」，意謂受風雪凌虐而飄零、凌亂的花朵、女子；隱指英蓮—明太子朱慈烺，在明朝京陷君亡後，失去依靠，無法繼承明朝帝位，更且遭受追捕而四處逃竄，猶如遭受風雪凌虐而脫離枝葉，飄零的花朵，面臨凋零枯死的命運。另外，菱花又點出英蓮改名後的香菱，香菱也影射農民軍餘部所支撐的南明永曆帝、其王朝，以諧音「凌花」或「零花」，隱喻其遭受滿清、吳三桂百般凌虐，領土、朝政凌亂失序，四處逃竄，最後流落至緬甸飄零而亡。雪，隱指長城外經常下大雪地區的勢力滿清；又雪為白色，影射字為「長白」的吳三桂。雪澌澌，是描寫雪下得澌澌作響，雪勢盛大，比喻滿清、吳三桂的軍勢盛大。菱花空對雪澌澌，全句是隱喻明太子朱慈烺及期盼擁其繼位的明朝臣民，如飄零的落花，空無勢力，面對軍勢盛大的清、吳聯軍攻佔北京地區，束手無策；或南明永曆帝王朝在雲南與軍勢強盛的清、吳聯軍對抗，永曆戰敗，空出雲南領土，出走緬甸，徒然地與清、吳聯軍隔空對峙。

〔甲戌本夾批〕評注：「生不遇時。遇又非偶。」生不遇時，是針對原文菱花二字，評注說：「菱花二字，意謂此人—明太子朱慈烺或永曆帝生不遇時，遭逢風雨動盪時機，到處遷徙逃難，命運如受風雪凌虐而飄零的落花。」遇又非偶，則是進一步針對下面空對雪澌澌，評注說：「此人—明太子朱慈烺或永曆帝所遭遇到的氣勢強盛如雪澌澌的字『長白』的吳三桂，又非同心復明的良偶，因而只是白白迎面遭遇而空對著，非但無益而且有害。」

(9)好防佳節元宵後，便是烟消火滅時：烟火，即香火，指宗廟、王朝的香火、生命。這兩句詩是描寫滿清嘲諷說，你這苟延殘喘如飄零落花的明太子朱慈烺或南明王朝，可要好好防備著元月十五日元宵佳節後，便是香火消滅的時刻了。按明太子朱慈烺南逃至紹興，於元宵節夜晚觀賞花燈，暴露身分而遁走，因而隨後被南明弘光朝廷尋獲而押送至南京入獄監禁，本書稍後有較詳敘述，容後再詳述。至於南明永曆帝王朝，清順治十六年元月三日，滿清三路大軍攻佔其都城昆明，永曆帝朝廷則早已西逃，元月四日逃至雲南西部的永昌安頓，清軍整頓後，由吳三桂軍等再度向西追擊，永曆帝則再一路逃向緬甸邊界，於閏元月二十八日左右逃入緬甸國境㉔，而逐漸消亡。可見無論明太子朱慈烺或南明永曆帝，確實都是於元宵節、或過後不久便逃遁，而其嗣統、王朝香火從此便消滅的。

〔甲戌本夾批〕評注：「前後一樣，不直云前而（先）云後，是諱知者。」這是趁這首詩預寫甄英蓮、香菱—明太子朱慈烺、南明永曆帝王朝消滅於元宵節後的機會，對於本回後面先寫甄英蓮元宵佳節失蹤的故事，而後寫甄士隱家因葫蘆廟火燒波及而燒燬的故事，提示說：「明朝北京崇禎帝消亡在前，與明太子朱慈烺嗣統消亡在後，同樣是明朝皇帝嗣統的消亡，但書中卻不直接先述說發生在前的明朝北京崇禎帝消亡於李自成火燒北京的事跡，反而先述說發生在後的明太子朱慈烺消亡於元宵佳節的事跡，這是因為作者忌諱若照事件先後次序敘述則容易被知情者所偵知（而惹禍）。」

節的伏線。

〔甲戌本夾批〕等評注：「伏後文。」這是註明這兩句詩是後文甄英蓮元宵佳節失蹤情

(10) 三劫後，我在北邙山等你：說這一段話的是跛足道人，影射以洪承疇為代表的清廷漢軍、漢臣。三劫後，「三」字點示「三桂」，三劫後隱指吳三桂反清敗亡的劫數之後。按吳三桂起兵反清在康熙十二年，距離這裡所述山海關事件順治一年為三十年後，吳三桂病亡在康熙十七年，則距離此時為三十五年後。故三劫後，就是指三十年後康熙十二年吳三桂起兵反清，藩王富貴生涯破滅之時，或指三十五年後康熙十七年，吳三桂反清病亡之時。由此可知這裡甄士隱是影射明朝餘勢的吳三桂。北邙山，亦稱邙山，位於洛陽之北，東漢、北魏時王侯公卿多葬於此山，故後世常用來泛指墓地，此處則又隱示跛道人、甄士隱是具有死後葬於北邙山資格的王侯公卿身分者。我在北邙山等你，這是以小說筆觸寫說，我洪承疇先死而魂歸北邙山，在那裡等著你後死的吳三桂，死後魂魄前來北邙山相聚，再續降清期間互相扶持的舊情緣；按洪承疇死於康熙四年，其後吳三桂死於康熙十七年，故有此說。這句是作者有意透露道人比甄士隱先死，而且兩人關係一向親密，故死後還想相聚在一起。

〔甲戌本夾批〕評注：「佛以世謂劫，凡三十年為一世。三劫者，想以九十春光寓言也。」這裡既說一劫即一世三十年，則三劫很確定的就是九十年，但脂批卻使用不確定的語氣說「想以九十春光寓言」。不直說九十年，而模糊地說「想來是九十春光」，是另有玄機的。我們可以說每年有一次春天，九十春光，即九十年，也可以說每年春天有三個月，即有三春，故九十春光即三十年。這裡便是以幽隱曲折的語法，提示原文三劫就是九十春

光，一年三春光，即三十年，以隱示甄士隱吳三桂於山海關事件後三十年起兵反清，不久隨即敗亡。

(11) 這兩個人必有來歷，該試一問：這是隱述滿清的滿、漢二軍雖然標榜是為明朝臣民代報君父之仇而入關驅除李自成的義師，但看來必另有來歷、主意，該試著問一問他們究竟是入關驅李救明，還是要假借驅李義師之名，乘機滅明以一統天下。

◈真相破譯：

再說當初殘破的明朝（士隱，按指吳三桂軍等明朝臣民）又看見李自成軍正像奶母般挾帶崇禎太子朱慈烺（英蓮）走過來山海關，見到這個如《離騷》中「美人」之女兒所影射的國君繼承人，比崇禎在世時越發雍容華貴，就像女兒家生得更粉粧玉琢一樣，還乖覺地倖存著，未曾遇害，讓人感到慶幸可喜，吳三桂軍（士隱）便趁李自成戰敗慌亂的機會，伸手將太子朱慈烺接過來，像抱在懷中似地擁護著，逗他好像玩耍一般地與李自成追逐爭戰一番，又帶至北京附近的大道前觀看那李自成匆匆登基稱帝而逃出北京，又要改朝換代的熱鬧時會（看那過會的熱鬧）。剛剛想要乘機擁護明太子進來北京城登基復明時，只見從那邊來了一個狀似僧人的滿八旗軍與一個狀似道人的漢八旗軍（一僧一道）。那僧人滿軍則是反映了生瘡光腳泡溫泉「癩頭跣足」而死的滿清創國者努兒哈赤的形象作風，那道人漢軍則是反映了戰敗被囚時「跛足蓬頭」的降清漢將代表人物洪承疇的形象作風，他們懷抱著君臨廣大漢人世界的瘋狂想法，旁人看起來簡直是瘋瘋癲癲，他們自己卻是神態瀟脫輕鬆地揮軍（揮霍）談笑而至。及至來到了北京城門前，看見吳三桂軍等（士隱）擁護著太子朱慈烺（英蓮）想要復明，那僧人滿清便像貓哭耗子般假慈悲地哭起來，又向吳三桂軍等明朝臣民（士隱）說道：「施主你把這個生來就具有繼承崇禎帝位之命（有命），卻無當上皇帝之時運（無運），而且連累到那些像爹娘般擁護他當皇帝復明的人都將被殺滅（累及爹娘）的不祥之物，像抱在懷內地擁護著做什麼啊？」殘破的明朝臣民（士隱）聽了，知道是滿清嘲笑威脅要搶奪太子滅明的狂妄瘋話，也不去理睬他。那僧人滿清還威脅說：「（將明太子）施捨給我罷！施捨給我罷！」殘破的明朝臣民（士隱）聽得不耐煩，便擁護著像徵明朝國君（女兒）的太子朱慈烺撤身離開北京，進去明朝內地。那僧人滿清未達扣留明太子、輕鬆取代明朝天下的目的，於是指著擁護著明太子的殘破明朝軍民輕蔑地大笑，口內唸出了四句詛咒的言詞，說是：

我笑你慈烺太子自幼在皇宮中嬌生慣養，不諳世事，以致崇禎亡後不能繼承明朝帝位，真是痴呆啊！

你就像脫離枝葉飄零的落花，空無勢力地面對著宛如澌澌作響之大雪般強盛的清、吳聯軍之攻擊。

可要好好防備著元月十五日元宵佳節之後，

便是你慈烺太子（或南明永曆王朝）香火消滅的時候了。

擁護著明太子的吳三桂等明朝軍民（士隱）聽得明白，心下猶疑不能確知這些話的內涵，正想要問他們的來歷用意，只聽那道人漢軍首領洪承疇說道：「你我不必同行，就此分手，各幹各的營生去罷（按吳三桂便向西追擊李自成，洪承疇後來則到南方剿撫南明王朝）！等到三十年後你吳三桂遭到撤藩叛清敗亡的劫數（三劫）之後，我洪承疇早已魂歸北邙山黃泉地下等你了，這時所有漢人群眾反清復明運動也都失敗而會齊了，大家同往大清換朝的國境（太虛幻境），去銷除以前一切官位名號（銷號），乖乖剃髮歸降清朝。」那僧人滿清首領說道：「真妙啊！真妙啊！真妙啊！」得意地說完後，這狀似僧道的滿、漢軍二人就一去再也不見個踪影了。殘破的明朝軍民（士隱）這時心中自己忖度思量：「這代表滿、漢軍的僧道兩人自關外前來中原必有其來歷、意圖，應該嘗試問一問他們來此的真正目的（究竟是真為討李救明而來，或別有所圖，想乘機入主中原）。如今已引入關內，又未先問明其真正意圖，後悔却已經晚了呀！」

附註：

①《朱元璋大傳》，吳晗著，台北，遠流出版公司，一九九二年八月初版二十一刷，第一〇一、一四一至一四三頁。

②詳情請參閱《李自成》，晁中辰著，台北，文津出版社，一九九四年九月初版一刷，第二〇四、二三七頁。

③請參閱《新編石頭記脂硯齋評語輯校》引《宋史・米芾傳》，陳慶浩編著，台北，聯經出版事業公司，民國七十五年十月增訂再版，第一二頁。

④有關崇禎三位太子之詳情，請參閱《明太子、福王亡命在日本》，徐曉輝著，臺灣中華書局印行，民國七十三年六月初版，第一四二至一四三、一四九至一五一頁。

⑤有關李自成又名李炎之詳情，請參閱《甲申史商》，欒星著，鄭州，中州古籍出版社，一九九七年四月第一版，第一七四頁。

⑥請參閱以上《李自成》，第二四〇頁。

⑦以上《紅樓夢校注(一)》，第一八頁；及《新編石頭記脂硯齋評語輯校》，第一七頁，引唐代袁郊著《甘澤謠・圓觀》。

⑧同上《新編石頭記脂硯齋評語輯校》，第一八頁，引《全唐詩》。

⑨請參閱《台灣詩史》，廖一瑾著，台北，文史哲出版社，民國八十八年三月初版，第二四二頁。

⑩詳情請參閱《台灣外記》・江日昇著於清康熙四十七年，臺灣銀行經濟研究室編輯，臺灣省文獻委員會出版，民國八十四年八月，第三、四四八頁。

⑪引錄自《鄭成功傳》，鄭亦鄒著於清康熙末年，臺灣銀行經濟研究室編輯，臺灣省文獻委員會出版，民國八十四年八月，第三頁。

⑫有關明朝誤酬滿清的詳情，請參閱《崇禎長篇》所輯陳洪範著「北使紀略」，中國歷史研究室編輯，王靈皋輯錄，上海神州國光社出版，民國三十五年十一月出版，第一一七至一二六頁；《甲申傳信錄》第

一五五至一六〇、二三六至二三九頁；《清朝全史》，上三，第五、九、一〇、一三、一六頁；《吳三桂大傳》，上冊第一九九至二〇五頁；《吳三桂傳》第一〇三至一〇七頁。

⑬甘露之變，見《辭海》「甘露」條。

⑭請參閱《南明史》，顧誠著，北京，中國青年出版社，二〇〇三年十二月，北京第一版第二次印刷，第一八二頁。

⑮引錄自以上《明季北略》，下冊，第三七〇頁。

⑯引錄自《清朝的皇帝（一）》，高陽著，台灣，風雲時代出版公司，一九九三年五月初版二刷，第四〇五頁。

⑰有關清朝斬殺北京明太子的詳情，請參閱以上《甲申傳信錄》，卷九「戾園疑雲」，第一四六至一五四頁；及《鹿樵記聞》，清初梅村野史著，臺灣銀行經濟研究室編輯，臺灣省文獻委員會出版，民國八十四年八月，卷上「兩太子」，第二五至二八頁。

⑱同上《南明史》，第一六八至一七〇頁。

⑲請參閱以上《明太子、福王亡命在日本》，第一三六至一三七頁。

⑳請參閱以上《吳三桂大傳》上冊，第一七七至一七八頁。

㉑請參閱《努爾哈赤》，李治亭著，台北縣，知書房出版社，一九九七年元月初版，第三二〇頁。

㉒請參閱以上《清朝全史》，上一，第一三七至一三八頁。

㉓請參閱以上《清朝全史》，上二，第五四頁。

㉔請參閱以上《崇禎長篇》所輯清初郭凱所著「也是錄」，第二〇九頁；及《吳三桂大傳》上冊，第三一六頁。

第六章 賈雨村風塵懷閨秀故事的真相

第一節 甄士隱初會賈雨村故事的真相

◈原文：

這士隱正痴想，忽見隔壁(1)葫蘆廟內寄居的一個窮儒，姓賈名化(2)，字表時飛(3)，別號雨村者(4)，走了出來。這賈雨村原係胡州人氏(5)，原係詩書仕宦之族，因他出于末世(6)，父母祖宗根基一盡，人口衰喪，只剩得他一身一口，在家鄉無益，因進京求取功名，再整基業(7)。自前歲來此，又淹蹇住了(8)，暫寄廟中安身，每日賣字作文為生，故士隱常與他交接(9)。

當下雨村見了士隱，忙施禮陪笑道：「老先生倚門佇望，敢街道上有甚新聞否？」士隱笑道：「非也。適因小女啼哭，引他出來作耍，正是無聊之甚。兄來得正妙，請入小齋一談，彼此皆可消此永晝(10)。」說着，便令人送女兒進去，自携了雨村來至書房中。小童獻茶。方談得三五句話，忽家人飛報嚴老爺來拜(11)。士隱忙的起身謝罪道：「恕誑駕之罪，略坐即來

陪。」雨村忙起身亦讓道：「老先生請便，晚生乃常造之客，稍候何妨。」說着，士隱已出前廳去了。

◈脂批、注釋、解密：

(1)這士隱正痴想，忽見隔壁：壁，影射長城。隔壁，隱指隔了長城的山海關外地區。〔甲戌本夾批〕等評注：「『隔壁（壁）』二字極細極險，記清。」這是評注說：「『隔壁』二字語意極細微、有隱意，而且隔了這堵牆壁的那邊極為危險，讀者要記清這個特殊意義。」這是因為隔壁就是指山海關長城外的遼西走廊一帶，而該地區的寧遠、松山、錦州是當時明、清經常交戰的極危險之地。

(2)姓賈名化：〔甲戌本夾批〕等評注：「假話，妙！」這是明白點示賈化通諧音「假話」之意。「假」的意義，是與甄士隱的「真」相對立而言，甄、真既代表明朝的真帝統勢力，賈、假就是代表反對朱明王朝真帝統的他姓假帝統的綜合勢力，包括李自成、滿清等政權，及投靠這些政權的重要漢臣如洪承疇等。假話，是表示這個反明的假帝統勢力的最主要特質是擅長說假話，以假話宣傳統戰，煽惑人心，如李自成大順政權以「迎闖王，不納糧」的假話作宣傳，誘惑得百姓爭相歸附；滿清以「代報君父之仇義師」的假話為標榜，也迷惑得急欲驅逐李自成出北京的明朝臣民樂觀其成，等等不一而足。

(3)字表時飛：〔甲戌本夾批〕等評注：「實非，妙！」這是點示時飛通諧音「實非」之意，指此人所言實非真話，口是心非，是專說假話騙人的人物。時飛，還有另一層很重要的意義，即乘時機鑽營高飛之意，除了隱指李自成、滿清趁明朝衰敗而高飛上皇帝寶座之外，尤指擅於趨炎附勢，趁明末大亂時機，西瓜偎大邊，投降清朝飛騰高升的一批漢臣，如洪承疇等。

(4)別號雨村者：〔甲戌本夾批〕等評注：「雨村者，村言粗語也。言以村粗之言，演出一段假話也。」村言粗語，是提示該人物口操農村粗野的言語，也就是出身鄉野農村地區的人物。這是點示滅亡明朝的說假話者是出身東大荒遼東僻野地區，建立莊田八旗制度，經營農莊而勃興的滿清政權，又兼指出身西大荒陝甘僻野農村地區的李自成農民軍。至於此批後段「言以村粗之言，演出一段假話也」，則是繼上面的意義再更詳細提示，這些鄉野農村的勢力，以農村粗野的言詞作宣傳，演出一段欺騙世人的假話，譬如李自成政權用粗俗言詞編造兒歌說「喫他娘，穿他娘，開了大門迎闖王，闖王來時不納糧」①，以這樣的假話作宣傳，及滿清以「代報君父之仇義師」的假話為標榜等。

(5)這賈雨村原係胡州人氏：〔甲戌本夾批〕評注：「胡謅也。」這是提示胡州通諧音「胡謅」，即胡說之意。故這句原文隱示賈雨村原係胡謅、胡說的人物。不過，胡州還隱含更重要的一層意義，即直接表示關外胡人滿洲地區。這句原文意謂賈雨村原是胡人州縣地界的滿清人氏、或滿清政權下的人物。

由以上賈化、字表時飛、別號雨村、胡州人氏之脂批的注解，可見賈雨村與前面甄士隱、絳珠草一樣，又是一個典型的具有多重意義的名號。

(6)原係詩書仕宦之族，因他出于末世：原係詩書仕宦之族，是指賈雨村原本是華夏民族的文官，這是隱指原是出身科舉的翰林文官，後來才轉為武職的洪承疇。〔甲戌本夾批〕等評注說：「又寫一末世男子。」這是提示賈雨村又是明朝末世時代的人物，而本書所記是明朝末世時代的故事，使讀者能夠把握到本書故事的朝代年紀，以免迷失方向。

(7)父母祖宗根基一盡，人口衰喪，只剩得他一身一口，在家鄉無益，因進京求取功名，再整基業：這是隱述身為主帥的洪承疇在明清松山大戰失敗後，所賴以託生的明朝大軍母體根基一概死傷潰散完盡，而被滿清拘囚，只剩得他一身一口，心想若仍忠於家鄉明朝只有殉節而死，沒什麼益處，因此便投降進入瀋陽盛京的滿清政權，為滿清效力以求取功名，再整其個人仕途基業。從上面原係詩書仕宦之族到這幾句，對於賈雨村出場的具體描寫，可見賈雨村的正角是洪承疇，因為他是滿清擊滅明朝的軍事上引路人、策謀者與後期主帥。副角則兼及滿清、再兼及李闖等假語滅明勢力。

(8)自前歲來此，又淹蹇住了：前面的甄士隱情節是描寫山海關事件，為明崇禎十七年，故這裡的前歲係指崇禎十五年，正合歷史記載洪承疇於崇禎十五年二月松山城破被擒而降清的時間。淹蹇，為滯留困阻之意。又淹蹇住了，是隱指滿清既攻下松山、錦州之後，未再繼續進攻寧遠、山海關，暫時滯留住了。

(9)每日賣字作文為生，故士隱常與他交接：這是隱寫滿清松山之戰大獲全勝之後，認為駐守寧遠的明朝吳三桂軍傳檄可定，故發動文宣招降攻勢，皇太極本人之外，更命已降清的所有與吳三桂關係密切的親友，如舅父祖大壽、兄吳三鳳、及舊友張存仁等等，紛紛像賣字作文般地寫信向吳三桂勸降②，故而吳三桂明軍與滿清常有交接。

〔甲戌本夾批〕評注：「又夾寫士隱實是翰林文苑，非守錢虜也。直灌入『慕雅女雅集苦吟詩』一回。」此批中的守錢虜，是影射吳三桂，這是因為吳三桂在封藩雲南後拼命搜括財富，富甲天下猶不知足，故脂批常以守錢虜加以諷刺。這則脂批是趁這裡原文寫到甄士隱常與出身書詩之族、每日賣字作文的文士賈雨村交接，順便提示說：「這段賈雨村故事中的甄士隱，除了暗指守錢虜吳三桂之外，又夾寫甄士隱其實又是翰林文苑出身的洪承疇，而不是守錢虜吳三桂。而後面的情節藉文士賈雨村吟詩暗寫明清交戰，這樣的筆法直灌入『慕雅女雅集苦吟詩』一回（按即第四十八回下半回）。」因此，在這一段賈雨村故事中，甄士隱所代表的明朝勢力之中，除了包括守錢虜吳三桂之外，又夾寫是松山大戰期間代表明朝抗清勢力的洪承疇，在此狀況下，則其對手賈雨村就轉為滿清了。幸好有則脂批提示甄士隱這樣的雙重身分，讓我們又得以連帶瞭解賈雨村兼具洪承疇明軍、滿清的雙重身分，否則便極難悟出後面甄士隱、賈雨村交往情節的真相。同樣，若不是有此批，我們是無法悟到第四十八回香菱苦吟詩的情節，竟會是暗寫明清交戰事跡的。

(10) 兄來得正妙，請入小齋一談，彼此皆可消此永晝：永晝，通諧音「永祚」，影射李自成「永昌帝祚」。這是暗寫當李自成攻陷北京後，賈雨村—滿清多爾袞率軍向山海關進發，試圖入關爭天下，而此時吳三桂正急於尋求聯清討李，清軍真是來得正妙，甄士隱吳三桂便遣使邀請清軍速入山海關（小齋）談一談聯合討李事宜，以共同消滅李自成永昌帝祚。

(11)方談得三五句話，忽家人飛報嚴老爺來拜：嚴，通諧音「炎」，影射李炎─李自成。這兩句是隱寫吳三桂剛與多爾袞清軍接觸匆匆談了三五句話，李自成軍就向山海關攻來。〔甲戌本夾批〕等評注：「炎也。炎既來，火將至矣。」這是提示說：「嚴，就是炎。李炎─李自成既然來攻山海關，那麼他戰敗退回北京，放火燒燬皇宮的事件也將要到來了。」按李自成從山海關敗回北京，匆匆登基當皇帝後，就放火燒燬北京皇宮，載著劫掠的金銀珠寶逃向西安，是歷史上極為突出的事件，各相關史書都有記載。

◈真相破譯：

這明朝餘勢的吳三桂（士隱）正在痴想向李自成報仇以奪回陳圓圓的時候，忽然看見隔著長城（隔壁）之外，在滿清朝廷─胡虜廟堂（葫蘆廟）內寄居的一個貧窮儒官，姓賈名化，這「賈化」意義通諧音「假話」，隱寓專說假話以推翻朱明王朝真帝統的假帝統勢力；表字叫做時飛，這「時飛」意義通諧音「實非」，隱寓其人口是而心實非，又善於乘時機鑽營高飛；別號又叫做雨村的人，這「賈雨村」意義通諧音「假語村（言）」，隱寓出身鄉野農村地區，專以農村粗野的言語說假話騙人的勢力、人物；被滿清派遣走了出來交涉。這賈雨村原本是胡人州縣地區，又擅長胡謅說假話的人氏（胡州人氏），他原本係出身明朝科舉的詩書翰林文官，因他出身於明朝末世，率領明朝大軍在松山決戰中全軍覆沒，已無可依靠，就好像父母祖宗根基一概完盡，人口衰喪，只剩得他一身一口一樣，心想若繼續留在猶如家鄉的明朝裡，只有殉節自盡，或被明廷論罪，毫無益處，因而就投降滿清進入盛京瀋陽，為滿清效力以求取功名，再整其個人仕途基業，這人就是明清松山決戰的明軍主帥、大敗後被擒而降清的洪承疇。這個以執行對明朝說假話招撫政策的洪承疇為代表的滿清，自從前年崇禎十五年明清松山決戰大勝而前來進佔這處地方，到如今未再繼續進攻而又滯留住了，清軍就暫時寄駐在遼西走廊松、錦一帶猶如狹長葫蘆的胡虜廟堂中安身，鑒於松山決戰大獲全勝之威，認為對於孤守寧遠的吳三桂明軍應可傳檄而定，而改採文宣招降政策，於是就像每日賣字作文謀生一樣，頻頻寫信向吳三桂勸降，故而明朝勢力的吳三桂（士隱）與他這個擅說假話招撫的滿清（賈雨村）常有交接。

當下擅說假話招撫的滿清（賈雨村）率軍走出來看見了明朝餘勢的吳三桂（士隱），趕忙施禮陪笑道：「你這殘敗衰老如老先生的明朝殘將倚靠在明朝國門的山海關佇立張望，敢情街道上有什麼新發生的動人聽聞事件嗎？」吳三桂所代表的殘破明朝（士隱）笑道：「並非什麼不得了的新聞大事。適才因為明崇禎王朝敗亡，其殘存的政權勢力脆弱如小女兒般啼哭，只好帶引她移出北京來寄託在山海關的殘明勢力，以便要弄一番設法復明，正是無技可施而無聊的很。你滿清大哥率大軍來得時機正是妙，請入山海關小駐所商談一下，這樣彼此聯盟就都可以消滅這個共同敵人的李自成永昌帝祚（永晝）。」說著，吳三桂便令人將脆弱如小女兒的明朝軍隊送進去守護山海關，自己帶了一小隊人馬衝出，前去邀請滿清前來商議，就好像携友人至書房中懇談一樣。小侍童出來獻茶待客。剛剛才交談了三五句聯盟討李的話，忽然間家人就飛報李炎（李自成）率大軍像老爺一樣（嚴老爺）前來山海關拜訪邀戰。吳三桂慌忙的起身謝罪說：「請恕我不能奉陪尊駕的罪過，請略為坐一坐，我即刻回來相陪。」滿清（雨村）也忙著起身推讓說：「老先生請便，晚生乃是以前常來造訪邀戰的客軍，如今稍微觀望、等候一下，再出兵相助，又有何妨。」說著，吳三桂已迫不及待地出到山海關前面，與李自成作戰去了。

第二節　賈雨村邂逅風塵知己甄家丫嬛故事的真相

◈原文：

這裡雨村且翻弄書籍解悶，忽聽得窗外有女子嗽聲，雨村遂起身往窗外一看，原來是一個丫嬛在那裡擷花(1)，生得儀容不俗，眉目清朗(2)，雖無十分姿色，卻亦有動人之處(3)。雨村不覺看得呆了(4)。

那甄家丫嬛擷了花，方欲走時，猛抬頭見窗內有人，敝巾舊服，雖是窮貧，然生得腰圓背厚，面濶口方，更兼劍眉星眼，直鼻權腮(5)。這丫嬛忙轉身迴避，心下乃想：「這人生得這樣雄壯，卻又這樣襤褸，想他定是我家主人常說的什麼賈雨村了，每有意帮助周濟，只是沒甚機會。我家並無這樣貧窮親友，想定係此人無疑了。怪道又說他必非久困之人。」如此想，不免又回頭兩次(6)。雨村見他回了頭，便自為這女子心中有意于他(7)，便狂喜不禁，自為此女子必是個巨眼英豪，風塵中之知己也。

一時，小童進來，雨村打聽得前面留飯，不可久待，遂從夾道中，自便出門去了(8)。士隱待客既散，雨村自便，也不去再邀。

◈脂批、注釋、解密：

(1)這裡雨村且翻弄書籍解悶，忽聽得窗外有女子嗽聲，雨村遂起身往窗外一看，原來是一個丫嬛在那裡擷花：這裡的雨村是指松山大戰期間代表明朝勢力的洪承疇大軍。悶，通諧音「滿」，影射滿清。翻弄書籍解悶，是隱指如翻書研究般地研究籌劃解除滿清圍攻錦州的策略。按明清松山大戰先是清軍圍攻錦州，然後洪承疇奉命自山海關率大軍前去解圍，屯駐靠近錦州的松山，而發生松山大決戰，又稱松錦決戰。窗外，比喻明朝的大門窗山海關之外。嗽聲，是暗寫清兵喝馬奔殺之聲。雨村遂起身往窗外，這是暗寫洪承疇遂率軍起身往山海關外進發，察看戰情。丫嬛，隱指臣屬，這裡是隱指滿清，因為滿清未建國前本是臣屬於明朝的建州女真，其祖先努兒哈赤等建州都督本是明朝所任命的邊臣。擷花，花的古字為「華」，影射華夏；擷花意謂侵襲、擷取華夏的疆土、軍民、財物等。一個丫嬛在那裡擷花，這是暗寫原是明朝屬臣的滿清在關外那裡圍攻錦州，想擷取華夏的疆土、軍民。

(2)生得儀容不俗，眉目清朗：〔甲戌本夾批〕等評注：「八字足矣。」這是根據本書原文將王朝、政權比擬為一個女子的情形下，評論說：「用『儀容不俗，眉目清朗』這八個字，來形容滿清軍隊壯盛、震動人心的程度，就足夠了。」亦即意謂並沒有清朝史書所誇耀的那麼神勇、那麼了不起。

(3)雖無十分姿色，卻亦有動人之處：〔甲戌本眉批〕等評注：「更好。這便是真正情理之文。可咲（笑）近之小說中，滿紙羞花閉月等字。這是雨村目中，又不與後之人相似。」這是進一步評論說：「用『雖無十分姿色，卻亦有動人之處』，比擬得更好。這樣便是評述滿清軍力真正合情合理的文字。可笑近來有如小說般隨意編寫的官修歷史中，竟使用滿紙的羞花閉月等字眼，來歌頌滿清攻無不克、戰無不勝，美如天仙地顛倒眾生、媚力無窮等等。不過，能以『雖無十分姿色，卻亦有動人之處』這樣平實的看待滿清實力，是像賈雨村洪承疇這種有高級將才者心目中才這樣看，又不與後來的人相似（因為後來的人常畏滿清如虎、望風歸順）。」

(4) 雨村不覺看得呆了：看得呆了，是對某個人很注意的盯住看而腦子暫時呆滯的狀態。這句是以簡到不能再簡的文字，隱喻洪承疇大軍在松山一帶佈署，盯視清軍動態，後來不覺間反而被清軍困陷當地，而行動呆滯了。〔甲戌本夾批〕等評注：「今古窮酸色心最重。」這是以原文賈雨村盯視一個丫嬛女子看得呆了的情節，有影射洪承疇傾心滿清的意味，而諷刺說：「古往今來那些窮困而又見人做官、升官就吃醋心酸的書生文士，熱中權色名位的心最重。」言外之意是諷刺洪承疇出身翰林學士，權色名位之心最重，所以後來在松山被圍窘困的時候，就為了乘時高飛而降清了。

(5) 猛抬頭見窗內有人，敝巾舊服，雖是窮貧，然生得腰圓背厚，面濶口方，更兼劍眉星眼，直鼻權腮：權腮，指顏面上的顴骨腮骨生得較高，在古人面相學上認為是主掌握權柄的貴相。這一段應是描寫滿清見識到明軍態勢，雖然錦州被圍，糧食衣物補給不繼，故敝巾舊服，糧少貧窮，但寧遠、松山一帶尚有明軍十三萬，實力雄厚，迤長部署，氣勢壯闊，有如一個人腰圓背厚，面濶口方，而且奮戰甚力，頗有劍眉星眼的英勇氣魄，更有主帥洪承疇就近指揮權勢凜凜，如人生得直鼻權腮一樣。

〔甲戌本夾批〕等評注：「是莽操遺容。」這是評論說：「用這樣的文字所描寫出的賈雨村容貌，儼然是一副背叛漢朝的漢奸王莽、曹操的遺容。」亦即提示賈雨村就是後來背明降清的漢奸洪承疇。

〔甲戌本眉批〕評注：「最可笑世間的小說中，凡寫奸人則用鼠耳鷹腮等語。」這是評注說，其實人不可貌相，有些相貌堂堂的人都可能是漢奸，世間的小說一律將奸人寫成鼠耳鷹腮等，最為可笑。

(6)

「這丫嬛忙轉身迴避，心下乃想：『這人生得這樣雄壯，却又這樣襤褸，想他定是我家主人常說的什麼賈雨村了，每有意帮助周濟，只是沒甚機會。我家並無這樣貧窮親友，想定係此人無疑了。怪道又說他必非久困之人。』如此想，不免又回頭兩次」：這是暗寫原是明朝屬臣（丫嬛）的清軍見明軍勢力雄壯，稍一接觸失利便轉身退兵迴避，同時心下乃仔細思想盤算，這明軍雖然兵多勢盛，但錦州糧食物資却又甚貧乏破舊，每有意從寧遠運糧帮助，完備救濟，只是因清軍的圍困阻礙，沒什麼機會得以成功運補，惟明朝朝廷（我家主人）總常認為有了洪承疇增援的十三萬大軍，錦州被圍明軍必非久困之人，滿清如此思量看破明軍必不能持久，不免抓緊時機揮師回頭兩次，增兵加緊圍攻。這裡寫丫嬛清軍又回頭兩次，是擇其重大者而言，事實上在松錦決戰初期的較小規模戰役中，清兵曾有多次挫敗，這裡是只寫其中兩次較大的挫敗而又回頭圍攻的事件，其中一次應是指崇禎十三年三月，皇太極督命清兵圍攻錦州，被錦州守將祖大壽，打得清軍「大半見敗，大將數人亦為致斃」，損失頗為慘重，退回瀋陽，不久便復命濟爾哈朗、多鐸進駐離錦州九十里的義州築城屯墾，改急攻為久困之舉；另一次應是指崇禎十三年七月，洪承疇命吳三桂等對清兵發動奇襲，清軍連連受挫，退屯義州，皇太極「急得憂憤嘔血」，但隨即又「悉索瀋（陽）中人丁，西赴錦州」，再加強圍攻的事件③。

〔甲戌本眉批〕等評注：「這方是女兒心中意中正文。最恨近之小說中，滿紙紅拂紫烟。」紅拂，唐傳奇《虬髯客傳》寫隋煬帝大臣楊素婢女，侍候楊素時手持紅拂，故稱為紅拂女，因見訪客李靖談吐氣度不凡，遂乘夜投奔李靖，共同輔佐李世民。紫烟，《搜神記》記有紫玉故事，略謂吳王夫差之小女名紫玉，悅童子韓重，私許終身，韓重游學齊魯，其父母遣人求婚，夫差大怒拒絕，紫玉遂結氣而死，韓重歸來知悉，哀慟弔祭於其墓前，紫玉靈魂從墓中現形，與韓重飲讌，以墓為家共宿三日三夜，盡夫婦之禮，臨別以明珠贈韓重，後來紫玉靈魂又現形與父夫差相見談話，其母聞之，「出而抱之，玉如烟然」④。白居易詩句有云「吳妖小玉飛作煙」，即詠紫玉靈魂化作飛煙的事；這裡紫烟應即指靈魂如飛烟的紫玉。這則脂批是評註說：「像這樣認定錦州、松山明軍勢力很雄壯，但糧食貧乏，運補無門，勢難持久，故先是敗退迴避，後又回頭圍攻的情況，方是這個丫嬛女兒清軍心中意中真正的實情。最恨近來如小說般胡編不實的官修歷史，滿紙以紅拂與李靖、紫玉與韓重，這種一見鍾情私約結合的文字，來描寫滿清與洪承疇的關係（說什麼滿清愛洪承疇之才有意羅致，洪承疇心儀清主皇太極為英明聖主，早有意投奔，全是胡說，事實上戰場上生死交關，當時清軍、洪軍都想置對方於死地，那有一絲互相傾慕投合的念頭）。」

(7)雨村見他回了頭，便自為這女子心中有意于他：這是隱寫賈雨村明軍、明朝朝廷眼見甄家丫嬛清軍敗退又回頭圍攻的情況，便意識到這女子清軍心中的意圖是勢在必得地有意於攻取錦州、松山了。

〔甲辰本〕等評注：「今古窮酸皆會替婦女心中取中自己，妙極！」這是以原文表面故事賈雨村因甄家丫嬛回顧，認為是對他有意而引為知己的情節，有影射洪承疇與滿清互相傾慕的意味，而諷刺說：「古往今來窮困又見人做官、升官就吃醋心酸的書生文士，因自認有才華，經女子注目一顧，都會自我幻想地替婦女心中擇取自己，而自作多情地將她引為知己，以致獻上真心，洪承疇這個戰敗之餘的窮酸翰林書生，就像這樣自我陶醉於滿清看上他的才華，而真心投歸滿清了，原文這樣描寫真是妙極了！」

(8)一時，小童進來，雨村打聽得前面留飯，不可久待，遂從夾道中，自便出門去了：這一小段是以極簡略的寥寥幾句話，隱括明清松山決戰中最高潮的關鍵戰役情況。小童進來，是暗寫明軍、清軍位階低的小兵匯聚入松山戰場欲廝殺一番。留飯，是暗指清軍搶劫、扣留了明軍賴以吃飯的糧食。夾道，暗指兩邊有清兵夾殺的道路。自便出門去了，是暗寫明軍不守軍令，自己隨便行動地衝出滿清所挖掘圍困松山的壕溝門限潰逃去了。

按由於錦州被圍，洪承疇於崇禎十三年五月從山海關移駐寧遠，陸續調齊八鎮兵馬，共約十三萬人，以持久之策，守戰兼施，謀求漸解錦州之圍，並幾次擊退清軍，至十四年三月清兵又大舉圍困錦州，洪遂於四月下旬再進至杏山、松山之間，初步遭遇戰取得小勝。此時明廷兵部尚書陳新甲以為洪延緩進兵浪費糧餉，奏呈速戰，並派遣親信張若麒進駐陣前督察，促洪速戰，張因見先前數役稍有斬獲，便上奏「清兵可一鼓而平，嚴促進剿」，崇禎帝於是密令洪「刻期進兵」，洪遂於七月下旬再進抵松山城。滿清皇太極因清兵連連失利，心急如焚，見洪率大軍進至松山，遠離囤糧的寧遠大本營，認為機不可失，遂強忍鼻衄之病，傾國中之兵急馳六晝夜，於八月十九日進至松山、杏山之間紮營，迅速挖掘深壕三重，堵截松山明軍的歸路，並搶奪明軍囤積於筆架山的積糧。洪見積糧被劫，松山行糧只剩五、六日，不可久留，發動幾次突圍都未成功，至八月二十一日夜召集八鎮總兵決定次日集體力戰突圍，不意八總兵散會回營後，其中的大同總兵王樸心怯，即不顧軍令自行隨便率部乘夜衝逃，洪最信賴的寧遠總兵吳三桂見狀也拔營奔逃，於是其他四鎮也逃，六鎮十萬兵彌山遍野摸黑奔逃。而清兵早已密佈伏兵，群起阻截夾殺，明兵死於壕塹、野地者共計五萬餘人，尚有很多被逼落海淹死，「浮屍漂蕩，多如雁鶩」，其他二鎮突圍不成，與洪退入松山城固守，十三萬大軍死散殆盡⑤。這樣驚心動魄的慘烈戰爭場面，本書卻只浮光掠影地寫說：「雨村打聽得前面留飯，不可久待，遂從夾道中，自便出門去了」，怎能不令人稱奇叫絕。

◈真相破譯：

【按以下兩段文字是回頭插述崇禎十三至十五年明、清松山決戰期間，洪承疇明軍與清軍接戰、被圍、缺糧、大敗、降清的簡略情況。】

這裡駐紮山海關的明朝大軍主帥洪承疇（雨村），還暫且在翻弄書籍文牘籌思適當策略，以解除滿清對錦州的圍困（解悶），忽然聽得傳報明朝大門窗的山海關之外有某一方王侯（女子）率軍喝馬奔殺的聲音（嗽聲），洪承疇遂奉命親率大軍起身往山海關外進發一看究竟，原來是一個原為明朝屬臣（丫嬛）的滿清軍隊在那裡圍攻、擷取華夏的錦州疆土、軍民（擷花），其軍容壯盛不俗，雖無十足必勝的威姿陣容，卻也有震動得人心不安的氣勢，就好像一個女子生得儀容不俗，眉目清朗，雖無十分姿色，卻也有使人怦然心動之處。明朝大軍（雨村）於是嚴密盯看清軍動態，但是不覺間反而被清軍困陷當地，而行動呆滯了（看得呆了）。

那原本是天下真主明朝之屬臣（丫嬛）的滿清軍隊進攻錦州華夏疆土（擷了花），遭到明軍反擊挫敗，剛想要撤走時，猛然抬頭看見松、錦明軍內部情況（窗內），有個主帥的人洪承疇在內，雖然錦州城明軍被久圍糧食衣物補給不繼，故敝巾舊服，糧少貧窮，但寧遠、松山一帶尚有明軍十三萬，實力雄厚，迤長部署，氣勢壯闊，有如一個人腰圓背厚，面濶口方，而且奮戰甚力，頗有劍眉星眼的英勇氣魄，更有主帥就近指揮權勢凜凜，如人生得直鼻權腮一般。這明朝之屬臣（丫嬛）的清軍見到明軍如此雄壯氣勢，一遭遇就戰敗而急忙轉身退兵迴避，但是心下還仔細衡量思想：「這樣的明軍整體就好像一個人生得這樣雄壯，但被圍的錦州明軍卻又這樣衣食襤褸貧窮，想他定是我家主人明朝常說的什麼賈雨村了，每有意帮助運糧周全救濟，只是我清軍圍困嚴密，沒什麼機會得以成功運補。我家並無這樣貧窮親友，料想一定是這個人無疑了。看那增援的明軍如此龐大勢眾，怪不得明朝朝廷又說這錦州明軍必非久困的人。」一如此仔細思想分析整體明軍虛實之後，看破明軍缺糧必不能持久的缺點，不免抓緊時機又增兵回頭兩次加緊圍攻。明軍（雨村）見清軍敗退又再度增兵回頭來圍攻，便自我警覺認為這個原是屬臣的滿清（女子）內心中有意要與明軍決一死戰，便自恃強大而狂喜不禁地躍躍欲戰，自以為這清軍（女子）必是個具有巨大眼光野心的英豪，風塵飛揚的戰場中，猶如知己知彼的情侶一般，足以互相匹敵決一死戰的對手。

一時之間，明、清雙方位階低的小兵（小童）都匯聚進來松山戰場準備對決，這時明軍（雨村）打聽到前面清軍搶奪、扣留了明軍賴以吃飯的糧食（留飯），不可久待，於是龐大的明軍便從兩邊密佈清兵埋伏夾殺的道路（夾道）中，完全不聽軍令而自尋方便地衝出滿清所挖掘圍困松山的壕溝門限潰逃去了。明朝朝廷（士隱）等到這些滿清客軍既已收兵散去，明軍（雨村）自尋方便潰敗後，也不去再邀戰了。

第三節　賈雨村中秋對月吟詩故事的真相

◈原文：

一日，早又中秋佳節，士隱家宴已畢，乃又另具一席于書房，却自己步月至廟中來邀雨村(1)。原來雨村自那日見了甄家之婢曾回頭顧他兩次，自為是個知己，便時刻放在心上。今又正值中秋，不免對月有懷，因而口占五言一律云(2)：

未卜三生願，頻添一段愁。(3)
悶來時斂額，行去幾回頭。(4)
自顧風前影，誰堪月下儔？(5)
蟾光如有意，先上玉人樓。(6)

雨村吟罷，因又思及平生抱負，苦未逢時，乃又搔首對天長嘆，復高吟一聯云：

玉在匱中求善價，
釵於奩內待時飛。(7)

◈脂批、注釋、解密：

(1)一日，早又中秋佳節，士隱家宴已畢，乃又另具一席于書房，卻自己步月至廟中來邀雨村：中秋佳節，是點示明清松山決戰關鍵戰役的時間在八月中秋佳節期間，即崇禎十四年八月十九日至二十二日。士隱家宴，是暗指明朝自家的朝廷集會議事。另具一席于書房，是暗指明朝廷另外指派一席官員駐在籌謀定策的軍事指揮部，即是指另指派一位張若麒督察，進駐明軍松山的前線指揮中心。來邀雨村，暗指張若麒代表兵部前來監督、邀激洪承疇大軍速戰。

〔甲戌本夾批〕等評注：「寫士隱愛才好客。」這是以隱筆提示說：「這幾句是隱寫當時士隱明崇禎朝廷厚愛、過度期待賈雨村洪承疇明軍克敵制勝的才能，並愛好、熱中與客軍清兵宴聚、激戰一番。」

(2) 因而口占五言一律云：口占，意指不用筆寫詩，而隨口吟唸成詩。〔甲戌本夾批〕等評注：「這是第一首詩，後文香奩閨情皆不落空。余謂雪芹撰此書中，亦為傳詩之意。」詩，通諧音「思」，影射明思宗崇禎；又通諧音「師」，意謂師旅、軍隊，或興師作戰。香奩，為古代婦女放置香粉等化妝品的匣子，這裡是指後文詩句「釵於奩內待時飛」的事。閨情，指後文賈雨村娶甄家丫嬛嬌杏的閨閣愛情故事。書，通諧音「事」，即事件、事跡之意。雪芹撰此書，指前面曹雪芹撰作「金陵十二釵」的事件。傳詩，隱喻傳承明思宗帝統而反清復明。這則脂批是提示說：「這是第一首首要的詠嘆興師抗清以維護明思宗崇禎王朝的詩，有這首詩描繪出松山興師抗清失敗的情況，後文『釵於奩內待時飛』（暗寓寶釵—滿清在如香奩般閉鎖的遼西走廊等待時機高飛入中原當皇帝），及賈雨村娶甄家丫嬛嬌杏的閨閣愛情故事（暗寓賈雨村—洪承疇降清與滿清—嬌杏相結合），這兩項香奩與閨情的情節就都不會落空、無根源了。據我說來，後來為了昭雪仇恨之情的吳三桂（曹雪芹），於康熙十二年創作出的反清事件中（撰此『金陵十二釵』書中），也包含有擁三太子傳承明思宗帝統而反清復明的意味。」

(3) 未卜三生願，頻添一段愁：卜，預料。三生，佛教稱過去、現在、未來三世輪迴為三生。以外表故事來說，這兩句詩是描寫賈雨村因為未能預料他與甄家丫嬛是否能達成緣定三生而結合的願望，屢屢添加心中一段愁緒。但這首詩還有更深一層的涵義。這裡三生，是指前面的三生石，暗點吳三桂。這兩句詩的深層涵義是說，松山決戰時，令人未能預料到吳三桂的心意，他身為主帥洪承疇最信賴的英勇主力，竟然也率先逃跑，使得明軍添加一段被清軍頻頻殘殺大敗的愁苦。

(4)悶來時斂額，行去幾回頭：悶，即愁悶。斂，收斂、縮束；斂額，即皺額蹙眉。這兩句詩在表面故事上，是描寫賈雨村愁悶湧上心頭來就時常皺額蹙眉，因為那甄家丫嬛幾度行將離去又再回頭顧盼，似無意又似有意，令人捉摸不定。就深層意義說，悶又通諧音「滿」，影射滿清、清兵。這兩句詩實是描寫明清松錦大戰的前期戰況說，滿清來攻時令人擔心愁悶得蹙額皺眉，看他幾度敗退離行而去，卻又幾度再回頭攻擊，真是難纏。

(5)自顧風前影，誰堪月下儔：月下，指傳說中為人間男女牽紅線匹配成對的月下老人。儔，儔侶，匹配的婚偶。這兩句詩在表面上，是描寫賈雨村自顧自己襤褸貧窘不能立身處世的形象，猶如風前搖擺不定的身影，這模樣誰堪委屈做那月老為我牽紅線匹配的婚偶呢？深層上，風即清風，影射滿清、清兵。風前影，隱喻大敗後的明軍猶如在強大的清軍前搖擺不定的虛弱身影。月，即明月，影射明朝、明兵。月下儔，明朝、明軍的匹偶—可匹敵的對手。這兩句詩實是描寫明軍既敗後，餘眾被圍困松、錦的後期戰況說，雖然我洪承疇現今自顧所率明軍人數、糧食嚴重不足的形象，猶如強大清軍前搖擺不定的虛弱身影，但又有誰堪是勢力如月光普照四方的明朝下足以匹敵的對手呢？彼此可還有得一拼呢！

(6)蟾光如有意，先上玉人樓：蟾光，中國神話說月中有蟾蜍、桂樹，故常以蟾宮代指月宮，以蟾光代指月光，又以蟾宮折桂比喻科舉及第。玉人，指肌膚雪白如玉的美人，表面上是喻指甄家丫嬛。這兩句詩在表面上，是描寫賈雨村祈求月光如有情意，就佑助他蟾宮折桂科舉及第，並將他的情意先照射上美人甄家丫嬛的樓閣妝台，讓她知情。深層上，玉人是點示美人林黛玉，隱指明朝。這兩句詩實是描寫賈雨村洪承疇明軍心中的祈願說，天上的月光如真有情意的話，希望先照拂大美人林黛玉明朝的宮殿樓閣，佑助明朝國運展現光明，獲得勝利。

(7)玉在匵中求善價，釵於奩內待時飛：玉，是點示賈寶玉，影射吳三桂。釵，是點示薛寶釵，而釵字形似「又金」二字組成，影射後金滿清。〔甲戌本夾批〕評注：「表過黛玉則緊接上寶釵。」這是提示說：「前面賈雨村對月有懷那首詩已表達過林黛玉明朝的狀況，這副對聯則緊接上描述寶釵滿清的狀況。」

〔甲戌本特批〕評注：「前用二玉合傳，今用二寶合傳，自是書中正眼。」這是更加詳細提示說：「前面賈雨村對月有懷那首詩是用寶玉—吳三桂（指詩中的三生）與黛玉—明朝（指詩中的玉人）這二玉合在同一（明朝）立場、陣營來傳述，現今這副對聯則是用寶玉—吳三桂（指上聯的玉字）與寶釵—滿清（指下聯的釵字）這二寶合在同一（滿清）立場、陣營來傳述，像這樣寶玉吳三桂先是與黛玉明朝合在同一陣營，後來寶玉吳三桂轉變為與寶釵滿清合在同一陣營，自然是本書所記明清歷史中的正線史實。」

這一副對聯是預示明清松錦決戰，明敗清勝之後的情勢說：「寶玉吳三桂駐守寧遠、山海關一帶，在夾於滿清與明朝之間如小匵的地區，騎牆觀望，待價而沽，顯露出轉而結合滿清的傾向；寶釵滿清則在如香粉化妝鏡匣般閉鎖的松錦遼西走廊等待時機，開啟山海關高飛入中原當皇帝。」

上聯「玉在匵中求善價」是脫化自《論語・子罕》：「子貢曰：『有美玉於斯（在這裡），韞（音運，藏）匵（音讀）而藏諸（藏起來呢）？求善（價）而沽諸（出賣呢）？』子曰：『沽之哉！沽之哉！我待賈（音估）者也（我等待買主）』。」下聯「釵於奩內待時飛」是脫化自郭憲《洞冥記》所記的傳說：漢武帝元鼎元年，有神女留一玉釵於鏡匣中，至漢昭帝時，有人偷開匣子，不見玉釵，只見一隻白燕從中飛出，升天而去⑥。這則神話傳說，與吳三桂偷開山海關，使滿清寶釵從如鏡匣般的松錦遼西走廊飛出，高升天子位的情況極為神似，故作者引用來暗喻其事。

◈真相破譯：

有一天，早又到了明崇禎十四年八月十五中秋佳節期間，明朝自家的朝廷集會（士隱家宴）議事已完畢，決議另外指派一席官員（按即張若麒）駐在研議戰謀的前線軍事指揮所（書房），此舉意味著明朝朝廷兵部却就自己按照朝廷的步調作法（步月），來到狹長如葫蘆廟的遼西走廊的松山明軍前線指揮中心，就近監督、邀激洪承疇大軍速戰（來邀雨村）。原來洪承疇明軍（雨村）自那日見了原本是明朝屬臣的滿清（甄家之婢）曾經敗退，又增兵回頭來注目圍攻（回顧）明軍兩次，就自我警惕認為清軍是個死盯明軍不放、實力相匹配的知己敵手（知己），便時時刻刻放在心上謹慎戒備，步步為營，不敢躁進速戰。現在又正值中秋佳節期間，不免對明軍大戰結果有所感懷（對月有懷），因而隨口吟唸出一首五言的律詩，說道：

未能預料到吳三桂軍（三生）的心意，最稱英勇竟然率先逃跑，
使得明軍頻頻添加一段被清軍殘殺大敗的愁苦。
滿清軍來攻（悶來）令人時常愁悶得斂額皺眉，
眼看他敗退離行而去，卻又幾度再回頭攻擊。
自顧這戰敗後虛弱的明軍形象，猶如強大清軍前（風前）搖擺不定的身影，
然而向來又有誰堪是勢力如月光普照四方的明朝下（月下）足以匹敵的對手呢？
這中秋圓滿的月光如真有情意的話，
祈望先照上那代表明朝的林黛玉美人（玉人）的妝樓殿閣，佑助明朝能展露光芒戰勝。

洪承疇（雨村）吟完詩，不勝感嘆明軍慘敗之餘，因而又想到自己平生抱負不凡，卻苦未逢時，豈能就此戰敗殉節或坐待明朝朝廷論罪而亡，應該乘時勢變動一展長才，於是又搔首思索今後去處，對天長嘆時勢逼人，而再度高昂興奮地吟出一副對聯，高瞻松山決戰後的明清時局趨勢，說道：

玉在匱中求善價：賈寶玉吳三桂（玉）駐在如小匱中的寧遠、山海關地區，尋求出較高價者去投靠。

釵於奩內待時飛：薛寶釵滿清（釵）在如粉妝鏡匣內的松錦遼西走廊，等待時機高飛入中原當皇帝。

第四節　甄士隱邀賈雨村中秋月下對飲故事的真相

◈原文：

恰值士隱走來聽見，笑道：「雨村兄真抱負不淺也。」雨村忙笑道：「豈敢！不過偶吟前人之句，何敢狂誕至此(1)。」因問：「老先生何興至此？」士隱笑道：「今夜中秋，俗謂團圓之節，想尊兄旅寄僧房，不無寂寞之感，故特具小酌，邀兄到敝齋一飲。不知可納芹意否(2)？」雨村聽了並不推辭，便笑道：「既蒙謬愛，何敢拂此盛情(3)！」說着，便同了士隱，復過這邊書院中來。

須臾，茶畢，早已設下杯盤，那美酒佳餚自不必說。二人歸坐，先是款斟漫飲，次漸談至興濃，不覺飛觥限斝起來(4)。當時街坊上家家簫管，戶戶弦歌，當頭一輪明月，飛彩凝輝，二人愈添豪興，酒到杯乾。

雨村此時已有七八分酒意(5)，狂興不禁，乃對月寓懷，口號一絕云(6)：

時逢三五便團圓(7)，滿把晴光護玉欄(8)。

天上一輪纔捧出，人間萬姓仰頭看(9)。(10)

士隱聽了，大叫：「妙哉！吾每謂兄必非久居人下者。今所吟之句，飛騰之兆已見，不日可接履于雲霓之上矣。可賀！可賀！」乃親斟一斗為賀(11)。

◈脂批、注釋、解密：

(1)不過偶吟前人之句，何敢狂誕至此：偶吟前人之句，表面上是指這兩句對聯如上述分別引用、脫化自前人著作的《論語・子罕》，及《洞冥記》的典故；內層上，吟字通諧音「引」，為援引之意，全句是隱喻賈雨村—滿清說它後金意圖飛入中原高升天子位，只不過偶然機緣援引其女真族前人前金入據中原，與宋朝南北分治的前例而已。何敢狂誕至此，這句是作者故意透露這副對聯所述內容，尤其是後句「釵於奩內待時飛」，是狂誕的悖逆明朝君王之事。

(2)士隱笑道：「…不知可納芹意否？」：芹，即芹菜，古時多自然生長於低溼之地，不用特別栽種，被視為低賤的菜類。芹意，因芹菜為低賤的菜類，若以芹菜待客則顯示情意微薄，故以芹意謙稱情意微薄。內層上，這裡芹意是通諧音「勤意」，即「勤王之意」。原文是隱述甄士隱—洪承疇明軍對賈雨村—清軍邀戰說：「不知清軍可接納我洪承疇明軍勤王護明的微薄情意否？」可見這裡的甄士隱就是前面脂批所提示「又夾寫士隱實是翰林文苑」的洪承疇，因此這裡與甄士隱相對待的賈雨村所影射的對象，也就由影射洪承疇明軍翻轉為影射前來攻打松山的清軍了。

(3) 雨村聽了並不推辭，便笑道：「既蒙謬愛，何敢拂此盛情！」：〔甲戌本夾批〕等評注：「寫雨村豁達氣象不俗。」這是隱喻滿清依恃其兵多而騎射剽悍，並不推辭洪承疇勤王明軍的任何邀戰，奉陪到底纏戰的豁達氣象不俗。

(4) 不覺飛觥限斝起來：觥，音工，是古代角形酒器。斝，音甲，是古代青銅酒器。飛觥，即彼此揮杯敬酒、飲酒。限斝，即限定罰酒的飲酒數量為若干斝。深層上，飛觥限斝，通諧音「揮弓現甲」，是隱述松山決戰中，明軍與清軍彼此揮弓射箭展現兵甲地熱戰起來。

(5) 雨村此時已有七八分酒意：雨村，影射假語勢力滿清。酒，通諧音「九」字，影射「九王」多爾袞。這句原文是隱述假語勢力滿清此時的朝政，已有七、八分是遵照九王多爾袞的意志行事。因此，這裡所謂「此時」，實已從崇禎十四年八月中秋時節的明清松山決戰，跳脫至崇禎十六年冬季以後，清帝皇太極已逝，小皇帝順治六歲登極，由九王多爾袞輔政的時期。按皇太極於崇禎十六年八月九日崩殂，順治皇帝稍後繼位，因年齡太小，以鄭親王濟爾哈朗與睿親王多爾袞二人共同輔政，但不久多爾袞晉升為攝政王，濟爾哈朗失勢，朝政多由多爾袞掌握實權⑦。

(6) 乃對月寓懷，口號一絕云：月，影射明朝；對月寓懷，是隱喻對明朝寄寓、懷抱著野心。口號，意思是較為大聲地吟誦出來。〔甲戌本眉批〕評注：「這首詩非本旨，不過欲出雨村，不得不有者。」這是特別提示說：「這首賈雨村對月寓懷的詩，其內容和這段文章所敘述的滿清與明朝爭戰的本旨無關，不過是順著文勢要將賈雨村所代表的假語滅明勢力高張，終至滅明出頭的事推拱出來，因而才不得不有這首詩的。」由此可見這首詩並不是描寫明清松山決戰的詩。

(7)時逢三五便團圓：三五，三乘以五等於十五，指陰曆十五日。團圓，表面上是指中秋節八月十五日時，天上月亮團圓、人間家人團圓。在深層上，這首詩是站在崇禎十六年末的時間點，來預示往後的天下局勢展望，這第一句詩是展望時間逢到了崇禎十七年三月十五日之時，李自成軍隊便南北包抄把北京團成圓形地圍住了。

〔甲戌本夾批〕評注：「是將發之機。」這是提示說：「十五日是李自成軍隊即將發動圍攻北京滅明的時機。」

(8)滿把晴光護玉欄：晴光，原指白天晴天的日光，這裡則是喻寫陰曆十五日時期的月光皎潔猶如晴天的日光。玉欄，玉石所砌成的欄杆，影射玉闕皇宮、帝都的城牆。這句詩表面上是說：「月光充盈滿握而皎潔得像晴天的日光，照射、罩護在如玉石般的欄杆、城牆上。」深層上，是隱喻充盈滿握的李闖浩蕩軍勢之威光，猶如晴天日光照射、護罩住了明朝帝都玉闕的城牆。

〔甲戌本夾批〕評注：「奸雄心事，不覺露出。」這是評注說：「經過這句詩所隱述的賈雨村威光如晴天日光，逼照玉闕城欄的氣勢，賈雨村假語滅明勢力李闖、滿清欲滅明的奸雄心事，不覺顯露出來了。」

(9)天上一輪纔捧出，人間萬姓仰頭看：天上一輪，即天上一輪明月，是影射明朝。這兩句詩是喻指經過三月十五日期間李闖攻陷明朝北京玉闕後，明朝有如天上一輪明月才被人從月宮推捧出來虛懸天際，引得人間萬姓仰頭觀看，眾多豪傑、野心家（含滿清）群起爭睹搶奪明朝所空出的天下帝位。

(10)賈雨村酒後狂興，對月寓懷一詩：〔甲戌本眉批〕又評注：「用中秋詩起，用中秋詩收，又用起詩社于秋日。所嘆者三春也，卻用三秋作關鍵。」這是針對《紅樓夢》全書以吳三桂立場變化為主軸的明亡清興歷史故事，特別提示其起止關鍵情節、筆法特色、及所在章節，是探索《紅樓夢》真相極度珍貴的指引，茲逐句詳析如下：

「用中秋詩起」，這句是提示《紅樓夢》全書所記明亡清興歷史故事，是用中秋詩來作為故事的起頭。這就是指第一回這裡賈雨村在中秋節所吟的一首律詩、一副對聯、及一首絕句，而所對應的歷史事件就是明清松山決戰，滿清大敗洪承疇明軍，及李自成攻陷北京滅明的事件，這確實是標誌明、清強弱易勢，明亡清興起始徵兆的關鍵戰役。

「用中秋詩收」，這句是提示書中歷史故事，是用詠嘆吳三桂於中秋節死亡的中秋詩來作為故事的收場。這是指第七十六回下半回「凹晶館聯詩悲寂寞」中，黛玉、湘雲、妙玉三人聯詩，共同作成一首「中秋夜大觀園即景聯句三十五韻」的五言排律而言，詩中詠嘆吳三桂反清失利，於康熙十七年八月中秋節稍後死亡的事，又因上距他於順治元年山海關事件時降清恰好是三十五年，故這首詩特別題名為「中秋夜…三十五韻」。

「又用起詩社于秋日」，這句是提示《紅樓夢》這一明亡清興歷史故事，又用秋季發起詩社雅集作詩來作為中間的關鍵情節。這是指第三十七回「秋爽齋偶結海棠社」，探春發起結海棠詩社，眾人秋日雅集創作咏白海棠七言律詩的情節，而所對應的歷史事件，筆者初步推測或許是指鄭成功海上政權於永曆十三年（順治十六年）秋季七月，興師突入長江攻打南京，卻黯然敗退的歷史事件。

「所嘆者三春也」，這句是提示《紅樓夢》一書所要感嘆的是春季第三個月所發生的事，也就是崇禎十七年三月李自成攻陷北京，崇禎自縊，明朝亡國的事。書中流露這種暮春三月的感嘆是屢見不鮮的，其中最著名的是第十三回秦可卿臨死前對鳳姐的贈言「三春去後諸芳盡，各自須尋各自門」，就是暗寫崇禎十七年三月十九日北京淪陷，明朝王室朝臣須各自尋找門路逃亡的淒涼境況。

「卻用三秋作關鍵」，這句是提示雖然《紅樓夢》本旨是在感嘆明朝亡國於暮春三月的事，卻用前面三個秋天吟詩、聯詩、起詩社，所代表的三件發生於秋天的事件，即明清松山決戰明軍大敗、吳三桂抗清失利而亡、及鄭成功興師攻打南京失敗，作為關鍵情節來鋪述。

(11)乃親斟一斗為賀：〔甲戌本夾批〕評注：「這個斗字莫作升斗之斗看，可咲（笑）。」這顯然是特別提示原文斗字另有隱義，應是隱指其字為「憲斗」的范文程。這句原文應是預示滿清至李自成攻佔北京後，便斟酌採行首席謀臣范文程所獻的入主中原策略，也就是著名的十字方略—「明敵、急進、招撫、弔民、悼明」，其中「招撫」的主要對象就是吳三桂，而

「弔民」就是弔民伐罪，討伐有滅明大罪的李自成以撫慰明朝臣民亡國失君的哀痛，標榜清軍是「為明朝臣民報君父之仇」的義師⑧，這兩點後文緊接著就有所著墨呼應。

◈真相破譯：

恰巧遇到代表明朝勢力的洪承疇明朝大軍（士隱）走來聽見，笑說道：「你老兄滿清（雨村）真是抱負不淺啊！」滿清趕忙笑說道：「豈敢！不過是偶然機緣援引本族前人金朝入據中原地區，與南宋南北分治的前例（偶吟前人之句）而已。何敢狂誕到取代明朝天下帝位這樣的地步。」因而問說：「你老先生洪承疇身為主帥，為何有興致親率大軍來到這最前線的地方啊？」洪承疇明軍笑說道：「今夜中秋，習俗稱為大家團圓相聚作戰的時節（團圓之節），設想你清軍尊兄遠來單單寄住在滿清營房（僧房），不無寂寞的感覺，所以特具箭炮當小酌，邀請吾兄率軍深入到敝軍預佈包夾陣勢所在（敝齋）的松山、錦州之間來一飲挫敗之恨，不知可否接納我軍勤王護明的微薄情意（芹意）？」清軍聽了明軍的邀戰並不推辭，便笑說道：「既蒙錯愛，何敢拂逆你這番盛情邀戰呢！」說著，便順同了明軍的意思，來到如同小書齋的松山、錦州之間戰鬥起來，（經過幾次挫敗的教訓之後）又越過明軍松、錦營地，來到這邊明軍研議戰謀指揮部（書院）地界中的松山、杏山之間來（按意在將明軍後路截斷）。

沒多久，有如端茶待客的試探性交戰完畢，早已設下像整杯整盤的較大規模對戰，那人馬武器的豐富精良就像美酒佳餚一樣，足可讓對方過癮，自然不必說。這時明、清二軍各歸各的陣營坐定集議定謀（歸坐）之後，先是像款斟漫飲般你來我往小打一番，漸次就如對談到興濃般逐漸熱烈起來，不覺彼此揮弓射箭（飛觥）、展現兵甲（限斝），拼死激戰起來。當時雙方各營各隊都出動，吹號呼喊，殺聲哀聲處處，就好像街坊上家家簫管，戶戶弦歌一樣，而時值中秋月圓時節，當頭一輪明月，飛彩凝輝，明、清二軍愈添豪興，好像酒到杯乾拼酒一樣，死力拚鬥不休。

假語滅明勢力的滿清（雨村）此時已有七、八分遵照九王多爾袞的旨意行事（酒意，按指到了崇禎十六年冬季以後多爾袞主掌朝政的時期），其入關取天下的狂妄興致越發不能禁止，於是對明朝寄寓著取而代之的懷抱（對月寓懷），而口中高聲吟誦出一首絕句詩，說道：

當時間逢到月中十五日月圓期間（按指崇禎十七年三月中），李自成大軍便將北京團成圓形地圍住（團圓），

其赫赫軍勢威光猶如充盈滿握的晴天日光，照護住了明朝帝都玉闕的城牆（玉欄）。

明朝北京剛被攻陷而天子帝位移出，猶如天上一輪明月才被人從月宮推捧出來虛懸天際，

便引得人間萬姓（按亦暗含滿清）都仰頭觀看，群起爭奪明朝所空出的天下帝位。

殘破得行將隱去的明朝國魂（士隱）聽見了，大叫說：「真是妙啊！我每每說滿清吾兄必非久居人下的人。現在所吟的詩句，飛騰入關逐鹿中原的徵兆已經顯現，不要多久時日便可接

踏至高空雲霄之上，高登天子之位了。真是可賀啊！可賀啊！」於是親自斟酌敬上一個范憲斗的策略（一斗，按隱指范文程著名的「入主中原」十字方略），作為慶賀。

第五節　甄士隱贈送銀衣助賈雨村進京大比故事的真相

◈原文：

雨村因乾過，嘆道：「非晚生酒後狂言，若論時尚之學(1)，晚生也或可去充數沽名。只是目今行囊路費一概無措，神京路遠，非賴賣字撰文可能到者！」士隱不待說完，便道：「兄何不早言，愚每有此心，但每遇兄時，兄並未談及，愚故未敢唐突。今既及此，愚雖不才，義利二字却還識得(2)。且喜明歲正當大比，兄宜作速入都，春闈一戰，方不負兄之所學也(3)。其盤費餘事，弟自代為處置，亦不枉兄之謬識矣。」當下即命小童進去，速封五十兩白銀，並兩套冬衣(4)。又云：「十九日乃黃道之期，兄可即買舟西上(5)。待雄飛高舉，明冬再晤(6)，豈非大快之事耶！」雨村收了銀衣，不過略謝一語，並不介意，仍是吃酒談笑(7)。那天已交三鼓，二人方散。

士隱送雨村去後，回房一覺，直至紅日三竿方醒(8)。因思昨日之事，意欲再寫兩封荐書與雨村帶至神京，使雨村投謁個仕宦之家為寄足之地(9)。因使人過去請時，那家人去了回來說：

「和尚說賈爺今日五鼓已進京去了，也曾留下話與和尚轉達老爺，說：『讀書人不在黃道、黑道，總以事理為要，不及面辭了。(10)』」士隱聽了，也只得罷了。

◈脂批、注釋、解密：

(1)時尚之學：時尚，通諧音「弒上」，即「弒殺皇上」篡位之意。〔甲戌本夾批〕等評注：「『時尚之學』四字新而含蓄最廣，若必明指，則又落套矣。」這是以微妙筆法提示說：「『時尚之學』四字除了『新』的意義之外，還含蓄有最為廣大的牽連天下變動的隱義（即弒殺皇上），若必明白指出其隱藏的涵義，則又落入一般書籍直書其事的舊套了。」

(2)義利二字却還識得：義利，係暗指滿清標榜自己為替明朝臣民代報君父之仇的義師所能獲得的利益。

(3)明歲正當大比，兄宜作速入都，春闈一戰，方不負兄之所學也：大比，明、清科舉時代考舉人的鄉試，和考進士的會試，三年舉辦一次，稱為大比。但這裡明歲正當大比，則是隱指明年崇禎十七年李自成圍攻北京，將與明朝大比武，爭天下。闈，即考場。春闈，會試於春天在京師舉行稱為春闈，鄉試於秋天在各省舉行稱為秋闈。這裡春闈的闈字，通諧音「圍」字，春闈一戰，則是隱指崇禎十七年春季三月李自成圍攻北京的一次大戰。

(4)當下即命小童進去，速封五十兩白銀，並兩套冬衣：這裡甄士隱命人封了五十兩白銀送賈雨村，是暗指吳三桂奉崇禎急詔放棄寧遠入關抵禦李自成，所率領的明朝關外五十萬軍民⑨，後來因吳三桂降清，全部奉送給滿清。冬，喻指寒冷地帶的北方。衣，為蔽護身體之物。兩套冬衣，是暗指蔽護明朝北方疆土的山海關與寧遠兩重強固關城，歷史上慣稱為明朝的重關，這兩重關城後來也因明朝自動放棄及吳三桂降清，而成為明朝奉送給滿清的大禮。

〔甲戌本眉批〕等評注：「寫士隱如此豪爽，又全無一些粘皮帶骨之氣相，愧殺近之讀書假道學矣。」這是評注說：「這裡對於吳三桂降清，奉送滿清五十萬軍民與山海關、寧遠兩個關城，描寫得吳三桂如此豪爽奉獻滿清，又全無一些粘皮帶骨的氣相，真是愧煞最近康、雍、乾時期讀書假道學的人物，自己既汲汲營營應科舉當滿清官吏，又滿口仁義道德，批評當初吳三桂、洪承疇等降清人物為不忠於明朝的貳心之臣。」

(5) 十九日乃黃道之期，兄可即買舟西上：黃道之期，日球在天空移動的軌跡稱為黃道，日繞天一圈完畢，又重新移動繞轉的日期稱為黃道之期，黃道之期就是天道更始起動之期，這裡是引喻為天子、朝代變更的日期。十九日乃黃道之期，是大膽明指崇禎十七年三月十九日乃是改朝換代的日期，因為該日李自成攻克北京，明朝亡，而改換為李自成大順朝。舟，通諧音「周」字，影射「周王」吳三桂，因吳後來叛清時，建國號周，自稱周王。兄可買舟西上，暗寫雨村滿清可收買周王吳三桂，從遼東西上山海關入中原。

(6) 明冬再晤：這句是暗指南京的南明弘光朝廷派遣使節團，於順治元年冬季十月到達北京，與清廷會晤的事。南明使節團攜帶銀十萬兩，金一千兩，緞絹一萬匹，欲酬謝滿清將李自成軍驅逐出北京，並再相約追殺李自成軍的事，結果是滿清盡收謝禮卻不退兵，還殺來使左懋第等人⑩。

(7)雨村收了銀衣，不過略謝一語，並不介意，仍是吃酒談笑：這幾句是暗寫雨村滿清收受了明朝、吳三桂所奉送的五十萬軍民與山海關、寧遠兩重關城之後，憑著堅強實力，及操控吳三桂為先鋒，基於寧遠是明朝自動放棄，而山海關則是吳三桂軍情火急自動請求滿清援助而奉獻，故只略表謝意，對此大禮並不介意，仍是泰然自若。

〔甲戌本夾批〕等評注：「寫雨村真是個英雄。」這是以調侃的口吻提示說：「這是暗寫賈雨村滿清在收併了吳軍後，當真假盼成是個為明朝臣民代報君父之仇而討李的英雄。」

(8)士隱送雨村去後，回房一覺，直至紅日三竿方醒：〔甲戌本夾批〕等評注：「是宿酒。」酒，影射「九王」多爾袞。這則脂批是提示說：「這裡是描寫明朝柱石吳三桂吃了九王多爾袞的如迷酒般的招撫而醉倒宿夜安息，以致甄士隱明朝政權就如酒醉沉睡般失去功能。」

(9)意欲再寫兩封荐書與雨村帶至神京，使雨村投謁個仕宦之家為寄足之地：兩封荐書，應是泛指推薦明朝官員投降的勸降書。〔甲戌本夾批〕等評注：「又周到如此。」這是評注說：「又替滿清設想得如此周到。」

(10)讀書人不在黃道、黑道，總以事理為要，不及面辭了：書，暗寓王朝曆書，代表王朝之意。讀書人，暗指研究讀取王朝曆書，以奪取王朝、天下的人。黃道是日球繞天的軌跡。黑道，則是月球繞天的軌跡。事理，通諧音「事李」，暗指事奉李自成王朝。這裡因為李自成於（三月）十九日攻陷北京得天下，故賈雨村所代表的假語滅明勢力就落實到李自成身上，而以事奉李自成為要務。

〔甲戌夾批〕等評注：「寫雨村真令人爽快。」這也是以調侃的口吻提示說：「這是暗寫賈雨村滿清在收併了吳軍後，打著為明朝臣民代報君父之仇而討李的旗幟，真是令天下人感覺爽快的很。」

◈真相破譯：

這個由九王多爾袞掌控朝政的滿清（雨村）因而像喝酒乾杯一樣地，全部接納了范憲斗的「入主中原」策略之後，感嘆說：「不是晚生滿清由九王多爾袞掌權後（酒後）亂發狂言，如果談到時下所流行的弒殺皇上（時尚）的學問，晚生滿清也或可去濫竽充數，參與競逐天子之位，以沽名釣譽一番。只是目今行囊路費一概都無從籌措，京師北京路途遙遠，不是光依賴賣弄文字搞宣傳，空口招降就可能到達得了的！」殘破得行將隱去的明朝國魂（士隱）不等滿清說完，便說道：「滿清兄何不早說，我下愚的明朝每每有這個相助的心意，但每次遇到老兄的時候，你老兄並未曾談到要入北京展現弒殺皇上的學問（按暗寓滿清總是說假話，以報七大恨或代報明朝君父之仇伐李為藉口，不敢直說），我下愚的明朝故而未敢唐突資助。今天你既然談到要入京弒殺皇上爭取帝位而無行囊路費，我明朝雖下愚不才，卻還識得你這自我標榜為明朝臣民代報君父之仇伐李的義師，有共同合作伐李的利益（義利）。值得欣喜的是明年正值京師大比武（大比）的年度，滿清兄應該從速進入京都，參與春季圍攻北京（春闈）的一次大戰役，才不會辜負你老兄長年所學的「弒上（時尚）」之學。至於旅途所需盤纏路費的餘事，弟明朝自當代為處理置備，也不枉吾兄滿清的謬愛賞識了。」於是當下就命小童進去，迅速將吳三桂奉詔入京勤王時，從寧遠帶入山海關的五十萬軍民（五十兩白銀），及明朝北方寒冷地區防護敵人攻擊的山海關與寧遠兩套強固的關城（兩套冬衣），一併包封起來都贈送給滿清（按隱述吳三桂迅速降清）。又指點說：「十九日乃是天道更始、天子更新的吉日（黃道之期），滿清兄可立即收買周王吳三桂（買舟）向西方上去。等到屆時你滿清入北京趕走李自成，而雄飛高舉取得天下，明年冬季我們南明王朝會派遣一個使節團北上，到那時我們明、清雙方再見面，當面酬謝並再相約追殺李闖，如此合作滅李豈不是大快人心的事呀！」滿清收了吳三桂投靠所奉獻的五十萬軍民與兩套關城（銀衣），只不過略說了一句感謝的話語，並不很在意明朝吳三桂贈送大禮要求合作的事，還是吃自己九王多爾衮的那一套，遵從其旨意輕鬆地談笑用兵（吃酒談笑）。那天已到三更半夜，兩人才散席離去。

行將隱去的明朝（士隱）送滿清去後，由於倚為柱石的吳三桂軍吃了滿清九王多爾衮招降的迷酒而醉倒歸清（按時為四月下旬），其政權一時之間失去機能，直到南京南明弘光王朝建立才恢復（按時為五月初），就像「回房大睡一覺，直至東方紅日上升到三根竹竿那麼高才醒過來」一樣。因為想到昨日的事（按指藉由吳三桂歸降而資助滿清共同伐李），想要再寫兩封推薦明朝官員投降的勸降書（荐書）給滿清帶至北京，招降個有力的明朝仕宦人家，好讓他入駐北京時作為有力的支持寄託力量，而免招排斥抵抗。因而派人過去請時，那明朝使臣去了回來說：「廟堂中的和尚說那假語滅明勢力（賈爺）今日五更時分已攻進北京去了（按恰合李自成大軍於三月十九日五更時分攻進北京皇宮內城的時間），也曾留話給和尚轉達老爺，說：

『研讀王朝曆書、奪取天下建朝的人（讀書人），不在乎日球黃道更始或月球黑道更始的日期，總以事奉李自成（事理）新王朝為要務，我們假語滅明勢力急著要落實到李自成身上，以滅亡明朝建立假王朝，來不及面辭了。』」行將隱去的明朝國魂（士隱）聽了，自知無力回天，也只得作罷了。

附註：

①引錄自以上《明季北略》下冊，第四九八頁。

②有關皇太極向吳三桂發動書信勸降攻勢的詳情，請參閱以上《吳三桂大傳》，上冊，第六五至七〇頁。

③有關明清松錦決戰期間，明軍糧餉運補困難，清軍敗退又增兵回頭復攻的詳情，請參閱《崇禎傳》，晁中辰著，臺灣商務印書館，一九九九年七月臺初版第一次刷，第三二三至三二七頁；及以上《吳三桂大傳》，上冊，第四二至五四頁。

④詳情請參閱《搜神記》，晉·干寶撰，黃鈞注釋，陳滿銘校閱，台北，三民書局印行，民國八十九年四月初版二刷，卷十六之「紫玉韓重」，第五六五至五六七頁。

⑤詳情請參閱以上《崇禎傳》，第三二三至三二七頁；《吳三桂大傳》，上冊，第四九至五九頁；《清朝全史》，上二，第九一至九三頁；及《明清檔案論文集》，李光濤著，台北，聯經出版事業公司，民國七十五年二月初版，第六三三至六三八頁。

⑥請參閱以上《紅樓夢校注（一）》，第二〇至二一頁注釋四四。

⑦請參閱《范文程》，顏廷瑞著，台北縣，中天出版社，一九九九年四月第一版第一刷，第二九二至二九三頁。

⑧詳情請參閱以上《范文程》，第二九五至三一一頁。

⑨請參閱以上《吳三桂大傳》，上冊，第一〇〇至一〇三頁。

⑩請參閱以上《崇禎長篇》所輯陳洪範著「北使紀略」，第一一七至一二六頁；及《甲申傳信錄》第一五五至一六〇、二三六至二三九頁。

第七章　甄士隱沒落隱去、賈雨村入都高升故事的真相

第一節　甄英蓮元宵看花燈失落故事的真相

◈原文：

真是閒處光陰易過，倏忽又是元宵佳節矣。因士隱命家人霍啟抱了英蓮去看社火花燈(1)，半夜中霍啟因要小解(2)，便將英蓮放在一家門檻上坐着。待他小解完了來抱時，那有英蓮的蹤影？急得霍啟直尋了半夜，至天明不見，那霍啟也就不敢回來見主人，便逃往他鄉去了。

那士隱夫婦見女兒一夜不歸，便知有些不妥，再使幾個人去尋找，回來皆云：「連音響皆無」。夫妻二人半世只生此女，一旦失落，豈不思想，因此，晝夜啼哭，幾乎不曾尋死(3)。看看一月，士隱先就得了一病。當時封氏孺人也因思女構疾，日日請醫療病(4)。

◈脂批、注釋、解密：

(1)「倏忽又是元宵佳節矣。因士隱命家人霍啟抱了英蓮去看社火花燈」：元宵佳節，是指順治二年元月十五日元宵節。英蓮，影射崇禎太子朱慈烺。社，原為土地神，延伸泛指神。社火，為祭神節日所演出的鼓樂、百戲，繁盛熱鬧一時，猶如燃火般烘亮一時即過，故稱社火。社火花燈，指元宵節的熱鬧雜戲與花燈。這一段原文是隱寫順治二年元月，高夢箕等人保護崇禎太子朱慈烺至紹興，於十五日元宵夜觀賞花燈，惹出太子遁走而失蹤之禍事的事跡。

〔甲戌本夾批〕等評注：「妙！禍起也。此因事而命名。」這是提示說：「真是妙極了！霍啟就是禍起的意思。這是因為此人惹起禍事來，因而就將他命名為霍啟。」按啟或起，都是通諧音「箕」字，霍啟或禍起，都是影射高夢箕。因為高夢箕向南京的南明弘光朝廷密告太子朱慈烺行蹤，惹起太子恐懼遁走而失蹤的禍事來，本書便將開啟此禍事的高夢箕及其他護送太子的人員命名為霍啟。

根據相關史書記載，崇禎十七年三月李自成攻佔北京，獲崇禎太子朱慈烺，四月挾之至山海關，與吳三桂戰鬥失敗後，挾太子敗逃，慌亂中太子輾轉為吳三桂所得，三桂將奉之還京，移檄遠近，請多爾袞擁立復明，多爾袞不許。於是，三桂「至榆河，太子被置於皇姑寺，導入西山，依高起潛（崇禎太監，三桂義父）。與起潛偕走天津，浮海而南，轉道江、浙。」「六月至淮安，不敢止，南走揚州。在揚州險為起潛希旨所弒。為高夢箕及高成、穆虎所扶，濟江棲蘇州。」「十二月，如杭州居一寺，又險為馬士英所派刺客所害。」「（次年）正月至紹與，元（宵）夜觀（花）燈浩歎，暴露身分。高夢箕懼禍及己，乃赴南京密以太子告。」「二月，弘光遣太監李繼周持御札召之。時，太子已之金華府。繼周從之。數日至杭州。從此以後，所經過地方文武，祇肅導從以行。」「及至南京，肩輿入獄，竹篦前導。」①

(2) 半夜中霍啟因要小解：小解，本意為小便，但這裡是隱指「小為解脫罪過」之意。這句原文是暗寫以上高夢箕恐懼禍及己身，因而赴南京密告太子行蹤，以小為解脫自身罪過的事跡。

(3) 夫妻二人半世只生此女，一旦失落，豈不思想，因此，晝夜啼哭，幾乎不曾尋死：此女，指甄英蓮，即崇禎太子朱慈烺。〔甲戌本眉批〕評注：「喝醒天下父母之痴心。」痴心，前面已說明係通諧音「茲心」，合成一個「慈」字，影射「慈烺」太子。這是評注說：「真希望能夠喝醒身為天下百姓父母的皇帝繼承人慈烺太子，俾其得以繼位復明。」

(4) 當時封氏孺人也因思女構疾，日日請醫療病：孺人，在古時為大夫之妻的稱呼，在明清時為七品官之妻的稱呼。封氏，指鄉宦甄士隱之妻封氏，影射明朝所封賜的朱氏宗藩。這裡孺人又通形音相近的「懦人」，故封氏孺人，即封氏懦人，在這裡是影射朱氏宗藩中懦弱無能的福王朱由崧的南京弘光王朝。

按太子朱慈烺在江南出現後，福王朱由崧極為尷尬，若是真太子則自己豈不是要下台讓位，大概因此而暗示親信要將太子說成是假冒的偽太子，因此朝廷內外就產生真太子、偽太子兩派的爭執，造成朝臣失和內鬥的重大弊病，最嚴重的是寧南王左良玉因太子被下獄，聲稱奉有太子密諭，而率軍自武昌東下欲清君側、救太子，聲討馬士英、阮大鋮等持偽太子意見者，馬、阮則抽調江北黃得功、劉良佐軍南下堵剿，雙方於順治二年四月間對戰起來，此舉直接削弱江北史可法的抗清實力，加速南明弘光王朝的崩潰。在太子案發生的期間，弘光朝廷也瞭解太子真、偽兩派爭執內鬥弊病的嚴重性，故日日在謀求良策，以辨識真偽，作了四次公開審訊，善作因應處理，以療治這種因思慮太子真、偽問題而引發的朝政動盪不安的弊病②，這種情況本書以雪泥鴻爪的小說筆法喻寫為「思女構疾，日日請醫療病。」

◈真相破譯：

真是閒處無事光陰就容易過，一忽兒很快又是元月十五日（按指順治二年）元宵佳節了。因為真嗣隱去的明朝國魂（士隱）命自家人高夢箕等（禍啟）護送崇禎太子朱慈烺（抱了英蓮）到紹興，去看熱鬧雜戲（社火）與花燈，太子浩歎其淪落的不幸遭遇而暴露身分，高夢箕（禍啟）因為想要小為解脫自身災禍（小解），半夜中逃離前去告密，而隨便將太子朱慈烺（英蓮）放棄在某一人家門檻上坐著看熱鬧。等到高夢箕（禍啟）往南京南明弘光朝廷密告太子行蹤以小為解脫自身災禍（小解）完了之後，弘光朝廷派人回來要召引時，那有太子朱慈烺（英蓮）的蹤影（按已逃往金華）？急得開啟此禍事的護送人員（霍啟）一直尋找了半夜，到天明還找不到，那些護送太子的人員（霍啟）也就不敢回來再站在擁護明朝真嗣統主人的立場（主人），其中逃的逃、闢的闢，便都好像逃往他鄉似地散去了。

那真嗣隱去的明朝國魂與宗藩（士隱夫婦）見太子朱慈烺（女兒）一夜不歸，便知道有些不妥，再派幾個人去尋找，回來都說：「連一點風聞聲響都沒有」。明朝國魂與宗藩（夫妻二人）半世以來（按指本書記事起始的明萬曆十一年滿清努兒哈赤崛起之時起至此時），只生下這個繼承崇禎真嗣統的太子朱慈烺（此女），一旦失落，豈不想念，因此，晝夜啼哭，幾乎不曾尋死。看看一個月過去，明崇禎真嗣統（士隱）先就得了一個太子朱慈烺被南明弘光朝廷下獄囚禁的病。當時明朝所封賜藩王中儒弱無能之人（封氏孺人）的福王朱由崧弘光朝廷，也因為思慮如何處置太子朱慈烺（思女）問題，造成朝臣彼此互相搆陷而內鬥的疾病，日日請人辨識太子真、偽，公開審訊，謀求良策以治療這種朝政動盪不安的弊病（請醫療病）。

第二節　甄士隱家遭火災沒落故事的真相

◈原文：

不想這日三月十五，葫蘆廟中炸供，那些和尚不加小心，致使油鍋火逸，便燒着窗紙(1)。此方人家多用竹籬木壁者多(2)，大抵也因劫數，于是接二連三，牽五掛四，將一條街燒得如火燄山一般。彼時雖有軍民來救，那火已成了勢，如何救得下去！直燒了一夜，方漸漸熄去，也不知燒了幾家。只可憐甄家在隔壁，早已燒成一片瓦礫場了，只有他夫婦並几個家人的性命不曾傷了。

急得士隱惟跌足長嘆而已，只得與妻子商議且到田莊上去安身。偏值近年水旱不收，鼠盜蜂起，無非搶粮奪食，鼠窃狗偷，民不安生，因此官兵剿捕，難以安身(3)。士隱只得將田莊都折變了，便携了妻子與兩個丫嬛，投他岳丈家去(4)。

他岳丈名喚封肅(5)，本貫大如州人氏(6)，雖是務農，家中都還殷實。今見女婿這等狼狽而來，心中便有些不樂(7)。幸而士隱還有折變地的銀子未曾用完(8)，拿出來託他隨分就價薄置些須房地，為後日衣食之計。那封肅便半哄半賺，些須與他些薄田朽屋。士隱乃讀書之人，不慣生理稼穡等事，勉強支持了一二年，越覺窮了下去(9)。封肅每見面時，便說些現成話，且人前人後又怨他們不善過活，只一味好吃懶作等語(10)。

士隱知投人不着，心中未免悔恨，再兼上年驚唬，急忿悲痛已傷。暮年之人貧病交攻，竟漸漸露出那下世的光景來。

◈脂批、注釋、解密：

(1)不想這日三月十五，葫蘆廟中炸供，那些和尚不加小心，致使油鍋火逸，便燒著窗紙：三月十五，指崇禎十七年三月十五日。葫蘆廟，隱指治國糊塗的崇禎廟堂北京周圍。炸供，原意是炸製供神用的油炸供品，這裡是通諧音「炸攻」，隱指李自成軍以砲彈炸攻北京城。「油鍋火逸，便燒著窗紙」，這兩句是隱指攻戰中砲火波及北京房舍燃燒起來。按三月十五日李自成大軍到達居庸關，明朝總兵唐通、太監杜之秩迎降，十六日黎明攻陷昌平，焚燒明朝十二陵，當夜自沙河而進，直犯北京平則門，竟夜焚掠，火光燭天，十七日大軍圍攻北京城，「城上下砲火交發，如萬雷轟烈，天地震慴，城外火光際天，人人惶急。」戰至十八日下午申時，太監曹化淳開彰義門迎降，遂攻陷北京外城，宣武橋起火，入夜一更餘又攻陷皇宮所在的內城，崇禎帝獲報後即登萬歲山，望見烽火燭天，至十九日凌晨五更，崇禎帝再登萬歲山（亦即煤山），自縊於山上的壽星亭紅閣之海棠樹下，午刻李自成由得勝門入城③。但本書為了避免洩底，不敢逕寫十七日至十九日的精確日期，只寫接近的日期三月十五日，這其實是本書的慣用筆法，如前面明清松山決戰的精確日期是八月二十一日夜間，本書則以中秋佳節八月十五日月下飲酒來敘述。

(2)此方人家多用竹籬木壁者多：〔甲戌本夾批〕評注：「土俗人風。」這是提示所謂竹籬木壁，不是指房舍為竹籬木壁結構，而是指土俗人風猶如竹籬木壁般不堅牢、不團結，容易拆散、燒燬而言。這是點示崇禎末年明朝文武官員紀律極為散漫，軍隊稍遇攻擊就潰散或投降，朝官稍受利誘就通敵或投降，不堪一擊，面對李自成大軍幾乎是望風獻城投降，李自成的戰火就如推倒或燒燬竹籬木壁般容易，勢如燎原般擴散。

〔甲戌本眉批〕等評注說：「寫出南直召禍之實病。」南直，為明末直隸南京的江蘇、安徽地區之稱呼。這則脂批是另外提示竹籬木壁是寫出南直隸南京弘光王朝召來滿清攻克之禍的實病，就是各將領內鬥、逃避，兵分力薄，有如竹籬木壁般脆弱，易於燒燬。

(3)「急得士隱惟跌足長嘆而已，只得與妻子商議且到田莊上去安身。偏值近年水旱不收，鼠盜蜂起，無非搶粮奪食，鼠竊狗偷，民不安生，因此官兵勦捕，難以安身」：商議且到田莊上去安身，是暗寫明朝北京淪陷後，甄士隱所影射的太子朱慈烺、吳三桂等明朝嫡系餘勢都商議要投歸出身田莊的李自成農民軍大順王朝，去封個王侯安身度日，如太子朱慈烺就被李自成封為宋王④，吳三桂也原已答應歸降，而李自成也對他許諾「爾來不失封侯之位」⑤。「水旱不收，鼠盜蜂起」以下數句，則是描寫明末水旱天災頻頻，五穀無收成，李自成等流寇蜂起劫掠，民不安生，受到明朝官兵的剿捕，即使進佔北京仍不改流寇行徑，強力拷掠助餉，弄得民不安生，因此招致各地原明朝、清吳等官兵的剿捕，原已降李的明朝餘勢難以在出身田莊的李自成大順王朝安身，又紛紛脫離。

(4) 士隱只得將田莊都折變了，便攜了妻子與兩個丫嬛，投他岳丈家去：丫嬛，影射明朝臣屬。兩個丫嬛之中的大丫嬛書中已明白寫出是回顧賈雨村的嬌杏，係影射舊日曾是明朝臣屬，如今則已背叛的滿清。另一個丫嬛書中則未曾明白寫出，應是指與滿清類似，舊日曾是明朝臣屬的李自成等農民軍或其餘部。

按前面所暗寫的元月十五日元宵節明太子朱慈烺（英蓮）失落的事，發生在較後的順治二年，本書反而先寫。這裡所暗寫的三月十五日期間明朝（甄士隱家）北京遭李自成大軍攻陷起火燃燒，明朝敗落的事，發生在較前的崇禎十七年（順治元年），本書反而後寫。這樣前後次序顛倒的寫法，正是前面脂批所提示的：「前後一樣，不直云前而（先）云後，是諱知者。」除了這兩段情節之外，前面甄士隱與賈雨村會面飲宴的情節，所隱寫的明清松山決戰歷史事件，時序顛倒反覆的情況也很明顯，而且還有重複描寫皴染之處。由此可見作者為了忌諱被清廷知情者偵知而罹犯文字獄，同時也為了配合書中表面家常故事情節的合理發展，常會將兩件歷史事件顛倒其前後次序寫出，甚至重複描寫皴染。換句話說，本書的寫作筆法是將歷史事件加以切割成許多片段，或照時間順序，或不照時間順序，或重複改寫，穿插拼貼成表面上的家常兒女長篇故事，這是本書的一種極特殊筆法，也是索解本書背後歷史真相極為困擾的因素。

(5) 他岳丈名喚封肅：封肅，通諧音「封賜」，隱指明朝所封賜的官吏。〔甲辰本〕等評注：「風俗也。」這是提示封肅，通諧音「風俗」，意謂這些明朝封賜的官吏未能堅定效忠明朝，養成一種見風轉舵的習俗，具有厭棄較弱的明朝而轉趨較強敵手李自成或滿清的傾向。

(6) 本貫大如州人氏：這是特別點示所謂封肅主要是指管轄地域大如一個州的各地藩鎮、督府、州官之類。〔甲戌本眉批〕等評注：「託言大概如此之風俗也。」這是提示說：「封肅本貫大如州，還寄託有『大概如此之風俗』的意思。」也就是提示這些明朝地方軍政官員，只知自固權勢、地盤的私利，對於朝廷所要求的抗清復明行動抱持一種「大概如此」、敷衍推卸的態度，如此地相習成俗，其中最著名的是馬士英、鄭芝龍、何騰蛟等。

(7) 今見女婿這等狼狽而來，心中便有些不樂：〔甲戌本夾批〕等評注：「所以大概之人情如是，風俗如是也。」這是進一步就風俗的具體內涵提示說：「所以這些明朝州官大概的人情就像原文所寫見人狼狽心中便不樂這樣，當時官風民俗就是如此這般現實。」換言之，就是暗喻明朝一衰敗，其封賜的地方軍政官員就瞧不起明朝，並養成一種見風轉舵的風氣習俗，見李軍、清軍勢盛就想去攀龍附鳳。

(8)幸而士隱還有折變地的銀子未曾用完：銀子，一如前面五十兩白銀，是隱指軍民而言。這句是暗寫明朝雖喪失許多地盤，但還有一些軍隊臣民仍舊忠明，擁明力量尚未用完。

(9)士隱乃讀書之人，不慣生理稼穡等事，勉強支持了一二年，越覺窮了下去：書，隱指王朝曆書，代表王朝之意。讀書之人，影射主掌王朝之人的皇帝。稼穡等事，隱指在農村地區的地方軍政事務。「勉強支持了一二年，越覺窮了下去」，這兩句是隱述明朝在崇禎十七年（順治元年）三月北京淪喪後，政權南移至江南的南明王朝，由於清兵大舉南侵，勉強支持了一、二年，至順治二、三年，南京福王弘光王朝、紹興魯王朝、福州唐王隆武王朝都相繼潰亡或衰頹，殘破的明朝就越發勢絀力窮了。

(10)封肅每見面時，便說些現成話，且人前人後又怨他們不善過活，只一味好吃懶作等語：這是隱述這些明朝封賜的地方藩鎮、督府、州官之流，非常現實，自己不聽命、盡力，還常埋怨明朝餘緒的南明君王、宗室諸王，不善治理，好吃懶作等等。

〔甲戌本夾批〕等評注：「此等人何多。」這是提示此等埋怨君王的明朝封疆大吏、州官之流，人數何其多。由此，可見封肅並不是單指一人，而是一大群人。

◈真相破譯：

沒想到這天三月十五日（按指明崇禎十七年），糊塗治國的明朝廟堂（葫蘆廟）北京一帶遭受到李自成軍的砲火炸攻（炸供），那些士兵不加小心，致使砲火波及城樓房舍燃燒起來。

此方明朝文武官員、軍隊離心離德，不堪一擊，猶如竹籬木壁般易倒易燬，大抵也因為明朝該亡的劫數難逃，於是接二連三，牽五掛四，明軍都望風投降，李自成軍的戰火一路延燒到北京城來，城樓、民房燒得如火焰山一般。那時雖然也有明朝軍民來救，但那李自成軍的戰火已成燎原之勢，如何救得下去！北京城遭砲火炸攻直燒了一夜（按自十八日夜間燒到十九日晨），才漸漸熄去，也不知燒了幾家。只可憐朱明王朝（甄家）就在北京城中隔層牆壁的皇宮內，朱明王朝早已像房屋被燒成一片瓦礫場一般，全毀滅了，只有他崇禎嫡系勢力的吳三桂軍等及猶如配偶般的朱明各地藩王（甄士隱夫婦），並幾個尚忠心支持明朝的各地遺臣（家人）的性命不曾受毀傷。

急得明朝嫡系的明太子、吳三桂軍等餘勢（士隱）只有無奈地頓足長嘆而已，只得與如妻子配偶般的朱明藩王商議姑且歸順到田莊出身的李自成大順王朝上去，封個王侯照樣安身度日（按如太子朱慈烺就受封為宋王）。偏偏遇到近年來水旱不收，流寇如鼠盜蜂起，無非作些四處強糧奪食，鼠竊狗偷的勾當，如今李自成攻佔北京，不改這些流寇行徑，嚴厲實施「追贓餉」等拷掠官民的措施，攪亂得故明官民不得安生，因此引起民憤，吳三桂聯合清兵等各路官兵群起勦捕，李自成軍敗逃，因此原已被歸併的明朝及其臣民便難以在李自成田莊王朝安身。這個崇禎真嗣已隱去的殘缺明朝（士隱）只得忍痛將其領土（田庄）放棄而都折變成軍隊，脫出李自成田莊王朝，於是便携了如妻子配偶般的朱氏藩王，與兩個從前曾是明朝臣屬的滿清與李自成等農民軍或其餘部（兩個丫嬛），去投靠如岳丈般支持著殘缺明朝政權的各地軍政官員。

他的岳丈名叫封肅，這個名字通諧音「封賜」、「風俗」，影射明朝所封賜的官吏，而他們具有厭弱趨強的見風轉舵的風氣習俗，他們本是慣於（本貫）佔據大小約如一個州之地盤的一批地方軍政大官（大如州人氏），雖是在京外務農的地區當官，但是他們所在州郡的軍政資源都還相當殷實。如今見到明朝政權喪君失京狼狽而來，落得像女婿般依賴他們擁護復明，這批明朝地方軍政官員心中便有些不樂意。幸而這殘缺的明朝政權（士隱）還有從放棄領土換得的一些軍隊、資源（銀子）未曾用完，拿出來交託到這些地方上的軍政官員手中，依隨情勢能力佔領一些地盤，作為後日支撐復明運動的俸祿糧餉之計。那些明朝封賜的地方督撫、藩鎮等軍政官員（封肅）便半哄半賺，將明朝軍隊大半據為己有以鞏固自己權勢、地盤，只些許分點兵力為明朝而戰（按如鄭芝龍便是最顯著者）。明朝朱氏真嗣（士隱）乃是養尊處優的王朝帝王之人（讀書之人），不習慣掌理農村地區的地方軍政等事務（稼穡等事），在清兵大舉南攻下，福王、魯王、唐王等政權勉強支持了一、二年，相繼敗亡或衰頹後，殘缺的明朝便越發覺得勢絀力窮下去了（按指順治二、三年時的情況）。那些明朝封賜的地方軍政官員（封肅）每次朝會見面、上呈奏書時，便說些缺乏軍餉等的現成話，藉口不出兵抗清，且人前人後又常埋怨這些南明帝王、宗室王侯不善治理朝政，只一味好吃懶作等話語。

殘缺的明朝國魂（士隱）知道投靠地方督撫、藩鎮大員不得著落，心中未免悔恨，再兼上一年北京火燒淪陷的驚嚇，急忿悲痛已經受到創傷。整個朱明王朝就好像一個五、六十歲的暮年之人遭受貧病交攻一樣，竟漸漸露出那即將滅亡下世的光景來（按這也是指順治二、三年時的情況）。

第三節　甄士隱遇跛足道人口念好了歌故事的真相

◈原文：

可巧這日（士隱）拄了拐杖，掙挫到街前散散心時(1)，忽見那邊來了一個跛足道人，瘋狂落脫，蘇屣鶉衣，口內念着几句言詞(2)，道是：

世人都曉神仙好，惟有功名忘不了！
古今將相在何方？荒塚一堆草沒了。(3)
世人都曉神仙好，只有金銀忘不了！
終朝只恨聚無多，及到多時眼閉了。(4)
世人都曉神仙好，只有姣妻忘不了！
君生日日說恩情，君死又隨人去了。(5)
世人都曉神仙好，只有兒孫忘不了！
痴心父母古來多，孝順兒孫誰見了？(6)

士隱聽了，便迎上來道：「你滿口說什麼？只聽見些『好了』、『好了』。」那道人笑道：「你若果聽見『好了』二字，還算你明白。可知世上萬般，『好』便是『了』；『了』便是『好』；若『不了』便『不好』；若要『好』須是『了』。我這歌兒便名『好了歌』。(7)」

◈脂批、注釋、解密：

(1)可巧這日（士隱）拄了拐杖，掙挫到街前散散心時：這兩句是隱寫順治二年九月，殘弱的南明隆武帝朝廷在鄭芝龍的百般推諉阻擾下，挫挫折折地好不容易得以逼令鄭芝龍派遣其弟鄭鴻逵、其姪鄭彩分別出兵，心不甘情不願地掙扎到福建北方的仙霞關與西北方的杉關之前方抗清。不過，鄭鴻逵、鄭彩各提師逾關不及百里，便上書請餉，逗留不進。不久，鄭彩軍因聽說清軍將至，便撤退入關內，鄭鴻逵軍亦有部將率軍撤退，無心抗清，簡直就像在街前散心一樣。⑥

(2)忽見那邊來了一個跛足道人，瘋狂落脫，蔴屣鶉衣，口內念着几句言詞：這個跛足道人同樣是前面那個跛足蓬頭、瘋瘋癲癲的道人，影射以洪承疇為代表的降清漢人。瘋狂落脫，隱喻其具有不拘忠明朝愛漢族的禮節，而放浪不羈投降滿清的瘋狂態度。蔴屣，即麻鞋，軍隊行軍常穿麻鞋。鶉衣，鶉為鵪鶉，其尾部禿毛，狀如補綻百結，故稱補綻襤褸的衣服為鶉衣；中國正統衣服為右衽，胸前正前面完整無破，而滿清的官服正前面對開，從上破到底，而且胸前縫有一塊代表官階的獅虎等動物圖案的章補，好像破衣的補綻，故這裡鶉衣是喻指滿清官員所穿縫有章補的官服。

這幾句是暗寫滿清派遣以洪承疇為代表的降清漢人，前來鼓其如簧之舌勸誘甄士隱所影射的明朝餘勢之將臣投降滿清，這裡所要勸降的對象為南明隆武朝的鄭芝龍，而用於勸降的說詞為「好了歌」，其內容則是吳三桂的事跡。因此，這一段好了歌的故事實際上是暗寫順治三年以洪承疇為代表的滿清，以吳三桂降清封王作為範例，來誘降鄭芝龍的事跡。

(3)「世人都曉神仙好，惟有功名忘不了！古今將相在何方？荒塚一堆草沒了。」：這裡神仙是呼應前面描寫甄士隱「倒是神仙一流人品」，除了具有斷除塵世煩惱，無憂無慮，只有快樂的一般意義之外，更喻指身分地位如神仙高高在上界，而且只顧追求自身逸樂的人物吳三桂。這幾句是暗諷說世人都曉得吳三桂降清封王快樂似神仙真是好極了，可是又有誰瞭解到吳三桂並非全然快樂無憂，他只還忘不了高官顯爵之功名的追求，他在明朝已因戰功，升至山海關總兵、平西伯，為一方頂尖名將，明亡後更貪圖藩王的更高功名而降清，為清朝一統天下的首席戰將，位至平西藩王，堪稱震爍古今的將相級人物，可是當他抗清失敗而亡，聲名狼藉，古今將相吳三桂究竟在何方呢？也只不過是一堆荒塚，無人留念祭掃，被雜草湮沒了。

在筆法上，首句「世人都曉神仙好」，是暗喻滿清以「世人都曉得吳三桂降清封王快樂似神仙真是好」，來引誘鄭芝龍降清，以便得以封王侯享受快樂似神仙的生活。接下來三句，則是作者又乘機揭露吳三桂降清封王享受神仙生活背後的夢想貪念所在，並預示、譏刺其美夢成空的結局，以為世人為人處事的借鑑，藉以模糊正面的勸降文意，營造文章多義性的虛實掩映、撲朔迷離之美。以下好了歌各小段的內容結構，都是採用這種同一模式。

(4)「世人都曉神仙好，只有金銀忘不了！終朝只恨聚無多，及到多時眼閉了。」：這幾句是諷刺吳三桂一生忘不了金銀財富的積聚，等到積成天下首富，卻造成清廷財政的困難，終於成為清廷撤藩的重要藉口，他不滿撤藩起而反清，不久就失敗病亡，眼睛永遠閉合了。

(5)「世人都曉神仙好，只有姣妻忘不了！君生日日說恩情，君死又隨人去了。」：這幾句是諷刺吳三桂一生忘不了姣好美女的追求，自少年就立志「娶妻當得陰麗華（東漢光武帝皇后）」，在山海關時由於忘不了美妾陳圓圓被李自成部屬拘留，而反李降清，及至封藩雲南，後宮佳麗除了陳圓圓之外，還有八面觀音、四面觀音等不下千人，更至江南採買美女數十人，以供歌舞之娛；這些美女在吳三桂在生之時，日日向吳三桂說恩情、爭恩寵，等到吳三桂人死朝滅，清兵攻陷昆明時，就被清兵搶奪，如蔡毓榮搶得八面觀音，穆占搶得四面觀音等，這些美女又隨人去了。至於最重要的陳圓圓最後則不知下落，傳說最盛的是她早在吳三桂反清未死前就遁入空門當尼姑⑦。

(6)「世人都曉神仙好，只有兒孫忘不了！痴心父母古來多，孝順兒孫誰見了？」：這幾句是諷刺吳三桂封藩雲南，及叛清初期日日懸念，忘不了被當人質留押在北京的兒子吳應熊、與長孫吳世霖等；可是當他被撤藩而暗謀起兵反清，派人接應其兒孫逃離北京赴雲南時，他的兒子則持反對態度，反過來苦勸他不要叛清，也不願逃離北京，終於被康熙擒殺，這就像古來痴心父母極多，而真正孝順聽話的兒孫無幾人，又有誰見到了？

(7)「可知世上萬般，『好』便是『了』；『了』便是『好』；若『不了』便『不好』；若要『好』須是『了』。我這歌兒便名『好了歌』」：這幾句反覆好幾次申述「好」「了」二字，但一直未說出「好、了」的具體內容。就表面意義說，這是道人唱出的歌，自然是一些修道的話，這是說修道者所謂返璞歸真修悟的「好」，便是「了」斷對於塵世榮華物慾的貪戀固習；而「了」斷對於塵世榮華物慾的貪戀固習，便是修悟的「好」境界了；若「不了」

斷塵世榮華物慾的貪戀固習便是「不好」；若要獲致修悟真道的「好」，必須是「了」斷對於塵世榮華物慾的貪戀固習。

至於深層的真義，在後面甄士隱解註「好了歌」的最後一句「都是為他人作嫁衣裳」，有〔甲戌本夾批〕等評注說：「苟能如此便能了得。」點示出「了」字的具體內容。這則脂批是特別提示說：「如果能夠放棄為自己，而完全『都是為他人作嫁衣裳』，如此這般便能了結得了。」也就是說，「了」就是了斷為自己設想奔波，而只要「都是為他人作嫁衣裳」，便能了事的意思。由此可見這裡跛足道人對甄士隱，反復申說：「可知世上萬般，『好』便是『了』…」，實際上是暗寫負責招撫事宜的洪承疇等，勸誘代表南明隆武朝勢力的鄭芝龍（甄士隱）時，反覆說明只要了斷、放棄自家漢族的復明事業，投降滿清，都為外來的他人滿清出嫁到中原來建朝當皇帝而全力奉獻，你便能夠獲致不被滿清迫害、甚至加官晉爵的好處；若不了斷復明運動以投降滿清便不好；若要好，須是了斷復明運動而投降滿清，等等威脅利誘之詞。

◈真相破譯：

可巧這一天已殘破衰弱到退守閩浙一帶的殘明唐王隆武帝朝廷（士隱），猶如風燭老人拄了拐杖還硬撐著，挫挫折折地好不容易才派遣鄭芝龍所屬軍隊，很不情願地掙扎到仙霞關、杉關的前方抗清，就好像在街前散心似地在關口上徘徊虛晃不進的這個時候，忽然看見滿清那邊派來了一個以洪承疇為代表的降清漢人（跛足道人），抱持一種不拘忠明朝愛漢族禮節的瘋狂放浪不羈態度，腳穿行軍的麻鞋，身穿狀似破裂補綻鶉衣的中開而縫有章補的滿清官服，口中唸著幾句招降的言詞，說道是：

世人都曉得吳三桂降清封王快樂似神仙真是好，誰知道他只有忘不了功名顯爵的追求！如今這個堪稱古今將相的吳三桂究竟在何方呢？也只不過是一堆荒塚，無人留念祭掃而被雜草湮沒了。

世人都曉得吳三桂降清封王快樂似神仙真是好，誰知道他只有忘不了金銀財富的追求！從早到晚只恨積聚不多，等到積得夠多的時候，卻遭清廷顧忌而撤藩，反清敗亡而眼睛永遠閉合了。

世人都曉得吳三桂降清封王快樂似神仙真是好，誰知道他只有忘不了姣妻美女的追求！當他還在生時這些美女日日對他爭寵說恩情，但是當他死後這些美女就被清兵搶奪，又隨人去了。

世人都曉得吳三桂降清封王快樂似神仙真是好，誰知道他只有忘不了質押在北京的兒孫！可是當他起兵反清時，他們卻反對，不願逃離而被清廷擒殺，真是痴心父母古來多，孝順兒孫誰見了？

代表南明隆武朝廷勢力的鄭芝龍（士隱）聽了滿清使者洪承疇等勸降的說詞，便把使者迎接上來，並說道：「你滿口說什麼？只聽見些『好了』、『好了』。」那滿清勸降使者洪承疇等（道人）笑說道：「你如果聽見了『好了』二字，還算你明白局勢。你可知目前世上萬般事情，要想能夠『好』便是要『了』斷你們自家漢族的復明事業；能夠『了』斷復明事業降清，既免除清軍屠殺，又可加官晉爵，便是『好』；如果『不了』斷復明事業而頑抗，就會被我們清軍屠殺，便是『不好』；如果要想『好』必須是『了』斷復明事業。我這首歌的歌名便叫做『好了歌』。」

第四節　甄士隱解註好了歌並隨道人隱去故事的真相

◈原文：

士隱本是有宿慧的，一聞此言，心中早已徹悟。因笑道：「且住！待我將你這『好了歌』解註出來何如？」道人笑道：「你解，你解。」士隱乃說道：

陋室空堂，當年笏滿床(1)。
衰草枯楊，曾為歌舞場(2)。
蛛絲兒結滿雕梁(3)，綠紗今又糊在蓬窗上(4)。
說什麼脂正濃粉正香(5)，如何兩鬢又成霜(6)？

昨日黃土隴頭送白骨，今宵紅燈帳底臥鴛鴦(7)。
金滿箱、銀滿箱，展眼乞丐人皆謗(8)。
正嘆他人命不長，那知自己歸來喪(9)！
訓有方，保不定日後作強梁(10)。
擇膏粱，誰承望流落在烟花巷(11)！
因嫌紗帽小，致使鎖枷扛(12)。
昨憐破襖寒，今嫌紫蟒長(13)。
亂烘烘！你唱罷我登場(14)，反認他鄉是故鄉(15)。
甚荒唐！到頭來，都是為他人作嫁衣裳(16)！(17)

那瘋跛道人聽了，拍掌笑道：「解得切！解得切！」士隱便笑一聲：「走罷！(18)」將道人肩上搭連搶了過來背着，竟不回家，同了瘋道人飄飄而去(19)。當下烘動街坊，眾人當作一件新聞傳說。

封氏聞得此信，哭個死去活來，只得與父親商議，遣人各處訪尋，那討音信？無奈何，少不得依靠着他父母度日。幸而身邊還有兩個舊日的丫嬛伏侍，主僕三人日夜做些個針線發賣，幫着父親用度(20)。那封肅雖然日日抱怨，也無可奈何了。

◈脂批、注釋、解密：

(1)陋室空堂，當年笏滿床：笏，為明、宋以前各代大臣上朝時，手中所持象牙或竹木製成的狹長板子，以便於記事者，至清朝大臣上朝則並不持笏。笏滿床，原是比喻家族在朝中當大官者甚多，交結亦是大官，聚會時笏擺放滿床。這兩句是喻寫如今陋室空堂的屋宇，是當年擠滿持笏上朝漢官的明朝殿堂。

〔甲戌本夾批〕評注：「寧榮未有之先。」寧，即寧國府，這裡應是指江寧南京等地的南明王朝，及在東寧台灣的明鄭王朝等，在東方的殘明抗清政權。榮，即榮國府，應是指在西方雲貴的吳三桂藩王府及大周王朝政權。這則脂批應是註明說：「在東方的江寧、東寧殘明政權，及吳三桂雲南藩王府、及大周政權尚未有之先，當年大家在明朝持笏當官，聚會時親友朝笏擺放滿床，而今明朝敗亡，家破人亡，竟淪落到陋室空堂的淒慘景象。」

(2)衰草枯楊，曾為歌舞場：〔甲戌本夾批〕評注：「寧榮既敗之後。」這是註明寧國府—南明、明鄭及榮國府—吳三桂雲南政權既敗之後的淒涼景象。這兩句是隱寫如今到處衰草枯楊的地方，以前曾是南明福王、唐王、桂王、吳三桂等諸藩王府歌舞宴客的場所。

(3)蛛絲兒結滿雕梁：蛛絲，即蜘蛛絲、蜘蛛網。蜘蛛為八足，影射滿清八旗軍勢力。〔甲戌本夾批〕評注：「瀟湘館、紫芸軒等處。」這是註明瀟湘館、紫（絳）芸軒等處原是南明、吳三桂政權雕梁畫棟的殿宇、疆域中，遍佈、結滿如蜘蛛網的滿清八旗軍勢力而殘破了。

(4) 綠紗今又糊在蓬窗上：綠紗，影射擁有綠營兵的降清漢人勢力。〔甲戌本夾批〕評注：「雨村等一干暴發新榮之家。」這是註明說：「賈雨村—洪承疇等一批降清漢人，原來隨著明朝如蓬窗般敗落，但因降清擁有綠營勢力，受清朝重用而再發達，猶如將綠色窗紗又糊在污穢不堪的蓬窗上一樣，這句就是描寫這些暴發新榮之家。」

〔甲戌本眉批〕等評注：「先說場面，忽新忽敗，忽麗忽朽，已見得反覆不了。」這是綜合評注以上一段六句文字說：「這一段是先述說天下局勢、場面的大變化，明朝北京亡後，在南方再立的政權忽而新興，隨即忽而敗亡，官員在忠明、降李闖、降清間變換，而官運忽麗忽朽，已見得天下局勢、個人命運反覆不了。」

(5) 說什麼脂正濃粉正香：脂，是隱指性好胭脂美人的脂硯齋吳三桂；脂正濃，應是隱喻代表明朝的吳三桂勢力正盛，要聯清討李。粉，似是指李自成大順王朝；粉正香，似是隱喻李自成正立朝稱尊，香火正旺。〔甲戌本夾批〕評注：「寶釵、湘雲一干人。」寶釵，指吳三桂。湘雲，指李自成大順王朝。

(6) 如何兩鬢又成霜：兩鬢，喻指中國東西兩邊。霜，即霜雪，喻指北方霜雪嚴寒地區的勢力滿清。〔甲戌本夾批〕評注：「黛玉、晴雯一干人。」黛玉，指南明、明鄭。晴雯，指李、張農民軍餘部。這句是隱述為何東西兩邊南明、明鄭、農民軍餘部抗清勢力，又都被霜雪嚴寒地區的勢力滿清所征服了。

(7) 昨日黃土隴頭送白骨，今宵紅燈帳底臥鴛鴦：黃土隴頭，指黃土堆成的田中高地，亦即墳墓。〔甲戌本夾批〕評注：「熙鳳一干人。」熙鳳，影射吳三桂。這兩句原文是隱指吳三桂昨日剛把南明永曆帝絞死，送其白骨入黃土壟高的墳墓中，今宵就封藩雲南，紅燈帳底臥鴛鴦，享受溫柔富貴。

〔甲戌本眉批〕等評注：「一段妻妾迎新送死，倏恩倏愛，倏痛倏悲，纏綿不了。」這是綜合評注以上一段四句文字說：「這一段是描寫這些女子所代表的明朝吳三桂與李自成，南明、明鄭、李張農民軍餘部等各王朝、政權之間，互相纏鬥不休的情況，有如妻妾迎新送死，忽恩忽愛，忽痛忽悲，纏綿不了。」

(8) 金滿箱、銀滿箱，展眼乞丐人皆謗：這是隱寫吳三桂在平西藩王政權搜括大量財寶，積聚得金滿箱、銀滿箱，但展眼被撤藩，起兵反清敗亡，財寶被清軍劫掠、收繳一空，全族與部將要員被斬殺，所屬藩眾多被流放到酷寒的關外邊地給駐防披甲人為奴，當站丁或更夫，蓬頭垢面，世世代代當賤民，貧苦如同乞丐，又被世人謗罵為謀反的罪犯。其他耿、尚二藩也有類似情況⑧。

〔甲戌本夾批〕評注：「甄玉、賈玉一干人。」賈玉，即賈寶玉，係影射吳三桂平西藩。甄玉，即甄寶玉，似乎是影射耿、尚二藩。

(9) 正嘆他人命不長，那知自己歸來喪：這應是暗寫吳三桂等三藩正嘆他人為復明抗清，都被滿清擊滅而命不長，那知自己因被撤藩而歸來漢人立場反清，也同樣被滿清擊滅而喪命。

〔甲戌本眉批〕等評注：「一段石火光陰，悲喜不了，風露草霜，富貴嗜欲，貪婪不了。」這是針對以上一段四句文字，綜合評注說：「這一段是描寫一段三藩榮華光陰如石火般一閃而逝，榮枯瞬變，悲喜不了，藩王富貴金銀嗜欲如風中露草上霜一般短暫，貪婪不了。」

(10) 訓有方，保不定日後作強梁：強梁，即強橫暴力的強盜。這兩句是描寫在這個明亡清興的改朝換代亂世中，為子弟請名師教訓很有方針、得要領，教他們要立身賢良，忠明朝愛漢族，然而明朝滅亡，他們懷抱忠明愛族的思想，便去反清復明，保不定日後被清兵擊敗，而到處竄逃作強盜。

〔甲戌本夾批〕評注：「言父母死後之日。柳湘蓮一干人。」父母，暗指為天下百姓父母的明朝、漢人皇帝。這則脂批是提示說：「這兩句是說在如父母般庇護其子民的明朝、漢人皇帝死後的日子中，漢族同胞懷抱父母所教訓忠明愛族的思想，起而復明抗清，所遭致淪為強盜的慘況。這是指書中柳湘蓮一干人的情節。」

(11) 擇膏粱，誰承望流落在烟花巷：膏粱，為有脂肪精米美食的富貴人家。烟花巷，為妓院聚集的街巷。這兩句是描寫為女兒選擇膏粱富貴人家子弟為佳婿，期望其富貴安樂，可是遭逢這個改朝換代的大亂世，越是高官富貴人家越是滿清顧忌迫害的對象，誰料想得到富貴女婿家被迫害後，女兒竟流落在烟花巷當妓女苟活。

〔甲戌本眉批〕等評注：「一段兒女死後無憑，生前空為籌畫計算，痴心不了。」這是針對以上一段四句文字，綜合評注說：「這一段是描寫父母在兒女生前苦為籌畫計算，請名師教訓、擇嫁貴婿，但在改朝換代的大亂世中竟是幫倒忙，害得子女因賢良忠明、高官富貴而反被滿清迫害，至兒女死後則連自己生活也無所依憑，這樣痴心為子女籌畫卻不能了事的悲劇。」

(12) 因嫌紗帽小，致使鎖枷扛：這兩句是描寫在這王朝頻頻更換的亂世中，一些投機份子趁機鑽營，因嫌在某王朝官低紗帽小，便謀轉投到另一王朝升大官，見風轉舵攀高枝，但弄得不巧便會遭人算舊帳而獲罪，致使成為身上扛鎖枷的囚犯。〔甲戌本夾批〕評注：「賈赦、雨村一干人。」這是提示這樣攀龍附鳳求高官罹罪成囚的事，是指書中賈赦、雨村一干人的情節。

(13) 昨憐破襖寒，今嫌紫蟒長：紫蟒，即紫色蟒袍，是古代高官的官服。這兩句是描寫在這明朝、李闖、南明弘光、魯王、隆武、永曆、吳三桂大周、滿清等王朝頻頻更替的亂世中，昨日在衰頹的甲朝為官，官低祿微，可憐窮得穿破襖受寒，如今投到乙朝當大官，卻又將要換代，官越大越會遭迫害，反而嫌官太大，身穿的紫色蟒袍太長，太過顯赫易惹禍。〔甲戌本夾批〕評注：「賈蘭、賈菌一干人。」這是提示這樣的現象是指書中賈蘭、賈菌一干人的情節。

〔甲戌本眉批〕等評注：「一段功名陞黜無時，強奪苦爭，喜惧（懼）不了。」這是綜合以上一段四句文字，評注說：「這一段是描寫在這個王朝頻頻更替的亂世中，當官者功名升降無定時，大家強奪苦爭，忽喜忽懼，沒完沒了。」

(14) 亂烘烘！你唱罷我登場：這兩句是總結以上種種紛擾不了的現象，正式明白點出舉世亂烘烘！猶如演戲你唱罷我登場一般，王朝時敗時興，頻頻更替的亂世現象。〔甲戌夾批〕評注：「總收。」這是提示這兩句是總收結以上種種紛擾不了狀況的總現象、總原因。

〔甲戌本眉批〕等評注：「總收古今億兆痴人，共歷此幻場幻事，擾擾紛紛，無日可了。」億兆痴人，顯然是指全天下人。幻，通諧音「換」字。幻場幻事，隱指更換朝代場面，也變換事態際遇。這是提示說：「這兩句原文是總收結古朝明朝、今朝清朝全天下億兆痴傻的世人，共同經歷更換朝代場面、變換事態際遇的時代，王朝頻頻更替，擾擾紛紛，無日可完了無事。」

(15)反認他鄉是故鄉：他鄉，佛道教認為現實人生是人的軀體暫時寄旅的他鄉。故鄉，佛道教認為超脫塵世的太虛中某處，如三清境、西方極樂世界等，才是人的靈命之來源與歸處的故鄉。這句原文表面上是說以上世人執著於塵世興衰榮辱、功名升降、子女前途，而奔忙擾攘不了，忘記修心養性、返璞歸真，以回歸靈命本源，是反認他鄉為故鄉。深層上則是暗寫這樣亂烘烘地你爭我奪，猶如演戲你唱罷我登場一般，王朝頻頻更替的結果，最終是滿清漁翁得利，大家都戰敗歸入清朝，全天下漢人都認了關外他鄉來的清朝為自己的國家、故鄉。由此再度清楚證實，《紅樓夢》是一部以佛道修道哲理為煙幕，掩藏明朝淪亡於滿清之歷史的小說。

〔甲戌本夾批〕評注：「太虛幻境、青埂峰一並結住。」太虛幻境，影射大清換髮換朝的國境，而太虛幻境是書中大觀園女子的最後歸處，則是隱寓復明陣營最後都敗亡而歸入大清國境。青埂峰是書中石頭—吳三桂軍團的出處，又是賈寶玉—吳三桂軍團回歸之處，這是隱示吳三桂軍團在明朝時原駐寧遠、山海關滿清邊界一帶，最後在雲貴起兵反清敗亡後，其部眾又被流放至原本駐軍的關外地區。這則脂批是提示說：「反認他鄉是故鄉這句話，隱喻滿清得天下，全天下漢人都認他鄉的清朝為自己的國家、故鄉，是將漢人復明事業失敗，都歸入太虛幻境—清朝，及吳三桂軍團反清失敗，其部眾被流放青埂峰—關外滿洲地區這兩件事，都一並結住了。」

(16)甚荒唐！到頭來，都是為他人作嫁衣裳：〔甲戌本夾批〕評注：「語雖舊句，用于此妥極、是極。」這是評注說：「原文『為他人作嫁衣裳』雖然是舊語句，但用於喻寫這裡明末漢人各王朝、集團間你爭我奪，到頭來都是為滿清一統華夏鋪路的情況，卻是妥當之極，正確之極。」

〔甲戌本夾批〕等評注：「苟能如此便能了得。」這句是點示說：「如果能夠如原文此句『都是為他人作嫁衣裳』這樣，以上這些爭奪紛擾的事便能夠了結得了。」換句話說，是點示好了歌所謂「了」字，其真正意義就是指「都是為他人作嫁衣裳」，而完全放棄自己，便能了事的意思。這對應到真實歷史上，就是以諧謔筆法，暗寫殘明將臣（甄士隱）對於滿清招撫使者（跛足道人）以好了歌招降，註解說我們漢人間互相你爭我奪，永遠也不能了結爭戰混亂的禍事，只有放棄自家的復明事業，投降滿清，完全為外來的他人滿清出嫁到中原來建朝當皇帝而全力奉獻，才能了結天下戰亂的禍事。

(17)「陋室空堂，當年笏滿床。…到頭來，都是為他人作嫁衣裳」全部：〔甲戌本眉批〕評注：「此等歌謠原不宜太雅，恐其不能通俗，故如此便妙極。極（及）其說得痛切處，又非一味俗語可到。」這是評註以上甄士隱好了歌解註歌謠的語言性質，為求其通俗易懂，故文字較通俗，而不太古雅，及至說得痛切處，又非一味俗語可以表達得到，故又用了一些較古雅的文字。

(18) 士隱便笑一聲：「走罷！」：〔靖藏本眉批〕等評注：「『走罷』二字，如見如聞，真懸崖撒手，非過來人，若個能行。」懸崖撒手，意思是將攀抓在懸崖上的手撒去，讓身體掉落懸崖。這則脂批是特別提示「走罷」二字的涵義說：「這裡甄士隱說出『走罷』二字，至今還如親見親聞般的印象清晰，這真像是將攀抓在懸崖上的手撒去，讓身體掉落深谷一樣。像這種等同撒手落崖的事，若非真正曾經經歷過類同吊掛懸崖，使盡渾身力氣，就是翻不上懸崖頂上，不得不撒手落崖這樣的過來人，有哪個人能做得到。」可見原文甄士隱向跛道人說「走罷」，是隱喻甄士隱—明朝餘勢的將臣，也是鬥不過滿清，最後只得無奈地像懸崖撒手掉落深谷一般，說出「走罷」，隨著跛足道人—滿清使者一起走，投降滿清去了。

(19) 將道人肩上搭連搶了過來背着，竟不回家，同了瘋道人飄飄而去：搭連，亦即褡褳，是一種兩端有布袋，中間部份是長布帶的長帶形袋子，可搭掛在肩膀上。這裡搭連則又隱喻勾搭相連之意。這幾句是隱喻甄士隱—南明隆武政權支柱的鄭芝龍，終於無奈地搶著與跛足道人—勸降的滿清使者洪承疇等人勾搭相連，同入滿清陣營去了。

按順治三年三、四月「芝龍接承疇、熙胤書許以三省王爵，決意投誠。…密諭與守關將施天福、郭曦、陳秀、周瑞等撤關兵。」「七月，…守關將施天福等接芝龍密諭，遂聲言乏餉枵腹，難於禦敵，盡撤兵四潰。」「八月十三日，掛征南大將軍印貝勒羅托（按亦即博洛）、總督閩浙張存仁、撫院佟國鼐統滿漢，從衢州拔營平閩。師次漁梁，郭曦、陳秀獻仙霞關，貝勒從容渡嶺。時有民謠曰：『峻峭仙霞路，逍遙軍馬過。將軍愛百姓，拱手奉山河。』（將軍，指鄭芝龍也。）」十一月十五日「（鄭芝龍）進城（按指福州）見貝勒，貝勒握手，歡若平生，且恨相見之晚。龍請以擅立唐藩之罪。貝勒再三安慰，…龍頓首稱謝，遂薙髮。大開筵宴，賞賜倍厚。…至第三夜，內院到鄭芝龍寓所，傳：『有意旨，欲公陛見，面詢方略，以平兩廣。』守至天曙，即與芝龍同上北京。」⑨

(20)封氏聞得此信，…幸而身邊還有兩個舊日的丫嬛伏侍，主僕三人日夜做些個針線發賣，帮着父親用度：封氏，隱指明朝所封賜的朱氏宗室之藩王政權如唐王、桂王等。兩個舊日的丫嬛，寓指昔日曾是明朝臣屬的嬌杏—滿清及李自成等農民軍或其餘部。做些個針線，做針線就是以針線縫製衣服，其動作主要是以針線刺擊、穿破布帛，這裡是隱喻軍隊行軍作戰，亦排隊如線行進，且如針刺布般地刺擊敵人。主僕三人日夜做些個針線發賣，是暗寫主人明朝與如今已背叛的舊日臣屬滿清、及李、張等農民軍餘部，三方日夜互相作戰不休。父親，即封肅，影射擁立、支持著南明各藩王政權的眾多地方鎮將、督撫等。帮著父親用度，是暗寫明朝、滿清、農民軍餘部三方日夜作戰，幫忙著如父親般護衛南明藩王政權的地方鎮將，用度、消耗他們的軍隊、糧餉。

◈真相破譯：

這個南明唐王隆武帝朝廷支柱的鄭芝龍（士隱）宿昔本就具有前世代明朝時由海盜受招降升高官保私利，所養成的棄弱投強的智慧（宿慧），一聽到滿清招降的言詞，心中早已徹悟眼下情勢明弱清強，應該識時務降清升高官為俊傑。因而就欣然附和笑說道：「你暫且等一下！

等我將你這『好了歌』所含招引漢人降清的意義、後果詳細註解出來，你以為如何？」那滿清勸降使者（道人）笑說道：「你解，你解。」士隱鄭芝龍於是說道：

如今已成陋室空堂的地方，當年可是擠滿持笏上朝漢官的明朝殿堂。

如今到處衰草枯楊的地方，曾經是南明福王、唐王、吳三桂等諸藩王府歌舞宴客的場所。

滿清八旗軍勢力猶如八角形的蜘蛛網，結滿、侵佔了原本屬於南明、吳三桂政權雕梁畫棟的殿宇、疆域；如今那些蓬窗破戶的亡明漢官，降清後擁有綠營勢力而再度發達，猶如綠色窗紗又糊在蓬窗上一樣。

說什麼性好胭脂美人的吳三桂勢力正濃烈，要聯清討李，粉墨登場串演皇帝的李自成，香火正旺；如何兩敗俱傷，使得中國東西兩邊又都被霜雪嚴寒地區的滿清勢力所征服了呢？

那吳三桂昨日剛絞死南明永曆帝，將其白骨送入黃土高壟的墳墓中，今宵就贏得滿清封藩雲南，紅燈帳底臥鴛鴦，享受溫柔富貴。

那吳、耿、尚三藩搜括財寶，積聚得金滿箱、銀滿箱，但展眼被撤藩，起兵反清敗亡，命亡財散，所屬藩眾多被流放到酷寒的關外邊地為奴，貧苦如同乞丐，又被世人謗罵為謀反罪犯。

那吳三桂等三藩正嘆他人為復明抗清，都被滿清擊滅而命不長，那裡知道自己因被撤藩而歸來漢人立場反清，也同樣被滿清擊滅喪命！

為子弟請名師教訓很有方針，教育他們忠明朝愛漢族，恰值明朝滅亡，子弟便去反清復明，保不定日後被清兵擊敗，而到處竄逃作強盜。為女兒選擇膏粱富貴人家子弟為佳婿，遭逢這個改朝換代的大亂世，越是高官富貴人家越是滿清顧忌迫害的對象，誰料想得到富貴女婿家被迫害後，女兒竟流落在烟花巷當妓女苟活！那些投機份子因嫌在某王朝官低紗帽小，便攀附到另一王朝升大官，見風轉舵攀高枝，但弄得不巧便會遭人算舊帳而獲罪，致使成為身上扛鎖枷的囚犯。昨日在衰頹的甲朝為官，官低祿微，窮得穿破襖受寒，如今投到乙朝當大官，卻又將要換代，官越大越會遭迫害，反而嫌官太大，身穿的紫色蟒袍太長，太過顯赫易惹禍。舉世亂烘烘！猶如演戲你唱罷我登場一般，王朝頻頻更替，最後都戰敗歸入清朝，全都認了關外他鄉來的清朝為自己的國家、故鄉。真是非常荒唐啊！漢人間互相你爭我奪，到了盡頭來，全都是為外來的他人滿清出嫁到中原來建朝當皇帝而奉獻鋪路，作嫁衣裳。

那代表滿清勸降使者的瘋跛道人聽了，拍掌笑道：「註解得很貼切！註解得很貼切！」南明唐王隆武帝朝廷支柱的鄭芝龍（士隱）便笑一聲說：「走罷！」就搶著與勸降的滿清使者洪承疇等人（道人）並肩看齊，勾搭相連在一起（搭連），竟不回到泉州老家，而同了勸降的滿清使者（瘋道人）飄飄而去（按被押送到北京了）。當下轟動閩浙各關口要道的抗清陣營，眾人當作一件新聞互相傳告。

明朝封賜的朱氏藩王復明政權（封氏）聽到這個信息，哭得死去活來，只得與如同父親般擁護著他的鎮將、督撫商議，派遣人員各處探訪交涉尋回，那裡能夠討得釋回的音信？無可奈何，少不得依靠如同父親般擁護著他的地方鎮將、督撫大員支持著殘明藩王朝廷度日。幸而身邊還有兩個舊日曾是臣屬的滿清與李、張農民軍餘部伏侍周旋身邊，主僕三方軍隊日夜做些如針線刺穿布帛般的行軍作戰，發賣給對方承受（做些個針線發賣），幫忙著如父親般護衛南明藩王政權的地方鎮將、督撫，用度、消耗他們的軍隊、糧餉。那些地方鎮將、督撫（封肅）雖然日日抱怨，也無可奈何了。

第五節　賈雨村升任知府傳訊封肅故事的真相

◈原文：

這日，那甄家的大丫嬛在門前買線，忽聽得街上喝道之聲，眾人都說：「新太爺到任。」丫嬛于是隱在門內看時，只見軍牢快手一對一對的過去，俄而大轎內抬著一個烏帽猩袍的官府過去(1)。丫嬛倒發個怔，自思：「這官好面善，倒像在那裡見過的。」于是進入房中，也就丟過不在心上(2)。至晚間正該歇息之時，忽聽一片聲打的門响。許多人亂嚷說：「本府太爺差人來傳人問話。」封肅聽了，唬得目瞪口呆。不知有何禍事？

却說封肅因聽見公差傳喚，忙出來陪笑啟問。那些人只嚷：「快請出甄爺來。(3)」封肅忙陪笑道：「小人姓封，並不姓甄。只有當日小婿姓甄，今已出家一二年了，不知可是問他？」那些公人道：「我們也不知什麼『真』『假』(4)，因奉太爺之命來問他，既是你女婿，便帶了你去親見太爺面稟，省得亂跑。」說着，不容封肅多言，大家推擁他去了。

封家人各各驚慌，不知何兆。那天約有二更時分，只見封肅方回來，歡天喜地(5)。眾人忙問端的，他乃說道：「原來本府新陞的太爺，姓賈名化，本胡州人氏，曾與女婿舊日相交。方才在咱門前過去，因看見嬌杏那丫頭買線(6)，所以他只當女婿移住于此。我一一將原故回明，那太爺倒傷感嘆息了一回。又問外孫女兒(7)，我說：『看燈丟了。』太爺說：『不妨，我自使番役務必採訪回來。(8)』說了一回話，臨走倒送了我二兩銀子。(9)」甄家娘子聽了，不免心中傷感(10)。一宿無語。

至次日，早有雨村遣人送兩封銀子、四疋錦緞，答謝甄家娘子(11)；又寄一封密書與封肅，轉託他向甄家娘子要那嬌杏作二房(12)。封肅喜得屁滾尿流，巴不得去奉承，便在女兒前一力攛掇成了(13)。乘夜只用一乘小轎，便把嬌杏送進去了(14)。雨村歡喜自不必說，乃封百金贈封肅外，又謝甄家娘子許多物事，令其好生養贍，以待尋訪女兒下落(15)。封肅回家無話。

◈脂批、注釋、解密：

(1)俄而大轎內抬著一個烏帽猩袍的官府過去：猩袍，猩即猩紅色、鮮艷紅色，猩袍即猩紅色的袍服。〔甲戌本夾批〕評注：「雨村別來無恙否？可賀，可賀！」這是提示這個烏帽猩袍的官府大人就是賈雨村。〔甲戌本眉批〕等評注說：「所謂『亂烘烘！你唱罷我登場』是也。」這是趁機補充提示像甄士隱出走下場，賈雨村就登場頂替這樣，就是所謂「亂烘烘！你唱罷我登場」的意思，這應是隱示這裡是描寫甄士隱—明朝下場，賈雨村—假語滅明勢力之一的李自成大順王朝攻佔北京，登場主掌天下政權之意。

(2)「丫嬛倒發個怔，自思：『這官好面善，倒像在那裡見過的。』于是進入房中，也就丟過不在心上」：〔甲戌本夾批〕等評注：「是無兒女之情，故有夫人之分。」這是提示甄家大丫嬛滿清與賈雨村之一的李自成沒有如兒女私情般勾結在一起，沒被矮化，故後來有成為假語滅明勢力的正配夫人之身分。此外，應還有更深的一層意義，即甄家大丫嬛滿清沒有漢族兒女的血統、情緣的牽掛，故後來才會冷血滅明，成為猶如夫妻般足堪匹配「賈雨村—假語滅明勢力」這個稱呼的夫人之身分。

(3)那些人只嚷：「快請出甄爺來。」：甄爺，即甄士隱，這裡是影射明朝崇禎皇帝。〔甲戌夾批〕評注：「一絲不亂。」這是提示這裡原文「快請出甄爺」，真是「一絲不亂」地，暗寫出李自成人馬攻入北京時，急於向明朝官員追問真皇帝明崇禎之下落的實況。

(4) 那些公人道：「我們也不知什麼『真』『假』」：〔甲戌本夾批〕評注：「點睛（晴）妙筆。」這是提示原文「真」「假」二字正是點示出真朝—明朝逝去，假朝—李自成大順朝接替而來的畫龍點睛之妙筆。

(5) 那天約有二更時分，只見封肅方回來，歡天喜地：約有二更時分，這大約是李自成軍攻破北京內城的時間。封肅，影射明朝封賜的官員。封肅歡天喜地回來，是指許多明朝官宦早就勾結李自成，故見李軍攻破北京，不但官位可保，甚至還獲升官厚賞，因而歡天喜地。

〔甲戌本夾批〕評注：「出自封肅口內，便省却多少閒文。」這是評注說：「這裡原文透過明朝封賜的官員口內，寫出對賈雨村—李自成之來歡天喜地，便省却多少明朝如何腐敗，民心背離，李自成如何收買明朝官員，使得他們如何歡迎李自成入主北京等等的許多閒文。」

(6) 方才在咱門前過去，因看見嬌杏那丫頭買線：這句正式明白寫出甄家大丫嬛的名字為嬌杏，係影射滿清。買線，隱喻滿清在收買入關的路線，也就是在想方設法招降鎮守寧遠、山海關的吳三桂軍，以打通入山海關的路線。

〔甲戌本夾批〕評注：「僥倖也。託言當日丫頭回顧，故有今日，亦不過偶然僥倖耳，非真實得（風）塵中英傑也。非近日小說中滿紙紅拂紫烟之可比。」這則脂批是特別提示說：「嬌杏就是諧音『僥倖』之意。這名號是假託說當日明朝的臣屬滿清，因為回顧中原戰局，意外獲得吳三桂借兵的請求，故有今日稱帝中原之局，這也不過是偶然僥倖而已，並非真實是風塵飛揚的戰場中之英傑。本書這樣的歷史觀點，不是近日有若小說般隨意編寫的官修歷史中，滿紙記載明朝將臣如何像紅拂對李靖、紫玉對韓重一樣，對滿清衷心傾慕其勇武而競相投奔，這樣諂媚滿清的偽飾歷史觀點可以比擬的。」

(7) 又問外孫女兒：外孫女兒即甄英蓮，影射崇禎三子，太子朱慈烺及永王、定王。〔甲戌本夾批〕評注：「細。」這是評論這裡寫得很注意細節，還寫出李自成入北京又追問崇禎三子下落的事。

(8) 太爺說：「不妨，我自使番役務必採訪回來。」：〔甲戌夾批〕等評注：「為葫蘆案伏線。」這是提示這裡賈雨村要派使番役務必將甄英蓮採訪回來，是第四回「葫蘆僧亂判葫蘆案」的伏線。

〔甲戌本眉批〕評注：「余批重出。余閱此書，偶有所得即筆錄之，非從首至尾閱過，復從首加批者，故偶有復（複）處。且諸公之批自是諸公眼界，脂齋之批亦有脂齋取樂處。後每一閱亦必有一語半言重加批評于側，故又有于前後照應之說等批。」這是署名脂硯齋的批書人自己說明其批書的情況，本身已寫得很清楚明白，不用另作詮釋。

(9) 說了一回話，臨走倒送了我二兩銀子：這兩句是喻寫李自成派遣使者與吳三桂說了一回話，談判勸降了吳三桂，並賞賜白銀萬兩、黃金千兩的事件。按李自成攻佔北京後，於三月底「特授明降官左懋泰為兵政府左侍郎，與唐通（按亦是明降將）協守山海關，又派出將吏各一人攜白銀萬兩、黃金千兩、錦幣千端賞三桂，另有敕書一通，封三桂為侯。」[10]

(10) 甄家娘子聽了，不免心中傷感：甄家娘子，影射明朝宗室。〔甲戌本夾批〕評注：「所謂『舊事悽涼不可聞』也。」按《全唐詩》卷二百七十一竇叔向詩有「夏夜宿表兄宅話舊」七律：「夜合花開香滿庭，夜深微雨醉初醒。遠書珍重何曾達，舊事淒涼不可聽。去日兒童皆長大，昔年親友半凋零。明朝又是孤舟別，愁見河橋酒幔青。⑪」這句批語「舊事悽涼不可聞」，就是從這首七律的詩句「舊事淒涼不可聽」化出的。這是提示這兩句原文暗寫出甄家娘子—明朝宗室聽到李自成入主北京，而心中傷感，對於今日已被滿清統治的讀者讀來，真是有如唐代詩人所謂「舊事悽涼不可聞」的感受。

(11)早有雨村遣人送兩封銀子、四疋錦緞，答謝甄家娘子：這裡兩封銀子、四疋錦緞，究竟所指為何，不得而知。〔甲戌本夾批〕評注：「雨村已是下流人物，看此，今之如雨村者亦未有矣。」這是評注說：「當時的賈雨村—假語滅明勢力之人物已然是下流人物，但看到此處寫賈雨村還以銀子、錦緞，答謝、禮遇甄家娘子—故明宗室，那麼，現今的清朝皇帝就連當日尚知優遇故明宗室的賈雨村之作法，也都沒有了。」言外之意是現今康雍以後清朝統治已鞏固，不要說優遇死對頭的故明宗室，即使對漢族更是一味嚴酷了。

(12)雨村：又寄一封密書與封肅，轉託他向甄家娘子要那嬌杏作二房：這裡的賈雨村是一個假語滅明勢力的抽象概念，代表假語滅明的總體勢力，概括李自成與滿清等。要那嬌杏作二房，按係指賈雨村所代表的假語滅明勢力除了已佔領北京的李自成為正房之外，再要那嬌杏滿清進入中原，以驅逐李自成，以作為假語滅明的第二房勢力。這兩句應是暗寫賈雨村滿清寄書予封肅所影射的明朝鎮將吳三桂、史可法等，使其轉奏或影響甄家娘子所代表的明朝宗室勢力南京福王、擁明勢力等，要那滿清進入山海關以共同驅逐李自成，俾作為假語滅明的第二房勢力。

〔甲戌本夾批〕評注：「謝禮却為此，險哉人之心也。」這是提示前面寫賈雨村送禮答謝甄家娘子，卻為的是促使明朝要嬌杏滿清進入中原作為滅明的第二房勢力，人心可真是險詐啊！

(13) 封肅喜得屁滾尿流，巴不得去奉承，便在女兒前一力攛掇成了：攛掇，為慫恿、鼓吹之意。這幾句是暗寫封肅所影射的明朝鎮將吳三桂等，見滿清有意入關助剿李自成，心中大喜，巴不得去奉承，便在甄家娘子所代表的明朝宗室、擁明臣民之前，一力慫恿、鼓吹，湊合成了聯清驅李的策略。

〔甲戌本夾批〕評注：「一語道破。」這是評注說：「這幾句一語道破了封肅明朝朝臣鎮將，無忠明固志，稍加利誘便喜孜孜地巴不得去奉承賈雨村假語滅明勢力的李自成、滿清的吃裡扒外嘴臉。」

(14)（封肅）乘夜只用一乘小轎，便把嬌杏送進去了：這兩句是暗寓封肅明朝鎮將吳三桂等，與清兵聯合，在山海關與李自成血戰至夜晚大敗李軍，嬌杏滿清就如乘坐吳之小轎般，被送進山海關之內了。

(15) 雨村歡喜自不必說，乃封百金贈封肅外，又謝甄家娘子許多物事，令其好生養贍，以待尋訪女兒下落：〔甲戌本夾批〕評注：「找前伏後。」這是提示最後一句「以待尋訪女兒下落」，是找到、勾連上前面甄英蓮看花燈丟失的情節，而且隱伏後面第四回「葫蘆僧亂判葫蘆案」情節的文字。

〔甲戌本夾批〕等評注：「甄家一段小榮枯至此結住，所謂真不去假焉來也。」這是提示說：「文章寫到這裡，甄家─真朝明朝一段在北京、江南小地域範圍的榮盛以至枯萎、滅亡的歷史到此就結住了，這就是所謂真朝的明朝不滅去，假朝的李朝、清朝焉何能到來的意思。」

◈真相破譯：

這一天，那甄家明朝的大屬臣滿清（大丫嬛）在山海關門前，想方設法收買吳三桂軍，以打通入山海關的路線（買線）的時際，忽然打聽到關內從山西通往北京的街道上軍馬喝斥眾人讓道的聲音，眾人都說：「北京新任太爺到任了。」滿清於是派眼線隱在關門內觀看時，只見軍隊有如捕快抓人般一對一對的過去，不久一頂大轎內抬著一個頭戴黑色官帽身穿猩紅色袍服的官府大人李自成過去。滿清（丫嬛）見李自成捷足先登，倒驚愕得發愣呆住了一陣子，不知如何是好，自己思量：「這新到北京的官爺好面善，倒像在那裡見過的。」於是就進入滿清國境中，也就把李自成進攻北京的事丟過一邊，不放在心上，並不去歸附。到了某天晚間正該歇息之時，忽然聽到一片聲音打得北京城門砰砰作響。許多人慌亂地叫嚷說：「本府太爺差人來傳人問話。」明朝封賜的官員（封肅）聽了，都嚇唬得目瞪口呆。不知將有什麼禍事發生？

却說明朝封賜的官員（封肅）因聽見公家差使傳喚，忙出來陪笑開口詢問。那些人只叫嚷著說：「快請出真的萬歲爺崇禎皇帝（甄爺）來！」明朝封賜的官員忙陪笑答道：「小人是明朝封賜的官員（姓封），並不是真心效忠明朝的朱氏宗室份子（姓甄），只有當日我們像小女婿般扶持著的朱明皇帝、太子才是真皇帝（姓甄），今已離家出走他方一二年了（按這是順著前面甄士隱跟隨跛足道人消逝的情節而寫，以求表面故事情節的合理發展），不知可是問他？」那些辦公務的人員說：「我們也不知什麼『真』皇帝、『假』皇帝，因為奉了新任太爺的命令來尋問他的下落，他既是你女婿，便帶了你去親見太爺當面稟告，省得你乘亂跑走。」說著，不容明朝封賜的官員多說，大家就推擁他去了。

那些明朝封賜的官員們（封家人）各各驚慌，不知是什麼吉凶徵兆。那天大約二更時分，只見那被召見的明朝封賜的官員（封肅）才回家來，一副歡天喜地的樣子。眾人忙問究竟怎麼回事，他於是說道：「原來本府北京新陞任的太爺主宰者，專講些『迎闖王，不納糧』等的假話（賈化），本是胡謅騙取天下的人物（胡州人氏）李自成，以前曾與我等如女婿般扶持著的朱明真皇帝（女婿）舊日互相交戰過（相交）。方才李自成軍在咱們北京門前過去，因見那常僥倖得利的舊日明朝藩屬滿清（嬌杏那丫頭）在進行收買吳三桂，以打通入關路線（買線），所以他只當朱明王朝勢力移駐到這裡山海關一帶來了（按文章至此一轉為李自成擔心吳三桂被滿清收買，而欲收降明朝餘勢所寄託的吳三桂軍，而封肅所代表的明朝封官也轉變為浮現出吳三桂的影子）。我一一將原故回明，那太爺倒傷感嘆息了一回。又追問崇禎三太子（外孫女兒）的下落，我說：『看燈丟了。』（按這也是配合表面故事情節的合理發展而如此寫）那新任北京主宰者的太爺說：『不妨，我自己會使喚番役務必採訪尋找回來。』李自成派遣使者與吳三桂說了一回話，談判勸降了吳三桂，臨走時倒送了吳三桂（我，封肅）二萬兩銀子。」明朝朱氏宗室（甄家娘子）聽了吳三桂收了賞銀投降李自成的事，不免心中傷感。大家一宿無話。

到了次日，代表假語滅明的總體勢力（雨村），早已遣人送兩封銀子四疋錦緞，答謝明朝朱氏宗室（甄家娘子）；另外又寄一封密書給明朝封賜的官員（封肅，按其中有吳三桂、史可法的身影），使其轉奏或影響明朝宗室勢力南京福王、擁明勢力等（甄家娘子），要那常僥倖得利的滿清（嬌杏）進入山海關以共同驅逐李自成，俾作為假語滅明的第二房勢力。那些明朝鎮將吳三桂等（封肅），見滿清有意入關助剿李自成，歡喜得屁滾尿流，巴不得去奉承，便在明朝宗藩、擁明臣民（甄家娘子）之前，極力慫恿、鼓吹，促成了聯清驅李的策略。由吳三桂引清兵在山海關前與李自成軍大戰至天晚而獲得大勝，等於乘夜只用一乘吳三桂所抬的小轎，便把那僥倖的滿清（嬌杏）送進關內中原去了。那假語滅明的總體勢力（雨村）增加另一股滿清勢力，勢力大為膨脹，不用說自然是甚為歡喜，於是把號稱百萬的李自成大軍驅逐出北京地區，以此當作大禮贈送給從事復明運動的明朝封官吳三桂等（封百金贈封肅），又以除去李自成，間接幫忙明朝得以在南京復立等許多物事，答謝明朝宗室（甄家娘子），使令其好生休養生息，以待尋訪走失的擁護崇禎太子勢力（女兒，甄英蓮）的下落，俾加以擒拿剿滅。那些明朝封官受了賞賜安撫而回家無話。

第六節　賈雨村入都高升並扶二房嬌杏為正妻故事的真相

◈原文：

却說嬌杏這丫嬛，便是那年回顧雨村者，因偶然一顧，便弄出這段事來，亦是自己意料不到之奇緣(1)。誰想他命運兩濟(2)，不承望自到雨村身邊，只一年便生了一子，又半載雨村嫡妻忽染疾下世，雨村便將他扶側作正室夫人了(3)。正是：

偶因一着錯(4)，便為人上人(5)。

原來雨村因那年士隱贈銀之後，他於十六日便起身入都。至大比之期，不料他十分得意，已會了進士，選入外班，今已陞了本府知府。雖才幹優長，未免有些貪酷之弊，且又恃才侮上，那些官員皆側目而視(6)。不上一年，便被上司尋了一個空隙，作成一本，參他「生情狡猾，擅纂禮儀，且沽清正之名，而暗結虎狼之屬，致使地方多事，民命不堪」等語(7)。龍顏大怒，即批革職。該部文書一到，本府官員無不喜悅。

那雨村心中雖十分慚恨，却面上全無一點怨色，仍是喜悅自若(8)。交代過公事，將歷年做官積的些資本，並家小人屬，送至原籍安插妥協(9)，却又自己担風袖月，遊覽天下勝跡(10)。

◈脂批、注釋、解密：

(1)却說嬌杏這丫嬛，便是那年回顧雨村者，因偶然一顧，便弄出這段事來，亦是自己意料不到之奇緣：這裡所說「那年回顧雨村」，當然是指前面所寫崇禎十三、十四年明清松山決戰時，滿清挫敗後又回頭兩次加強攻擊而致勝的事件，但是這裡後一句卻寫「偶然一顧」，把回顧兩次改寫成「一顧」，又加上「偶然」兩字，顯然另有玄機，應是又轉移目標另指崇禎十七年四月，滿清得知李自成攻佔北京，而由攝政王多爾袞率軍回頭瞻顧中原戰局，原是抱著姑且一試的心裡，卻偶然間意外地接獲吳三桂乞請借兵討李，因而操縱、收降吳三桂，驅逐李自成，而僥倖弄出一段自己都意料不到的入主中原之奇緣來，較為合乎文意。

〔甲戌本夾批〕評注：「注明一筆，更妥當。」這是提示說：「把嬌杏滿清偶然一回顧，而意料不到地得天下的奇緣，清楚注明一筆，使讀者對滿清得天下的歷史真相有所瞭解，更是妥當。」這是作者的重要歷史觀點，認為滿清入主中原是意料不到的偶然奇緣，而不是滿清真正驍勇善戰；又認為明朝亡於李自成、滿清，最主要的原因是明朝所封賜的文臣武將（封肅），見利忘義，吃裡扒外所致，這樣的觀點較諸清朝官修歷史極度誇耀滿清驍勇善戰，明將傾慕歸降，更符合歷史的事實，倘若當初吳三桂一本初衷歸降李自成，而不轉變為降清，我們實難想像滿清還能入關得天下。

(2)誰想他命運兩濟：〔甲戌本眉批〕評注：「好極！與英蓮『有命無運』四字，遙遙相映射。蓮、主也，杏、僕也。今蓮反無運，而杏則兩全，可知世人原在運數，不在眼下之高低也。」

此則大有深意存焉。」這是提示說：「這裡描寫嬌杏滿清『命運兩濟』真是好極了！這四字與甄英蓮崇禎太子『有命無運』四字，正好遙遙相映射。甄英蓮崇禎太子是天下真胤正主，嬌杏滿清原是明朝的臣僕。今真主的甄英蓮崇禎太子反無登上天下帝位的運，而臣僕的嬌杏滿清則反而命運兩全地稱帝天下，可知世人原在運數，不在眼下武力的高低、勝負。此處寫嬌杏命運兩濟則是大有深意存在，亦即隱寓滿清命運兩濟僥倖得天下。」

(3)（嬌杏）自到雨村身邊，只一年便生了一子，又半載雨村嫡妻忽染疾下世，雨村便將他扶側作正室夫人了：這裡嬌杏自到雨村身邊，是指崇禎十五年滿清松山決戰大勝，收降洪承疇後，顯露滅明企圖，呈現假語滅明身段之時。只一年便生了一子，是指一年後的崇禎十六年八月清帝皇太極崩逝，產生其子順治皇帝繼任的新朝廷。雨村嫡妻，係影射賈雨村──假語滅明的嫡系勢力李自成大順王朝。後面兩句是指再過半年餘崇禎十七年四月，賈雨村──假語滅明的嫡系勢力李自成大順王朝忽然被清、吳聯軍擊敗退出北京，好像染疾般下世，賈雨村──假語滅明勢力就把嬌杏滿清從側邊的遼東扶到正中間的中原來作正式的皇帝了。

(4)偶因一着錯：〔甲戌本夾批〕評注：「妙極！蓋女兒原不應私顧外人之謂。」這是特別提示原文所謂「一着錯」，就是指女兒家不應私顧外人的意思，亦即甄家丫嬛原不應私自顧念假語滅明的外人賈雨村，也就是說以封建禮法忠君思想而言，滿清本是明朝屬臣原不應私自生出以假語叛君滅明的外心。

(5)便為人上人：人上人，意謂地位、成就在一般人之上的人，這裡是指位居億萬人之上的皇帝。這兩句詩意謂滿清偶然因為回軍背叛故主明朝的一著錯誤，便成為位居億萬人之上的皇帝。

〔甲戌本夾批〕評注：「更妙！可知守禮俟命者為餓莩，其調侃寓意不小。」這是提示說：「『便為人上人』這句更妙了！犯錯背叛故君者成為億萬人之上的皇帝，則可知遵守忠君愛族禮法順命忠明者反成為餓莩了，其中調侃寓意不小，因為這是隱寓滿清叛君卻稱帝，而忠君者反而落敗潦倒。」

〔甲戌本眉批〕等評注：「從來只見集古集唐等句，未見集俗語者，此又更奇之至。」這是評論這兩句詩並不是文人一向風行的集古詩或集唐詩的詩句所作成，而是集現成的俗語「一着錯」、「人上人」作成，真是奇特之至。

(6)雖才幹優長，未免有些貪酷之弊，且又恃才侮上，那些官員皆側目而視：這是喻寫賈雨村—假語滅明勢力之一的李自成大順軍雖然軍力優長戰勝，但佔領北京期間厲行「追贓助餉」政策，拷打明朝勛戚大臣、及殷商富室追贓，其文臣武將也肆行搶奪財貨，未免有些貪酷之弊，且又恃強侵入內宮搶奪妃嬪宮女，侮辱故明皇上崇禎帝，那些故明官員都側目而視，甚為反感。

〔甲戌本夾批〕評注：「此亦奸雄必有之理。」這是評注這些貪酷侮上之舉，也是奸雄賈雨村—假語滅明勢力之一的李自成大順軍必有之理，因為他們原是流寇出身，搶劫慣了。

(7)「不上一年，便被上司尋了一個空隙，作成一本，參他『生情狡猾，擅纂禮儀，且沽清正之名，而暗結虎狼之屬，致使地方多事，民命不堪』等語。龍顏大怒，即批革職。」：上司、龍顏，都是影射上天司天命者，亦即老天爺。擅纂禮儀，是喻指李自成擅自改朝換代，編纂更改禮儀。沽清正之名，是喻指李自成聲稱拷打貪污贓官「追贓助餉」，試圖達成對百姓「不納糧」、「不加稅」的號召，以沽清正之名。暗結虎狼之屬，是喻指李自成實施「追贓助餉」脫軌變調，暗地裡其部屬如虎狼撲羊一般，普遍對百姓拷打劫掠，當李軍退出北京時，駝載金銀財寶無算⑫。至於不上一年即革職，則是指李自成大順朝不到一年就潰亡。按李自成率軍於崇禎十七年三月十九日攻佔北京，四月二十九日稱帝，次日撤離北京，一路被清、吳聯軍追擊，先退回西安，再轉襄陽、武昌，至隔年順治二年四月下旬逃至江西邊界，大順王朝基本上已散亡，自其稱帝日算起，恰好將近一年，所以這裡說不上一年即革職，是十分精準的。不過對於李自成的死期，說法頗多，有說死於順治二年四月下旬，有說死於五月四日稍後，又有說死於六月等等，死地與死法也有不同說法，而在湖北通山縣九宮山，被當地鄉勇程九伯等人打死之說，較被普遍採信⑬。

〔甲戌本夾批〕評注：「此亦奸雄必有之事。」這是評注以上「生情狡猾⋯⋯」等語的這些事跡，也是奸雄賈雨村—假語滅明勢力之一的李自成大順軍必有的事。

(8) 那雨村心中雖十分慚恨，卻面上全無一點怨色，仍是喜悅自若：這是暗寫李自成軍本質為流寇，原已在全國流竄寇掠成習，故而雖然不能久駐北京稱帝而十分慚恨，但劫得無數金銀財寶，仍然是喜悅自若地自動撤離北京，想西歸關中西安自固。

〔甲戌本夾批〕等評注：「此亦奸雄必有之態。」這是評注以上這樣喜悅自若撤離北京的心態，也是亂世奸雄的李自成大順軍流寇本質必有的心態。

(9) 交代過公事，將歷年做官積的些資本，並家小人屬，送至原籍安插妥協：這是暗寫李自成軍將明朝歷年做皇帝養官所積的庫銀資本，並李軍部眾家小眷屬，送回到原籍陝西原崛起之地，部眾四散落戶。

〔甲戌本夾批〕評注：「先云根基已盡，故今用此四字，細甚。」這是提示說：「前面賈雨村剛出場時，原文先曾描寫他父母根基已盡，在家鄉無益，而離鄉進京，故如今他成就功名又被革職，為呼應家鄉根基已盡的前文，故此處又寫出『送至原籍』四字，這四字文意甚為細微，必須仔細體味。」其實前面所寫根基已盡的賈雨村，是影射洪承疇在松山決戰大敗被俘降清的事，這裡成就功名約一年又被革職，而將家屬送至原籍的賈雨村，是影射攻佔北京稱帝又敗回原籍陝西的李自成，前後兩處的賈雨村原是影射不同的對象，故這則脂批的提示其實並不是要把前後兩個賈雨村洪承疇與李自成的事跡相連貫起來，而是要提醒讀者這裡賈雨村所影射的對象，即將由李自成再回復到前面那個家鄉根基已盡的洪承疇。換言之，緊接著下面幾句，自己担風袖月，遊覽天下勝跡，遊至維揚地面的賈雨村，就要由李自成轉換、回復為前面出場時的洪承疇了。

(10)
却又自己担風袖月，遊覽天下勝跡：風月，即清風明月，隱寓清朝、明朝。這兩句是隱寫賈雨村之一的李自成軍担負著清兵與明兵的追擊，在天下大地上四處逃竄遊走，有如遊覽天下勝跡一般。

〔甲戌本夾批〕等評注：「已伏下至金陵一節矣。」這是提示這兩句已隱伏緊接著賈雨村遊至維揚地區金陵的情節，也就是賈雨村所代表的歷史人物將要由被清兵、明兵追擊而到處逃竄的李自成軍，轉換為奉派至金陵南京代表清廷總攬剿撫南明軍務的洪承疇了。

◈真相破譯：

却說這原是明朝臣僕（丫嬛）而僥倖入主中原的滿清（嬌杏），便是那年在松山決戰中挫敗又增兵回顧攻擊洪承疇明軍（雨村）獲勝的滿清，如今因偶然由攝政王多爾袞率軍回頭瞻顧一下中原戰局，意外巧遇吳三桂乞請借兵討李，便弄出這段入主中原的事來，也是連滿清自己都意料不到的奇緣。誰想到滿清他天命運氣兩樣都順利、成功，料想不到滿清自從松山決戰勝利收降洪承疇（按時為崇禎十五年二月），公然站到假語滅明勢力（雨村）的這一邊來，只一年皇太極病死，便產生了一個由其子福臨繼任的順治新朝廷（生了一子，按時為崇禎十六年八月），又半年多那假語滅明總勢力（雨村）的嫡系勢力（嫡妻）李自成軍忽然被吳、清聯軍所大敗，其大順王朝猶如染患疾病而從北京撤離退下主宰世間的政治舞台（按時為崇禎十七年四月底），那假語滅明總勢力（雨村）便將滿清從側邊的遼東扶到正中間的中原來作正式的皇帝了（扶側作正室夫人了）。這正是以下詩句所諷詠的：

偶然因為回頭叛君滅明的一步違犯禮法錯誤，
便成為位居億萬人之上的皇帝。

原來假語滅明總勢力集團（雨村）因那年明朝（士隱）贈銀資助之後（按這也是遷就表面故事情節的合理發展而如此寫），其集團中的李自成軍於崇禎十七年三月十六日便由昌平起身入圍都城北京。到黃道之期三月十九日的大比武日期，不料他十分得意，已經過會戰勝利，攻進北京，就好像參加殿試考中進士一樣，但又選擇親率大軍往京城外班師（選入外班），前往山海關討平明朝的主力部隊吳三桂軍，如今老天爺已選定李自成陞任北京本府政事主宰者的皇帝了（已陞了本府知府）。雖然李自成大順軍才幹優長戰勝，但佔領北京期間厲行「追贓助餉」政策，拷打勛戚大臣、殷商富室追贓，肆行搶奪財貨，未免有些貪酷的弊端，且又恃強侵入內宮搶奪妃嬪宮女，侮辱到故明皇上崇禎帝（恃才侮上），那些故明官員都側目而視，甚為反感。不上一年（按指李自成崇禎十七年四月二十九日登基稱帝後不到一年，約在順治二年四月時），便被在天上司管王朝天命的天庭（上司）尋了一個空隙，作成一個奏本，參奏他「天生性情狡猾，擅自實行改朝換代，纂修禮儀，而且厲行『追贓助餉』以沽釣『迎闖王，不納糧』的清廉正直美譽，因而暗地裡勾動其如虎狼撲羊的部屬（虎狼之屬），普遍對百姓拷打劫掠，致使地方多事，民命不堪」等話語。老天爺見所奏情況龍顏大怒，立即批示革除李自成的天子職位。李自成大順朝逃離北京以至潰亡的訊息一傳到，北京本府明朝官員無不喜悅。

那假語滅明總勢力集團之一的李自成（雨村）心中雖然因不能久駐北京稱帝而十分慚恨，却因本質為流竄全國各地寇掠成習的流寇，且在北京劫得無數金銀財寶，故而表面上全無一點怨色，仍是一副喜悅自若的神態。在交代過讓出北京的改朝換代公事之後，將明朝歷年做皇帝養官所積的庫銀資本，並李軍部眾家小眷屬，携送至原籍陝西西安原崛起之地，再度戰敗而使得許多部眾四散安插落戶妥當之後，却又自己率軍担負、袖帶著清兵與明兵的追擊（担風袖月），在天下大地上四處逃竄遊走，有如遊覽天下勝跡一般。

附註：

①請參閱以上《明太子、福王亡命在日本》，第一三六至一三七頁。

②詳情請參閱《三垣筆記》，清初・李清著，北京，中華書局出版，一九八二年五月第一版，一九九七年十二月第二次印刷，第一二四至一四〇頁；以上《鹿樵紀聞》之「兩太子」，第二六至二八頁；及以上《南明史》第一七四至一八〇頁。

③請參閱以上《明季北略》下冊，第三三九至三四六頁。

④以上《明季北略》下冊，第三四七頁。

⑤以上《吳三桂大傳》，上冊，第一〇八至一一一頁。

⑥詳見以上《臺灣外記》，第七二至七三頁；以及《南明史》，二九〇頁。

⑦有關吳三桂後宮佳麗聚散的詳情，請參閱以上《吳三桂大傳》，下冊，第四三四至四四二、七六六至七六九頁。

⑧有關吳、耿、尚三藩部眾被斬殺、流放的詳情，請參閱以上《吳三桂大傳》，下冊，第七六六至七九三頁；以及《清初流人開發東北史》，謝國楨著，臺灣開明書店印行，民國七十五年三月臺二版發行，第四至八、六一頁。

⑨詳見以上《臺灣外記》，第七四至九三頁；以及《南明史》，第三六四至三六八頁。

⑩請參閱以上《吳三桂大傳》，上冊，第一〇九頁。

⑪引錄自以上《新編石頭記脂硯齋評語輯校》，第三八頁。

⑫有關李自成軍在北京貪酷刼掠等詳情，請參閱《這一年中國有三個皇帝》，丁燕石著，台北，遠流出版公司，一九九九年九月初版一刷，第一〇八至一一三、二二二至二二四頁。

⑬詳情請參閱以上《李自成》，第二三七至二四〇、二六五至二七六頁；及以上《甲申史商》之「李自成死于通山史証」，第二〇六至二六一頁。

附錄一 方子丹原序

《紅樓夢》為中國小說第一奇書，除內容、筆法神奇至極之外，最令人驚奇者為《紅樓夢》早經學術界公認為中國首屈一指之頂尖小說，然而歷經近百年紅學專家之全力鑽研，其全書主題為何？主旨何在？迄仍眾說紛紜，未有定論，迷霧一團。一本書之主題、大旨不明，而竟能高居第一名著，實令人嘖嘖稱奇。

《紅樓夢》開卷第一回首段，即開宗明義說：「此開卷第一回也，作者自云：『曾歷過一番夢幻之後，故將真事隱去，而借通靈說此《石頭記》一書也。』故曰：『甄士隱』云云。但書中所記何事何人？自己又云：『今風塵碌碌，一事無成，……又何妨用假語村言敷衍出來，……不亦宜乎？』故曰：『賈雨村』云云。」明白點示《石頭記》或《紅樓夢》一書為以外表假語敷述內裡真事之書。有鑒於此，歷來紅學家皆致力於《紅樓夢》內裡所隱世間真事之探索，而發展出各派說法，如明珠家事說、順治痴戀董鄂妃而出家說、康熙朝政爭說、雍正奪嫡說、反清復明血淚史說、曹雪芹家傳說、封建階級鬥爭說等。此等說法由於提倡者多具高度政治或學術權威，如明珠家事說傳言出自乾隆皇帝金口，康熙朝政爭說、曹雪芹家傳說分別為民初學術界泰斗蔡元培、胡適所提唱，封建階級鬥爭說為毛澤東介入提倡，故易於激起讀者大眾慕名仰從之狂熱，而皆曾喧騰一時。然而此等說法，或一鱗半爪，證據極度貧乏，或徵引大量與書中原文無關之歷史資料，強拉硬套以附會提倡之目的，隨著提倡者謝世而權威光環褪去，讀者仰慕之熱情亦隨之沉澱，理性相對浮升，經長期冷靜觀察檢驗之結果，終覺實無任何說法證據配稱詳實確鑿，而足以令人信服者，類皆杯弓蛇影之臆斷。因此，晚近二、三十年來遂興起一股新風潮，力主《紅樓夢》背後並未隱藏任何世間真事，僅是一部純粹虛構之文學小說。然而此種新說法基本上違背以上《紅樓夢》開宗明義以假語寄託真事之說法，況且《紅樓夢》若無隱藏任何世間真事，則僅為描寫家常生活、兒女戀愛瑣事之一部小說，繁瑣而冗長，便無幾多神奇內容與筆法，亦無何不朽之寶貴價值可言。

今門人李瑞泰君新著《紅樓夢的神奇真相》一書，堅守《紅樓夢》原文所明示以假語寄託真事之觀點，又據以上「甄士隱」通諧音「真事隱」，「賈雨村」通諧音「假語村」，及脂批提示「青埂」峰通諧音「情根」等處，領悟《紅樓夢》之主要解讀秘訣為諧音法；據脂批提示第五回香菱畫冊判詞中之「自從兩地生孤木」詩句為「折（拆）字法」等處，而領悟《紅樓夢》之解讀秘訣拆字法；及據脂批提示絳珠草隱含「點紅字」之意等處，而領悟《紅樓夢》之解讀秘訣同義法。以此三項秘訣為主要解讀方法，並根據古手抄本《石頭記》各回之大量脂批為指引，詳實核對明末清初歷史記載，破解出《紅樓夢》書中角色、情節所對應之世間真實人物、事跡。其所採諧音法等解讀方法皆為《紅樓夢》原文或脂批所提示之方法，所憑以解讀真相之指引線索，皆為古本《石頭記》上之原始脂批評點文字，其解讀方法及線索之根據最為堅實可靠，此其書之大異於他書而足觀者一。

瑞泰本書所揭露之《紅樓夢》真相，一掃前人論證零散而片斷，模糊而不具體之種種考證弊病，而大量引用各條可信脂批，詳加注釋解密，並詳考明末清初歷史記載，破解出書中原文關鍵字句之歷史真相，再將原文逐句逐段全面破譯出其相對應之歷史真相。如此，非但破解出《紅樓夢》全書主題及大旨為以吳三桂降清叛清事跡為主軸，以寄託反清復明思想之歷史小說。且其於書中人物，既指實一般重要角色之真實身分，如賈寶玉影射吳三桂、清順治等，林黛玉影射明朝、鄭成功等；又於極為神秘之石頭、脂硯齋、一僧一道、空空道人、警幻仙子、絳珠草等角色，亦皆指實其對應之世間真實人物，蔚為前所未有之《紅樓夢》角色一一浮現其真貌之大奇觀。其於書中地名，亦皆指證其確切地點或影射意義，如「青埂峰下」為臨近滿清邊界處大青山下之山海關、遼西走廊，「葫蘆廟」為治國糊塗之明崇禎廟堂，「太虛幻境」為大清換髮換朝之國境等。其於書中各段故事情節，亦必一一指證其對應之具體歷史事跡，如有關書中青埂峰下石頭遭僧人施幻術幻化為一塊鮮明美玉而攜入紅塵之故事，為山海關事件中吳三桂遭滿清多爾袞使詐術剃髮成前腦光禿如鮮亮美玉之滿清髮式，而挾帶入中原之事件；又如書中甄士隱與賈雨村中秋夜對飲之故事，則是明、清兩軍於中秋期間夜間在關外松山大決戰之事件。尤為難得者，為其於書中重要故事情節發生之真實時間，亦皆能指證歷歷，如對於書中甄士隱炎夏永晝某日伏几睡夢之情節，即明確指出係發生於崇禎十七年三月十九日，李自成攻陷北京，明崇禎自縊而亡，明朝帝權猶如睡夢般失去機能之事；又如對於第一回甄英蓮於元宵佳節看花燈走失之情節，則明指係順治二年元月十五日元宵節，崇禎太子朱慈烺於紹興夜觀花燈浩嘆而暴露身分，以致懼禍而遁走之事。其於書中故事情節真相之揭露，人、事、時、地證據俱全，考證詳實而具體，足可融會貫通原文、脂批、歷史真事三者而通暢無礙，此其書之大異於他書而足觀者二。

又本書所揭露之《紅樓夢》筆法，率皆千奇百怪之空前妙筆，譬如根據第一回脂批提示：「開卷一篇立意，真打破歷來小說窠臼。閱其筆則是莊子離騷之亞。」而發掘《紅樓夢》仿傚《離騷》以「美人」二字影射楚國國君之美人筆法，進一步予以翻新，直接以美人林黛玉等金陵十二釵，影射明清交替時期之君王、藩王或其王朝、政權等；又發掘《紅樓夢》根據《莊子》中莊周夢蝶之情節，創新出「夢化蝴蝶，醒復莊周」之神奇筆法，以第五回寶玉作夢之情節，隱述吳三桂轉化為胡人滿清間諜作漢奸（夢化蝴蝶—胡諜）之事跡，而以第二十一回寶玉讀莊子《南華經・胠篋篇》而意趣洋洋自得之情節，隱述吳三桂醒悟後叛清而在「華南」建立「周」國（醒復莊周）之事跡，此等創新筆法令人不禁拍案叫絕。其所發掘之筆法見所未見，神奇無比，超乎想像，此其書之大異於他書而足觀者三。

脂批評點《紅樓夢》之行文筆法，於第一回有謂：「這正是作者用畫家烟雲模糊處，觀者萬不可被作者瞞蔽了去，方是巨眼。」至第五回又評曰：「雲龍作雨，不知何為龍？何為雲？何為雨？」此種脂批所謂烟雲模糊、雲龍作雨之真假莫辨筆法，正是《紅樓夢》最令人困惑之迷陣，歷來困惑無數名儒達士。惟門人瑞泰竟偶然觸機而識破機關，擅能觀雲嗅烟，排虛雲假雨而馭真龍，以遨遊紅樓秘境，驚見百轉千迴，瓊樓玉宇錯落，縹緲於奇峰秀谷，寶樹珠林之間，蔚為文學園圃之插天勝境，因運筆成書，而長期沉埋之《紅樓夢》真相遂得以水落石出，且所發掘之真相精彩絕倫，所發掘之筆法出神入化，足使《紅樓夢》提升為名副其實之中國第一奇書，或復可上臻為世界第一神奇小說，尤可供藝文人士觀賞小說之神奇情節與筆法。故樂為之序，並讚曰：

曾聞荊棘世途難，鉛槧於今亦險艱。
魚豕偶譌宜重咎，弓蛇幻影有危瀾。
紅文華國談何易，諸子微言豈等閒。
我草太玄觀筆陣，侯芭所作不須刪。

中國文化大學華岡教授
國史館特約纂修
中華民國九十四年歲次乙酉
中秋節後，時年九十有七

方子丹

附錄二 賴幸原序

同鄉畏友南佳人李瑞泰，終於把他歷年來苦心鑽研紅學的成果公諸於世，誠然可喜可賀。我本不諳紅學，卻只因從小愛讀《紅樓夢》，便受囑命寫一序文，而本書已經有方教授序文以及南佳人詳細自序，實無畫蛇添足的必要。不過，因為當初南佳人首次發表「紅樓夢的真相與真趣」時，曾寄去講稿以助盛舉。該項稿件前曾連續刊載於紐約世界日報網路版數年，如今再經過作者多方深入探研，大幅增修，並更名為《紅樓夢的神奇真相》，出書時機成熟，理應再以老同學兼讀者身分重申慶賀之意，並遙寄一份同鄉的鼓掌，故不揣無學，再次為序。

筆者前曾認為胡適一代考證大師，所述紅學理論向來被視為最正統的學說，無需存疑。所以當南佳人發此新說時，心中委實不敢苟同。後來經過再三詳細研讀相關解說，確實如南佳人點破，《紅樓夢》書中反清復明的跡象，處處可見。雖然也許讀者們會如筆者所持一縷疑念，無法對每一小節的「破解」皆予以無條件的首肯，但是作為一種紅學新思考方式，誠為後人提供了一個切磋琢磨，發展研究的機緣。特別是本書第一章「第一奇書紅樓夢急待破解真相以解決長期猜謎性爭議」裡，對《紅樓夢》一書的爭論之歷史回顧，南佳人以嚴謹的治學態度，以書寫學術論文的漸進鋪敘，詳細論述各家學說。若想研究紅學，詳讀這一章必能獲得最詳盡的評介資料。再者，又若第五章，作者大量運用修辭手段之諧音法、拆字法、同義法等，解說原文故事所隱述的真人真事，讀來令人拍案叫絕。

綜觀世界歷史，無論是金字塔建設之謎，或是埃及第十八王朝之 Tu-ankh-Amen 王之死，都一再出現新說，喧囂媒體，所謂歷史也者，實是混雜著誰也難於論斷的謎團。就是莎士比亞之流的世界文學至聖，如今也已被大部份考證學家証實為「並無其人」，其作品皆為集合當時英國學識最淵博的「精英人士」之集體著作。一個新的學說之所以產生，皆因對既往論述心生疑念，遂行鑽研，終獲更能令人信服的結論。南佳人此次新說，經過大量歷史調查，綜合國學詮釋，實是洋洋大觀。我不願對書中細節全盤奉承，但是我願意說，南佳人此次新說，確是做到「大膽假設，虛心求證」的地步。

我祝願南佳人的第二、第三續本皆能順利出版，而且每一冊皆能使他的老同學心服口服。

日本清和大學中文教授　賴　幸
二〇〇五年十月於日本

國家圖書館出版品預行編目

紅樓夢真相大發現. 一, 石頭記的真相 / 南佳人著. -- 一版. -- 臺北市：秀威資訊科技, 2008.08

面； 公分. --（語言文學類；PG0193）

BOD版

ISBN 978-986-221-047-5（平裝）

1. 紅樓夢 2. 研究考訂

857.49 97013191

語言文學類 PG0193

紅樓夢真相大發現（一）

——石頭記的真相

作 者 / 南佳人
發 行 人 / 宋政坤
執行編輯 / 黃姣潔
圖文排版 / 鄭維心
封面設計 / 蔣緒慧
數位轉譯 / 徐真玉 沈裕閔
圖書銷售 / 林怡君
法律顧問 / 毛國樑 律師
出版印製 / 秀威資訊科技股份有限公司
台北市內湖區瑞光路 583 巷 25 號 1 樓
電話：02-2657-9211 傳真：02-2657-9106
E-mail：service@showwe.com.tw
經 銷 商 / 紅螞蟻圖書有限公司
台北市內湖區舊宗路二段 121 巷 28、32 號 4 樓
電話：02-2795-3656 傳真：02-2795-4100
http://www.e-redant.com

2008 年 8 月 BOD 一版
定價：450 元

讀　者　回　函　卡

感謝您購買本書，為提升服務品質，煩請填寫以下問卷，收到您的寶貴意見後，我們會仔細收藏記錄並回贈紀念品，謝謝！

1.您購買的書名：____________________

2.您從何得知本書的消息？

□網路書店　□部落格　□資料庫搜尋　□書訊　□電子報　□書店

□平面媒體　□ 朋友推薦　□網站推薦　□其他__________

3.您對本書的評價：(請填代號　1.非常滿意 2.滿意 3.尚可 4.再改進)

封面設計____　版面編排____　內容____　文/譯筆____　價格____

4.讀完書後您覺得：

□很有收獲　□有收獲　□收獲不多　□沒收獲

5.您會推薦本書給朋友嗎？

□會　□不會，為什麼？____________________

6.其他寶貴的意見：____________________

____

____

____

讀者基本資料

姓名：____________________　年齡：______　性別：□女 □男

聯絡電話：________________　E-mail：____________________

地址：____________________________________

學歷：□高中(含)以下　□高中　□專科學校　□大學

□研究所(含)以上 □其他______________

職業：□製造業 □金融業 □資訊業 □軍警 □傳播業 □自由業

□服務業 □公務員 □教職　□學生 □其他__________

請貼
郵票

To：114

台北市內湖區瑞光路 583 巷 25 號 1 樓

秀威資訊科技股份有限公司　　　收

寄件人姓名：

寄件人地址：□□□

(請沿線對摺寄回,謝謝!)